셰익스피어
4대 비극

William Shakespeare

셰익스피어 4대 비극

초판 1쇄 발행 | 2019년 7월 30일
　　　2쇄 발행 | 2020년 8월 25일
　　　3쇄 발행 | 2021년 2월 22일

지은이 | 윌리엄 셰익스피어
옮긴이 | 셰익스피어연구회
펴낸이 | 김형호
펴낸곳 | 아름다운날
편집 주간 | 조종순
본문 디자인 | 디자인표현
표지 디자인 | 이즈디자인
출판 등록 | 1999년 11월 22일
주소 | (04031) 서울시 마포구 서교동 351-10 동보빌딩 202호
전화 | 02) 3142-8420
팩스 | 02) 3143-4154
E-메일 | arumbook@hanmail.net

ISBN | 979-11-86809-75-4 (03810)

※ 이 책을 무단 복사, 복제, 전제하는 것은 저작권법에 저촉됩니다.
　잘못된 책은 본사나 구입하신 서점에서 교환하여 드립니다.
이 도서의 국립중앙도서관 출판예정도서목록(CIP)은 서지정보유통지원시스템 홈페이지(http://seoji.nl.go.kr)와 국가자료공동목록시스템(http://www.nl.go.kr/kolisnet)에서 이용하실 수 있습니다.(CIP제어번호: 2019019912)

셰익스피어
4대 비극

윌리엄 셰익스피어 지음
셰익스피어연구회 옮김

아름다운날

Hamlet

Othello

King Lear

Macbeth

차 례

들어가는 말	007
작가 소개	011
햄릿	021
오셀로	167
리어왕	307
맥베스	447
셰익스피어 연보	549

Shakespeare

들어가는 말

 청소년 시절 처음으로 고전 문학을 접하게 되었다고 해도, 윌리엄 셰익스피어란 이름을 낯설게 느끼는 이는 많지 않을 듯합니다. 비극적인 사랑의 대명사로 손꼽히며 아직도 수많은 영화와 드라마의 기본 틀이 되고 있는 「로미오와 줄리엣」이나, 빚 대신 살덩이를 잘라 갚으라 강요하던 못된 고리대금업자가 나오는 「베니스의 상인」 정도는 누구든 들어본 적이 있을 것입니다. 하다 못해 셰익스피어의 4대 비극엔 어떤 작품이 포함되는지 상식 문제를 풀 듯 손꼽아본 경험은 있지 않을까요?
 고전이란 당대를 대표하면서도 후세 사람들에게 모범이 될 만한 가치를 지니고 있는 문학 작품을 뜻합니다. 세대가 지나면 드높았던 인기도 덧없이 잊혀지고 마는 대중 문학과 달리, 고전 문학은 시공간을 초월하여 변함없이 많은 사람들에게 깊은 감동과 울림을 전합니다. 다양한 세계 고전 문학 가운데서도 셰익스피어의 작품은 나라와 언어와 인종을 불문하고 누구에게나 사랑받는 명작이며, 한 편 한 편 모든 작품마다 곱씹을수록 깊은 맛이 우러나오는 고유한 삶의 철학과 세계관을 담고 있습니다.

본래 연극 공연을 위해 쓰인 '대본'이기에, 희곡은 소설을 읽을 때보다 독자의 상상력이 독서의 재미를 더 크게 좌우합니다. 더욱이 심오한 인간 내면에 대한 성찰과 현란한 언어유희의 진수를 맛볼 수 있는 셰익스피어 비극 작품의 주인공이 되어 한 줄 한 줄 읽어 내려가다 보면 그들의 비극적인 운명이 겪어야 하는 절망과 아픔이 뼈저리게 느껴질 것입니다.

셰익스피어가 세상을 떠난 지 수백 년이 지난 지금, 그의 희곡들은 위대한 문학 작품을 뛰어넘어 하나의 문화로 자리잡았습니다. 실천에 앞서 심사숙고하여 우유부단해 보이기 십상인 인간형을 햄릿형 인간이라 일컬으며, "사느냐 죽느냐, 그것이 문제"라는 유명한 대사가 햄릿의 독백임을 알아차리는 것은 더 이상 대단한 지식이 아닙니다.

제국주의의 열기가 한창이던 19세기에 영국인들이 가장 소중히 여기던 식민지 인도와도 바꿀 수 없는 존재로 극찬했던 셰익스피어는 싫든 좋든 서양 문화와 함께 전 세계인의 삶에 깊은 반향을 미친 문화로 침투했습니다. 우리는 출처를 알지 못하면서도 셰익스피어의 주옥같은 대사들을 일상에서 읊조리게 된 것입니다. 물론 문화로 정착했으니 무작정 받아들여야 한다는 의미는 아닙니다. 비판을 하거나 배척을 하더라도 제대로 실체를 알아야 할 필요가 있으며, 그러기 위해 좀처럼 감탄을 금할 수 없는 문학 자체로서의 아름다움까지 감상하는 기회를 갖자는 것입니다.

37편에 달하는 셰익스피어의 희곡 가운데서도 4대 비극은 문학적, 극적 완성도와 화려한 비장미(悲壯美) 면에서 정점에 오른 작품으로 손꼽힙니다. 이상주의자이자 사유하는 몽상가로서 복수의 실행을 앞두고 고뇌하는 인간의 깊은 내면 심리를 아름다운 언어로 그린 「햄릿」, 자식과 부모의 관계를 새삼 돌아보게 하면서 선과 악의 본성을 들여다 볼 기회를 제공하는 「리어왕」, 사랑과 질투하는 인간적인 감정의 애틋함과 함께 누구나 갖고 있을 법한 인간 내면의 섬뜩한 악마성을 묘사한 「오셀로」, 권력을 향한 인간의 욕망이 불러일으킨 고통과 비극을 어둡게 그려낸 「맥베스」에 이르기까지 주인공들의 처절한 운명은 여전히 우리의 마음을 사로잡습니다.

  셰익스피어가 왜 그토록 위대한 작가로 칭송되며, 무대에서나 문학 작품으로 현대인들에게도 사랑을 받는지는 읽어본 사람만이 알 수 있을 것입니다. 그동안 『셰익스피어 4대 비극』은 수많은 번역본이 출간되어 독자들의 아낌을 받았지만, 이번 완역본은 셰익스피어의 장엄한 비극을 맨 처음 접하는 청소년이나 초보 독자라도 쉽게 몰입할 수 있도록 딱딱한 문어체를 가능한 입에 익은 말투로 둥글려 다듬어, 읽기 쉬울 뿐만 아니라 연극적인 느낌에도 손색이 없도록 기획하였습니다. 상상력을 최대한 동원하여 주인공들의 절박하고 비극적인 운명을 마음으로 접한다면, 독자 여러분들도 이내 셰익스피어를 사랑하게 될 것입니다.

셰익스피어 연구회

작가 소개

영국이 낳은 세계적인 대 문호, 셰익스피어! 인간의 오욕칠정을 주무르고 영혼을 뒤흔드는 깊고 넓은 시적인 울림을 주는 그의 글은 시대와 공간을 넘어 재해석되고 재음미되는 불멸의 울림을 낳았다. 셰익스피어와 그의 희곡은 영문학사를 뛰어넘어 세계 문학사의 한 정점으로서 세상을 오연(傲然)하게 굽어볼 뿐더러, 창조의 원천이자 영감의 바이블로서 지상의 무대를 굳건하게 떠받치고 있다.

생애

셰익스피어는 영국 르네상스가 만개하던 엘리자베스 1세 통치기인 1564년 4월 26일에 영국 중부에 자리한 스트랫퍼드어폰에이번에서 태어났다. 흥성한 상업도시이자 비옥한 농경지대였던 이곳에서 그는 세례를 받았고, 또한 영면(永眠)에 들었다.

아버지 존 셰익스피어는 농산물과 모직물 중개업으로 성공해 신분상승을 이룬 인물이었고, 어머니 메리 아든은 워릭셔의 명문가에서 태어나 자란 귀족이었다. 결혼을 통해 자신의 사회적 지위를 더욱 굳건히 다진 존은 1568년 스트랫퍼드어폰에이번의 시장으로 선출되기에 이르렀다. 이런 유복한 환경에서 셰익스피어는 장남으로 태어났다. 위로 두 명의 누나가 있었으나 모두 어린 나이에 죽었고, 밑으로는 세 명의 남동생과 두 명의 여동생을 두었다.

셰익스피어는 네 살 때부터 아버지를 따라 연극 구경을 했으며, 마을의 문법학교에 들어가 수학했다. 그러나 이후 아버지의 계속되는 사업 실패로 가세가 기울면서 결국 대학에 진학하지 못한 것으로 보인다(그의 소년시절에 대한 기록은 많지 않으며, 연극과의 연관 관계도 불분명하다).

1582년 그의 나이 18세 때 셰익스피어는 유복한 농가의 딸로 여덟 살 연상인 앤 해서웨이와 결혼해 1남 2녀를 낳았다. 그런 그가 청운의 꿈을 품고 가족과 고향을 떠나 런던으로 옮겨간 정확한 연대나 이유는 분명치 않다. 다만 1580년대 말 무렵부터 배우로서 생활한 듯 보이며, 1592년 연극계의 신예로서 좋은 평을 얻었다는 기록이 전할 따름이다.

1596년 셰익스피어는 아들을 잃는 아픔을 겪었고, 이듬해 스트랫퍼드어폰에이번에 호화주택을 구해 그곳에서 아내와 딸들과 함께 만년을 보내다가 숨을 거두었다.

극작 활동

런던에서 체류하던 셰익스피어가 극작 활동을 시작한 것은 1590년 무렵으로 보인다. 처음에는 릴리·말로·필·그린 등과 같은 선배작가의 희곡을 부분적으로 수정하는 것에 만족해야 했던 그가 처녀작으로 내놓은 것이 3부작 역사극인 「헨리 6세」(1590~92)이다. 이때부터 1600년까지 셰익스피어는 자신의 필력(筆力)을 왕성하게 발현시킨다.

먼저 영국의 장미전쟁을 배경으로 한 역사극인 「리처드 3세」(1592)를 비롯해, 로마의 극작가 플라우투스의 작품을 번안한 「실수 연발」(1592), 피를 피로 갚는 로마의 잔혹한 복수극 「타이터스 앤드로니커스」(1593), 그리고 드센 여인을 아내로 맞아 정숙하게 길들인다는 내용의 익살극 「말괄량이 길들이기」(1593) 등이 발표되었다.

1590년대 초반은 런던에 페스트가 창궐한 시기였다. 이로 인해 많은 극장들이 폐쇄되었는데, 이 무렵 셰익스피어는 두 편의 서사시 「비너스와 아도니스」(1593) 「루크리스의 겁탈」(1594)을 통해 자신의 든든한 후원자인 사우샘프턴 백작을 만나게 된다.

한편 극장 폐쇄의 여파로 대규모 재편성이 이루어진 런던의 연극계에 1594년 새로 두 개의 극단이 창설되면서 신진작가들에게 우호적인 환경이 조성되었다. 그중 하나인 로드체임벌린 극단에 소속된 셰익스피어는 배우이자 극작가로서 본격적인 활동을 시작한다.

그는 평생 이 극단을 위해서 희곡을 썼는데, 초기 작품들로는 원수 집안의 남자와 여자 사이의 열렬한 사랑과 비극적인 파국을 그린 「로미오와 줄리엣」(1594)을 비롯해, 왕국의 통치자이면서도 강렬한 시적 감성과 나르시스트적인 품성으로 고난에 찬 역정을 살아가는 인물을 그린 역사극 「리처드 2세」(1595), 그리고 아테네 교외에 자리한 숲을 무대로 펼쳐지는 환상적인 밤의 세계를 그린 낭만적 희극 「한 여름밤의 꿈」(1595) 등이 있다.

인간에 대한 예리한 관찰력과 서정성이 돋보이는 이 작품들에 이어서, 1590년대 후반으로 오면서는 빼어난 통찰력을 발휘한 역사극과 희극들이 만들어진다. 그중 대표적인 작품으로는 사악한 유대인 악덕 고리대금업자 샤일록의 횡포와 더불어 연인들의 감미롭고 희생적인 사랑의 힘을 배합한 「베니스의 상인」(1596)과 리처드 2세에게서 권력을 찬탈한 헨리 4세 치하의 음모와 혼란에 찬 암흑기를 배경으로 한 「헨리 4세」(1597) 등을 들 수 있다.

1599년에 이르러 셰익스피어는 템스강 남쪽 연안에 〈글로브극장〉을 건설하고 자신이 속해 있던 극단의 상설극장으로 삼았다. 이 무렵 셰익스피어의 창작력도 최고조에 이르렀다. 이때 발표된 작품으로 궁정에서 추방된 공작과 가신(家臣)의 목가적인 생활을 배경으로 젊은 남녀의 연애를 낭만적으로 그린 「뜻대로 하세요」와 궁정에서 상연할 목적으로 쓴 「십이야(十二夜)」 등을 꼽을 수 있다.

특히 「십이야」의 경우는 셰익스피어 최고의 희극으로 명성이 자자한 작품이다. 낭만적인 사랑과 결혼을 소재로 한 서정적 분위기에다 익살과 재담 그리고 해학 등의 희극적인 요소들이 작품 전체에 잘 녹아 흐르고 있다.

비극시대의 개막

1599년 봄, 아일랜드에서 일어난 타이론의 반란을 진압하기 위해 출정하는 에식스 경의 원정군에는 셰익스피어의 절친한 후원자였던 사우샘프턴 백작도 끼어 있었다. 그러나 원정이 실패로 돌아가면서 영국 왕실의 분노를 사게 되자, 에식스와 사우샘프턴은 공격의 목표를 아일랜드의 반란군에서 런던의 왕실로 바꿔 회군하기 시작했다.

여론의 지지를 얻지 못한 반란은 곧 실패로 돌아갔으며, 지도부는 체포되어 재판에 회부되었다. 에식스는 반역죄로 몰려 런던탑에서 참수되었으며, 사우샘프턴은 종신형을 언도받고 런던탑에 갇히게 되었다.

이는 엘리자베스 여왕의 치세가 막을 내리고 있음을 보여주는 상징적인 사건이었는데, 실제로 사건 발발 2년 후인 1603년 3월에 여왕은 숨을 거두었다. 이런 일련의 불행한 사태는 셰익스피어에게도 커다란 충격을 안겨 주었다.

그 영향으로 1600년 이후 그의 작품 세계의 면모가 확연하게 달라지면서 이름하여 비극시대가 개막되었다.

셰익스피어의 4대 비극으로 널리 알려진 「햄릿」(1600), 「오셀로」(1604), 「리어왕」(1605), 「맥베스」(1606) 등은 바로 이 시기에 쓰여진 작품들이다. 인간의 고뇌와 절망과 죽음 등 무거운 주제를 다룬 이 작품들 안에는 시대를 아파하는 셰익스피어의 우울한 심정과 염세적이고 절망적인 세계관이 깊이 아로새겨져 있다.

「햄릿」은 사랑과 존경을 바치던 대상인 아버지를 잃은 왕자 햄릿이 아버지를 죽인 범인이 숙부라는 사실을 알게 된다. 햄릿은 그런 숙부와 결혼한 어머니의 도덕적 타락과 배신, 그리고 용서받을 수 없는 숙부의 죄악과 그에 대한 증오, 연인 오필리아의 죽음 등으로 인해 극심한 고통과 절망감에 시달리다가 마침내 비극적인 최후를 맞는 이야기다.

「오셀로」는 악인 이아고의 간계에 빠진 무어인 장군 오셀로가 정숙하고 착한 아내 데스데모나의 정절을 의심하고 질투하다가 급기야 아내를 죽이고 마는 이야기다.

「리어왕」은 탐욕스럽고 간교한 큰딸과 둘째딸에게 왕국을 넘긴 리어왕이 결국에는 딸들에게 버림을 받아 분노에 찬 광인이 되어 광야를 떠돌고, 자신을 진정으로 사랑했던 막내딸 코델리아도 결국에는 죽음을 당하는 이야기다.

「맥베스」는 사악한 마녀들의 꾐에 빠진 맥베스 장군이 권좌에 오르기 위해 아내와 함께 왕을 죽인 대가로 비참하고 가련한 최후를 맞는 이야기다.

이상과 같이 각기 다른 소재들을 가지고 다른 방식으로 전개되고 있는 4대 비극을 한데 묶어 정리하기는 쉽지 않지만, 인간의 삶에 편재하는 거대한 악에 의해 개인의 선량한 의지와 행위들이 속절없이 유린되고 파괴당하는 비극적 상황에 대한 작가의 침울하고 침통한 시선이 네 작품 모두에서 고스란히 관철되고 있음을 볼 수 있다.

진실을 얻기 위해 반드시 그에 갚음할 만한 커다란 대가를 치르는 인간 세상의 비극성을 제시하고, 죽음에 대한 감수성을 내내 견지하면서 인간적인 가치탐구의 긴장감을 놓지 않는 셰익스피어의 뛰어난 창작력이 세계 연극사상 최고의 비극을 만들어낸 것이다.

하지만 이 시기에 셰익스피어가 비극만을 창작한 것은 아니었다. 그는 「트로일러스와 크리시더」(1601)와 「끝이 좋으면 모두 좋다」(1602) 그리고 「자(尺)에는 자로」(1604) 등의 희극도 썼다.

그런데 이런 작품들에서조차 음산한 절망감이 배어 나오고 있는 것을 보면, 당시 셰익스피어의 영혼에 깃들인 어둡고 침울한 기운이 얼마나 강렬했는지를 짐작할 수 있다. 사실 이러한 침울함의 원인이 셰익스피어의 내면에서만 찾아지는 것은 아니다. 당대의 연극적 유행의 변화도 셰익스피어의 비극시대를 추동하고 끌어가는 동력으로 작용하고 있다.

당시 관객들은 기존의 낭만적이고 유쾌한 희극과 역사극 따위에 식상해하면서, 그것을 대신할 사실적이고 풍자적인 희극과 비극적인 인간 존재극에 열광했다. 이런 대중적 열망의 반영과 아울러 인간 세상의 본질을 꿰뚫어보는 셰익스피어 자신의 깊어진 성찰과 인식의 발현이 곧 인류 문학사에 축복과도 같은 비극들을 선사했다고 할 수 있다.

왕의 후원과 로맨스극의 발표

엘리자베스 1세의 뒤를 이어 왕위에 오른 제임스 1세는 스튜어트 가문의 군주답게 예술을 애호하는 사람이었다. 1603년 5월 제임스 1세는 런던에 도착하자마자 연극을 육성하는 일에 착수했다.

그는 궁내부 극단을 국왕극단으로 개편하고 스스로 극단의 후원자가 되었다. 극단 단원들에게 연봉이 지급되었고, 왕실 가문의 표지가 새겨진 보랏빛 의상과 모자를 착용토록 하는 조치가 취해졌다.

또한 그는 셰익스피어와 그 단원들에게는 '그룸즈 오브 더 체임버'(groom of the chambers)라는 명예로운 계급을 수여하는 한편, 셰익스피어의 후원자인 사우샘프턴 백작도 감옥에서 풀어주었다.

이런 연극 육성 조치와 맞물려 관객의 기호가 변화하면서 영국의 연극에도 변화의 바람이 불기 시작했다. 주인공을 중심으로 해서 격렬하게 감정들이 대치하며 긴장을 증폭해 나가던 대작극에서 가정비극과 풍자희극, 그리고 감상적인 희비극이나 퇴폐적인 비극으로 그 축이 바뀌었던 것이다.

셰익스피어도 이때부터 새로운 경향을 띤 작품들을 무대에 올려 발표하기 시작했다. 그것은 바로 로맨스극이라고 하는 희비극이었는데, 그 가운데 대표적인 작품으로는 「겨울 이야기」(1610)와 「템페스트」(1611) 등이 있다.

운문 문학의 최고 절정

셰익스피어는 살아 생전 자신의 희곡 37편 가운데 절반에 가까운 작품들이 출판되는 것을 지켜보았다. 또한 정확한 창작 시기는 불분명하지만 1609년에 「소네트집」도 발간되었는데, 이것은 영국 소네트의 정수라는 찬사를 얻었다.

셰익스피어는 1610년 「겨울 이야기」가 초연되던 해에 귀향한 것으로 짐작되는데, 그가 고향 스트랫퍼드어폰에이번의 트리니티 교회에 안장된 지 3년이 지난 1619년에 토머스 파비어가 그의 희곡 선집을 기획·발간했으나 완간을 보지는 못했다.

총 10권이 나온 파비어의 셰익스피어 선집은 「헨리 6세」(제2부), 「헨리 6세」(제3부), 「헨리 5세」, 「윈저공의 명랑한 아낙네들」, 「베니스의 상인」, 「페리클레스」, 「한여름 밤의 꿈」, 「요크셔의 비극」, 「서 존 올드캐슬」, 「리어왕」 등이었다.

그리고 1622년 「오셀로」가 출판되었으며, 1653년에는 이전에 셰익스피어의 동료 배우였던 존 헤밍과 핸리 콘델의 편집으로 최초의 셰익스피어 단권 전집이 출판되었다.

셰익스피어의 희곡은 연극이라는 매개체를 통해 인간 내면에 도사린 다양한 면모를 극적이면서도 시적으로 잘 드러내 보인 운문 문학의 절정이었다고 할 것이다.

햄릿

Hamlet

등장인물

햄릿_ 덴마크 왕자, 선왕의 아들이며 클로디어스 왕의 조카
오필리아_ 폴로니어스의 딸
클로디어스_ 덴마크 왕
거트루드_ 덴마크의 왕비, 햄릿의 어머니
폴로니어스_ 클로디어스 왕의 고문관이며 재상
호레이쇼_ 햄릿의 친구
레어티스_ 폴로니어스의 아들
볼티먼드, 코닐리어스, 로즌크랜츠, 길든스턴, 오즈릭_ 시종
마셀러스, 버나도, 프랜시스코_ 경호병들
레이날도_ 폴로니어스의 하인
포틴브라스 2세_ 노르웨이 왕자
햄릿 부왕의 유령
그 외_ 어릿광대들, 무덤 파는 일꾼, 부대장, 영국 사신들, 남녀 귀족들, 군인, 선원, 사신, 시종들

배경_ 덴마크

줄거리

　감수성이 예민한 덴마크의 왕자 햄릿은 갑작스럽게 아버지를 잃는다. 그리고 사랑했던 어머니마저 평소 자기가 싫어하던 숙부와 결혼을 해 충격을 받는다. 그러던 어느 날 아버지의 유령을 만나게 되면서 아버지가 독살당했다는 사실을 알게 된다. 더욱이 아버지의 유령은 자신에게 복수해줄 것을 요구한다. 이에 햄릿은 그 사실을 확인하기 위해 일부러 미친 척하며 사랑하는 여자 오필리아와도 거리를 둔다.

　아버지의 복수를 실행하지 못하는 자신이 우유부단하게 느껴지던 햄릿은 마침 어머니의 방에 들렀다가 커튼 뒤에 숨어 자신을 보고 있는 사람이 클로디어스 왕인 줄 알고 칼로 찌르지만 정작 죽은 사람은 폴로니어스 경이었다. 클로디어스 왕은 햄릿을 영국에 사신으로 보내는 한편, 영국 왕에게는 밀서를 보내 그를 죽일 것을 요구한다. 하지만 밀서를 중간에서 가로챈 햄릿은 왕의 계략을 알고 몰래 귀국해 복수를 다짐한다.

　한편 오필리아는 아버지가 불의의 사고로 죽게 되었다는 사실에 충격을 받아 냇물에 빠져 죽게 되고, 졸지에 아버지와 동생을 잃은 레어티스가 귀국해 궁으로 쳐들어온다. 클로디어스 왕은 레어티스에게 아버지를 죽인 건 햄릿이니 펜싱 시합을 해서 햄릿을 죽이라고 제안한다.

　시합 당일, 레어티스는 햄릿이 마시는 술에 독극물을 타고 칼에는 독을 묻힌 다음 결투를 하게 된다. 그러나 햄릿이 마셔야 할 술을 거트루드 왕비가 마시고 숨을 거두고, 이미 독 묻은 칼에 찔린 햄릿은 레어티스의 칼을 빼앗아 그 칼로 레어티스를 찌른다. 결국 독이 묻은 칼에 찔러 죽게 된 레어티스는 모든 음모를 밝히고, 이 사실을 안 햄릿은 클로디어스 왕을 죽이지만 자신도 온몸에 독이 퍼져 숨을 거둔다.

제1막

제1장

엘시노 성 망대

보초병 프란시스코가 왔다갔다하며 보초를 서는데, 무장한 버나도가 성에서 나온다.

버나도 거기 누구냐?

프랜시스코 너야말로 누구냐? 거기 서서 신분을 밝혀라!

버나도 국왕 만세!

프랜시스코 버나도?

버나도 그렇다.

프랜시스코 제시간에 맞춰 왔군.

버나도 막 자정을 알리는 종소리가 울렸어. 가서 자게나, 프랜시스코.

프랜시스코 교대해 줘서 고맙네. 심장까지 얼어붙는 줄 알았다구. 무슨 추위가 이리 혹독하담.

버나도 별일 없었나?

프랜시스코 쥐새끼 한 마리도 얼씬거리지 않았네.

버나도 그랬군. 호레이쇼와 마셀러스를 만나거든 빨리 나오라고 전하게. 오늘 나와 함께 보초를 서기로 했거든.

호레이쇼와 마셀러스 등장

프랜시스코 발자국 소리가 들리는 걸 보니 누가 오나 보군. 정지! 거기 누구냐!

호레이쇼 이 나라 백성.

마셀러스 국왕의 신하.

프랜시스코 수고하게.

마셀러스 잘 가게, 친구. 누가 교대했나?

프랜시스코 버나도가 내 자리를 맡았네. 난 그만 가겠네. (퇴장)

마셀러스 이봐, 버나도!

버나도 어, 호레이쇼인가?

호레이쇼 그렇다고 할 수 있지.

버나도 잘 왔네, 호레이쇼. 어서 오게, 마셀러스.

마셀러스 그래, 오늘 밤에도 그게 나타났나?

버나도 아직은 안 나타났네.

마셀러스 호레이쇼는 우리가 헛것을 본 것이라며 도무지 믿지를 않네. 우리가 그렇게 끔찍한 모습을 두 번이나 봤는데 말야. 그래서 밤을 꼬박 세우며 함께 망을 보자고 했지. 만일 그 헛것이 나타난다면, 이 사람도 우리의 말을 믿을 게 아니겠는가. 말을 걸 수도 있고 말야.

호레이쇼 쯧쯧, 나오긴 뭐가 나온다고 그러나.

버나도 자넨 거기 앉아서 이틀밤이나 우리가 똑똑히 본 것을 귀담아 들어 보게.

호레이쇼 그럼 앉아서 버나도의 이야기나 들어보세.

버나도 바로 어젯밤, 북극성이 지금 저 별처럼 하늘을 비추고 있을 때였지. 마셀러스와 난 둘이서…… 마침 한 시 종이 울렸는데…….

완전 무장 차림을 한 유령이 사령관의 홀을 들고 등장

마셀러스 쉿, 조용히 해. 또 나타났네.
버나도 승하하신 선왕의 모습 그대로지 않나?
마셀러스 호레이쇼, 자넨 학자니까 학자답게 말을 걸어 보게.
버나도 선왕의 모습 그대로지 않나? 호레이쇼, 한 번 보라고.
호레이쇼 정말 똑같군. 놀랄 만큼 똑같아 가슴이 오그라들 것 같네.
버나도 누군가 말을 걸어주길 바라는 것 같지 않나?
마셀러스 어서 말을 걸어봐, 호레이쇼.
호레이쇼 넌 누구냐? 무엄하게도 돌아가신 선왕께서 즐겨 입으시던 갑옷 차림으로 한밤중에 나타나다니! 대답하라. 어서 대답하라.
마셀러스 화가 난 모양이야.
버나도 저것 봐? 그냥 가버리잖아!
호레이쇼 게 서지 못하겠느냐! 멈춰라! 명령한다! 대답하라. 거기 서라! (유령 퇴장)
마셀러스 사라졌어. 말 한마디 하지 않는군.
버나도 이봐, 호레이쇼. 자네 얼굴이 백짓장이군. 부들부들 떨고 있어. 그래, 아직도 이게 우리의 망상이라고 할 수 있겠나?
호레이쇼 이렇게 내 두 눈으로 똑똑히 보았는데, 어떻게 망상이라고 하겠나.

마셀러스　선왕의 모습 그대로지?

호레이쇼　정말 똑같이 닮았어. 뱃속이 시커먼 노르웨이 왕과 단신으로 결투하러 가셨을 때에도 저런 차림이셨지. 또 협상에 임했다가 깨지자 화가 나서 폴란드 놈들을 빙판 위에 때려눕혔을 때에도 바로 저런 표정이셨고. 참으로 해괴한 일이야.

마셀러스　이런 일이 지난밤에도 일어났었네. 바로 이 시각에 갑옷을 걸치시고 우리 앞을 성큼성큼 두 번이나 지나가셨어.

호레이쇼　이 일을 어떻게 갈피를 잡아야 할지 모르지만, 내 생각엔 이 나라에 큰 변이 일어나려는 흉조임이 분명한 것 같아.

마셀러스　자, 이러지 말고 앉아서 얘기하세. 도대체 매일 밤 백성들을 괴롭히면서까지 이토록 삼엄하게 경비를 서게 하는 이유가 뭔가? 또 날마다 대포를 만든다, 외국에서 무기를 사들인다 하며 왜 야단법석을 떠는지 아는 사람 있으면 말해 보게. 무엇 때문에 조선공을 징발해서 밤낮없이 배를 만드는지, 앞으로 무슨 일이 일어나는지 아는 사람 있으면 말해 보게나.

호레이쇼　나도 소문을 들었을 뿐이네. 자네들도 알다시피 조금 전에 모습을 보였던 선왕께서는 야심에 찬 노르웨이 왕 포틴브라스의 도전을 받은 적이 있었네. 하지만 용감하신 선왕 햄릿 왕은 포틴브라스의 목을 베셨지. 결국 선왕은 엄격한 기사도에 따라 포틴브라스의 목숨뿐만 아니라 영토까지 차지했지. 두 사람이 싸움을 할 때 각자 자기 영토를 걸었으니, 만일 포틴브라스가 이겼다면 햄릿 왕 역시 땅을 고스란히 빼앗겼을 거야. 이렇게 해서 햄릿 왕은 포틴브라스의 땅을 차지하게 되었어. 그런데 문제는 포틴브라스의 아들이 이 상황을 가만히 앉아서 받아들이지 않은 거야. 혈기

왕성한 그가 부랑아들을 끌어 모아 모반을 꾸미고 있다네.

하루 세끼 배만 채우면 그만인 부랑아들을 모아 아비가 잃은 영토를 되찾겠다는 속셈이지. 온갖 전쟁준비를 하는 것도, 우리가 여기서 망을 보는 것도, 나라가 이토록 온통 야단법석인 이유 역시 모두 그 때문이라네.

버나도 그럴 듯한 얘기로군. 선왕이 불길한 망령으로 우리 앞에 나타난 것도 다 그 때문이군. 선왕이 예나 지금이나 전쟁의 단초가 되지 않았나 말야.

호레이쇼 그 망령은 그야말로 눈에 박힌 티와 같군. 그 옛날 번영을 자랑하던 로마제국도 위대한 영웅 시저가 살해되기 전날 무덤들이 텅텅 비고, 수의를 몸에 휘감은 시체들이 나와 길거리를 걸어 다녔다지 않던가. 하늘의 별은 화염의 꼬리를 달고, 이슬은 핏물이 되어 내렸으며, 태양은 빛을 잃고, 밀물과 썰물의 바다를 지배하는 달조차도 말세가 온 듯 사그라졌다더군. 다시 말해 선왕의 망령도 앞으로 우리에게 닥칠 재앙의 서곡을 알려주기 위해서 나타난 것이 아닌가 싶네.

유령 다시 등장

호레이쇼 쉿! 저것 봐, 유령이 다시 나타났어! (유령이 팔을 벌린다) 벼락을 맞더라도 한번 막아 봐야겠어. 허깨비야, 게 섰거라. 거기 서라! 입이 있거든 말을 해봐. 네 원한을 풀어주면 나한테도 복이 될테니, 어서 말을 해 봐. 혹시 이 나라의 재앙을 알고 있는 건 아니냐? 미리 피할 수 있도록 말하라! 오, 말하라. 아니면 생전에 땅속에 재물을 파묻어 둔 것이라도 있어서 죽어 유령이 되어서까지 지상을 떠돌아다니는 거냐? (닭울음 소리가 들린다) 이봐, 마셀러스! 자네가 좀 막아 보라구!

마셀러스 이 창으로라도 찔러 볼까?

호레이쇼 그래, 안 서면 그렇게라도 해 봐.

버나도 여기다!

호레이쇼 이놈! (유령 퇴장)

마셀러스 사라져 버렸어. 그래도 존엄한 분의 혼령인데 우리가 주먹질을 한 건 잘못이야. 아무리 후려쳐도 허공을 치는 것처럼 허탕인데 어리석을 짓을 한 것 같아.

버나도 입을 열 것 같았는데 그놈의 닭이 하필 그때 울게 뭐람.

호레이쇼 닭이 울자 죄인이 호출 당하기라도 한 것처럼 깜짝 놀라더군. 새벽에 닭이 날카로운 울음소리로 해의 신을 부르면 동이 트는 것과 동시에 공기와 땅위를 떠돌던 헛것들이 모두 자신의 거처로 도망간다는 말이 틀리지 않다는 것을 지금 알게 되었어.

마셀러스 닭이 우니까 사라졌어. 크리스마스 때가 되면 새벽을 알리는 닭이 밤새도록 울어서 유령들이 얼씬도 하지 못한다는 말도 있어. 그러면 밤도 깨끗해지고, 별들도 마력을 잃고, 요정들도 장난기를 거두고, 마녀들도 신통력을 잃게 된다는 거야. 그래서 그때가 되면 정결하고 복스러운 기운이 넘친대.

호레이쇼 나도 그런 소릴 들었네. 정말 거짓말은 아닌가 보군. 자, 저기 보게나. 해가 붉은 망토를 걸치고 이슬을 밟으며 동녘 산마루로 솟아오르고 있군. 우리도 그만 보초를 끝내야겠군. 내 생각에는 아까 본 일을 햄릿 왕자님께 아뢰는 게 좋겠네. 비록 그 유령이 우리에게는 입을 다물었지만, 왕자님께는 후련하게 털어놓을지도 모르잖아. 왕자님께 말씀드리는 걸 반대하는 사람 있나? 왕자님에 대한 우리의 의무로 보나 충성심으로 보나 당연한 일일 것 같은데.

마셀러스 그렇게 하세. 오늘 아침 그분을 쉽게 만날 수 있는 곳을 내가 알고 있네.

제2장

성 안의 회의실

나팔 소리. 클로디어스 덴마크 왕과 거트루드 왕비, 궁신들, 폴로니어스와 그의 아들 레어티스, 볼티먼드와 햄릿 왕자 등장

왕 존경하는 형 햄릿 왕의 죽음이 아직도 생생한 지금, 온 나라가 애통해하고 슬픔에 빠져 있는 것은 당연한 일이오. 하지만 이제 우리도 정신을 차려야 할 때가 된 것 같소. 짐은 덴마크를 더욱 강성하게 하기 위해, 그리고 국왕으로서 체면을 지키기 위해 한때 형수님이었던 분을 왕비로 맞아들였소. 그야말로 한쪽 눈에는 눈물을, 다른 쪽 눈에는 웃음을 띤 채 장례식은 즐겁게, 결혼식은 슬프게, 기쁨과 슬픔을 똑같이 저울질하면서 왕비를 맞아들인 셈이오. 기꺼이 진언을 아끼지 않은 경들에게 참으로 고마움을 전하오. 이미 경들도 알고 있듯이 포틴브라스 2세가 우리의 국력을 과소 평가했는지, 아니면 선왕의 승하로 우리나라가 혼란에 빠진 것으로 생각했는지 자꾸 우리들을 괴롭히고 있소. 사신을 보내어 제 아비가 선왕한테 빼앗긴 땅을 내놓으라는 거요. 이 이야기는 이쯤 해두고 짐이 말하고 싶은 것은 상황이 이러한데 가만히 앉아 당할 수는 없다는 거요. 그래서 짐은 노르웨이 국왕에게 칙서를 보낼 작정이오. 포틴브라스 2세의 숙부가 되는 노르웨이 국왕은 지금 병환 중이어서 조카의 야심을 잘 모르고 있는 것 같소. 짐은 이 칙서에 포틴브라스 2세가 왕의 백성을 마음대로 징집하고 있으니 노르웨이 왕께서 잘 단속해서 앞으로 불상사가 일어나지 않도록 해 달라고 쓴 거요. 자, 이제 그것을 전할 사신을 정하겠소. 코닐리어스 경과 볼티먼드 경은 짐의 뜻을 잘 유념해 노르웨이 왕께 이 사실을 전하시오. 이제 경들은 신하로서 충성을 다하고 자신의 의무를 다하기를 바라겠소.

코닐리어스, 볼티먼드 왕께서 분부하신 명을 받들겠습니다.

왕 경들만 믿겠소. 무사하기를 빌겠소. (볼티먼드와 코닐리어스 퇴장) 자, 레어티스, 무슨 일이라도 있느냐? 말해 보거라. 나한테 무슨 소원이 있다고 들은 것 같은데, 네 소원이라면 이 덴마크 왕이 못 들어줄 게 뭐가 있겠느냐? 나와 네 부친은 뇌수와 심장처럼 떼어 놓을 수 없는 사이고, 손과 입처럼 더할 수 없이 필요한 사이니라. 그래, 바라는 게 무엇이냐, 레어티스?

레어티스 존경하옵는 폐하, 프랑스로 돌아가도록 윤허해 주십시오. 제가 프랑스에서 덴마크로 온 것은 폐하의 대관식에 참석하기 위해서였습니다. 이제 그 의무를 다한 지금 솔직히 프랑스로 가고 싶은 마음뿐입니다. 그래서 폐하의 윤허를 간절히 바라고 있습니다.

왕 부친의 허락은 받았는가? 폴로니어스 경, 그대의 생각은 어떠오?

폴로니어스 자식놈이 어찌나 졸라대는지 내키지 않았지만 허락해 주었습니다. 자식놈의 뜻을 꺾지 못해 마지못해 승낙의 도장을 찍었습니다. 폐하께서도 부디 윤허하여 주옵소서.

왕 좋다, 레어티스. 좋은 시간을 선택해서 떠나도록 하라. 가서 마음껏 즐기되 열심히 공부해서 네 자질을 아낌없이 살리도록 하

라. 이제 내 조카며 내 아들인 햄릿 차례인데…….

햄릿 (방백) 핏줄은 통해도 마음은 통하지 않아.

왕 어찌된 일이냐? 요즘 네 얼굴엔 먹구름이 가시지 않는구나.

햄릿 천만에요, 햇볕을 너무 많이 쬐어서 그렇습니다.

왕비 햄릿, 이제 어두운 상복은 벗어버리고 폐하께 좀더 부드러운 눈길을 보여드려라. 언제까지 눈을 내리깔고 돌아가신 아버지를 생각하겠느냐. 누구든 한 번은 세상을 떠나 저승으로 간다는 걸 알고 있지 않느냐?

햄릿 네, 물론 저도 잘 알고 있습니다.

왕비 그런데 왜 유독 너만 특별하게 구는 것처럼 보이느냐?

햄릿 보이는 게 아니라 사실이 그렇습니다, 어머니. 저는 보인다는 말을 알지 못합니다. 착하신 어머니, 이 새까만 외투나 이 검은 상복이나 억지로 내쉬는 과장된 한숨으로 어찌 제 심정을 드러낼 수 있겠습니까. 냇물처럼 흐르는 눈물과 슬픔으로 일그러진 표정 등은 그저 꾸밀 수도 있는 것이지요. 그러나 제 마음속에 있는 것은 그렇게 꾸밀 수 있는 것이 아닙니다. 드러내는 슬픔은 겉으로만 장식하는 옷이나 다를 바가 없지요.

왕 돌아가신 부왕을 그토록 애도하다니, 참으로 착하고 가상하구나. 하지만 생각해 보라. 네 아버지도 그 아버지를 여의셨고, 네 할아버지 또한 그 아버지를 여의셨다. 그래서 유족들은 자식 된 도리를 하느라 일정 기간 동안 상복을 입고 애도를 표하지. 그러나 그것도 도가 지나치면 오히려 신을 모독하는 행위이며, 남자답지 못한 태도다. 다시 말해 신의 섭리에 역행하는 행위이며, 다 신앙이 부족한 마음에서 비롯된 것이다. 인간이라면 죽음을 피할 수 없는 일, 어찌 부질없이 반항하며 슬퍼해야 하는가. 그것은 하늘을 배반하는 일이며 망자에게도 옳지 못한 행동이고, 자연을 거역하는 일이다. 이성적으로 생각해도 아버지의 죽음은 필연적으로 받아들여야 할 일 아닌가. 그러므로 제발 부탁이니, 그 부질없는 슬픔은 거두고 나를 친아버지처럼 생각해 다오. 이 자리에서 공포하건대 너야말로 내 뒤를 잇는 왕위 계승자다. 내가 친아버지 못지않게 너를 사랑하는 것도 다 이러한 이유 때문이다. 그런데도 너는 다시 비텐베르크 대학으로 돌아가겠다니, 내 뜻과는 전혀 상반되는구나. 제발 부탁이니, 이곳에 남아서 부디 내 신하, 내 핏줄, 내 아들로서 있어다오.

왕비 이 어미의 부탁도 들어다오, 햄릿. 비텐베르크로 돌아가지 말고 제발 내 곁에 있어다오.

햄릿 알겠습니다, 어머님. 분부대로 따르겠습니다.

왕 오, 듣던 중 참으로 반가운 대답이구나. 이 덴마크 땅에서 나와 함께 지내도록 하자. 자, 갑시다, 거트루드. 솔직하고 부드러운 햄릿의 대답을 들으니 내 마음이 가벼워지는구려. 우리, 오늘 축하하는 의미에서 축배를 들어야겠소. 오늘 덴마크 왕이 잔을 들 때마다 축포를 쏘아 올려 온 하늘과 이 나라에 쩌렁쩌렁 울리게 하라. 자, 가자. (나팔 소리 울리고 햄릿을 제외한 사람들 모두 퇴장)

햄릿 아아, 참으로 더럽혀진 육체여! 차라리 녹아 버려 이슬이 되거라. 전능하신 신은 왜 자살을 금하는 율법을 정해 자살을 못하도록 하셨는가! 아, 지루하고 멋없고 살 가치조차 없는 세상살이여! 정말 지긋지긋하구나. 에잇, 더러운 세상! 황폐한 뜰에는 잡초만 자라고 주위는 온통 악취로 숨을 쉴 수 없구나. 아아, 이런 꼴이 되어 버리다니, 돌아가신 지 채 두 달도 안 되었는데. 그토록 훌륭하셨던 아버지는 지금의 왕과 비교하면 태양과 암흑이지. 어머니를 끔찍이 사랑하신 아버지, 어머니가 바람을 맞는 것조차 아까워하시던 아버지셨는데. 오, 신이시여, 또다시 기억해야 하는가. 어머니는 언제나 아버지에게 매달려 사랑을 갈구했지. 마치 사랑하면 할수록 더욱 욕구가 생기기라도 하듯이. 그런데 한 달도 못 되어······. 오, 생각하기도 싫구나. 약한 자여, 그대의 이름은 여자인가! 한 달도 되기 전에, 니오베 여신처럼 온통 눈물에 젖어 아버지의 상여를 따라가던 신발이 채 닳기도 전에 숙부의 품에 안기다니. 오, 신이시여! 이성이 없는 짐승이라 해도 그분보다 더 오래 슬퍼했으련만. 숙부와 결혼을 하다니, 내가 헤라클레스와 전혀 닮지 않았듯이 아버지와 조금도 닮지 않은 자와 한 달도 안 되어 결혼하다니. 마음에도 없이 흘린 눈물의 소금기로 쓰린 눈동자의 핏발이 채 가시기도 전에 결혼하다니. 오, 어머니! 어쩌면 이렇게 빠르게 결정하셨나요? 그토록 민첩하게 불륜의 잠자리로 치달을 이유라도 있었나요? 이것은 선한 열매를 맺을 수 없다. 하지만 이 가슴이 터지는 한이 있더라도 입을 다물고 있어야지.

호레이쇼, 마셀러스, 그리고 버나도 등장

호레이쇼 안녕하십니까, 왕자님.
햄릿 오, 잘들 있었나. 자네 호레이쇼가 아닌가. 아니, 내가 정신이 나갔나?
호레이쇼 맞습니다. 왕자님의 변함없는 충복 호레이쇼입니다.

햄릿 여보게, 그런 말 말게. 우린 친구 사이가 아닌가. 그런데 호레이쇼, 자네 비텐베르크에서 왜 왔나? 아, 마셀러스!

마셀러스 왕자님 안녕하십니까!

햄릿 만나서 반갑네. (버나도에게 인사) 잘 있었나? 그런데 자네들 이곳엔 무슨 일로 왔는가?

호레이쇼 제가 원체 놀기를 좋아하는 게으른 놈 아닙니까?

햄릿 자네 원수가 그런 말을 한다 해도 난 믿지 않을 걸세. 자네가 악한이나 된 것처럼 말을 한다 해도 내 귀가 어디 믿겠냐고? 자네는 절대로 게으름뱅이가 아니라는 걸 난 알아. 그래, 무엇 때문에 이곳 엘시노에 왔는가. 내 떠나기 전에 실컷 술을 먹여주겠네.

호레이쇼 실은 부왕의 장례식에 참례하러 왔습니다.

햄릿 여보게들, 제발 농담은 그만두게. 어머니의 혼례식을 보러 왔겠지.

호레이쇼 하긴 연이어진 행사가 아닙니까.

햄릿 그게 다 절약 아니겠나. 제사상 음식을 차린 뒤에 그것으로 잔칫상을 차리니 얼마나 경제적인가. 이런 꼴을 볼 바에야 차라리 천당에서 원수를 만나는 게 낫지. 호레이쇼, 난 지금도 아버님의 모습이 선하게 떠오른다네. 아, 아버님을 뵌 듯해.

호레이쇼 어디서요?

햄릿 물론 내 마음속에서지.

호레이쇼 저도 한 번 뵌 적이 있지요. 훌륭한 왕이셨습니다.

햄릿 어느 모로 보나 훌륭한 분이셨지. 그런데 다시는 그분을 만날 수 없게 되었네.

호레이쇼 왕자님, 저는 어젯밤 뵈었습니다.

햄릿 누구를 보았다고?

호레이쇼 왕자님의 아버님이신 부왕을 말입니다.

햄릿 나의 아버님을?

호레이쇼 잠시 진정하시고 제 얘기를 들어주십시오. 듣기에 따라 좀 망측한 일이라서 말입니다. 물론 지금 이 사람들이 증인이지만요.

햄릿 뜸을 들이지 말고 어서 말해 보게.

호레이쇼 실은 여기 마셀러스와 버나도 이 두 사람이 이틀 밤 연이어 보초를 섰다가 겪은 일입니다. 한밤중이 되면 부왕을 꼭 닮은 형체가 나타난 것입니다. 머리끝에서부터 발끝까지 단단히 무장한 모습으로 이들 앞에 나타나 위엄 있는 걸음걸이로 지나가신 것입니다. 손에 쥔 지휘봉이 닿을락말락한 거리를 두고 그것도 세 번씩이나 말예요. 이 두 사람은 어찌나 무섭던지 말문이 꽉 막혀 말 한마디 건네지 못했답니다. 그 말을 듣고 저 역시 사흘째 되던 날 밤 같이 가서 망을 보았습니다. 그랬더니 이 사람들 말대로 똑같은 시각에 똑같은 차림을 하고 그 유령이 나타난 것입니다. 틀림없이 부왕이셨습니다. 이 오른손과 왼손도 그렇게 똑같지는 않을 겁니다.

햄릿 그래, 그게 어디였나?

마셀러스 저희가 보초를 서고 있는 망대입니다.

햄릿 말 한마디 건네지 못했는가?

호레이쇼 물론 걸어 보았습니다만 아무런 대꾸도 없었습니다. 다만 뭔가를 말할 것처럼 고개를 치켜올릴 때 새벽닭이 요란스럽게 울어댄 것입니다. 그러자 유령은 몸을 움츠리더니 허겁지겁 우리 눈 앞에서 사라져 버렸지요.

햄릿 심상치 않은 일이구나.

호레이쇼 맹세코 이건 틀림없는 사실입니다. 그래서 이 일을 왕자님께 아뢰는 것이 저희 의무라고 생각했습니다.

햄릿 그렇고말고. 하지만 내 마음이 어지럽구나. 너희들은 오늘 밤에도 보초를 서는가?

마셀러스·버나도 네, 왕자님.

햄릿 머리끝부터 발끝까지 무장을 하고 있었단 말인가?

마셀러스·버나도 그렇습니다, 왕자님.

햄릿 얼굴은 보았는가?

호레이쇼 다행히 투구 안대가 올려져 있어서 보았습니다.

햄릿 찡그린 표정이던가?

호레이쇼 서글픈 표정이었습니다.

햄릿 창백하던가?

호레이쇼 네, 아주 창백해 보였습니다.

햄릿 자네들을 쳐다보던가?

호레이쇼 네, 계속 보았습니다.

햄릿 나도 함께 있었으면 좋았을걸.

호레이쇼 그랬다면 정말 놀라셨을 것입니다.

햄릿 그야 그랬겠지. 얼마나 있었는가?

호레이쇼 아마 100 정도를 셌을 시간이었습니다.

마셀러스·버나도 아닙니다, 훨씬 더 길었습니다.

호레이쇼 내가 보았을 때는 그 정도밖에 되지 않았어.

햄릿 수염은 희끗희끗하던가?

호레이쇼 예, 생시에 뵈었던 모습 그대로였습니다.

햄릿 오늘 밤엔 나도 망을 봐야겠다. 혹시 다시 나타날지도 모르니까.

호레이쇼 틀림없이 나타날 겁니다.

햄릿 정말 아버지의 모습 그대로라면 지옥이 아가리를 벌리고 내게 침묵을 명한다 하더라도 말을 걸 것이다. 너희들에게 부탁하노니 이 일은 없었던 일로 하거라. 그리고 오늘 밤 어떤 일이 일어나더라도 가슴속 깊이 간직한 채 절대로 입 밖에 내지 마라. 너희들의 호의에 보답할 날이 있을 거다. 그럼 오늘 밤 열한 시와 열두 시 사이에 내 망대로 꼭 갈 것이다.

일동 왕자님을 위해 충성을 다하겠습니다.

햄릿 충성이 아니라 우정일세. 그럼 내 다정한 친구들, 잘 가게. (햄릿만 남고 모두 퇴장) 무장을 하신 아버님의 유령이라……. 이건 예삿일이 아니구나. 뭔가 흉측한 일이 움튼다는 증거야. 밤이 어서 왔으면 좋겠다! 그때까진 내 마음아, 좀더 침착해지려무나. 비록 온 땅이 악행을 덮어 눈가림한다 해도 결국 우리는 보게 될 것이다. (퇴장)

제3장

폴로니어스의 저택

레어티스와 오필리아 등장

레어티스 이제 배에 짐을 다 실었으니 작별을 해야겠구나. 오필리아야, 너도 잠만 자지 말고 편지 좀 쓰고.

오필리아 알았어요.

레어티스 그리고 햄릿 왕자가 너한테 호의를 보이신 모양인데, 한때의 바람기라는 걸 잊지 말거라. 그야말로 이른봄에 피는 오랑캐꽃과 같은 거지. 일찍 피지만 금세 시들고, 향기롭긴 하지만 오래 가지 않는 것 말야. 한순간의 달콤한 향기요, 일시적인 희롱일 뿐이지.

오필리아 정말 그럴까요?

레어티스 물론이지. 인간은 키와 육체만 자라는 것이 아니라 정신과 마음도 성장하는 법이거든. 지금은 왕자님이 너를 사랑하실지도 모르지. 그분은 마음이 순수해서 속임수를 쓰거나 더러운 짓을 하지는 않지. 하지만 문제는 그분의 신분이 너무 높아, 무엇이든 자기 마음대로 일을 처리할 수 없는 입장이라는 거야. 왕실의 체통을 지켜야 하고, 보통 사람들처럼 제멋대로 행동할 수 없는 분이지. 게다가 이 나라의 안정과 번영이 그분의 선택 여하에 따라 좌우되거든. 그러니 자신의 배우자를 간택하는 것도 자신이

다스리는 백성의 의사에 따라 좌우된다는 거야. 그러니 그분이 너를 사랑한다고 말씀하시더라도 알아서 가감하는 것이 현명한 일이야. 그분의 구애에 솔깃해 넋을 잃고 소중한 정조를 바치는 일이 없도록 하거라. 오필리아, 단단히 마음을 단속해야 해. 기분에 좌우되지 말고 정욕의 위험한 화살이 닿지 않도록 해야 한단다. 정숙한 처녀는 달빛에 얼굴을 드러내는 것조차 부끄럽게 여겨야 한다고 하지 않더냐. 아무리 정숙한 여인도 비껴 가기 어려운 것이 이 세상의 험담이란다. 봄에 싹트는 새싹은 활짝 피어나기도 전에 벌레에게 먹히기 십상이고, 아침 이슬처럼 싱싱한 청춘일수록 무서운 독사의 밥이 되는 법이야. 첫째도 조심, 둘째도 조심, 그저 조심하는 게 상책이야. 물론 젊을 땐 유혹의 손길이 닿지 않아도 저절로 유혹에 빠져들지만 말이다.

오필리아 오라버니의 충고 마음속 깊이 간직해 감시의 눈길로 삼을게요. 하지만 오라버니, 방탕한 사제들처럼 입으로는 험한 가시밭길을 천당 가는 길이라 알려주고, 정작 자신은 환락의 꽃밭을 거닐 듯이 하면 안 돼요.

레어티스 내 걱정은 말아라. 자, 늦었구나.

폴로니어스 등장

레어티스 아버님이 오신다. 축복을 두 번 받으면 행복도 두 배가 된다는데, 작별인사를 두 번이나 받는 행운을 얻었구나.

폴로니어스 아직도 가지 않았느냐? 서둘러 배를 타거라! 돛이 바람을 한껏 안고 있고, 사람들이 모두 널 기다리고 있어. 자, 축복해

주마. 그리고 몇 마디 충고할 테니 명심하거라. (아들의 머리에 손을 얹는다) 함부로 입을 놀리지 말 것, 엉뚱한 생각을 실천으로 옮기지 말 것, 잡스러운 친구를 사귀지 말 것, 일단 사귄 친구들이 진실하다면 놓치지 말 것, 햇병아리들과 너무 친하게 지내지 말 것, 싸움판에 끼여들지 말 것, 하지만 일단 끼여들면 철저히 해치우도록 해라. 다시는 너를 얕보지 않도록 말야. 그리고 남의 말에 귀를 기울이되 말을 삼갈 것, 어떠한 판단이든 신중할 것, 옷맵시를 내되 눈에 띨 정도로 내지 말 것, 품위가 있도록 말야. 옷은 인격을 나타내니까. 프랑스 고관대작들과 세련된 상류사회 양반들은 이 점에 있어서 아주 우수하지. 돈은 빌리지도 말고 꾸지도 말 것, 돈을 빌려주면 돈도 잃고 친구도 잃는다는 걸 명심하거라. 게다가 돈을 빌리면 절약하는 마음이 무뎌진다는 걸 잊지 말고. 무엇보다도 네 자신에게 충실할 것, 그렇게 하면 밤이 지나 낮이 오듯이 다른 사람에게도 충실해지게 마련이란다. 그럼 잘 가거라. 내 충고가 네 마음속에 무르익기를 기도하마.

레어티스 안녕히 계십시오, 아버지.

폴로니어스 시간이 다 됐다. 어서 가거라.

레어티스 오필리아, 너도 잘 있고. 내가 한 말 절대로 잊지 말거라.

오필리아 이 마음속을 단단히 채웠으니 열쇠는 오빠가 가져가세요.

레어티스 아버지, 다녀오겠습니다. (퇴장)

폴로니어스 오빠가 너에게 무슨 말을 하더냐?

오필리아 햄릿 왕자님에 관해서요.

폴로니어스 음, 잘했구나. 요즘 소문에 따르면 요즘 왕자님과 단둘이 시간을 많이 보낸다는 말이 있던데 사실이냐? 왕자님을 위해서 시간을 아낌없이 낸다는데, 그게 사실이라면 나도 한마디 안 할 수가 없구나. 넌 네 신분을 망각하고 있구나. 내 딸로서 네 명예를 생각해야 해. 그래, 왕자님과는 어떤 관계냐? 이 아비에게 사실대로 털어놓아라.

오필리아 저, 왕자님께서는 요즘 저에게 여러 번 사랑을 고백하셨어요.

폴로니어스 사랑이라고? 너도 참 순진하구나. 하긴 험악한 꼴을 당해 봤어야 알지. 그래, 왕자님의 고백이 진짜처럼 들리더냐?

오필리아 실은 어떻게 받아들여야 할지 그저 난감할 뿐입니다.

폴로니어스 그렇겠지. 내 말을 잘 들어라. 왕자님이 다정하게 대해 주었다고 진정으로 여겼다니, 어리석구나. 좀 더 조신하게 처신하도록 하여라. 안 그러면 속된말로 나를 웃음거리로 만들게 될 거다.

오필리아 하지만 그분은 명예로운 방식으로 제게 사랑을 고백했습니다.

폴로니어스 방식에 현혹하기 십상이지. 다들 그래.

오필리아 게다가 자기 말이 진심임을 거듭 맹세했어요.

폴로니어스 그게 바로 덫이 아니고 무엇이겠니? 애야, 맹세란 불길처럼 활활 타오르다가 금세 사라지는 거야. 그 불길을 진심으로 받아들였다가는 낭패를 당하기 십상이야. 앞으로는 순결한 처녀답게 그분과 쓸데없이 만나는 일은 삼가는 게 좋겠구나. 왕자님의 요구에 호락호락 넘어가지 말고 고자세를 취해야 해. 왕자님은 너와 달리 아주 자유로우신 분이야. 그러니 왕자님의 맹세를 믿어선 안 돼. 그런 맹세 따위는 겉과 속이 다르단다. 가당찮은 청원을 하는 사람들처럼 입으로는 그럴 듯하게 말을 하지만, 실상은 자기들의 욕망을 채우기에 급급할 뿐이야. 여자에게 불륜을 권하는 뚜쟁이 같다고나 할까. 다시 한 번 말하건대 앞으로 단 한순간이라도 햄릿 왕자님과 시간을 보내면서 허비하지 말거라. 알겠지? 단단히 조심해야 해. 자, 이제 들어가자.

오필리아 아버님 분부대로 따르겠습니다. (두 사람 퇴장)

제4장

망대의 한 통로

햄릿, 호레이쇼, 마셀러스 등장

햄릿 바람이 살을 에는 것 같구나. 날씨 한번 고약하군.
호레이쇼 온몸이 얼음장입니다요.
햄릿 몇 시냐?
호레이쇼 아직 자정이 안 된 것 같습니다.
마셀러스 아닙니다. 조금 전에 자정을 알리는 종을 쳤는걸요.
호레이쇼 그래? 왜 난 못 들었지? 그럼 유령이 나타날 시각이 됐군.

이때 궁에서 나팔 소리와 축포 소리가 들린다.

호레이쇼 왕자님, 이게 무슨 소린가요?
햄릿 왕께서 밤새도록 주연을 베풀고 있다네. 요란하게 춤을 추며 한마디로 난장판을 벌이고 있는 셈이지. 왕이 포도주를 한 잔 비울 때마다 북을 치고 나팔을 불어 왕의 만수무강을 백성들에게 알린다는 걸세.
호레이쇼 그게 관습인가요?
햄릿 그렇다네. 저런 관습은 차라리 없애 버리는 것이 좋겠어. 그렇게 술을 마셔대니까 외국으로부터 우리나라가 비난을 받고 있어. 돼지처럼 주정을 부린다고 욕을 해대는 거야. 참으로 망신스런 관습이지. 저러니 우리가 아무리 훌륭한 업적을 쌓는다 해도 소용이 없게 되지. 말하자면 어떤 사람이 선천적으로 결함을 갖고 태어났다 해도 그건 그 사람 잘못은 아니지 않나. 그렇게 태어나고 싶어서 태어난 건 아니거든. 그런데 그 결함을 더욱 부각시켜 봐. 아마 그 사람이 아무리 빼어난 미덕이 있다 해도 그 결함이 더욱 드러나 사람들로부터 손가락질을 받게 될 거야. 이처럼 티끌 만한 결점이라 해도 평판에 치명적일 수도 있다는 거지. 왜 그런 말 있잖은가. 백 번 잘하다가도 한 번 잘못하면 잘못한 것만 눈에 띄고 잘한 건 모두 없어지는 것 말야.

유령 등장

호레이쇼 왕자님, 드디어 나타났습니다!

햄릿 하나님, 우리를 지켜 주소서! 그대는 누구인가? 천사냐, 악마냐? 하늘에서 왔는가, 지옥에서 왔는가? 우리를 구하러 왔는가, 멸망시키러 왔는가? 그대 모습을 보니 차마 말을 걸지 않을 수가 없구나. 오, 덴마크의 왕, 햄릿이시여, 대답하라. 나를 의혹에 빠뜨리지 말고, 죽어서 땅 속에 묻힌 시체가 어찌하여 수의를 벗고 나타났는가? 어찌하여 그대가 고이 잠들었던 땅속 유택에서 나와 이곳을 거니는지 말해 보라. 싸늘한 시체가 되어버린 그대가 어찌하여 갑옷을 걸치고 이 밤에 나타나 사람들을 떨게 만드는지 말해 보라. 또한 어리석은 우리 인간들의 머리로는 도저히 풀지 못할 문제를 던져주고 공포에 떨게 하는지 그 이유를 말하라. 어떻게 하라는 것이냐? (유령이 햄릿에게 손짓을 한다)

호레이쇼 함께 가자고 손짓하는군요. 왕자님께만 알려드릴 것이 있는 모양입니다.

마셀러스 보세요, 아주 근엄하고 정중한 태도로 손짓을 하는군요. 하지만 왕자님, 따라가지 마십시오.

호레이쇼 그래요, 가시면 절대로 안 됩니다.

햄릿 이제 와서 내가 무엇이 두렵겠는가. 내 목숨은 바늘 하나만큼의 가치도 없어. 나 역시 저 유령과 마찬가지 영혼을 갖고 있는데 무슨 피해를 입겠는가? 따라가야겠다.

호레이쇼 바다로 끌고 가면 어떻게 하시려고 그러세요? 아니면 낭떠러지 벼랑으로 끌고 간 뒤 끔찍한 모습으로 돌변하여 왕자님의 이성을 마비시켜 혼백을 빼버리면 어떻게 해요? 왕자님, 이성을 찾으세요. 인간이란 절벽 위에서 짙푸른 바다를 내려다보며 울부짖는 파도 소리만 들어도 죽음에의 유혹을 느끼는 법입니다.

햄릿 여전히 나를 부르고 있다. 난 따라가 봐야겠어.

마셀러스 왕자님, 제발 가지 마십시오.

호레이쇼 진정하세요. 절대로 가시면 안 됩니다.

햄릿 운명이 나를 부르고 있어. 온몸의 핏줄이 네메아 사자(헤라클레스가 죽였다고 전해지는 무서운 사자)의 힘줄처럼 팽팽해지고 있는걸. 여전히 나를 부르고 있어. 제발 날 붙잡지 말라. 만일 방해하면 모두 죽이겠다. 들었느냐? 비켜라, 비켜! 유령이여, 가거라. 내 기꺼이 너의 뒤를 따를 것이다. (유령과 햄릿 퇴장)

호레이쇼 유령에 홀려 넋이 빠졌구나.

마셀러스 명령에만 복종할 때가 아닙니다. 어서 따라가 봅시다.
호레이쇼 장차 이 일을 어찌할꼬?
마셀러스 이 나라에서 뭔가 푹푹 썩고 있군요.
호레이쇼 하늘의 뜻을 따를 수밖에 없겠지.
마셀러스 우리도 어서 따라가 보지요. (퇴장)

제 5 장

망대 아래의 빈터

유령과 햄릿 등장

햄릿 어디로 가느냐? 말하지 않으면 더 이상 따라가지 않겠다.
유령 잘 들어라.
햄릿 말하라, 듣고 있으니까.
유령 곧 있으면 유황불에 이 몸을 맡겨야 한다.
햄릿 오, 불쌍한지고!
유령 동정할 필요는 없다. 내 말이나 들으면 된다.
햄릿 말하라.
유령 듣고 나서 네가 할 일이 있다.
햄릿 뭐라고?
유령 나는 네 아비의 혼령이다. 밤이 되면 잠깐 동안 돌아다닐 수가 있지만 낮이 되면 불길 속에서 고통을 받고 있다. 생전에 저지른 죄악이 다 타서 정화될 때까지 그래야 할 운명이다. 만일 내가 금단의 계율을 깨뜨려 저승의 비밀을 털어놓는다면, 너의 영혼은 상처를 입어 젊은 피는 얼어붙어버리고 두 눈은 별똥처럼 튀어나와 사라지고 곱슬곱슬한 머리칼은 성난 고슴도치처럼 곤두설 것이다. 그러니 저승 세계의 영원한 비밀을 이승의 인간에게 털어놓을 수는 없다. 자, 듣거라. 네가 아버지를 단 한번이라도 사랑한 적이 있다면, 듣거라.

햄릿 오, 신이시여!

유령 비겁하기 짝이 없는 살인자에게 복수하라.

햄릿 살인이라고요?

유령 살인이란 어떤 것으로도 합리화될 수 없는 잔학한 행위지만 이번 살인은 정말 흉측하고 무도한 짓이었다.

햄릿 어서 말씀을 하시지요. 사랑의 화살보다 빠르게 날아가 살인자를 해치우겠습니다.

유령 암, 그래야지. 내 말을 듣고도 분개하지 않는다면 저승에 흐르는 망각의 강변에 번성하는 잡초보다도 못한 인간이겠지. 햄릿아, 잘 듣거라. 세상에 알려진 바로는, 내가 정원에서 낮잠을 자다가 독사에게 물려 죽은 것으로 되어 있을 것이다. 덴마크의 모든 백성들은 그 날조된 얘기에 감쪽같이 속고 있지만. 사실을 잘 듣거라. 네 아비를 죽인 독사는 지금 머리 위에 왕관을 쓴 자니라.

햄릿 오, 내 예감대로 숙부가?

유령 그렇다. 근친을 간음한 자, 그놈은 짐승보다 못한 놈이다. 간악한 지혜와 재주를 부려 유혹의 마수를 정숙한 체하던 나의 왕비에게 뻗쳐 음란한 자리로 끌어들였다. 오, 햄릿! 이 얼마나 천박한 배신이냐. 마음속 깊이 사랑을 하고 백년가약의 맹세를 굳세게 지켜 온 나를 배반하여, 형편없이 비열한 녀석과 배를 맞추다니! 진정 정숙한 여인이라면 욕망이 천사의 탈을 쓰고 유혹할지라도 결코 흔들릴 수 없을 텐데. 반대로 음탕한 여인이라면 천사와 관계를 맺는다 해도 썩은 고기를 탐내는 법이겠지. 오, 벌써 새벽이 밝아오는구나. 내 간단히 말하마. 나는 그날 늘 하던 버릇대로 정원에서 낮잠을 자고 있었다. 그런데 네 숙부가 몰래 숨어들어 헤보나를 내 귓속에 부은 것이다. 이 독약은 인체를 썩게 하는 극약으로, 순식간에 핏줄을 타고 온몸에 번져 마치 우유에 식초 한 방울을 떨어뜨린 듯이 맑고 깨끗한 피를 굳어 버리게 한다. 내 피도 그렇게 금세 뻣뻣해졌고, 문둥이처럼 더럽고 흉측한 부스럼이 내 부드러운 살결을 순식간에 뒤덮었다. 이렇게 해서 난 목숨뿐만 아니라 왕관, 왕비마저도 한꺼번에 빼앗기고 말았다. 게다가 죄업이 한창일 때 죽는 바람에 성찬식도 못하고 최후의 참회 기도도 없이 하나님 앞에 끌려나가 심판대에 오르게 된 것이다. 오, 정말로 끔찍한 일이다! 정말로 무서운 일이다. 만일 너에게 조금이라도 효심이 남아 있다면, 덴마크 왕실의 거룩한 침상을 패륜과 정욕 속에 그대로 버려 두지 말거라. 그러나 이 일에 대한 복수를 하되 네 마음을 더럽히지는 말아라. 그리고 아무리 분노가 솟구치더라도 어머니를 해치지 말고 하늘의 심판에 맡겨 둬라. 그녀의 마음속에 가책이 일어나 고통을 받도록 내버려두거라. 자, 이제 이별의 시간이다. 반딧불이 희미해지는 것을 보니 새벽인가 보구나. 잘 있거라. 잘 있거라, 내 아들. 나를 잊지 말거라. (퇴장)

햄릿 오, 하늘과 땅의 신들이여! 그리고 지옥도 불러낼까? 오, 심장이여, 견디어라. 내 몸의 근육들이여, 갑자기 늙지 말고 나를 튼튼히 설 수 있게 하라. 잊지 말라고? 그러마, 불쌍한 유령이여. 기억이라는 것이 내 흐트러진 머릿속에 존재하는 한 내 잊지 않으마. 그대를 잊지 말라고? 그러마. 내 기억의 기록 중에 하찮은 기억들일랑 지워 버리자. 격언이며 지식, 과거의 인상들은 지워 버리고 오로지 그대의 명령만을 기억의 갈피에 남겨 두리라. 진정으로 하늘에 걸고 그토록 악독한 여인이 있는가! 내 수첩에 똑똑히 적어 두리라. 그 악당, 얼굴에 태연하게 미소를 띠고 그런 악당도 있다는 것을. 적어도 덴마크에선 그런 일이 가능하구나. (적는다) 자, 숙부여! 이번엔 내 좌우명을 적자. "잘 있거라…… 나를 잊지 말거라." (무릎을 꿇고 칼자루에 손을 얹으며 맹세한다) 자, 이제 맹세까지 했구나.

호레이쇼와 마셀러스 등장

호레이쇼·마셀러스 왕자님, 왕자님!
마셀러스 왕자님!
호레이쇼 하늘이여, 왕자님을 보호하소서!
햄릿 그리하여 주소서.
마셀러스 오! 왕자님!
햄릿 어이, 여길세, 여기! 여기야!
마셀러스 귀하신 왕자님, 괜찮으십니까?
호레이쇼 도대체 어떻게 됐습니까, 왕자님?
햄릿 아, 놀라운 일이다.
호레이쇼 왕자님, 어서 말씀을 해주시지요.
햄릿 안 돼. 말이 새어나가면 절대로 안 될 일이네.
호레이쇼 제가요? 왕자님, 맹세코 입을 다물고 있겠습니다.
마셀러스 저도 하늘에 걸고 맹세합니다.
햄릿 도대체 상상조차 할 수 없는 일이야. 그래, 비밀을 지키겠지?

호레이쇼·마셀러스 왕자님, 하늘에 걸고 맹세합니다.

햄릿 덴마크의 악당치고 극악무도하지 않은 놈은 없단 말야.

호레이쇼 유령치고 그런 말을 못하는 유령이 어디 있겠습니까?

햄릿 맞아, 네 말이 맞구나. 그러니까 더 주절주절 말할 필요 없이 악수나 하고 헤어지는 게 좋겠네. 자네들도 해야 할 일이 있잖나. 사람은 제각기 할 일이 있고, 하고 싶은 일이 있지 않겠나. 모두가 그래. 자, 나는 말야, 이제부터 기도하러 가야겠네.

호레이쇼 왕자님 말씀을 도무지 알아듣지 못하겠습니다.

햄릿 미안하네. 기분이 상했다면 용서해 주게. 미안하네.

호레이쇼 왕자님, 그런 뜻이 아닙니다.

햄릿 아니야, 좀 그럴 일이 있네. 호레이쇼, 성 베드로의 이름을 걸고 맹세하건대 기분이 상했을 거야. 그것도 매우 상했겠지. 사실 아까 우리가 본 유령은 악귀가 아니라는 것만은 말해 두지. 유령과 무슨 얘기를 주고받았는지 알고 싶겠지만, 제발 참아 주게. 그나저나 자네들은 내 친구이기도 하고 학자이며 군인이기도 하니까 내 부탁 하나만 들어주게.

호레이쇼 왕자님, 말씀만 하시지요. 기꺼이 들어 드리겠습니다.

햄릿 우리가 본 일을 절대로 입 밖에 내지 말게.

호레이쇼·마셀러스 절대로 발설하지 않겠습니다.

햄릿 맹세해 주게.

호레이쇼 결코 발설하지 않을 것을 맹세합니다.

마셀러스 결코 발설하지 않을 것을 맹세합니다.

햄릿 (칼을 빼들고) 그럼 내 칼에 대고 맹세해 주게.

마셀러스 왕자님, 이미 맹세했습니다.

햄릿 진정코 이 칼에 대고 맹세하게.

유령 (지하에서 소리친다) 맹세하라.

햄릿 이 유령 좀 보라지! 말을 다하네. 아직 거기 있나 보군. 자, 친구들, 지하에서 하는 말을 들었지?

호레이쇼 왕자님께서 선창하시지요.

햄릿 "오늘 밤 본 것을 절대로 발설하지 않겠노라." 자, 이 칼에 대고 맹세하라.

유령 (지하에서 소리친다) 맹세하라.

호레이쇼 오늘 밤 본 것을 절대로 발설하지 않을 것을 맹세합니다.

햄릿 참으로 신기하군. 장소를 한 번 바꿔 보자. 다시 한 번 "오늘 밤 본 것을 절대로 발설하지 않겠노라."고 이 칼에 대고 맹세하라.

유령 (지하에서 소리친다) 그의 칼에 대고 맹세하라.

햄릿 참, 대단해. 두더지처럼 아주 민첩하게 움직이는군. 다시 한 번 장소를 바꿔 보자.

호레이쇼 참으로 해괴한 일도 다 있군요.

햄릿 호레이쇼, 세상에는 우리들의 학식으로도 도저히 해결할 수 없는 일들이 많다네. 그러니 아무것도 묻지 말게. 자, 다시 한 번 맹세하게나. 그리고 앞으로 내가 해괴한 행동을 하거나 경우에 따라서는 미친 척할지도 모르네. 그런 경우에 자네들은 이런 행동을 해선 안 되네. 팔짱을 끼고 머리를 좌우로 절레절레 흔들면서 알고 있다는 듯한 말투로 '그래, 우린 다 알아'라든가, '설명하자면 못 할 것도 없지'라든가, '지금은 말할 수 없지만'이라든가, '입 밖에 낼 수만 있다면' 등등, 그따위 애매한 말을 중얼거리며 자네들이 내 비밀을 알고 있는 척하지 말란 말일세. 그렇게만 하지 않으면 자네들에게 설령 위태로운 고비가 오더라도 반드시 신께서 도와주실 거야. 자, 어서 맹세하게.

유령 (지하에서) 맹세하라. (그들이 칼에 대고 맹세한다)

햄릿 이제 그만 진정하라, 유령이여! 그럼 그대들, 잘 부탁하네. 지금은 이처럼 능력이 없는 햄릿이지만 하나님이 은혜만 내린다면 그대들의 우정에 보답할 날이 올 거야. 자, 이제 들어가지. 다시 한 번 부탁하건대 입에 자물쇠를 꼭꼭 채워야 하네. 어지러운 세상이야. 오, 이 무슨 저주받은 운명이란 말인가. 하필이면 세상을 바로잡기 위해 태어나다니. 자, 어서 가자. (모두 퇴장)

제 2 막

제 1 장

폴로니어스의 저택

폴로니어스와 레이날도 등장

폴로니어스 레어티스에게 이 돈과 편지를 전해 주거라, 레이날도.
레이날도 알겠습니다.
폴로니어스 너라면 귀신도 곡할 만큼 잘해 낼 수 있을 거야. 레이날도, 반드시 명심해. 내 아들놈을 만나기 전에 그놈이 어떻게 지내는지 낱낱이 조사부터 해야 한다는걸.
레이날도 그러잖아도 그럴 참이었습니다.
폴로니어스 좋아, 믿을 만해. 우선 파리에 도착하면 덴마크 사람들이 어디에 있는지부터 조사해야 돼. 누가 어디에 살면서 어떤 생활을 하는지, 누가 누구와 사귀며 돈은 얼마나 쓰는지도 알아봐야 하지. 그렇게 하나하나 알아가다 보면 필경 레어티스를 안다는 사람이 나올 거야. 그럼 자네도 레어티스를 약간 안다고 하며 말을 붙이는 거지. 그러니까 부친과 그분의 친구들을 안다고 해야겠지. 그렇게 따지고 들어가다 보면 레어티스를 안다고 말할 수도 있다고 하겠지. 내 말뜻 알겠나, 레이날도?

레이날도 알겠습니다, 영감마님.

폴로니어스 '본인도 좀 알기는 하지만 잘은 모르죠'라며 접근하는 거야. 그리고 약간의 험담은 늘어놔도 좋지만, 명예를 손상시키는 말은 하지 말게. 그 점을 각별히 조심해야 해. 젊은이에게 으레 따라다니는 방탕이나 환락에 빠져 사는 행동 따위의 실수쯤이야 상관없겠지.

레이날도 도박 같은 것도요?

폴로니어스 그렇지. 또한 음주, 결투, 욕설, 싸움질이나 오입질 정도는 괜찮아.

레이날도 영감마님, 그런 것은 명예에 관한 일인뎁쇼.

폴로니어스 상관없어. 자네가 말하기 나름이야. 말을 꺼낸 뒤 적당히 얼버무리면 돼. 하지만 더 이상의 험담을 하지는 마. 이를테면 '그 녀석은 여자라면 사족을 못 씁니다'라는 돌이킬 수 없는 말을 하지는 말게. 하여튼 내가 원하는 것은 험담을 하되 살짝 내비치는 것으로 해서 젊은 혈기에 충분히 있을 수 있는 탈선쯤으로 인식하게 하면 돼. 누구나 젊을 때에는 물불 안 가리니까 그 정도의 탈선쯤은 충분히 있을 수 있다고 이해시키란 말야.

레이날도 하지만 저⋯⋯.

폴로니어스 도대체 무슨 이유로 그렇게까지 하냔 말이지?

레이날도 예, 그 까닭을 알고 싶습니다.

폴로니어스 그러니까 내가 바라는 바는 바로 이거야. 이 방법이야말로 최상의 방법이라고 믿고 있거든. 우선 자네가 레어티스의 흉을 보면서 슬쩍 물고늘어지면, 아마 상대방은 맞장구를 치거나 반박을 할 거야. 불미스런 행위를 목격했다면 틀림없이 맞장구를 치겠지. '네, 그렇습니다요, 어르신' 하거나, 아니면 '여보시오' 하면서 마구 험담을 늘어놓겠지. 물론 그 마을의 관습이나 신분에 따라서 자네에 대한 호칭은 달라지겠지만.

레이날도 예, 잘 알아들었습니다.

폴로니어스 그리고 그 사람은, 그러니까 상대방은, 어, 내가 어디까지 얘기했더라? 분명히 자네에게 뭔가 할 말이 있었는데?

레이날도 "호칭은 달라지겠지만"까지 하셨습니다.

폴로니어스 맞아, 그랬지. 어쨌든 자네가 아는 척을 하면 상대방은 자기가 아는 얘기를 술술 털어놓을 거야. '그분이라면 익히 알고 있지요. 어제였던가, 아니 그제였습니다요. 아무개와 같이 도박을 하고 계셨습니다요. 아니, 진탕 취해 있더군요. 테니스를 하다가 싸움박질이 일어났지요.' 뭐 이런 말을 할 거야. 혹은 '어젠가 가게에 들르는 걸 보았지요.' 이런 말을 할지도 모르지. 여기서 가게란 사창가야. 내 말 알겠나? 다시 말해 자네는 거짓말을 미끼로 진짜 대어를 낚는 셈이지. 원래 지혜롭고 선견지명이 있는 사람들은 으레 먼발치에서 뒤통수를 치는 간접적인 방법을 통해 직접적인 진실을 알아내는 법이야. 자, 이제 내가 가르쳐 준 비결로 내 아들의 행적을 파악해 주게. 무슨 뜻인지 알겠지?

레이날도 예, 소인 잘 알아들었습니다.

폴로니어스 좋아, 그러면 가보게나.

레이날도 알겠습니다.

폴로니어스 가서 그 애의 동정을 직접 살피는 것도 잊지 말게.

레이날도 알겠습니다.

폴로니어스 음악공부도 게을리 하지 않도록 이르게.

레이날도　네, 나리.

폴로니어스　그럼 잘 다녀오게. (레이날도 퇴장)

오필리아가 황급히 달려온다.

폴로니어스　오필리아야, 무슨 일이냐?

오필리아　아, 아버지, 큰일났어요. 무서워 죽을 것 같아요!

폴로니어스　도대체 무슨 일이길래 이렇게 호들갑이냐?

오필리아　제가 방에서 바느질을 하고 있는데, 햄릿 왕자님께서 나타나셨어요. 웃옷을 풀어헤치고 모자도 벗어버리고는 더러운 양말을 신고 대님도 매지 않은 채 햄릿 왕자님께서 나타나셨어요. 창백한 얼굴에 무릎까지 떨면서 마치 지옥에서 금방 빠져나온 사람처럼 비통한 표정을 지으며 제 앞에 나타난 거예요.

폴로니어스　드디어 상사병으로 미치셨구나.

오필리아　잘 모르지만 정말 무서웠어요!

폴로니어스　그래, 뭐라고 하시더냐?

오필리아　제 손목을 꼭 붙잡고 꽉 껴안은 뒤 왕자님의 팔 길이만큼 몸을 뒤로 젖히셨다가 다른 손으로 이마를 짚으시면서 마치 초상화라도 그리려는 듯 물끄러미 제 얼굴을 들여다보시는 거예요. 한참을 그러고 계셨어요. 그러더니 이번엔 제 팔을 가볍게 흔드신 다음 고개를 세 번 흔들고 나서 괴로운 듯한 한숨을 푹 내쉬셨어요. 얼마나 하늘이 무너질 듯한 한숨인지 그분의 온몸이 부서지고 목숨이 끊어지는 게 아닌가 싶었어요. 그런 다음 제 손목을 놓고 문 쪽으로 가셨어요. 마치 보지 않아도 방향을 아는 사람처럼 제게서 시선을 떼지 않은 채 걸음을 문으로 옮기셨어요.

폴로니어스 자, 나랑 함께 가자. 국왕 폐하께 이 사실을 아뢰어야겠다. 상사병에 걸리신 게 분명해. 일단 사랑에 빠지면 누구든 패가망신을 당하지. 인간의 마음을 짓이기는 걱정이란 어디 한두 가지뿐이겠냐만, 사랑만큼 우리를 엉망진창으로 만드는 것도 없단다. 큰일났구나. 너 요즘 왕자님께 냉랭하게 대했니?

오필리아 아니에요, 아버지. 그저 분부하신 대로 편지를 모두 돌려보내고, 다시는 찾아오지 마시라고 한 것뿐이에요.

폴로니어스 그래서 실성하셨구나. 내가 경솔했구나. 좀더 주의 깊게 관찰했어야 했는데, 난 그분이 일시적으로 너를 농락하려는 줄 알았지. 빌어먹을, 늙으면 괜스레 사서 걱정을 한다더니, 의심부터 하는 게 잘못이야. 정반대로 젊은이들은 너무 분별이 없어서 탈이고. 어서 국왕 폐하를 뵙고 말씀을 드려야겠다. 진노가 두려워 숨기려다가 오히려 병이 깊어지면 큰일이니까. (모두 퇴장)

제2장

성 안 알현실

나팔 소리가 울려 퍼지는 가운데 왕과 왕비, 로즌크랜츠, 길든스턴, 그 밖의 궁신들 등장

왕 오, 로즌크랜츠, 그리고 길든스턴, 어서 오너라. 이번에 짐이 너희를 부른 이유는 보고 싶은 마음도 있었지만, 긴히 부탁할 게 있어서다. 제군들도 소문을 들어 알고 있을 것이다. 햄릿이 완전히 딴사람이 되었어. 변했다고 해야겠지. 겉모습이나 생각하는 것이나 모두 옛날과는 완전히 딴판이야. 물론 선친을 여읜 때문이겠지만, 그렇게까지 이상해진 것은 도무지 이해할 수가 없단 말이다. 그래서 제군들을 부른 것이다. 어릴 적부터 그 애와 함께 자랐으니 아마 그 애의 기질을 잘 알고 있을 거야. 다시 말해 제군들이 잠시 왕궁에 머무르면서 그 애와 말벗이 되어 우리가 모르는 그 애의 고민의 정체를 알아보거라. 그 원인을 알게 되면 치료 방법도 자연히 생기지 않겠느냐?

왕비 햄릿은 늘 그대들에 관한 이야기를 했었소. 그대들을 날마다 그리워했었지. 그러니 우리의 바람대로 이곳에 머무르면서 우리에게 힘이 되어 주시오. 그렇게만 한다면 왕께서 마땅한 보상을 내리실 거요.

로즌크랜츠 부탁이시라니, 황공하기 그지없사옵니다. 국왕 폐하께서 소신들에게 명령을 내리시는 것이 마땅하옵니다.

길든스턴 소신들은 몸과 마음을 바쳐 충성을 다하겠습니다.

왕 고맙구나, 로즌크랜츠, 길든스턴.

왕비 고맙소, 로즌크랜츠, 길든스턴. 부탁하건대 내 아들한테 지금 가시오. 애들아, 누구든 이분들을 햄릿 왕자께 모셔다 드려라.

길든스턴 신이시여, 우리가 이곳에 머무르는 것이 국왕 폐하께 위로가 되고, 우리가 하는 일이 폐하께 도움이 되도록 하옵소서.

왕비 아멘! (로즌크랜츠, 길든스턴, 시종들 퇴장)

폴로니어스 등장

폴로니어스 폐하, 노르웨이에 파견했던 사신 일행이 만족할 만한 결과를 가지고 돌아왔습니다.

왕 경은 언제나 좋은 소식만을 갖고 오는구려.

폴로니어스 그랬습니까, 폐하? 그거야 제가 당연히 해야 할 의무지요. 하나님이나 왕실에 똑같이 은혜를 입었으니까요. 실은 새로 알아낸 사실이 있습니다. 혹시라도 사실과 다르다면 제 머리가 아둔해진 탓이겠지요. 실은 바로 햄릿 왕자님이 발작한 이유를 알아냈사옵니다.

왕 오, 말하라! 그게 무엇이냐?

폴로니어스 먼저 사신들을 맞으시지요. 저는 사신들의 좋은 소식을 마음껏 들은 뒤 디저트로 말씀드리겠습니다.

왕 경이 사신들을 들여보내라. (폴로니어스 퇴장) 여보, 폴로니어스가 햄릿의 발작 원인을 알아냈다고 하는군요.

왕비 그저 짐작을 했다는 거겠지요. 이유야 부왕의 죽음이라든지 우리들의 성급한 결혼 따위가 아니겠어요?

왕 어디 얘기를 들어봅시다.

폴로니어스, 볼티먼드, 코닐리어스 등장

왕 그래, 어서들 오게. 볼티먼드, 노르웨이 왕의 회신은 무엇인가?

볼티먼드 지극히 정중한 답신을 주셨습니다. 폐하의 칙서를 보시고 노르웨이 왕께서는 즉시 조카의 군사 모집과 모금 행위를 중단하도록 명령을 내리셨습니다. 노르웨이 왕께서는 그 일을 폴란드에 대한 원정군을 준비하는 것으로 알고 계셨던 것입니다. 하지만 조사해 본 결과 우리와 싸우기 위해서라는 것을 아시고, 병석에 있는 자신을 속였다 하여 노르웨이 왕께서는 몹시 노하셔서 포틴브라스 2세를 힐책하셨습니다. 그리하여 그는 두 번 다시 덴마크 왕가에 창칼을 휘두르지 않겠다고 숙부이신 노르웨이 왕 앞에서 맹세했습니다. 이에 노르웨이 왕은 지극히 만족하여 연금 3천 크라운을 그에게 주었고, 모집한 병사들은 폴란드 원정에 써도 좋다는 권한을 주셨습니다. 그리고 자세한 내용은 여기 적혀 있습니다만, (칙서를 바친다) 이 원정을 위해 폐하의 영토를 무사히 통과할 수 있도록 국왕 폐하의 허락을 요청하셨습니다. 또한 통과할 때 우리 측의 치안과 그쪽의 행동 규율에 관해서도 여기에 적혀 있습니다.

(서류를 바친다)

왕 잘되었소. 이 서한은 나중에 천천히 검토해 보겠다. 그런 다음

회신을 보내도록 하겠다. 자, 경들은 실로 훌륭한 일을 했으니 이제 물러가서 휴식을 취하시오. 오늘 저녁에는 주연을 베풀어야겠군. 무사히 돌아온 것을 진심으로 환영한다. (볼티먼드와 코닐리어스 퇴장)

폴로니어스 국왕 폐하, 그리고 왕비마마, 도대체 왕권이란 무엇이며 신하의 본분은 무엇인지, 어째서 낮은 낮이며 밤은 밤인지, 시간은 왜 있는 것인지 따지는 것은 낮과 밤과 시간의 낭비일 뿐입니다. 다시 말해 간결한 건 지혜의 핵심이요, 외관상의 장황함은 포장일 뿐입니다. 따라서 소신도 간단히 말씀드리겠습니다. 왕자님은 정신이상입니다. 정신이상이라고 제가 말씀드린 까닭은 정신이상자를 규정하는 데 다른 적당한 용어가 없기 때문입니다! 그리고……

왕비 말재주는 그만 부리고 요점만 말하시오.

폴로니어스 왕비마마, 소신 감히 뉘 앞에서 말재주를 부리겠습니까? 왕자님께서 정신이상이 된 것만은 사실입니다. 실로 매우 유감스러운 것은 그것이 사실이라는 점입니다. 어리석은 말솜씨는 이쯤해서 그만두겠습니다. 절대로 말재주를 부리는 게 아닙니다. 왕자님이 머리가 이상해졌다는 것은 분명합니다. 이제 우리가 할 일은 그렇게 된 것은 반드시 어떤 이유가 있다는 사실을 안다는 것입니다. 세상에 원인 없는 결과는 없기 때문이지요. 여기서 문제는 바로 이것이옵니다. 소신에게는 딸이 하나 있습니다. 그 딸애가 효심이 지극하여 제게 이것을 건네주었습니다. 들으시고 마마께서는 판단을 내리시지요. (읽는다)

천사와 같은 내 영혼의 우상, 가장 어여쁜 오필리아에게.

매우 점잖지 못한 말투로 왕자님다운 화법은 아니지요. '어여쁜'이란 말은 더욱 그렇습니다. 하지만 다음 구절을 들으시지요. 이렇습니다.

그대의 순결한 가슴속에 이 편지를, 운운…….

왕비 햄릿이 오필리아에게 보냈다는 거요?
폴로니어스 왕비마마, 잠시만 기다려 주십시오. 제가 하나도 숨김없이 읽어 드리겠습니다. (읽는다)

밤하늘에 별들이 반짝이는 걸 의심할지라도, 저 하늘에 태양이 움직이는 걸 의심할지라도, 설령 진실을 거짓이라 의심할지라도, 내 사랑만은 의심하지 마시오. 사랑하는 오필리아! 나는 시를 잘 쓰지 못한다오. 따라서 어떤 말로 이 뜨거운 가슴을 표현할 수 있겠소. 하지만 세상 어느 누구보다도 그대를 사랑한다는 걸 믿어 주시오. 이 생명 다할 때까지 목숨처럼 사랑하는 그대여!

그대의 영원한 종 햄릿으로부터.

효성이 지극한 소신의 딸애가 보여준 편지입니다. 뿐만 아니라 햄릿 왕자님이 언제 어디서 어떻게 사랑을 속삭였는지 모조리 다 저에게 실토했습니다.
왕 그런데 딸애는 햄릿의 사랑을 어떻게 받아들였는가?
폴로니어스 소신을 어떻게 보고 그런 말을 하십니까?

왕 충성스러운 신하인데다 존경할 만한 인물로 보지.

폴로니어스 저 또한 그렇게 되기를 바랍니다. 폐하가 소신을 어떻게 생각하실지 몰라도 소신은 딸애가 실토하기 전부터 이미 이 모든 사실을 알고 있었습니다. 만일 소신이 왕자님의 사랑을 강 건너 불 보듯 방관했다면 폐하께서는 소신을 어떻게 생각하셨겠습니까? 마치 서랍에 넣어둔 물건을 까마득히 잊거나 봉사라도 된 것처럼 마음의 눈을 감아 버리는 행동 말입니다. 그런데 전 그러지 않았습니다. 즉시 딸을 불러 타일렀습니다. '햄릿 왕자님은 너와 신분이 다르다'고 말이죠. 그러고 나서 앞으로는 왕자님이 다니시는 장소에는 얼씬도 하지 말고, 심부름 온 사람도 들이지 말고, 선물을 주시더라도 절대로 받지 말고 거절하라고 일러두었습니다. 딸애는 제 말을 받아들여 그대로 실행에 옮겼고요. 다시 말해 햄릿 왕자님께서 사랑의 고배를 마신 셈이 된 것입니다. 그래서 왕자님께서는 비탄에 빠져 식음을 전폐하시고 불면증에 심신이 허약해지시고 허탈해하시다가 결국 정신착란에 빠지게 된 것입니다. 소신과 소신의 딸애는 그저 송구스러울 따름입니다.

왕 왕비는 어떻게 생각하오?

왕비 듣고 보니 그럴 법도 하네요.

폴로니어스 소신이 단정지은 일치고 어긋났던 적이 단 한 번이라도 있었습니까?

왕 그런 일은 없었지.

폴로니어스 (자기 머리와 어깨를 가리키며) 만일 소신의 말에 조금이라도 어긋나는 게 있다면, 이것과 이것을 떼어버리십시오. 단서만 잡힌다면 이 사건의 진상이 지구 한가운데 숨겨져 있더라도 반드시 알아내고야 말겠습니다.

왕   그걸 어떻게 알아낸단 말인가?

폴로니어스   아시다시피 왕자님께선 가끔씩 복도를 오랫동안 거닐 때가 있습지요.

왕비   그래요, 그럴 때가 있지요.

폴로니어스   그때 왕자님 눈앞에 소신의 딸애가 거닐도록 하겠습니다. 그리고 폐하와 소신은 커튼 뒤에 숨어서 둘이 만나는 것을 지켜보는 겁니다. 만일 왕자님께서 소신의 딸애를 사랑하지 않는다면, 다시 말해 상사병에 의한 발작이 아니라면, 소신에게서 이 모든 직책을 거두어주십시오. 저는 시골로 내려가 농사나 지으며 살겠습니다.

왕   그렇게 하는 것도 좋을 것 같군.

햄릿, 책을 읽으며 등장

왕비   오, 불쌍한 햄릿! 시름에 잠긴 표정으로 책을 읽으면서 오고 있네요.

폴로니어스   자, 모두들 저쪽으로 비켜 주세요. 제가 직접 만나 보겠습니다. (왕과 왕비, 그리고 시종들 퇴장) 아, 왕자님, 기분이 어떠십니까?

햄릿   덕분에 잘 있네.

폴로니어스   왕자님, 소신이 누군지 알겠습니까?

햄릿   물론이지, 생선장수 아닌가.

폴로니어스   무슨 가당치 않은 말씀입니까?

햄릿   자네가 그만큼이라도 정직한 사람이라면 얼마나 좋겠나.

폴로니어스 정직한 사람이라뇨?

햄릿 하긴 요즘 세상에 정직한 사람이 만 명 중에 하나라도 있으면 다행이지.

폴로니어스 옳으신 말씀입니다.

햄릿 만일 죽은 개의 살덩어리에 햇볕이 내리쬐어 구더기가 끓는다면, 햇볕이 썩은 고깃덩이에 키스하는 게 아니고 뭐겠는가. 그런데 자네한테 딸자식이 있던가?

폴로니어스 네, 있습니다.

햄릿 햇볕을 쬐며 거닐지 못하도록 하게. 머릿속에 지혜가 늘어나는 건 좋은 일이지만 뱃속에 뭐가 들어가 불러오면 큰일이니까, 조심하게.

폴로니어스 (방백) 이것 봐, 여전히 내 딸 타령을 하지 않나. 하지만 나를 생선장수라고 하는 것을 보면, 완전히 머리가 돈 게 분명한데, 돌아도 보통 돈 게 아니야. 하기야 나도 젊었을 땐 상사병으로 고생깨나 했지. 왕자님과 다를 바가 없었는걸. 능청을 더 떨어봐야겠군. 왕자님, 무엇을 읽고 계십니까?

햄릿 말, 말, 말들일세.

폴로니어스 왕자님, 어떤 문제에 관한 말들입니까?

햄릿 누구와 누구 사이냐고?

폴로니어스 그게 아니라 왕자님께서 읽고 있는 책 내용이요?

햄릿 험담이지. 어떤 재담가가 이렇게 쓰고 있군. 늙은이들은 머리가 희끗희끗하고 얼굴이 주름투성이에다 눈에는 누리끼리한 송진 같은 눈곱이 끼고 노망이 들어 정신이 오락가락하고 무릎을 떤다는 거야. 나도 이 점에 대해서는 동감이지만 이렇게까지 적을 필요는 없잖아, 안 그래? 자네도 나처럼 젊어질 수가 있어. 게처럼 자네가 뒷걸음질 칠 수만 있다면 말일세. (책을 다시 읽는다)

폴로니어스 (방백) 돌긴 했어도 일리 있는 말인걸. (햄릿에게) 왕자님, 안으로 드시지요.

햄릿 무덤 안으로?

폴로니어스 (방백) 하긴 무덤도 방은 방이지. 때로는 미치광이가 기가 막힐 정도로 의미심장한 말을 할 경우도 있단 말야. 분별 있고 제정신을 가진 사람으로서는 엄두도 못 내는 말을 해대니 말야. 자, 이쯤 해두고 딸년이나 만나게 할 방법을 짜내 보자. (햄릿에게) 왕자님, 황송하오나 소신은 이만 물러가겠습니다.

햄릿 물러간다는데야 내가 뭐라고 하겠나! 내가 허락할 것이라곤 그것뿐이구먼. 이 목숨을 빼놓으면 말야.

폴로니어스 왕자님, 안녕히 계십시오. (절을 한다)

햄릿 귀찮고 따분한 늙은이 같으니라고. (책을 읽는다)

로즌크랜츠와 길든스턴 등장

폴로니어스 왕자님을 찾고 있나? 저기 계시네.

로즌크랜츠 고맙습니다, 영감마님. (폴로니어스 퇴장)

길든스턴 왕자님!

로즌크랜츠 왕자님!

햄릿 오, 친구들! 어서 오게나! 재미 좋은가, 길든스턴, 로즌크랜츠! 둘 다 어떻게들 지내고 있나?

로즌크랜츠 그럭저럭 잘 지내고 있습니다.

길든스턴 지나치게 잘 지내는 것이 행복이라면 행복이겠지요. 그렇다고 행운의 여신의 모자 깃을 잡은 것은 아니고요.

햄릿 행운의 여신의 발바닥에 있는 것도 아니지 않나? (책을 덮는다)

로즌크랜츠 왕자님, 사실 어느 쪽도 아닙니다.

햄릿 그럼 중간쯤에 걸쳐 있다는 뜻이군. 혹시 여신의 가장 소중한 곳인 가운데쯤인가?

길든스턴 실은 여신의 은밀한 곳이라고 할 수 있죠.

햄릿 여신의 은밀한 곳이란 말이지? 아, 정말이지 여신은 화냥년이야. 그런데 무슨 새로운 소식이라도 있나?

로즌크랜츠 세상이 점점 더 부패해진다는 것을 제외하고는 별다른 게 없습니다.

햄릿 말세가 가까워져서 그렇네. 그런데 자네 말은 거짓말이야. 내 한마디 묻겠네. 도대체 자네들은 무슨 죄가 있어서 행운의 여신이 이 같은 감옥으로 보냈단 말인가?

길든스턴 왕자님, 감옥이라뇨?

햄릿 덴마크는 감옥이야.

로즌크랜츠 그렇다면 이 세상도 감옥이겠군요.

햄릿 훌륭한 감옥이지. 독방도 있고, 감방도 있고, 지하 감방도 있지만 그 중에서도 덴마크가 가장 지독한 감옥이지.

로즌크랜츠 저희들은 그렇게 생각하지 않습니다.

햄릿 자네들에게는 그렇지 않은 모양이지? 하긴 좋고 나쁜 것도 생각하기 나름이지. 나에겐 이 나라가 감옥인데 말야.

로즌크랜츠 그건 왕자님께서 야망을 품은 까닭이 아닌가요? 왕자님의 야망에 비하면 이 땅은 좁쌀과도 같을 테니까요.

햄릿 천만에! 나는 호두껍데기 속에 갇혀 있더라도 무한한 우주의 왕이라고 자처할 수 있네. 이 고약한 꿈만 꾸지 않는다면 말야.

길든스턴 그 꿈은 바로 왕자님의 야망 때문이 아니겠습니까? 야망의 본질은 결국 꿈의 그림자일 테니까요.

햄릿 아니, 꿈이 바로 그림자야.

로즌크랜츠 그렇습니다. 야망은 허망한 거죠. 그리고 그림자의 그림자에 지나지 않을 뿐이고요.

햄릿 어, 그렇다면 거지가 진짜배기겠군. 왕과 영웅들은 거지의 그림자이고. 어쨌든 이런 토론은 그만두고 어전에나 가볼까. 내 머리로는 이치를 깨우치지 못해.

로즌크랜츠·길든스턴 저희들이 모시겠습니다.

햄릿 아냐, 괜찮네. 자네들을 시종처럼 부리고 싶지는 않아. 솔직히 말해서 시종들한테 진력이 났거든. 아, 절친한 친구로서 한 가지만 묻겠네. 도대체 무엇 때문에 이곳까지 왔는가?

로즌크랜츠 왕자님을 뵈러 왔습니다. 다른 이유는 없습니다.

햄릿 내 신세가 이러니 감사할 마음조차 바닥이 났다네. 그러나 고맙다는 말은 할 수 있네. 하긴 내 고마움이 반 페니의 가치가 있는지 모르겠네. 자네들, 혹시 소환되어 온 건 아닌가? 자발적으로 온 거냐고? 마음이 내켜서 온 건가? 자, 솔직히 말해 보게, 어서.

길든스턴 왕자님, 뭐라고 말씀드려야 할까요?

햄릿 뭐든지 사실대로만 말하게. 자네들 얼굴에 소환당했다고 쓰어 있는걸. 능청을 떨기에는 아직 미숙해. 왕과 왕비께서 자네들을 불러들인 게 분명해.

로즌크랜츠 무슨 일로 말입니까, 왕자님?

햄릿 내가 묻고 싶은 게 바로 그거야. 제발 말해 주게. 우린 사이좋게 자라온 친구가 아닌가. 변치 않는 우정을 맹세한 사이가 아닌가 말야. 입심만 좋다면 더욱 감동적이고 값진 말로 자네들을 추궁할 수 있으련만. 숨김없이 터놓고 내게 말해주게. 불러서 왔는지 아니면 스스로 왔는지 말야.

로즌크랜츠 (길든스턴과 슬그머니 상의한다) 어떡해야 하지?

햄릿 (방백) 누가 속을 것 같나. 내가 시퍼렇게 눈뜨고 보는걸. 나를 진정 아낀다면 제발 숨기지 말게나.

길든스턴 왕자님, 실은 부름을 받고 왔습니다.

햄릿 내가 말해야겠군. 그래야 자네들이 비밀을 누설하지 않아도 되고, 두 분 폐하의 신임에 손상을 입히지 않아도 될 테니까. 요즘 나는 어떤 일을 해도 기쁘지가 않아. 평소에 해오던 모든 오락에서도 손을 떼고 말았어. 그저 마음이 울적하다네. 그래서 그런지 아름다운 이 땅도 황량한 갑(岬)처럼 느껴진다네. 하늘을 보게. 저렇게 우리의 위를 덮은 웅장한 하늘도, 찬란한 별들이 빛나는 하늘도 내게는 독기 서린 공간처럼만 보인다네. 게다가 이 우주의 기묘한 걸작품인 인간도 그래. 숭고한 이성과 무한한 가능성과, 천사 같은 이해심과 빼어난 생김새며 행동은 그야말로 신처럼 뛰어나지 않은가! 인간은 세상을 빛내는 아름다움이며 짐승들의 귀감이지. 그런데 내게는 모두 흙덩이에 불과한 것처럼 보이네. 인간이 하찮아졌어. 여자들도 물론 마찬가질세. 웃는 걸 보니 자네들 생각은 그렇지 않나 보군.

로즌크랜츠 왕자님, 절대로 그런 게 아닙니다.

햄릿 그럼 왜 웃었나. 인간의 꼴이 하찮다고 했을 때 웃었잖나.

로즌크랜츠 인간이 하찮다면 문득 배우들이 대우받기는 틀렸구나 싶어서 웃었습니다. 오는 길에 배우 일행을 만났는데, 왕자님께 연극을 보여 드리려고 이곳으로 온다 했습니다.

햄릿 물론 대환영이지. 왕의 역을 맡는 자라면 더욱 환영이고. 기사 역들에게는 창과 방패를 실컷 휘두르게 하고, 연인들은 공연히 한 숨짓지 않도록 하고 까다로운 배우들도 조용히 역할을 끝내게 하겠네. 광대 역은 웃기 좋아하는 사람들로 하여금 마음껏 웃음보를 터뜨리게 하고, 숙녀 역은 수다를 떨도록 내버려두어야지. 안 그러면 대사가 엉망이 될 테니까. 자, 어떤 배우들이라고 하던가?

로즌크랜츠 왕자님께서 늘 아끼시던 도시의 비극 배우들입니다.

햄릿 어째서 그들이 방랑을 한단 말인가? 한 곳에 머물며 공연을 하면 평판과 수입이 더 나았을 터인데.

로즌크랜츠 그들이 도시에서 공연을 못하게 된 것은 최초의 정치소요 때문인 듯합니다.

햄릿 그들에 대한 평판은 내가 도시에 있을 때와 같은가? 여전히 인기가 높아?

로즌크랜츠 예전만 같지 못합니다.

햄릿 어째서? 연기가 녹슬었나?

로즌크랜츠 아뇨, 전처럼 부단히들 애쓰고 있습니다. 하지만 요즘엔 어린 배우들이 나와서 꽥꽥 소리를 질러대야만 박수갈채를 받거든요. 그게 유행이죠. 이제 예전 연극들은 통속극이라 해서 배척을 당하는 시대가 되었지요. 점잖은 신사들도 비평가들의 악담이 두려워 극장 근처엔 얼씬도 하지 않는답니다.

햄릿 뭐라고? 어린 배우들? 그래, 누가 운영하고 재정 후원을 하지?

그렇다면 배우들은 변성기가 오기 전까지만 배우 노릇을 할 수 있단 말인가? 언젠가는 그 아이들도 나이 먹을 게 아닌가. 그때가 되면 지금 작가들을 원망하지 않을까? 자기들의 장래를 망쳐 놨다고 말야.

로즌크랜츠 아닌 게 아니라 양쪽은 지독히 싸우고 있답니다. 세상 사람들은 좋아라 하며 부채질하고요. 한때는 작가와 배우의 싸움을 소재로 다루지 않은 연극은 상연되지도 않을 정도였답니다.

햄릿 그게 정말인가?

길든스턴 저들 사이에 다툼이 대단했지요.

햄릿 어린애들 쪽이 이겼는가?

로즌크랜츠 그야 물론이죠. 헤라클레스와 봇짐까지 차지했죠.

햄릿 하기야 이상할 것도 없지. 부왕 생존시에는 숙부의 험담을 늘 어놓던 자들이 이젠 서로 숙부의 초상화를 못 사가서 난리인 세상이니 말일세. 어쨌든 이 부조리를 철학자인들 설명할 수 있겠는가. (나팔 소리 들린다)

길든스턴 배우들이 도착했나 봅니다.

햄릿 여보게들, 정말 잘들 왔네. 자, 우리 서로 악수를 나누세. 사람을 환영하는 데는 이것이 최상의 예의요, 격식 아닌가. 자네들에겐 이런 식으로 예의를 갖추겠네. 겉으로는 공평하게 보이도록 하겠지만 자칫 내가 자네들보다 배우들을 더 반기는 것처럼 여겨질지 모르거든. 자네들, 정말 환영하네. 하지만 숙부이자 아버지인 왕과 숙모이자 어머니인 왕비는 속은 거야.

길든스턴 어떻게요?

햄릿 나는 살짝 정신을 놓았을 뿐, 남풍이 불면 매발톱과 톱을 분간할 수 있다네.

폴로니어스 등장

폴로니어스 어, 잘들 오셨소!

햄릿 (방백) 길든스턴, 자네 귀 좀 빌리게. 저 늙은 갓난아기는 아직도 기저귀 신세를 면치 못하고 있다네.

로즌크랜츠 (방백) 그럼 두 번째 기저귀를 찬 모양이군요. 노인은 애들보다 두 배로 어리다고 하잖아요.

햄릿 (방백) 어디 맞춰 볼까. 배우들 얘길 하러 왔겠지. 두고 보게나. (큰 소리로) 자네 말이 맞았어. 바로 월요일 아침이었네.

폴로니어스 알려드릴 말씀이 있습니다.

햄릿 알려드릴 말씀이 있습니다. 로스키우스가 로마의 배우였을 때······.

폴로니어스 배우들이 도착했습니다.

햄릿 듣기 싫다!

폴로니어스 제 명예를 걸고······.

햄릿 배우들이 각자 나귀를 타고 왔으렷다······.

폴로니어스 지금 온 것은 최고의 명배우들입니다. 비극, 희극, 역사극, 목가극은 물론이고 목가적 희극, 역사적 목가극, 비극적 목가극, 완벽한 고전극, 로맨스극 등 무엇이든 척척 해낸답니다. 세네카의 비극도 부담스럽지 않게, 플로티스의 희극도 경망스럽지 않게 잘 연기해 내는 명배우들입니다.

햄릿 이스라엘의 재판관인 입다(자기 딸을 제물로 바친 히브리의 재판관에 관한 시 제목)여, 그대는 얼마나 훌륭한 보물을 갖고 있는가!

폴로니어스 보물을 갖고 있다뇨? 어떤 보물 말입니까?

햄릿 노래대로지. "오직 하나뿐인 딸을 아버지는 극진히 사랑했네."

폴로니어스 (방백) 여전히 내 딸 타령이군.

햄릿 입다 영감, 내가 읊은 시가 틀렸소?

폴로니어스 입다라고 부르시니 신에게도 극진히 사랑하는 딸이 있긴 있습니다만······.

햄릿 다음 구절은 그게 아냐.

폴로니어스 그럼 어떻게 이어집니까?

햄릿 노래의 다음 소절은 이렇지. "어떤 인연인지 알 순 없지만 이 세상 운명처럼 되어 갔네." 더 알고 싶으면 성가곡의 첫 줄을 읽어 보시오. 자, 배우들이 때맞춰 밀어닥치는구먼.

배우들 등장

햄릿 어서들 오게. 정말 잘들 왔네. 아, 자네도 왔구먼. 자넨 수염까지 길렀군. 덴마크에 자랑하러 왔나? 아가씨도 오셨군. 아가씨께선 지난번보다 구두 뒤축만큼 하늘에 가까워졌는걸. 목소리가 갈라져서 쓸모 없는 금화처럼 되지 않도록 기도하게나. 여보게들, 프랑스의 매사냥꾼들처럼 당장 들어보고 싶네. 대사 한 장면만, 비장의 무기를 나에게 보여봐.

배우 1 어떤 장면으로 할까요, 왕자님?

햄릿 언젠가 한 번 들려준 일이 있지 않은가? 너무 고상해서 상연되지 않았을 거야. 공연되었더라도 한 번 이상은 아니었겠지. 내가 보기엔 아주 훌륭한 작품인데 말이지. 구성도 훌륭하고 기교도 절제되어 쓸데없이 멋을 부리지도 않으면서 우아하다는 평을 들었지. 그 작품 가운데 한 구절을 난 특히 좋아했다네. 아에네이스가 디도와 이야기를 나누는 대목 말야. 특히 트로이의 왕 프리아모스를 살해하는 장면이 좋았어. 아직도 그 대목을 기억하지. 여기부터 시작해 주게. "히르카니아의 호랑이처럼 영웅 피로스……" 아냐, 피로스부터 시작하든가. "영웅 피로스, 갑옷을 입고 캄캄한 밤에 불길한 목마 속에 숨었도다. 이제 그 검고 무시무시한 모습은 머리끝에서 발끝까지 붉은 피로 물들어 보기에도 처참하구나. 지옥의 등불이 살인마의 만행을 비추고 치솟는 분노의 불길이 타오르는 가운데 살기 등등한 악마 같은 피로스는 트로이의 늙은 왕 프리아모스를 찾아 나섰노라." 자, 다음을 이어 주게.

폴로니어스 참으로 잘하십니다. 탁월한 이해력과 훌륭한 발성이십니다.

배우 1 "이윽고 발견된 프리아모스, 그리스 군을 물리치고자 보검을 휘둘렀건만 허공만 가를 뿐 칼을 땅에 떨어뜨린다. 어찌 상대가 되리오! 피로스가 늙은 왕을 향해 분노의 칼을 내리치자 왕이 힘없이 쓰러졌도다. 무심한 트로이 성이여, 타오르는 불길 속에 하늘이 무너지듯 땅 위에 허물어져 피로스의 귀청을 때리는구나. 보라! 노쇠한 프리아모스 왕의 머리 위로 내리쳐지던 칼날이 허공에서 꼼짝도 하지 않는다. 그러나 폭풍이 오기 직전 하늘과 대지가 고요함에 휩싸였다가 느닷없이 천둥이 내리치듯 잠시 망설이던 피로스, 사정없이 프리아모스를 찌른다. 외눈박이 거인 키클로프스의 철퇴가 이랬을까. 사라져라, 매춘부 같은 운명의 여신이여!

여신의 수레바퀴를 산산조각으로 부숴 지옥의 밑바닥까지 굴러 떨어지도록 해다오."

폴로니어스 그건 너무 긴 듯 하옵니다.

햄릿 그럼 이발소에 가서 자네 수염을 밀어 버리지 그래. (배우들에게) 계속해 다오. 이 노인은 웃음거리나 음담패설 따위가 아니면 잠들어 버린다네. 자, 이번에는 헤카베(프리아모스의 아내)의 대목을 읊어라.

배우 1 "아, 애처롭구나. 휘장으로 얼굴을 감싼 여왕의 모습을 보라."

햄릿 '얼굴을 감싼 여왕'이라고?

폴로니어스 그건 좋군요. '얼굴을 감싼 여왕'은 마음에 듭니다.

배우 1 "맨발로 이리저리 허둥대고 흐르는 눈물은 타오르는 불길도 끌 것 같구나. 왕관이 얹혔던 머리엔 초라한 보자기 한 조각, 숱한 아이를 낳느라 앙상한 허리엔 황망히 주워 걸친 누더기 한 장, 누군들 오만한 운명의 여신에게 저주의 독설을 퍼붓지 않으리. 피로스의 손에 남편의 사지가 토막나는 광경에 늙은 왕비는 절규한다. 이 광경에 밤하늘의 빛나는 별들도 눈시울을 적시고, 신들이 마음을 뒤흔드누나."

폴로니어스 저런, 왕자님 안색이 좋지 않군. 제발, 그만하게나.

햄릿 (배우에게) 훌륭했네. 나머지는 곧 다시 듣기로 하세. 영감, 배우들을 잘 보살펴 주시오. 자고로 배우는 시대의 축소판이자, 연대기야. 죽은 후에 고약한 묘비명을 얻는 것보다는 살아 생전에 배우들의 혹평을 듣는 게 더 괴로운 법이니까.

폴로니어스 알겠습니다, 왕자님. 그들의 신분에 맞는 접대를 하겠습니다.

햄릿 무슨 말씀이오. 더더욱 융숭히 접대해주오! 신분에 알맞게 접대를 한다면 부랑자 다루듯 매질을 하겠다는 거요? 경의 명예와 위엄에 어울리게 대접을 해주라는 거요. 그들의 가치가 적을수록 경의 환대가 더욱 빛나지 않겠소. 안내를 해주시오.

폴로니어스 자, 이쪽으로 와요.

햄릿 따라가게, 친구들. 내일 공연을 하게 될 걸세. (첫 번째 배우를 붙들고) 여보게 부탁이 있네. (폴로니어스와 다른 배우들 퇴장) 〈곤자고의 살인〉을 공연할 수 있겠나?

배우 1 네, 물론입니다.

햄릿 내일 밤 그걸 공연해 주게. 필요한 경우 내가 직접 쓴 대사 열대여섯 줄을 끼워 넣고 싶은데, 해줄 수 있겠지?

배우 1 그럼요.

햄릿 좋아. 그럼 저 사람을 따라가게. 그를 놀려대면 안 돼. (배우 퇴장, 로즌크랜츠와 길든스턴에게) 친구들, 오늘 밤에 다시 만나세. 엘시노에 참 잘 왔네.

로즌크랜츠, 길든스턴 안녕히 계세요. (로즌크랜츠와 길든스턴 퇴장)

햄릿 잘들 가게. 아, 이제야 나 혼자 남았구나. 난 어쩌면 이렇게 못났을까! 저 배우는 한낱 꾸며낸 얘기에 몰입해 갖은 감정을 표출해 내는데 난 내 감정 하나 다스리지 못하다니. 그는 존재하지도 않는 헤카베 때문에 창백한 얼굴로 눈물짓지 않았는가! 그에게 헤카베가 뭐길래? 헤카베에게 그가 어떤 존재길래 운단 말인가? 만약 나만큼 고민해야 할 이유가 있다면 저들은 어떻게 표현할까? 무대를 눈물로 흠뻑 적셨겠지. 무시무시한 대사로 관객들의 고막을 찢었을 거고, 죄 지은 자는 미치게 하고, 죄 없는 자는 두렵게 하며, 무지한 자는 당혹케 했겠지. 관객들은 넋을 잃고 눈과 귀가 먹지 않았겠는가! 그러나 이 미련한 인간인 나는 그저 몽유병자처럼 서성대며, 해야 할 말은 한 마디도 못하고 세월만 보내고 있지 않은가? 아, 선왕께서는 왕권과 소중한 목숨을 사악한 자에게 무참히 빼앗기지 않았느냐. 나는 겁쟁이인가? 나를 악당이라 부르고 내 수염을 뽑아 내 낯짝에 집어던질 자가 누구냐? 내 얼굴에 대고 허풍선이라고 외쳐다오. 누가 이 일을 해줄 수 있을까? 제기랄. 아, 나는 욕을 먹어도 싸구나. 비둘기처럼 용기라곤 약에 쓰려 해도 없으니까. 내게 눈곱만큼의 배알이라도 있었으면 저 비열한 악당을 독수리 밥으로 만들었을 텐데. 이 추잡한 악당! 잔악무도한 난봉꾼! 아아, 이 못난 인간! 나란 놈은 대단해. 사랑하는 아버지가 참살당해 복수를 하라는 독촉을 받고도, 창부처럼 입으로만 나불대며 저주를 퍼부어대고 있으니. 아냐, 가만, 어디 생각을 가다듬어 보자. 맞아, 죄인들이 연극을 보다가 깊이 감동되어 자신의 죄과를 자백한 일도 있다지 않은가. 살인죄는 비록 입은 없어도 행동으로 실토한다지 않는가? 저 배우들로 하여금 아버지의 살해 장면을 숙부 앞에서 재현해 보는 거야. 그때 안색을 살펴 급소를 찔러 보자. 움찔할 때는 망설일 필요가 뭐 있겠어. 하지만 그렇지 않다면 그 유령은 악마인 게야. 악마는 어떤 차림을 하고서도 사람 앞에 나타날 수 있는 법이지. 어쩌면 우울해진 틈을 타서 나를 지옥으로 떨어뜨리려는 악마일지도 모르지. 그러니까 유령보다 더 확실한 증거가 필요해. 연극이야말로 가장 좋은 방법이군! 이 연극을 통해 왕의 본심을 알아내야겠어. (퇴장)

제 3 막

제 1 장

엘시노 성

왕과 왕비 등장하고, 이어 폴로니어스, 로즌크랜츠, 길든스턴, 오필리아 등장

왕 여러 방법을 써도 이유를 알아낼 수 없다는 건가? 왜 미친 척하면서 평온한 날들을 소란을 피우는지 단서도 못 잡았단 말이오?

로즌크랜츠 스스로 정신착란을 시인하면서도 그 원인에 대해서는 함구하고 계십니다.

길든스턴 게다가 캐묻는 것을 싫어하십니다. 저희들이 유도해 보았지만 미친 척하시고 교묘하게 빠져나가십니다.

왕비 그대들을 어떻게 맞으시던가?

로즌크랜츠 정중하게 맞아 주셨습니다.

길든스턴 그러나 내키지 않는데 억지로 기분을 내는 듯하셨습니다.

로즌크랜츠 스스로 말문을 열지는 않으셨지만 묻는 말에는 흔쾌히 대답해 주셨습니다.

왕비 오락거리엔 흥미를 보이던가?

로즌크랜츠 오는 길에 배우 일행과 만나게 되었기에, 그 일을 말씀드렸더니 무척 기뻐하셨습니다. 배우 일행은 궁전에 와 있습니다. 아마 그들은 오늘 밤 공연하라는 왕자님의 명령을 받았을 것입니다.

폴로니어스 그렇습니다. 왕자님께서는 국왕 폐하와 왕비마마께서 꼭 이 공연을 구경해 주십사 하며 소신에게 분부하셨습니다.

왕 기꺼이 구경하겠다. 연극에 관심이 있다니, 듣던 중 반가운 일이구나. 그대들은 앞으로 이런 일에 흥미를 가지도록 계속 권유해 보라.

로즌크랜츠 네, 알겠습니다. (로즌크랜츠와 길든스턴 퇴장)

왕 여보, 당신도 이만 물러가시오. 실은 햄릿을 이리로 은밀히 불렀소. 이곳에서 오필리아와 우연히 만나도록 일을 꾸몄다오. 나는 폴로니어스와 함께 몸을 숨기고 살펴볼 참이오. 자유로이 만나는 두 사람을 지켜보며 햄릿의 고민이 상사병 때문인지 아닌지를 판단해 보아야겠소.

왕비 분부대로 하겠습니다. 그런데 오필리아, 햄릿이 네 아름다움 때문에 미쳤다면 얼마나 다행이겠느냐? 그렇다면 네 상냥한 마음씨로 햄릿을 정상으로 돌려놓을 수 있을 텐데…….

오필리아 왕비마마, 저도 그렇게 되기를 간절히 바랍니다. (왕비 퇴장)

폴로니어스 오필리아, 여기서 거닐며 이 기도서를 읽고 있거라. 폐하, 자리를 피하소서. 오필리아, 신앙심 깊은 표정을 지어야 돼. 악마의 본성을 사탕발림으로 감추는 일이어서 찔리지만 세상에 흔히 있는 일이니라.

왕 (방백) 저 한 마디가 내 양심을 찌르는구나. 분칠한 창부의 얼굴이라 한들 내 행실보다는 추악하지 않으리라. 오, 죄악의 무거운 짐이여!

폴로니어스 이리로 오시는가 봅니다. 폐하께서도 숨으시지요. (왕과 폴로니어스 퇴장)

햄릿, 우울한 표정으로 등장

햄릿 사느냐 죽느냐, 이것이 문제로다. 가혹한 운명의 화살을 맞고도 죽은 듯 참아야 하는가. 아니면 성난 파도처럼 밀려드는 재앙과 싸워 물리쳐야 하는가. 죽는 건 그저 잠자는 것일 뿐, 잠들면 마음의 고통과 육신에 따라붙는 무수한 고통은 사라지지. 죽음이야말로 우리가 간절히 바라는 결말이 아닌가. 그러면 또 꿈도 꾸겠지. 아, 그게 문제로다. 이 세상의 고민에서 벗어나 죽음 속에 잠든 때에 어떤 악몽이 나타날지 생각하면 망설이지 않을 수가 없지. 그래서 결국 괴로운 인생을 그대로 이끌고 가는가. 그렇지 않으면 누가 이 세상의 채찍과 모욕을 참겠는가. 폭군의 횡포와 권력자의 오만함, 좌절한 사랑의 고통과 오만방자한 관리들, 소인배가 덕망 있는 사람을 모욕하는 이 비극을 누가 참겠는가. 그저 칼 한 자루면 이 모든 것을 깨끗하게 끝장낼 수 있는데. 그 미지의 세계에 대한 불안 때문에 우리는 이 세상에 남아 현재의 고통을 참고 견디는구나. 결국 분별심은 우리를 겁쟁이로 만드는구나. 가만, 아름다운 오필리아! 기도하는 미녀여, 나의 죄를 위해서도 빌어 주시오.

오필리아 햄릿 왕자님, 그동안 어떻게 지내셨습니까?

햄릿 덕분에 아주 잘 지내고 있소.

오필리아 왕자님, 저에게 보내 주신 많은 선물들을 오래전부터 돌려드리려고 했습니다. 노여워하지 마시고 부디 받아 주세요.

햄릿 아니오. 아무것도 선물한 일이 없으니 받을 수가 없소.

오필리아 잘 아시면서 농담하시는 거지요? 선물에다 달콤한 말씀까지 덧붙여 보내 주셨잖아요. 하지만 아무리 훌륭한 선물도 보낸 이의 마음이 식으면 볼품이 없어질 뿐이랍니다. 왕자님, 여기 있습니다.
햄릿 하하! 당신은 정숙한 여자요? 아니 당신은 아름답소?
오필리아 왕자님, 그게 무슨 말씀이신지?
햄릿 만약 당신이 정숙하고 아름답다면, 그 둘 사이가 서로 친하지 않도록 조심하시오.
오필리아 정숙함과 아름다움만큼 잘 어울리는 게 어디 있습니까?
햄릿 천만의 말씀! 아름다움이 정숙한 여인을 타락시키는 것은 정숙함의 능력으로 아름다움을 숭고하게 이끄는 것보다 쉬운 법이오. 한때는 궤변처럼 들렸겠으나 요즘 같은 세상엔 더욱 그렇소. 나도 한때는 당신을 사랑했었지.
오필리아 왕자님, 저도 그렇게 믿고 있었습니다.
햄릿 믿지 말았어야 좋았을 것을. 아무리 덕을 인간 본성에 접붙인다 해도 본성은 사라지지 않는 법이오. 나는 당신을 사랑하지 않았소.
오필리아 그렇다면 제가 속은 거로군요.
햄릿 더 이상 죄 짓지 말고 수녀원이나 가시오. 나 역시 지금으로선 깨끗한 편이지만 차라리 어머니께서 나를 낳지 말았으면 좋았을 것이라고 할 정도로 많은 죄악을 범하고 있소. 거만하고 복수심에 불타서 어떤 죄를 저지를지도 모르고, 하여간 분별력도 모자라고. 나 같은 녀석이 이 세상을 꿈틀거리며 기어다닌들 도대체 무슨 일을 할 수 있겠소? 우린 모두 악당들이니 믿어선 안 되오. 당신은 수녀원에나 들어가시오. 그나저나 아버지는 어디 계시오?
오필리아 집에 계십니다.
햄릿 그럼 바깥 세상에 나와 미친 수작을 하지 못하도록 집에 가둬

두시오. 잘 있어요, 오필리아.

오필리아 오, 하느님! 저분을 구해 주소서.

햄릿 만약 당신이 굳이 결혼한다면 지참금 대신 나의 저주를 보내리다. 비록 눈송이처럼 결백하다 할지라도 이 세상 구설은 피할 수 없는 법이오. 수녀원으로 어서 잘 가시오. 그래도 굳이 결혼해야겠다면 바보하고 하시오. 똑똑한 녀석들은 결혼하고 나면 괴물로 변한다는 걸 잘 알거든. 수녀원으로 빨리 가시오. 잘 가요, 오필리아.

오필리아 오, 하느님! 왕자님에게 맑은 정신이 돌아오게 하소서.

햄릿 난 잘 알고 있다. 너희 여자들은 덕지덕지 분을 처발라 하느님께서 주신 낯짝을 영 딴판으로 만들어버린단 말야. 춤추며 날뛰고, 요염하게 걸으며, 알랑대고 신의 창조물에 별명이나 붙이고. 또 순진한 탈을 쓰고 음탕한 짓을 하지 않나. 빌어먹을! 더 이상 참을 수가 없군. 그래서 내가 미친 거요. 더 이상 결혼해선 안 돼. 이미 결혼한 놈들은 한 쌍만 빼고 도리 없이 살게 해야지. 하지만 미혼인 자들은 그냥 사는 게 좋아. 어서 수녀원으로 가! (퇴장)

오필리아 아, 그토록 고상하던 분이 저렇게 실성하다니! 귀인의 눈매, 군인다운 기량, 학자다운 언변은 이 나라의 꽃이고 풍속의 거울이었는데, 만인이 우러러보던 분이 완전히 폐인이 되셨구나. 나는 이 세상에서 가장 불행한 여자가 되었어. 왕자님의 달콤한 사랑의 맹세를 빨아들였던 나의 귀가 저 고귀하고 반석같이 굳은 이성의 청아한 종소리가 이젠 금간 소리로 시끄러운 소음만 내는 걸 들어야 한다니. 활짝 핀 꽃처럼 아름다운 청춘의 용모와 자태도 광란의 독기를 머금고 시들어 버리다니! 아, 어쩌면 좋아! 옛날 그 아름다운 일을 보았던 눈으로 참혹한 현실을 봐야 하다니. 아

아, 이 불행이여! (엎드려 흐느낀다)

왕과 폴로니어스 등장

왕 뭐, 사랑 때문이라고? 그게 아니잖나. 횡설수설 대중이 없긴 하지만 미치광이의 소리는 아냐. 무언가가 마음속 깊은 곳에 도사리고 있기에 저렇게 우울한 거야. 그것이 터져 나오는 날에는 내게 어떤 위험이 닥칠지 몰라. 그걸 미연에 막으려면 선수를 쳐야지. 이럼 어떨까? 햄릿을 영국으로 보내는 거야. 밀린 조공을 재촉한다는 명분으로 말야. 아마 바다를 건너 이국 땅에 가서 색다른 풍물을 구경하다 보면 가슴속에 맺힌 괴로움도 사라지겠지. 밤낮 그 일만 골똘하게 생각하니 이상해지는 게 당연해. 경은 어떻게 생각하오?

폴로니어스 좋은 생각이십니다. 그러나 신의 소견으로선 왕자님께서 수심에 빠지게 된 근원과 시초는 실연 때문이 아닌가 사려되옵니다. 그렇지, 오필리아? 햄릿 왕자님 말씀은 말 안 해도 안다. 다 들었느니라. 폐하, 뜻대로 하십시오. 하지만 오늘 밤 연극이 끝난 다음 왕비마마께서 조용히 왕자님을 만나서서 친히 물으시는 것이 어떨는지요? 그렇게 하시면 제가 두 분의 말씀을 엿들어 아뢰겠습니다. 그때도 알아내지 못하시면 영국에 보내시든지 아니면 어디 적당한 장소에 가두어 두시든지 하시지요.

왕 그렇게 하지. 높은 지위에 있는 자의 광란은 그대로 방치할 수 없는 일이지. (퇴장)

제 2 장

성 안의 홀

홀 양쪽에 객석이 있고, 햄릿과 세 명의 배우가 등장

햄릿 내가 해보인 것처럼 대사는 자연스럽게 해야 하네. 만약 여느 배우들처럼 소리나 고래고래 지르며 수선을 떨 바엔 차라리 거리의 약장수를 데려다 시키겠다. 그리고 손을 움직일 땐 이렇게 허공을 휘젓지 말고 항상 부드럽게 해야 하네. 감정이 폭풍처럼 격하게 솟구칠 때에도 자연스럽게 표현할 수 있어야 한단 얘기야. 만일 가발을 쓴 엉터리 배우가 나와서 혼자 격정에 사로잡혀 고함을 지르면 화가 안 날 사람이 없을 거야. 그런 배우들을 보면 난 채찍으로 패주고 싶은 심정이 되지. 그들은 난폭한 회교도 타마칸트나 폭군 헤롯왕보다 한술 더 뜨는 작자들이야. 제발 그 짓만은 말아 주게.

배우 1 그런 일이 없도록 주의하겠습니다.

햄릿 그렇다고 너무 점잖게 해서도 안 돼. 그러니 각자 자신의 역할을 신중히 생각하여 스스로 연구하라. 연기는 대사에, 대사는 연기에 조화시켜야 되느니라. 특히 명심해 둘 건 자연의 절도를 벗어나지 말아야 해. 무엇이든지 지나치면 연극의 목적은 벗어나는 법, 연극의 목적은 예나 지금이나 말하자면 자연을 거울에 비추어 보이는 일이지. 옳은 건 옳은 대로, 그른 건 그른 대로 고스란히 비추어, 그 시대의 시대상과 양상을 보여주는 것이니까. 만일 지나치거나 부족하면 어설픈 관객을 웃길 수 있을지 모르지만 식견이 있는 관객은 분노마저 느끼게 돼. 수많은 관객이 박수갈채를 보내도 단 한 사람의 비평보다 가치가 없는 법이지. 내가 아는 배우 가운데 남들이 극구 칭찬하는 자들이 있었어. 하지만 대사는 기독교도의 말씨를 쓰고 몸짓이나 태도는 전혀 아니었지. 이교도, 아니 인간의 걸음걸이가 아니었지. 그 꼴을 보니 창조주가 미숙한 제자들을 시켜 되는 대로 얼치기로 만든 인간처럼 보였지.

배우 1 그러한 점에 대해서는 상당히 많이 개선되었습니다.

햄릿 완전히 고쳐야 해. 광대들은 특히 제 대사보다 더 떠벌리지 않도록 주의하게. 얼마 안되는 우둔한 관객을 웃기려고 자기가 먼저 웃어보이는 패들도 있는데 그자들은 웃고 있는 동안에 연극의 중요한 대목을 까먹는 경우도 있으니 참으로 기가 막힌 노릇이지. 배우가 그따위 짓을 하면 속이 말끄러미 들여다보인다는 거야. 자, 연극을 준비하게. (배우들 퇴장)

폴로니어스, 로즌크랜츠, 길든스턴 등장

햄릿 어떻게 되었소? 왕께서 이 연극을 보신답니까?

폴로니어스 왕비마마께서도 보신답니다. 곧 납실 것입니다. (폴로니어스 퇴장)

햄릿 자네들이 배우들에게 서두르라고 이르게.

로즌크랜츠, 길든스턴 네, 알겠습니다. (로즌크랜츠와 길든스턴 퇴장)

햄릿 이보게, 호레이쇼!

호레이쇼 등장

호레이쇼 왕자님, 부르셨습니까?
햄릿 호레이쇼, 어서 오게. 내가 믿을 사람은 오로지 자네뿐이네.
호레이쇼 왕자님, 별말씀을.
햄릿 내가 무슨 득이 있다고 자네에게 아첨을 떨겠는가. 가진 것 없는 자에겐 아첨할 이유가 없지. 달콤한 말만 하는 혓바닥을 가진 놈에겐 우둔한 세도가나 핥게 하고, 관절이 자유자재로 움직이는 무릎을 가진 놈은 아첨으로 이득이 생기는 데 가서 무릎을 굽실거리라지. 내 말 듣고 있나? 내 스스로의 판단에 의해 자네를 진정한 벗으로 정했다네. 실상, 허다한 고난을 겪으면서도 자네는 조금도 마음의 동요가 없었어. 운명의 고난과 영광을 똑같이 감사하게 받아들이고 있지. 자네는 감정과 이성이 사이좋게 어우러져 운명의 여신의 손끝에 놀아나서 우둔한 소리를 울려주는 패거리들하고는 본질부터 다르네. 격정의 노예가 되지 않는 그런 사람이 나에게는 필요하네. 자네가 꼭 그런 친구야. 부질없는 넋두리는 집어치우세. 실은 오늘 밤 어전에서 연극이 공연된다네. 그 가운데 한 장면은 내가 지난번 자네에게 얘기했던 선친의 살해 장면과 아주 비슷해. 그 장면이 시작되면 정신을 바짝 차리고 숙부의 안색을 살펴주게. 만일 숙부의 숨겨진 죄악이 드러나지 않는다면 우리가 보았던 그 유령은 악귀였음이 분명하네. 나의 추리력도 불의 신 헤파이스토스의 대장간처럼 지저분한 것이 되고 말겠지. 알겠나? 나도 눈을 떼지 않고 볼 테니 자네도 주의를 집중하여 봐주게. 그런 다음 서로 의견을 종합하여 판단을 내려보세.

호레이쇼 알았습니다. 단 한 순간이라도 제가 한눈을 판다면 그 벌을 달게 받겠습니다. (나팔 소리와 북소리가 안에서 들린다)

햄릿 구경하러 오는군. 실성한 척해야지. 자네도 자리를 잡게.

왕과 왕비를 선두로 폴로니어스, 오필리아, 로즌크랜츠, 길든스턴, 그 밖의 궁신들 등장. 호위병들은 햇불을 들고 있다.

왕 요즘은 어떠냐, 햄릿?

햄릿 아주 좋습니다. 카멜레온처럼 거짓 약속으로 꽉 찬 공기만 마시고, 거세된 수탉인들 이렇게 기를 수는 없을 거예요.

왕 도무지 무슨 소린지 알 수가 없구나. 아예 동문서답을 하고 있으니.

햄릿 하지만 입 밖으로 나왔으니 이젠 제 말도 아니죠. (폴로니어스에게) 나리께선 대학시절에 연극을 하셨다던데, 어떤 역을 했습니까?

폴로니어스 브루터스에 의해 신전에서 살해당한 줄리어스 시저 역을 했습니다.

햄릿 그토록 어리석은 바보를 죽이다니, 브루터스란 놈도 참으로 잔인한 놈이었군요. 배우들 준비는 어떻게 되었는가?

로즌크랜츠 네, 왕자님의 명령만을 기다리고 있습니다.

왕비 햄릿, 이리 와서 내 곁에 앉거라.

햄릿 아닙니다, 어머니. 여기 저를 더 매혹시키는 이가 있군요.

폴로니어스 (왕에게) 오, 저 소리를 들으셨습니까?

햄릿 아가씨, 당신 무릎에 누워도 되겠소? (오필리아의 발 밑에 눕는다)

오필리아 왕자님, 이러시면 안 됩니다.

햄릿 내 말은 그저 고개를 좀 기대자는 얘기요.

오필리아　네, 그렇다면 괜찮고요.

햄릿　내가 음탕한 생각을 했다고 여겼소?

오필리아　전 아무 생각도 안 했어요.

햄릿　처녀 허벅지 사이에 눕는다는 건 꿀맛 같은 일이지.

오필리아　어째서요?

햄릿　깨끗하니까.

오필리아　왕자님, 왠지 기분이 좋아 보이는군요.

햄릿　누가? 내가?

오필리아　네.

햄릿　오, 그야 난 타고난 익살꾼이기 때문이지! 어머니를 좀 봐. 아버지가 돌아가신 지 두 시간도 못 되었는데 아주 명랑한 얼굴이시잖아.

오필리아　아니에요. 두 달의 갑절이나 되었는걸요.

햄릿　벌써 그렇게 되었어? 그럼 검은 상복은 악마에게나 돌려주고, 수달피 옷이나 입어야겠군. 돌아가신 지 두 달이나 지났는데도 아직 잊지 못하다니. 위인의 기억은 죽어도 반 년쯤은 더 계속될 희망이 있군. 하지만 그러려면 교회를 지어야겠지. 안 그러면 묘비에 '오, 말춤꾼은 잊혀졌노라'고 새겨진, 말춤꾼과 함께 기억에서 사라질 테니까.

나팔 소리와 함께 무대가 나타나고 무언극이 시작된다.

〈무언극〉
왕과 왕비가 아주 정답게 나타나 포옹한다. 왕비는 무릎을 꿇고 왕에게 사랑을 맹세한다. 왕은 왕비를 일으켜 안은 뒤 꽃이 만발한 둑에 드러눕는다. 왕비는 왕이 잠든 것을 보고 그 자리를 떠난다. 이윽고 한 남자가 나타나 왕관에 키스한 뒤 잠들어 있는 왕의 귓속에 독약을 부어 넣고 퇴장한다. 왕비가 돌아와서 왕이 죽은 것을 알고 슬퍼한다. 독살자가 서너 명의 시종을 데리고 다시 나타나서 왕비와 함께 슬픔을 나누는 척한다. 시체는 밖으로 옮겨진다. 독살자는 예물을 들고 왕비에게 구애한다. 얼마 동안 왕비는 아랑곳하지 않다가 이윽고 그의 사랑을 받아들인다.

오필리아 이 연극은 무슨 뜻이오니까, 왕자님?
햄릿 엉큼한 장난질을 쳐보는 게지. 음모 같은 거라고나 할까.
오필리아 아마 이 무언극이 연극의 골자인 것 같사옵니다만.

해설을 맡은 배우 등장

햄릿 이 배우가 가르쳐 주겠지. 배우들이란 비밀을 지키지 못하고 모든 걸 지껄여 버리거든.
오필리아 그럼 무언극의 의미도 가르쳐 주겠군요?
햄릿 (거친 어조로) 암 그뿐이겠소, 그대가 해보이는 무언극도 해설해 줄 거요. 그대가 창피스럽다고 생각지 않고 엉큼한 무언극을 해보이면 저 배우들은 창피한 생각 없이 그 엉뚱한 의미를 해설해 줄 거요.
오필리아 망칙한 말씀만 하십니다. 전 연극이나 구경하겠습니다.
해설 저희 배우들을 대표하여 여러분 앞에 간곡한 감사의 말씀을 드립니다. 이 비극을 끝까지 성원해 주시기 바랍니다. (퇴장)
햄릿 저게 극의 서사인가, 반지에 새긴 글귀인가?
오필리아 정말 너무나 짧은 것 같사옵니다.

햄릿 여인의 사랑처럼.

무대에 왕과 왕비의 역을 맡은 두 배우 등장

극중 왕 왕비여, 그대와 내가 성스런 결혼식을 올린 뒤로 태양의 꽃수레가 바다 신의 바다 길과 대지 여신의 둥근 땅을 돌기를 꼬박 서른 번을 했소. 그 빛을 빌린 달님이 서른 번의 열두 곱절을 하고 말이오.

극중 왕비 참으로 기나긴 세월의 여로, 앞으로도 우리의 사랑이 계속되게 해주소서. 하지만 요즘 왕께서 병환이 잦으시어 저는 슬프답니다. 하지만 왕이시여, 언짢아하지 마소서. 여인들의 근심과 사랑은 비례하므로 양쪽 모두 없거나 있다면 극으로 치닫게 마련이지요. 사랑이 깊을수록 근심도 깊어지는 법이니 말이에요. 사랑이 커지면 사소한 염려도 근심 걱정이 되지요.

극중 왕 아, 나는 얼마 안 가서 떠나야 할 몸, 이제 내 몸은 쇠잔할 대로 쇠잔해져 기능이 멈추고 있소. 하지만 그대는 이 아름다운 세상에 살아남아 백성의 사랑과 존경을 받으며 배필도 만나 여생을 즐기시오.

극중 왕비 아, 무정도 하셔라. 그런 말은 하지 마세요. 그런 사랑은 제 마음의 추악한 반역일 뿐입니다. 남편을 살해한 여자가 아니고서야 어찌 재혼을 꿈꾸겠습니까?

햄릿 (방백) 입맛이 쓸 거다, 입맛이 쓸 거야.

극중 왕비 재혼을 바라는 것은 욕정일 뿐 진정한 사랑은 아니옵니다. 어찌 죽은 남편을 두 번 죽이는 일인 재혼을 하여 다른 남자와 잠자리를 같이하며 입을 맞출 수 있단 말입니까?

극중 왕 당신의 말이 진정임을 나는 의심치 않소. 하지만 인간이란 아무리 결심을 해도 그걸 깨뜨리기는 아주 쉬운 법이오. 의지는 단지 기억의 노예에 불과하기 때문이오. 태어날 때의 기세는 강해도 금세 사라져 버리는 것. 마치 설익은 과실처럼 지금은 가지에 매달려 있지만 익으면 흔들지 않아도 땅에 떨어지게 마련이오. 우리는 스스로 진 마음의 부채를 잊어버리는 경우가 많소. 격정에 사로잡혀 한 맹세도 격정이 사그라지면 함께 꺼져가듯 세상에 영원이란 없는 것이오. 그러니 우리의 사랑도 운명과 더불어 변하는 것이 전혀 이상한 일이 아니오. 다만 사랑이 운명을 이끄느냐, 아니면 운명이 사랑을 이끄느냐의 문제일 뿐이오. 권력자가 몰락하면 수하의 무리도 떠나가고, 미천한 사람도 출세하면 어제의 원수가 변하여 친구가 되는 게 현실이오. 이처럼 우리의 의지와 운명은 한 배에 탈 수 없는 거라오. 그러니 당신도 지금은 재혼할 생각이 없겠지만, 내가 죽고 나면 그런 생각도 따라서 죽고 말 것이오.

극중 왕비 아, 비록 대지가 양식을 베풀지 않고 하늘이 빛을 내리지 않는다 해도, 낮의 즐거움과 밤의 휴식을 빼앗긴다 해도, 평생 감옥에 갇혀 고생을 한다 해도, 온갖 기쁨을 박탈당해 재앙으로 멸망한다 해도 영겁의 고뇌가 현재뿐 아니라 내세에까지 쫓아온다 해도, 어찌 폐하를 잃은 몸이 재혼할 수 있겠습니까?

햄릿 왕비가 지금 그 맹세를 저버린다면!

극중 왕 굳은 맹세 고맙구려. 왕비여, 잠시 날 좀 혼자 있게 해주오. 심신이 피곤하구려. 한숨 자고 나면 개운할 것 같소. (잠이 든다)

극중 왕비 잠으로 심신의 피로를 푸소서. 우리 두 사람 사이에 불행한 일이 일어나지 않기를 바랍니다. (퇴장)

햄릿 (왕비에게) 연극이 마음에 드십니까?

왕비 저 여인은 지나치게 맹세하는 것 같구나.

햄릿 아, 하지만 그 맹세를 꼭 지킬 겁니다.

왕 연극의 줄거리를 들었느냐? 해괴한 장면은 없겠지?

햄릿 아뇨. 이건 그저 장난일 뿐입니다. 독살하는 흉내만 내고 있을 뿐, 해괴한 장면은 없습니다.

왕 연극의 제목이 무엇이냐?

햄릿 〈쥐덫〉입니다. 비유가 놀랍지요? 비엔나에서 있었던 암살 사건을 재현해 본 것입니다. 공작의 이름은 곤자고이고, 부인은 뱁티스타죠. 곧 보시게 될 겁니다. 악독한 내용의 작품인데, 뭐 어떻습니까? 폐하나 저희처럼 무고한 영혼에는 해가 없지요. 죄를 지은 놈은 찔리겠지만 우리는 떳떳하죠.

루시어너스 역을 맡은 배우가 등장

햄릿 저건 루시어너스라는 사나이, 극중 왕의 조카입니다.

오필리아 왕자님께선 해설 배우처럼 잘 아시고 계십니다.

햄릿 난 인형극에서 꼭두각시들이 시시덕대는 수작만 보아도 그대와 애인 사이에 무슨 일이 있었는지 알아맞힐 수 있지.

오필리아 너무하신 말씀이옵니다. 왕자님, 너무하십니다.

햄릿 성이 났나? 내 것이 성이 나면 그대는 처녀성을 빼앗겨 앓는 소리를 내게 될 거요.

오필리아 정말 험담이 지나치십니다.

햄릿 그러나 남편을 맞이하면 알게 되겠지. (무대를 향하여) 시작해봐, 살인자. 뭐야, 얼굴만 찌푸리지 말고 어서 시작하라고! '까마귀는 울부짖으며 복수를 외친다'부터 해.

루시어너스 마음은 시커멓고 손은 날렵하다. 약효는 빠르고 때는 무르익었다. 다행히 아무도 없구나. 하늘도 나를 도운 거야. 심야에 캐낸 약초에 마녀의 주문을 세 번 곁들이고 독기를 세 번 쐬어 만든 무서운 독약이여, 당장 저 건강한 생명을 빼앗아라. (독약을 왕의 귀에 붓는다)

햄릿 왕위를 빼앗기 위해 정원에서 왕을 독살하고 있습니다. 왕의 이름은 곤자고로, 실화를 빼어난 이탈리아어로 표현했지요. 저 살인자가 이제 조금 있으면 왕비를 농락하는 것을 볼 것입니다.

오필리아 폐하께서 일어나시네요!

햄릿 왜 그러시지? 거짓 불길에 겁을 먹으셨나?

왕비 무슨 일이십니까, 폐하?

폴로니어스 연극을 중지하라.

왕 등불을 가져오너라. 그만 가야겠다!

일동 등불, 등불, 등불을! (햄릿과 호레이쇼를 남겨두고 모두 퇴장)

햄릿 "울어라, 상처 입은 사슴아. 놀아라, 암사슴아. 깬든지 자든지 세상만사 둥글둥글." 어때, 호레이쇼! 나중에 내 팔자가 기구해지면 나도 배우들 틈에 낄 수 있지 않겠는가?

호레이쇼 반 사람 정도 급료는 받을 수 있겠네요.

햄릿 무슨 말인가. 나도 한 사람 몫은 충분히 해낼 수 있어. "그대 알렷다. 사랑하는 데이먼이여, 이 나라는 주피터 신에게 버림받아 더러운 공작새가 다스리고 있도다."

호레이쇼 공작새는 너무 과분합니다.

햄릿 그건 그렇고, 정말 유령의 말이 옳았어. 자네도 보았지? 독살

장면 때?

호레이쇼 예, 똑똑히 보았습니다.

햄릿 자, 피리를 불어라! 왕께서 연극이 싫으시다면, 그야 싫으신 거겠지. 자, 풍악을 울려라!

로즌크랜츠와 길든스턴, 빠른 걸음으로 등장

길든스턴 왕자님, 한마디 여쭙겠습니다.

햄릿 사연을 모두 아뢰게.

길든스턴 왕께서……

햄릿 그래, 왕께서 어떻다고?

길든스턴 방 안에서 꼼짝도 않으시고 몹시 언짢아하십니다.

햄릿 과음하셨나?

길든스턴 아닙니다. 노하셨습니다.

햄릿 그렇다면 전의한테 알리는 것이 더 현명한 일 아닌가. 내가 나서면 폐하의 노여움이 더욱 커질지도 몰라.

길든스턴 왕자님, 제발 샛길로 빠지지 마십시오.

햄릿 난 얌전히 듣고 있는데, 말하게.

길든스턴 왕비마마께서 무척 상심하고 계십니다. 소신을 보낸 것도 왕비마마이십니다.

햄릿 반갑구려.

길든스턴 왕자님, 제발 저를 희롱하지 말아 주십시오. 진지하게 말씀하신다면 왕비마마의 전갈을 올리겠습니다. 그게 싫으시다면 저는 이만 물러가겠습니다. (절을 하고 돌아서려 한다)

햄릿 그렇게 할 순 없지.

로즌크랜츠 왕자님, 무엇을요?

햄릿 진지하게 말하는 것 말야. 난 머리가 돌았거든. 하지만 내가 할 수 있는 말이라면 쾌히 응답할 테니 요점을 말해 보거나.

로즌크랜츠 왕비마마께선 왕자님의 행동에 깜짝 놀라셨다 하옵니다.

햄릿 어머니를 놀라게 하다니, 참으로 훌륭한 아들이로다! 놀란 어머니의 뒤를 따르는 속편은 없는가? 말해 보거라.

로즌크랜츠 그리고 주무시기 전에 왕비마마께서 할말이 있으시니 내실로 드시랍니다.

햄릿 그렇게 하지. 지금보다 열 배 더 훌륭하신 어머니라고 생각하면서 복종하겠네. 또 무슨 용건이 남았나?

로즌크랜츠 왕자님은 한때 저를 극진히 아끼셨지요.

햄릿 소매치기와 도둑놈에게 맹세코 아직도 아낀다네.

로즌크랜츠 왕자님께서 그렇게 우울해하시는 원인이 무엇인지 알고 싶습니다. 저를 친구라 여기신다면 제발 알려 주십시오.

햄릿 출세길이 막혔기 때문이다.

로즌크랜츠 그건 또 무슨 말씀입니까? 덴마크의 왕위를 계승하실 왕자님께서.

햄릿 그렇긴 하네만 옛말에 '풀이 자라기를 기다리다 말이 굶어 죽고'란 말이 있지.

배우들이 피리를 들고 등장

햄릿 아, 피리가 왔다, 나도 하나 주게. (피리를 하나 받아들고 길든스턴을 한쪽 구석으로 데리고 간다) 저리 좀 가세. 어쩌자고 자넨 그처럼 날 떠보려고 그러나? 날 함정에 몰아넣어야 속이 시원하겠나?

길든스턴 죄송합니다. 왕자님, 신이 지나치게 행동했다면 그건 모두 왕자님에 대한 신의 충정 때문이옵니다.

햄릿 무슨 소릴 하는지 모르겠군. 이 피리를 불어보게.

길든스턴 피리하곤 깜깜 절벽입니다.

햄릿 한번 불어보게.

길든스턴 정말이지 불 줄 모릅니다.

햄릿 제발 부탁이니, 어서.

길든스턴 용서하십시오. 손도 대보지 않았는 걸요.

햄릿 공연히 거짓말하는 것 같네. 이렇게 구멍을 다섯손가락으로 막고 입을 대고 입김만 훅훅 불어보게나. 오묘한 가락소리가 흘러나올 테니 말야. 여기를 봐. 이것들이 구멍이야.

길든스턴 글쎄, 손이 제대로 돌아가야 조화로운 소리가 나오지 않겠습니까, 피리엔 재주가 없습니다.

햄릿 예끼 이 사람아, 그렇다면 자넨 날 무엇으로 알고 있었나! 날 피리 불게 할 작심이었지? 누르는 구멍을 잘 아는 척하고선 내 마음속에 비밀을 빼내려고 저음에서 고음에 이르기까지 소리를 울려 보려는 심사였군. 이 작은 악기엔 아름다운 가락과 절묘한 소리들이 들어 있지. 이 사람아, 그래 날 피리보다 불기 쉬운 줄 알고 호락호락 덤벼들었나? 날 무슨 악기로 취급해도 상관 없네만 날 소리 나게는 못할 걸세.

폴로니어스 등장

햄릿 어서 오시오, 영감.

폴로니어스 왕비마마께서 하실 얘기가 있으시니 곧 오시라는 분부십니다.

햄릿 저기 낙타 모양의 구름이 보이는가?

폴로니어스 아, 정말 낙타 같군요.

햄릿 족제비처럼 보이는데?

폴로니어스 네, 등 모양은 족제비 같군요.

햄릿 아냐, 고래 같네 그려.

폴로니어스 네, 고래와 아주 흡사합니다.

햄릿 그럼, 곧 어머님께 가보겠네. (방백) 나를 아예 바보 취급하는군. 아, 참으로 견디기 어려운 고통이여. (폴로니어스에게) 곧 가겠다고 여쭈시오.

폴로니어스 그렇게 전하겠습니다. (햄릿만 남고 모두 퇴장)

햄릿 '곧 가겠다'라는 말은 쉽지. 자, 다들 물러가게. (호레이쇼와 배우들 퇴장) 지금은 한밤중, 마녀들이 설쳐댈 시간이다. 무덤이 입을 쫙 벌리고, 지옥이 세상을 향해 독기를 뿜어대는 지금이라면 나도 능히 사람의 뜨거운 피를 흘리게 할 수 있을 것 같다. 하지만 기다려라. 지금은 어머님께 가볼 시간, 천륜을 어겨선 안 된다. 굳게 먹은 내 마음에 어머니를 살해한 네로의 잔인한 영혼이 깃들게 해서는 안 돼. 아무리 가혹한 짓을 하더라도 자식으로서의 정은 잊지 말자. 말로는 칼끝처럼 날카롭게 찌를지라도 진짜 칼을 휘둘러서는 안 되지. 혀와 마음을 따로 분간하자. 말로 어머니를 매질하더라도 행동으로 옮겨서는 안 되지. (퇴장)

제3장

같은 장소

왕과 로즌크랜츠, 길든스턴 등장

왕 난 그 애 낯짝도 보기 싫다. 미치광이를 이렇게 방치한다는 건 매우 위험해. 너희들은 곧 준비하게. 위임장을 써줄 테니 그 애를 데리고 영국으로 출발하라. 나의 안위를 위해서라도 시시각각 커지는 위험을 곁에 둘 순 없도다.

길든스턴 곧 떠날 준비를 하겠습니다. 폐하의 은덕에 의지하여 살고 있는 수많은 백성의 안위를 위한 참으로 자상한 배려라 생각되옵니다.

로즌크랜츠 하잘것없는 우리들 개인의 생명도 일단 위험에 처하면 전력을 다하는 게 도리입니다. 하물며 이 나라 백성의 생명이 걸린 국왕의 안녕에는 더욱 조심해야 할 줄로 압니다. 폐하의 불행은 옥체 한 몸에 그치지 않습니다. 소용돌이 같아서 주위에 있는 것을 모두 끌어들이옵니다. 오, 그것은 마치 높은 산봉우리에 꽂힌 거대한 수레바퀴와도 같아서 그 굵은 바퀴살 하나하나에 수많은 부속물이 붙어 있습니다. 만일 그 수레바퀴가 산봉우리에서 굴러 떨어지게 되면 부속물은 하나하나가 산산조각이 나서 흩어집니다. 폐하의 탄식은 곧 만백성의 신음이지요.

왕 어서 준비하여 떠나도록 하라. 그 위험한 건 쇠사슬로 묶어 놓아야 안심이 되는 법이다.

로즌크랜츠·길든스턴 알겠습니다. (로즌크랜츠와 길든스턴 퇴장)

폴로니어스 등장

폴로니어스 폐하, 지금 왕자님께서 왕비마마의 내실로 향하고 있습니다. 소신이 커튼 뒤에 숨어서 이야기를 엿듣겠습니다. 왕비마마께서 엄히 질책하실 것이 틀림없을 것이옵니다. 하오나 폐하의 말씀 또한 참으로 지당하신 말씀이라 사려되옵니다. 친자식간의 정이 있은즉 아드님 생각에 치우치실 수 있으니 아무래도 제삼자가 엿듣는 것이 좋을 줄 아옵니다. 폐하께서 침소에 드시기 전에 다시 뵙고 결과를 아뢰겠습니다.

왕 수고하시오, 폴로니어스. (폴로니어스 퇴장) 아, 내 죄의 악취가 하늘을 찌르는구나. 인류 최초의 무서운 저주를 받은 카인의 형제 살인죄. 아, 기도드리고 싶은 마음은 굴뚝같지만 정작 기도를 드릴 수는 없구나. 아, 이 손에 하늘이 은혜로운 비를 내려 눈처럼 희게 해줄 수는 없을까? 죄인을 구제해 주지 못한다면 어찌 자비라 할 수 있는가? 죄를 미연에 방지하고 또 저지른 죄를 용서해 주는 이중의 공덕이 없다면 기도를 드려 무슨 소용이 있겠는가? 그렇다. 아직도 희망은 있다. 내 죄는 이미 과거의 것, 그러나 어떤 기도를 드려야 한단 말인가? '흉악한 살인죄를 용서하소서'라고? 그건 안 될 일이겠지. 이 왕관, 왕위, 그리고 왕비가 아직 내 손에 있으니. 죄를 지어가면서 얻은 소득을 그냥 지닌 채 용서받을 수는 없을까? 썩어빠진 이 세상에선 죄로 물든 부정한 손도 황금으로 덧칠하면 정의를 밀쳐낼 수 있을 것이다. 아냐, 천상에서는 그것이 통하지 않아. 우리의 모든 죄상을 일일이 실토해야 돼. 그럼 어떡하지? 그래, 참회하자. 하지만 참회할 수도 없는 경우에는 어떡하지? 오, 이 비참한 심정! 덫에 걸린 새 같은 내 영혼이여! 몸부림칠수록 더욱 죄어드는구나. 천사들이여, 날 도와주소서! 그래, 굳어버린 무릎이여, 꿇을지어다. 강철같은 심장이여, 갓난아기의 근육처럼 부드러워져라. 그저 모든 것이 잘 해결되기를 빕니다. (무릎을 꿇는다)

이때 햄릿이 등장해 기도하고 있는 왕을 보자 멈춰 선다.

햄릿 기도 중이니 해치우기에는 지금이 가장 좋구나. 해치우자. (칼을 뺀다) 가만, 지금 죽이면 저자는 천당에 가고 나는 복수를 하게 된다? 아냐, 아버지를 죽인 악당을 천당으로 보낸다? 그러면 복수라고 할 수 없지. 저 악당이 스스로의 영혼을 깨끗이 씻으며 죽음을 준비하고 있을 때 그를 해치우는 일은 복수가 아니다. 저자에게 나의 아버님이 살해당하셨을 땐 아버님은 죄를 지닌 채 죄악이 5월의 봄꽃처럼 활짝 폈을 때다. 그러니 최후의 심판에 대한 심문에 대해서는 신 이외는 알 수 없지만 아무리 생각해 보아도 중형을 면치 못할 거다. 저자가 기도하며 영혼을 깨끗이 씻고 승천할 차비중에 죽여 버리는 일이 복수란 말인가? 어림없는 소리. (칼을 칼집에 도로 넣는다) 칼이여, 제자리에 들어가거라. 숨을 죽이고 있거라. 저 악당이 불륜의 쾌락을 탐닉할 때, 혹은 도박을 하거나 욕설을 퍼부을 때, 그밖에 무엇이든 구제받을 수 없는 못된 짓에 빠져 있을 때 복수를 해야 한다. 그렇게 하면 그의 영혼은 지옥의 저주를 받게 되겠지. 어머니가 기다리시겠다. 너를 지금 살려 두는 것은 너의 고통을 연장시키기 위해서다. (퇴장)

왕 (일어서며) 나의 기도는 하늘로 날아갔지만, 나의 마음은 지상에 남아 있구나. 마음이 따르지 않는 빈말이 어찌 하늘에 닿겠는가.

제4장

왕비의 내실

왕비와 폴로니어스 등장

폴로니어스 곧 오실 테니 따끔하게 꾸중을 하십시오. 왕자님은 도가 지나치셨습니다. 왕비님께서 폐하의 진노를 막아 중재하셨다고 이르십시오. 저는 여기 숨어서 있겠습니다. 단단히 타일러 주십시오.

왕비 염려말고 숨으시오. 오는가 보오.

햄릿 (바깥에서) 어머니, 어머니!

폴로니어스, 커튼 뒤에 숨는다. 햄릿 등장

햄릿 어머니, 무슨 일이십니까?

왕비 너 때문에 아버지가 진노하셨다.

햄릿 제 아버님은 어머니 때문에 진노하셨죠.

왕비 너, 그게 무슨 말도 안 되는 소리냐?

햄릿 어머니 말씀은 또 왜 그렇습니까?

왕비 넌 이 어미조차 잊었단 말이냐?

햄릿 원, 천만에요. 왕비님이시고 시동생의 아내이시고, 또 유감스럽게도 저의 어머니이십니다.

왕비 아, 나 혼자 감당하기에는 벅차구나. 너를 꾸중할 만한 사람을 데려와야겠다. (퇴장하려 한다)

햄릿 (팔을 붙들면서) 진정하시고 여기 앉으세요. 거울로 어머니의 마음속을 환히 비춰 보여 드릴 테니 꼼짝 말고 계세요.

왕비 너 무슨 짓을 하려는 거냐? 너, 나를 죽일 셈이냐? 사람 살려!

폴로니어스 (커튼 뒤에서) 이크, 큰일났구나. 누구 없느냐. 앗! 사람 살려!

햄릿 (칼을 뺀다) 너는 뭐냐! 쥐새끼냐? 뒈져라, 뒈져! (커튼 속을 칼로 찌른다)

폴로니어스 (커튼 뒤에서 쓰러지며) 아이고 나 죽는다.

왕비 세상에, 이게 무슨 짓이냐?

햄릿 전 모르죠. 왕입니까? (커튼을 들춘다)

왕비 이게 무슨 잔인하고 포악한 짓이냐? 오, 하느님!

햄릿 글쎄요. 잔인한 일이긴 하죠. 왕을 죽이고 그 동생과 결혼한 것처럼요.

왕비 왕을 죽였다고?

햄릿 그렇습니다, 어머니. (폴로니어스의 시체를 가리키며) 아무데나 끼어드는 쓸개빠진 녀석 같으니라고. 잘 가거라. 너보다 더 높은 상전인 줄 알았더니. 네 운명이니 받아들이거라. 주제넘게 나서면 신상에 해로워. 어머니, 애꿎은 손만 쥐어뜯지 마시고 조용히 앉으세요. 제가 어머니의 마음을 쥐어짜 드릴 테니까요. 그 가슴이 무쇠덩어리가 아니라면 말입니다. 더러운 습관에 젖어 인간의 감정이 뚫고 들어갈 수도 없게 무감각해진 건 아니시겠죠?

왕비 이 어미에게 눈을 부릅뜨고 무슨 시건방진 짓거리냐.

햄릿 어머니는 간악한 행동으로 여인의 정숙함을 짓밟았고, 정결한 부덕을 위선으로 불리게 했으며, 청순하고 아름다운 이마에서 장미꽃을 떼어버리는 대신 수치로 벌레먹게 했고, 백년해로의 서약을 백지로 만들지 않았습니까? 아, 어머니가 하신 일은 부부의 약속으로부터 그 혼을 빼버리고 신에게 맹세한 서약을 한낱 헛소리에 불과하게 하셨습니다. 그 때문에 하늘도 격분해서 낯을 붉히고 이 반석 같은 대지도 최후의 심판일이 온 것처럼 수심에 잠겨 떨고 있답니다.

왕비 도대체 소란을 피우는 이유가 뭐냐 말이다.

햄릿 (벽에 걸린 두 초상화 쪽으로 왕비를 데려가) 자, 보세요. 이 두 초상화를, 한 핏줄을 나눈 형제의 초상화를 보세요. 자, 이분의 고귀한 모습을 보시란 말이에요. 아폴론의 머리카락, 주피터 같은 훤칠한 이마, 전쟁의 신 마르스의 눈, 신의 전령 헤르메스가 막 내려앉은 듯한 모습을요. 온갖 아름다움을 한 몸에 지닌 탓으로 신들이 인간의 본보기로 삼았던 어머니의 전 남편을 보세요. 자, 그럼 이번에는 이 초상화를 보세요. 어머니의 현재의 남편이죠. 건강한 형을 병든 보리 이삭처럼 말려 죽인 인간입니다. 눈이 있으면 한번 보세요. 저 아름다운 산등성이를 버리고, 이처럼 더러운 수렁에서 먹이를 찾아 헤매다니, 어머니한테 과연 눈이 있기라도 합니까? 행여 사랑 때문에 눈이 멀었다고 하지 마세요. 어머니 나이쯤 되면 정욕도 사그라져 분별심에 복종하게 마련이니까요. 꽃을 본 나비처럼 어찌 물불을 가리지 못하며 여기서 이리로 옮긴단 말입니까? 아직도 욕정이 타는 걸 보니 감각은 있는 모양이십니다. 다만 그 감각도 정녕 마비되었던 게죠. 어떤 미치광이라도 이런 실수를 저지르지는 않을 것입니다. 아무리 눈이 멀었다 해도 이런 차이를 구분 못할 만큼 판단력을 잃진 않았을 거예요. 이처럼 어리석은 짓을 하시다니 백주에 악마에게 홀려 눈뜬 장님이라도 되셨나요? 촉각이 없으면 눈이 있을 거고, 시각이 없으면 촉각이라도 있을 거고, 손과 눈이 없어도 귀가 있고, 다른 아무 감각이 없다면 코라도 있을 게 아닙니까? 아니 올바른 감각의 쇠진한 부분만이라도 남아 있다면야 이렇듯 우둔한 행동을 할 수 없을 거예요. 아, 수치심이여, 너의 부끄러운 마음은 어디로 갔느냐? 지옥의 악마여, 늙은 여체에도 욕정의 불씨를 당긴다면 피끓는 젊은이들에게 도덕 따위는 초처럼 누그러져 자기 열로 녹아 버리는 것도 당연한 일이 아니겠느냐? 무섭게 타오르는 젊음의 욕정의 불길 속에 뛰어들어 온몸을 태운들 어찌 부끄럽다 할 것인가? 차가운 서리까지도 불처럼 타오르고 이성이 정욕의 뚜쟁이 노릇을 하는 판에 말이다.

왕비 오, 햄릿. 그만해라. 너의 말은 내 영혼을 꿰뚫어 보게 하는구나. 아무래도 지워지지 않을 시커멓게 멍든 내 영혼의 얼룩을 말이다.

햄릿 뿐만 아니라 더럽고 역겨운 땀내가 뒤범벅이 된 이불 속에 들어가 썩은 것이 들끓는 속에 더러운 돼지 같은 놈과 히히덕거리며 몸을 섞다니······.

왕비 제발 그만해 둬라. 네 말은 마치 비수처럼 내 가슴을 찌르는구나. 햄릿, 제발 그만하거라.

햄릿 살인자, 악당. 선왕의 발가락 때만도 못한 놈. 왕위와 왕국을 가로채어 슬쩍 주머니에 집어넣은 날도둑놈…….

왕비 그만!

햄릿 누더기를 걸친 가짜 왕.

유령이 잠옷 차림으로 등장

햄릿 허름한 옷차림으로 나타난 천사여, 그 날개로 저를 보호하소서. (유령에게) 어인 일로 오셨습니까?

왕비 저 애가 미쳤구나!

햄릿 저를 책망하러 오셨군요. 격정에 사로잡혀 우물쭈물하다가 때를 놓치는 불초한 자식을 꾸짖으러 오셨습니까?

유령 잊지 마라. 내가 지금 널 찾아온 것은 무디어진 네 결심의 칼날을 갈아주기 위해서다. 하지만 겁을 먹고 떨고 있는 네 어머니의 얼굴을 보거라. 어머니를 돌봐드려라. 몸이 연약한 자일수록 고통이 심한 법. 햄릿, 어머니께 따뜻한 말을 건네 드리도록 하거라.

햄릿 어머니, 괜찮으십니까?

왕비 너야말로 괜찮으냐? 무섭게 허공을 노려보며 얘길 하다니? 너의 눈빛은 이글거리고, 머리카락은 경보에 놀란 병사처럼 곤두서 있지 않느냐? 햄릿, 진정해라. 제발 인내심을 되찾아 다오. 누구에게 말을 하는 거냐?

햄릿 저분을! 저 모습을! 보십시오, 창백한 얼굴로 이쪽을 노려봅니다. 저 슬픈 모습을 보고 가슴에 멍든 원통한 사연을 들으면 목석도 울 겁니다. 절 노려보지 마세요. 그토록 애처로운 눈으로 저를 보시면 저의 굳은 결의도 꺾이고 결행하려던 큰 일을 수행할 수 없게 됩니다. 피를 보아야 할 때 눈물을 흘릴 것만 같습니다.

왕비 누구를 보고 중얼대는 거냐?

햄릿 저기, 아무것도 보이지 않습니까?

왕비 아니, 아무것도. 내 눈은 아직 멀쩡한데 보이지 않는구나.

햄릿 저기, 저기를 보세요. 지금 사라지고 있네요. 생존해 계셨을 때 늘 입으시던 차림을 하고 아버지께서 지금 나가십니다. (유령 퇴장)

왕비 네가 실성한 탓이야. 정신이 나가면 망상을 보는 법이거든.

햄릿 실성했다고요? 제 맥을 짚어 보세요. 어머니의 맥박과 조금도 다르지 않을 테니까요. 제가 실성해서 헛소리를 한 것이 아닙니다. 어머니, 제발 부탁드리오니 양심에다 그렇게 위안의 고약을 바르지 마세요. 속은 썩어문드러지니까요. 어머니, 더 늦기 전에 하느님께 죄를 고백하고 참회하세요. 과거를 뉘우치고 앞으로는 죄를 짓지 마세요. 죄로 물든 잡초에 비료를 뿌려 번성시키지 마세요. 저의 솔직한 진언을 용서하세요. 하긴 요즘같이 타락한 세상에서는 정의가 부정에게 용서를 빌어야 하지만요. 뿐만 아니라 옳은 일을 하는데도 굽실거리며 눈치를 살펴야 하는 세상이지만요.

왕비 오, 햄릿. 네가 내 가슴을 두 동강 내는구나.

햄릿 그렇다면 더러운 쪽은 버리시고, 나머지 반쪽으로 깨끗하게 살아가세요. 안녕히 주무세요. 그러나 숙부의 침실에는 가지 마세요. 정절이 없더라도 있는 척하세요. 습관이라고 하는 괴물은 악습에 대한 감각을 죄다 먹어 버리지만 또한 천사와 같은 일면도 있어 항상 점잖고 착한 행동을 하게 되면 처음에는 어색한 옷 같아도 어느새 쉽게 몸에 어울리게 해준답니다. 오늘 하룻밤만 참으시면, 다음번에는 참는 것이 좀더 쉬워지실 거예요. 이와 같이 습관은 인간의 천성을 바꿀 수도 있기 때문에 악마를 아주 극복하거나 그렇지 않으면 경이로운 힘으로써 우리의 정신 밖으로 내쫓을 수도 있는 거예요. 그럼 안녕히 주무세요. 회개하여 신의 축복을 받으십시오. 어머니께서 신의 축복을 구하고 싶으실 때 저를 부르세요. 저도 어머니를 위해 함께 기도드릴 테니까요. (폴로니어스의 시체를 가리키며) 이 늙은이를 죽인 것은 저도 안타깝습니다. 그러나 이 모든 게 하늘의 뜻이겠죠. 신은 이 늙은이를 통해 저에게 벌을 주시고, 또한 저를 이용하려 했던 이 자에게 벌을 주신 겁니다. 시체를 치우겠습니다. 이 자를 죽인 책임은 제가 충분히 지겠습니다. 다시 한 번 인사드립니다. 안녕히 주무십시오. 소자의 말씀이 몹시도 가혹한 것 같습니다만 모두 효심 때문입니다. 일의 시작이 나빴습니다. 하지만 더욱 무서운 일이 남아 있습니다. (나가려다 다시 돌아서서) 한 마디만 더 드리겠습니다, 어머니.

왕비 나더러 어쩌하라고?

햄릿 지금 소자가 여쭌 말은 모두 잊어버리세요. 돼지 같은 왕이 유혹하거든 다시 이불 속으로 들어가세요. 볼을 음탕하게 꼬집히며 귀여운 생쥐라고 부르게 하세요. 냄새 나는 입술을 갖다 대게 하든지 징그러운 손가락으로 목덜미를 애무 받으면서 이야기를 전부 고해 바치세요. 햄릿은 정말 미친 것이 아니라 미친 척한다고 말예요. 왕에게 사실대로 일러바치는 게 좋을 겁니다. 아무리 아름답고 정숙하고 현명한 왕비라 하셔도 이와 같은 중대사를 상대는 마녀의 앞잡이의 두꺼비, 박쥐, 수퀭이놈인데 숨겨버릴 수가 있겠습니까? 어림도 없는 일이죠. 아니 분별이나 비밀이 다 뭐하는 겁니까. 그 유명한 원숭이가 지붕 마루에 걸어둔 새장에서 새들을 모두 날려 보낸 뒤 나도 한번 해본다고 새장 속에 기어들어가 뛰어내리다 목뼈를 부러뜨린 것처럼 어머니도 그렇게 하시지요.

왕비 염려 말아라. 만일 말이 숨결에서 나오고, 숨결이 목숨에서 나온다면 네가 한 말을 입 밖에 낼 목숨이 내겐 없단다.

햄릿 아, 제가 영국으로 가는 걸 아세요?

왕비 아참, 깜박했구나. 그렇게 결정되었나 보더라.

햄릿 독사 같은 친구 두 놈이 이미 왕명을 받들고 있다는군요. 해볼 테면 해보라죠. 내 꼭 그놈들이 묻어놓은 지뢰밭을 그놈들로 하여금 걷도록 만들 테니까요. 생각만 해도 신나는 일입니다. (폴로니어스의 시체를 가리키며) 하여튼 이놈 때문에 우물쭈물할 시간이 없게 되었군요. 시체는 옆방으로 끌어다 놓겠습니다. 살아 생전에는 어리석은 수다쟁이 악당이더니 이젠 조용히 입을 다물고 엄숙해졌구나. 자, 이리 오너라. 너하고 마지막 일을 끝내자꾸나. 안녕히 주무세요, 어머니. (시체를 끌고 햄릿 퇴장. 왕비는 침대에 엎드려서 흐느껴 운다)

제4막

제1장

같은 장소

클로디어스가 로즌크랜츠와 길든스턴을 거느리고 방 안으로 들어온다.

왕 당신의 깊은 탄식을 들으니 필시 무슨 일이 있었구려. 나한테 한 가지도 숨기지 말고 자세히 말해 주오. 햄릿은 어디 갔소?

왕비 폐하, 잠시 두 사람을 나가 있게 해주세요. (로즌크랜츠와 길든스턴 퇴장) 오늘 밤 참으로 끔찍한 일이 벌어졌습니다!

왕 도대체 무슨 일이오? 햄릿이 일을 저지른 모양이군.

왕비 파도와 바람이 서로 다투듯 광기를 부리는 거라고나 할까요. 한참 미쳐서 날뛰는데 커튼 뒤에서 인기척이 나자 칼을 빼어 들고 "쥐새끼, 쥐새끼다"라고 외치면서 그 착한 노인을 찔러 죽였습니다.

왕 오, 세상에 이럴 수가! 짐도 그 자리에 있었더라면 똑같은 봉변을 당할 뻔했구려. 햄릿을 더 이상 방치해 두었다간 큰일 나겠소. 당신에게도 나에게도 다른 모든 이에게도 위험하오. 도대체 이 참사에 대해 뭐라고 변명을 한단 말인가? 이 모두가 과인의 책임이오. 앞을 내다보고 이 젊은 미치광이를 미리 경계하여 감금하고 사람들 앞에 나가지 않게 했어야 했는데……. 햄릿을 너무 사랑하

햄릿 113

다 보니 화를 키우고 말았구려. 더러운 병에 걸린 사람이 다른 사람들에게 병을 숨기려다가 생명의 정수까지 파먹히는 경우와 똑같구나. 그래서 햄릿은 어디로 갔소?

왕비 노인의 시체를 끌고 갔어요. 미치긴 했어도 돌 속에도 순금이 있는 것처럼 자기가 저지른 일에 참회의 눈물을 흘리더군요.

왕 오, 갑시다. 날이 밝는 대로 즉시 그 애를 배에 태웁시다. 이번 불상사는 내 권위를 이용해서라도 마무리지어야겠소. 여봐라, 길든스턴!

로즈크랜츠와 길든스턴 등장

왕 너희 두 사람은 지금 즉시 햄릿을 찾아보아라. 햄릿이 미쳐 날뛰다가 폴로니어스를 죽여 끌고 나갔다 하니 서둘러 인부를 불러 시체를 교회로 옮겨 놓아라. 어서들 서둘러라. (로즈크랜츠와 길든스턴 퇴장) 자, 이제 곧 심복들을 불러 수습책을 마련해 봅시다. 남을 헐뜯는 말이 이 세상 끝까지 날아가 퍼뜨린다 해도 우리의 명성만은 상처를 입히지 못할 것이오. 나갑시다! 불안과 놀라움으로 이 가슴이 터질 것 같소. (모두 퇴장)

제2장

궁성 안의 다른 방

햄릿 등장

햄릿 이제야 무사히 치웠구나.
길든스턴·로즌크랜츠 (바깥에서) 햄릿 왕자님! 햄릿 왕자님!
햄릿 가만 있자, 저게 무슨 소리야? 누가 나를 부를까? 저기 오는군.

로즌크랜츠와 길든스턴 등장

로즌크랜츠 왕자님, 시체를 어떻게 하셨습니까?
햄릿 흙과 섞었다네. 둘은 서로 친척이거든.
로즌크랜츠 어디 있는지 알려 주십시오. 교회로 모셔야 합니다.
햄릿 그 말을 믿지 말게.
로즌크랜츠 무슨 말씀이신지요?
햄릿 내가 말할 것 같은가? 해파리 같은 녀석들에게 왕자 된 몸으로서 함부로 응답할 수는 없지.
로즌크랜츠 해파리 같은 녀석들이라고요, 왕자님?
햄릿 그렇다. 국왕의 총애를 쭉쭉 빨아들이는 해파리들이지. 하기야 자네들 같은 패거리가 왕에게도 필요하겠지. 마치 원숭이가 입

안 한구석에 사과 한쪽을 물고 있다가 언제든지 필요하면 삼켜 버리는 거와 같지. 왕은 언제든 자네들을 쥐어짜기만 하면 될 테니까. 하지만 자네들은 곧 말라비틀어져 죽겠지.

로즌크랜츠 왕자님, 무슨 말씀이신지요?

햄릿 차라리 잘됐군. 머저리 귀엔 독설도 우이독경이라고 했겠다.

로즌크랜츠 왕자님, 시체 있는 곳을 알려 주시고 어전으로 가십시다.

햄릿 시체는 왕과 함께 있지만, 왕은 시체와 함께 있지 않지. 왕이란 어떤 물건인고 하니…….

로즌크랜츠 물건이라뇨?

햄릿 아무것도 아니다. 자, 날 어전으로 안내하라. 숨고 찾는 술래잡기다. (퇴장)

제3장

궁성 안의 홀

왕과 두세 명의 신하들이 탁자 주위에 앉아 있다.

왕 햄릿을 찾아내어 그 시체를 찾아오도록 일러두었소. 햄릿을 그대로 방치해 두는 것은 매우 위험한 일이오! 그렇다고 경박한 민중들의 사랑을 받으니 엄벌을 내릴 수도 없고. 도대체 민중이란 자들은 이성이 아닌 눈으로만 판단한단 말야. 그러니 일을 원만하게 처리하기 위해서는 햄릿을 즉시 국외로 보내지 않으면 안 되겠소. 이것도 신중히 고려한 결과인 것처럼 꾸며서 말이오. 요컨대 위험한 병은 어려운 치료법으로 고치는 법. 달리 길이 없지 않겠소.

로즌크랜츠 등장

왕 어떻게 되었나?
로즌크랜츠 시체를 어디에다 숨겼는지 도무지 말씀하지 않으십니다.
왕 그래, 햄릿은 어디 있느냐?
로즌크랜츠 밖에 감시인을 붙여 두었습니다. 어찌할까요?
왕 이곳으로 데리고 오너라.

햄릿과 길든스턴 등장

왕 햄릿, 폴로니어스는 어디 있느냐?

햄릿 식사 중입니다.

왕 식사 중이라? 어디서?

햄릿 먹고 있는 중이 아니라 먹히고 있는 중입니다. 지금 구더기 같은 정치꾼들이 모여 그 늙은이를 먹어대는 중이지요. 구더기란 먹는 일에는 제왕이거든요. 우리가 다른 동물들을 살찌게 해서 잡아먹듯이 우리 자신을 살찌우는 것은 바로 구더기를 위해서죠. 살찐 왕이나 야윈 거지나 결국은 둘 다 같은 식탁에 오르지요. 그렇게 끝장이 나는 겁니다.

왕 아, 저런, 저런!

햄릿 왕을 뜯어 먹은 구더기를 미끼로 물고기를 낚아, 그 구더기를 먹은 물고기를 먹는 인간도 있습니다.

왕 도대체 무슨 소리를 하는지 모르겠구나.

햄릿 별것 아닙니다. 왕이라 해도 거지의 뱃속을 행차하시는 경우도 있으시다 이 말씀입니다.

왕 폴로니어스는 어디 있느냐?

햄릿 천당에 사람을 보내서 찾아보세요. 천당에서도 발견하지 못한다면 딴 장소를 찾아보시고요. 이달 안으로 발견하지 못하면 복도로 가는 계단을 오르실 때 거기서 그 냄새가 날 겁니다.

왕 (시종들에게) 거기 가서 찾아보아라.

햄릿 너희들이 돌아올 때까지 나도 기다리마. (사람들 퇴장)

왕 햄릿, 이번 일은 네가 지나쳤구나. 무엇보다도 네 신변의 안전을 위해서 즉시 이곳을 떠나거라. 시종들과 배가 기다리고 있으니 곧 준비하거라. 영국으로 떠날 준비는 완전히 갖추어졌다.

햄릿 영국으로요?

왕 그렇다, 햄릿.

햄릿 좋습니다.

왕 네가 내 뜻을 안다면, 그래야 하느니라.

햄릿 그 뜻을 간파한 천사를 하나 알기는 하지만, 가지요, 영국으로. 안녕히 계십시오, 어머니.

왕 아버지라고 해야지, 햄릿.

햄릿 아버지와 어머니는 일심동체인 부부지간이니 어머니라고 해도 되지요. 자, 가자. 영국으로! (호위를 받으며 퇴장)

왕 어서 뒤쫓아가라. 지체하지 말고 오늘 밤 안으로 배에 태우거라. 자, 급히 가거라. 그 밖의 일은 모두 완벽하게 준비되어 있다. 부탁한다. 급히 서둘도록. (로즌크랜츠와 길든스턴 퇴장) 영국 왕이여, 그대는 이 엄명을 소홀히 다루지는 못하리라. 아직 덴마크 군대의 창과 칼이 휩쓸고 간 상처가 생생할 터이므로 자진해서 충성을 표시하는 것도 당연하다. 영국 왕이여, 서한에 적힌 대로 햄릿을 즉각 사형에 처하라. 열병처럼 그는 내 핏속에서 발악하고 있으니, 그대만이 이걸 치료할 수 있노라. 이 일이 이루어지기 전까지는, 어떤 행운이 온다 해도 결코 기뻐할 수 없다. (퇴장)

제 4 장

엘시노 근처의 평야

포틴브라스 2세가 군대를 이끌고 행진해 온다.

포틴브라스 2세 부대장, 덴마크 왕에게 나를 대신해 문안을 드리고 약속대로 영내를 통과하고자 허락을 얻으러 왔다고 전하여라. 다시 만날 장소는 알고 있겠지? 폐하께서 친히 나를 뵙고자 하신다면 직접 찾아 뵙겠다고 여쭈어라.

부대장 네, 알겠습니다.

포틴브라스 2세 (군대에게) 천천히, 그리고 조용히 전진하라. (모두 퇴장)

부대장이 항구로 향하는 햄릿, 로즌크랜츠, 길든스턴을 만난다.

햄릿 여보게, 자네들은 어느 나라 군대인가?

부대장 노르웨이 군입니다.

햄릿 어디를 공략하기 위해 진군하는가?

부대장 폴란드를 공격하기 위해서입니다.

햄릿 지휘관은 누구시오?

부대장 노르웨이 왕의 조카 포틴브라스 2세입니다.

햄릿 폴란드의 중심을 공격하는가, 아니면 변경 지대를 공격하는가?

부대장 사실대로 말씀드리자면 아무런 이익도 없는 명분 싸움일 뿐이죠. 소작료로 5더컷만 내라 해도 붙여먹지 않을 척박한 땅입니다. 실제로 노르웨이 왕이건 폴란드 왕이건 사유지로 그 땅을 팔아먹건 그 이상은 받기가 힘들 겁니다.

햄릿 아, 그렇다면 폴란드 쪽에서도 별로 방어하지 않겠군.

부대장 아닙니다. 수비 태세가 대단합니다.

햄릿 비록 2천 명의 귀한 인명과 2만 더컷의 돈을 희생한다 하더라도, 이 하찮은 문제는 해결되지 않겠군. 나라가 지나치게 번영하면 이런 종기가 생기게 마련이지. 겉으로는 아무렇지도 않은데 속으로 곪아터져 사람의 목숨을 빼앗는 거 말야. 여러 가지로 고맙소.

부대장 그럼 실례합니다. (퇴장)

로즌크랜츠 자, 가실까요?

햄릿 곧 뒤따를 테니 먼저들 가게. (로즌크랜츠, 길든스턴 및 그 밖의 사람 모두 퇴장) 아, 눈에 보이는 모든 것이 나를 책망하며 무디어진 복수심에 불을 지르는구나! 도대체 인간이란 무엇인가? 인간의 하루하루가 단지 먹고 자는 것뿐이라고 한다면 도대체 짐승과 다를 게 무엇인가? 신이 인간에게 이토록 위대한 사고력을 주신 것은 미래와 과거를 내다보라고 한 것이 아닌가. 그렇다면 난 짐승들처럼 건망증이 심한 탓인가, 아니면 소심함 때문인가. 영 알 길이 없구나. 사고력을 넷으로 나누었을 때 하나가 지혜고 나머지 셋은 두려움인가. '이 일은 꼭 해야 한다'고 하면서 입으로만 떠들어대고 허송세월하고 있느냐 말이다. 내 그 일을 실행할 만한 대의명분도 의지도 힘도 수단도 모두 다 갖추고 있지 아니한가. 보라, 저 수많은 병력과 저 막대한 비용을 들여 군을 통솔하는 저 사람은 가냘픈 젊은 귀공자가 아닌가. 그러나 그의 정신은 원대한 야망에 부풀어 예견할 수 없는 미래에 도전하며 운명과 죽음과 위험 앞에 덧없고 유한한 목숨을 헌신짝처럼 내던지고 있지 않는가. 저토록 계란 껍질 만한 사소한 일 때문에 젊은 청춘들이 일어나거늘, 사람의 명예가 위태로울 땐 지푸라기 하나를 놓고도 당당히 싸워야 한다. 그런데 도대체 내 꼴은 뭔가? 아버님은 살해당하고, 어머님은 더럽혀지고, 복수를 위해 이성도 정열도 폭발해야 할 지경인데, 사생결단을 못 내고 죽치고만 있다니. 보라, 지금도 저 2천 명의 군사들이 죽음의 길을 가고 있지 않는가. 그것을 보고도 부끄럽지 않은가. 변덕스럽고 쓸모도 없는 명예에 이끌려 잠자리로 가듯 무덤을 찾아가고 있다. 대군의 자웅을 겨루기에도 부족하고 전사들을 묻을 묘지로도 모자랄 비좁은 땅을 위해서 싸우러 가지 않는가? 아, 이제부터는 내 마음아, 잔인해져야 한다. 복수심 외에는 아무것도 생각하지 말자. (퇴장)

제5장

궁성 안의 홀

왕비와 호레이쇼와 시종 한 명 등장

왕비 지금은 그 애를 만나고 싶지 않구나.

시종 하지만 기어이 뵙고 싶다고 저렇게 조르고 있습니다. 정말 정신이 나간 모양입니다. 차마 눈뜨고는 볼 수 없을 정도로 참혹합니다.

왕비 그래서 나더러 어떡하란 말이냐?

시종 자꾸 부친에 관해서 넋두리를 늘어놓습니다. 세상에는 해괴한 일도 많다면서 가슴을 치며 사소한 일에도 화를 버럭 내기도 하고 도무지 알아듣지 못할 얘기들을 합니다. 물론 터무니없는 얘기들이지만, 뭔가 분명치 않은 말들이 듣는 이의 가슴을 아프게 합니다. 고개를 끄덕이며 눈짓과 몸짓을 통해 얘기하는 것을 들어보면 분명하지는 않지만 뭔가 불행한 일이 일어난 것 같습니다.

호레이쇼 만나서 얘기를 들어보는 것이 좋을 듯합니다. 괜히 남의 말 좋아하는 사람들에게 억측의 씨앗을 뿌릴지도 모르니까요.

왕비 그렇다면 데리고 오라. (시종 퇴장. 방백) 죄의 시달림을 받는 자들은 하찮은 일조차도 큰 재앙의 전주곡처럼 들리지. 그래서 죄진 마음은 숨기면 숨길수록 더욱 드러난단 말야.

오필리아 류트를 들고 등장. 머리칼이 헝클어진 채 광란 상태에 빠져 있다.

오필리아 덴마크의 아름다운 왕비마마는 어디 계세요?
왕비 오필리아, 어찌된 일이냐?
오필리아 (노래한다) "사랑하는 내 님을 어떻게 알아낼까? 죽장에 미투리에 파립 쓴 순례자가 바로 내 님이라네."
왕비 오필리아, 그 노래가 무슨 뜻이냐?
오필리아 뭐라고요? 아무튼 끝까지 들어보세요. (노래한다) "내 님은 갔어요. 죽어서 이승을 떠났어요. 머리맡엔 초록빛 잔디, 발치에는 묘석이 하나. 오호라!"
왕비 그렇지만 오필리아······.
오필리아 잘 들어보시라니까요. (노래한다) "수의는 산에 내린 눈처럼 희구나."

왕 등장

왕비 아, 저 앨 보세요.
오필리아 (노래한다) "꽃상여 타고 향기로운 내 님은 떠나가는데 사랑의 눈물은 비오듯 흐르네."
왕 이게 웬일이냐, 오필리아?
오필리아 고맙습니다. 올빼미는 원래 빵집 딸이었대요. 오늘 일은 알지만 내일 일은 알 수 없지요. 당신의 식탁에 축복이 내리소서.
왕 죽은 아비 생각을 하는 모양이군.

오필리아 제발 그 얘긴 그만 접어 두세요. 하지만 혹시 사람들이 까닭을 묻거든 이렇게 말하세요. (노래한다) "내일은 성 발렌타인 명절, 동녘 하늘 동트면 일어나리. 사랑하는 님 창가에 서서 그대 기다리리. 내 님은 일어나 새 옷을 갈아입고 방문을 열어 주니 들어간 처녀 나올 땐 처녀의 꽃잎은 떨어졌으리."

왕 오, 가여운 오필리아!

오필리아 이제 잡담은 집어치우고, 노래나 끝내야겠어요. (노래한다) "아, 원통하고 억울하고 정말로 너무 하셨어. 아무리 사내들 심사가 그렇다지만 쓰러뜨릴 때는 백년 해로 약속하고 이제 와서 내가 꼬리쳐서 그랬다고 말하네."

왕 언제부터 이 꼴이 되었소?

오필리아 모든 일이 잘되겠지요. 그때까지 참아야 해요. 그러나 싸늘한 땅속에 묻힌 것을 생각하면 하염없이 눈물이 나는걸요. 오빠도 알게 되겠지요. 그러니 두 분의 조언에 감사드립니다. 가자, 마차야! 안녕히 주무세요. 아름다운 아주머니들, 안녕히. (퇴장)

왕 바싹 뒤쫓아 철저히 감시하라. (호레이쇼와 시종 급히 퇴장) 오, 모두가 아비의 죽음에서 비롯된 깊은 슬픔의 독 때문이오! 슬픔이 무리를 지어 와서 덜미를 잡는구려. 아버진 살해되고, 햄릿은 사라지고. 그러나 이같은 불행의 장본인이 그 애였으니 추방하는 게 당연한 일 아니오. 폴로니어스의 죽음에 관해 무성한 소문이 분분하니 어떻게 해야 할지 모르겠소. 과인이 경솔했던 거요. 그 시체를 암매장하다니. 오, 가련한 오필리아! 정신이 나가 판단력을 잃었구나. 인간도 저 모양이 되면 짐승과 다를 바가 없구나. 게다가 레어티스가 프랑스에서 돌아왔을 텐데 도무지 모습을 나타내지 않는구려. 아마 무언가 의심을 하고 있는 모양이오. 오, 비난이 죽음의 화살처럼 날 겨누어 벌집으로 만들 모양인가 보오. (밖에서 요란한 소리)

왕비 이게 무슨 소린가요?
왕 여봐라! 호위병들은 어디 있는가? 와서 문을 단단히 지키도록 일러라.

시종 등장

왕 이게 무슨 일이냐?
시종 폐하, 자리를 피하소서! 해일이 단숨에 육지를 삼켜 버리듯 레어티스가 폭도를 이끌고 호위병들을 위협하고 있습니다. 폭도들은 마치 새로운 세상이 시작되기라도 한 듯 그를 왕이라 부르고 있답니다. 모자를 내팽개치고 손뼉을 치며 하늘에 닿을 듯한 소리로 "레어티스를 왕으로!"라고 외치고 있습니다.
왕비 기세 등등하게 짖어대지만 냄새를 잘못 맡았어! 얼빠진 덴마크의 사냥개들이여, 도대체 짖어야 할 방향조차 알지 못하는구나!
왕 문을 부수는구나.

레어티스 무장을 하고 들이닥친다. 군중들이 그의 뒤를 따른다.

레어티스 왕은 어디 있느냐? 제군들은 밖에서 기다려 주게.
군중 아닙니다. 저희들도 들어가겠습니다!
레어티스 제발 이 일은 나에게 맡겨 주게.

군중 그러지요.

레어티스 고맙소. 문을 잘 지켜주오. (군중들 퇴장) 오 더러운 악당, 클로디어스 왕! 내 아버지를 내놔라.

왕비 진정해라, 레어티스.

레어티스 침착해질 수 있는 피가 내 몸에 한 방울이라도 남아 있다면 나는 내 아버지의 아들이 아니고, 내 아버지는 창녀의 남편이고, 어머니의 순결한 이마 한복판에는 창녀의 낙인이 찍힐 것이다. (레어티스가 앞으로 다가가자 왕비가 가로막는다)

왕 왕비, 그의 손을 놓으시오. 왕은 신의 보살핌을 받는 법, 내게는 손끝 하나 댈 수 없다오. 도대체 이 같은 모반을 꾸민 이유가 뭐냐? 말해 봐라. 네가 이렇게 날뛰는 이유를 자세히 말해 봐. 내버려둬요, 왕비!

레어티스 내 아버지는 어디 있소?

왕 돌아가셨다.

왕비 폐하가 하신 일이 아니다.

왕 묻고 싶은 대로 묻게 놔두시오.

레어티스 어떻게 돌아가셨소? 날 속일 생각은 추호도 하지 마시오. 충성이고 뭐고 없으니까. 양심이나 신앙은 모조리 지옥에나 가버려! 나에겐 현세도 내세도 없소. 어떻게 된들 상관않겠소. 나는 다만 아버지를 위해서 철저히 복수하겠소.

왕 누가 자넬 막을 수 있겠나?

레어티스 내 의지는 세상 그 무엇도 막지 못한다. 어떻게든 수단을 강구하여 꼭 뜻을 이루고 말리라.

왕 그럼 네 아버지의 사인이 밝혀지면 상대가 누구건 상관없이 복수하겠다는 거냐?

레어티스 상대는 아버지의 원수일 뿐이다.

왕 그 원수를 알고 싶겠지?

레어티스 아버지 편이면 얼마든지 반기겠다. 자기 가슴의 피로 새끼를 기른다는 펠리컨처럼 내 피를 쥐어짜서라도 환대하겠소.

왕 옳거니, 이제야 진정 자식답고 신사다운 말을 하는구나. 난 네 아버지의 죽음과는 무관하다. 오히려 그 죽음을 마음속 깊이 애도할 뿐이다. 햇살이 눈에 비치듯 확실하게 너도 이 사실을 알게 될 것이다.

군중 (바깥에서) 이 여잘 들여보내라!

레어티스 무슨 일이냐, 웬 소란들이냐?

오필리아 등장

레어티스 아, 뜨거운 불길이여! 나의 뇌수를 태워 버려라! 눈물이여, 일곱 배나 더 짜서 시력을 없애 버려라! 널 이렇게 만든 원수는 뼈가 부서지는 한이 있어도 갚아 주마. 오, 5월의 장미였던 나의 누이 오필리아야! 오 하느님, 누가 이 소녀의 싱싱했던 마음을 노인의 목숨처럼 무너뜨렸습니까? 부모를 따르는 자식의 정은 묘한 법, 사랑하는 분을 위해 자신의 가장 고귀한 혼까지 바쳤구나.

오필리아 (노래한다) "얼굴도 덮지 않고 관에 떠메어 갔지. 헤이, 헤이, 무덤에는 눈물이 억수같이 쏟아지고……" 그대여 안녕, 나의 님!

레어티스 네가 제정신으로 복수를 조른다 해도 이처럼 내 가슴이 무너지진 않았을 것이다.

오필리아 (노래한다) "묘비는 젖어들고"라고 노래해요. 빙글빙글 도는 물레바퀴에 장단이 어울리네요! 주인집 딸을 훔친 그 하인은 나쁜 사람이에요.

레어티스 횡설수설하는 소리가 더욱 뼈아프게 들리는구나.

오필리아 (레어티스에게) 이것은 로즈마리, 저를 잊지 말라는 뜻이에요. 제발 저를 잊지 마세요. 이것은 팬지꽃, 저를 생각해 달라는 뜻이지요.

레어티스 미쳐서도 뼈 있는 말을 하는구나. 잊지 말아 달라니……

오필리아 (왕에게) 당신에겐 회향풀과 매발톱꽃을. (왕비에게) 당신에겐 지난날을 뉘우치는 이 회한의 꽃을 드릴게요. 저도 하나 가져야죠. 이 꽃은 안식일의 꽃이죠. 들국화도 있어요. 실은 당신에게 오랑캐꽃을 드릴까 했는데 몽땅 시들어 버렸답니다. 아버지가 임종하시던 날에요. 다들 끝이 좋았다고 하더군요. (노래) "귀여운 종달새가 내 모든 기쁨이라네."

레어티스 저 애한테 가면 슬픔도 번민도 지옥의 형벌까지도 아름답고 사랑스런 것으로 바뀌는구나.

오필리아 (노래한다) "다시 오지 않으실까. 다시 오지 않으실까. 망각의 강을 건너셨으니 다시는 오지 못하리라. 백설 같은 흰 수염, 삼단 같은 백발 나부끼면서 말없이 떠나시었네. 하느님 그분에게 축복을 내리소서." 여러분의 영혼 위에도 축복이 내리시길 하느님께 빌겠습니다. 안녕히. (퇴장)

레어티스 똑똑히 보았겠지, 저 꼴을?

왕 레어티스, 네 슬픔을 함께 나누자. 마다할 까닭은 없겠지. 자, 안으로 들어가서 누군가에게 우리 둘의 얘기를 듣고 판단해 달라고 하자. 네 친구라도 좋다. 만일 내가 이 사건에 티끌만큼이라도 관련된 사실이 밝혀지면, 이 왕국과 왕관, 목숨, 그리고 나의 전부를 너에게 넘겨주겠다. 그러나 아무런 관계가 없다는 것이 밝혀지면 그땐 힘을 합쳐, 너의 원한을 풀어보자.

레어티스 좋소. 그렇게 하겠소. 내 아버지가 돌아가신 까닭과, 시신 위에 유품이나, 칼이나, 문장도 없이 격에 맞는 의식도 치르지 않고 초라한 장례를 치른 이유가 무엇인지 그 진상을 규명하겠소.

왕 그래야지. 죄 있는 곳에는 응징의 철퇴를 내리쳐야지. 자, 함께 가자. (모두 퇴장)

제6장

같은 장소

호레이쇼와 시종 등장

호레이쇼 누가 나를 만나고 싶다고 했소?

시종 선원들입니다. 전해 드릴 편지가 있답니다.

호레이쇼 들여보내시오. (하인 퇴장, 방백) 햄릿 왕자님 말고는 나에게 편지를 전할 분이 없는데.

선원들 등장

선원 1 문안드리옵니다.

호레이쇼 안녕하시오?

선원 2 네, 여기 나리께 드릴 편지가 있는뎁쇼. 영국으로 가던 사신께서 호레이쇼 나리란 분께 전하라 하셨습니다.

호레이쇼 (편지를 읽는다) "호레이쇼, 이 편지를 보거든 이 사람을 왕께 안내해 주게. 왕에게 보내는 편지가 있네. 우린 출범한 지 이틀도 채 안 되어 해적선의 추격을 받았다네. 우리 배는 속도가 너무 느려 서로 싸우다가 나 혼자만 포로가 되었지. 그러나 해적들은 나에게 호의를 베풀어주었네. 물론 나를 미끼로 사용해 이득을 노리려는 수작이었지만. 여하튼 또 한 통의 편지가 왕의 손에 들어가도록 힘써 주게. 그러고 나서 급히 할말이 있으니 내가 있는 곳으로 와주게. 자네가 깜짝 놀랄 얘기가 있어. 말로 하기에는 너무나 큰 사건이야. 선원들이 자네를 내가 있는 곳까지 안내해 줄 거야. 로즌크랜츠와 길든스턴은 영국으로 항해 중인데 그 친구들에 관해서도 할말이 태산 같다네. 아무튼 만나서 얘기하세. 잘 있게. 마음의 벗 햄릿." 날 따라 오시오. 왕에게 안내해 줄 테니, 그리고 빨리 일을 끝내고 날 햄릿 왕자님께 안내해 주시오. 이 편지를 부탁한 사람에게로. (모두 퇴장)

제 7 장

같은 장소

왕과 레어티스 등장

왕 자, 이제 혐의를 벗었으니 앞으로는 나와 한 편이 되어야 한다. 너는 총명하니 잘 알아들었겠지만 네 선친을 살해한 자는 나의 목숨까지 노리고 있다.

레어티스 잘 알겠습니다. 그런데 어찌하여 그런 사악한 행위를 즉시 처벌하지 않으셨습니까? 마땅히 처벌받아야 할 중죄가 아니옵니까? 폐하 자신의 안전과 권위, 지혜 등을 감안할 때 처벌을 내려야 했습니다.

왕 거기엔 두 가지 특별한 이유가 있네. 네겐 하찮게 보일지 몰라도 과인에겐 아주 중대한 이유지. 햄릿의 생모인 왕비, 내 생명이며, 내 영혼인 왕비가 오로지 아들을 바라보는 걸 커다란 낙으로 삼고 있단 말일세. 별이 궤도를 벗어나면 움직일 수 없듯이 나도 왕비가 없으면 살아갈 수가 없네. 또 하나는 백성들이 햄릿을 몹시 사랑한다는 거야. 그들은 그의 결점까지도 사랑해. 마치 나무를 돌로 변질시키는 광천수처럼 그에게 족쇄를 채워도 오히려 장식인 것처럼 찬양해. 그러니 과인이 쏜 화살은 부메랑처럼 표적에 닿지도 못한 채 내 손끝으로 돌아와 버리지.

레어티스 그 바람에 저는 훌륭한 부친을 잃고, 단 하나밖에 없는 여동생은 실성하게 되었군요. 세상 사람들의 모범이 되었던 여동생이 저 지경이 될 줄이야! 이 원수를 반드시 갚고야 말겠습니다.

왕 그렇다고 밤잠을 설치지는 마라. 안심해. 나 역시 수염이 다 뽑히는 상황인데 무사태평한 멍청이는 아니니까. 나중에 자세히 얘기해 주마. 난 자네 부친을 무척 좋아했지. 내 자신을 아끼듯, 이 정도 얘기하면 자네도 알아 듣겠지.

시종이 편지를 들고 들어온다.

왕 무슨 일이냐? 무슨 전갈이라도?

시종 햄릿 왕자님으로부터 편지가 왔습니다. 국왕 폐하와 왕비마마께 올리는 것입니다.

왕 햄릿으로부터? 누가 갖고 왔느냐?

시종 저는 만나 보지 못했습니다만 선원들이라고 합니다.

왕 레어티스, 자네도 들어보게나. (시종에게) 물러가라. (시종 퇴장, 편지를 읽는다) "삼가 아뢰옵니다. 소자는 맨몸으로 폐하의 왕국에 상륙했습니다. 내일 폐하를 뵙도록 허락해 주소서. 허락해 주신다면 그때 불시에 귀국한 사정을 아뢰올까 합니다. 햄릿 올림." 이게 어찌된 영문이냐? 시종들도 함께 귀국했을까? 거짓 편지로 속이려는 것은 아니겠지?

레어티스 필체를 아십니까?

왕 햄릿의 필체가 맞아. '맨몸으로'라고 씌어져 있어. 자네가 생각하기에 어떻게 된 것 같은가?

레어티스 글쎄요. 올 테면 오라죠! 복수할 일을 생각하니 한결 마음이 가벼워집니다. 정면으로 맞서서 대결할 수 있으니까요.

왕 그렇다면 레어티스, 그가 어떻게 돌아왔는지 모르지만 자넨 과인의 지시를 따르겠는가?

레어티스 물론입니다. 화해하라는 분부만 아니라면, 좋습니다.

왕 자네 한을 풀어주기 위한 것이네. 만일 그가 항해 도중에 영국으로 출항하지 않겠다고 우긴다면 그를 설득시켜 내 계획에 끌어들이는 거다. 오래 전부터 생각해 온 일인데, 여기에 걸리기만 하면 그놈도 사망이지. 뿐만 아니라 그의 죽음에 대해서 아무도 비난할 수 없을 거야. 왕비 또한 진상을 알 턱이 없으니 사고라고 체념하겠지.

레어티스 폐하의 분부대로 따르겠습니다. 제가 폐하의 수족이 되어 움직일 수 있다면 그보다 기쁜 일이 어디 있겠습니까.

왕 좋아. 자네가 유학 간 뒤로도 자네의 그 솜씨에 대해 칭찬이 자자했지. 햄릿도 그 소문을 들어 알고 있어. 자네의 다른 재능에 비하면 아무것도 아닌데, 햄릿도 그 솜씨에 대해서만은 무척 부러워하더군.

레어티스 그 솜씨라뇨?

왕 그건 따지고 보면 젊음의 모자에 달린 빨간 리본 같은 거지. 하지만 없어서는 안 되는 것. 왜냐하면 젊은이에겐 가볍고 어수룩한 복장이 부유함과 위엄을 나타내는 노인의 모피 의복만큼이나 어울리는 법이니까. 두 달 전에 프랑스 사람이 이곳에 왔었네. 지금까지 수많은 프랑스인들을 만났고 싸워보기도 했지만, 그 사람이야말로 승마술에는 도사였어. 그 사람은 재주가 뛰어나더군. 마치 몸이 안장에 붙박혀 있는 듯했어. 어찌나 신기한 재주를 부리는지 인마일체, 마치 말의 본성을 반쯤 물려받은 것같이 보이더군. 실로 상상도 못할 정도로 묘기를 부렸지.

레어티스 노르망디 사람이라고 하셨나이까?

왕 그렇다.

레어티스 그럼 레이몬드인가 봅니다.

왕 바로 그 사람이다.

레어티스 그 사람이라면 저도 잘 알고 있습니다. 그 사람이야말로 프랑스의 꽃이요, 보석입니다.

왕 그런데 그 사람은 자네의 솜씨를 극구 칭찬하더군. 자네가 검술에 매우 능숙하다는 거였네. 자네와 승부를 겨룰 수 있는 사람이 있다면 그 시합은 볼 만한 구경거리가 될 거라고 하더군. 프랑스 검객들도 자네와 상대할 사람은 누구도 없을 거라고 장담했지. 이 말을 듣고 있던 햄릿은 금세 질투심에 사로잡혀 자네가 하루 속히 귀국하기를 바라는 눈치였어. 그래서 말인데 이것을 이용해서…….

레어티스 이용해서 무엇을 하란 말씀이십니까?

왕 자네는 선친을 진정 사랑하고 있겠지? 그렇지 않다면 그림 속의 눈물처럼 겉치레로만 울상을 짓는 것일 테니까.

레어티스 어째서 그런 질문을 하십니까?

왕 나 역시 자네가 선친을 진정으로 사랑하지 않았다고는 생각지 않네. 그럴 리가 없지. 그러나 사랑도 다 때가 있는 법 아닌가. 적당한 때야말로 사랑의 불꽃을 강화시키기도 하고 약화시키기도 하지. 무슨 일이든 항상 최상의 상태를 유지할 수는 없는 것이다.

좋은 일도 막바지로 치달으면 쉽게 기우는 법. 따라서 일단 마음 먹은 것은 즉시 실행에 옮겨야 해. 조금 지나면 하고픈 마음도 해야 한다는 결심 자체도 변하니까. 세상 사람들의 말, 행동 또는 여러 가지 사건으로 약해지고 흔들리기 때문이지. 그래서 이같은 결심은 과용하는 한숨처럼 토해낼 때마다 상쾌하지만 몸에는 해로운 법이지. 어쨌거나 이보다 중요한 것은 햄릿이 돌아오는데 자네는 어떻게 하겠느냐는 거야. 자식된 자의 도리를 진정 보여줄 때가 온 것 같으니 말야.

레어티스 설령 교회 안이라도 당장 그의 목을 자를 것입니다.

왕 아무리 신성한 장소라도 살인죄는 없어지지가 않지. 복수를 하는데 때와 장소를 가리겠느냐. 그러나 레어티스, 자네는 집안에만 틀어박혀 있거라. 햄릿이 돌아오면 자네의 귀국을 알릴 테니. 그리고 자네의 탁월한 솜씨를 극구 칭찬하지. 프랑스 사람이 얘기한데다 더욱 초칠을 하여 광을 내야지. 그래서 햄릿이 대결에 나설 수 있도록 할 테니까. 햄릿은 낙관적이고 대범하며 술책이라는 것을 전혀 모르지. 자네는 끝이 아주 날카로운 칼을 집어들면 돼. 그것으로 능숙하게 한 번만 찌르면, 자네 선친의 원수를 갚을 수 있을 거야.

레어티스 그렇게 하겠습니다. 그리고 기왕이면 칼끝에 독을 발라 놓겠습니다. 약장수로부터 독약을 사둔 게 있는데 아주 치명적입니다. 지독하죠. 달밤에 채취한 명약이라 해도 이 독약을 해독할 수는 없을 것입니다. 피부가 살짝 긁히기만 해도 효과가 있습니다. 이 독약을 칼 끝에 발라 놓겠습니다. 닿기만 해도 그놈은 끝장입니다.

왕   그 점에 대해선 좀더 신중히 생각해 보자. 어떻게 해야 우리의 계획이 이루어질 수 있는지. 만일 그 일이 실패해 우리의 계획이 탄로날 바엔 처음부터 그만두는 편이 나을 것 아니냐. 따라서 일이 실패할 경우를 대비해 차선책을 강구해야 해. 자, 그렇지! 격렬하게 싸우다 보면 목이 타겠지. 그렇게 되면 그는 물을 청할 것이고, 그때 준비해 두었던 잔을 내미는 거야. 한 모금만 마시면, 요행히 독검을 피했다 하더라도 우리의 목적은 달성되겠지. 그런데 가만 웬 소동이냐? 왕비, 무슨 일이오?

왕비, 울면서 등장

왕비   불행한 일이 꼬리를 물고 일어나는군요. 레어티스, 네 동생이 물에 빠져 죽었다는구나.

레어티스   물에 빠져 죽었다고요! 어디서요?

왕비   버드나무가 비스듬히 서 있는 시냇가에서. 그곳에 미나리아재비, 쐐기풀, 실국화, 자란 따위를 섞어 만든 이상한 화관을 쓰고 나타났다는 거야. 자란에 대해서는, 음담패설 좋아하는 목동들은 상스런 이름으로 부르지만, 얌전한 처녀들은 그것을 죽은 사람의 손가락이라고 부르지. 그 애가 화관을 걸려고 버드나무 가지에 올라갔다가 가지가 부러져 그만 화관과 함께 시냇물에 빠지고 말았다는 거야. 그런데도 그 애는 옷자락을 활짝 펼친 채 인어처럼 잠시 물 위에 떠 있었대. 마치 자신이 위험에 처했다는 걸 모르는 사람처럼 찬송가를 부르면서 누워 있었다는 거야. 마치 물에서 태어나 그곳에서 사는 생물처럼. 하지만 그것도 잠깐이었겠지. 마침

내 옷에 물이 스며들어 아름다운 노랫소리도 사라지고 물 속으로 휘말려 들어가 죽고 말았다는구나.

레어티스 그렇게 해서 빠져 죽었군요.

왕비 그래, 죽고 말았다.

레어티스 가여운 오필리아, 그만하면 물은 이제 지긋지긋할 테니 난 더 이상 눈물은 흘리지 않으마. 그러나 사람의 정이란 어쩔 수 없는 것, 흐르는 눈물은 막을 수가 없구나. 염치고 뭐고 가릴 게 뭐냐. 실컷 울고 나면, 나약한 내 마음도 사라지겠지. 폐하, 소신은 이만 물러갑니다. 불덩이처럼 분노가 타오르지만, 지금은 어리석은 눈물 때문에 아무 말도 할 수가 없군요. (퇴장)

왕 뒤쫓아 갑시다. 저 애의 분노를 진정시키느라 내가 얼마나 애썼는데……. 그런데 다시 이 일이 저 애의 마음을 뒤집어 놓았소. 자, 뒤를 따라가야겠소. (왕과 왕비, 레어티스를 쫓아간다)

제 5 막

제 1 장

엘시노의 묘지

어릿광대인 인부 두 명이 삽과 곡괭이로 무덤을 파고 있다.

광대 1 이봐, 이렇게 기독교식으로 장사를 치러주어도 될까? 자살한 사람인데 말야.

광대 2 그렇대두. 그러니 어서 파기나 하게. 검시관이 조사하고 허락을 했다지 않은가.

광대 1 이건 말이 안 돼. 자기를 지키려고 물 속으로 뛰어든 것도 아니잖아.

광대 2 아무튼 판정은 그렇게 났네.

광대 1 그렇다면 이건 정당한 행위인 듯 싶네. 즉, 내가 일부러 물에 뛰어들었다면 그건 하나의 행위가 되지. 그런데 행위는 세 가지로 나뉘거든. 행동과 실천과 수행이지. 그러니까 이 여자는 일부러 빠져 죽은 거라 이 말이지.

광대 2 어쨌거나 잔말 말고 땅이나 파…….

광대 1 내 말 좀 들어 보라니까. 여기 물이 있단 말이야. 좋아, 한 사람이 서 있어. 그것도 좋아. 그런데 그 사람이 물로 걸어가 빠져

죽으면, 그건 좋든 싫든 제 발로 가는 거야. 명심하라구. 그렇지만 물이 사람에게 덮쳐 익사시키면 그건 자살이 아니지. 자기 목숨을 스스로 끊은 죄가 없다 이 말이야.

광대 2 그게 바로 법이 아닌가?

광대 1 그래, 그게 바로 검시관의 법이라네.

광대 2 자네 진실을 알고 싶은가? 어쨌거나 이 여자가 귀족 가문이 아니었다면, 격식을 차린 매장은 어림도 없었다구.

광대 1 얼씨구. 제법이군. 하긴 평민들보다 귀족들이 목매달고 물에 빠져죽는 것도 편리하게 되어 있지. 뭐, 솔직히 말해서 버젓한 귀족 가문 치고 그 조상들이 정원사나 산역꾼, 도랑치기 따위의 일을 하지 않은 경우는 없었잖아. 한마디로 아담의 직업을 이어받았다고 할 수 있지. (무덤 구멍으로 들어간다)

광대 2 아담도 귀족이었던가?

광대 1 물론이지. 세상에서 가장 먼저 삽을 든 귀족이었지.

광대 2 빈손이었잖아.

광대 1 자네 이교도야? 성경을 어떻게 읽고 하는 말이야? 아담이 땅을 팠다고 성경에 나와 있잖아. 삽이 없었으면 어떻게 땅을 팠겠어? 자네에게 질문 하나 더 하지. 혹시 제대로 못 맞추겠거든 실토하게.

광대 2 해 봐.

광대 1 조선 기술자나 석수장이나 목수보다도 물건을 더 튼튼하게 만들 수 있는 사람이 누군 줄 아는가?

광대 2 물어보나마나 교수대 만드는 놈이지. 1,000명이 그걸 쓴다 해도 끄떡없잖아.

광대 1 흠! 그럴 듯하군. 자네 말대로 교수대는 정말 튼튼하지. 그 때문에 악질들을 목 조르는 데는 그만이야. 하지만 교수대가 교회보다 더 잘 만들어졌다고 말하진 않겠지? 교수대는 자네 목을 매달기에도 안성맞춤이니까. 자, 다시 대답해 보게.

광대 2 누가 조선공이나 석수장이, 목수보다 물건을 더 튼튼하게 만드느냐고?

광대 1 그래, 어서 대답하고 끝내세.

광대 2 그래! 이제 알았네.

광대 1 말해보게.

광대 2 음, 아니야. 역시 모르겠는걸.

광대 1 됐네. 바싹 마른 대가리를 행주 짜듯이 머리를 쥐어짤 건 없다네. 아무리 채찍질한다 해도 둔마가 빨리 달릴 순 없지. 내 정답을 말해주지. 정답은 바로 우리처럼 무덤 파는 사람들이라네. 우리가 파놓은 집은 이 세상이 끝장나도 끄떡없을 거거든. 자, 이제 자네는 주막집에 가서 술이나 한 통 받아오게. *(광대 2 퇴장)*

햄릿과 호레이쇼, 묘지로 접근. 햄릿은 항해 때의 차림새 그대로다.

광대 1 *(땅을 파며 노래한다)* "젊은 시절엔 모든 게 달콤했었지. 당장 죽어도 여한이 없을 만큼 사랑도 하고. 하지만 이리 늙고 보니 모든 게 허망한 꿈이 되었다네."

햄릿 저 작자는 무덤을 파면서도 콧노래를 흥얼거리는군.

호레이쇼 습관이 돼서 아무렇지도 않은 모양이지요.

햄릿 하긴 쓰지 않는 손이 더 예민한 법이지.

광대 1 (노래한다) "어느새 다가온 백발의 세월에 휘감긴 이 몸. 눈물의 저승길은 눈앞에 있는데, 꿈같은 시절은 어디로 갔느냐." (해골을 들어올린다)

햄릿 저 해골에도 한때는 혓바닥이 있어 노래를 불렀겠지. 저 작자, 무슨 카인의 턱뼈라도 다루듯이 해골을 마구 내던지는군. 지금 저 바보 같은 위인에게 천대받는 저 해골의 주인공은 한때 잘 나가는 정치가였을지도 모르지. 안 그래?

호레이쇼 그랬을지도 모르죠.

햄릿 아니면 궁정의 아첨꾼이었는지도 모르고 그는 떠벌렸겠지. '폐하, 안녕하셨사옵니까? 기분이 어떠신지요?' 아니면 아무개 장군의 말이 탐나 '그 말 참 멋지군' 하고 칭찬을 늘어놓았겠지. 안 그런가?

호레이쇼 예, 그럴지도 모르죠.

햄릿 틀림없이 그럴 거야. 하지만 지금은 구더기의 밥이 되고 산역꾼들의 삽날에 얻어맞는 신세가 되었군. 눈에 뵈지 않아서 그렇지 참으로 오묘한 변화야! 인간의 유골이 던지고 노는 놀이감의 값어치밖에 안 된단 말인가? 그 생각만 해도 머리가 지끈지끈 아프구나.

광대 1 (노래한다) "곡괭이 한 자루에 삽 한 자루, 그리고 수의 한 벌. 오호라! 이건 손님들을 모시기에 딱 그만인 무덤이군." (또 하나의 해골을 들어올린다)

햄릿 저기 또 하나 나왔군. 이번 것은 변호사의 해골일지도 모르네. 온갖 궤변과 술책, 소송과 판례는 모두 어디로 갔는가? 무식한 작자에게 골통을 얻어맞으면서도 폭행죄로 소송을 걸겠다는 말조차 못하는군. (해골을 손에 들고) 흥, 이 녀석은 부동산업자였는지도 모르겠군. 땅 투기니 담보증서니 토지 양도 소송이니 하면서 온갖 술수를 부리고 다녔겠지. 하지만 그 결과 뭐가 남았는가. 머리통 속에 이렇게 진흙만 가득 차 있는걸! 그리고 이제 증인이 보증할 수 있는 것이라곤 겨우 계약서 두 통뿐인가. 이중으로 썼다 해도 말이야. (해골을 가볍게 두드리며) 땅을 집어삼킨 이 자에게 결국 남은 건 이 골통밖에 없지 않느냐 말야, 안 그래?

호레이쇼 정말 골통밖에 남은 게 없군요.

햄릿 토지 매도 증서는 양가죽으로 만들지?

호레이쇼 송아지 가죽으로 만든 것도 있습니다.

햄릿 그따위 증서들을 믿는 놈들은 양이나 송아지와 진배없어. 저 작자한테 말 좀 붙여봐야겠다. (앞으로 나서며) 여보게, 이건 누구의 무덤인가?

광대 1 제 무덤입니다요. (노래한다) "흙으로 돌아가서 흙 속에 누웠네. 흙집이 손님께 꼭 맞지요."

햄릿 그 안에 들어가 있는 걸 보니 정말로 자네 것이겠군.

광대 1 맞습니다요. 나리는 밖에 계시니까 분명 나리 것은 아니죠. 저는 거짓말을 모릅니다요. 그러니 이것은 제 것이죠.

햄릿 그 속에 있으니 자기 무덤이라니, 말도 안돼. 무덤은 죽은 자의 것이니까. 그러니 네 말은 거짓이렷다.

광대 1 이런 걸 새빨간 거짓말이라고 하죠. 다시 나리 차례입니다.

햄릿 자네가 파고 있는 것은 어떤 남자의 무덤인가?

광대 1 남자가 아닌뎁쇼.

햄릿 그럼 어떤 여자인가?

광대 1   여자도 아닙지요.

햄릿   그럼 누구의 묘를 파고 있느냐?

광대 1   살아 생전엔 여자였지만 지금은 혼령이 된 자의 무덤입니다.

햄릿   정말 까다로운 놈이군! 허투루 말을 걸었다간 말꼬리가 잡혀 그야말로 곤욕을 치르겠어. 호레이쇼, 지난 3년 동안 내내 느껴온 것이지만 신분 고하가 무너지려 하니 정말 말세야. 이봐, 무덤 파는 일은 언제부터 해왔나?

광대 1   소인이 이 일에 처음 손을 댄 날은 바로 선대 햄릿 왕께서 포틴브라스를 무찌르던 날이었지요.

햄릿   그게 언제인데?

광대 1   천하의 바보들도 다 아는 날인데, 그걸 물으시다뇨. 바로 햄릿 왕자님께서 태어나던 날입니다요. 지금은 미쳐서 영국으로 유배를 갔지만 말이죠.

햄릿   왜 유배를 갔다던가?

광대 1   그야 미쳤으니 그렇지요. 거기 가면 제정신을 차리겠지만, 못 차린다 해도 거기서라면 상관 없죠.

햄릿   왜 미쳤다던가?

광대 1   그게 참 소문이 이상하더군요.

햄릿   어떻게 이상한데?

광대 1   이상하다는 건 머리가 돌았다는 거죠.

햄릿   그 원인이 어디 있는데?

광대 1   어디는 어디겠어요? 이 덴마크 땅이죠. 저는 이곳에서 산역꾼을 30년 동안이나 하고 있습니다요.

햄릿   시체는 무덤 속에 얼마나 있으면 썩지?

광대 1 어떤 놈은 죽기 전부터 썩는 고약한 경우도 있지요. 요즘엔 매독에 걸려 죽은 놈이 많아서요. 그런 놈들은 장례식까지 버티지 못하고 썩어 버리죠. 하지만 대부분은 8, 9년은 족히 갑니다요. 가죽장수의 시체는 9년까지 간다고 장담할 수 있습죠.

햄릿 가죽장수는 어째서 더 오래 가는가?

광대 1 그야 직업 덕분에 살가죽이 두꺼워져 물기가 스며들지 않기 때문이죠. 물이라는 게 망할 놈의 시체를 썩게 하는 데에는 그만이거든요. (해골을 하나 집어들고) 또 하나 나오는군. 이 해골바가지도 땅속에 묻힌 지 23년이나 된 것이죠.

햄릿 누구의 것인가?

광대 1 미친놈이죠. 염병에나 걸려 뒈질 놈! 언젠가 제 머리에 포도주를 통째로 들이붓던 작자지요. 폐하의 광대 요릭 말입니다.

햄릿 이게?

광대 1 그렇다니까요.

햄릿 어디 좀 보여다오. (해골을 손에 들고) 아, 불쌍한 요릭! 호레이쇼, 이자는 둘째가라면 서러울 재담꾼이었다네. 나를 언제나 등에 업고 다녔는데, 지금 이 꼴을 보니 소름이 끼치네. 여기쯤 내가 수없이 입맞춤했던 입술이 달려 있었겠지. 모두를 웃게 만들던 너의 익살, 광대춤, 노래는 어디로 갔느냐? 이를 드러낸 해골 바가지, 너는 내 꼴을 비웃지도 못하겠구나. 그래, 요릭! 귀부인들의 방으로 가서 한바탕 지껄이거라. 분가루를 한껏 처발라도 결국은 이 꼴을 면치 못한다고 말이다. 가서 귀부인들을 웃겨라. 여보게, 호레이쇼, 말 좀 해보게.

호레이쇼 무얼 말씀입니까?

햄릿 알렉산더 대왕도 땅속에서 이런 꼴이 되었겠지?

호레이쇼 그럴 테죠.

햄릿 이렇게 냄새 나고! 풰! (해골을 땅에 놓는다)

호레이쇼 물론입니다.

햄릿 호레이쇼, 인간은 죽어서도 천대를 받는구나! 알렉산더 대왕의 거룩한 유해도 결국 한줌 흙이 되어 술통 마개가 될지도 모를 일이 아닌가?

호레이쇼 그렇게까지 비약하시는 것은 좀 지나치신 듯합니다.

햄릿 아니, 조금도 지나치지 않아. 말하자면 이런 거야. 알렉산더 대왕이 죽어 땅속에 묻힌다, 그래서 결국 흙이 되고, 흙은 진흙이 되고. 그래서 알렉산더 대왕이 결국 술통 마개가 될 수도 있다, 그 말이야. 황제 시저도 죽어 흙이 되어 벽의 구멍 막는 바람막이가 되었을지도 몰라. 아, 한때 세상을 호령하던 그 사람들이 고작 흙이 되어 모진 겨울바람을 막는 흙담이 되다니! 쉿, 저기 왕이 오는구나.

장례식 행렬 등장. 뚜껑 없는 관속에는 오필리아의 유해가 들어 있고, 그 뒤로 레어티스, 왕, 왕비, 궁신들, 그리고 사제가 뒤따르고 있다.

햄릿 왕비와 궁신들도 오고 있군. 누구의 장례식인지 저렇게 초라한 걸 보니 스스로 목숨을 끊었나 보군. 하지만 신분은 상당히 높았던 모양이다. 잠시 숨어서 살펴보자. (햄릿과 호레이쇼, 나무 뒤에 숨는다)

레어티스 의식은 이것뿐입니까?

햄릿 저건 레어티스라네. 훌륭한 청년이지. 잘 보게.

레어티스 의식은 이게 다란 말입니까?

사제 교회의 법규가 허락하는 한 최대한 정중한 의식으로 모신 겁니다. 의심쩍은 죽음이었기에 왕의 칙명으로 관례를 깨뜨렸으니 망정이지 그렇지 않았다면 분명 최후의 심판날까지 부정한 땅에 매장되었을 겁니다. 그리고 자비로운 기도 대신 사금파리나 돌멩이를 던져 넣었겠죠. 그러나 이번에는 처녀에게 어울리는 꽃 장식에다 특별히 조종까지 울리며 명복을 비는 것을 허용했습니다.

레어티스 그럼 그 이상의 의식은 할 수 없단 말이오?

사제 더 이상은 할 수 없습니다. 평화롭게 세상을 떠난 사람의 장례처럼 진혼가를 부르며 미사를 드린다면 신성한 장례 의식을 모독하는 일이 됩니다.

레어티스 좋다, 관을 내려라. 아름답고 깨끗한 저 애의 몸에서 오랑캐꽃이 피어날 것이다. (관이 무덤 속에 내려진다) 야박한 사제여, 내 말을 들거라. 네놈이 지옥에서 울부짖고 있을 때쯤 내 여동생은 하늘의 천사가 되어 있을 거다.

햄릿 아, 아름다운 오필리아가!

왕비 (관 위에 꽃을 뿌리면서) 아름다운 처녀에게는 아름다운 꽃을! 고이 잠들거라. 널 햄릿의 아내로 삼아 신방을 꽃으로 장식해 주고 싶었는데, 무슨 연유로 너의 무덤 위에 꽃을 뿌리고 있구나.

레어티스 아, 이 재앙이 30배가 되어 저주스러운 그놈의 머리 위에 쏟아져라. 섬세하고 영리한 너의 감각을 미치게 만든 그놈에게! 잠깐만, 멈추어라. 한 번만 더 이 팔로 동생을 안아 보자. (무덤 속으로 뛰어든다) 자, 이젠 흙을 덮어라. 산 사람과 죽은 사람의 머리 위에 똑같이 흙을 덮어라. 저 펠리안 산보다도 높이, 하늘을 찌르는 푸른 올림포스 산보다 더 높이 흙을 쌓아 올려라.

햄릿 (앞으로 나선다) 도대체 저토록 요란스럽게 한탄하는 자는 누구냐. 저기 슬픔을 가장해서 아우성치고 있구나. 저토록 목소리를 돋우어 떠들어대는 소리에 하늘을 떠도는 별들도 놀라 넋을 잃을 것 같구나. 저 자는 도대체 누구냐? 난 덴마크의 왕자 햄릿이다.
(무덤 속으로 뛰어든다)

레어티스 이놈, 지옥에나 떨어질 놈! (햄릿의 멱살을 움켜쥔다)

햄릿 무엄하구나. 이 손 놓지 못할까! 비록 나는 화낼 줄도 모르고 난폭하지도 않다만 무슨 일을 저지를지 모르니 이걸 순순히 놓는 게 좋을 거다. 이 손 놓아라.

왕 둘을 뜯어 말려라.

왕비 햄릿, 햄릿!

모두들 자, 두 분!

호레이쇼 진정하세요, 왕자님.

궁신들, 두 사람을 떼어놓자 둘은 무덤 밖으로 나온다.

햄릿 내 눈에 흙이 들어간다 해도 이 문제만은 그냥 넘어가지 않겠다.

왕비 햄릿, 이 문제라니 그게 뭐냐?

햄릿 나는 오필리아를 사랑했다. 오빠가 4만 명이나 되어 그 사랑을 몽땅 합친다 해도 내 사랑에는 미치지 못할 것이다. 너 따위가 도대체 오필리아에게 뭘 할 수 있단 말이냐?

왕 레어티스, 그는 미친 사람이니 개의치 말아라.

왕비 제발 좀 가만히 있어요.

햄릿 말해 봐, 이놈아. 도대체 뭘 해줄 수 있는지. 울 거냐, 싸울 거냐, 굶어 죽을 거냐. 네 옷을 갈기갈기 찢을 거냐? 식초를 마시겠느냐? 악어를 집어삼키겠느냐? 그따위 짓은 나도 얼마든지 할 수 있다. 네놈이 산 채로 묻히겠다면 나도 그렇게 하마. 뭐 산을 쌓으라고? 온 세계의 산을 무너뜨려 산을 쌓아 봐라. 그래서 산봉우리가 태양에 닿을 때까지, 온 산의 산봉우리가 한 점 사마귀로 보일 때까지 쌓아 올려라. 네가 고함을 지르겠다면 나도 너 못지 않게 고래고래 지를 수 있다.

왕비 레어티스, 지금은 쟤가 발작해서 소란을 피워 대지만, 곧 진정할 거야. 암비둘기가 황금빛 새끼를 깔 때처럼 얌전해지겠지.

햄릿 이봐, 레어티스. 날 이렇게 대하는 이유가 뭔가? 난 자네를 좋아했네. 하긴 이젠 쓸데없는 말이 되었지만. 헤라클레스가 아무리 힘을 쓴다 해도 고양이는 여전히 야옹거릴 것이요, 개는 멋대로 놀아날 테니까. (퇴장)

왕 호레이쇼, 왕자의 뒤를 따라가 주게. (호레이쇼 퇴장. 레어티스에게 소곤댄다) 꾹 참게나. 간밤의 얘기는 잊지 않았겠지? 곧 일을 착수해야겠다. 왕비, 당신 아들을 단속하시오. 이 무덤에는 기념비를 세우리라. 머잖아 평화의 날이 오겠지. 그때까지만 참고 일을 진행해야지. (모두 퇴장)

제 2 장

궁성 안의 홀

햄릿, 호레이쇼와 이야기를 나누며 등장한다.

햄릿 이 얘기는 이쯤 해두고 다음으로 넘어가세. 그 당시 상황은 자네도 기억하고 있겠지?

호레이쇼 물론입니다, 왕자님!

햄릿 마음속에서 갈등이 일어 밤잠을 설쳤지. 반란죄로 붙잡혀 족쇄를 찬 선원들보다 더 비참했어. 성급하게 행동하긴 했지만 이번 일은 오히려 가상한 일이 되었네. 치밀한 계획이 실패로 돌아가면 때론 무모한 행동이 대신 도움을 준다네. 우리 인간이 아무리 일을 엉성하게 꾸며도 일을 마무리 짓는 것은 하늘의 섭리라는 걸 알 수 있지.

호레이쇼 그건 확실히 그렇습니다.

햄릿 난 선실에서 빠져나가 선원용 외투를 걸치고 어둠을 틈타 바라던 것을 손에 넣었으니 꾸러미를 빼내 내 방으로 돌아왔다네. 아주 대담한 일이었지. 그리고 불길한 생각이 들어 예절도 잊은 채 그 친서의 봉인을 뜯어보았지. 그렇게 해서 왕의 무서운 흉계를 알게 된 거야. 왕의 추상 같은 명령이라며 엉터리 수작을 많이 늘어놓았더군. 글쎄 나에 대해 덴마크 왕뿐만 아니라 영국 왕의 목숨까지도 위태롭게 하는 인물이라고 써 놓았더군. 편지를 읽는 즉시 도끼로 내려치라고 써 있었네.

호레이쇼 그럴 수가?

햄릿 이것이 그 친서니 틈이 나면 읽어보게. 그 다음에 내가 어떻게 했는지 아나?

호레이쇼 말씀해 주십시오.

햄릿 극악무도한 흉계에 휘말리고 보니 내 머리가 저절로 극을 짜내기 시작하더군. 나는 책상머리에 앉아 새로운 친서를 쓰기 시작했지. 아주 정서했어. 어쨌든 개막사도 하기 전에 연극이 시작된 셈이었지. 한때는 나도 정갈한 필체를 우습게 여겨 배우기 싫어했지만, 배워둔 글씨가 요긴하게 쓰였다네. 한번 들어보겠나, 내가 위조한 친서를?

호레이쇼 예, 왕자님.

햄릿 왕의 친서답게 우선 최대한 격식을 갖추었네. 영국은 덴마크의 충실한 속국이니만큼이라든가, 양국간의 우의가 종려나무처럼 날로 번창하길 바라느니만큼이라든가 등 그 밖에도 '니만큼'이란 문구들을 수없이 나열한 뒤 이 친서를 읽는 즉시 1초도 주저하지 말고 이 친서를 지참한 자들을 사형에 처하되 참회할 시간도 주지 말라고 썼지.

호레이쇼 봉인은 어떻게 하셨습니까?

햄릿 아, 그것 역시 하느님께서 도와주셨지. 마침 선왕의 인감이 주머니에 들어 있었거든. 현재 덴마크의 옥새와 똑같은 인감 말야. 나는 똑같이 서명을 하고 봉인한 뒤 아무도 눈치채지 못하도록 본래의 장소에 갖다 두었어. 그런데 바로 그 다음날 해적의 습격을 받은 거야. 그 이후의 일은 자네도 이미 알고 있는 대로이고.

호레이쇼 그렇다면 길든스턴과 로즌크랜츠는 죽겠군요?

햄릿 그야, 자청해서 달라붙었으니 양심의 가책을 추호도 느끼지 않네. 아첨꾼들에겐 마땅한 징벌이지. 강자들 사이에 불꽃 튀는 싸움이 오가는 판에 그따위 하찮은 작자들이 끼어드는 건 위험한 일이야. 강자들 사이에 불꽃 튀는 싸움이 오가는 판인데 말야.

호레이쇼 왕으로서 그런 짓을 저지르다니!

햄릿 이쯤 되었는데도 물러서야 하겠는가? 아니지. 그놈은 선친을 살해했고, 어머니를 더럽혔고, 또 내 목숨까지 빼앗으려고 했네. 그런 놈을 이 손으로 처치하는 것은 당연해. 벌레 같은 그런 인간을 방임해 악행을 계속하도록 할 수는 없어. 그 방임이야말로 죄악이고말고.

호레이쇼 얼마 안 있어 영국으로부터 소식이 오겠군요.

햄릿 그러겠지. 그때까지 시간은 내 차지네. 인생이란 어차피 눈 깜짝할 사이에 끝나는 것 아닌가? 여보게 호레이쇼, 레어티스한테 사과해야겠네. 그만 흥분해서 이성을 잃었던 탓이지. 내가 일을 당하고 보니 그의 심정도 알 것 같아. 화해를 청해야겠어. 갑자기 슬픔을 과장하는 걸 보니 울화가 치밀어올라 나도 모르게 그랬네.

호레이쇼 쉿, 누가 옵니다.

젊은 궁신 오즈릭 등장

오즈릭 (모자를 벗고 절하며) 왕자님의 귀국을 충심으로 환영합니다.

햄릿 고맙소이다. (호레이쇼에게 귓속말로) 자네, 이 쇠파리 같은 놈이 누군지 아나?

호레이쇼 (햄릿에게 귓속말로) 모르겠는데요.

햄릿 (호레이쇼에게 귓속말로) 그거 다행이군. 저놈은 아는 것만으로도 화근이 되지. 짐승을 많이 부려 귀족이 된 수다쟁이로 땅도 많아. 모두 비옥한 땅이지. 아무튼 저 녀석의 여물통이 왕의 식탁까지 점령한 상태지.

오즈릭 (다시 절하며) 왕자님, 지금 시간이 있으시다면 폐하의 분부를 전해 올릴까 합니다.

햄릿 좋소. 말해 보시오. (오즈릭, 절을 하며 모자를 내흔들자) 모자는 모자답게 쓰시오. 그건 머리 위에 얹는 것이 아니오?

오즈릭 그렇습니다만 하도 더워서요.

햄릿 아니, 북풍이 불어 그런지 몹시 추운걸.

오즈릭 예, 사실은 소름이 돋을 정도로 매우 춥군요.

햄릿 무슨 소리야? 날씨가 아주 찌는 듯 덥구먼.

오즈릭 왕자님 말씀대로 굉장히 더운 날씨군요. 다름 아니라 국왕 폐하께서 왕자님을 위해 굉장한 내기를 거셨습니다. 내기의 내용은······.

햄릿 잊지 말라니까. (모자를 쓰라고 손짓한다)

오즈릭 왕자님, 제 편의를 봐주시지요. 그 분은 빈틈없는 신사이며, 뛰어난 기예 솜씨도 한두 가지가 아니고, 풍채도 당당해 신사도의 표본이요, 지침서라 할 수 있지요. 다시 말해 신사로서 갖추어야 할 품격을 모두 갖추고 있는 분이지요. 레어티스 님이 귀국하셨습니다.

햄릿 그대가 찬사를 늘어놓으니 그로서도 손해볼 일은 없겠구려.

하지만 재고품 정리하듯 나열해댄다면 머리가 어지러워 아무리 빠른 닻을 달고 쫓아가도 놓치기 십상이겠군. 사실대로 말하자면 그 자가 큰 인물임은 분명해. 그의 귀중한 천품은 비추는 거울밖에 견줄 자 없고, 그의 그림자밖에 따를 자 없지.

오즈릭 왕자님, 참으로 옳으신 말씀입니다.

햄릿 말하려는 취지가 뭐요? 그 신사를 그토록 조잡한 말로 욕보이는 이유가 뭐냔 말이오?

오즈릭 네?

호레이쇼 좀 더 쉬운 말로 설명할 수 없겠소? 분명 그렇게 할 수 있을 터인데.

햄릿 도대체 그 신사를 거론하는 이유가 뭐요?

오즈릭 레어티스에 관한 말씀이신가요?

호레이쇼 (햄릿에게 귓속말로) 저 자의 이야기 주머니가 벌써 텅 비어 버렸나 보군요. 금싸라기 미사여구가 바닥났나 봐요.

햄릿 그래, 레어티스 말이오.

오즈릭 왕자님께서도 그분이 뛰어나다는 것은 알고 계시리라······.

햄릿 그 점에 대해선 말하고 싶지 않소. 나 자신도 모르면서 어찌 남을 안다 할 수 있겠소?

오즈릭 전 그분의 칼 솜씨를 말하는 것입니다. 그분과 대적할 만한 사람이 천하에 없다고 사람들은 말들을 하고 있죠.

햄릿 어떤 칼을 쓰나?

오즈릭 장검과 단검이옵니다.

햄릿 옳아, 쌍칼잡이라 그 말이군. 흠, 좋지. 아, 그래서?

오즈릭 국왕 폐하께서는 바바리산 말 여섯 필을 그에게 거시면서 왕자님과 내기할 것을 권했습니다. 그리고 레어티스는 여섯 자루의 프랑스제 장검과 단검, 혁대, 칼걸이 등 부속품을 걸었고요. 그 중 세 쌍의 칼걸이는 매우 아름다워 칼자루와도 조화를 잘 이루고 있죠. 오밀조밀한 솜씨가 엿보이는거지요.

햄릿 대체, 칼걸이란 어떤 건가?

호레이쇼 저 사람 말은 주석 없이는 못 알아듣겠군요.

오즈릭 전하, 칼걸이는 칼을 묶어두는 끈이옵니다.

햄릿 그 말은 대포를 허리에 달고 다닌다면 꼭 맞을 것 같구나. 그 때까진 그저 칼잡이개라고 해두자. 바바리산 말 여섯 필과 프랑스제 칼과 부속품이라, 그야말로 덴마크 대 프랑스의 내기로군. 왜 그런 물건을 당신 말대로 내기에 거는 거요?

오즈릭 폐하께서는 왕자님과 레어티스 사이에 12회전을 시키되 아무리 레어티스라 하더라도 세 번 이상 이기기는 어려울 것이라 판단하시어 5회로 규정하셨다 합니다.

햄릿 내가 거절하면 어떻게 되오?

오즈릭 왕자님, 제 말은 왕자님께서 그 시합에 상대해 주실 경우에 한해서입니다.

햄릿 여보게, 자네는 가서 폐하께서 원하시는 대로 하라고 하시오. 마침 운동시간도 되었으니 한 번 하는 것도 좋을 것 같소. 레어티스도 하고 싶어하고 폐하께서도 바라는 일이라 하니, 폐하를 위해 이 시합을 이겨 보리다. 만일 시합에 지면 창피나 좀 당하고 몇 대 얻어맞는 것뿐이니까.

오즈릭 폐하께 가서 그대로 전하리까?

햄릿 그러시오. 미사여구로 포장하는 건 자네 맘대로 하고.

오즈릭 (절을 한다) 앞으로도 잘 부탁드리겠습니다.

햄릿 알았소. (오즈릭 퇴장) 그래, 자기 자신에게 부탁해야겠지. 저 따위 놈의 부탁을 누가 들어주겠어.

호레이쇼 저 햇병아리 같은 놈, 머리에 알 껍질을 뒤집어쓴 채 달아나고 있습니다.

햄릿 제 어미젖을 빨기 전에 젖가슴에 인사부터 올렸을 놈이야. 하기야 요즘 세상에 저런 놈이 어디 한둘인가. 세태의 파도타기를 하면서 뻔지르르한 사교술과 거품 같은 미사여구로 사려 깊은 사람들을 기만하며 살아가는 놈들이 수두룩하지. 저놈들은 한 번만 훅 불어도 꺼져 버리는 거품 같은 놈들이라네.

궁신 한 명 등장

궁신 왕자님, 오즈릭 경의 전갈을 들으신 폐하께서는 왕자님께서 혹시 이의가 있으신지, 또는 시합을 연기하실 의향이 없으신지 알아보고 오라고 하셨습니다.

햄릿 내 뜻은 변함없으니 폐하의 뜻대로 하라고 하시오. 지금도 좋고, 나중에도 좋고. 내 몸의 상태가 지금처럼 좋기만 하다면.

궁신 왕비마마께서는, 시합이 시작되기 전에 왕자님께서 레어티스에게 따뜻한 말씀을 건네주실 것을 당부하셨습니다

햄릿 당연한 분부시오. (궁신 퇴장)

호레이쇼 왕자님, 이번 내기에는 승산이 없을 것 같습니다.

햄릿 아냐, 그렇지 않아. 그가 프랑스로 유학 간 이래로 나는 끊임없이 연습을 해왔거든. 그만큼 유리한 고지를 점령한 거지. 지금

처럼 내 불안한 마음 상태만 아니라면. 하지만 뭐 어떤가.

호레이쇼 그렇지 않습니다.

햄릿 여자들이나 신경 쓸 어리석은 생각에 불과하네.

호레이쇼 마음이 내키시지 않으면 무리할 필요는 없습니다. 제가 가서 왕자님의 기분이 좋지 않다고 전하고 오겠습니다.

햄릿 그럴 것 없네. 난 전조 같은 것을 두려워한 적이 없어. 공중에 나는 참새 한 마리 떨어지는 것도 하느님의 뜻 아닌가. 죽음이 지금 찾아오면 나중에 찾아오지 않고, 나중에 찾아오면 지금 찾아오지 않는 거야. 그러니 마음의 각오가 중요해. 어차피 언제 끊어질지 모르는 목숨인데 될 대로 되라지.

하인들이 의자와 방석, 탁자를 운반해 온다. 이윽고 나팔수, 고수, 궁신들이 왕과 왕비를 모시고 등장하고 심판을 볼 오즈릭과 궁신이 시합용 장검과 단검을 가지고 뒤를 따른다. 마지막으로 경기복 차림의 레어티스 등장

왕 햄릿, 이리 와서 악수하거라. (왕이 레어티스의 손을 햄릿 손에 쥐어주며 악수를 나누게 한다. 그러고는 왕비와 함께 자리에 앉는다)

햄릿 용서해 주게, 레어티스. 내가 잘못했네. 자네도 들은 바 있겠지만 나는 심한 정신착란으로 시달리고 있네. 내가 한 짓에 자네의 효성과 명예, 감정이 몹시 상했을 거야. 하지만 그것은 어디까지나 내 광기로 인해 빚어진 거였네. 레어티스를 모욕한 것이 햄릿이었던가? 아냐. 결코 햄릿이 아니었네. 그렇다면 누구지? 그의 광기지. 그렇게 따지고 보면 햄릿도 피해자가 되는 셈이네. 그의 광기는 가여운 햄릿 자신의 적이기도 하네. 그러니 부탁하네. 여기 참석하신 여러분들 앞에서, 내가 자네에게 고의로 그러지 않았다는 걸 관대한 마음으로 받아들이길 바라네. 지붕 너머로 쏘아 올린 화살이 우연히 형제에게 상처를 입힌 것이라고 생각해 주게.

레어티스 자식된 도리로서 본다면 지금 복수심을 최대한 발휘해야겠지만, 그렇게 말씀하시니 받아들이겠습니다. 그러나 제 명예에 관해서만큼은 결코 화해할 생각이 없습니다. 명예가 높은 인생의 선배가 선례를 제시하면서 화해하라고 하기 전까지는 말입니다. 물론 왕자님께서 보여주신 우정은 우정으로 받아들이겠습니다.

햄릿 그 말을 들으니 나도 기쁘군. 그럼 우리 형제처럼 정직하게 시합을 해보세. 자, 나에게 검을 달라.

레어티스 자, 나에게도 한 자루를 주시오.

햄릿 내 무딘 검은 자네를 돋보이게 할 걸세. 레어티스, 미숙한 나에 비하면 자네 솜씨는 밤하늘의 별처럼 빛을 뿜겠지.

레어티스 놀리지 마십시오.

햄릿 아냐, 정말이야.

왕 오즈릭, 두 사람에게 검을 주어라. (오즈릭, 몇 자루의 시합용 검을 갖고 오자 레어티스가 그 가운데 한 자루를 집어들어 한두 번 휘둘러본다) 햄릿, 내기를 걸었다는 건 알고 있느냐?

햄릿 잘 알고 있습니다, 폐하. 친절하시게도 약한 쪽에 유리한 조건을 붙이셨더군요.

왕 두 사람의 솜씨를 잘 아니까. 하지만 레어티스의 실력이 아주 향상되어 네 쪽에 좀 유리하게 조건을 걸었지.

레어티스 이건 너무 무겁구나. 다른 것을 보여다오. (탁자로 가서 칼끝

이 뾰족한, 독이 칠해진 검을 골라 잡는다)

햄릿 (오즈릭으로부터 검을 받아들고) 이게 마음에 드는군. 어느 검이든 길이는 다 같겠지?

오즈릭 그렇습니다, 왕자님.

두 사람, 시합 준비를 한다. 시종들이 포도주 술잔을 들고 들어온다.

왕 그 포도주 잔들을 탁자 위에 놓아라. 그리고 햄릿이 1차전이나 2차전에서 득점을 하거나 3차전에서 비기거든, 모든 성벽에서 축포를 터뜨려라. 그때 과인은 햄릿의 건투를 위해 축배를 들고 술잔에는 진주를 넣겠다. 4대째 덴마크 왕의 왕관에 달았던 진주보다도 더 훌륭한 것이다. 술잔을 달라. 북을 쳐서 나팔수에게 알리고 나팔수는 성 밖의 포수에게 알려 포성이 하늘로, 하늘에서 지상으로 울리게 하라. '지금 왕이 햄릿을 위해 축배를 든다'고. 자, 시작하라. 심판관들은 정신차리고 똑똑히 지켜봐라. (왕 곁에 술잔이 놓인다. 나팔 소리. 햄릿과 레어티스, 각각 갈라선다)

햄릿 자, 간다.

레어티스 좋습니다, 오시오. (1회전이 시작된다)

햄릿 하나······.

레어티스 아닙니다.

햄릿 심판, 판정하게.

오즈릭 한 대 먹이셨습니다. 아주 깨끗한 한 방이었습니다. (북소리, 나팔 소리 퍼지는 가운데 축포가 한 발 울린다)

레어티스 자, 다시 시작합시다.

왕 잠깐, 술을 따르라. 햄릿, 이 진주는 네 것이다. 자, 너를 위해 건배하자. 햄릿에게 이 잔을 들게 하라.

햄릿 이 승부부터 가리고 들겠습니다. 술잔은 거기 두시지요. (2회전이 시작된다) 또 한 대 들어간다. 어떠냐?

레어티스 약간 스쳤습니다. 인정하겠소.

왕 우리 햄릿이 이길 것 같군.

왕비 저기 숨을 헐떡이는 것 좀 봐요. 땀이 비오듯 쏟아지네요. (자리에게 일어나면서) 햄릿, 손수건으로 이마를 닦아라. (햄릿 술잔을 들며) 햄릿, 너를 위해서 내가 건배하마.

햄릿 감사합니다, 어머니.

왕 왕비, 마시면 안 되오.

왕비 제발 허락해 주세요. (술을 마시고 햄릿에게 잔을 건넨다)

왕 (방백) 그건 독을 탄 술인데! 너무 늦었구나!

햄릿 어머니, 저는 나중에 들지요.

왕비 이리 오너라, 내가 네 얼굴을 닦아주련다.

레어티스 폐하, 이번엔 제가 찌르겠습니다.

왕 그리 될 것 같지 않도다.

레어티스 (방백) 아무래도 양심이 찔리는구나.

햄릿 자, 덤벼라! 3회전이다. 나를 놀릴 셈이냐? 힘껏 찔러 봐. 나를 어린애 취급하는 것 같군.

레어티스 그러시다면 자, 한 대 받으시지요. (싸운다)

오즈릭 무승부. (두 사람이 떨어져 선다)

레어티스 (갑자기) 자, 한 대 받아라! (옆을 보는 틈을 노려 레어티스가 햄릿을 가볍게 찌른다. 상대방의 비겁한 행동에 햄릿은 격분하여 덤벼들고, 격투

하는 동안 우연히 서로 검을 바꿔 준다)

왕 둘을 뜯어말려라. 흥분해 있다.

햄릿 아니다, 다시 덤벼라, 다시! (왕비 쓰러진다)

오즈릭 왕비마마를 보살펴서야겠습니다!

호레이쇼 양쪽이 피를 흘리고 있습니다! 왕자님, 왜 그러십니까?

오즈릭 (레어티스를 일으키며) 왜 그러시오, 레어티스?

레어티스 내가 친 덫에 스스로 걸리고 말았네. 오즈릭, 내 자신의 흉계에 내가 목숨을 잃게 되었으니 할말이 없군.

햄릿 왕비님은 어찌 되신 거냐?

왕 피를 보고 기절하신 거야.

왕비 아니다, 아냐. 저 술, 저 술! 오, 햄릿! 저 술! 독을 탔어. (죽는다)

햄릿 여봐라, 이 문을 잠가라. 반역이다! 범인을 찾아라!

레어티스 범인은 이 안에 있습니다. 왕자님도 죽을 것입니다. 이 세상의 어떤 묘약을 써도 30분을 넘기지 못할 겁니다. 흉기는 바로 당신 손에 쥐어진 칼, 칼끝에 독이 묻어 있습니다. 저의 비열한 음모는 결국 제 자신에게 돌아와 이제 일어나지 못할 것입니다. 왕비님께서도 독살되셨고요. 범인은 왕입니다. 바로 저 왕!

햄릿 칼끝에 독을? 그렇다면 독이여, 네 역할을 다하라. (칼로 왕을 찌른다)

일동 반역이다! 반역이다!

왕 이놈들아, 날 좀 구해라. 아직은 상처만 입었을 뿐이다.

햄릿 (독배를 왕에게 억지로 먹이며) 자, 살인마, 색마, 저주받을 덴마크 왕아, 이 독주를 마셔라. 어머니를 따르라. (왕 죽는다)

레어티스 스스로 준비한 독이니 천벌이다! 왕자님, 우리 서로 용서

합시다. 저와 아버지의 죽음이 왕자님의 죄가 아니고 왕자님의 죽음 또한 저의 죄가 되지 않도록! (죽는다)

햄릿 하늘이 너의 죄를 용서하시기를! 호레이쇼, 나도 이제 끝장이다. 가련한 어머니, 안녕히. 모두들 창백한 얼굴로 떨고 있구나. 아, 죽음의 잔인한 사자가 나를 끈질기게 쫓아오는구나. 나에게 시간이 있으면…… 이 모든 걸 말해 줄 수 있으련만. 그러나 속수무책이구나. 호레이쇼, 자네는 살아서 나를 비난하는 사람들에게 내 입장을 올바로 전하게나.

호레이쇼 살아남다뇨, 천만에요. 저는 덴마크인이기보다 차라리 고대 로마인이고 싶습니다. 아직 술이 남아 있습니다. (독배를 들어올린다)

햄릿 (일어나며) 자네가 대장부라면 그 잔을 이리 주게. 어서 달라니까! (호레이쇼가 든 잔을 쳐 떨어뜨린 뒤 쓰러진다) 아, 호레이쇼! 이 사건의 전말이 밝혀지지 않는다면 나는 죽은 뒤에도 오명을 뒤집어쓸 거야. 자네가 진심으로 나를 위한다면 고통스럽긴 하겠지만 이 험한 세상에 남아서 내 얘기를 전해다오. (멀리서 군대의 진군 소리. 포성이 들린다) 저 떠들썩한 소리는 무엇인가?

오즈릭 포틴브라스 2세께서 폴란드를 정복하고 개선하는 도중, 영국 사절을 만나 축포를 터뜨린 것입니다.

햄릿 아, 호레이쇼. 나는 죽는다! 독기가 무섭게 번지는구나. 영국의 소식도 듣지 못하고. 오, 예언하건대 왕으로 선출될 사람은 포틴브라스 2세밖에 없구나. 난 포틴브라스 2세를 왕으로 추대하고 싶다. 그에게 내 뜻과 이렇게 된 사정을 빼놓지 말고 전하라. 이제 침묵뿐이로구나. (숨을 거둔다)

호레이쇼 이제 고귀한 정신은 사라지고 말았구나. 왕자님이여, 편히 잠드소서. (안에서 행군 소리) 어질던 왕자님, 천사들의 노래를 들으며 영원한 안식의 세계로 가소서. 어째서 북소리가 이리로 오고 있지?

고수, 기수, 수행원들과 함께 포틴브라스 2세와 영국 사절들 등장

포틴브라스 2세 어딘가, 참변이 일어난 현장이?

호레이쇼 무엇을 보고 싶으신 겁니까? 이보다 더 슬프고 놀라운 일은 어디에서도 찾을 수 없을 것입니다.

포틴브라스 2세 이 시체 더미가 모든 걸 말해 주는구나. 아, 교만한 죽음이여! 어떤 향연이 너의 어둡고 영원한 처소에서 준비되고 있기에 이토록 많은 귀인들을 무참히 쓰러뜨렸단 말이냐!

사신 1 차마 눈뜨고 볼 수 없군요. 영국에서 가져온 소식도 들어주실 귀가 이미 감각을 잃었으니. 분부하신 대로 로즌크랜츠와 길든스턴이 처형당했다는 사실을 전한들 누구에게 치하의 말을 들을 수 있겠습니까?

호레이쇼 치하의 말을 전할 생명이 남았다 해도 그 장본인은 폐하가 아닙니다. 폐하는 그들의 죽음을 명하신 적이 없지요. 부디 여러분, 이곳에 도착하셨으니 이 유해들을 높은 단 위에 안치하도록 명령을 내리셔서 많은 사람들이 볼 수 있도록 해주십시오. 그리고 저로 하여금 이 사건의 전말을 사람들에게 이야기할 수 있도록 하소서. 그러면 여러분은 이곳에서 행해진 잔혹한 시해 행위를, 우발적인 판단, 뜻밖의 살인, 강요당한 채 할 수 없이 행해진 교묘한 처형, 간계가 빗나가서 도리어 꾸민 자들의 머리 위에 떨어진 사정들을 들을 수 있을 것입니다. 제가 여기서 일어난 모든 이야기를 사실대로 전해드리겠습니다.

포틴브라스 2세 어서 들어봅시다. 귀족들을 소집하시오. 나로서는 슬퍼하는 가운데 행운의 왕관을 받아들이겠소. 이 나라에 대해서는 내게도 권리가 있으니 그 권리를 주장하지 않을 수가 없소.

호레이쇼 그 일에 대해서도 말씀드릴 게 있습니다. 이 의견은 왕자님께서 바라던 바입니다. 하지만 방금 말씀하신 일부터 처리하시는 것이 순서일 듯합니다. 인심이 소란한 때이니만큼 무슨 불상사가 일어날지 모르기 때문이죠.

포틴브라스 2세 햄릿 왕자님을 무인의 예를 갖추어 단상으로 운구하라. 아마 그분은 세상에서 보기 드문 훌륭한 왕이 되셨을 거다. 자, 왕자님의 서거를 애도하는 군악과 조포를 울려 그분의 덕을 널리 알리자. 유해를 들어올려라. 이러한 광경은 전쟁터에서 어울리는 법, 정말 여기서는 격에 맞지 않는구나. 자, 병사들에게 조포를 쏘게 하라.

병사들, 시체를 운구해 간다. 장송 행진곡이 들려오고 조포가 울린다.

오셀로

Othello

등장인물

오셀로_ 베니스 정부를 위해 일하는 무어인 장군
데스데모나_ 오셀로의 아내
이아고_ 오셀로의 기수
카시오_ 오셀로의 부관
에밀리아_ 이아고의 아내
로데리고_ 베니스의 신사
브라반쇼_ 베니스의 원로원 의원, 데스데모나의 아버지
그라반쇼_ 브라반쇼의 동생
로도비코_ 브라반쇼의 조카
비앙카_ 카시오의 정부
몬타노_ 키프로스의 전 총독
어릿광대_ 오셀로의 하인
그 외_ 베니스의 공작, 원로원 의원, 전령, 전령관, 해병, 관리들, 신사들, 시종들, 그리고 악사들

배경_ 베니스와 키프로스의 항구

줄거리

아름답고 착한 마음씨를 가진 데스데모나는 흑인 장군 오셀로의 힘들었던 과거 이야기를 들으며 오셀로를 사랑하게 되고, 아버지의 허락도 받지 않은 채 그와 결혼한다. 이 사실을 안 아버지 브라반쇼는 노발대발하지만, 마침 터키 군의 침공을 받아 오셀로 장군이 꼭 필요한 상황이라 마지못해 결혼을 허락한다. 오셀로는 키프로스 섬으로 아내를 데리고 출발한다.

오셀로의 기수 이아고는 바라고 있던 부관 지위를 카시오에게 빼앗기자 앙심을 품고 두 사람에게 복수를 계획한다. 이아고는 데스데모나를 짝사랑했던 로데리고를 부추겨 키프로스 섬으로 데리고 간다. 그리고 로데리고로 하여금 전 재산을 팔도록 부추긴다.

키프로스 섬에 도착한 날 밤, 이아고는 자기가 계획했던 일을 하나씩 착수하기 시작한다. 평소 카시오의 술버릇을 꿰뚫고 있던 이아고는 일부러 카시오에게 술을 마시게 한 뒤 소동을 일으켜 그를 파면당하게 한다.

그런 다음 카시오한테는 오셀로의 아내인 데스데모나한테 가서 복직운동을 하라고 귀띔한다. 그리고 오셀로에게는 카시오와 데스데모나가 밀애 중인 것처럼 거짓 보고를 하여 아내를 의심하도록 꼬투리를 제공한다. 아무것도 모르는 오셀로와 데스데모나, 카시오는 이아고의 계략에 말려들게 된다. 결국 오셀로는 순결한 데스데모나를 침대 위에서 목 졸라 죽인다. 그러나 이아고의 아내를 통해 진실이 밝혀지자 오셀로는 슬픔을 이기지 못해 자살하고 이아고는 가장 잔혹한 처형을 당한다.

제1막

제1장

베니스의 거리

이아고와 로데리고 등장

로데리고 그런 말일랑은 하지 말게. 내 지갑을 제 지갑인 양 여기던 자네가 모른다니, 그걸 나보고 믿으란 말인가?

이아고 제발 좀 믿으세요. 나는 말이죠, 꿈에도 그런 생각을 못했다니까요.

로데리고 자네가 그놈을 싫어하는 건 확실한가?

이아고 물론이죠. 장안에서 힘깨나 쓰는 분들이 나를 그 녀석의 부관으로 천거했답니다. 아시다시피 나란 놈은 충분히 그만한 재목이 되니까 말이죠. 그런데 그 녀석이 뭐라 했는 줄 아십니까? 알아들을 수 없는 군대용어를 주저리주저리 늘어놓더니 글쎄 부관이 결정되었다는 거예요. 건방진 놈 같으니라고! 녀석이 뽑은 부관은 플로렌스 출신의 마이클 카시오란 작자죠. 계집 때문에 혼쭐이 나고 있는 팔푼이죠. 물론 싸움은커녕 군대사열조차도 모르는 얼간이고요. 그런 형편없는 녀석도 고속 승진을 하는데, 사방팔방에서 무공을 세운 이놈은 겨우 그 무어 놈의 따까리 기수 노릇이나 해야 된다니, 도대체 이게 말이나 되는 겁니까?

로데리고 말이 안 되지! 나 같으면 그 녀석을 아예 물고를 내버렸을 거네.

이아고 하지만 지금으로선 별 수가 없네요. 남의 수발을 들려면 별별 수모를 다 겪어야 하는 법이죠. 출세를 하려면 줄을 잘 서야 하는 게 세상의 이치이니, 제 능력대로, 순서에 맞춰 승진한다는 건 다 흘러간 유행가에 지나지 않은 거지요. 그래도 한번 생각 좀 해보세요. 이런 수모를 당하면서도 내가 그 무어 놈한테 충성을 바쳐야 하는 겁니까?

로데리고 나 같으면 절대로 그런 녀석의 따까리 노릇은 하지 않겠네.

이아고 뭐 그래도 너무 걱정은 마세요. 나도 다 꿍꿍이속이 있어 따라다니는 것이니까요. 누구나 다 주인 노릇을 할 수는 없듯이, 또 아랫놈이라고 해서 모두 쩔쩔매며 살란 법도 없단 말이죠. 물론 이 세상에는 굽실거리면서 손발이 닳도록 충성을 바치는 덜떨어진 놈들도 있어요. 그런 놈들은 제 주인을 위해 죽도록 일만 하다가 늙어서는 힘없이 내쫓기고 마는 당나귀 같은 존재들이지요. 식은 죽처럼 밍밍하기 그지없는 그따위 놈들한텐 그야말로 매타작을 안겨주고 싶답니다. 반면, 그렇지 않은 자들도 있지요. 그들은 설령 나라님의 영이라 해도 여물로 소금 섬을 끄는 체하면서 속으로는 따로 주판알을 퉁기지요. 겉으로는 죽는 시늉을 하면서도 뒤로는 제 욕심을 한껏 채우고, 그러다가 주머니가 두둑해지면 주인의 뒤통수를 친단 말입니다. 이런 자들은 제법 심지가 깊고 눈여겨봐 줄 만한 것들이지요. 나도 그 중의 한 사람이고요. 이건 내 앞에 있는 분이 로데리고인 것만큼이나 확실한 사실입니다. 그러니 만일 내가 무어 놈의 입장이라면, 나 같은 비범한 자는 결코 옆에 두지 않을 겁니다. 내가 무어놈 아래 있지만, 그건 다 나 자신을 위해서이지, 절대로 사랑과 의무 따위에 눌려서가 아니거든요. 그저 겉으로만 그렇게 보일 뿐, 흑심을 품고 있는 이 속을 하늘은 알겠지요. 밖으로 드러나는 내 행동을 보고 내 마음을 짐작했다간 정말 큰코다치고 말 겁니다. 이런 사실을 함부로 자랑했다가는 갈가마귀 앞에다 내 심장을 끄집어내 놓은 꼴이 되겠지요. 내 속은 겉과는 다르단 말씀입니다. 아랫것들이라고 해서 모두 충성을 바치는 건 아니지요. 그리고 나도 그렇게 만만한 물건은 아니고요.

로데리고 자네 말대로라면 그 입술 두꺼운 놈 복이 단단히 터지겠군!

이아고 그녀의 아버지를 불러 깨우세요. 한창 재미보고 있을 때 산통을 깨놓자고요. 길 한복판에서 마구 떠들어대는 거예요. 그럼 파리 떼처럼 사람들이 몰려들어 아주 귀찮아지겠지요.

로데리고 여기가 그 집인가 보군. 자, 어디 한번 큰 소리로 불러봐야지.

이아고 맞습니다. 번화가에 불이라도 난 것처럼 크게 소리를 지르란 말예요.

로데리고 여보세요! 브라반쇼 나리! 여보세요!

이아고 일어나세요, 브라반쇼 나리! 도둑이다, 도둑! 집안 단속을 하십시오. 따님을 조심하세요! 돈 주머니도요! 도둑입니다, 도둑!

브라반쇼, 2층 창가에 나타난다.

브라반쇼 도대체 이게 무슨 소린가? 이 밤중에 누가 소란을 떠는 건가?

로데리고 나리, 가족분들이 모두 안에 계십니까?

이아고 문은 잠그셨어요?

브라반쇼 그건 왜 묻는가?

이아고 큰일났습니다, 나리! 도둑이 들었습니다. 민망하니 옷을 입으세요! 심장이 터지고 반쯤 넋이 나갈 일이죠. 지금 이 순간, 늙고 검은 숫양 한 마리가 나리 댁의 흰 암양을 겁탈하고 있습니다. 일어나세요! 종을 쳐서 사람들을 부르세요. 어서 서두르세요, 악마한테서 외손자를 보기 싫으시다면!

브라반쇼 아니, 이 무슨 정신나간 소리들이냐?

로데리고 나리, 제 목소리를 기억하시겠습니까?

브라반쇼 모르겠다. 대체 넌 누구냐?

로데리고 전 로데리고입니다.

브라반쇼 로데리고! 아니, 네놈은 내 눈앞에 얼씬대지도 말라고 했거늘 그새 간덩이가 부풀어 이리 나타났단 말이냐? 네 이놈, 감히 내 딸에게 무슨 수작을 부릴 속셈이라면 어림없으니 썩 물러가거라.

로데리고 저, 저, 저…….

브라반쇼 내가 마음만 먹으면 네놈 따위 크게 곤욕을 치르게 할 수도 있는 지위란 걸 잊었느냐?

로데리고 참으십시오, 나리.

브라반쇼 도둑이라니? 여기는 베니스다. 내집 또한 외딴 벌판에 있지 않으니 헛소리 말라.

로데리고 나리, 고정하십시오. 전 그저 순수한 충정으로 이곳에 온 것뿐입니다.

이아고 나리, 저희들을 이처럼 박대하시다뇨? 저희들이 찾아온 진실을 알게 되신다면, 상을 내리셔도 시원찮을 텐데 말이죠. 지금 무어 놈이 따님을 덮치고 있습니다. 이대로 뒀다간 금세 조랑말이 손주랍시고 히힝거리며 달려오는 꼴을 보게 되실 겁니다.

브라반쇼 이런 천하에 발칙한 악당들 같으니라고! 도대체 네놈은 또 누구냐?

이아고 저는 말이죠, 나리의 귀하신 따님하고 천하디천한 무어 놈이 서로 붙어서 몸은 하나인데 잔등이 둘인 짐승의 짓거리를 벌이고 있단 걸 귀띔해 드리려고 온 사람입니다요.

브라반쇼 발칙한 놈이구나.

이아고 나리는 원로원 의원이시고요.

브라반쇼 로데리고, 네놈 짓이지? 네놈이 또 뭔가 흉계를 벌이는 거 내 다 안다.

로데리고 그리 여기신다면 달리 할 말은 없습니다. 만일 나리께서 어여쁜 따님을 음탕한 무어 놈이 범하고 있다는 사실을 알고 계시다면 저희들이 쓸데없이 나대는 꼴이 되겠지요. 하지만 모르고 계시다면 저희가 버릇없이 나리를 조롱한 게 아닐 겁니다. 지금 당장 조사해 보시지요. 따님께서 나리의 허락도 없이 나가 겉과 속이 시커먼 불한당한테 자신의 의무와 미모, 지혜와 행운을 몽땅 빨리고 있지나 않은지 말입니다. 지금 따님께서 방안에 계시다면, 저희는 나리를 속인 죄로 달게 벌을 받겠습니다.

브라반쇼 오, 이런! 여봐라, 불을 켜라! 식솔들을 모두 깨워라! 왠지 꿈자리가 뒤숭숭하더라니 네 말이 사실인가 보구나. 불을 켜라, 불을! (2층에서 퇴장)

이아고 저는 예서 물러가야겠습니다. 현재 제 처지로서는 앞으로 나서기가 곤란하거든요. 괜히 여기 남아 있다가 그 무어 놈과 원수지간이 될 필요는 없거든요. 이만한 일로 해서 그놈이 파면될 리 없을 테니까요. 알다시피 지금 키프로스에서 한창 전쟁이 벌어지고 있는 중인데, 그 녀석이 그곳 총독으로 부임할 것이 확실한 상황이랍니다. 지금 상황에서 사실 그만큼 큰일을 처리할 만한 실력을 가진 자가 그놈 말고는 달리 없을 테니까요. 그러니 그놈이 지옥의 사자처럼 밉긴 해도, 우선 내가 살아남으려면 깃발을 내걸고 겉모습이라도 충성을 보여야겠죠. 놈을 찾고 싶으시거든 세지터리 여관으로 오십시오. 저도 그곳에 놈과 함께 있을 겁니다. 자, 그럼 전 이만! (퇴장)

아래층에서 잠옷바람의 브라반쇼가 하인들과 함께 횃불을 들고 등장

브라반쇼 이게 웬 날벼락이란 말이냐, 딸년이 보이지 않다니! 늘그막에 이런 꼴을 보자고 여태 살아왔단 말인가! 여보게 로데리고, 내 딸을 어디서 봤는가? 오, 불쌍한 것! 내 딸이 분명 무어 놈하고 같이 있다고 했지? 아, 앞으로 어찌 낯을 들고 다니겠나? 한데, 그 애가 내 딸이라는 것을 자네는 어떻게 알았는가? 그 애가 나를 속이다니! 알 수 없군. 그 애가 자네에게 뭐라 하던가? 촛불을 더 가져오너라! 사람들을 모조리 깨워라, 어서! 그래, 자네 생각에는 그 애가 이미 결혼식을 올렸을 것 같은가?

로데리고 아마도 그랬을 겁니다.

브라반쇼 어이구 맙소사! 도대체 어찌 빠져나갔을까? 딸년이 아비를 배신하다니! 오, 세상의 아버지들이여! 이제부터는 딸자식의 겉만 보고 그 속을 믿지 말지어다. 로데리고, 이보게! 세상에는 젊은 처자들의 마음을 사로잡는 묘약이라도 있는 모양일세. 자네 그런 얘기를 들은 적 있나?

로데리고 물론 있고말고요.

브라반쇼 아우를 깨우거라! 이럴 거면 차라리 자네에게 시집을 보냈을 것을! 여봐라, 모두들 일어나라. 지금부터 두 패로 나눠서 한 패는 이쪽으로, 다른 한 패는 저쪽으로 흩어져 뒤지거라. 어디로 가면 내 딸과 무어인을 찾을 수 있는지 자네 아는가?

로데리고 쓸만한 호위병을 데리고 따라오시면, 제가 찾아드리겠습니다.

브라반쇼 그럼 가세. 집집마다 샅샅이 뒤져야겠네. 내가 지휘할 걸세. 무기를 가져와라! 야경꾼을 깨우거라. 선량한 로데리고, 내 사례는 두둑이 하겠네. (퇴장)

제2장

세지터리 여관 앞

오셀로, 이아고, 횃불을 든 수행원들 등장

이아고 저도 전쟁터에서는 사람들을 많이 죽였습죠. 그러나 계획적으로 꾸며 사람을 죽인다는 건 도저히 양심이 허락지 않는군요. 저 자신한테야 유리한 일인 줄 알면서도, 이렇게 마음이 약해서 손해를 볼 때가 많죠. 저도 로데리고 놈의 갈빗대를 숱하게 부러뜨리고 싶었지만 꾹 참았답니다.

오셀로 잘 참았네.

이아고 잘 참다뇨? 그놈이 장군님을 얼마나 험담하고 다니는 줄 아십니까? 그걸 참아내느라 진땀 좀 뺐습니다. 참! 그런데 장군님, 결혼식은 이미 올리셨겠죠? 그 의원 나리께서는 후덕하고 명망이 있는 분이라 장군님보다도 더 큰 힘을 가지고 있다고들 하거든요. 그러한 분이 마음먹고 힘을 쓰신다면 결혼을 취소시킬 수도 있어서 드리는 말씀입니다.

오셀로 어디 한번 힘을 써보라지. 내가 이 나라에 기여한 공로에 비하면 그 양반의 고소쯤은 새 발에 피라고 할 수 있다네. 그리고 지금껏 떠벌이는 것은 명예가 아니라 여겨 아무에게도 하지 않은 말이네만, 나 또한 왕족의 혈통이니 날 위해 수중에 넣은 행복을 요구할 만한 권리 정도는 내게 있다고 생각해. 이봐, 이아고! 나는 아름다운 데스데모나를 진심으로 사랑한다네. 그런 여자를 답답한 조롱 속과 같은 가정 안에다 가둬둘 이유가 뭔가 말이네? 자네도 생각해 보게. 끔찍한 일이지 않은가. 그 어떤 보물도 자유로운 생활보다는 좋을 수 없다네. 아, 그런데 저 불빛은 뭐지?

이아고 의원 나리와 그 친척들인 듯합니다. 일단 숨는 게 좋을 것 같은데요.

오셀로 천만에! 난 당당히 맞서겠네. 나의 무공과 신분, 그리고 결백함에 비춰서 떳떳하게 행동하는 게 옳아. 어디 보자, 그 사람들이 맞느냐?

이아고 아닌 것 같은데요.

카시오가 횃불을 든 관리들과 함께 등장

오셀로 공작님의 부하와 내 부하들이로군. 그래, 이 밤중에 웬일들인가?

카시오 장군, 지금 즉시 등청해 주십사 하는 공작님의 말씀을 전하러 왔습니다.

오셀로 무슨 일인가?

카시오 키프로스 섬에서 무슨 급한 보고가 날아온 모양입니다. 밤새 문턱이 닳도록 전령들이 들락거리고 있습니다. 대다수 의원님들도 공작님 댁에 모여 회의중이십니다. 장군도 급히 들라는 명이온데, 침소에 계시지 않아 세 무리로 나뉘어 장군을 찾아다녔습니다.

오셀로 자네가 나를 찾았으니 다행이군. 그렇다면 잠시만 기다리

게. 안에 들어가서 준비를 좀 하고 나올 테니. (퇴장)

카시오 여보게, 기수! 장군님께서 여태껏 무얼 하고 계셨는가?

이아고 오늘 밤 장군님은 큼직한 보물선 한 척을 수중에 넣으셨답니다. 만일 합법적인 것이 된다면, 영원히 운이 트일 정도로 대단한 전리품이 되겠지요.

카시오 당최 무슨 소린지 모르겠군.

이아고 결혼하셨단 말입니다.

카시오 아니, 누구와?

오셀로 등장

이아고 그게 말이죠⋯⋯. 아, 장군님, 가시려고요?

오셀로 같이 가세.

카시오 그리고 저기서도 웬 사람들이 몰려오는군요.

반대쪽에서 브라반쇼, 로데리고, 횃불과 무기를 든 호위병 등장

이아고 브라반쇼 나리입니다. 앙심을 품고 온 듯하니, 조심하세요. 장군님.

오셀로 여봐라, 거기 서라!

로데리고 나리, 무어 놈입니다.

브라반쇼 저 놈을 잡아라! (로데리고, 호위병들, 양쪽에서 덤벼든다)

이아고 로데리고, 덤벼라! 내가 널 상대해 주마.

오셀로 칼을 집어넣어라, 밤이슬에 닿으면 녹이 슬 테니. 연세와 공로가 지극하신 의원님께서는 굳이 창검을 휘두르지 마시고 말로 하셔도 되지 않겠습니까?

브라반쇼 이 더러운 도둑놈 같으니! 내 딸을 어디에 숨겼느냐? 네놈은 내 딸에게 사악한 주술을 건 마귀 같은 놈이다. 어서 내 딸을 내놔라! 누가 보더라도 네놈이 마법을 부리지 않았다면, 이 나라에서 내로라 하는 귀공자들을 거들떠보지도 않던 순박하고 아름다운 내 딸애가 아비 눈을 피해 이리로 뛰어들었을 까닭이 없지. 그 아인 너처럼 시커먼 놈의 품에 안기기 위해 세상의 비웃음을 살 아이가 아니란 말이다! 네놈이 마법을 걸어 마음을 어지럽히는 묘약을 써서 어린 내 딸의 마음을 농락했을 거다. 그런 내 딸을 꾀어내다니, 네놈을 풍기문란죄로 체포하겠다. 더불어 사술(邪術)을 행한 죄도 보태서 말이지. 여봐라, 당장 저놈을 잡아라. 반항하면 사정없이 족쳐라.

오셀로 아무도 움직이지 마라! 의원님께서 이렇게 나오신다면, 나도 그냥 당하고만 있지는 않을 겁니다. 그러니 불행한 사태가 벌어지기 전에 진정하시고, 어디로든 조용한 곳으로 가서 제 말부터 들으시지요.

브라반쇼 네놈이 갈 곳은 감옥밖에 없다. 법정에서 널 호출할 때까지 넌 거기서 기다려라.

오셀로 유감스럽게도 그러기는 힘들겠군요. 공작님께서 나를 부르기 위해 막 사람을 보내와서 말이죠.

관리 사실입니다. 공작께서 회의를 소집하셨습니다. 나리께도 연락이 간 줄로 압니다만.

브라반쇼 뭐라고? 공작께서 회의를? 무슨 일로 이런 심야에 회의를 소집한다더냐? 하지만 저놈을 잡는 일을 포기할 순 없다. 이 일도 내겐 회의만큼이나 중요하니까 말이다. 어느 누구도 나를 말리지는 못할 것이다. 만일 누군가가 나를 방해한다면, 차라리 노예나 이교도들에게 나랏일을 맡기는 것이 나을 것이다. (퇴장)

제3장

회의실

공작과 의원들이 둘러앉아 회의하고 있다.

공작   내용이 서로 엇갈리는 이 보고들을 어떻게 받아들여야 할지 모르겠소.
의원 1   참으로 혼란스럽습니다. 여기 있는 보고서에는 적선이 107척으로 되어 있군요.
공작   내가 받은 서신엔, 140척으로 되어 있소.
의원 2   여기는 200척입니다. 아마도 어림잡아 보고하니까 이리 되었겠지요. 하지만 터키 함대가 키프로스를 향해 진격하고 있는 것만큼은 분명한 사실인 듯합니다.
공작   맞는 말이오. 착오가 있다 해서 외면할 수는 없는 일. 참으로 걱정스러운 일이 아닐 수 없소.
해병   (안에서) 계십니까? 계세요?

해병 등장

관리   함대로부터 전갈이 왔습니다.
공작   무슨 일인가?

해병 터키 함대가 로즈 섬으로 향하고 있다는 전갈입니다. 안젤로 나리의 명으로 보고드립니다.

공작 음, 여러분은 이 일을 어찌 생각하시오?

의원 1 이해할 수 없는 일이군요. 혹시 눈속임이 아닐까요? 터키의 입장에서 보면 로즈 섬보다는 키프로스가 공략하기 쉬울 뿐만 아니라 전략적으로도 훨씬 중요한 지역이죠. 그런데 제일 우선해야 할 목표를 마지막으로 돌리고 이득도 없는 걸 얻기 위해 터키 놈들이 위험을 무릅쓴다는 게 이해되지 않습니다. 아무래도 무슨 계략이 있지 않나 싶습니다.

공작 그렇소. 어느 모로 보나 터키 함대가 로즈 섬으로 향하고 있는 것은 아니오.

관리 또 다른 보고가 들어왔습니다.

사령 등장

사령 아룁니다. 로즈 섬으로 향하던 터키 함대가 키프로스 쪽으로 방향을 바꾸었습니다.

의원 1 내 그럴 줄 알았다.

사령 30척가량 더 늘어난 함대가 키프로스 섬으로 향하고 있다는 몬타노 총독의 보고입니다. 각하의 충성스런 신하인 총독께서 틀림없는 사실이라 전하셨습니다. (사령 퇴장)

공작 키프로스로 향하고 있음이 분명하다. 지금 마커스 루치코스는 어디에 있지?

의원 1 플로렌스에 있습니다.

공작 서신을 보내 급히 총독께 가라고 하시오.

의원 2 저기 브라반쇼 의원과 무어 장군이 오십니다.

브라반쇼, 오셀로, 카시오, 이아고, 로데리고, 그리고 관리들 등장

공작 용맹스런 오셀로 장군, 아무래도 지금 당장 터키인들을 무찌르러 떠나주셔야겠습니다. (브라반쇼에게) 어서 오시오. 마침 의원의 고견이 필요했던 참이오.

브라반쇼 저 역시 공작 각하의 의견이 필요합니다. 제가 이토록 황급히 각하께 달려온 것은 직책이나 나라의 위기를 걱정해서가 아니라 오로지 제 사사로운 걱정 때문입니다. 그 점에 대해서 우선 용서를 빌겠습니다.

공작 대체 무슨 일이오?

브라반쇼 글쎄, 제 딸년이, 아아, 제 딸년이 말입니다.

의원들 죽었소?

브라반쇼 숨은 붙어 있으나 죽은 것이나 진배없죠. 도둑놈의 꼬임에 넘어가 결국 능욕까지 당했으니까요. 그토록 똑똑하고 정숙하던 애가 마법에 걸리지 않았다면, 어떻게 그런 짓을 할 수 있겠습니까?

공작 따님을 홀려 정조까지 짓밟아 버린 도둑놈이라면, 반드시 국법에 비추어 그대가 엄중하게 처벌하시오. 설령 그 도둑놈이 내 자식이라 해도 이건 용서할 수 없는 중죄라오.

브라반쇼 각하께서 그리 말씀하시니 제 억울함이 조금은 풀리려나 봅니다. 바로 여기 공작님의 특명을 받고 온 이 무어인이 제 딸을 꾀어낸 범인입니다.

일동 이런! 참으로 유감이구려.

공작 (오셀로에게) 장군은 뭐 할말이 없소?

브라반쇼 사악한 죄인이 무슨 할말이 있겠습니까?

오셀로 존경하옵는 공작님, 그리고 현명하신 여러 의원님들께 한 말씀드리겠습니다. 제가 이 어른의 딸을 데려간 것은 사실입니다. 물론 결혼도 했고요. 제가 저지른 죄는 바로 이것뿐, 그 이상도 이하도 아닙니다. 저는 말주변이 없어 미사여구에는 능숙하지 못합니다. 저는 양팔에 힘이 생기기 시작한 일곱 살 때부터, 지난 9개월만 빼고는 줄곧 전쟁터에서만 굴러먹던 놈입니다. 그래서 전쟁에 관한 것을 제외하고는 세상살이에 미숙하지요. 따라서 저 자신을 변명하는 일조차 여간 어려운 게 아닙니다. 그러나 여러분께서 허락하신다면 제가 결혼하게 된 자초지종을 말씀드리고 싶습니다. 지금 어른께서 말씀하신 마법의 약이나 요술, 주문 같은 것이 과연 어떤 것인지, 어떻게 해서 저분의 따님 마음을 얻었는지 알려 드리지요.

브라반쇼 평소에 그렇게 단정하고 정숙하던 그 애가, 행여 마음먹은 일이 흔들릴까 얼굴을 붉히곤 하던 내 딸이 이런 일을 스스로 저지르다뇨? 천부당만부당한 일입니다. 성격으로 보든 나이나 국적으로 보든, 그 애가 보기만 해도 소름이 돋는 인간과 사랑에 빠진다는 것은 어불성설이죠. 어디에 내놓아도 손색이 없는 애가 자연의 순리를 거스르는 짓을 했다는 것은 악마의 농간이 아니고서는 도저히 불가능한 일입니다. 다시 말씀드리면, 분명히 마음을 매혹시키는 마약을 딸애에게 먹였음이 틀림없습니다.

공작 그러한 추측으로 이 사람의 죄를 논한들 무슨 효력이 있겠소? 그러니 확실한 증거를 제시해야 할 것 같소.

의원 1 오셀로 장군, 과연 귀관은 비열한 방법으로 그 여자를 유혹했소? 아니면 진정 마음이 통해 사랑을 얻은 거요?

오셀로 지금이라도 그녀를 이곳으로 불러 물어보소서. 만일 그녀가 나더러 극악무도한 놈이라고 말하거든 내 지위뿐만 아니라 신임, 목숨을 거두어도 좋습니다.

공작 데스데모나를 이리로 불러오라.

오셀로 (이아고에게) 기수, 자네가 그곳을 알고 있으니 안내하라. (이아고가 시종들과 함께 퇴장) 그럼 제 처가 올 때까지 하느님 앞에서 속죄하는 마음으로 그토록 아름다운 그녀의 사랑을 어떻게 얻게 되었는지, 또한 그녀는 제 사랑을 어떻게 차지했는지 말씀드리겠습니다.

공작 오셀로, 이야기하시오.

오셀로 여기 계신 어른께서는 저를 끔찍이 아껴 주셨습니다. 이따금 저를 댁으로 초대하여 그동안 겪어온 일들과 개인적 신상에 관한 이야기들을 물으셨습니다. 그래서 전 지금껏 제가 보고 듣고 겪었던 모든 이야기를 남김없이 들려 드렸지요. 예컨대 바다와 육지에서 벌어졌던 놀라운 사건들, 천신만고 끝에 성벽을 뚫고 나와 겨우 목숨을 구한 이야기, 적에게 붙들려 노예로 팔려갔다가 돈을 주고 풀려났던 이야기, 국경을 넘나들면서 벌였던 무용담, 거대한 동굴과 불타는 사막, 깎아지른 낭떠러지와 하늘 끝까지 닿을 듯한 산봉우리 등에 관한 이야기를 해드렸습니다. 그밖에도 동료끼리 잡아먹는 식인종 앤드로포파자이족, 어깨 밑에 머리가 달린 괴물 인종들에 관한 이야기도 해드렸지요. 데스데모나는 집안일을 하느라 바쁜 와중에도 언제나 제가 하는 얘기를 열심히 들었습니다. 저는 짐짓 모른 체하면서도 그녀가 제 이야기에 빠져들도록 유도했습니다. 아니나 다를까, 그녀는 제게 계속 이야기를 해달라고 졸라댔습니다. 저는 그녀가 청을 받아들여 젊은 시절에 겪은 고난을 털어놓기도 하였으므로 다시금 그녀의 눈물샘을 자극했죠. 얘기가 끝나자 그녀는 저의 수난에 동정을 표시하며 깊은 한숨을 내쉬더군요. 상상도 못할 이야기라느니, 믿어지지 않을 정도로 신기하다느니, 가슴이 미어질 정도로 불쌍하다느니 그런 말들까지 늘어놓았답니다. 차라리 안 들었으면 좋았을 걸 하면서도, 하늘이 자신을 그런 남자로 태어나게 해주었으면 좋겠다고 말했습니다. 그리고 나서 제 친구 중에서 혹 자기를 좋아하는 사람이 있다면, 그에게 이런 이야기를 하면 자기 마음을 송두리째 얻을 수 있을 거라고도 말했습니다. 이 암시에 저는 용기를 얻어 고백했지요. 그러자 그녀는 숱한 난관을 이겨낸 저를 사랑해 주었습니다. 이것이 제가 쓴 유일한 마법입니다. 마침 그녀가 저기 오니까 직접 들어보시지요.

데스데모나, 이아고, 시종들 등장

공작 내 딸이라도 그런 얘기를 들으면 마음이 흔들리겠군. 브라반쇼 의원, 이왕 엎질러진 물이니 최선의 방법을 택하는 게 좋을 것 같소. 옛말에 맨주먹보다는 부러진 칼이라도 있는 게 낫다고 하지 않소.

브라반쇼 제 딸년의 말을 들어주십시오. 저 애가 원해서 한 짓이라면, 이 사람을 욕되게 한 본인을 처벌해 주십시오. 애야, 여기 계신 여러 어른들 앞에서 묻겠다만, 너는 누구에게 먼저 복종해야 한다고 생각하느냐?

데스데모나 아버님, 저는 저에게 두 가지 의무가 주어졌다고 생각합니다. 첫째는 저를 낳아주고 길러주신 아버님의 은혜에 대한 의무를 저버리지 말아야겠지요. 아버님은 저에게 은혜를 아낌없이 베풀어주셨습니다. 그러니까 어느 누구보다도 아버님을 가장 존경합니다. 지금까지 저는 아버지의 딸로서 살아왔으니 당연히 의무를 이행해야겠지요. 하지만 지금은 여기 제 남편이 있습니다. 어머님이 외할아버지보다 아버님을 더 소중히 여기셨듯이 저 역시 무어인을 제 남편으로서 정성껏 섬기려 하옵니다.

브라반쇼 잘됐구나. 네 멋대로 잘 살려무나. 공작님, 회의를 진행시키시지요. 자식을 낳으니 차라리 얻어 기르는 편이 나을 뻔했군. 무어 장군, 이리 오시오. 이렇게 된 이상 딸을 주지 않을 수 없구려. 너 말고 다른 자식이 없는 게 천만 다행이구나. 만일 또 다른 자식이 있었으면 아무 곳도 가지 못하도록 족쇄를 채웠을지도 모르니 말이다. 제가 할 일은 이제 끝났습니다.

공작 나도 한마디만 하겠소. 이 말로 두 분이 화해하면 더할 나위 없이 좋겠소. 슬퍼하는 것도 희망이 있을 때 가능한 일이오. 모든 일이 끝나면 그것도 같이 끝나는 법이오. 지나간 불행에 빠져 있으면 새로운 불행이 찾아와 끝이 없는 법이오. 운명이 불행을 안겨 줄지라도 그것을 견뎌내면 웃어넘길 수가 있는 법이오. 도둑을 맞아도 낙천적으로 생각하면 언제든 그것은 보충하는 것 아니겠소? 하지만 마냥 슬퍼하고 있으면 자기 자신마저 잃어 버릴 것이오.

브라반쇼 그러니까 키프로스 섬을 터키 놈들에게 빼앗기고도 웃는다면 다시 찾아진다는 말씀입니까? 충고도 충고 나름으로, 마음의 여유가 있을 때나 받아들일 수 있지, 마음의 고통을 참을 수 없는 사람에겐 듣기 거북한 말에 불과하지요. 도무지 충고라는 말은 달고 쓴 양면이 있어서 아무렇게나 쓸 수 있지만, 어디까지나 말일 뿐이죠. 요컨대 위로의 말만 듣고 멍든 가슴이 아물었다는 얘기는 일찍이 들어본 적이 없습니다. 이제 국사에 관해 말씀하시죠.

공작 터키 군이 매우 우수한 장비를 갖추고 키프로스로 돌진하고 있다고 하오. 오셀로 장군, 많은 사람들이 그쪽 지리에 밝은 장군이 가야 한다는 거요. 물론 아주 유능한 임시 총독이 그곳에 있지만 아무래도 마음이 놓이지 않소. 그러니 수고스럽겠지만, 신혼의 기쁨을 잠시 미뤄두고 이 어려운 토벌 작전에 참가해 주었으면 좋겠소.

오셀로 여러 의원님들, 습관의 힘은 참으로 무서운 것이라 제게는 오히려 험한 싸움터가 푹신하고 안락하기까지 합니다. 게다가 어려운 일을 피하지 못하는 성미니만큼 터키 정복에 최선을 다하겠습니다. 하지만 한 가지 꼭 간청드리고 싶은 것이 있습니다. 제 아내를 부탁드립니다. 가문과 환경에 맞게 과히 누추하지 않은 거처를 마련해 주셨으면 좋겠습니다. 그리고 뒷바라지를 해줄 사람까지 두어 주십시오.

공작 그대가 괜찮다면 그녀의 아버지께 부탁하는 게 어떻겠소.

브라반쇼 그건 사양하겠습니다.

오셀로 저도 그건 원치 않습니다.

데스데모나 저 역시 싫습니다. 아버님 댁에 살면서 아버지의 신경을 건드리면서 불쾌하게 해 드리고 싶지는 않습니다. 공작님, 제 말씀을 들으시고 소원을 들어주소서. 비록 말재주가 없어 부족한 점이 있사오나 관대히 들으시어 제 소원을 들어 주십시오.

공작 소원이란 게 무엇인가? 말해 보라.

데스데모나 이미 세상이 다 알다시피, 제가 무어 장군님을 사랑하고 그분과 함께 살기로 한 것은 운명의 험한 물결에 저 자신을 맡기는 일이었습니다. 그건 제가 이분의 인품과 직책을 잘 알고 있었기 때문입니다. 저는 그분의 명예와 용감한 행위에 제 운명을 맡기는 것이었습니다. 여러 의원님들이여, 남편이 전쟁터에 나가 있는 동안 저 혼자 이곳에 남아 아내로서의 사랑과 의무를 이행하지 못하고 빈둥거린다면 참으로 침울하고 쓸쓸할 것입니다. 그러니 제발 함께 갈 수 있도록 허락해 주십시오.

오셀로 아내의 소원을 허락해 주십시오. 이렇게 말씀드리는 것은 하늘에 맹세코 저 자신의 욕망을 채우기 위해서가 아닙니다. 혈기왕성한 나이도 지난 제가 욕정에 눈이 멀어 이런 말씀을 드리는 게 아닙니다. 또한 남편으로서 억지를 부리고자 하는 것도 아닙니다. 다만 그녀의 소원을 들어주고 싶어서입니다. 아내가 동행하면 중대한 임무를 소홀하게 되리라는 걱정은 하지 마십시오. 만일 날개 돋친 큐피드의 들뜬 사랑의 장난에 휘말려 그 음란한 화살에 특별 임무를 띤 이 두 눈이 멀어 환락에 빠져 본분을 저버리는 일이 있다면, 이 사람의 투구를 아낙들에게 주어 냄비 대용으로 쓰게 하셔도 좋습니다. 온갖 수치스럽고 비천한 오명으로 제 명예를 뒤집어 씌우셔도 상관없습니다.

공작 아내를 남겨두든 데리고 가든 그건 그대가 알아서 결정하시오. 어쨌든 사태가 분초를 다투는 일이니 서둘러 출발하시오.

의원 오늘 밤이라도 당장 떠나시오.

데스데모나 오늘 밤에 떠난단 말씀입니까?

공작 지금 당장.

오셀로 네, 그렇게 하겠습니다.

공작 오셀로 장군, 장교를 한 명 남겨 두시오. 그래야 사령장을 전달할 수 있을 테니까. 이 명예로운 임무에 수반되는 그대의 권한과 기타 사항을 함께 전달하겠소.

오셀로 분부대로 기수를 남겨 두겠습니다. 정직하고 충실해서 믿을 수 있는 자입니다. 제 아내도 그에게 부탁하겠습니다. 뭣이든 필요한 것이 있으면 명하시어 후에 보내 주십시오.

공작 알겠소. 편히들 쉬시오. (브라반쇼에게) 브라반쇼 의원, 덕이 있으면 인물도 빼어난 법인데, 댁의 사위는 피부만 검을 뿐이지 인물은 잘났소이다.

의원 1 용맹한 무어 장군, 잘 가시오. 아내도 잘 위해 주고.

브라반쇼 오셀로, 눈이 제대로 박혔으면 조심하게나. 아비를 속인 여자가 남편인들 못 속이겠나. (공작, 의원, 시종들 퇴장)

오셀로 그녀의 정절은 의심할 바가 없죠! 정직한 이아고, 내 아내 데스데모나를 부탁하네. 내 아내를 잘 시중들게. 나중에 형편이 나아지는 대로 오도록 하고. 자, 데스데모나! 그대에게 참으로 할말이 많았는데, 고작 함께 있을 시간은 한 시간밖에 없구려. 시간을 엄수해야 하니 말이오. (오셀로와 데스데모나 퇴장)

로데리고　이아고!

이아고　왜 그러십니까?

로데리고　어떻게 하면 좋겠는가?

이아고　왜요? 가서 주무셔야죠.

로데리고　당장이라도 물에 빠져 죽고 싶구나.

이아고　그런 짓을 하시겠다면 앞으로 인연을 끊읍시다. 어리석게 굴지 마세요!

로데리고　이처럼 사는 게 고통스러울 바에야 차라리 죽는 게 나아.

이아고　별 소리를 다 하시네요! 소생 스물하고도 여덟 해 동안 세상 구경을 해봤습니다만, 손해와 이익을 구별하기 시작한 이래로 자기를 아낄 줄 아는 사람은 아직 만나 보질 못했습니다. 나 같으면 그까짓 씨알머리 없는 계집년 때문에 물 속에 뛰어들 바에야 차라리 인간 세상 하직하고 원숭이가 되는 게 낫죠.

로데리고　하지만 어떻게 하면 좋겠느냐? 멍청하게 좋아하다가 이렇게 당한 내 꼴이 수치스럽지만 난들 어떻게 하겠느냐? 이 모두가 내 수양이 모자란 탓인걸.

이아고　수양이라고요? 나원 참, 이 팔자 저 팔자 따지지만 모두가 내 탓이죠. 우리의 육체가 정원이라면, 우리의 의지는 정원사랍니다. 쐐기풀을 심든, 상추를 심든, 우슬초를 심어서 백리향을 내든, 한 가지 종류의 풀을 기르든, 여러 가지 풀을 심든, 혹은 게을리 묵히든지, 거름을 주어 부지런히 거름을 주든 다 우리 의지의 소산이란 말씀입니다. 인생을 저울이라 칩시다. 그 저울 한쪽에 정욕의 접시가 매달려 있고, 다른 쪽에는 이성의 접시가 매달려 있는데, 이것들이 서로 균형을 이루지 못한다면, 우리는 비열한 본능에 사로잡혀 비참한 최후를 맞이하기 쉽죠. 그러나 다행히도 우리에게는 이성이 있어서 욕정을 억제할 수 있답니다. 당신이 말하고 있는 사랑도 결국은 이런 욕정의 한 토막이라 할 수 있죠.

로데리고 그런 건 아니야.

이아고 단지 욕정이 끓어오르고 이성이 느슨해진 거겠죠. 자, 정신 좀 차리세요. 물 속에 빠져 죽겠다고요? 그따위 짓은 고양이나 눈 먼 강아지들이나 하도록 하세요. 내가 당신 친구라고 했지요? 이제 밧줄로 내 몸을 단단히 결박해 당신한테 봉사할 참입니다. 지금이야말로 당신에게 봉사할 때이군요. 자, 주머니에 돈이나 듬뿍 넣어 가지고 나하고 같이 전쟁터로 떠납시다. 가짜 수염을 붙이면 사람들이 몰라볼 거예요. 내가 하고 싶은 말은 당신 돈주머니에 돈을 듬뿍 넣어가자는 겁니다. 데스데모나도 밤낮없이 무어 놈에게 사랑을 바치지는 않을 거예요. 돈주머니에 돈을 듬뿍 가져가요. 무어 놈이 데스데모나를 대하는 것도 마찬가지일 거예요. 시작이 뜨거웠으니 식는 것도 마찬가지로 빨리 식겠지요. 그저 돈주머니에 돈을 듬뿍 넣어요. 무어 놈은 변덕이 매우 심하지요. 지금은 꿀맛같이 달콤하겠지만 결국 쓰다고 뱉어낼 놈이라고요. 그러면 그녀도 젊은 남자에게 추파를 던질 거고요. 그놈 몸뚱어리에 질리면 잘못 골랐다고 돌아설 거예요. 그러니 돈주머니에 돈을 꾹꾹 눌러 담아가요. 자기혐오에 걸렸다 해도 물에 빠져죽는 것보다는 더 좋은 방법을 찾아야죠. 돈, 돈을 쓰는 거예요. 집도 없는 빈털터리 야만인과 간사한 베니스 계집년의 그럴싸한 계약쯤은 악마와 본인의 지혜로 싹둑 없애버릴 테니까, 마음놓고 그녀를 즐겨봐요. 그러니까 돈을 준비해요. 물에 빠져 죽는다고요? 어림도 없는 소리! 잘못 짚으신 거예요. 여자도 없이 혼자 쓸쓸하게 죽는 것보다야 실컷 즐긴 후에 목을 매다는 게 낫다 이 말씀이에요.

로데리고 자네 말만 믿어도 되겠지?

이아고 걱정하지 마세요. 가서 돈이나 꾸려 오세요. 다시 말하건대, 나도 무어 놈을 증오한다는 걸 잊지 마시고요. 내가 품은 원한은 깊고 깊어요. 당신의 마음과 비슷하죠. 우리 둘이서 한마음이 되어 그놈을 해치우자고요. 당신이 무어 놈의 아내를 가로챌 수 있다면, 당신에겐 즐거움이요, 나에겐 위안이에요. 자, 이렇게 해서 꾸민 많은 일들이 시간이라는 자궁 속에서 달이 차면 결실을 맺어 세상에 얼굴을 내밀지요. 자, 돌진하세요. 내일 아침 만나서 얘기해요.

로데리고 내일 아침 어디서 만날까?

이아고 내가 기거하는 숙소에서요.

로데리고 내일 아침 일찍 가겠다.

이아고 좋습니다. 어서 가보세요. 아참, 잠깐만, 로데리고.

로데리고 왜 그래?

이아고 투신자살은 금물이에요. 아시겠죠?

로데리고 난 마음이 변했어.

이아고 잘 하셨소. 안녕히 가세요. 돈주머니나 두둑히 마련하세요. 좋아요! 어서 가 보세요. 돈주머니에 돈을 가득 넣으세요.

로데리고 내 지금 가서 땅뙈기 있는 거 몽땅 팔아 버릴 거야. (퇴장)

이아고 이렇게 해서 저 바보녀석 돈을 좀 털어먹는 거지. 저런 멍청이와 상대해서 시간을 허비할 바에야 돈이나 듬뿍 뜯어내야 한단 말야. 그렇지 못하면 여태 간직했던 내 머리에 대한 모욕이고 말고. 게다가 나는 무어 놈을 증오해. 무어 놈이 내 이불 속에 들어와 내 아내와 무슨 짓을 했다는 소문이 있는데, 그대로 놔둬선 안 되지. 정말인지 거짓말인지 알 수 없지만 그런 소문을 들은 이상 복수를 해야 해. 그놈이 나를 믿으니 나에게 더 유리해. 만만치 않은 카시오란 녀석과 같이 엮어 넣는 거야. 그놈의 지위를 박탈해서 꿩도 먹고 알도 먹어야지. 그 다음에는 어떻게 할까? 시간이 지나면 오셀로 귀에다 고자질해야지. '장군 부인과 카시오가 눈이 맞았다.' 카시오는 얼굴이 반반한데다 성격이 유순해 의심받기에 안성맞춤이야. 기생 오라비처럼 생겼거든. 무어 놈은 단순하고 정직한 성격이어서 겉으로 충실한 척하면 깜박 속아넘어갈 거야. 그래, 내 뜻대로 당나귀 끌고 다니듯 조종할 수 있을 거야. 그럼 지옥과 어둠이 이 괴물 같은 재앙을 탄생시키는 것을 지켜봐야지. (퇴장)

제 2 막

제 1 장

키프로스 섬의 항구, 부둣가 광장

몬타노와 두 신사 등장

몬타노 저 바다 위에 보이는 게 있는가?

신사 1 아무것도 안 보입니다. 파도만 높을 뿐, 하늘과 바다 사이에 배라고는 돛대조차 보이지 않습니다.

몬타노 바람이 이젠 육지에서 기승을 부리는군. 성벽이 그토록 세게 흔들린 적은 없었는데. 아마 바다를 그런 식으로 들쑤셔 놓았다면 참나무로 만들어진 배라도 산산조각 났을 거요. 무슨 일이나 일어나지 않았는지 궁금하군.

신사 2 터키 함대도 뿔뿔이 흩어졌나 봅니다. 해변을 가 보았더니 거친 파도가 구름이라도 칠 듯 하늘로 치솟고 있었습니다. 무시무시한 기세로 하늘로 솟구쳐 오르는 게 마치 불타는 작은 곰에 찬물을 끼얹고는 북극성이라도 없애 버릴 것 같았습니다. 좌우지간 그렇게 거칠고 높은 파도는 처음 보았습니다.

몬타노 터키 함대가 무사히 항구에 정박하고 난 뒤라면 모를까, 그렇지 않았다면 수장됐을걸. 이런 폭풍우에 무사할 배가 있을 리

없지.

신사 3 등장

신사 3 여러분, 속보가 있소, 속보요! 전쟁이 끝났습니다. 무시무시한 폭풍이 터키 함대를 박살냈답니다. 결국 그들의 기도가 물거품이 됐다는 얘기죠. 베니스에서 온 우리 배가 그들이 처참하게 부서지는 광경을 목격했다는군요.

몬타노 뭐라고! 그게 사실인가?

신사 3 우리 군함인 베로나호가 이곳에 정박해 있습니다. 용감한 무어인 오셀로 장군의 부관 마이클 카시오님은 벌써 상륙했답니다. 키프로스 섬 수비의 전권을 위임받으신 무어인 장군께서는 아직도 항해 중이라는군요.

몬타노 듣던 중 반가운 얘기군. 총독으로는 그가 적임자지.

신사 3 그런데도 카시오 부관은 무어 장군이 지금 안전한지, 그 문제로 몹시 걱정하고 있었습니다. 물론 터키 함대가 전멸한 것에 대해서는 기분 좋아했지만 말입니다. 그들은 사나운 폭풍우 속에서 서로 헤어졌다는군요.

몬타노 무사하기를 하늘에 빌 수밖에. 나도 한때 그분을 모신 적이 있었는데, 통솔력이 있는 훌륭한 장군이었지. 자, 함께 바다로 가자! 정박 중인 배도 보고, 바다와 푸른 하늘을 다 뒤져서라도 오셀로 장군을 찾아내야지.

신사 3 그럼 어서 가시죠. 배들이 속속 입항하면 사람들도 더 도착할 것 같습니다.

카시오 등장

카시오 요새를 잘 지켜 주시는 용맹한 총독께서 우리 무어인 장군님을 예우해 주시니 참으로 감사합니다. 부디 장군님께서 이 거친 바다를 벗어나셔야 할 텐데…….
몬타노 장군이 타신 배는 튼튼한 거요?
카시오 좋은 목재로 건조된 것이라 매우 튼튼합니다. 선장과 선원들도 경험이 많은 터라 큰 걱정은 안 해도 좋을 듯합니다. 저 역시 희망을 잃지 않고 있습니다만. (안에서 "배다, 배다, 배가 들어온다!" 하며 떠드는 소리)

전령 등장

카시오 이게 무슨 소리인가?
전령 거리는 텅 비어 있고, 마을 사람들은 바닷가 낭떠러지로 몰려가서 "배다, 배다!" 외치면서 야단법석입니다.
카시오 그렇다면 총독님의 배가 아닐까?

예포소리 들린다.

신사 2 예포를 발사한 걸 보면 적어도 아군임에 틀림없습니다.
카시오 자네가 가서 보고 누구인지 알려주지 않겠나? 누가 도착했는지 궁금하군.
신사 2 그러겠습니다. (퇴장)

몬타노　그런데 부관, 장군께선 결혼은 하셨소?

카시오　정말 운을 타고나신 분입니다. 필설로선 도저히 형용할 수 없고, 어떠한 극찬도 모자랄 정도로 빼어난 아가씨를 얻으셨습니다. 창조된 인간 자태 그대로의 순수한 아름다움을 소유하고 있어 어떤 시인도 한숨부터 내쉴 것입니다.

신사2 등장

몬타노　그래, 대체 누가 입항한 거요?

사신　장군님의 기수로 있는 이아고라는 사람입니다.

카시오　다행히 바닷길이 순조로웠나 봅니다. 거센 폭풍우나 파도치는 드높은 바다도, 죄 없는 배를 붙잡아 좌초시키는 바위와 모래도 미인을 보는 눈은 있는지 천상의 여인처럼 어여쁜 데스데모나를 안전하게 통과시켜 주었군요.

몬타노　어느 분 말씀이오?

카시오　제가 장군 중의 장군님이라고 방금 말씀드린 오셀로 장군님의 부인입니다. 용감한 이아고에게 인도해 드리라고 부탁했는데, 우리 예상보다 일주일이나 빨리 상륙했군요. 위대한 조브 신이시여, 오셀로 장군을 보호해 주시고, 강력한 숨결로 그의 돛을 부풀려 그의 배로 이 항구의 데스데모나에게 신속히 오게 해주시고, 침체된 우리들의 혼에도 새로운 활기를 불어넣어 주시고, 키프로스 섬에도 축복을 내리셔서 주민들에게 위안을 주소서.

데스데모나, 에밀리아, 이아고, 로데리고, 시종들 등장

카시오 오, 보십시오! 배 안의 보화가 뭍으로 올라왔습니다! 키프로스 섬의 주민 여러분, 무릎을 꿇고 장군님의 부인께 인사를 드리시오! (무릎을 꿇으며) 잘 오셨습니다, 부인! 하늘의 은총이 부인의 앞과 뒤, 동서남북에서 두루 부인을 감싸주시기를!

데스데모나 고마워요, 용감하신 카시오 부관님. 장군님 소식은 들으셨나요?

카시오 아직 도착하시지는 않았지만, 곧 무사히 여기 오실 수 있을 겁니다.

데스데모나 오, 나는 걱정이 되네요. 두 분은 어떻게 해서 헤어지게 되었죠?

카시오 바다와 하늘이 격돌한 듯, 풍파가 심해 선단에서 떨어졌습니다. (안에서 "배다, 배다!" 하고 외치는 소리와 예포 소리가 들린다)

신사 2 요새 쪽으로 예포를 쏘는군요. 이번에도 역시 아군입니다.

카시오 가서 확인해 보시오. (신사2 퇴장) 어서 오게, 기수. (에밀리아에게) 잘 오셨습니다, 부인. 이아고, 내가 예절을 지나치게 차린다고 화내지는 말게. 교양이 있는 탓에 이렇게 과감히 예의를 차리는 거니까. (에밀리아에게 키스한다)

이아고 그녀가 저를 향해 놀려댄 헛바닥을 부관님께 똑같이 구사한다면, 제가 질린 만큼 부관님께서도 아마 진저리를 치실 겁니다.

데스데모나 저런, 부인이야말로 말이 없으시던데요.

이아고 그건 모르시는 말씀이십니다. 너무 말이 많답니다. 제가 잠들어도 입을 다물지 않는 걸요. 지금 부인 앞에서도 헛바닥 일부를 가슴에 묻어둔 채 속으로 재잘대겠죠.

에밀리아 그런 쓸데없는 말은 그만 해요.

이아고 이것 봐. 당신은 문밖에 나오면 그림처럼 조용하지만, 방안에만 들어갔다 하면 방울처럼 시끄러워지고, 부엌에선 아예 살쾡이같이 굴잖아. 남을 해칠 때도 성자 얼굴을 하다가 화가 났다 하면 악마를 뺨치지. 그리고 집안일은 제대로 하는 것도 없으면서 잠자리에서는 더없이 부지런해지거든.

데스데모나 어머, 무슨 험담을 그렇게 하세요!

이아고 사실이랍니다. 그렇지 않다면 저를 터키 놈이라고 부르셔도 괜찮습니다. 어쨌든 당신은 일어나면 놀고, 잠자리에만 들어가면 부지런히 일하는 여자잖아.

에밀리아 죽어도 칭찬하는 법은 없겠죠.

이아고 물론이지!

데스데모나 그러시다면 만일 나를 칭찬해야 한다면 뭐라고 하겠어요?

이아고 오, 부인, 저한테 그렇게 난처한 일만은 시키지 마십시오. 전 트집 잡는 것을 빼놓으면 잘하는 게 없는 사람입니다.

데스데모나 그래도 말씀해 보시죠. 참, 항구에 누군가 갔지요?

이아고 네, 부인.

데스데모나 (방백) 재미는 없겠지만 재미있는 척하고 마음이나 딴 데로 돌려야지. (소리 내어) 그런데 나를 어떤 말로 칭찬하겠어요?

이아고 그럼 좋습니다. 사실 좋은 표현이 끈끈이처럼 머릿속에 찰싹 붙어서 떨어져 나오질 않는군요. 하지만 산고를 겪은 후에 시적 영감이 태어났습니다. 만일 여자가 아름답고 현명하다면 미와 기지를 갖춘 건데, 한쪽은 쓸모가 있으니, 다른 한쪽은 그것을 써먹을 것입니다.

데스데모나 좋아요! 여자가 아름답지 않지만 기지가 있다면요?

이아고 못생겨도 지혜가 있다면 얼굴에 맞는 남자를 찾을 겁니다.

데스데모나 갈수록 나빠지는군요.

에밀리아 아름답기는 한데 기지가 없으면 어떻게 되죠?

이아고 용모가 괜찮다면 바보일 리가 없죠. 못된 짓을 해서라도 아이를 만들어낼 테니까요.

데스데모나 이건 선술집에서 바보들이나 웃기려고 지어낸 얘기로군요. 한데 못생긴데다 바보 같은 여자라면 얼마나 더 지독한 칭찬을 해주겠어요?

이아고 아무리 추하고 바보라 할지라도 예쁘고 똑똑한 여자들이 하는 추한 장난을 똑같이 저지르는 법이죠.

데스데모나 정말 엉터리군요! 가장 형편없는 축을 최고라고 칭찬하다니. 하지만 정말 훌륭한 여자라면 어떤 식으로 트집 잡을 건가요? 아무리 욕을 퍼부으려 해도 진실한 가치로 인해 칭찬할 수밖에 없는 그런 여자 말이에요.

이아고 언제나 아름다우면서도 결코 오만하지 않으며, 말을 잘하면서도 절대 떠벌리지 않고, 궁색하거나 인색하지 않으면서도 사치스럽지도 않고, 원망을 멈추고 분노를 날려 보낼 줄 알고, 대구 대가리가 좋다고 연어 꼬리를 내주지는 않는 분별력을 갖추고 마음속을 다스릴 줄 아는 여자, 남자들이 꽁무니를 졸졸 좇아와도 뒤돌아보지 않는 여자에게는 구혼자가 따르게 마련이지요. 하지만, 설사 그런 여자가 있더라도 그 여자는······.

데스데모나 어떤 일을 할까요?

이아고 바보 아기 젖 먹이고, 가계부나 적고 있겠죠.

데스데모나 참 엉터리 같은 맥빠진 결론이군요! 에밀리아, 아무리 남편이라고는 하지만 그 말을 그대로 받아들여서는 안 되겠어. 카시오 부관님은 어떻게 생각하세요? 저 사람, 정말 저속하고 예절 모르는 떠버리가 분명하죠?

카시오 그럴 듯한 말이기는 하지만, 이아고를 학자라기보다는 군인으로 생각하시면 그의 말이 재미있게 들리실 성싶습니다.

이아고 (방백) 저 녀석이 부인의 손을 잡네. 옳지, 귓속말을 속삭이잖아. 그렇게 작은 거미줄로 카시오라는 큼직한 파리를 낚는단 말이지. 옳지. 여자를 향해 미소를 지으라고. 이 악당아, 너의 그 잘난 예절을 미끼로 너를 낚아 버릴 테니까. 자꾸 키스나 해라, 이놈아. 그런 재주 덕에 부관 자리에서 내쫓기게 될 건데 그렇게 자주 키스를 해서야 되겠니. 그때가 되면 오늘 한 짓을 후회하겠지? 옳지, 멋진 키스다. 과연 멋쟁이 신사로군! 예절 만점이야. 정말이야! 그런데 손가락에 또다시 입을 갖다 대다니? 차라리 관장기를 갖다 대는 게 나았을 텐데. (안에서 나팔 소리, 큰 소리로) 무어 장군입니다! 제가 나팔 소리를 알거든요.

카시오 정말 그런 것 같습니다.

데스데모나 어서 그분을 맞으러 나갑시다.

오셀로와 시종들 등장

카시오 보십시오, 저기 오십니다!
오셀로 오, 아름다운 나의 동지여!
데스데모나 아, 사랑하는 오셀로!

오셀로 나보다 먼저 도착하리라곤 생각지도 못했는데, 내 앞에 선 그대를 보노라니 만족감만큼이나 크나큰 놀라움을 감추지 못하겠소. 오, 내 영혼의 기쁨이여, 나는 지금 여기서 죽는다 해도 여한이 없소. 폭풍우가 휘몰아친 뒤에 이같은 평온이 찾아온다면, 죽음을 일깨울 만큼 바람이 불고 불어도 나는 괜찮소. 산더미 같은 파도가 저 올림포스 산까지 숫구쳐 올랐다 천국에서 지옥의 구렁텅이로 떨어지듯 곤두박질쳐도 괜찮소. 내 지금 죽더라도 이 이상의 기쁨은 없을 만큼 행복하리. 왜냐하면 내 영혼은 절대 만족을 맛보았으므로, 이런 감정이 앞날에도 계속될까 두렵기 때문이오.

데스데모나 그게 무슨 말씀이세요? 하늘에 계신 신들은 우리들의 사랑과 기쁨이 날이 갈수록 깊어지도록 돌봐주실 텐데!

오셀로 신이여, 부디 그렇게 해주소서! 이 만족감을 어떻게 말로 표현하겠소. 너무 크나큰 기쁨이라 가슴이 막힐 것만 같소. 이 키스가, 또 이 키스가 (키스한다) 우리 두 사람의 앞날에 생겨날 가장 큰 불화였으면…….

아이고 (방백) 흥, 지금 당신들은 잘 조율된 악기처럼 본색을 드러내는군. 하지만 두고보라지, 이 몸이 그 줄을 풀어 어떻게 할지.

오셀로 자, 성으로 갑시다. 여러분, 전쟁은 이제 다 끝났고 터키인들은 모두 바닷속에 수장되었소. 이 섬의 옛 친구들, 오랜만이오. 여보, 키프로스가 당신을 잘 접대해 줄 것이오. 주민들의 사랑이 얼마나 큰가를 내 이제 알았소. 그런데 내가 안락에 도취된 나머지 엉뚱한 말만 했군. 이아고, 부두로 내려가서 내 짐을 부려 주게. 그리고 선장을 성으로 안내하게나! 참으로 훌륭한 선장이고 존경

받아 마땅한 인물이지. 갑시다, 데스데모나! 키프로스에서 다시 만나다니 정말 기쁘오! (이아고와 로데리고만 남고 모두 퇴장)

이아고 (퇴장하는 수행원 하나에게) 이봐, 좀 있다가 항구에서 만나세. (로데리고에게) 이봐요, 당신이 용기가 있다면 내 말 새겨들어요. 하찮은 남자들도 사랑을 하게 되면 고귀한 성품이 없다가도 생긴다고들 하는데, 잘 들어둬요. 오늘 밤엔 부관이 초소에서 야경을 돌 거라는데, 내 한마디만 일러주자면 데스데모나가 그 녀석을 좋아하니까 그 사실을 잊지 마시오.

로데리고 그럴 리가? 아니, 그런 터무니없는 소리를!

이아고 쉿, 가만히 생각해 보시지. 내 다 알려줄 테니까 잘 들어요. 그 여자가 무어인을 사랑하게 된 것은 다 그 꿈 같은 황당한 거짓말 때문이 아니겠소? 처음에야 격렬하게 사랑했겠지만, 그런 것도 시간이 지나면 다 헛소리라는 걸 깨닫게 마련이죠. 그래, 녀석이 떠벌인다고 계속 사랑하라는 법이 있소? 제정신이라면 그럴 리가 없지. 게다가 녀석의 시커먼 낯짝이 그 여자의 눈을 만족시킬 리가 있소? 재미를 본 뒤에 격정이 식으면 다시 불을 붙여 새로이 욕망을 불태워야 하는 게 아니겠소? 그러려면 매력적인 용모에 나이와 기품이 따라 주어야 하는데 무어인에게는 그런 게 전혀 없거든요. 사람의 눈이란 아무거나 눈에 띄는 걸 요기로 삼을 수 없는 법이라, 결국 그녀는 그런 필요조건들이 결여된 녀석에게 속았다는 걸 깨닫고 후회를 한다 이거죠. 그녀가 무어인에게 식상해 혐오하기 시작할 때쯤 미끼로 떠오를 인물이 누구겠소? 바로 카시오 녀석이 아니겠소? 게다가 그 녀석은 말도 썩 잘하는 천하의 바람둥이란 말씀이에요. 음탕한 녀석 같으니라고! 입으로는 예의니

친절이니 나불대지만, 제 욕정을 채우기 위해서라면 양심 같은 건 거리낌도 없이 헌신짝처럼 내버리는 놈이죠. 능글맞은 놈! 기회주의자! 게다가 인물도 좋고 나이까지 젊어서 세상 물정을 잘 모르는 어리석고 미숙한 계집애한테는 아주 안성맞춤이거든요. 어느 모로 보나 불쾌하기 짝이 없는 나쁜 놈인데, 그 여자가 벌써 놈한테 눈독을 들이고 있으니.

로데리고 그녀가 그랬다니, 믿을 수 없어. 누구보다 깨끗하고 착한 여인인데.

이아고 좋아하시네. 그 여자가 마시는 포도주는 뭐 우리가 마시는 거랑 다르답디까? 그리 깨끗하고 착한 여자가 왜 하필 무어인에게 반했답디까? 그 여자가 카시오의 손바닥을 만지작거리는 걸 보지도 못했단 말이오?

로데리고 그거야 나도 봤지만 예의상 그러는 줄 알았지.

이아고 그럼 그게 음란한 짓이 아니면 다 뭐겠소. 정욕과 음심의 역사를 가리키는 색인과 같은 짓이 아닙니까. 두 사람은 입술과 입술이 맞닿을 정도로 얼굴을 가까이 갖다대서 숨결로 포옹을 나누지 않았던가요? 그런 식으로 다정하게 수작을 주고받다가 얼마 안 있어 본격적으로 살을 섞는 짓으로 발전시키는 법이죠. 제기랄! 그리고 내가 당신을 베니스에서 여기로 불렀으니 내 말을 따르세요. 당신도 오늘 밤 보초를 서세요. 카시오는 당신을 모르는 데다, 나도 가까이 있을 테니 어떻게 해서든 카시오의 비위를 건드릴 기회를 잡으라고요. 큰 소리를 지르든지, 아니면 훈련 상태가 안 좋다는 식으로 그에게 욕을 하든지 하는 방법을 찾으라고요. 그때그때 상황에 맞게끔.

로데리고 글쎄.

이아고 이봐요, 놈은 워낙 성급한데다 화를 잘 내는 편이라 열을 받으면 성질을 있는 대로 부릴 거예요. 곤봉으로 당신을 칠지도 모르죠. 그런 일만 터졌다 하면 내가 그 일을 키프로스 전체를 들썩거릴 만한 대소동으로 엮어 보겠다 이거죠. 카시오를 자르지 않고는 도저히 수습할 길이 없을 정도로 반란을 일으키는 거죠. 그걸 진정시키고 믿음을 회복시키키기 위해서라도 그를 파면시키도록 만들겠다, 이겁니다. 그렇게 되면 우린 장애물이 제거된 상황에서 고지를 점령할 수 있다고요. 하지만 장애물이 있는 한 결코 성공 같은 건 기대할 수 없는 거죠.

로데리고 그럼 해야지. 이 일로 기회만 잡을 수 있다면야.

이아고 그건 염려 마세요. 나는 그 녀석의 짐을 날라야 하니까 이따가 성에서 만나요. 그럼 잘 가세요.

로데리고 잘 가게. (퇴장)

이아고 카시오가 그 여자를 사랑하는 것은 분명해. 그 여자 역시 마찬가지겠지. 그리고 그 무어 놈은 내 맘에는 안 드는데다 단순 무식하지만 정이 두텁고 고귀하고 후덕한 것만은 분명해. 데스데모나에게는 나무랄 데 없는 소중하고 다정한 남편이 될 텐데. 하지만 나 역시 데스데모나에게 끌린단 말씀이야. 순전히 욕정 때문만이라기보다 어느 정도는 복수심 때문이지. 그놈의 음탕한 무어 놈이 아무래도 내 안장에 올라탄 것 같거든. 그 일만 생각하면 마치 독약이라도 마신 듯 속이 확 뒤집힌단 말야. 결국 마누라엔 마누라로 되갚기 전까지는 그 무엇으로도 내 멍든 영혼이 만족할 리가 없지. 되갚지 못할 바에는 무어 놈이 강렬한 질투심으로 분별력을 잃게 만들어야 해. 그러려면 무엇보다 그 불쌍한 베니스의 쓰레기 같은 인간이 사냥개처럼 뛰어다니도록 마음을 잔뜩 달아오르게 해야 해. 내 생각대로 움직여 준다면, 마이클 카시오 녀석쯤이야 마음대로 주무를 수 있지. 그놈도 내 여편네와 잔 것 같거든. 어쨌든 그놈이 무어 놈에게 음탕한 욕을 해대면 무어 놈은 지독한 멍청이로 변해 돌아버릴 때까지 마음의 평온을 잃은 대가로 내게 감사와 보답을 아끼지 않을걸. 계략은 이렇게 다 세웠건만 아직은 불투명하군. 악행이란 범행 전에는 전모가 보이지 않는 법이니까. (퇴장)

제 2 장

같은 장소

전령이 포고문을 읽으면서 등장하면 시민들이 뒤따른다.

전령 다음은 고귀하고 용감하신 오셀로 장군님의 뜻입니다. 장군께서는 터키 함대의 전멸을 알리는 확실한 통지를 받으시고 전승 축하연을 베푸시겠다고 하셨습니다. 여러분은 춤을 추거나 화톳불을 피우면서 취향에 맞춰 오락이나 잔치를 즐기시며 기쁨을 누리시기 바랍니다. 또한 장군님의 결혼 축하연도 있을 예정이라는 것을 기쁜 마음으로 공포하는 바입니다. 모든 창고를 개방하고, 지금 다섯 시부터 열한 시 종이 울릴 때까지 최대한 자유를 허락할 터이니 마음껏 음식을 드시고 즐기십시오. 하늘은 키프로스 섬과 우리 오셀로 장군님께 축복을 내려주소서! (퇴장)

제3장

성 안의 총독관사 대청

오셀로, 데스데모나, 카시오, 시종 등장

오셀로 카시오, 오늘 밤 경계를 부탁하네. 마음껏 놀고 마시는 것도 좋지만 무분별한 것은 질색이니 명예롭게 자제하는 법을 배우세.
카시오 이아고에게 지시를 내렸습니다만, 저 역시 제 두 눈으로 잘 감시하겠습니다.
오셀로 이아고는 아주 성실하지만 수고해 주게. 그럼 내일 아침 가능한 한 일찍 만나 이야기를 나누세. (데스데모나에게) 여보, 이리 와요. 결혼식도 끝났으니 열매를 거둬야지. 당신과 나는 아직 그 맛을 못 봤잖소. (카시오에게) 수고하게. (오셀로, 데스데모나, 시종들 퇴장)

이아고 등장

카시오 어서 오게, 이아고. 우린 야경을 돌아야 하네.
이아고 열 시가 되려면 아직 한 시간이나 남았는데요, 부관님. 장군님께서는 데스데모나에 대한 사랑 때문에 우릴 일찍 내쫓으셨군요. 하지만 그분을 원망하지는 맙시다. 아직도 신부와 허니문을 즐기지 못하셨으니까. 게다가 부인은 주피터도 반할 만한 미인이 아닙니까?

카시오 정말 눈이 부시더군.

이아고 제가 보기엔 장난기도 넘치시던데요.

카시오 그렇게 빼어나게 청초하고 섬세한 숙녀는 처음이야.

이아고 눈은 또 얼마나 아름답습니까! 그 눈이 사람을 홀리는 도발적인 눈 아닙니까?

카시오 매혹적인 눈이지만, 그래도 꽤 정숙해 보이던데?

이아고 하지만 그녀의 목소리는 사랑을 불러일으키는 종소리 같지 않습니까?

카시오 부인은 정말 완벽한 분이네.

이아고 부디 그 두 사람의 잠자리에 행복이 흘러넘치기를! 저, 부관님. 저기 키프로스의 한량 두 명이 흑인 장군 오셀로의 건강을 비는 의미로 축배를 들고 싶다고 기다리고 있습니다. 마침 포도주도 한 통 남았고요.

카시오 오늘 밤은 안 되겠네, 이아고. 나는 술에 약해서 금세 취해 버리는데다 실수를 잘 하거든. 다른 접대법을 알면 결례가 안 될 텐데 딱하게 됐네.

이아고 그래도 우리 친구들인데 딱 한 잔만……. 부관님 대신 제가 마시죠.

카시오 나는 아까 딱 한 잔만 했는데도, 그나마 몸 생각해서 물에 탄 술을 마셨는데 벌써 이렇게 된 거라네. 그러니 이 불행한 약점을 더 이상 시험해 볼 필요가 있겠나.

이아고 참, 부관님도! 경사스런 잔칫날 밤이 아닙니까. 친구들도 한잔하고 싶다는데 이러실 겁니까?

카시오 그들은 지금 어디에 있나?

이아고 저기 문 앞에요. 들어오라고 할까요?

카시오 그다지 내키진 않지만 그러지. (퇴장)

이아고 놈에게 한 잔만 더 먹이면 이미 마신 술 기운도 있으니 철없는 아가씨의 버릇없는 하룻강아지처럼 툭하면 허연 이를 드러내고 싸우려고 덤비겠지? 그리고 상사병에 걸린 바보 같은 로데리고 녀석도 사랑 때문에 속이 뒤집어진 채로 오늘 밤 데스데모나를 위한 답시고 야경을 돌러 나갔겠다……. 게다가 명예를 목숨처럼 여기는 키프로스의 귀공자 세 명을 잔뜩 취하게 만들어 놨으니, 이 주정꾼들 틈에 카시오를 풀어놓으면 그가 섬 전체를 욕보이는 행동으로 온 섬을 발칵 뒤집어 놓겠지. 아, 마침 한량들이 오는구나.

카시오, 몬타노, 신사들 등장. 하인들이 술을 들고 따라 들어온다.

이아고 일이 내 생각대로만 착착 진행된다면, 내 배는 순풍에 돛을 단 듯 화살처럼 달릴 텐데.

카시오 어이구, 전 이미 마실 만큼 마셨소이다.

몬타노 보나마나 한 홉도 안 되는 작은 잔이었을 텐데? 군인답게 큰 잔으로 마셔야지.

이아고 술을 가져와라. 술! (노래한다) "쨍그랑 쨍그랑 술잔을 부딪치며, 쨍그랑 쨍그랑 술잔을 부딪치며, 군인도 인간이고 인생은 순간이니, 아니 마시지는 못하리라." 여러분, 어서 술이나 듭시다.

카시오 거 참, 재미있는 노래일세.

이아고 영국에서 배운 거죠. 영국인은 술 마시는 데는 선수거든요.

덴마크인, 독일인, 그리고 배불뚝이 네덜란드인들도 영국인에게는 꼼짝 못하죠. 자, 마십시다, 마셔요.

카시오 아니, 영국인들이 그렇게 술을 잘 마시던가?

이아고 물론이죠. 덴마크인들이 뻗을 때까지 마시는 것쯤은 식은 죽 먹기랍니다. 독일놈들 해치우는 데도 땀 한 방울 안 흘리고요. 네덜란드인이 옆에서 토할 때도 영국인은 끄떡 없이 큰 잔을 비우고 또 잔을 채우고 있는 건 예사죠.

카시오 자, 그럼 장군님의 건강을 위하여!

몬타노 나도 건배하지, 부관. 내가 상대가 되어 주겠네.

이아고 아아, 아름다운 영국이여! (노래한다) "스티븐 국왕은 귀하신 몸, 금화 한 닢으로 바지 한 벌 해 입으시고는 그것도 비싸다고 생각했는지 그놈의 양복장이한테 사기꾼이라고 하셨지. 높으신 어른도 그렇거늘 비천한 그대는 헌 옷으로 참고 견딜 수밖에. 사치는 나라를 망치는 법이라니 어떻소." 자아, 술을 가져와라, 포도주를!

카시오 거 참 노랫말 한번 재미있구나.

이아고 다시 불러 볼까요?

카시오 아냐. 그따위 짓을 하는 자는 높은 자리에 앉을 자격이 없다고 생각해. 여하튼 하느님이 내려다보고 계시니까 구원받는 놈도 있고 받지 못하는 놈도 있는 거야.

이아고 지당하신 말씀입니다, 부관님.

카시오 그야 나로서는, 다른 지체 높은 분들에게는 죄송하지만 구원받고 싶다고.

이아고 저도 마찬가집니다.

카시오 음, 미안하지만 나보다 먼저는 안 되네. 부관이 기수보다 먼저 구원받아야 될 게 아닌가. 자, 이런 얘기는 이제 그만두고 일이나 하세. 하느님, 우리들의 죄를 용서해 주소서. 여러분, 우리의 본분을 지킵시다. 내가 취했다고 생각하지는 마시기를……. 이 사람은 내 기수고, 이것은 내 오른손이고, 이건 왼손인 걸 보더라도 난 취하지 않았소. 아직은 똑바로 설 수도 있고 말도 제대로 하잖소.

일동 네, 정말 잘하십니다.

카시오 그럼 됐소. 내가 취했다고는 생각 마시오. (퇴장)

몬타노 여러분, 이제 초소로 갑시다. 자, 야경 돌 준비를 합시다.

이아고 지금 나간 그 친구 보셨죠? 시저 옆에 서 있더라도 손색이 없는 군인이지만 유감스럽게도 눈여겨볼 악덕이 있답니다. 미덕과 길이가 똑같은 게, 마치 춘분과 추분의 밤낮과 같지요. 하필 오셀로 장군이 신임을 하고 계신 판에 저 병이 도져서 이 섬을 시끄럽게 하지나 말았으면 좋겠군요.

몬타노 종종 저러는가?

이아고 저건 일종의 전주곡이랍니다. 저러고 잠들면 시계가 두 바퀴를 돌아도 괜찮습니다. 술 때문에 곯아떨어져서 뒹굴지만 않는다면 꼬박 하루를 보초 선다 해도 끄떡하지 않을 양반이죠.

몬타노 장군께 그런 사실을 미리 일러드리는 게 좋겠군. 워낙 본성이 선량하셔서 카시오의 미덕만 보시고 단점은 안 보실지도 모르니까. 안 그런가?

로데리고 등장

이아고 (로데리고에게 방백) 이봐요, 로데리고. 어서 부관 뒤를 쫓아가

요, 어서! (로데리고 퇴장)

몬타노 좌우지간 고귀하신 무어 장군께서 저렇듯 위험한 고질병이 있는 자를 차석에 앉혔다는 것이 애석하군. 장군에게 그런 말을 해드리는 게 좋을 것 같소.

이아고 전 못합니다. 이 아름다운 섬을 준다 해도 그럴 수 없습니다. 전 카시오 부관님을 매우 좋아하니까 어떻게 해서든 그 악습을 치료하는 데 온 힘을 기울일 겁니다. 그런데, 이게 무슨 소리죠? (안에서 "사람 살려! 사람 살려!" 하고 외치는 소리가 들린다)

카시오가 로데리고를 몰 듯이 좇아온다.

카시오 젠장, 이 망할 자식! 깡패 같은 놈!

몬타노 부관, 대체 무슨 일인가?

카시오 네놈이 건방지게도 내게 임무를 가르치겠다고? 그 전에 곤죽이 되도록 손을 봐줄 테다.

로데리고 나를 때리겠다고?

카시오 이놈이 주둥아리를 놀리는 것 좀 보게! (로데리고를 친다)

몬타노 여보게, 부관. 제발 그만두게나.

카시오 놓으시지요. 안 놓으시면 당신 머리통을 부숴 버리겠어.

몬타노 자, 자, 자네 취했군 그래.

이아고 (로데리고에게 방백) 어서 나가서 폭동이 났다고 떠들란 말야. (로데리고 퇴장) 부관님, 그만하시죠. 세상에, 이게 대체 무슨 꼴입니까? 사람 살려! 부관님, 제발 좀 멈추세요. 그런데 야경은 아주 잘들 보는군! (종이 울린다) 누구야? 경종을 울리는 자가 누구냐? 악마가 아니냐? 온 마을 사람들이 다 깨잖아. 세상에, 부관님, 부탁입니다. 멈추세요! 영원히 후회하실 겁니다!

오셀로와 무기를 든 시종들 등장

오셀로 이 무슨 일이오?
몬타노 젠장, 피가 계속 흐르는군. 치명상을 입었나 보군.
오셀로 목숨이 아깝지도 않나?
이아고 멈추세요, 두 분 다 멈추라고요. 지위와 사명감을 다 잊으신 거예요? 장군님 말씀이 안 들려요? 제발 그만두세요!
오셀로 여보게들, 어찌 이런 일이 생긴 건가? 우리가 지금 터키인으로 변해 버린 건가? 하늘이 터키인들에게 금한 짓을 왜 동족에게 하고 있는가? 이 야만스러운 소동을 멈춰라. 기독교인의 수치가 아닌가. 지금부터 분풀이로 날뛰는 자는 자기 영혼을 가벼이 여기는 것이니, 여기서 꼼짝하면 죽는 줄 알아라. 그리고 저 끔찍한 종소리를 멈추게 하라. 온화한 섬사람들이 공포로 떨지 않겠나? 여보게, 대체 이 무슨 일인가? 정직한 이아고, 얼굴에서 수심을 거두고 말해 보게. 누가 이 사건을 일으킨 건가? 자네의 충정을 걸고 바른 대로 말하라!
이아고 모르겠습니다. 조금 전까지만 해도 모두가 친구였고, 두 사람은 마치 신방에 들어가는 신랑 신부처럼 서로 사이 좋게 침대로 가는 것처럼 보였는데, 갑자기 혹성이 사람들 혼이라도 빼놓았는지 칼을 빼어 들더니 살벌하게 서로의 가슴을 겨누고 덤벼들었죠. 저도 이 어이없는 싸움이 어떻게 시작된 건지 경위를 모르겠습니다. 나를 이 따위 싸움판에 끼게 만든 이 두 다리를 차라리 영광스러운 전투에서 잃었으면 좋았을 뻔했습니다.

오셀로 카시오, 자네는 왜 자제력을 잃었는가?

카시오 죄송하지만 뭐라 드릴 말씀이 없습니다, 장군님.

오셀로 몬타노, 그대는 젊었을 때부터 예의가 바른데다 신중하고 침착해서 세인들의 주목을 받아 오지 않았소. 그런데 가혹한 평자들 사이에도 유명한 그 좋은 평판을 내동댕이치고 이 밤중에 불량배나 저지를 짓을 하다니, 대체 어찌 된 일이오? 대답해 보시오.

몬타노 오셀로 장군님, 저는 심하게 다쳤습니다. 이 모든 경위는 장군님의 부하 이아고가 다 말씀드릴 것입니다. 저는 조금 불쾌해서 말을 삼갈까 합니다. 또한 오늘 밤 저는 잘못된 언동을 한 적은 없습니다. 자애심이 때로 악덕이 되거나, 난폭한 공격에 맞선 정당방위가 죄가 되지 않는다면 말입니다.

오셀로 세상에, 화가 치밀어 도저히 참을 수 없군. 이성이 지배당하기 시작하고 격정이 최상의 판단을 흐려 놓으니 말이야. 내가 이 팔을 드는 순간 아마 이곳 최고의 장수도 쓰러질 것이다. 이 추한 소동을 어떻게, 누가 벌였는지 보고하라. 이번 사건에 용의자로 밝혀질 경우 나와 쌍둥이라 할지라도 용서하지 않겠다. 이런 어지러운 주둔지에서 민심마저 안정을 찾지 못한 상황에 사사로운 일로 한밤중에 집안싸움을 벌이다니, 그것도 본부에서 야경을 도는 중이 아니던가. 어처구니없는 일이로구나. 이아고, 누가 싸움을 시작했는가?

몬타노 자네가 편견과 동료애 때문에 진실을 늘이거나 줄여서 보고를 하면 군인이 아닐세.

이아고 그렇게 윽박지르지 마십시오. 제 입으로 카시오 부관님에게 불리한 증언을 할 바에는 차라리 이 혓바닥을 뽑아 버리고 싶습니다. 하지만 사실대로 얘기해도 그에게는 그다지 해로울 것도 없을 것 같으니 드리는 말씀입니다. 장군님, 일은 사실 이렇게 시작됐습니다. 몬타노 나리와 제가 이야기를 하고 있는데 누군가 살려달라 비명을 지르며 달려나왔고, 카시오 부관이 그를 뒤쫓아와 죽일 듯 칼을 휘둘렀습니다. 그래서 이 양반이 나서서 말린 겁니다. 저는 고함을 치던 녀석의 소란에 온 성안이 시끄러워질까 두려워 그자를 뒤쫓았지요. 하지만 결과는 마찬가지였군요. 놈은 워낙 빨리 달아났고, 저는 돌아올 수밖에 없었지요. 칼이 부딪히는 소리와 함께 카시오 부관의 욕설이 들리기에 달려왔더니, 난생 처음 보는 광경이 펼쳐져 있었습니다. 제가 바삐 돌아와서 보니, 두 분이 멱살잡이를 하고 있었고, 장군님께서 오셔서 뜯어 말릴 때까지 싸움을 했던 것입니다. 더 이상 말씀드릴 것도 없지만, 사람이란 역시 아무리 훌륭하더라도 실수하게 마련이라 때로는 자제력을 잃는 법입니다. 카시오가 이분에게 해를 입히기는 했지만, 사람은 격분하면 자신을 끔찍이 아껴 주는 사람도 치는 법이니까요. 제 생각으로는 아마 카시오 부관님께서 도망간 녀석에게서 참지 못할 모욕을 당한 듯싶습니다.

오셀로 알겠다. 이아고, 성실하고 인정이 많은 자네가 카시오를 두둔하느라 이 일을 축소했구나. 카시오, 나는 자네를 아껴 왔지만 이제부터는 인연을 끊어야겠네.

데스데모나, 시종 몇을 데리고 등장

오셀로   저런, 내 아내까지 일어나지 않았느냐! 자네는 벌을 받아야 겠네.

데스데모나   무슨 일이에요?

오셀로   다 해결됐으니까 걱정할 것 없소. 잠자리로 갑시다. (몬타노에게) 그대의 상처는 내가 의사처럼 돌봐드리겠소. 이분을 모시고 가게. (몬타노가 퇴장하면) 이아고, 마을을 주의 깊게 살피고 이 고약한 소동으로 놀란 사람들을 잘 진정시키게. 갑시다, 데스데모나. 군인이란 이따금 싸움 때문에 향기로운 잠에서 깨어나는 법이라오.
(이아고와 카시오만 남고 모두 퇴장)

이아고   부관님, 어디 다치지는 않았습니까?

카시오   수술로도 어쩌지 못할 정도라네.

이아고   하느님 맙소사!

카시오   명예, 명예, 난 명예를 잃은 거야! 이아고, 난 내 안에 있는 것 중 가장 귀한 것을 잃어버렸다네. 그 나머지는 짐승 같은 것뿐이지. 내 명예, 난 명예를 잃었다고!

이아고   너무 고지식한 말씀인지는 모르겠지만 몸을 조금 다치신 걸로 아는데, 명예보다는 몸의 상처가 더 아프지 않습니까? 명예라는 건 그저 헛된 짐이며, 공도 없이 얻기도 했다가 이유도 없이 잃기도 하는 것이죠. 스스로 잃었다고 자책만 않으신다면 잃으신 것도 전혀 없는 것 같은데요. 보십시오, 마음을 돌리는 게 어떻습니까? 장군님은 그냥 일시적인 기분으로 그러신 것이지, 부관님이 미워서 면직시키신 게 아닙니다. 정책상 내리신 처벌이지요. 마치 도망친 사자를 혼내 주기 위하여 죄 없는 개를 패는 것과 같은 이치죠. 한번 장군님에게 사정해 보시지요. 꼭 들어주실 겁니다.

카시오 난 차라리 나를 경멸해 달라고 사정하겠네. 이렇게 경솔한 주정뱅이가 그렇게 훌륭하신 지휘관을 속일 수는 없지. 술에 취해 앵무새처럼 주절거리고, 제 그림자와 헛소리나 주고받는 놈이 부관이 다 뭔가? 오, 눈에 보이지 않는 술귀신아, 너한테 아직 이름이 없다면 이제부터는 널 악마라고 불러 주마!

이아고 칼을 빼들고 따라왔던 그놈은 누굽니까? 부관님께 무슨 짓을 했습니까?

카시오 모르겠는데.

이아고 모르시겠다니, 그럴 수가?

카시오 기억이 전혀 안 나는 건 아니지만 분명한 건 없어. 왜 싸웠는지조차 이유를 모르겠어. 원 참, 입안에 원수 같은 적을 집어넣고 정신을 홀랑 빼앗기다니, 인간이란 이해 못할 종자지. 흥청망청 즐기며 박수 치면서 스스로 짐승으로 변신하니 말이야!

이아고 그래도 지금은 멀쩡하시네요. 어떻게 그렇게 감쪽같이 회복됐습니까?

카시오 주정뱅이 악마가 기분이 좋다고 분노의 악마에게 자리를 양보한 거라네. 결점을 연달아 들춰 내서 내가 스스로를 드러내 놓고 경멸하게 만들려는 거지.

이아고 됐어요, 그건 너무 가혹한 말씀입니다. 시간도, 장소도, 이 나라의 정세와도 안 맞아떨어졌으니 이번 일이 일어나지 않았다면 좋았겠지만 이미 지나간 일이니 바로잡을 수 있는 건 바로잡아 봐야죠.

카시오 내가 복직을 부탁하면 그분은 날 주정뱅이라고 말씀하시겠지. 그렇게 나오시면 난 히드라처럼 입이 여러 개 달려 있다 하더라도 한마디도 할 수 없을 거야. 멀쩡한 사람이 어느새 바보가 되어서 금세 짐승처럼 되어 버리다니! 분수를 모르는 술잔은 모두 저주받은 것이고, 그 안에 든 것은 악마야!

이아고 됐습니다. 좋은 술은 적당히만 마시면 보약이 되는 법입니다. 그러니 더 이상 나쁘다고 몰아붙이지는 마세요. 그런데 부관님, 제 생각이지만, 부관님은 제가 당신을 좋아한다고 생각하시죠?

카시오 그거야 그렇지. 다만 술 취한 탓에······.

이아고 부관님뿐만 아니라 살아 있는 사람이라면 누구나 이따금 취하게 마련입니다. 그러니 어떻게 하실 건지 제가 말씀드리지요. 지금은 장군님의 부인이 바로 장군님이시니까요. 그분이 아름답고 기지가 뛰어난 부인의 매력에 넋을 잃고 주목하는 데 자신을 온전히 바치셨기에 그런 말씀을 드리는 겁니다. 그러니까 부인에게 가서서 솔직하게 털어놓고 당신 자리에 다시 앉을 수 있게 해달라고 청하세요. 그녀는 너무나 너그럽고 너무나 친절하고 너무나 인정이 많은 탓에 누군가에게 부탁을 받으면 못 들어줘서 미안해할 분이세요. 장군님과 부관님의 관계를 다시 회복시켜 줄 분은 그 부인밖에 없고요. 전 돈을 걸고 말씀드릴 수 있는데, 그러면 두 분의 사이는 전보다 더욱 두터워질 겁니다.

카시오 그거 좋은 충고일세.

이아고 진실된 애정과 호의로 드리는 말씀입니다.

카시오 그야 물론이겠지. 내일 아침 일찍 후덕한 부인에게 부탁드려 보겠네. 이대로라면, 내 운명은 절박해지지.

이아고 옳으신 말씀입니다. 안녕히 가십시오. 그러면 저는 이만 야경이나 돌아야겠습니다.

오셀로

카시오 수고하게, 정직한 이아고. (퇴장)

이아고 이런데도 날더러 누가 악한이라고 하는 거지? 나는 너그럽고 정직하게 충고해 주고 있는데. 이치에 맞는 그럴싸한 말로 무어인의 환심을 다시 사는 것쯤이야 쉬운 일이지. 정직한 청으로 너그러운 데스데모나를 구슬리는 건 누워서 떡 먹기니까. 또한 그녀의 성품은 자연의 조화처럼 자유롭지 않은가. 그런 그녀가 무어인의 승낙을 얻는 일은 그녀의 마음에 달려 있다고. 그를 죽이든 살리든 말야. 그의 약한 본능 위에는 그녀에 대한 욕망이 신처럼 자리잡고 있잖은가. 그런데 내가 왜 악당이람? 카시오에게 유익한 길을 일러준 내가 아닌가! 이게 바로 지옥의 신학이라는 거지! 악마가 인간에게 가장 검은 죄악을 부추길 때는 지금 내가 그러듯이 우선 천사 같은 모습으로 유혹을 하는 법이거든. 이 정직한 바보가 행운을 되찾으려고 데스데모나를 조르고, 그녀가 그에 응하는 동안 나는 무어인의 귓속으로 독을 부어 넣겠어. 즉 그를 복직시켜 달라고 그녀가 청하는 까닭은 카시오에 대한 욕정 때문이라고 살짝 귀띔만 하는 거야. 그럼 그녀가 카시오를 위해서 애를 쓰면 쓸수록 무어인은 점점 더 의혹을 품게 되겠지. 난 그녀의 미덕에 먹칠을 하고 그녀 자신의 덕행으로 그들 모두를 얽어맬 그물을 만드는 거야.

로데리고 등장

로데리고 난 이번 사냥에선 사냥개처럼 뛰어다니기는커녕 그저 숫자나 채워 주려고 따라다니는 신세가 되어 다른 개들처럼 짖어대기만 했다네. 돈도 거의 바닥이 난데다 오늘 밤에는 흠씬 두들겨 맞기까지 했으니, 고생한 만큼 좋은 경험을 한 셈치고 정신 차리고 베니스로 돌아가는 게 낫지 않을까?

이아고 참을성이 없는 인간들은 정말 어쩔 수 없다니까. 단번에 낫는 상처가 어디 있습니까? 우린 마술이 아니라 기지로 일을 하는 거예요. 기지란 자고로 느러터진 시간에 의존하는 법이죠. 어쨌든 잘 되어가고 있잖아요? 카시오한테 조그만 상처를 하나 낸 덕택에 그 녀석을 파면시킨 게 아닙니까? 다른 일이야 서서히 결실을 맺겠지만 가장 먼저 핀 꽃이 가장 먼저 열매를 맺는다는 이치를 잊지 마십시오. 그러니 좀 진정하세요. 이런, 벌써 아침인 걸 보면 시간이란 과연 짧군. 자, 숙소로 돌아가세요. 자러 돌아가시라고요. 얘기는 나중에 나누고요. 어서 가요, 앞으로 더 일러드릴 게 있으니까 가 보세요. (로데리고 퇴장) 이제 두 가지 일만 남았군. 우리 여편네를 시켜서 카시오 녀석이 데스데모나를 만나 청을 넣도록 주선해야지. 그동안에 나는 무어인을 그곳으로 불러내서 카시오가 한창 데스데모나에게 애원하는 바로 그 장면을 목격하게 하는 거야. 그래, 바로 그거야. 이 계략을 우물쭈물 미루어서 허사로 만들어서는 안 되겠지. (퇴장)

제3막

제1장

성 앞

카시오, 악사들 및 어릿광대와 등장

카시오 여기서 연주를 해주게나. 수고에 대한 보답은 내 톡톡히 할 테니. 짧은 걸로 장군님께 아침 인사를 드려 주게. (악사들 연주한다)
어릿광대 아니 악사님들, 악기가 나폴리 뒷골목에 갔다가 몽땅 감기라도 걸렸나 보네요? 어째 코맹맹이 소리가 나는군그래!
악사 1 거, 무슨 말이오?
어릿광대 그 악기는 언제나 바람 소리만 내는 거요?
악사 1 예, 그렇소.
어릿광대 아, 가까운 데 고추가 열려 있나 보군요.
악사 1 어디에 고추가 열렸다고요?
어릿광대 그야, 바람으로 소리 내는 악기 근처에 열려 있겠죠. 그나저나 이 돈이나 받으시오. 장군님께서 음악이 너무나 마음에 드셨는지 제발 그 잡소리를 그만 내라고 하십니다.
악사 1 알겠습니다. 그만두죠.
어릿광대 들리지 않는 음악이라면 연주해도 좋지만, 실은 장군님께서는 음악을 그리 좋아하시지 않거든요.

악사 1 들리지 않는 음악이 어디 있소?

어릿광대 그럼 악기를 챙기셔야지. 난 갈 테니까 어서 꺼지라고! (악사들 모두 퇴장)

카시오 정직한 친구, 말 좀 들어주려나?

어릿광대 정직한 친구인지 아닌지는 몰라도 말해 보시오.

카시오 제발, 말꼬리는 잡지 말고 이거 적지만 금화 한 닢이니 받아두게. 그리고 장군님의 부인을 모시는 시녀가 일어났거든, 카시오라는 사람이 잠깐 이야기를 나누기를 원한다고 좀 전해 주게. 그렇게 해줄 수 있겠지?

어릿광대 시녀야 일어났죠. 만일 그녀가 이곳에 나오거든 그렇게 전해 드리죠.

카시오 좋아, 그렇게 해주게나. (어릿광대 퇴장)

이아고 등장

카시오 마침 잘 만났네, 이아고.

이아고 그럼 한숨도 눈을 붙이지 못하셨단 말입니까?

카시오 어떻게 눈을 붙이겠나? 자네와 헤어지기도 전에 이미 날이 밝았는데. 이아고, 나 염치 불구하고 자네 부인을 부르러 보냈네. 정숙한 데스데모나 부인에게 접근할 수 있도록 주선을 해 달라고 부탁할까 하네.

이아고 제가 이곳으로 보내 드리겠습니다. 또한 무어인의 방해를 받지 않고 부관님께서 자유롭게 대화를 나누시고 일도 보실 수 있도록 방법을 생각해 보지요.

카시오 참으로 고맙네. (이아고 퇴장) 플로렌스 출신 중에 저보다 친절하고 정직한 사람이 또 있을까?

에밀리아 등장

에밀리아 안녕하세요, 부관님! 이번 일로 지장을 많이 받으셨겠지만 모든 것이 다 잘될 거예요. 지금 장군님과 마님께서 그 일로 의논중이신데, 마님은 부관님을 단호하게 변호하고 계시거든요. 하지만 장군님께서는, 부관님이 상처를 입히신 분이 키프로스의 명사라 고관들과 썩 가깝게 지내는 관계로 당신을 파면시킬 수밖에 없다고 하시는군요. 그러나 부관님을 아끼고 좋아하시니 다른 사람이 또 부탁하지 않더라도 적당한 시기에 다시 불러 주시겠노라고 말씀하셨습니다.

카시오 그래도 부탁인데, 가능하면 잠깐이라도 좋으니 데스데모나 부인과 단둘이 얘기할 수 있도록 편리를 봐주셨으면 하오.

에밀리아 그럼 안으로 들어오세요. 속마음을 시원히 털어놓고 얘기하실 수 있는 장소로 모시지요.

카시오 정말 고맙소. (퇴장)

제 2 장

같은 장소

오셀로, 이아고 및 다른 신사들 등장

오셀로   이아고, 이 서류들을 선장에게 전해 주고 그를 통해 원로원에 경의를 표하게. 그러고 나서 나는 성곽을 둘러볼 테니까 그곳으로 오게.

이아고   네, 알겠습니다. (퇴장)

오셀로   여러분, 요새를 한 바퀴 둘러볼까요?

신사들   네, 좋으실 대로. (일동 퇴장)

제 3 장

같은 장소

데스데모나, 카시오, 에밀리아 등장

데스데모나 장담할 수 있어요, 카시오 부관님. 당신을 위해 최선을 다하겠어요.

에밀리아 잘 부탁합니다, 마님. 제 남편도 이게 자신의 일이라도 되는 것처럼 슬퍼하고 있답니다.

데스데모나 오, 참으로 착한 양반이로군. 카시오 부관님, 제가 남편과 부관님을 다시 옛날처럼 친하게 지낼 수 있도록 도와드릴 테니 저를 믿으세요.

카시오 감사합니다, 너그러우신 마님. 이 마이클 카시오는 앞으로 어떤 일이 일어나더라도 당신의 종 노릇을 하겠습니다.

데스데모나 오, 고맙군요. 당신은 우리 집 양반과 오랫동안 알고 지낸 사이니, 그이가 아무리 당신과 거리를 두더라도 그건 어디까지나 이목 때문이라는 걸 잊지 마세요.

카시오 알겠습니다. 그러나 부인, 그 세상의 이목이라는 것도 많아지고, 불리한 여건만 조성될 경우에는 저는 보이지 않게 되고 대신 그 자리를 누군가가 지키고 있을 경우 아마 장군님은 제 사랑과 봉사를 잊어버리실 겁니다.

데스데모나 그런 걱정은 마세요. 지금 여기 서 있는 에밀리아를 증인 삼아 제가 장담할 수 있으니 믿어 주세요. 맹세한 우정이라면 철두철미하게 지키고 있으니까요. 부관님이 복직되기 전에는 남편을 잠깐도 쉬지 못할 정도로 밤새도록 들볶겠어요. 매처럼 길들기 전에는 재우지 않고 못 참을 때까지 얘기를 할 거예요. 마침내 침실은 교실로, 식탁은 고해실로 보일 정도로 그이와 부관님을 얽어 맬 테니까 용기를 잃지 마세요, 카시오 부관님. 이왕 변호인 노릇을 할 바엔 명분을 버리느니 차라리 죽음을 택할 테니까요.

오셀로와 이아고 등장

에밀리아 마님, 장군님께서 오십니다.
카시오 부인, 저는 이만 가 보겠습니다.
데스데모나 왜요? 가지 마시고 여기 남으셔서 제 얘기를 끝까지 들으세요.
카시오 하지만 부인, 지금은 마음이 편치 않아 목적을 달성하기 어려울 것 같습니다.
데스데모나 그럼 편하신 대로 하세요. (카시오 퇴장)
이아고 하! 저건 또 무슨 짓이람!
오셀로 그게 무슨 말이냐?
이아고 그게 아니라 장군님, 저도 모르겠습니다.
오셀로 방금 내 아내와 헤어진 자는 카시오가 아닌가?
이아고 카시오 부관님이라고요? 그럴 리가 있겠습니까? 그분이라면 장군님이 오시는 걸 보고서 마치 죄지은 사람처럼 몰래 도망칠 리가 없잖습니까?

오셀로 틀림없이 카시오였어.

데스데모나 여보, 기분은 좀 어떠세요? 전 여기서 당신에게 밉보인 죄로 시들어 가는 사람과 얘기를 나누고 있었어요.

오셀로 누구를 말하는 거요?

데스데모나 물론 카시오 부관이죠. 저에게 당신을 설득시킬 만한 능력이 조금이라도 있다는 것을 당신이 인정한다면 카시오를 용서해 주세요. 당신을 사랑하지 않아서가 아니라 알면서도 잠시 실수를 저지른 것뿐이지, 결코 고의로 그런 게 아니잖아요? 제발 부탁이니 그를 다시 불러 주세요.

오셀로 그가 방금 여기를 떠난 거요?

데스데모나 네. 너무 풀이 죽어서 슬픔의 일부를 여기 남겨 놓고 떠난 바람에 저까지도 슬퍼졌어요.

오셀로 음, 하지만 지금은 안 되니 나중에 얘기합시다.

데스데모나 나중이라고요?

오셀로 당신 부탁이니 가능한 한 빨리 하겠소.

데스데모나 오늘 저녁식사 때는 어떨까요?

오셀로 오늘 저녁은 안 되겠소.

데스데모나 내일 점심 때는요?

오셀로 내일 점심은 밖에서 회식이 있소.

데스데모나 그럼 내일 저녁이나 화요일 아침 나절이 좋겠네요. 제발 시간을 정해 줘요. 물론 사흘을 넘기지는 마시고요. 사실 카시오 부관은 깊이 뉘우치고 있다고요. 그의 죄란 따지고 보면 개인적인 문책을 받을 만한 것도 아니잖아요? 그가 언제 오면 되겠어요? 오셀로, 저라면 당신이 이토록 간절히 부탁을 하시면 절대로 거절하지 않을 거예요. 아니면, 그렇게 주저할 필요가 있는 건가요? 당신이 제게 구애할 때 함께 와 제가 당신을 탐탁잖게 말할 때마다 그가 언제나 당신 편을 들었다는 걸 잊지 마세요. 저라면 당장……

오셀로 그만 좀 하시오. 그럼 아무 때나 오라고 하시오. 당신 말을 모두 들어줄 테니까.

데스데모나 그렇지만, 이건 청탁은 아니에요. 이건 제가 당신에게 장갑을 끼시라든지, 아니면 영양분 있는 음식을 드시라든지, 그것도 아니면 따스한 옷을 입으시라든지 하는 식의 당신 몸에 좋은 일을 특별히 하라고 권하는 그러한 간청에 지나지 않아요. 만약 제가 당신의 애정을 시험해 보려고 청을 한다면 이보다 중대하고 어려워서 좀처럼 받아들이기 힘들 거예요.

오셀로 내가 어찌 당신 청을 거절하겠소. 그러니 이번엔 당신이 내 청을 들어 잠시만 혼자 있게 해줄 수 있소?

데스데모나 저라고 당신 청을 거절하겠어요? 아니에요. 가볼게요.

오셀로 잘가요, 나의 데스데모나. 곧 뒤따라 가겠소.

데스데모나 가자, 에밀리아. (오셀로에게) 당신 뜻대로 하세요. 저는 무엇이든 따르겠어요. (데스데모나, 에밀리아 퇴장)

오셀로 오, 귀여워서 미치겠군! 내가 그대를 사랑하지 않는다면 내 영혼은 파멸되어도 좋소. 만일 내가 당신을 사랑하지 않게 된다면 그때는 세상에 혼돈이 오리.

이아고 고귀하신 장군님!

오셀로 무슨 일인가, 이아고?

이아고 부인께 구혼하실 무렵 마이클 카시오가 장군님의 심중을 알고 있었습니까?

오셀로 물론이지, 세세히. 그런데 그건 왜 묻는 건가?

이아고 카시오 부관이 부인과 원래 아는 사이인 줄은 미처 몰랐습니다.

오셀로 그래, 아는 사이야. 중간에서 애를 많이 썼지.

이아고 몸소요?

오셀로 그야, 몸소 그랬지. 왜 무슨 의문이라도 생긴 건가? 그가 정직하지 못하다는 건가?

이아고 그럼 정직하단 말씀인가요?

오셀로 정직하단 말씀이냐고?

이아고 장군님, 제가 알기로는……

오셀로 자넨 어떻게 생각하는데?

이아고 생각이라고요, 장군님?

오셀로 생각이라고요, 장군님이라니? 자넨 지금 내 말을 자꾸 따라 하고 있잖나. 마치 생각을 입 밖에 꺼내기가 너무나 끔찍하다는 투로 말이야. 자네 말에 무슨 다른 뜻이 있는 것 같은데 말해 보게. 지금도 카시오가 내 아내 곁을 떠날 때 자넨 언짢은 표정을 지었잖아. 그리고 그가 중간에서 애를 많이 썼다는 내 말에도 몸소 그랬느냐고 내게 확인을 구했지. 무슨 끔찍한 상상이라도 한 것처럼 말이야. 진정 자네가 나를 아낀다면 속시원하게 자네 생각을 털어놓게.

이아고 장군님, 제가 장군님을 진심으로 존경한다는 사실은 알고 계시겠죠?

오셀로 알고 있지. 자네의 충성심과 정직성 또한 잘 알고 있네. 게다가 말의 무게를 달아 보고 입을 열 정도로 입이 무겁다는 것도 알고 있네. 그러기에 더욱 자네가 말을 할 듯, 할 듯하면서 계속 망설이고 있는 게 신경에 걸리는 것 아닌가. 거짓되고 불충한 축에게는 흔한 속임수지만, 정직하고 충실한 사람들은 마음의 분노를 조절할 수 없을 때 곧잘 그런 법이거든.

이아고 마이클 카시오 부관은 추측하건대 정직한 사람입니다.

오셀로 나도 그렇게 생각해.

이아고 한데 인간이란 겉과 속이 같아야 합니다. 정직하지 않은 놈이 겉으로만 정직한 척해선 안 되죠!

오셀로 그렇지, 인간이란 겉과 속이 같아야지.

이아고 그렇다면, 카시오 부관은 정직한 사람이겠죠.

오셀로 그게 아냐, 자넨 지금 마음속에 뭔가를 숨기고 있어. 제발 생각하고 있는 걸 솔직히 말해 보게. 최악의 생각을 최악의 단어로 표현해도 좋으니.

이아고 장군님, 저를 용서하십시오. 제가 비록 직무 때문에 매어 있는 몸이지만, 아무리 노예라 해도 자신의 생각을 낱낱이 털어놔야 할 의무는 없는 법입니다. 한데 제 생각을 그대로 털어놓으라는 말씀이죠? 만일 제 생각이 추하고 잘못됐다고 가정해 봅시다. 제아무리 호화로운 궁전이라도 더러운 것이 침입하지 말라는 법은 없으니까요. 아무리 고결하고 깨끗한 가슴속이라도 불결한 관념과 더러운 생각이 합리적이고 올바른 생각과 섞여 있게 마련이니, 재판을 하는 판관은 얼마나 순수할까요?

오셀로 이아고, 자네는 지금 음모에 가담한 셈이야. 친구가 부당한 취급을 받았다고 생각을 하고서도 그것을 제대로 알려주지 않는다면, 그게 바로 친구를 배반하는 게 아닐까?

이아고 장군님, 이렇게 간청을 드리겠습니다. 제 짐작이 틀릴지도 모르니 장군님께서는 부정확하게 추측이나 하는 사람 말은 듣지도 마시고, 제 관찰 같은 건 걱정거리로 삼지도 마십시오. 전 타고난 경계심 때문에 때로는 있지도 않은 남의 결점을 찾아내고 만들어내는 나쁜 버릇이 있습니다. 따라서 제 생각을 장군님께 알려드린다는 건 장군님의 마음만 심란하게 만들 뿐 아무런 도움도 되지 않을 겁니다. 또한 저 자신의 인간성과 정직성 그리고 분별력에도 좋지 않은 일입니다.

오셀로 그게 대체 무슨 말인가?

이아고 장군님, 명예는 남녀를 불문하고 소중한 법입니다. 우리 영혼의 값진 보배니까요. 지갑이야 도난당해 봤자 별겁니까, 돈이란 있다가도 없어지는 것이니까요. 내 것이 다른 사람 수중으로 들어간 것에 불과하지요. 원래 돈이란 돌고 도는 것이 아닙니까. 그렇지만 명예라는 것은 한 번 도둑 맞으면 훔친 놈은 부자가 되지 못하지만 빼앗긴 쪽은 가난해지게 마련입니다.

오셀로 자네 생각을 알아내고야 말겠어.

이아고 제 심장을 장군님께서 손안에 쥐고 계시더라도 어려운 일입니다. 더구나 제가 그걸 가지고 있는 한 더욱 안 되겠지요. 아, 장군님, 부디 질투심을 경계하십시오! 질투심이란 희생물을 맘대로 조롱하고 잡아먹는 푸른 눈의 괴물이랍니다. 희생을 당한 자가 죄인을 사랑하지 않으면 괴물은 더없이 행복해한다더군요. 아, 그러나 사랑에 푹 빠진 상태에서 상대를 의심하면서도 강렬하게 사랑할 수밖에 없는 사람은 저주받은 시간이 얼마나 길게 여겨지겠습니까!

오셀로 오, 비참한 얘기로다!

이아고 가난하나 만족하고 사는 사람은 어떤 부자도 부러워하지 않는 법이지만, 제아무리 부자라도 가난해질까 봐 항상 두려워하는 사람의 마음은 한겨울처럼 쓸쓸하게 마련입니다. 하느님, 제발 우리 일가친척들을 질투로부터 지켜주소서!

오셀로 왜 그런 말을 하는 건가? 자네는 내가 질투나 하며 사는 줄 아는가? 저 달이 수시로 모습을 바꾸듯 언제나 새로운 의심을 일으키면서 말이지? 아냐. 난 의심이 생기면 단번에 해결할 거야. 자네의 추측대로 내가 그따위 어처구니없을 정도로 부풀려진 의혹에 사로잡힌 나머지 영혼이 괴로워질 사람이라면 차라리 염소가 돼 버리고 말겠네. 내 아내가 아름답고, 식욕도 좋고, 사교술도 뛰어나고, 말솜씨도 좋고, 노래도 잘하고, 악기도 잘 연주하고, 춤도 잘 춘다 한들 내가 질투할 줄 아는가? 그런 것들은 덕이 있으면 덕을 더욱 빛나게 해준다네. 더구나 내가 매력이 부족하다는 이유로 아내가 나를 배반하지 않을까, 하고 두려워하거나 의심하지도 않겠어. 왜냐하면 아내가 두 눈을 똑바로 뜬 채 이런 나를 선택했기 때문이지. 알겠나, 이아고. 나는 의심하기 전에 확인해 보고 의심이 들면 증거를 찾을 거야. 증거가 잡히면 답은 한 가지, 사랑이 아니면 질투심을 당장 버리든지, 이 둘 중 하나겠지!

이아고 됐습니다. 이제야 장군님께 품고 있는 제 사랑과 존경심을 좀더 솔직하게 표현해도 될 것 같군요. 아직 증거가 있는 건 아닙니다만, 제가 보여 드리겠습니다. 부인을 잘 살펴보십시오. 특히 카시오와 함께 계실 때 말입니다. 하지만 눈빛에 질투를 담아서는 안 되겠죠. 저는 순수하고 고상하신 장군님께서 타고난 관대함 탓에 기만당하시는 것을 원치 않기 때문에 말씀드리는 것입니다. 그것을 잊지 마십시오. 전 우리나라 사람들을 잘 알고 있으니까요. 베니스에서는 여자들이 남편에게는 감히 보여주지 못하는 나쁜 짓을 신에게는 보여준답니다. 그네들의 도덕관이라는 게 나쁜 짓을 안 하는 게 아니라 안 들키는 거니까요.

오셀로 그런가?

이아고 부인은 장군님하고 결혼하기 위해 부친을 속였던 분이 아니십니까? 그리고 떨리고 무서운 마음으로 장군님을 바라보았을 때가 가장 장군님을 사랑했을 때였을 겁니다.

오셀로 음, 그랬었지.

이아고 그럼요, 그렇게 젊은 여자가 시치미를 뚝 떼고 아버지를 감쪽같이 속였으니, 아버지는 마술을 쓴 줄 알았다는 겁니다. 제가 말을 너무 지나치게 했습니다만, 장군님을 사랑하는 탓에서 그런 거니 부디 용서해 주십시오.

오셀로 내 자네한테 큰 빚을 졌네.

이아고 이 일로 많이 상심하셨죠?

오셀로 아니, 그렇지는 않네.

이아고 그렇게 보이시는데요? 지금까지 들으신 이야기는 오로지 제 충정에서 우러나온 것이라는 점을 고려하십시오. 그건 그렇고, 정말 심란해 보이십니다. 제 말씀을 의혹의 수준을 넘어서는 결론이나, 더 넓은 범위로 확대시키긴 마십시오.

오셀로 알겠네.

이아고 만일 그러시면 장군님. 제 얘기는 뜻밖의 좋지 않은 결과를 불러올지도 모릅니다. 카시오는 제가 믿는 소중한 친구거든요. 장군님, 아무래도 마음이 어지러우신 것 같군요.

오셀로 아냐, 그렇지 않아. 난 데스데모나가 정숙하다고 생각해.

이아고 장군님과 부인께 만세라도 불러 드리고 싶군요.

오셀로 하지만 본성이 빗나간다면······.

이아고 바로 그겁니다. 감히 말씀드리자면 부인께서는 본성이 원하게 마련인 같은 나라, 같은 피부색, 같은 신분의 수많은 혼처를 모조리 외면했단 말씀입니다. 흥! 우리는 그런 인간들의 욕망에서 가장 부패하고 추하게 일그러진 비정상적인 생각을 읽어낼 수 있죠. 하지만 용서하십시오. 장군님의 부인을 지목해서 이렇다 할 견해를 밝힌 것은 아닙니다. 다만 그녀가 차차 판단력을 회복하게 되면 장군님의 얼굴을 자기 나라 남자들과 비교해 보고 혹시나 후회하실까봐 의문이 됩니다.

오셀로 이만 헤어지세. 잘 가게. 뭐 더 나오는 게 있으면 알려주고 자네 처를 감시자로 세워 주게.

이아고 (퇴장하면서) 장군님, 저는 그만 물러가겠습니다.

오셀로 내가 왜 결혼했을까? 저 정직한 녀석은 필시 감추고 밝히지 않은 게 더 많을 거야.

이아고 (되돌아와서) 장군님, 이 일은 더 이상 캐내지 말고 시간에 맡기는 것이 좋겠습니다. 카시오는 적임자니까 당연히 그 자리에 다시 앉을 줄 압니다만, 잠시 동안만 멀리 하시면 그 인물 됨됨이와 수단에 관해 잘 알게 되실 겁니다. 부인께서 그자의 복직을 열심히 요청하시면서 혹 지나친 환대는 않는지 잘 살펴보십시오. 그러셔야 많은 걸 알아내실 수 있을 겁니다. 그때까지는 저를 걱정거리를 캐묻기 좋아하는, 그런 부류로 생각해 주십시오. 부인은 결백하다고 믿어 주세요.

오셀로 내 처신에 관해선 걱정 말게.

이아고 이젠 정말 물러갑니다. (퇴장)

오셀로 저 녀석은 아주 정직한데다 세상 물정에도 밝아 인간 관계의 모든 것을 꿰뚫어 보고 있구나. 만일 데스데모나가 도저히 길들일 수 없는 야성의 매라면 설령 그 발목에 맨 끈이 내 소중한 심금일지라도 나는 그녀를 풀어 줘 자신이 원하는 대로 바람을 가르며 자유롭게 살아가게 하리라. 아, 이까짓 게 무슨 원앙의 쌍이람! 내 얼굴이 검고 나이가 황혼기에 접어들어서, 정, 그래서 나를 떠난 것인가. 난 속은 거야. 이제 나의 위안이란 그녀를 증오하는 것이라네. 오, 결혼은 저주리니, 이 가냘픈 인간들을 우리 거라 부르면서도 그네들의 육욕은 어쩔 수 없다네. 내 차라리 한 마리 두꺼비가 되어 어둡고 깊은 동굴 속의 썩은 공기나 마시며 살지언정 사랑하는 여자를 남의 손아귀에 넣어놓고 마음껏 갖고 놀게 하지는 않으리라. 하지만 이것은 상류계급에 흔한 재앙일 뿐이니, 오히려 하류계급보다도 못하지 않은가. 이 세상에 나올 때부터 지워진 이것은 죽음처럼 피할 길 없는 운명이니, 우리가 어머니 뱃속에 있을 때부터 이 팔자를 타고나는 것이라네. 마침 데스데모나가 오는군. 아, 그녀가 부정을 저질렀다면 하늘이 스스로를 비웃는 것이니, 나는 결코 믿지 않을 것이다.

데스데모나와 에밀리아 등장

데스데모나 여보, 무슨 일이에요? 이 섬의 초대받은 귀족들이 저녁 식탁 앞에서 당신이 참석하기를 기다리고 있어요.

오셀로 미안하오.

데스데모나 목소리에 기운이 없네요. 어디가 불편하세요?

오셀로 두통이 좀 있어서.

데스데모나 잠을 못 주무셔서 그러신 거니까 한 시간도 못 돼서 없어질 거예요. 제가 머리를 동여매 드릴게요.

오셀로 그 손수건은 너무 작군. (데스데모나, 손수건을 떨어뜨린다) 내버려두고 저녁이나 들러 함께 갑시다.

데스데모나 당신, 정말 많이 안 좋으신가 봐요. (오셀로와 데스데모나 퇴장)

에밀리아 이 손수건을 이렇게 쉽게 얻다니 웬일이람. 무어인 장군님께서 마님한테 주신 이 첫 번째 선물을 무엇 때문인지 남편이 훔쳐오라고 그토록 애걸복걸했건만 틈이 어디 생겨야지. 마님이 한시도 손에서 떼지 않고 여기에 입을 맞추면서 말을 건네곤 하니 말이야. 이 정표를 항상 몸에 간직해 달라는 장군님의 엄명에 따라 정말 애지중지하셨지. 이 무늬를 베껴서 남편한테 줘야겠어. 그가 이걸로 뭘 할지는 하늘이나 아시겠지만. 나야 그이가 변덕스럽다는 것 외에는 아는 게 없으니까.

이아고 등장

이아고 아니, 여기서 혼자 뭘 하는 거야?

에밀리아 그런 식으로 날 나무라지 말아요. 당신에게 줄 게 있으니까요.

이아고 내게 줄 게 있다고? 보나마나 흔해빠진 거겠지.

에밀리아 홍!

이아고 어리석은 아내니까.

에밀리아 말 다했수? 그토록 부탁한 손수건이라면 그 값으로 얼마를 주시려나?

이아고 무슨 손수건인데?

에밀리아 무슨 손수건이냐고요? 글쎄, 무어인이 처음으로 데스데모나에게 준 거라면? 입이 닳도록 당신이 훔쳐 달라고 야단을 쳤던 거요.

이아고 그걸 훔쳐 냈다고?

에밀리아 그게 아니라, 그녀가 바닥에 떨어뜨린 걸 내가 운 좋게 주운거죠. 여기 봐요.

이아고 잘됐다. 어서 이리 줘. (손수건을 빼앗은 다음 에밀리아에게 키스를 한다)

에밀리아 이걸 대체 어디에 쓰려고 그토록 애가 타서 슬쩍 해오라고 조른 거죠?

이아고 그건 알아서 뭐 하려고 묻는 거지?

에밀리아 그리 중요한 목적이 아니라면 그냥 돌려주세요. 마님이 없어진 것을 아시면 미쳐 버릴지도 몰라요.

이아고 쓸 데가 있어서 그런 거니까 모르는 척하고 있어. 어서 가봐. (에밀리아 퇴장) 이 손수건을 카시오의 숙소에 슬쩍 떨구어 그가 줍게 해야지. 공기처럼 가볍고 보잘것없는 물건일지라도 질투심에 사로잡힌 자에게는 성경 말씀만큼이나 강력한 확증이 될 수 있다는 걸 이게 증명해 주겠지. 무어 녀석은 벌써 내가 준 독약에 맛이 갔어. 억측이라는 건 본질이 독약이라서 처음에는 맛이 고약한 줄 거의 느끼지 못하다가도, 차츰 핏속으로 퍼지면 온몸이 유황불처럼 타오르게 되는 거지. 정말 그런 거라니까.

오셀로 등장

이아고 저길 보라니까! 그 어떤 아편이나 최면제, 이 세상의 온갖 잠 오는 몰약을 다 먹는다 해도 이젠 당신이 지난밤에 맛봤던 그 달콤한 잠을 다시는 즐기지 못하리라.

오셀로 허허! 나를, 나를 배신해?

이아고 아니, 장군님. 무슨 일이십니까? 그 얘기는 이제 그만하세요.

오셀로 비켜! 꺼져 버려! 넌 나를 고문대에 올려놨어. 차라리 크게 속는 것이 조금 알고 있는 것보다는 낫겠지.

이아고 왜 그런 말씀을?

오셀로 아내가 나 몰래 욕정의 순간을 즐겼는지, 내가 알 게 뭐야? 난 보지도 못했지만, 생각하지도 않고 잠도 잘 잤어. 다음날 밤에도 잘 자서 마음도 개운해지고 가벼워졌지. 난 그녀의 입술에서 카시오의 키스 자국도 못 봤다니까. 도둑을 맞아도 본인이 진상을 모르고 있다면 알려주기 전까지는 도둑맞은 것이 아니란 말일세.

이아고 이런 말씀까지 듣고 보니 죄송합니다.

오셀로 아무것도 몰랐더라면, 설사 군대 안의 졸병을 포함하여 모든 군인들이 그녀의 육체를 맛보았다 하더라도 나는 행복했을 텐데. 아! 마음의 평화와는 이젠 영원히 헤어져야 하는구나! 가슴을 가득 채웠던 만족감도 이제는 사라져 버렸구나! 깃털 투구를 쓴

부대도, 야망을 미덕으로 바꾸어 주는 전쟁도 이제는 다 끝장났구나! 울부짖는 군마여, 날카로운 나팔 소리여, 투혼을 일깨우는 북소리여, 귀청을 찢을 듯한 고적이여, 영원히 나를 떠나라! 저 장엄한 왕군의 깃발과 빛나는 전쟁의 모든 것들이여! 온갖 명예로운 과시와 행렬이여! 크게 벌린 아가리로 불사불멸의 신 주피터의 무시무시한 천둥소리를 흉내 내는 파멸을 부르는 대포여, 너희들에게도 또한 작별을 고하노라. 이제 오셀로의 모든 직분은 다 사라지고 말았구나.

이아고 그 무슨 말씀을.

오셀로 이놈, 내 사랑 데스데모나가 창녀라는 사실을 확실히 증명해 봐라. 그렇지 못할 경우에는 불멸의 영혼에 맹세코, 너는 되살아난 내 분노에 따르기보다는 차라리 개로 태어난 것이 좋았을 거라고 후회하게 해주겠다.

이아고 이렇게까지 변하실 줄이야.

오셀로 증거를 내가 보게 해주게나. 한치의 의심도 품을 수 없도록 확실한 증거로 빈틈없이 입증을 못할 땐 슬픈 여생을 각오하게.

이아고 고귀하신 장군님, 제발…….

오셀로 근거도 없이 네놈이 내 아내를 중상하고 날 괴롭힌 거라면 기도를 올려도 소용없고, 동정심을 기대하지도 말고 포기하라. 하늘이 통곡하고 땅이 놀랄 온갖 짓거리를 해도 네놈의 지옥행에 보탬이 되는 일은 없을 테니까.

이아고 오, 하늘이여, 저를 굽어 살피소서. 장군님, 장군님도 사내대장부십니까? 영혼이나 지각을 갖고 계신 겁니까? 아니면 안녕히 계십시오. 전 이제 그만두겠습니다. 이렇게 비참해질 줄이야. 어떤 바보가 정직한 게 좋다고 말했을까? 오, 잔인한 세상이여! 곧고 바르면 안전치 못한 법이지만, 덕택에 한 가지 교훈을 얻었습니다. 사랑이란 위험을 불러일으키는 것이니, 앞으로는 절대로 친구의 사정 같은 건 헤아리지 않을 겁니다. 원망만 사기 십상이니까요.

오셀로 아냐, 기다려. 너는 정직해야 해.

이아고 아뇨, 이젠 현명해질 겁니다. 바보같이 정직하게 굴면 사람만 잃는 법이니까요.

오셀로 그 말이 옳을지도 모르지. 난 아내가 정숙하다고 생각했다가도 마음이 바뀌고, 네놈이 옳다고 생각했다가도 또 마음이 변하곤 하네. 달의 여신 다이아나의 얼굴처럼 깨끗했던 내 이름이 이제는 더럽고 시커멓게 변한 게 마치 내 얼굴과 같구나. 밧줄이나 칼, 독이나 불 또는 숨 막히는 격류가 있다면 내 참지 않고 죽어 버릴 텐데. 증거를 대어 내 마음에 확신을 다오!

이아고 장군님, 격정에 사로잡히셨군요. 제가 그 원인이 되었으니 정말 후회스럽군요. 확신이 필요하신 거죠?

오셀로 필히!

이아고 어떤 장면을 보셔야 확신을 가지시겠어요? 장군님이 구경꾼처럼 입을 딱 벌린 채 그 녀석이 부인을 올라타고 있는 모습이라도 보시겠단 말씀인가요?

오셀로 이런, 빌어먹을!

이아고 두 사람에게 그런 구경거리를 요구한다는 건 쉬운 일이 아니죠. 둘이 한 침대에서 방아를 찧고 있다가 다른 사람들 눈에 띄었다가는 큰일 날 테니까요. 그렇다면 뭘 어떻게 해야 하죠? 글쎄요, 대체 어디서 확신을 구할 수 있을까요? 비록 두 사람이 염소처럼 정력이 강하고, 원숭이처럼 몸이 뜨겁게 달아올라서 발정한 늑대처럼 색을 쓰며, 술 취한 무식꾼이나 바보처럼 굴더라도 그 꼴을 보시겠다는 건 안 될 말씀입니다. 하지만 만일, 진실의 문 앞까지 이르는 것으로 장군님께서 확신을 대신하시겠다면, 그건 가능하지요.

오셀로 그녀가 부정하다는 생생한 증거를 대봐!

이아고 저 역시 이 임무가 달갑지는 않습니다. 하지만 여태껏 충정으로 이 일에 관여해 온 이상 어리석은 정직성으로 남은 얘기를 모두 털어놓겠습니다. 최근 저는 카시오와 함께 잠자리에 든 적이 있는데, 치통이 심해서 잠을 이루지 못하고 오랫동안 눈을 뜨고 있었지요. 한데, 마음 단속이 허술한 부류 중에는 잠을 자면서도 정사에 관한 잠꼬대를 주절대는 자들이 있는데, 아마도 카시오가 그 중 하나인가 봅니다. 이런 잠꼬대를 했으니까요. "아름다운 데스데모나, 우리 사랑을 들키지 않도록 조심합시다." 그러더니 제 손을 꼭 움켜잡고는 쥐어짜는 것이었습니다. 그리고는 "당신을 사랑해" 하더니 제 입술을 뿌리째 빨아들일 것처럼 힘껏 키스를 퍼붓고는 계속해서 자기 다리를 제 허벅지 위에 척 걸쳐 놓고는 또 키스를 퍼부은 뒤 "잔인한 운명이여, 당신을 무어인에게 주다니!" 하고 큰 소리로 외치더군요.

오셀로 오, 정말 끔찍한 얘기로구나!

이아고 하지만 꿈결에 한 짓이 아닙니까.

오셀로 그 전에 무슨 일이 있었다는 표시가 아닌가.

이아고 비록 꿈이기는 하지만 다른 희박한 증거를 보충하는데 뭔가 도움이 되겠지요.

오셀로 그년을 갈가리 찢어 버려야겠군.

이아고 이럴 때일수록 현명하셔야지요. 아직 무슨 짓을 하는 걸 직접 본 건 아니니까요. 그녀는 아직은 순결할 수도 있습니다. 그런데 대답을 해주셔야겠습니다. 혹 부인께서 딸기 무늬가 있는 손수건을 갖고 계신 걸 보신 적이 있습니까?

오셀로 내가 아내에게 첫 번째 선물로 준 것이지.

이아고 그 사실은 전혀 몰랐지만, 부인 것이 분명한 그 손수건으로 카시오가 수염을 닦고 있는 걸 봤습니다.

오셀로 만일, 그게 바로 그 손수건이라면…….

이아고 바로 그것이든, 또 다른 것이든 부인에게는 결코 유리할 리가 없는 증거가 되는 거죠.

오셀로 이 천하에 못된 놈의 모가지가 사천 개쯤 있었다면! 복수를 하기에 한 개는 너무 부족해. 이아고, 이제야 그 이야기가 사실이라는 걸 깨달았으니, 내 모든 어리석은 사랑을 허공에 날려 보내겠네. 보라고, 보내 버렸으니. 검은 복수여, 지옥의 동굴에서 뛰쳐나오너라. 오, 사랑이여! 너의 왕관과 마음의 옥좌를 그 폭군 같은 증오심에게 넘겨줘라! 살무사 혓바닥으로 꿈틀거리는 가슴이여, 독으로 부풀어 오르라!

이아고 진정하십시오.

오셀로 천만에! 피, 피를 봐야지.

이아고 꾹 참으시죠. 마음이 변할지도 모르니까요.

오셀로 그런 일은 결코 없어, 이아고. 물러서는 법 없이 마르마라 바다로, 다르다넬스 해협으로 쉼 없이 곧장 흐르는 폰토스 바다의 차가운 물결처럼 내 잔인한 복수심은 지금 맹렬한 기세로 온몸을 흐르고 있다네. 속 시원히 복수할 때까지는 절대로 뒤돌아보지 않고 사랑 따위로 물러서지도 않겠네. 저 변치 않는 빛나는 하늘에 걸고서, (무릎을 꿇는다) 맹세하건대 절대로 물러서지 않겠다는 언약을 지키겠다.

이아고 그대로 계십시오. (같이 무릎을 꿇는다) 영원히 빛나는 천상의 찬란한 별들이여, 이 별을 둘러싼 대기여, 굽어 살피소서. 나 이아고는 뛰어난 머리와 손과 마음을 다해서 부당하게 배신당한 오셀로 장군님을 돕겠습니다. 장군님의 명령이라면 어떠한 피비린내 나는 일이라도 최상의 의무라 여기고 복종하겠습니다. (두 사람 일어선다)

오셀로 이아고, 자네의 사랑을 진심으로 받아들이면서 즉시 시험에 붙이겠네. 사흘 안으로 카시오가 죽었다는 소식을 내게 전하라.

이아고 분부대로 제 친구는 죽이겠지만, 부인만은 살리시는 게…….

오셀로 망할 년! 음탕한 년! 오, 망할 년! 자, 여기서 헤어지세. 나는 집으로 가서 그 아름다운 악마를 해치울 궁리를 해야겠네. 이제 내 부관은 자네인 줄 알게나.

이아고 저야 언제나 변함없는 장군님의 부하가 아닙니까.

제4장

같은 장소

데스데모나, 에밀리아, 어릿광대 등장

데스데모나　이보게, 카시오 부관님이 어디 거주하시는지 알고 있는가?

어릿광대　그건 감히 말씀드릴 수 없지요.

데스데모나　이유가 뭐지?

어릿광대　그분이 군인이라 그렇습니다. 군인의 거주지를 밝히는 건 칼 맞을 일이 아닙니까?

데스데모나　원 참, 숙소가 어디냐니까?

어릿광대　그분의 숙소를 말씀드리는 건 제가 숫소가 되는 일입니다.

데스데모나　그게 무슨 뜻이냐?

어릿광대　제가 그분 숙소를 모르면서 마님께 대답을 한다면 제 입 속에 거짓말을 만드는 거나 다름없겠지요?

데스데모나　남의 말을 알아들은 다음 수소문을 좀 해줄 수 있겠나?

어릿광대　온 세상 사람들과 문답을 주고받아야겠군요. 즉 질문을 하고 나서 그에 대한 대답을 듣는 거죠.

데스데모나　그래, 그럼 그분을 찾아서 이리로 좀 오시라고 전해 주게. 내가 그분을 위해 장군님을 설득했으니까 모든 일이 잘될 것이라는 것도 말씀드리고.

어릿광대 그런 일이라면 제가 시도해 보지요. (퇴장)

데스데모나 에밀리아, 그런데 내가 그 손수건을 어디서 잃어버렸을까?

에밀리아 마님, 저도 모르겠네요.

데스데모나 차라리 금화가 가득 든 지갑을 잃어버리는 편이 나았을 텐데. 고귀한 장군님이 질투심이 많은 저급한 성품이 아니라서 다행이야. 안 그랬더라면 정말 엉뚱한 생각을 일으키기 충분한 사건이야.

에밀리아 장군님께선 질투심이 없는 편이세요?

데스데모나 누가? 그이가? 그분이 태어난 곳의 태양이 그런 성질을 모조리 말렸나 봐.

에밀리아 저기 오시네요.

오셀로 등장

데스데모나 카시오가 이리 올 때까지 그이 곁을 떠나지 말아야지. 여보, 기분은 좀 어떠세요?

오셀로 괜찮소. (방백) 감정을 감추기가 정말 어렵군. (소리 내어) 데스데모나, 당신은 어떻소?

데스데모나 좋아요, 여보.

오셀로 손 좀 주시오. 손이 촉촉하구려.

데스데모나 아직 세월도, 슬픔도 겪지 않은 손이죠.

오셀로 이건 아낌없는 사랑과 풍요를 나타내는 증거요. 따뜻하면서도 축축한 당신의 이쪽 손은 방종을 멀리하도록 금식과 기도와

경건한 예배가 필요하다는 걸 보여주고 있소. 바로 여기에 젊은 악마 한 놈도 보이는군. 하지만 이건 착하고 인정이 많은 손이오.

데스데모나 맞는 말씀 같네요. 제 마음을 전해 드린 것도 바로 이 손이니까요.

오셀로 아낌없이 주는 손이지! 옛날에는 마음이 서로 통해야만 손을 주곤 했는데, 요즘에는 마음도 없이 손만 주나 보군.

데스데모나 무슨 말씀인지 잘 모르겠군요. 그런데 그 약속은 어떻게 되었죠?

오셀로 무슨 약속 말이오?

데스데모나 당신께 직접 말씀드리는 게 나을 것 같아 카시오를 부르러 사람을 보냈어요.

오셀로 자꾸 콧물이 나오는군. 손수건 좀 빌려 주시오.

데스데모나 여기 있어요, 여보.

오셀로 내가 당신에게 준 그 손수건 있잖소.

데스데모나 지금은 없는데요.

오셀로 없다고?

데스데모나 네, 여보. 없어요.

오셀로 데스데모나, 그건 당신이 잘못한 거요. 그 손수건은 이집트의 한 여자 마술사가 내 어머니께 드린 것이오. 사람들 생각을 잘 읽어 내는 여자였는데, 그녀는 어머니께 이런 말을 한 적이 있소. 그 손수건을 갖고 있는 동안 여자는 남편의 사랑을 독차지할 수 있지만, 그걸 잃어버리거나 다른 사람에게 선물로 주면 남편은 아내를 혐오하게 되고, 외도를 하게 된다고 말이오. 어머니는 임종 때 그걸 내게 주시면서 운명에 의해 내가 아내를 맞으면 그녀에게 주라고 이르셨소. 이런 이유로 그것을 애지중지하라고 그토록 당부했던 거요. 당신의 보배 같은 눈처럼 주의를 기울여 달라고 말이오. 그것을 잃어버리거나 누구에게 줘 버리면 틀림없이 커다란 파멸을 맞을 거요.

데스데모나 어떻게 그런 일이?

오셀로 다 사실이오. 마법으로 짠 손수건이니까. 태양이 200번이나 공전하는 동안 죽지 않고 살아온 마녀가 예언자의 광기로 한 올 한 올 짠 작품이라오. 그 명주실을 뽑아낸 누에도 신성할 뿐더러 물감은 어떤 도사가 처녀들의 심장을 달여 낸 진액으로 만든 거라더군.

데스데모나 그게 정말이에요?

오셀로 진실이니 잘 보관하시오.

데스데모나 차라리 이야기를 듣지 않았더라면 좋았을걸!

오셀로 왜 그러는 거요?

데스데모나 그런데 왜 그렇게 무서운 어조로 말씀하세요?

오셀로 잃어버린 거요? 사라진 거요? 없어졌다는 이야기는 아니오?

데스데모나 세상에!

오셀로 뭐라고?

데스데모나 잃어버린 건 아니지만, 만약 잃어버렸다면요?

오셀로 하!

데스데모나 잃어버린 건 아니라니까요.

오셀로 그럼 갖고 오시오. 내 눈으로 봐야겠소.

데스데모나 나중에 보여드릴 수 있지만 지금은 그만두겠어요. 제 부탁을 얼버무리려고 그러시는 것 같은데, 부탁이에요. 카시오를 그 자리에 다시 불러 주세요.

오셀로 손수건이나 갖고 와요. 왠지 불안하군.

데스데모나 아이, 참!

오셀로 손수건!

데스데모나 카시오 얘기나 해 보시라니까요.

오셀로 손수건!

데스데모나 오랫동안 당신의 사랑으로 당신과 위험을 나누었던…….

오셀로 손수건!

데스데모나 정말 그 일은 당신 책임이라고요.

오셀로 젠장! (퇴장)

에밀리아 저분이 질투심이 없으시다고요?

데스데모나 저러신 적은 한번도 없었는데. 분명히 그 손수건에 무언가 신비로운 게 있나 본데, 그걸 잃어버렸으니 어떡하면 좋지!

에밀리아 남자들의 속을 한두 해 겪어서는 결코 알 수 없답니다. 남자들이 모두 위장이라면 여자들은 음식이니까요. 결국 남자들은 허겁지겁 여자들을 먹어치우고는 속이 꽉 차면 도로 뱉어내게 마련이죠. 어머, 카시오 부관님과 제 남편이 오는군요.

카시오와 이아고 등장

이아고 별 도리가 없잖아요. 마님만이 하실 수 있는 일이니 부탁해 보는 수밖에. 아, 정말 운이 좋군요. 가서 사정해 보세요.

데스데모나 안녕하세요, 카시오 부관님?

카시오 부인, 일전에 부탁드린 일로 이렇게 찾아왔습니다. 부인께서 저를 생각해주셔서 제가 다시 살아갈 수 있도록, 또한 제가 그 누구보다 극진히 여기는 장군님의 사랑받는 일원으로 돌아갈 수 있도록 모쪼록 애써 주십사고 간청드리는 바입니다. 더 이상 기다릴 수는 없습니다. 제 죄가 너무나 치명적인 것이라서 과거의 공헌이나 현재의 반성으로도 다시 장군님의 은총을 입을 수 없다면, 사실을 아는 것만으로도 제게는 도움이 될 것입니다. 저는 만족스러운 기색을 거짓으로 꾸미고 다른 길에 투신하여 운명의 여신에게 관용을 구하겠습니다.

데스데모나 정말 선량하시군요, 카시오 부관님. 그런데 아무리 간청해 봤자 소용이 없네요. 남편이 겉모습만 같았지 기분이 옛날 같질 않네요. 성스러운 영혼들이여, 저를 도와주소서. 저는 부관님을 위해 최선을 다했지만, 그게 혹시 그분의 비위를 상하게 했는지도 모르겠어요. 조금만 더 참으셔야겠어요. 제가 할 수 있는 일은 다할 생각이니까 지금은 이 정도로 만족해 주셨으면 해요.

이아고 장군님께서 화가 나셨다고요?

에밀리아 방금 떠나셨는데, 분명히 다른 때와는 다르셨어요.

이아고 그분도 화를 내실 때가 다 있습니까? 대포가 당신의 부하들을 공중 분해시킬 때도 그토록 침착하시던 분이 화를 내시다니, 그야 동생을 악마처럼 불어 날리시는 모습도 본 적이야 있지만 뭔가 큰일이 생긴 거로군. 제가 가서 뵙겠습니다.

데스데모나 그래 주세요. (이아고 퇴장) 틀림없이 나랏일 때문일 거야. 베니스 정부로부터 무슨 연락이 왔거나, 아니면 키프로스 현지에서 무슨 음모라도 드러나서 그분의 잔잔한 마음을 뒤흔들어 놓은 거야. 인간의 본성이란 목표가 위대할수록 저급한 것들과 씨름하게 마련이니까. 바로 그거야. 손가락이 아프면 다른 부위도 통증을 느끼는 법이잖아. 그래, 남자들을 신으로 알아서도 안 되지만, 신혼에나 어울리는 자상함을 언제나 기대해서도 안 되겠지. 에밀리아, 내가 잘못한 것 같아. 내가 무사 자격도 없으면서 공연히 장군님을 불친절하다고 험구를 했으니. 지금 돌이켜보니 투정만 한 내가 잘못한 거야.

에밀리아 마님 생각대로 질투 같은 게 아니라 나랏일로 기분이 상하신 거라면 좋겠네요.

데스데모나 어쩌지? 하지만 난 의심받을 짓을 하진 않았잖아.

에밀리아 의심 많은 사람들에게는 그런 대답이 통하지 않는 법이죠. 이유가 있어서 의심하는 게 아니라, 의심하기 때문에 의심하는 거니까요. 의심이란 스스로 생기고 스스로 태어나는 괴물이랍니다.

데스데모나 하늘이여, 장군님의 마음속에서 그 괴물을 몰아내 주소서!

에밀리아 그러실 거예요, 마님.

데스데모나 카시오 부관님, 내가 그이를 찾아볼 테니 이 근처를 떠나지 마세요. 기회를 봐서 당신 얘기를 해보고 최대한 노력해 볼 테니까요.

카시오 허리 숙여 감사를 표합니다. (데스데모나와 에밀리아 퇴장)

비앙카 등장

비앙카 안녕하세요, 부관님!

카시오 여긴 왜 왔어? 아름다운 나의 비앙카, 그동안 잘 있었소? 그러지 않아도 당신 집으로 가던 길인데.

비앙카 저도 당신 숙소로 가는 길이었죠. 그런데 일주일 동안이나 오시질 않다니요? 이레 낮 이레 밤을 기다리게 하시다뇨? 시간으로 따지면 백육십 하고도 팔 시간인데? 오, 계산하기조차 지루해라.

카시오 미안해, 비앙카. 그간 우울한 일이 좀 있어서 그랬어. 그러나 때가 되면 그동안 빚진 것을 모두 갚을게. 사랑스런 나의 비앙카, 이 무늬를 (데스데모나의 손수건을 주면서) 그대로 좀 베껴 주겠어?

비앙카 카시오, 이건 어디서 났죠? 새로운 애인이 준 정표 같은데? 그동안 못 만난 이유를 이제야 알겠군. 정말 그런 거야?

카시오 엉뚱한 소리는 하지도 마. 엉뚱한 짐작은 그런 심보를 가르쳐준 악마에게나 던져버려. 당신은 내가 이걸 다른 애인에게 받았을까봐 질투하지만 그런 게 아니야. 이 여자야, 나를 믿으라고.

비앙카 그렇다면 누구 건데?

카시오 그건 모르지만 내 방에서 주웠어. 수놓은 딸기 무늬가 마음에 들어서 갖고 있는 것뿐이야. 임자가 돌려 달라고 하기 전에 베껴 두고 싶으니 가지고 가서 좀 해줘요. 그리고 오늘은 그만 가보라고.

비앙카 날더러 가라고? 왜?

카시오 장군님이 곧 오실 건데 내가 여자와 함께 있는 걸 보시면 내 위신에도 안 좋지만, 나 역시 그렇게 보이고 싶지는 않아.

비앙카 왜 그럴까?

카시오 당신을 사랑하지 않아서 그런 건 아니야.

비앙카 날 사랑하지 않기 때문인지도 모르지. 부탁인데, 나를 저기까지만 바래다 주고 오늘 밤 찾아와 주겠다고 말해 줘.

카시오 조금만 바래다 주지. 하지만 곧 당신을 찾아갈게.

비앙카 알았어. 다 때가 있는 법이니까. (퇴장)

제4막

제1장

성 앞

오셀로와 이아고 등장

이아고 어떻게 생각하십니까?

오셀로 날더러 어떻게 생각하느냐고?

이아고 이를테면, 몰래 키스를 하는 것 말입니다.

오셀로 금지된 장난이지.

이아고 또는, 남자와 함께 벌거벗고, 침대에서 다른 뜻은 없이, 한 시간이나 그 이상 함께 있는 건요?

오셀로 알몸으로, 남자와 함께, 침대에서 있었으면서도 다른 뜻은 없었다고? 그건 악마까지도 속이는 위선이야. 제아무리 고결한 마음으로 그런다 해도 악마가 그들을 유혹할 것이고, 또 그들은 그들대로 하늘을 시험하는 것이지.

이아고 정말 아무 짓도 하지 않았다면, 가벼운 실수에 해당되겠죠. 하지만 제가 아내에게 손수건을 줬다면······.

오셀로 그렇다면?

이아고 그 손수건은 그녀의 것이 되는 거죠. 그러니까, 아내가 그것을 어떤 남자에게 준다 해도 저와는 상관없는 일이겠지요?

오셀로 아내라면 정조도 지켜야 하는데, 그걸 줄 수 있을까?

이아고 여자의 정조라는 게 눈에 보이지 않는 법이고, 그게 없는 여자들이 대부분 그걸 가지고 있는 체하는 세상이죠. 하지만 손수건은······.

오셀로 허, 참! 시원스레 잊어버리는가 싶더니, 까마귀가 흉조를 알리느라 역병을 앓는 집 위로 날아온다는 말이 떠오르는구나! 그놈이 내 손수건을 가졌다고 했던가?

이아고 예, 그게 어때서요?

오셀로 그리 좋지는 않은 일이지.

이아고 그 사람이 장군님을 욕되게 하는 걸 제 눈으로 봤다거나, 그가 무슨 말을 하는 걸 제 귀로 들었다면 어떨까요? 어디 그런 놈들이 세상에 한둘이어야 말이죠. 본인이 끈덕지게 달라붙어 기어이 여자를 손아귀에 넣었다든가, 또는 여자 쪽에서 먼저 몸이 달아 꼬리치며 자기에게 달라붙었다든가, 하는 식으로 여자를 정복하거나 만족시켜 준 다음 입이 간지러워서 여기저기 지껄이고 다니는 그런 놈들 말입니다.

오셀로 놈이 뭐라던가?

이아고 물론 뭐라 했지요. 하지만 장군님께서는 안심하셔도 좋습니다. 모르시는 일이라고 잡아떼실 수도 있는 것이니까요.

오셀로 허, 그놈이 무슨 말을 했는데?

이아고 했다고요······. 뭘 했는지는 모르겠지만.

오셀로 내 아내와?

이아고 '와'든 '위'든, 그건 좋으실 대로 생각하세요.

오셀로 내 아내와 잤다는 건가, 내 아내 위에서 잤다는 건가? 제기랄, 그런 역겨운 말을! 남자들은 여자를 헐뜯고 싶을 땐 같이 자지도 않고서 잤다고 우기는 법이지만, 내 아내 위에서 잤다니! 손수건, 자백, 손수건! 먼저 자백을 시킨 다음 수고한 대가로 놈을 교수형에 처하게. 아냐, 먼저 교수형에 처한 다음 고백을 시키게. 아, 치가 떨리는구나. 딱히 집히는 것도 없는데 내가 이렇게 마음이 헝클어질 리가 없지. 내가 그까짓 말만 듣고 이렇게 떠드는 건 아냐. 제기랄! 두 연놈이 코와 코, 귀와 귀, 그리고 입술과 입술을 서로 비벼댔다니! 그럴 수가! 자백이라고? 손수건은! (기절해서 쓰러진다)

이아고 내 약이 드디어 말을 듣는구나. 남의 말을 쉽게 믿는 바보들은 이렇게 무너지고, 수많은 정숙한 귀부인들은 또 아무런 죄도 없이 이런 식으로 치욕을 당하고 쓰러지는 거지. 장군님! 정신차리시라니까요, 오셀로 장군님!

카시오 등장

이아고 카시오님, 어떻게 오셨습니까?
카시오 무슨 일인가?
이아고 장군님께서 간질로 발작을 일으키셨어요. 어제도 한 번 그러셨는데, 이게 두 번째죠.
카시오 관자놀이께를 문질러 드려.
이아고 아닙니다. 이렇게 혼수 상태에 빠졌을 땐 가만히 놔둬야지, 잘못 건드리면 게거품을 물고 사나운 광기를 보이는 법입니다. 보세요, 몸을 움직이시는군요. 부관님은 잠시만 뒤로 물러나 계십시오. 장군님이 회복되어 돌아가시고 나면 꼭 드릴 말씀이 있습니다. (카시오 퇴장) 장군님, 괜찮으세요? 머리는 안 다치셨습니까?

오셀로 지금 나를 놀리는 건가?

이아고 장군님을 놀리다뇨? 천만에요. 장군님께서 사나이답게 불운을 잘 견디시기만을 빌 뿐입니다.

오셀로 뿔 달린 남자는 괴물이 아니면 짐승이야.

이아고 그렇다면 큰 도시는 어디나 할 것 없이 짐승 천지거나 괴물 천지일 겁니다.

오셀로 놈이 고백을 했나?

이아고 장군님, 남자답게 처신하십시오. 결혼의 멍에를 지고 있는 수염 난 남자들은 모두 마찬가지니까요. 지금도 매일 밤 수백만 명의 남자들이 자기 것인 줄 착각하고 남의 침대로 자러 가고 있답니다. 장군님의 경우는 그들보다야 나은 편이죠. 근심 없는 침대 속에서 부정한 여자와 입술을 맞추면서도, 그녀를 정숙한 여인이라고 상상하는 것은 그야말로 지옥의 저주가 아닙니까! 네, 그래서는 정말 안 되죠. 제게 그런 걸 알려주시면 저는 또 그녀가 어떻게 될지 깨닫거든요.

오셀로 그렇겠지. 자넨 현명하니까.

이아고 그럼 잠깐만 저쪽으로 가서서 가능한 한 자제력을 발휘하며 기다리고 계십시오. 조금 전 장군님께서 비탄을 못 이기신 나머지 여기 쓰러지셨을 때 카시오 부관이 왔거든요. 제가 정신을 잃으신 이유를 적당히 둘러대서 얼버무린 뒤 할말이 있으니 잠시 후에 다시 오라고 보냈습니다. 그러니 몸을 숨기신 뒤 그 녀석의 표정을 자세히 관찰해 보십시오. 그 얼굴 구석구석에 퍼져 있을 야

유와 조롱과 경멸을 말입니다. 제가 그 얘기를 다시 한 번 꺼낼 테니까요. 부인을 어디서, 어떻게, 언제부터, 얼마나 자주 만났는지, 그리고 언제 또 만날 건지 물어 볼 테니 그의 표정과 몸짓을 지켜보십시오. 저런, 참으셔야 하는데. 안 그러시면 화만 내실 줄 알았지 남자다운 데는 하나도 없는 분으로 알고 있겠습니다.

오셀로 염려 말게, 이아고. 아주 교묘하게 참을 테니까. 하지만 누구보다 더 잔인한 사람이 될 수도 있지.

이아고 그거야 좋습니다만 자제력을 잃지는 마셔야죠. 저기, 저쪽에 가 계시는 게 어떻겠습니까? (오셀로, 볼 수는 있지만 들을 수는 없는 곳에 몸을 숨긴다) 이젠 카시오 녀석한테 매춘부 비앙카 얘기를 꺼내야지. 몸을 팔아서 빵과 옷을 사는 그 계집은 카시오에게 푹 빠져 있지만, 수많은 남자들을 속이는 대신 한 남자에게 속는 것이 타고난 팔자지. 그래도 카시오는 비앙카 얘기라면 웃음을 참지 못할걸? 옳지, 마침 나타났구나.

카시오 다시 등장

이아고 아마 저 녀석이 웃으면 오셀로는 미쳐 버릴걸? 경험이 부족하니 카시오의 미소와 몸짓과 경박한 행동을 전혀 엉뚱하게 해석해 버릴 테니 말이야. 기분이 어떠십니까, 부관님?

카시오 그 호칭을 들으니 더욱 기분이 나빠지는군. 그 직위를 잃은 뒤엔 죽을 맛이라네.

이아고 데스데모나 부인께 잘 부탁드리면 다시 찾으실 수 있을 겁니다. (작은 소리로) 물론 그 일이 비앙카의 입에 달렸다면 벌써 해결됐을 터이지만!

카시오 허허, 딱한 계집!

오셀로 (방백) 저런, 벌써 웃고 있네!

이아고 남자를 그토록 좋아하는 여자는 처음 봤소.

카시오 아, 불쌍한 것! 정말 나를 사랑하고 있나 봐.

오셀로 (방백) 이젠 그걸 부인하는 척하면서 웃어넘기는군.

이아고 그런데 말입니다.

오셀로 (방백) 이아고가 드디어 진실을 얘기해 달라고 조르기 시작했군. 그래, 그래야지.

이아고 그 여자하고 곧 결혼할 거라는 얘기가 들리던데, 그게 사실입니까?

카시오 하 하 하!

오셀로 로마인처럼 승리를 거뒀다, 이건가?

카시오 결혼이라고? 그 매춘부하고? 내 판단력이 그 정도인 줄 아나? 날 너무 얕잡아 보지는 말게. 하 하 하!

오셀로 (방백) 그래, 그래. 나중에 웃는 자가 승자니까.

이아고 하지만 결혼한다는 그 소문을 다들 믿는 모양이던데요?

카시오 그게 정말인가? 사실을 말해 주게.

이아고 거짓말이면 제가 아주 나쁜 놈이겠죠?

오셀로 (방백) 나를 능멸했겠다? 좋다.

카시오 그 원숭이 같은 것이 멋대로 그런 말을 지껄이고 다니는 걸세. 내가 결혼해 줄 거라고 믿는 눈치인데, 혼자 반해 가지고 설치는 거지 내가 약속한 것은 아냐.

오셀로 (방백) 이아고가 신호를 보내는군. 놈이 그 얘길 시작한 거야.

카시오 고것이 방금 전에도 여길 다녀갔네. 내가 어디를 가든 뒤를 쫓아다니니까. 하루는 내가 해변에서 베니스 사람 몇 명과 얘기를 나누고 있는데, 그 잡것이 거기까지 따라와서는 내 목을 이렇게 팔로 꼭 끌어안고는……

오셀로 (방백) '아, 사랑하는 카시오!'라고 외쳤겠지! 몸짓을 보아하니 그런 뜻인가 본데?

카시오 매달려서 찔끔거린 적도 있었지. 나를 이렇게 힘껏 껴안더라니까. 하 하 하!

오셀로 (방백) 내 아내가 자기를 침실로 어떻게 끌고 갔는지 설명하는 모양이지? 저놈의 코를 당장 잘라내서 개한테 던져 주고 싶은데 개가 보이질 않는군.

카시오 하지만 교제를 이젠 끝내야 되겠지.

이아고 어이쿠! 그 여자가 오네요.

비앙카 등장

카시오 향수 냄새가 진동하는군! (비앙카에게) 족제비 같은 게 무슨 생각으로 날 이렇게 쫓아다니는 거야?

비앙카 당신은 악마한테 쫓겨 다녀도 싼 위인이야. 조금 전엔 또 무슨 생각으로 내게 그 손수건을 준 거지? 그런 걸 다 받다니, 내가 지지리도 못난 바보지. 딸기 무늬를 모조리 베끼라고? 손수건이 방에 떨어져 있었는데도 누가 떨어뜨렸는지조차 모른다고? 그럴 듯한 변명이지만 어떤 음탕한 년의 정표가 아니라면 뭐겠어? 그런데 내가 왜 그걸 베껴야 하냐고! 자, 도로 가져가서 그 쌍년한테나 돌려줘. 난 그런 무늬 같은 건 관심도 없으니까.

카시오 사랑하는 나의 비앙카! 도대체 무슨 일이야?

오셀로 (방백) 맙소사, 저건 내 손수건이잖아!

비앙카 오늘 밤 저녁 먹으러 올 테면 오고, 안 그러면 다음에 오겠다는 꿈도 꾸지 마. (퇴장)

이아고 따라가셔야죠. 따라가시라니까!

카시오 그래야겠지? 그냥 내버려두면 길 한복판에서 내게 악담을 퍼부을 테니까.

이아고 거기서 저녁을 드실 계획이십니까?

카시오 그럴까 생각중이야.

이아고 그럼 곧 다시 뵐 기회가 나겠죠. 긴히 따로 드릴 말씀도 있으니까요.

카시오 꼭 왔으면 하네. 그래 주겠지?

이아고 자, 서두르십시오. 얘기는 나중에 하시고요. (카시오 퇴장)

오셀로 (앞으로 나오면서) 이아고, 저놈을 어떻게 죽여 버릴까?

이아고 보셨죠? 그가 얼마나 악행을 즐기는지?

오셀로 오, 정말 그러더군.

이아고 그리고 그 손수건도 보셨겠죠?

오셀로 내 것이 맞지?

이아고 네, 맹세할 수도 있습니다. 게다가 그는 장군님 부인을 어리석은 여자 취급을 하더군요! 부인은 손수건을 그에게 주셨는데, 그는 그것을 창녀한테 주어 버렸으니.

오셀로 놈을 9년에 걸쳐 괴롭히면서 죽여야겠다! 그렇게 우아하고 아름답고 부드러운 데스데모나를!

이아고 아뇨, 이젠 잊어버리세요.

오셀로 그래. 하지만 오늘 저녁엔 썩어 문드러져야 해. 내가 지옥에 떨어뜨릴 거야. 살려 두어선 안 돼! 돌처럼 굳어진 내 마음을 손으로 내려친다면 아마 손이 아프겠지? 아, 이 세상에 그토록 달콤한 여자는 또 없을 텐데. 제왕과 잠자리를 같이하면서 제왕에게 명령도 내릴 수 있는 여자였는데.

이아고 장군님, 그러시면 안 됩니다.

오셀로 목을 매러 가야지. 망할 년! 난 그녀를 있는 그대로 말했던 거라고. 바느질 솜씨도 그만이고 음악에도 뛰어난 여자니까. 사나운 곰조차 그녀의 노래라면 아마 야수성을 잊어버릴걸! 게다가 재치도 뛰어난 편이고 창의력도 풍부했지!

이아고 그러니까 더욱더 나쁘죠.

오셀로 천 배 만 배나 나쁘지. 그 위에다 성품은 또 얼마나 온순한가.

이아고 지나치게 유순하셨죠.

오셀로 그래, 그러니까 더욱 아깝고 안됐어. 이아고, 참으로 안됐어. 오, 이아고.

이아고 그녀의 사악한 행동마저 못 잊으시겠다면, 차라리 간통 허가장을 주시는 게 어떻겠습니까? 장군님만 괜찮으시다면 아무도 나서질 않을 겁니다.

오셀로 간통을 저지르다니, 그년을 갈아먹어도 시원치 않을 거야!

이아고 더러운 짓이죠.

오셀로 그것도 내 부하와!

이아고 그건 더욱더 더럽죠.

오셀로 독약 좀 갖다 주게, 이아고. 오늘 밤 당장! 난 그녀와 오래 애기하지는 않을 걸세. 그녀의 아름다운 얼굴과 육체 때문에 결심이 무너질지도 모르니까. 이아고, 오늘 밤일세.

이아고 독약을 쓰시지 말고 침대에서 목을 조르시죠. 그녀가 더럽힌 바로 그 침대에서 말입니다.

오셀로 좋아, 좋아! 그게 더욱 정당할 것 같군. 아주 좋아!

이아고 그리고 카시오의 처형은 제게 맡겨 주십시오. 자정 무렵 소식을 전하겠습니다.

오셀로 그게 좋겠네. (안에서 나팔 소리) 그런데 이 시각에 웬 나팔 소리인가?

로도비코, 데스데모나 및 시종들 등장

이아고 베니스에서 무슨 일이 생긴 것 같습니다. 공작님이 보내신 로도비코가 부인과 함께 오셨네요.

로도비코 장군님께 신의 가호가 있기를!

오셀로 고맙소, 잘 오셨습니다.

로도비코 공작님과 베니스 의원들이 전한 문안 인사를 올리겠습니다. (오셀로에게 편지를 준다)

오셀로 그분들의 뜻을 기쁜 마음으로 받아들이겠습니다. (편지를 열고 읽기 시작한다)

데스데모나 오라버니, 무슨 소식이라도 있나요?

이아고 어른을 뵙게 되어 대단히 반갑습니다. 키프로스에 정말 잘 오셨습니다.

로도비코 고맙네. 카시오 부관은 잘 지내시겠지?

이아고　무사하십니다.

데스데모나　오라버니, 부관님과 장군님 사이가 요즘 벌어졌어요. 오라버니가 다 알아서 해결해 주실 거죠?

오셀로　틀림없는 거요?

데스데모나　네?

오셀로　(편지를 읽는다) "이 일을 어김없이 수행하시오. 그럼 이만……."

로도비코　너를 부르신 게 아냐. 서류를 읽으시느라 바쁘시잖아. 한데, 장군과 카시오 사이가 벌어졌다고?

데스데모나　유감스럽게도 그렇게 됐어요. 저는 무슨 일이 있더라도 두 분을 화해시키고 싶어요. 카시오 부관님을 좋아하니까.

오셀로　빌어먹을!

데스데모나　왜 그러세요, 여보?

오셀로　지금 제정신이오?

데스데모나　화가 나셨나 봐요, 여보?

로도비코　편지 때문이겠지. 내 생각이지만 장군에게는 귀국을 명하고, 통수권을 카시오에게 위임하라는 내용인 듯싶던데.

데스데모나　저도 기뻐요.

오셀로　그런가?

데스데모나　네?

오셀로　당신이 미친 걸 보니 나도 기쁘군.

데스데모나　그게 무슨 말씀이에요, 여보?

오셀로　이 악마 같으니라고! (그녀를 때린다)

데스데모나　제가 뭘 잘못했죠?

로도비코 장군, 만일 베니스에서 이랬다면 내가 보았다고 주장해도 누구나 내 눈을 의심했을 거요. 너무 심한 행동을 했으니 좀 달래 주시오. 지금 울고 있잖소.

오셀로 오, 악마가 따로 없군! 이 대지가 여자의 눈물로 잉태할 수 있다면, 네년이 흘리는 눈물 방울방울마다 악어가 태어나겠지. 어서 썩 꺼지지 못해!

데스데모나 저 때문에 기분이 상하셨다면 가 보겠어요. (퇴장)

로도비코 정말 순종적이군. 장군, 제발 그 애를 다시 불러 주시오.

오셀로 여보!

데스데모나 네?

오셀로 저 여자에게 볼일이라도 있는 거요?

로도비코 제게 말씀하신 건가요?

오셀로 그렇소. 방금 다시 불러 달라고 말했잖소? 보시오, 저 여자는 돌아오기도 잘하죠. 돌아오고 또 돌아왔다가, 또 갔다가, 또다시 돌아와서 울기도 잘하고, 종일 울기도 하지요! 그리고 말씀하신 대로 누구에게나 순종적이죠. 더없이 순종적이지요. 당신은 거기서 계속 울어 보시지. 그리고 이 일은, 이 명령서에서 지시한 대로…… 저는 복종을 하고 베니스로 돌아가겠습니다. 오, 감정을 정말 잘 꾸미시는군. 썩 물러가! 당장 꺼지라니까! (데스데모나 퇴장) 카시오에게 제 지위를 넘겨 주겠소. 로도비코, 키프로스에 잘 오셨소. 오늘 저녁식사나 함께 합시다. 에잇, 염소들이나 원숭이 같은 것들! (퇴장)

로도비코 저 고결한 무어인이 바로 우리 상원 전체가 이구동성으로 완벽하다고 격찬했던 바로 그분인가? 저런 것이 격정에도 흔들리지 않는 고결한 성품인가? 빗발치는 총알이나 난데없이 날아드는 환란의 화살로도 해칠 수 없었다는 바로 그 대단한 덕망을 갖췄다는 그분 맞나?

이아고 많이 변하셨습니다.

로도비코 정신이 온전한 것 같지 않군. 혹시 머리가 돈 건 아닌가?

이아고 두 눈으로 보신 대로 그렇습니다. 앞으로 또 어떻게 더 변하실지 전혀 예측할 수는 없습니다만, 아직 그렇게 되신 게 아니라면 차라리 그렇게 되시는 게 나을 듯싶기도 합니다. 하늘에 빌건대, 앞으로도 지금과 같기만을!

로도비코 부인을 때리다니!

이아고 좋은 일은 아닙니다만, 이번 구타가 최악으로 그치기를 빌겠습니다.

로도비코 습관이란 말인가? 아니면 그 편지에 자극받은 나머지 오늘 처음 저러는 건가?

이아고 아, 정말 슬픈 일입니다! 하지만 제가 지금까지 보고 들은 것을 그대로 말씀드린다는 건 바람직하지 않을 것 같군요. 제가 굳이 말씀드리지 않아도 그분의 행동을 직접 관찰해 보시면 알게 되실 테니까요. 저쪽으로 가서서 그분이 여전히 그러시는지 살펴보시죠.

로도비코 내가 정말 사람을 잘못 본 것 같군. *(두 사람 퇴장)*

제 2 장

성 안의 방

오셀로와 에밀리아 등장

오셀로 그래, 아무것도 못 봤단 말인가?
에밀리아 보고 들은 것도, 수상하다고 느낄 만한 것도 없었습니다.
오셀로 하지만 내 아내와 카시오가 함께 있는 건 봤겠지?
에밀리아 그렇긴 하지만 수상한 행동은 하지 않으셨는 걸요. 두 분이 주고받으신 얘기는 한 마디도 빠뜨리지 않고 들었으니까요.
오셀로 뭐야, 둘이서 속삭인 적도 없었다고?
에밀리아 전혀 없었습니다.
오셀로 너를 밖으로 내보낸 적은?
에밀리아 전혀요, 장군님.
오셀로 부채나 장갑, 또는 가면을 갖고 오라는 구실은?
에밀리아 절대로 없었습니다.
오셀로 참 이상한 일이로군.
에밀리아 장군님, 제 영혼을 걸고서라도 마님께서 결백하시다는 것을 보증하겠습니다. 만일 의심을 하고 계신다면 의심을 버리십시오. 그건 치욕이니까요. 만일 장군님의 머릿속에 누군가가 그런 의심을 넣어 주었다면 천벌을 받아 마땅한 사람입니다. 하늘이여, 그놈에게 뱀의 저주를 내려 주소서. 마님이 순결하시지도 정숙하시지도 진실하지도 않으시다면, 이 세상 남자들은 모두가 불행하고, 아무리 순수한 여자라도 모함을 받아 모두 더러워질 것입니다.

오셀로 가서 그녀더러 이리 오라고 말해 주게. (에밀리아 퇴장) 저것도 말은 제법 하는 축이지만 단순한 뚜쟁이라 정작 중요한 얘기는 할 줄 몰라. 어쩌면 교활한 창녀일지도 모르지. 자물쇠와 열쇠를 모두 갖춘 사악한 비밀 금고거나. 그래도 무릎을 꿇고 기도는 하거든. 내가 그 꼴을 봤으니까.

데스데모나와 에밀리아 등장

데스데모나 여보, 무슨 일이세요?

오셀로 이리 가까이 오시오.

데스데모나 왜요?

오셀로 당신 눈 좀 봅시다. 자, 나를 똑바로 쳐다보시오.

데스데모나 무슨 엉뚱한 생각을 하신거죠?

오셀로 (에밀리아에게) 자넨 나가서 할 일이나 하게. 우리는 그 짓을 할 거니까 문을 꼭 닫아 주게. 그리고 누가 오면 헛기침을 하고, 자네 직업에도 충실해야지. 자, 어서 나가! (에밀리아 퇴장)

데스데모나 그게 무슨 뜻이죠? 당신 말에 노기가 담겨 있는 건 알겠지만, 무슨 뜻인지 전혀 알아들을 수가 없군요.

오셀로 대체 넌 뭐냐?

데스데모나 당신의 아내, 진실하고 충실한 부인이지요.

오셀로 그럼 그렇게 맹세를 하고 지옥에나 떨어지지그래. 얼굴이 천사같이 생겼으니 악마들이 안 잡을지도 모르지. 그러니까 정절을 맹세하고 지옥을 두 번 가 보시지.

데스데모나 하늘이 진실을 보고 있어요.

오셀로 물론 하늘은 진실을 알고 계시지. 지옥 같은 너의 죄를.

데스데모나 누구에게, 여보? 누구와 무슨 죄를 저질렀다는 거예요?

오셀로 아, 데스데모나! 저리 가! 저리 가! 저리 가라니까!

데스데모나 정말 슬픈 날이로군요. 당신은 왜 우는 거죠? 저 때문에 우시는 건가요, 여보? 혹시 이번에 당신을 소환하려는 장본인이 제 아버지가 아닐까, 그런 의문을 품으셨더라도 저를 탓하지는 마세요. 당신이 그분과 인연을 끊으시면 저도 그럴 거니까요.

오셀로 하늘이 날 고난으로 시험하느라 내 머리 위에다 온갖 고통과 치욕을 쏟아붓는다 할지라도, 나를 뼛속까지 가난에 빠뜨린다 할지라도, 나와 내 희망을 포로로 넘겨준다 할지라도 난 내 영혼 어디선가 한 줌의 인내심을 찾아냈을 텐데. 아아, 나더러 시계판 숫자 같은, 경멸하는 시간의 느린 손가락질을 받으며 살라고 하다니! 하지만 나는 그것도 잘 견뎌낼 수 있다. 그러나 내 심장을 갈무리해 둔 곳, 나의 생사를 결정짓는 내 생명수가 흘러나오는 샘이 말라 버린다면! 그곳에 내가 처참하게 버려진다면! 또한 그곳을 더러운 두꺼비가 알을 까는 웅덩이로 만들어 버린다면! 그럴 거라면 얼굴을 바꾸어라, 장밋빛 입술을 한 어린 천사의 얼굴을 치워 버리고 지옥처럼 험악한 얼굴을 보여라!

데스데모나 고귀한 당신께서는 제가 정숙하다는 것을 누구보다 잘 아실 텐데요.

오셀로 오, 맞아. 없애자마자 바로 나타나는 여름철 쉬파리처럼 그대는 정숙하지. 오, 잡초 같은 여자여! 그대는 왜 그리 향기롭고 아름다운가? 냄새가 너무 달콤하여 코를 찌르는구나. 아예 태어나지 말았더라면 좋았을걸!

데스데모나 아아, 저도 모르게 제가 무슨 죄를 저질렀나요?

오셀로 이 깨끗한 종이로 멋진 책을 만들어 그 안에 '창녀'라고 적어 넣으라고? 날더러 무슨 죄를 저질렀느냐고? 죄를 저질렀지! 이 뭇남자들의 노리개야! 네 행실을 내 입에 담는 것만으로도 내 뺨은 불타는 용광로로 바뀌고 도덕심은 모조리 잿덩이로 변할 것이다. 죄를 저지르다니! 그 일이라면 하늘도 코를 막고 달도 눈을 감고 만나는 모든 것에 입을 맞추는 음탕한 바람마저 깊은 동굴 속에 숨어 귀를 틀어막을 것이다. 죄를 저지르다니! 이 뻔뻔한 갈보 같으니라고!

데스데모나 아닙니다! 저를 오해하고 계십니다.

오셀로 네가 갈보가 아니란 말이지?

데스데모나 물론이죠. 저는 기독교인이니까요. 모든 더럽고 불미스런 접촉으로부터 남편을 위해 몸을 깨끗하게 지켜 온 여자를 갈보라고 부르지 않는다면, 저는 당연히 갈보가 아닙니다.

오셀로 뭐라고! 창녀가 아니라고?

데스데모나 네, 전 구원받을 거니까요.

오셀로 그럴 리가!

데스데모나 오, 하늘이시여, 저희를 용서하소서!

오셀로 미안하오. 난 당신이 이 오셀로와 결혼한 베니스 출신의 영악한 창녀인 줄 알았소. (소리 높여) 이봐요.

에밀리아 등장

오셀로 성 베드로와는 정반대의 일을 하고 있는 지옥의 문지기! 그래, 바로 너! 우린 일을 끝냈으니까 수고비를 줄 테니 오늘 얘기는 비밀로 하게나. (퇴장)

에밀리아 저런, 마님 괜찮으세요? 저분이 대체 무슨 생각으로 저러시지? 착한 마님, 왜 그러세요?

데스데모나 꼭 악몽을 꾸는 것 같아.

에밀리아 주인님께서 왜 저러시는 거예요?

데스데모나 누구라고?

에밀리아 주인님 말씀이에요, 마님.

데스데모나 누가 네 주인이라고?

에밀리아 마님의 주인님 말씀이에요.

데스데모나 내겐 주인이라는 게 없단다. 나한테 말 걸지 마, 에밀리아. 난 눈물이 나도 울 수도 없고 대답할 말도 없으니까. 부탁이 있는데, 오늘 밤에는 잊지 말고 결혼식날 덮었던 이불을 준비해 줘. 그리고 자네 남편을 좀 불러 주고.

에밀리아 정말 변하셨네! (퇴장)

데스데모나 내가 이런 꼴을 당하는 건 당연해. 너무나 당연한 일이지. 내가 아주 잘못 행동한 거겠지. 내 큰 죄에 비해선 지금 그이는 눈곱만큼만 나를 책망하시는 거야.

이아고와 에밀리아 등장

이아고 부르셨습니까, 마님? 기분은 좀 어떠세요?

데스데모나 나도 잘은 모르겠네. 어린아이를 가르치려면 부드러운 태도로 쉬운 것부터 시키는 법이라던데. 그이도 날 그런 식으로 야단칠 수 있었으련만. 사실은 말이지, 이아고. 난 꾸중을 듣는 데는 아직 어린아이거든.

이아고 무슨 일이신데요, 마님?

에밀리아 글쎄, 장군님께서 마님더러 창녀라고 욕을 하시더니 진실한 사람이라면 도저히 견디기 어려운 악담과 독설을 퍼부으셨답니다.

데스데모나 이아고, 그게 나의 호칭인가?

이아고 어떤 호칭을 말씀하시는 겁니까?

데스데모나 그이가 나를 불렀던 바로 그 호칭 말일세.

에밀리아 마님더러 창녀라고 하셨다니까요. 아무리 술 취한 거지라도 제 계집에게 그런 말은 안 하는데.

이아고 어째서 그러셨을까요?

데스데모나 나도 모르지. 그런 여자는 아니니까.

이아고 울지 마세요. 울지 마세요. 이 일을 어떻게 풀어야 한담!

에밀리아 우리 마님께서 창녀라는 소리나 들으시려고 그토록 수많은 귀족들과 아버님과 조국과 친구들을 모두 버리신 건가요? 어떻게 눈물이 나오지 않겠어요?

데스데모나 비참한 내 운명을 탓해야겠지.

이아고 몹쓸 양반이시군요! 어째서 그런 변덕을 부리셨을까요?

데스데모나 정말 모를 일일세.

에밀리아 틀림없이 남의 일에 쓸데없이 나서고 속여먹고 사기나 치는 어떤 흉악한 놈이 한자리 얻어 볼까 하고 꾸며낸 험담일 거예요. 내 말이 틀렸으면 목을 매달아도 좋아요.

이아고 그런 바보 같은 놈이 어디 있겠어? 불가능한 일이야!

오셀로 273

데스데모나　그런 악한이 있다면 하늘이여, 용서해 주소서!

에밀리아　용서를 해도 목을 매단 다음에 해야겠죠. 지옥으로 떨어져 썩어문드러져라! 놈이 무슨 이유로 마님을 창녀라고 불렀을까요? 마님이 누구랑 함께 계셨다고요? 무슨 근거로 한 말일까요? 장군님은 비열하고 악명 높은 불한당에게 속으신 게 틀림없어요. 오, 하늘이시여! 그런 불한당들을 가려내어 밝고 환한 곳에서 발가벗긴 다음 정직한 사람들이 이 세상 끝에서부터 끝까지 질질 끌고 다니며 채찍질하게 해주소서!

이아고　누가 들을라.

에밀리아　재수 없는 놈들! 당신이 나랑 장군님 사이를 의심하도록 만든 것도 다 그 비슷한 불한당일 거야.

이아고　바보 같은 소리는 하지도 마.

데스데모나　오, 이아고. 어떻게 해야 그이의 마음을 되돌릴 수 있을까? 한번 그이에게 가 주게. 나는 왜 그이를 잃었는지조차 모르니까. 이 자리에서 무릎 꿇고 맹세를 하라면 할 수 있네. 난 그이의 사랑을 내 의지나 행동으로 어긴 적이 한번도 없고, 내 눈이나 귀의 즐거움을 위해 한눈 판 적도 없다네. 내 안락이란 그이를 사랑하는 데서 얻어지는 것. 그이의 무정함은 내 생명을 앗아갈지언정 내 사랑을 더럽히지는 못할 걸세. 나는 창녀라는 말은 입에 올릴 수도 없네. 지금 이 순간에도 진저리가 쳐지는군. 누가 이 세상을 내게 다 준다 해도 나는 그런 이름으로 불릴 만한 행동은 결코 안 할 걸세.

이아고　안심하세요. 감정적인 문제니까요. 나랏일 때문에 감정이 상하셔서 마님께 그러셨을 거예요.

데스데모나　정말 그것 때문이라면…….

이아고 틀림없이 그럴 겁니다. (안에서 나팔 소리) 들어 보십시오. 저녁 식사 시간을 알리는 나팔 소립니다. 베니스의 높으신 양반들께서 기다리고 계시니 눈물을 닦고 들어가시지요. 다 잘될 겁니다. (데스데모나와 에밀리아 퇴장)

로데리고 등장

이아고 어인 일이시오, 로데리고?

로데리고 자네가 내 꼴을 우습게 만들어 놓은 거야.

이아고 뭐가 잘못됐습니까?

로데리고 이아고, 자넨 잔머리를 굴리며 나를 자꾸 요리조리 피하고 있잖아. 나에게 일말의 희망을 주기는커녕 생각해 보니, 자네는 나를 위해 일하는 척하면서 오히려 제 잇속만 챙기고 있더군. 나도 더 이상 참을 순 없네. 여태껏 바보 취급을 당한 것만 해도 너무 괘씸해서 조용히 입을 다물 생각도 없다고.

이아고 이것 보세요, 내 말 좀 들어 보시라고요.

로데리고 자네 말이야 이미 너무 많이 들었네. 자넨 언행도 일치하지 않잖아?

이아고 너무 지나친 비난이십니다.

로데리고 그게 사실이니 어쩌겠나? 난 전 재산을 날려 버렸네. 자네가 데스데모나에게 전해 주겠다고 내게서 가지고 간 보석이라면 수녀라도 구워삶을 수 있을 정도가 아닌가. 그런데 자네는 그녀가 그것을 받아들이자마자 내게 관심과 보답을 보여줄 거라고 말했다고 해놓고선 아무런 소식도 없으니…….

이아고 잘 되어가고 있습니다.

로데리고 잘 되어간다고? 이봐! 난 지금 이 모양 이 꼴이고, 잘 되어가는 건 하나도 없어! 그래서 비로소 속았다는 걸 깨닫게 된 거지.

이아고 좋습니다.

로데리고 좋지가 않다니까! 내가 직접 데스데모나를 만나야겠어. 그녀가 내 보석들을 돌려주면 나도 청을 포기하고 이 떳떳지 못한 구애를 집어칠 생각이지만, 만일 안 돌려주면 자네에게 배상을 요구할 테니 확실히 알아두게.

이아고 이제야 솔직하게 나오시는군요.

로데리고 난 뭔가 행동을 보여주겠다고 단언한 것 외에는 아무 말도 하지 않았네.

이아고 그래도 성질이 아직 죽지 않으셨다는 것을 비로소 알게 됐습니다. 이제부턴 당신을 달리 평가해야겠군요. 우리 악수합시다, 로데리고 씨. 당신은 방금 제게 아주 정당한 반론을 제기하셨습니다. 그러나 분명히 말해 둘 것은, 나 역시 당신 일을 똑바로 처리했다는 것입니다.

로데리고 그렇게 보여야 말이지.

이아고 아닌 게 아니라, 그렇게 보이지는 않았다는 것을 시인합니다. 당신이 의심하시는 것도 일리는 있습니다. 하지만 로데리고, 만일 당신이 진정으로 당신 내면에 어느 때보다도 확실한 용기와 결심을 갖고 있다면, 오늘 저녁에 그걸 보여주십시오. 만일 내일 밤에 당신이 데스데모나와 즐기지 못한다면 저를 배신하여 이 세상에서 없애 버리고 제 생명을 앗아가도 좋습니다.

로데리고 그런데 그게 이치에도 맞고 능력에도 미치는 일인가?

이아고　제 말을 잘 들으십시오. 오늘 베니스로부터 특명이 떨어졌는데, 오셀로 자리에 카시오를 대신 앉히라는 분부였습니다.

로데리고　정말인가? 그럼 오셀로와 데스데모나는 베니스로 돌아가야 하잖아?

이아고　천만의 말씀. 그 녀석은 아름다운 데스데모나를 데리고 고향인 모리타니아로 갈 겁니다. 만일 무슨 뜻밖의 사건이라도 터져서 결정된 걸 바꾸지 못하는 한 그렇다는 겁니다. 이를테면 카시오를 없앨 수 있다면 이야기가 백팔십도 달라지겠죠.

로데리고　무슨 뜻인가, 없앤다는 게?

이아고　그건, 놈이 오셀로 자리를 차지하지 못하도록 손을 쓴다는 뜻이죠. 머리통을 박살내면 되니까.

로데리고　그런데 지금 그 일을 나더러 하라는 건가?

이아고　그렇습니다. 당신을 위해서 정당한 일을 감행할 수 있으시다면 말입니다. 놈은 오늘 밤 창녀 하나와 저녁을 먹을 건데, 저도 그곳에 갈 생각이지만, 아직도 자신의 영전을 모르고 있거든요. 그가 그곳을 뜨는 걸 지켜보시다가, 열두 시에서 한 시 사이가 되도록 맞춰 드릴 테니까, 적당한 때 처치해 버리십시오. 저도 가까운 데 있다가 옆에서 도와 드릴 테니까요. 결국 놈은 우리 둘 사이에서 최후를 맞는 거죠. 자, 어리둥절한 얼굴로 서 있지 말고 함께 갑시다. 그놈이 당신을 위해서라도 죽어야 할 이유를 설명해 드릴 테니까요. 지금은 한창 저녁을 먹을 시간이니, 이 밤이 헛되이 지나가지 않도록 어서 일에 착수합시다.

로데리고　얘기를 좀더 들어봐야겠네.

이아고　그거야 제가 충분히 설명해 드리죠. (모두 퇴장)

제 3 장

성 안의 다른 방

오셀로, 로도비코, 데스데모나, 에밀리아 및 시종들 등장

로도비코 장군님, 이제 그만 안으로 들어가시죠.
오셀로 별말씀을, 저도 가끔 걸을 필요가 있습니다.
로도비코 데스데모나, 잘 있거라. 정말 고맙구나.
데스데모나 천만에요, 오서서 정말 기뻐요.
오셀로 그럼 가실까요? 아 참, 데스데모나.
데스데모나 네?
오셀로 당신은 잠자리에 드시오. 내 곧 돌아올 테니, 시녀는 내보내시오. 잊지 마시오.
데스데모나 네, 그럴게요. (오셀로, 로도비코, 시종들 함께 퇴장)
에밀리아 무슨 일일까요? 아까보다 부드러워 보이시는 게…….
데스데모나 그이가 곧 돌아올 모양이야. 나더러 먼저 잠자리에 들라고 하시는구나. 그리고 너는 나가봐야 할 것 같다.
에밀리아 절 내보내시려고요?
데스데모나 에밀리아, 그게 그이의 지시니까 잠옷을 꺼내 놓고 가봐. 지금 그이의 비위를 거슬리고 싶진 않아.
에밀리아 차라리 마님이 그분을 안 만나셨더라면!

데스데모나 난 그렇지 않아. 그분을 진정 사랑하기 때문이겠지만 거친 성품도, 고집과 찡그린 얼굴조차 멋있어 보이고 매력으로 보여. 핀이나 뽑아 줘.

에밀리아 아까 말씀하신 그 이불은 침대에 갖다 놨어요.

데스데모나 그건 됐어. 나 참 바보 같지? 혹시, 내가 너보다 먼저 죽게 되면 저 이불로 내 몸을 좀 감싸 줘.

에밀리아 아니, 그게 무슨 말씀이세요?

데스데모나 우리 어머니의 하녀 중에 바바라란 처녀가 있었는데, 어느 날 사랑했던 남자가 미쳐서 그녀를 버렸다는구나. 그날 이후 바바라는 〈버드나무의 노래〉라는 곡을 즐겨 부르곤 했대. 오래된 곡이지만 노랫말이 그녀의 운명을 예언해 준 듯싶었지. 결국 그녀는 그 노래를 부르면서 죽었다는데, 오늘 밤엔 웬일인지 그 노래가 생각나는구나. 나도 불쌍한 바바라처럼 고개를 푹 숙이고 그 노래를 부르게 될 것만 같아. 그만 가봐.

에밀리아 실내복을 갖고 올까요?

데스데모나 아니, 이 핀만 좀 뽑아줘. 로도비코 오라버니는 훌륭하신 분이지?

에밀리아 네, 아주 멋진 분이세요.

데스데모나 언변도 훌륭하지.

에밀리아 그분의 입술에 키스를 할 수만 있다면 팔레스타인까지 맨발로 걸어가도 좋다는 아가씨가 있었으니까요.

데스데모나 (노래한다) "무화과나무 그늘 아래서 딱한 처녀가 노래를 하네. 오로지 푸른 버들을 노래하네. 가슴에 손을 얹고 무릎에 머리를 올려놓고 버들아 버들아, 노래하네. 맑은 시냇물도 그녀와 함께 한숨 지으며 버들아 버들아, 노래하네. 그녀의 눈물 방울에 바위도 녹아 내리네." 이걸 저리 좀 치워 줘. "푸른 버들을 노래하네." 그리고 서둘러. 그분이 곧 오실 테니. "나의 화환인 푸른 버들 가지는, 그이를 비난하진 말아요." 아아, 가사가 틀렸네. 이게 아닌데. 쉿! 누가 문을 두드리는 거지?

에밀리아 바람소리예요.

데스데모나 (노래한다) "내가 애인더러 배신자라 말했더니 그이는 이렇게 대답했죠. 버들아 버들아, 내가 딴 여자를 사랑하거든 너도 딴 남자와 자렴." 이제 가 봐, 에밀리아. 가서 자야지. 그런데 갑자기 눈이 가렵네. 울 일이 생기려나?

에밀리아 그런 말은 믿지 마세요.

데스데모나 아냐, 맞는 것 같아. 오, 세상 남자들이란! 대답해 봐, 에밀리아. 세상에 자기 남편들을 그렇게 추잡한 방식으로 속이는 여자들이 정말 있을까?

에밀리아 그야, 있기야 있죠.

데스데모나 이 세상을 몽땅 준다면 그런 짓을 하게 될까?

에밀리아 그럼 마님께서는 어쩌시겠어요?

데스데모나 절대로 하지 않아. 저 달님에게 맹세할 수 있어.

에밀리아 저 달님에게 맹세한다면 저도 안 하겠지만, 어둠 속에서라면 할 수 있을 것도 같아요.

데스데모나 이 세상을 몽땅 준다면 정말 그럴 거야?

에밀리아 이 세상은 이토록 엄청나게 큰데, 작은 죄의 대가로는 괜찮은 게 아닐까요?

데스데모나 하지만 넌 그런 짓은 못할걸.

에밀리아 저는 정말 할 수 있을 거에요. 끝낸 다음 취소할 수도 있잖아요? 물론 그까짓 쌍가락지나 비단 몇 필, 또는 옷가지나 모자 따위를 준다면 안 하겠지만 세상 전부를 준다면야 할 수 있죠. 맙소사! 자기 남편을 왕으로 만들 수도 있는 그런 일을 마다할 여자가 있을까요? 그런 목적이라면 저는 지옥에 떨어져도 할 수 있어요.

데스데모나 이 세상을 다 준다고 해서 그런 짓을 할 바에는 나는 차라리 죽어 버리겠어.

에밀리아 나쁜 일이라 해봐야 이 세상에서 저지른 일에 불과하죠. 수고의 대가로 세상을 얻는다면 어차피 자기 세상이니 퍼뜩 옳게 만들어 놓으면 되잖아요.

데스데모나 그런 여자는 없을 거라 생각해.

에밀리아 세상을 다 준다면 적어도 수십 명은 나설 걸요? 그러나 부인이 타락하는 건 결국 남편들 잘못이라고 생각해요. 예를 들자면 남편들이 집에서 밤일은 소홀히 하면서 제 아내에게 주어야 할 보물을 다른 여자 허벅지에 던진다든가, 이유도 없이 유치한 질투심에 사로잡혀 우릴 때린다든가, 그 위에 심술궂게 용돈까지 줄이면, 우리도 말을 아껴서 그렇지 성깔이 있잖아요. 아무리 덕이 있는 여자라도 성깔이 있는 법이니까요. 남편들은 여자들도 자기네랑 똑같은 감각이 있다는 사실을 알아야 한다고요. 보고, 듣고, 냄새 맡고, 단 것과 짠 것을 맛볼 줄 아는 혓바닥도 가졌다는 걸 알아야 한다고요. 도대체 남편들이 무엇 때문에 딴 여자들과 바람을 피우는 걸까요? 재미 때문에 그러는 걸까요? 그럴지도 모르죠. 아니면, 정 때문에? 바람기 때문에? 그럴 수도 있겠죠. 또는 약하기 때문에 실수로? 그럴 수도 있겠죠. 그러나 여자들이라고

정이 없을까요? 우리들도 자기들과 똑같다는 걸 남편들도 알아야 해요. 따라서 우리한테 잘해 줘야죠. 그렇지 않으면 그들이 잘못 행동한 결과로 우리도 잘못할 수도 있다는 것을 그들에게 알려줘야 한다고요.

데스데모나 잘 자, 에밀리아. 하늘이시여, 비록 악행을 보고 듣더라도 그것을 본뜨지 말고 오직 선행을 하도록 도와주십시오. (퇴장)

제 5 막

제 1 장

거리

이아고와 로데리고 등장

이아고 여기, 이 가게 뒤에 서 계세요. 놈이 곧 올 테니까 단검을 들고 계시다 푹 찌르시면 돼요. 겁내실 것도 없습니다. 제가 곁에 있을 테니까. 우리 일이 되느냐 안 되느냐는 바로 이 일에 달렸다고 생각하시고 단단히 마음먹으세요.

로데리고 가까이 있어 줘. 실패할지도 모르니까.

이아고 그래야죠. 용기를 내서 칼을 잡으세요. (뒤로 물러난다)

로데리고 이 일에 목매다는 건 아니지만 이아고가 설명을 충분히 해 줬겠다, 눈 딱 감고 사람 하나 없애는 거지. 이왕 칼을 빼 들었으니 그 녀석을 죽이자.

이아고 저 풋고추 같은 놈을 약올려서 화를 돋궜더니 이제야 제대로 성을 내는구먼. 저놈이 카시오를 죽이든지, 카시오가 저놈을 죽이든지, 아니면 둘이 함께 죽든지 어쨌든 내 판이 되겠구나. 하지만 두 놈이 다 살아남으면 나한테 좋을 게 하나도 없거든. 만일 로데리고가 살아남으면 데스데모나에게 선물한다는 구실로 내가 속여 뺏은 황금과 보석을 당장 배상해 달라고 요구할 게 아닌가. 그건 안 되지. 하지만 그렇다고 카시오가 살아남으면 그의 삶과는 대조적인 내 꼴이 더욱 추하게 보일 수 있거든. 게다가 무어인이 그에게 내 얘기를 털어놓을 수도 있으니, 내가 위험해진단 말씀이야. 안 돼. 그는 반드시 죽어야 돼. 그렇고말고. 자, 드디어 나타난 모양이군.

카시오 등장

로데리고 발소리를 들으니 알겠다, 그놈이야. 이놈아, 내 칼을 받아라! (카시오를 찌른다)
카시오 나를 찌르다니, 내 적이 분명하군. 하지만 내 조끼가 생각보다는 두꺼울걸? 어디, 네놈은 얼마나 두껍게 입었는지 시험해 보자. (칼로 로데리고를 찌른다)
로데리고 오, 난 이제 죽었구나! (이아고가 뒤에서 카시오의 다리를 찌르고 퇴장)
카시오 아, 난 불구가 되었구나. 횃불을 밝혀라! 사람 살려! 살인, 살인이다! (쓰러진다)

오셀로 등장

오셀로 카시오의 목소리다. 이아고가 약속을 지켰나 보군.
로데리고 아, 내가 정말 나쁜 놈이지!
오셀로 쉿, 과연 그렇구나.
카시오 사람 살려! 횃불을 밝혀라! 의사를 불러 줘!
오셀로 놈이군! 정직공평하고 충성스러운 이아고, 친구의 피해와 치욕을 자기 일처럼 절실하게 여기고 발 벗고 나서다니, 정말 배울 게 많구나. 이 못된 것아, 네 애인은 죽어서 쓰러졌고, 저주받은 네 운명도 종말을 향해 치달리고 있는 줄 알아라. 기다려라, 매춘부야! 환상적인 너의 두 눈은 이미 내 마음에서 지워진 지 오래고, 욕망으로 물든 네 잠자리 또한 욕망의 피로 얼룩질 테니까. (오셀로 퇴장)

로도비코와 그라반쇼 등장

카시오 아니, 보초도 행인도 없느냐? 살인이다, 살인!
그라반쇼 어디서 사고가 났나? 비명소리잖아.
카시오 오, 사람 살려!
로도비코 쉿!
로데리고 오, 운이 나쁜 악당이여.
로도비코 두세 명이 신음하는 소리 같지만, 어두운 밤인데다 속임수 일지도 모르는데 우리끼리만 다가가는 건 안전치 못합니다.
로데리고 아무도 안 보이네. 이젠 다 틀렸어. 나는 피를 흘리며 이렇게 죽어 가고 있는데.

이아고가 햇불을 들고 등장

로도비코 쉿!
그라반쇼 누군가 잠옷바람으로 햇불과 무기를 들고 오는군.
이아고 거기 누구요? 사람 살리라고 외친 사람이 누구요?
로도비코 난 모르겠소.

이아고 고함소리를 못 들었다는 말이오?

카시오 여기요, 여기! 제발 도와주시오!

이아고 이게 어떻게 된 일이오?

그라반쇼 저 양반은 오셀로의 기수가 아니오?

로도비코 그렇습니다. 아주 용감한 친구지요.

이아고 그렇게 큰 소리로 고함을 지르는 사람이 누구요?

카시오 이아고가 아닌가? 아, 나는 악당들 때문에 죽게 됐네! 어서 나 좀 도와주게.

이아고 아니, 부관님이시로군요! 어떤 놈이 그랬습니까?

카시오 두 놈 중 하나는 멀리 도망치진 못하고 이 근처에 있는 듯싶네.

이아고 이런 나쁜 놈들이! (로도비코와 그라반쇼에게) 거기 서 계신 양반들, 이리 와서 좀 도와주시지요.

로데리고 여기, 나 좀 살려 주시오!

카시오 저놈이 바로 그 패거리야.

이아고 에잇, 이 흉악한 놈! 이 죽일 놈아! (로데리고를 칼로 찌른다)

로데리고 이 괘씸한 놈! 냉혹한 개 같은 놈이 나를! 으윽. (기절한다)

이아고 어두운 데서 사람을 죽이다니! 그런데 잔인한 살인자는 대체 어디로 도망친 거야? 마을은 또 왜 이렇게 쥐 죽은 듯이 조용할까! 여기 살인이야! 그리고 당신들은 누구요? 선한 편이오, 악한 편이오?

로도비코 우리를 잘 보고 나서 말하게나.

이아고 아니, 로도비코 어른이 아니십니까?

로도비코 그렇다네.

이아고 죄송합니다. 카시오 부관이 악당에게 당했습니다.

그라반쇼 카시오 부관이라고?

이아고 상처가 심한가요, 부관님?

카시오 다리가 두 동강이 났네.

이아고 맙소사! 여기 불 좀 비춰 주세요. 다친 데는 제 속옷으로 싸 매야겠군요.

비앙카 등장

비앙카 무슨 일이라도 생겼나요? 누가 소리를 질렀어요?

이아고 누가 소리를 질렀냐고?

비앙카 아, 내 사랑 카시오군요! 사랑하는 카시오! 카시오!

이아고 오, 바로 소문난 매춘부로군! 카시오 부관님, 누가 당신을 이렇게 마구 찔렀는지 짐작이라도 가나요?

카시오 전혀 짐작이 가지 않아.

그라반쇼 이런 데서 이렇게 당신을 뵙게 되다니, 유감이오. 당신을 찾고 있던 참이었소.

이아고 누구 대님이 있으면 제게 좀 주십시오. 네, 감사합니다. 오, 들것도 있으면 좋으련만!

비앙카 아, 기절했어요! 오, 카시오, 카시오, 카시오!

이아고 여러분, 저는 이 쓰레기 같은 여자가 이 사건에 관련이 있는 것 같다는 의문이 드는군요. 카시오 부관님, 잠깐만 참으세요. 횃불을 이리 줘 보시오. 이자가 누군지, 아는 얼굴인지 아닌지 확인을 해봐야겠소. 아니, 이 사람은 내 고향 친구가 아닌가! 로데리고? 아닌가? 아냐, 로데리고가 틀림없어. 이런, 로데리고!

그라반쇼 뭐라고? 베니스 사람 말인가?

이아고 네, 그렇습니다. 아시는 분입니까?

그라반쇼 물론, 알고 있지.

이아고 그라반쇼 어른, 용서해 주십시오. 끔찍한 사고 때문에 어른을 몰라뵙는 실수를 저지르고 말았습니다.

그라반쇼 만나서 반갑네.

이아고 카시오 부관님, 좀 어떠세요? 여기, 들것을! 어서 들것을 가져오라니까!

그라반쇼 아니, 로데리고라니!

이아고 예, 맞습니다.

시종들, 들것을 들고 등장

이아고 오, 마침 들것이 왔구먼. 조심해서 실어 나르도록. 저는 장군님의 의사를 모셔 올 테니까요. (비앙카에게) 아가씨는 수고를 하지 않아도 되겠어. 카시오 부관님, 지금 여기서 살해당한 사람은 내 친한 친구인데, 이 사람에게 무슨 원한이라도 있습니까?

카시오 아니, 전혀 알지도 못하는 사람이네.

이아고 (비앙카에게) 뭐라고? 안색이 창백해? 그에게 찬바람을 쐬면 안 되지. (카시오와 로데리고, 들것에 실려 옮겨진다) 신사분들께서는 잠시 계셔 주십시오. 아가씨, 얼굴이 창백해 보이는데? 그리고 두 분께서는 이 여자의 눈빛에서 무언가를 알아내셨는지요? 아마 얼마 안 있어 무언가를 알아내시리라 믿습니다. 이 여자를 찬찬히 잘 살펴보십시오. 보이십니까, 두 분? 네, 비록 혓바닥이 굳어지더라도 죄의식은 알아서 스스로 말을 하게 마련이니까요.

에밀리아 등장

에밀리아 아니, 여보! 이게 대체 무슨 일이죠? 여기서 무슨 일이라도 일어난 거예요?

이아고 카시오 부관님이 여기 이 어둠 속에서 습격을 당하셨어. 로데리고와 도망친 일당 소행이야. 부관님은 거의 돌아가실 뻔했지. 로데리고는 이미 죽었고.

에밀리아 아, 어떻게 카시오 부관님이!

이아고 모두가 저 매춘부와 사귄 탓이지. 에밀리아, 당신은 카시오한테 가서 오늘 저녁식사를 어디서 했는지 알아보고 와요. (비앙카에게) 왜 그 말에 몸을 떠는 걸까?

비앙카 저녁은 내 집에서 들었어요. 그렇지만 그것 때문에 몸을 떠는 건 아니라고요.

이아고 오, 그렇다면 나와 함께 가야지.

에밀리아 참, 기분 나쁘게 매춘부라니!

비앙카 나는 매춘부가 아니에요. 나를 욕하는 당신만큼은 정숙하게 살고 있으니까.

에밀리아 나만큼이라니? 흥! 정말 기분 더럽군!

이아고 친절하신 어르신들, 이제 불쌍한 카시오 부관이 치료받는 곳으로 가 보시지요. 이봐 아가씨, 우리한테는 모두 털어놓아야지. 에밀리아, 당신은 성으로 뛰어가서 장군님과 부인께 이 사건을 알려드려. 자, 이젠 가 보실까요? (방백) 흥하느냐, 망하느냐, 오늘 밤이야말로 일의 성패가 확실히 판가름나는 아슬아슬한 고비가 되겠구나.

(퇴장)

제 2 장

성 안의 침실

데스데모나, 침대에서 자고 있는데 오셀로가 촛불을 들고 등장

오셀로 내가 공연히 이러는 건 아니란다. 다 이유가 있단다, 내 영혼아. 순결한 별들아, 밝히지는 못해도 다 이유가 있단다. 그래도 난 아내의 피를 흘리거나 눈보다 더 희고 대리석 조각처럼 매끄러운 아내의 살결에 상처를 내지는 않으리라. 하지만 그녀를 살려 둘 순 없어. 살려 두면 더 많은 남자들을 배신할 테니까. 먼저 촛불을 끄자. 그러고 나서 생명의 불을 끄자. 타오르는 불꽃은 꺼졌다가도 환한 빛을 되살릴 수도 있지만, 위대한 조물주의 절묘한 걸작품인 너는 한번 꺼져 버리면 다시 불붙여 줄 길이 없구나. 프로메테우스의 불씨를 내 어디에서 찾아낼 수 있겠는가? 한번 꺾어 버린 장미는 내가 생명을 주지 못하는 한 시들 수밖에 없는 법, 숨이 붙어 있는 동안 향기나 맡아 보자. (키스한다) 이 향기로운 숨결, 정의의 여신조차 향기에 홀려 칼을 꺾을 법하구나. 한 번만 더……. 죽어서도 이렇듯 향기롭다면 나는 너를 죽인 다음 다시 사랑하리. 한 번 더 입을 맞추자. 다시 마지막으로. 이렇게 치명적인 향기가 세상에 또 있을까? 울어야 마땅하지만 나의 눈물은 잔인한 것. 이 슬픔은 사랑하기 때문에 받아야 하는 천벌과 같구나.

오, 그녀가 눈을 떴네.

데스데모나 누구세요? 오셀로, 당신이에요?

오셀로 그렇소, 데스데모나.

데스데모나 어서 주무세요.

오셀로 오늘 저녁 기도는 드렸소, 데스데모나?

데스데모나 네.

오셀로 하늘의 자비를 얻지 못한 죄가 남아 있으면, 지금 당장 기도해서 용서를 구하시오.

데스데모나 당신, 무슨 말씀을 하시는 거예요?

오셀로 글쎄, 내가 하라면 하시오, 간단하게. 나는 멀리 가지 않을 테니. 준비도 안 된 영혼을 어떻게 죽일 수가 있겠소? 말도 안 되지. 난 당신의 영혼을 죽이고 싶진 않소.

데스데모나 지금, 죽인다고 하셨나요?

오셀로 그랬소.

데스데모나 오, 하늘이여! 제게 자비를 베풀어 주소서!

오셀로 저도 빌겠습니다!

데스데모나 그런 말씀을 하시면서 저를 죽이시진 않겠지요.

오셀로 흠!

데스데모나 그렇게 두 눈동자를 굴리실 때는 살기가 느껴져 겁이 나요. 제가 왜 겁을 내는지는 모르겠지만. 죄의식은 아닌 것 같은데, 왜 이렇게 두려울까요?

오셀로 당신이 지은 죄를 생각해 보면 되겠군.

데스데모나 당신을 사랑한 죄밖에 없어요.

오셀로 그 때문에 죽어야겠소.

데스데모나 사랑하기 때문에 죽음을 당하는 거라고요? 그런데 왜 그렇게 아랫입술을 깨물고 계세요? 설마 잔인한 격정이 당신의 온몸을 흔들고 있는 건 아니겠죠? 저와는 상관없는 일이겠죠?

오셀로 시끄러! 움직이지도 말고!

데스데모나 알았어요. 뭐가 잘못됐나요?

오셀로 내가 그토록 애지중지하다 네게 준 손수건을 넌 카시오에게 주었잖아.

데스데모나 아니에요. 생명과 영혼을 걸고 맹세할 수 있어요. 그분을 불러와서 확인해 보세요.

오셀로 조심해야지, 이 사람아. 위증을 하면 되나. 넌 곧 죽을 텐데.

데스데모나 아직은 죽지 않았으니까요.

오셀로 당장 죽게 할 거야. 그러니까 죄를 솔직하게 고백해. 맹세를 하면서 네 죄를 부인해도 나의 강력한 확신을 바꿀 수는 없을 테니까 이제 넌 죽은 목숨이야.

데스데모나 하늘이시여, 제게 자비를 베풀어 주소서!

오셀로 아멘.

데스데모나 당신도 자비를 베푸셔야죠. 전 지금껏 당신께 죄를 지은 적은 한 번도 없어요. 카시오 부관을 사랑한 적도 결코 없고, 그저 하늘이 허락하시는 정도의 호감을 표했을 뿐이에요. 그에게 정표 같은 걸 준 적도 없고요.

오셀로 그 자가 내 손수건을 손에 들고 있는 걸 봤다는 것을 맹세해도 좋아. 위증을 하는 여자여, 넌 돌 같은 심장으로 내가 하려는 이 일을 살인이라 칭하고 있구나. 난 희생이라 생각하고 있는데. 어쨌든 난 그 손수건을 봤어.

데스데모나 그럼 그 사람이 어디서 주웠겠죠. 전 결코 준 적이 없어요. 그 사람을 이리로 불러내서 진실을 고백시키세요.

오셀로 그 자는 고백했어.

데스데모나 정말이에요?

오셀로 너를…… 가졌다고 하더군.

데스데모나 어떻게요? 부정한 방법으로요?

오셀로 그래.

데스데모나 그런 말은 못할 걸요.

오셀로 못하겠지. 입을 막아 버렸으니까. 정직한 이아고가 처리했지.

데스데모나 그 말을 해석하면…… 죽었단 말인가요, 그분이?

오셀로 놈의 목숨이 머리털 숫자와 같다 해도 내 강한 복수심에는 못 미쳤을 것이다.

데스데모나 아아, 그분은 배신을, 나는 파멸을 당한 거야.

오셀로 닥쳐, 이 매춘부야! 내 눈앞에서 그놈을 위해 우는 건가?

데스데모나 오, 여보. 저를 내쫓으시되 죽이진 마세요.

오셀로 무릎이나 꿇어. 매춘부야!

데스데모나 내일 죽여 주세요. 오늘 밤에는 제발 살려 주세요.

오셀로 안 돼! 만약 몸부림이라도 치면…….

데스데모나 반 시간만!

오셀로 이미 시작된 일, 지체할 순 없다.

데스데모나 그럼 기도 한 번 할 틈이라도!

오셀로 너무 늦었다.

데스데모나 오, 주님, 주님! *(오셀로가 데스데모나의 목을 조른다)*

에밀리아 *(밖에서)* 주인님, 주인님!

오셀로   이게 무슨 소리지? 죽은 게 아닌가? 아직 안 죽었어? 잔인하긴 하지만 나도 자비심은 있으니 오래 고통을 주진 않겠다.

에밀리아   주인님, 주인님!

오셀로   누구냐?

에밀리아   (밖에서) 보세요, 주인님! 드릴 말씀이 있습니다.

오셀로   에밀리아로구나. 곧 가마. 여자는 죽었군. 아마 카시오의 죽음을 보고하러 왔나 보지? 조금 전까지만 해도 소리를 내더니, 이젠 꼼짝하지 않는구나. 무덤처럼 조용하군. 시녀를 들여도 괜찮겠지? 그런데 다시 꿈틀거리는 건 아닐까. 그건 아냐. 최선책을 찾아내야지. 시녀가 들어오면 아내에게 말을 걸 텐데. 오, 내 아내, 내 아내, 내 아내……. 참, 난 아내가 없지. 오, 견딜 수 없이 슬프구나. 거대한 일식과 월식이 일어나 태양과 달이 빛을 잃고, 놀란 지구가 입을 딱 벌릴 것만 같군.

에밀리아   (밖에서) 꼭 드릴 말씀이 있어서 이러는 겁니다! 부탁입니다, 주인님.

오셀로   널 잊고 있었구나. 들어와라, 에밀리아. 잠깐만. 침대 커튼을 쳐야겠구나. 어디 있느냐? (문을 연다) 그래, 무슨 일이냐?

에밀리아 등장

에밀리아   주인님, 끔찍한 살인 사건이 일어났습니다!

오셀로   뭐라고! 지금?

에밀리아   네, 지금요, 주인님.

오셀로   달이 궤도를 벗어난 탓이야. 달이 보통 때보다 지구에 가까이 접근하면 사람들을 미치게 만드는 법이지.

에밀리아 카시오 부관님이 젊은 베니스 사람을 죽였습니다, 주인님. 이름은 로데리고랍니다.

오셀로 로데리고가 죽었다고? 그럼 카시오는?

에밀리아 카시오 부관님은 안 죽었고요.

오셀로 카시오는 안 죽었다고? 그럼 살인은 불협화음이 되어 버렸군. 달콤한 복수는 거친 음악이 되어 버렸고.

데스데모나 아, 잘못된 거야. 잘못 살해된 거야!

에밀리아 주인님, 이게 무슨 소립니까?

오셀로 소리라니? 무슨 소리를 말하는 건가?

에밀리아 아니, 마님의 목소리가 아닙니까! (커튼을 연다) 사람 살려! 사람 살려! 아, 마님! 착하신 데스데모나 마님, 말씀해 보세요!

데스데모나 난 죄를 저지르지 않았단다.

에밀리아 누가 이런 짓을 했습니까?

데스데모나 아무도 아냐, 스스로 한 거야. 잘 있어. 친절하신 장군님께 안부나 전해 주렴! (죽는다)

오셀로 왜 내 아내가 살해당했지?

에밀리아 누가 알겠어요?

오셀로 스스로 했다는 얘기를 들었지? 내가 한 짓은 아냐.

에밀리아 그렇게 말씀하셨지만 전 진실을 보고해야겠어요.

오셀로 지옥에 떨어질 거짓말쟁이 여자 같으니라고. 그녀를 죽인 건 나야.

에밀리아 아, 그렇다면 마님은 더욱더 천사이시고, 당신은 더욱더 흉악한 악마군요!

오셀로 음란한 여자였어, 창녀였다고.

에밀리아 거짓말이에요. 주인님은 악마예요.

오셀로 물처럼 지조가 없었다니까.

에밀리아 그렇게 말씀하시는 주인님은 불처럼 급하신 양반이로군요. 마님은 신의를 지키는 분이셨어요!

오셀로 카시오에게 내줬다니까. 네 남편에게 물어봐. 내가 정당한 근거도 없이 이 같은 극형을 저질렀다면 지옥의 심연에서 저주를 받겠지. 네 남편은 다 알고 있는 일이야.

에밀리아 제 남편이요?

오셀로 그래. 네 남편 말야.

에밀리아 마님이 부정한 짓을 했다는 걸요?

오셀로 그래, 카시오와 그랬다는 걸. 만일 그 여자가 신의를 지켰더라면 하늘이 나를 위해 순수하고 완전무결한 황옥으로 또 하나의 세상을 만들어 준다 해도 난 그녀와 바꾸지 않았을 텐데.

에밀리아 제 남편이요?

오셀로 그래, 그가 가장 처음으로 말해 주었지. 사람이 워낙 정직해서인지 진흙같이 추한 죄악을 증오하더군.

에밀리아 제 남편이요?

오셀로 왜 자꾸 그 말만 반복해? 네 남편이라니까!

에밀리아 아, 마님. 악이 사랑을 조롱했군요! 마님이 부정을 저질렀다고 제 남편이 말하던가요?

오셀로 그래, 이 여자야! 네 남편이라니까! 무슨 말인지 알아들었어? 내 친구이자 네 남편인 정직한 이아고 말이야.

에밀리아 그놈이 만일 그렇게 말했다면, 그 더러운 영혼은 날마다 아주 조금씩만 썩어 없어져라! 새빨간 거짓말이에요. 마님은 이 추잡한 혼인을 그토록 기뻐하셨건만.

오셀로 하!

에밀리아 주인님 뜻대로 해 보세요. 주인님은 분에 넘치는 부인에게 결코 해서는 안 될 일을 한 거니까요.

오셀로 닥치지 못해?

에밀리아 주인님이 나를 해칠 수 있는 힘이라 해봤자 내 인내력의 절반에도 못 미칠 걸요? 이 얼간이 같으니라고! 이 멍청이! 흙처럼 무식한 녀석! 당신이 저지른 짓은…… 그래, 칼을 빼라고. 내가 열 번, 스무 번 죽더라도 그따위 칼을 무서워할 줄 알고? 당신이 한 짓을 온 세상에 알리고야 말 테니 어디 나를 죽여 보라고! 사람 살려! 사람 살려! 무어인이 마님을 죽였어요! 살인이다! 살인이요!

몬타노, 그라반쇼, 이아고 및 그 밖의 다른 사람들 등장

몬타노 무슨 일이냐? 장군께 무슨 일이라도?

에밀리아 이아고, 마침 잘 나타났군요. 다른 사람들의 살인죄를 당신이 덮어쓰게 되었으니.

일동 무슨 일로?

에밀리아 당신도 남자라면 이 악당의 거짓말을 밝혀줘요. 마님이 부정한 일을 저지르셨다고 귀띔을 해줬다는데, 설마 그런 말을 한 건 아니겠죠? 당신이 그런 악당일 리는 없고, 가슴이 터질 것 같군요.

이아고 근거가 있어서 사실로 확인된 것만 말씀드렸을 뿐이야. 그 이상은 안 했어.

에밀리아 그럼 마님이 부정한 짓을 저질렀다는 말은요?

이아고 했지.

에밀리아 거짓말을 했군요. 역겹고 저주받을 거짓말을 한 거예요. 맹세하건대, 사악한 거짓말이에요. 마님이 카시오하고 정을 통했다고요? 카시오와 그러셨다는 말인가요?

이아고 그래, 카시오와 그랬어. 자, 이젠 입 닥치고 있어.

에밀리아 입을 다물라니? 말을 해야죠. 마님께서 여기 이 침대에서 살해당하셨는데.

일동 맙소사!

에밀리아 이 죽음은 당신 탓이에요. 당신이 한 말 때문이라고요.

오셀로 여러분, 놀라지 마시오. 사실이니까.

그라반쇼 이렇게 끔찍한 일이!

몬타노 정말 흉악한 짓이군!

에밀리아 그래, 이건 악행이야, 악행! 생각해 보니 이제야 감이 잡히는군. 오, 이건 정말 악행이야. 그때도 이상하다는 생각은 했었지. 아, 슬퍼서 죽겠네. 악행이야, 악행!

이아고 왜 이래! 당신, 미쳤어? 집으로 가, 명령이라고!

에밀리아 여러분, 제가 한 말씀 드릴 테니 꼭 들어주세요. 지금은 남편에게 복종할 때가 아니니까요. 이아고, 난 집에 영영 돌아가지 않을지도 몰라요.

오셀로 오! 오! 오! (침대에 쓰러진다)

에밀리아 그래요, 누워서 실컷 울부짖으세요. 하늘마저 우러러봤던, 세상에서 가장 순결한 분을 당신이 죽였으니까.

오셀로 (일어나면서) 그녀는 더러운 짓을 했다니까. 어르신, 미처 못 알아뵈었습니다. 저기에 쓰러져 있는 당신 질녀의 숨을 이 손으로 끊어 버렸다는 건 사실입니다. 제 행동이 끔찍하게 보이시겠죠.

그라반쇼 가엾은 데스데모나, 네 아버지가 세상을 뜬 게 다행이다. 네 결혼에 충격을 받은 나머지 순전히 슬픔 때문에 숨을 거두었던 게 차라리 다행이구나. 살아서 지금 이 광경을 보았다면 절망한 끝에 천사마저 저주했을 것이다.

오셀로 애석한 일이기는 하지만, 이아고도 잘 알고 있는 바와 같이 데스모나는 카시오와 추잡한 행위를 수천 번이나 해 왔습니다. 여기에 대해선 카시오도 자백했습니다. 게다가 그녀는 제가 사랑의 정표이자 약속으로 처음 준 물건을 그 남자에게 애욕의 대가로 건네주었습니다. 카시오가 손에 들고 있는 걸 저도 보았는데, 그 손수건은 제 아버님이 어머님에게 정표로 드렸던 것이기도 합니다.

에밀리아 오, 신이시여! 신이시여! 어쩌면 좋습니까?

이아고 입 닥쳐! 젠장!

에밀리아 입을 닥치라고요? 안 돼요. 나는 바람처럼 자유롭게 말을 할 거예요. 하늘과 인간과 악마들 모두가 나를 말려도 말을 할 거라고요. 무슨 일이 있더라도 밝혀내고 말 거예요.

이아고 정신 차리고 집에 가라니까!

에밀리아 안 갈 거야. (이아고, 칼을 빼어 에밀리아를 찌르려고 덤빈다)

그라반쇼 여자에게 칼을 들다니, 이 무슨 짓인가!

에밀리아 이 어리석은 무어인아! 그 손수건은 내가 우연히 주워서 남편에게 준 거였어. 하찮은 손수건을 갖고 너무나 간곡하게 부탁하는 게 이상하다고는 생각했지만 남편이 워낙 진지하게 훔쳐 달라고 졸라 대기에 어쩔 수 없었지.

이아고 이 치사한 화냥년이!

에밀리아 마님이 카시오에게 줬다니? 내가 주워서 남편에게 주었는데.

이아고 이 미친년아, 거짓말하지 마!

에밀리아 맹세코 거짓말이 아니에요, 여러분. 오, 이 멍청한 살인마야, 분에 넘치는 부인을 어떻게 죽일 수 있었지?

오셀로 하늘이여, 천둥과 벼락 외에는 이 땅에 더 내려칠 게 없습니까? 이 간악한 놈아! (이아고에게 달려들자 몬타노가 그의 칼을 빼앗고, 이아고는 에밀리아를 칼로 찌른다)

그라반쇼 여자가 쓰러졌다. 저놈이 제 아내를 죽였어!

에밀리아 아, 저를 마님 곁에 눕혀 주세요. (이아고, 도망친다)

그라반쇼 놈이 아내를 죽이고 도망쳤어.

몬타노 천하에 둘도 없는 악당이오. 자, 이 칼을 받아 두시오. 내가 무어인에게서 뺏은 거니까. 그리고 문을 지키시오. 무어인을 죽이더라도 여기서 빠져나가지 못하도록 잘 감시하시오. 나는 놈을 뒤쫓겠소. (몬타노와 그라반쇼 퇴장)

오셀로 내 용기는 사라지고 시시한 애송이 녀석이 내 손에서 칼을 빼앗아가네. 하지만 허울뿐인 명예가 무슨 소용이람! 다 버리련다.

에밀리아 마님, 그 노래가 예언한 게 뭐였죠? 제 목소리, 들리시나요? 저도 백조처럼 노래하며 죽을래요. (노래한다) "버들아 버들아." 이 무어인아, 마님은 정말 순결하셨고, 당신을 사랑했는데. 잔인한 무어인아, 내 진실을 다 말했으니 내 영혼은 천복을 받으리라. 난 이대로 죽으련다. (죽는다)

오셀로 이 방안에 무기가 또 있을 텐데, 얼음물로 담금질한 스페인

제 칼말이야. 오, 여기 있구나. 어르신, 전 나가야만 합니다.
그라반쇼　(밖에서) 불필요한 일은 하지도 말게. 자넨 무기가 없으니 참을 수밖에 없잖아.
오셀로　그러시다면 이리 들어오셔서 말씀하십시오. 그렇잖으면 맨손으로라도 공격하겠어요.

그라반쇼 등장

그라반쇼　대체 무슨 일인가?
오셀로　보십시오. 여기 무기가 있습니다. 이보다 더 좋은 칼을 찬 군인은 세상에 아무도 없었지요. 저도 한때는 이 팔뚝과 이 훌륭한 칼로 당신이 막고 있는 것보다 스무 배나 더 두꺼운 장애물을 뚫고 종횡무진 달린 적도 있었지요. 하지만 모두가 헛된 자랑이지요. 자기 운명을 뜻대로 다스리지 못했으니 모든 게 끝장난 거지요. 하지만 저를 두려워하실 필요는 없습니다. 이곳이 제 여로의 끝이자 목표니까요. 먼 항해의 바로 그 표적이랍니다. 두려움에 뒤로 물러나시는군요? 그럴 필요 없습니다. 누가 오셀로의 가슴을 밀친다 해도, 저는 움찔할 수밖에 없습니다. 오, 이제 오셀로는 어디로 가야 하나요? 그리고 그대는 지금 어떤 모습으로 있는가? (데스데모나가 쓰러져 있는 침대로 가면서) 아, 불운한 사람! 속옷처럼 창백하구나! 그대의 이런 모습으로 인해 최후의 심판날 우리가 다시 만난다면 내 영혼은 천국에서 곤두박질쳐서 지옥의 악마들에게 내맡겨질 것이다. 오, 그대는 지금 그대의 정조만큼이나 차디차구려. 오, 저주받은 노예놈아! 악마들아, 나를 내쫓아라! 이

거룩한 모습을 간직하지 못하도록 나를 찬바람 속에 내던지고 유황불로 지글지글 태워 버리고 불타는 심연 속으로 깊이깊이 처넣어라! 아, 데스데모나! 데스데모나가 죽었다니! 아! 아!

로도비코, 몬타노, 이아고를 담당한 장교들과 들것에 탄 카시오 등장

로도비코 성급한 행위로 지극히 불행해진 그 사람은 어디에 있는가?
오셀로 그건 지난날의 오셀로요. 나는 여기 있소.
로도비코 그 독사 같은 놈은 어디 있느냐? 여기에 대령하라.
오셀로 그놈의 발을 쳐다봤자 소용 없을 거요. 네놈이 정말 악마라면 이걸로도 너를 죽일 수 없겠지. (이아고를 찌른다)
로도비코 칼을 뺏어라.
이아고 피만 날 뿐 죽지는 않았소.
오셀로 차라리 다행이구나. 네놈을 살려두는 게 나을 테니까. 죽는 것이 오히려 행복한 일로 여겨질 것이다.
로도비코 한때는 그토록 훌륭했던 오셀로 장군, 이 저주받을 천한 놈의 간계에 빠지다니, 당신을 어떻게 했으면 좋겠소?
오셀로 뭐 아무렇게나 대하시오. 명예로운 살인자라 불러도 좋소. 마음이 아니라 명예가 모든 일을 한 것이니까.
로도비코 이 철면피가 범행을 대충 자백했소. 당신은 놈과 공모해서 카시오를 죽이려 했다면서?
오셀로 그렇소.
카시오 존경하는 장군님, 전 죽어야 할 일을 하진 않았습니다.
오셀로 그 말을 믿네. 용서를 빌겠네. 이젠 저 악마 같은 놈에게 무엇 때문에 내 영혼과 육체를 덫에 몰아 넣었는지 물어봐 주시겠소?

이아고 물어보실 것도 없습니다. 아실 만한 건 다 아신 셈이니까. 난 이제부턴 입을 열지 않겠습니다.

로도비코 뭐! 그럼 기도조차 않겠단 말이냐?

그라반쇼 고문할 수밖에 없군.

오셀로 그게 상책이겠지.

로도비코 장군, 진상을 잘 모르는 것 같으니, 내 설명해 드리겠소. 살해당한 로데리고의 주머니에서 두 통의 편지가 나왔는데, 그중 하나에 카시오를 죽여 달라는 내용이 적혀 있었소. 청부인은 물론 이아고이고.

오셀로 이 나쁜 놈!

카시오 천하에 극악무도한 놈!

로도비코 또 한 통의 편지 속에는 온갖 불만이 담겨 있었는데, 로데리고가 이 저주받을 놈에게 전하려 쓴 것 같소. 그런데 보내기도 전에 이놈이 눈치를 채고 감언이설로 구워삶은 것 같소.

오셀로 오, 저 죽일 놈! 카시오, 자네는 내 아내의 손수건은 어떻게 갖게 되었나?

카시오 제 방에서 주웠습니다. 이놈이 실토한 바에 따르면, 그걸 일부러 떨어뜨려 놨답니다. 그러고는 소원을 이루었다는군요.

오셀로 아, 난 바보였어! 난 바보 천치야!

카시오 그 밖에도, 로데리고의 편지에는 이아고를 호되게 나무라는 대목이 있었습니다. 야경을 보던 저에게 로데리고가 시비를 건 것도 이아고의 농간이었습니다. 그 때문에 저는 쫓겨난 거고요. 로데리고가 숨을 거두기 직전 가까스로 정신을 차리고는 자기를 해친 자도 선동한 자도 이아고라고 말해 주었습니다.

로도비코 오셀로 장군, 장군은 우리하고 같이 가야겠소. 당신의 권한과 지휘권을 이 자리에서 모조리 박탈하고, 카시오 부관에게 키프로스의 통치를 맡기겠소. 이놈에게는 오랫동안 살려 두면서 교묘하고 잔인하게 고문을 하는 방법이 있다면 그리 할 것이고, 장군은 베니스 정부가 당신 과오를 낱낱이 알아낼 때까지 엄중한 감시 하에 가둬 둘 것이오. 자, 이젠 그를 데려가라.

오셀로 잠깐, 한마디만 해야겠소. 내가 나라에 공헌을 좀 한 몸이라는 건 나라에서도 알고 있는 바요. 물론 이 자리에서 그걸 강조하려는 건 아니고, 이 불행한 사건을 편지로 보고하실 때 사태를 있는 그대로 전해 주기를 바랄 뿐이오. 정상을 참작하되 악의를 가지지는 말아 주시오. 그러면 무분별하기는 하지만 아내를 깊이 사랑한 사람을, 쉽게 질투하진 않지만 일단 질투에 빠지면 극도로 혼란스러워하는 사람을, 자신의 종족 전체보다도 더 귀한 진주를 스스로 던져 버린 비천한 인도인 같은 사람을, 부드러움에 익숙하지는 않지만 차분히 가라앉은 두 눈에서 아라비아의 고무나무가 진액을 흘리듯 눈물을 펑펑 쏟아 내는 사람을 설명해야만 할 것이오. 그리고 또 한 가지만 덧붙이자면, 언젠가 머리에 터번을 두른 터키놈이 베니스인을 때리면서 나라를 비방했을 때 내가 그 할례한 개 같은 놈의 목을 찔렀었다는 걸 전하시오. 바로 이렇게 말이오······. (칼로 자기를 찌른다)

로도비코 아, 피비린내의 종지부로군!

그라반쇼 어떤 말로 다 표현할 수 있으리!

오셀로 그대를 죽이기 전에도 입을 맞추었는데. 이 길밖에 없어. 자살하고 키스하며 죽는 길밖에는 없구나. (데스데모나 위에 넘어져 죽는다)

카시오 의기가 넘쳤던 분이라 이런 일을 염려했습니다만 장군님께서 무기를 갖고 계신 줄은 몰랐습니다.

로도비코 (이아고에게) 이 스파르타의 개 같은 놈아! 고뇌와 굶주림과 성난 바다보다도 더 잔인한 놈아! 이 침대 위의 처절한 비극을 똑바로 보아라. 모두가 네놈의 소행이다. 차마 두 눈 뜨고는 볼 수 없는 광경이다. 시체를 보이지 않게 덮어라. (커튼을 닫는다) 어른께서는 여기 머무르셔서 무어인의 재산을 압수하십시오. 어르신께서 상속받으실 재산이니까요. 그리고 카시오 총독, 이 가증스러운 악당의 재판을 일임해 주시오. 시간과 장소 그리고 고문 방법 일체를 맡기겠소. 잊지 말고 엄벌에 처하시오. 나는 곧 배에 올라 이 무거운 행위를 무거운 심경으로 정부에 고하겠소. (모두 퇴장)

리어왕

King Lear

등장인물

리어왕_ 영국 왕
고네릴, 리건, 코델리아_ 리어왕의 딸들
알바니 공작_ 고네릴의 남편
콘월 공작_ 리건의 남편
프랑스 왕_ 코델리아의 남편
켄트 백작, 글로스터 백작_ 리어왕의 신하
에드가_ 글로스터 백작의 아들
에드먼드_ 글로스터 백작의 서자
오스왈드_ 고네릴의 하인
버건디 공작_ 코델리아의 구혼자
시종_ 코델리아의 시종
큐런_ 궁신
노인_ 글로스터 백작의 소작인
그 외_ 의사, 광대, 신사, 정령관, 콘월의 하인들, 리어왕의 기사들, 부대장, 장교들, 사신들, 병사들, 시의, 시종들, 사자

배경_ 영국

줄거리

늙은 리어왕은 고네릴, 리건, 코델리아라는 세 딸에게 국토를 나누어주기로 결정하되 딸들이 자기를 얼마나 사랑하는지에 따라 땅을 배분하겠다고 말한다. 그러자 고네릴과 리건은 세상의 누구보다 아버지를 사랑한다는 말로 과장되게 표현을 해서 땅을 차지하고, 거짓말을 못하는 셋째딸 코델리아는 자식으로서 효성을 다할 뿐이라고 말해 지참금 없이 프랑스 왕에게 시집을 가게 된다.

그러나 두 딸은 국토를 물려받자마자 리어왕을 냉대하고, 서로 모시지 않으려고 집을 비우는 등 공공연하게 아버지를 모욕한다.

한편 글로스터 백작은 서자인 에드먼드의 모함하는 말만 믿고 큰아들 에드가를 내쫓는다. 백작은 리어왕을 피해 자기 집으로 들이닥친 콘월 공작 부부를 정중한 예를 갖춰 맞이했으나 리어왕을 따라가서 도움을 줬다 하여 두 눈을 잃게 된다. 에드먼드는 고네릴과 리건의 은밀한 유혹을 받아 야심을 키워나가다, 코델리아가 아버지를 구하기 위해 이끌고 온 프랑스 군을 맞아 전쟁을 치른다.

리어왕은 반미치광이 상태가 되어 딸들을 저주하며 폭풍우 속에서 들판을 헤매다 코델리아가 있는 곳으로 가서 눈물의 재회를 한다. 하지만 에드먼드가 이끄는 영국군에게 리어왕과 코델리아는 포로로 잡히고 만다. 에드먼드는 두 사람을 감옥에서 살해할 것을 명령하고, 에드가는 에드먼드에게 결투를 신청해 쓰러뜨린다. 고네릴은 에드먼드를 독차지하기 위해 동생 리건을 독살하지만 모든 게 폭로되자 자살한다. 이때 리어왕이 코델리아의 시체를 들고 슬피 울며 나오다가 결국 자신도 딸을 따라 숨을 거둔다.

제1막

제1장

리어왕의 궁전

켄트 벡작, 글로스터 백작, 에드먼드 등장

켄트 나는 왕께서 콘월 공작보다 알바니 공작을 더 총애하시는 것으로 알고 있었는데요.

글로스터 나도 그렇게 알고 있었습니다. 하지만 왕국의 영토를 분배할 시기에 이르니 누굴 더 총애하시는지 전혀 분간이 안 되는군요. 저울에 단 듯이 똑같이 분배해 어느 쪽을 더 총애하시는지 알 수 없더군요.

켄트 (에드먼드를 바라보며) 이분이 아드님이신가요?

글로스터 내가 길렀던 아이임에는 분명하지요. 하지만 내 아들이라고 선뜻 밝히기가 부끄럽답니다. 지금은 익숙해졌지만요.

켄트 무슨 말씀을 하시는 건가요?

글로스터 글쎄, 말하자면 이 녀석의 어미가 내 씨를 받아 침상에서 결혼도 하기 전에 이 녀석을 떨구어낸 거죠. 정말 부끄러운 실수였죠.

켄트 이토록 훌륭한 아들을 얻는다면 실수가 문제겠습니까?

글로스터 하지만 내겐 이 녀석 말고 또 아들이 있습니다. 이 녀석보다 한 살이 많은 형인데, 적자이지요. 뭐 그렇다고 해서 그 녀석을 더 귀여워하는 것은 아닙니다. 물론 이 녀석은 부르기도 전에 좀 뻔뻔하게 세상에 나오긴 했지만 이 녀석의 어미는 아주 미인이었습니다. 우린 이 녀석을 만들 때 매우 뜨거웠지요. 그러니 이 녀석을 내 자식으로 당연히 인정해야겠지요. 에드먼드야, 너 이 어른을 알겠느냐?

에드먼드 잘 모르겠습니다, 아버지.

글로스터 이분은 켄트 백작이시다. 내가 존경하는 어른이니 앞으로 잘 모시거라.

에드먼드 잘 부탁드립니다.

켄트 이렇게 만나게 되어 반갑네. 앞으로 잘 지내세.

에드먼드 저도 백작님의 기대에 어긋나지 않도록 노력하겠습니다.

글로스터 이 아이 9년 동안 외국에 나가 있었습니다. 또 나갈 거고요. 아, 저기 왕께서 나오시는군요.

나팔 소리. 왕관을 든 시종, 리어왕, 콘월 공작, 알바니 공작, 고네릴, 리건, 코델리아, 시종들 등장

리어왕 글로스터, 프랑스 왕과 버건디 공작을 들게 하라.

글로스터 분부대로 하겠습니다, 폐하. (글로스터와 에드먼드 퇴장)

리어왕 자, 이제 내가 은밀히 계획해 왔던 것을 말하겠다. 거기 있는 지도 좀 다오. 이미 왕국을 삼등분해 놓은 것은 너희들도 알 것이다. 젊고 활기에 찬 너희들에게 왕국을 넘겨주고 나는 번뇌에서 벗어나 여생을 깃털처럼 가볍게 살고 싶다. 내가 사랑하는 사위 콘월과 알바니, 난 훗날 분쟁의 씨를 없애기 위해 딸들이 각각 상속받을 재산을 발표하려고 한다. 그리고 사랑하는 막내딸의 애정을 얻기 위해 오랫동안 이곳에 머물러 있는 프랑스 왕과 버건디 공작에게도 오늘 이 자리에서 결론을 내 전해 주고 싶고. 자, 사랑하는 딸들아, 말해 다오. 오늘 나는 내가 가진 권력과 땅을 모두 너희에게 양도할 것이다. 세상의 근심 걱정까지 말이다. 자, 너희들 중 누가 나를 제일 사랑하느냐? 나는 너희들이 이 애비를 얼마나 사랑하는지에 따라 재산을 나누어줄 것이다. 고네릴, 네가 맏딸이니 먼저 말해 보아라.

고네릴 네, 말씀드리지요. 아버님에 대한 제 사랑을 어찌 말로 표현할 수 있겠습니까? 저는 아버님을 자유로운 우주보다 사랑합니다. 그리고 값비싼 보석, 덕망과 명예, 건강과 아름다움을 지닌 목숨보다 사랑합니다. 저는 일찍이 자식이 부모에게 바친 적이 없는 지극한 효심으로 아버지를 모실 것입니다. 세상 어느 것과 비교할 수 없을 정도로 아버지를 사랑합니다.

코델리아 (방백) 난 뭐라고 말하지? 난 진정 마음에서 우러난 사랑을 해야지.

리어왕 (지도를 가리키며) 좋다. 이 경계선에서 저 경계선까지 울창한 삼림과 기름진 들판, 그리고 물고기가 넘실대는 강과 드넓은 목장을 너에게 주겠다. 너와 알바니의 자식들에게 영원히 상속될 것이다. 자, 내 사랑하는 둘째딸, 콘월의 아내인 리건도 말해 보아라.

리건 저도 언니와 같은 생각을 합니다. 언니의 말처럼 저도 아버지를 향한 효심이 그러하옵니다. 다만 언니의 말로 부족한 부분을 느껴 덧붙여 말씀드리겠습니다. 세상의 어떠한 즐거움이 아버지를 향한 제 효심보다 나을 수가 있을까요? 저는 아버지에 대한 효심에서 세상의 기쁨과 행복을 찾는답니다.

코델리아 (방백) 다음은 가엾게도 내 차례로구나! 뭐라고 말씀드려야 한담? 아버지에 대한 내 효심은 말로 표현할 수 없을 만큼 큰데.

리어왕 너와 네 자손들에게 이 훌륭한 왕국의 3분의 1을 물려주마. 넓이나 가치, 즐거움 등 어느 것에 비교해도 고네릴에게 준 영토보다 결코 적지 않다. 자, 이번엔 내 사랑하는 막내딸 코델리아, 네 차례구나. 애정으로 보면 결코 막내라고 할 수 없는 코델리아야, 지금 넓은 포도밭을 가진 프랑스 왕과 기름진 목장을 가진 버건디 공이 네 결정을 기다리고 있는 것 알고 있지? 언니들 못지않게 내게 기쁨을 안겨주는 코델리아야, 말해 보거라. 네 사랑을 확인하고 싶구나.

코델리아 드릴 말이 없습니다, 아버지.

리어왕 뭐, 없다고?

코델리아 네, 아무 말도 생각나지 않습니다.

리어왕 할말이 없다면 받을 것도 없다. 그러니 어서 말해라.

코델리아 불행하게도 저는 제 속마음을 입 밖에 낼 줄 모릅니다. 아버지를 극진히 모시는 것을 어떻게 말로 표현할 수 있겠습니까. 그저 딸로서 마땅히 해야 할 도리인걸요.

리어왕 뭐라고? 어떻게 그따위 소리를 내게 감히 할 수 있단 말이냐? 다시 한 번 말해 보아라.

코델리아 아버지, 아버지는 저를 낳으시고 기르시고 사랑해 주셨습니다. 그런 아버님께 은혜를 보답하기 위해 아버지를 사랑할 것입니다. 그런데 언니는 아버지를 최고로 사랑한다고 했는데, 어떻게 결혼할 수 있었나요? 만일 제가 결혼을 한다면, 저는 남편에게 제 사랑의 반을 바쳐야 할 것입니다. 그러니 언니들처럼 결혼을 하면 아버지를 온전히 사랑할 수는 없습니다.

리어왕 지금 그 말 진심이냐?

코델리아 네, 아버지.

리어왕 이처럼 어린 네가 어찌 그런 몰인정한 말을 한단 말이냐?

코델리아 나이는 어릴지 몰라도 진심입니다.

리어왕 좋다, 네 뜻대로 해라. 네 진심을 지참금으로 삼아라. 이제 나는 성스러운 태양에 걸고, 지옥의 여신 헤커트의 비법과 밤의 어둠에 걸고, 대우주에 걸고 맹세하노니 너와 부모 자식간의 혈연 관계를 부인할 뿐만 아니라 앞으로는 너를 영원히 타인으로 취급하겠다. 스키타이 야만족이나, 식욕을 채우기 위해 제 자식을 잡아먹는 놈이라 해도 이제껏 내 딸이었던 너보다는 더 가깝고 측은하고 편하게 여겨질 것이다.

켄트 폐하······.

리어왕 조용히 하시오, 켄트! 내 분노에 끼여들지 마시오. 나는 저 애를 가장 사랑했소. 그래서 저 애의 보살핌을 받으면서 여생을 보내고 싶었지. (코델리아를 향해) 썩 물러가라, 꼴도 보기 싫구나! 저 애에게 아비의 정을 버린 이상 무덤만이 내 안식처로구나. 프랑스 왕을 불러라. 누가 가겠느냐? 버건디 공작을 불러오라. 자, 콘월과 알바니, 막내딸에게 주려던 권력과 재산을 두 딸에게 넘겨주겠다. 저 애는 오만함을 정직이라고 부르는가 본데 오만과 결혼하라고 해라. 나는 자네들이 마련해 줄 100명의 기사를 거느리고, 매달 번갈아 가며 자네들의 성에 머무를 것이다. 다만 국왕의 칭호와 보좌는 내가 갖고 있되, 그 밖의 집행권은 사랑하는 자네들에게 넘겨주겠다. 그 증거로서 이 왕관을 줄 테니 번갈아가며 사용토록 하라. (왕관을 준다)

켄트 폐하, 잠깐 그 뜻을 거두시옵소서. 저는 폐하를 항상 아버님처럼 여겼사옵고, 왕으로 모셨사온데…….

리어왕 활시위가 이미 팽팽히 당겨졌다. 과녁을 피해 서시오.

켄트 차라리 쏘아 주십시오. 화살촉이 제 심장을 꿰뚫어도 좋습니다. 폐하께서 제정신이 아니신데, 신하인 제가 예의를 지켜 무엇하겠습니까? (리어왕이 격노하여 채찍을 잡는다) 폐하, 폐하가 아부하는 자에게 눈이 멀었다고 충신인 제가 진언하기를 두려워할 줄 아십니까? (리어왕, 채찍을 휘두른다) 지금 하신 말씀을 철회하십시오. 매사에 신중하시어 오늘처럼 경솔한 처사만은 중지하십시오. 막내 따님이라고 폐하에 대한 사랑이 결코 부족한 게 아닙니다. (채찍을 맞고 쓰러진다)

리어왕 켄트, 목숨이 아깝거든 아무 말도 하지 마라.

켄트 제 목숨은 언제나 폐하의 적들에게 바칠 각오가 되어 있습니다.

리어왕 꼴도 보기 싫소.

켄트 폐하, 제발 사물을 냉철하게 보십시오.

리어왕 이 못된 놈! 제 분수도 모르고! (칼에다 손을 가져다 댄다)

알바니, 콘월 폐하, 참으십시오.

켄트 어서 저를 죽이시어 나쁜 병에 던져 주십시오. 폐하께서 결정을 거두시지 않으면 저는 소리를 외칠 수 있는 한 폐하의 잘못된 처사를 계속 외쳐대겠습니다.

리어왕 이 불충한 놈아, 듣거라! 나에 대한 충성이 있다면 내 말을 들어라! 넌 여태껏 한 번도 깨뜨린 적이 없는 맹세를 깨뜨리려고 하였다. 어디 그뿐인가? 오만불손하게도 과인의 결정을 집행하지 못하도록 훼방을 했으니 국왕의 권한이 어떠한 것인지 오늘 확실히 보여주마. 5일간 시간을 주겠다. 그동안 세파의 고초를 맞을 준비를 하라. 그리고 6일째 되는 날에는 네 가증스런 등을 돌려 이곳에서 떠나라. 만약 10일 후에도 이곳에서 네 몸뚱이가 발견된다면 즉각 사형에 처하겠다. 자, 가라! 주피터 신께 맹세하거니와 이 명령은 절대로 취소하지 않겠다.

켄트 폐하, 안녕히 계십시오. 폐하께서 끝내 그렇게 처리하시겠다면 이 나라엔 자유 대신 추방만이 남는군요. (코델리아에게) 공주님의 마음과 말씀은 그지없이 훌륭하셨습니다. 신하들이 부디 피난처로 인도해 주기를 기원합니다. (고네릴과 리건에게) 두 분 공주님, 제발 그 말씀대로 실천하시기를 바랍니다. 그래서 효행이 좋은 결실을 이루기를 빕니다. (일동에게) 이 켄트는 이제 여러분에게 작별인사를 드립니다. 새로운 나라에 가서도 이처럼 뜻을 굽히지 않고 살아가겠습니다. (퇴장)

나팔 소리, 글로스터 백작이 프랑스 왕과 버건디 공작을 안내해서 다시 등장. 시종들이 이들 뒤를 따른다.

글로스터 폐하, 프랑스 왕과 버건디 공이 오셨습니다.
리어왕 버건디 공, 공은 우리 딸을 얻기 위해 프랑스 왕과 경쟁하였는데, 딸의 지참금을 얼마나 원하시오?

버건디 폐하, 소신은 폐하께서 하사하시는 것 이상을 바라지 않사오며, 또한 폐하께서 적게 주시리라고도 생각지 않습니다.

리어왕 버건디 공, 나도 그렇게 하려고 했소. 저 애가 내게 소중한 존재였을 때에는 재산을 주려고 했지만, 지금은 아니오. 저기 지금 서 있는 딸애에게 내가 줄 것이라고는 분노밖에 없소. 그러니 저 애가 마음에 든다면 알몸으로 데리고 가시오.

버건디 뭐라 답변을 드려야 할지 모르겠습니다.

리어왕 저 애는 결점투성이인 데다가 자기 편도 없고 이 애비 미움까지 샀으니, 내 저주를 지참금으로 가져가야 하오. 나와 남남이 되기로 맹세까지 한 저 애를 아내로 삼겠소?

버건디 폐하, 매우 황송하오나, 그런 조건으로는 아무 말씀을 드릴 수가 없습니다.

리어왕 그렇다면 포기하시오. 하느님께 맹세하오만, 저 애의 재산은 지금 내가 말한 그대로요. (프랑스 왕에게) 왕이여, 나는 귀하가 나에게 베푼 호의를 배반할 수가 없기에 내가 미워하는 딸과 결혼해 주십사고 감히 청할 수가 없구려. 그러니 인정머리라곤 하나도 없는 창피스런 우리 딸애와 결혼하기보다는 더 가치 있는 여자를 찾는 것이 좋을 것 같소.

프랑스 왕 참으로 해괴한 일이군요. 조금 전까지도 폐하에게 최고로 가치 있는 존재였고, 지극한 사랑을 받는 따님으로 자랑거리가 되었던 공주님이 무슨 대죄를 지어 이렇게 되었나요? 연로하신 폐하의 위로가 되었던 착하고 사랑스런 공주님이 죄를 범했다면 분명히 악마의 짓이거나 아니면 지금까지 폐하의 말씀이 거짓된 것으로 의심할 수밖에 없습니다. 이런 일을 어떻게 이성적으로 생각할 수 있겠습니까?

코델리아 폐하, 제발 제가 마음에 없는 소리를 못한다는 것을 말씀해 주세요. 하지만 저는 일단 마음을 먹으면 꼭 실천을 한답니다. 제가 아버지의 총애를 잃은 까닭은 무슨 악덕이나 불미스런 행실, 부정하고 불명예스런 행동 때문이 아니라 아첨을 하지 못하기 때문이라는 것을 말씀해 주세요. 그래서 아버지의 총애를 잃었다는 걸요.

리어왕 너 같은 것은 애당초 태어나지도 말았어야 했다. 마음에 들고 안 들고는 차후의 문제야.

프랑스 왕 그것뿐입니까? 아첨을 하지 못하는 것, 그것이 죄란 말씀입니까? 버건디 공, 이제 어떻게 하시겠습니까? 공주와 결혼하시겠소? 그녀의 재산은 오로지 그녀 자신뿐이랍니다.

버건디 폐하, 당초에 제의하신 영토만이라도 주십시오. 그러면 지금 이 자리에서 코델리아 공주를 버건디 공작부인으로 선포하겠습니다.

리어왕 아무것도 주지 않겠다고 나는 이미 맹세했소.

버건디 (코델리아에게) 매우 죄송합니다. 공주께서는 아버지와 동시에 남편을 잃게 되었군요.

코델리아 버건디 공은 안심하십시오! 재산을 탐내어 결혼하기를 원하는 사람에게는 저도 시집가지 않을 테니까요.

프랑스 왕 아름다운 코델리아 공주, 그대는 가난하지만 더욱 풍요롭고, 버림을 받았으므로 더욱 소중하며, 경멸을 당했으므로 더욱 사랑스러운 분이 되셨습니다. 따라서 나는 이 자리에서 당신과 당신의 미덕을 꼭 붙잡겠습니다. 버려진 것을 주웠는데 누가 뭐라

하겠습니까! 아, 참으로 이상한 일입니다. 모두 차갑게 등을 돌렸는데, 제 사랑은 오히려 뜨겁게 타오르니 말입니다. 국왕 폐하, 지참금도 없이 내동댕이쳐진 따님, 코델리아 공주를 이제부터 프랑스 왕비로 삼겠습니다. 나약한 버건디의 모든 공작들이 벌떼처럼 덤벼도 이렇게 존귀한 공주를 나에게서 빼앗아가지는 못할 것입니다. 코델리아 공주, 여기 비록 인정이라곤 눈곱만치도 없는 사람들이지만, 작별인사를 하시오. 여기보다 더 좋은 나라가 그대를 기다리고 있답니다.

리어왕 그 애는 지금 이 순간부터 당신 것이오. 내게는 이제 그런 딸이 있지도 않았고, 그 애 얼굴을 두 번 다시 보고 싶지 않소. 그러니 빨리 가 주시오. 내 입에서 사랑에 넘친 축복의 말도 해줄 수가 없소. 자, 우린 갑시다, 버건디 공. (트럼펫의 화려한 취주. 리어, 버건디, 알바니, 콘월, 글로스터, 시종들 퇴장)

프랑스 왕 언니들에게 작별인사를 하시오.

코델리아 아버지의 보석인 언니들, 이 동생은 눈물을 흘리며 인사를 드릴게요. 동생된 도리로서 어찌 언니들의 결점을 입에 올리겠어요. 아버지를 잘 모시세요. 언니들이 말한 대로 그 지극한 효심을 믿고 아버지를 부탁드릴게요. 오, 내가 아버지의 사랑을 잃지만 않았어도 좀더 좋은 곳에 모셨을 텐데. 그러면 언니들, 안녕히 계세요.

리건 네 말 따위는 듣고 싶지 않다.

고네릴 네 남편이나 정성껏 모셔서 기쁘게 하거라. 운명의 여신이 은혜를 베풀어 널 구제한 분이라는 것 잊지 말고. 넌 아버지를 배반했으니까 남편한테 버림을 받아도 불평을 하지 못할 거야.

코델리아 시간이 흐르면 진실은 밝혀질 거예요. 그래서 허물이 드러나게 되면 끝내 창피를 당하게 되겠죠. 이제 정말 안녕히들 계세요.

프랑스 왕 자, 갑시다, 코델리아 공주. (프랑스 왕과 코델리아 퇴장)

고네릴 얘, 나랑 얘기 좀 하자. 우리 둘에게 직접 관계되는 일이야. 아버지가 오늘 밤 여길 떠나실 것 같아.

리건 나도 그렇게 생각했어요. 언니한테 가셔서 다음달에 내게로 오실 거예요.

고네릴 너도 오늘 보았다시피 이거 보통 일이 아냐. 아버지는 늙으셔서 그런지 망령기가 있나 봐. 늘 사랑해 왔던 막냇동생을 그렇게 박정하게 내치시다니, 너무하시지 뭐니?

리건 노망 때문이죠. 아직도 그것에 대해선 잘 모르시는 것 같아요.

고네릴 매우 이성적이셨을 때에도 성질이 불 같으셨는데, 이젠 나이도 드신데다 오랜 세월 동안 고집불통에 노망까지 부리시니, 정말 걷잡을 수 없을 거야. 반드시 각오해야 할 거야.

리건 하긴 우리도 켄트 공처럼 언제 날벼락을 맞을지 몰라요.

고네릴 프랑스 왕과 아버지는 작별인사를 하려면 꽤 시간이 필요할 거야. 그동안 우리가 서로 힘을 합쳐 공동전선을 펴자. 만약 아버지께서 아까처럼 망령된 위세를 부리신다면, 유산으로 주신 영토나 권한도 그저 골칫거리로 변하고 말 거야.

리건 앞으로 신중히 생각해 보기로 해요.

고네릴 당장 무슨 수를 써야겠어. 쇠뿔도 단김에 빼라고 했잖아. (두 사람 퇴장)

제 2 장

글로스터 백작의 성

에드먼드, 편지를 들고 등장

에드먼드   나의 여신 자연이여, 나는 이제 그대의 법칙에 복종할 것이다. 무엇 때문에 내가 관습이나 법률의 희생양이 되어 재산권을 박탈당해야 하는가? 내가 형님보다 열두 달에서 열네 달쯤 늦게 태어나서 그런 거냐? 아니면 내가 사생아이기 때문에 천하다는 거냐? 내 육체는 정실 부인의 아들처럼 건장하고 마음씨는 온순하며, 모습 또한 아버지를 꼭 빼어 닮아 준수하지 않은가. 그런데도 사생아라고 손가락질을 받는 이유가 뭔가! 천하다고? 야비하다고? 넌덜머리 나는 지긋지긋한 잠자리 속에서 생긴 이 세상 바보 천치들과는 달리, 자연의 본능에 따라 생겨난 내가 더 강한 생명력을 이어받았을 게 아닌가. 좋아, 정실 자식 에드가야, 네 재산을 내가 차지해야겠다. 아버지의 사랑은 첩의 자식이나 정실 자식이거나 같을 게 아닌가. 적자라는 말은 훌륭하지만, 만일 이 편지가 내 뜻대로 작용만 한다면 첩의 자식 에드먼드는 반드시 정실 자식을 누르게 될 것이다. 나는 출세할 것이다. 아, 하늘에 계신 신들이시여, 우리 사생아들을 돌보아주소서.

리어왕 321

글로스터 백작 등장

글로스터 켄트가 그렇게 추방되다니! 프랑스 왕은 화가 난 채로 떠났고! 폐하께서는 왕권을 이양하시고 생활비만을 받으며 궁색하게 여생을 보내신다? 그런데 이 모든 일이 순식간에 일어났단 말이지! 에드먼드야, 무슨 일이냐? 그게 뭐냐?

에드먼드 (일부러 당황한 척하며 편지를 숨긴다) 아닙니다, 아버지. 아무것도 아닙니다.

글로스터 왜 그렇게 놀라서 편지를 숨기느냐?

에드먼드 아무 일도 아닙니다, 아버지.

글로스터 아무 일도 아니라면서 감출 필요가 있느냐? 어디 보자, 아무 일도 아니라면 안경을 쓰고 주의해서 볼 필요도 없겠구나.

에드먼드 아버지, 용서하십시오. 이 편지는 형님이 보낸 것으로, 읽지 않으시는 편이 나을 듯합니다.

글로스터 편지를 이리 다오.

에드먼드 아버지께서 읽으시면 역정을 내실 내용입니다.

글로스터 자, 어서 이리 다오.

에드먼드 이 편지는 형님이 제 효심을 떠보기 위해 쓴 것인 듯합니다.

글로스터 (읽는다)

"노인을 존경하는 세상의 관습은 인생의 꽃인 우리 청춘을 얼마나 괴롭히고 고달프게 하는가. 우리가 재산을 양도받을 때쯤이면 이미 늙은이가 되어 인생을 즐길 수조차 없다. 노인은 실력이 아니라 우리의 맹목적인 복종으로 우리를 다스린다. 이 문제에 대해서 너와 얘기를 나누고 싶구나. 이곳으로 와 다오. 만일 아버지께서 내가 깨울 때까지 주무신다면, 너는 아버지의 수입 중 반을 차지하게 될 것이다. 그리고 너는 내 사랑스러운 동생이 되겠지. 에드가."

음, 누가 봐도 음모로구나. "만일 아버지께서 내가 깨울 때까지 주무신다면 너는 아버지의 수입 중 반을 차지하게 될 것이다……." 내 자식 에드가가 이걸 썼단 말이지? 이 편지가 언제 왔더냐? 누가 가져왔더냐?

에드먼드 누가 들고 온 게 아닙니다, 아버지. 참으로 괴이하게도 제 창문 앞에 던져져 있었습니다.

글로스터 네 형의 필체가 확실하냐?

에드먼드 내용이 이러한데 어찌 형님의 필체라고 할 수 있겠습니까?

글로스터 이것은 틀림없는 네 형의 필체야.

에드먼드 필체는 분명히 형님의 것이지만 마음은 아닐 것입니다.

글로스터 전에 이런 일로 네 마음을 떠본 일이 있었느냐?

에드먼드 없었습니다, 아버지. 하지만 종종 자식이 성장하면 부모는 자식의 보호를 받아야 하며, 자식이 재산을 관리해야 한다는 말을 한 적이 있습니다.

글로스터 몹쓸 놈 같으니라고! 천하에 악당이구나. 짐승만도 못한 놈이야. 그놈을 당장 찾아서 내 앞에 대령하거라. 그놈 지금 어디 있느냐?

에드먼드 잘 모르겠습니다. 하지만 잠시 노여움을 거두시고, 더 뚜렷한 증거를 찾으실 때까지 기다리시는 것이 좋을 듯합니다. 만일 형님의 진의를 잘못 파악해 과격한 행동을 취하신다면, 아버지의 명예를 더럽힐 뿐만 아니라 형님의 효심까지 완전히 깨뜨리고 말 것입니다. 제가 단언하건대 이 편지는 형님께서 제 효심을 시험하려고 한 것이지 다른 의도가 있었던 것은 아닐 것입니다.

글로스터 정말 그렇게 생각하느냐?

에드먼드 만일 아버지께서 원하신다면, 저희가 주고받는 대화를 직접 들으시고 판단하시지요. 더 지체할 것 없이 오늘 밤이 어떻습니까?

글로스터 설마 그놈이 그런 짓을 할 리가 없어.

에드먼드 물론 저도 그럴 것이라 생각합니다.

글로스터 이토록 저를 사랑하는 아비에게 이 무슨 패악한 짓이란 말이냐! 에드먼드야, 당장 그놈을 찾아내거라. 그래서 그놈의 속셈이 뭔지 알아내어 나에게 좀 알려다오. 내가 기필코 알아내야겠다.

에드먼드 알겠습니다. 최선을 다해 진상을 알아내겠습니다.

글로스터 요즘 일어난 일식과 월식이 모두 불길한 징조였구나. 천지 이변은 언제나 인심을 들뜨게 하는 법이다. 사랑은 식고, 우정은 금이 가고, 형제들은 서로 반목하고, 도시는 폭동이 일어나고, 농촌은 봉기하며, 궁중에서는 모반이 발생하고, 부자간의 인연이 끊어진다. 천하의 몹쓸 놈이 된 내 아들에게도 이 예언은 적중한 거야. 아들은 어버이에게 등을 돌리고, 왕은 정도를 벗어나고, 어버이는 아들을 학대한다. 세상이 말세가 되니 음모와 거짓, 배신 등 우리의 몸을 망칠 모든 비행이 우리의 마음을 흔들고 무덤에까지 우리를 몰아세운다. 에드먼드야, 그 악당을 찾아내어라. 네 수고가 헛되지 않도록 용의주도하게 하는 것도 잊지 말고. 기품 있고 고결한 켄트가 추방되다니! 그것도 정직하다는 죄목으로! 참으로 해괴한 일이로다. (글로스터 퇴장)

에드먼드 참으로 우스꽝스럽구나. 인간이 재난을 당하는 걸 해나

달, 별 등 자연 탓으로만 돌리니 말야. 대부분 자업자득으로 생기는 게 재난 아닌가. 마치 하늘의 뜻에 따라 바보가 되고 주정뱅이, 사기꾼, 악당, 음탕한 인간이 되는 것처럼 여기다니. 자신의 나쁜 성질을 자연 탓으로만 돌리니, 참으로 어처구니없는 책임 회피로구나! 아버지와 어머니가 큰곰자리 밑에서 서로 사랑해서 내가 태어났기 때문에 내 성정이 거칠고 음탕하다 이거지. 하긴 사생아가 태어날 때 하늘에서 가장 순결한 처녀성이 빛나고 있었다 하더라도, 나는 여전히 요 모양 요 꼴이 될 수밖에 없었겠지.

에드가 등장

에드먼드 아, 에드가 형님이 오는구나. 옛날 희극의 마지막 장면처럼 잘 나타났군. 내 역할은 거짓된 한숨을 지으며 우울한 표정을 짓는 역할이지. 아, 일식, 월식이 이 모든 불화의 징조였구나.
에드가 에드먼드, 뭘 그렇게 골똘히 생각하고 있니?
에드먼드 요즘 일어난 일식, 월식 뒤에 무슨 일이 일어날까 생각하는 중이었어요. 전에 그것에 대한 예언서를 읽은 적이 있거든요.
에드가 너 설마 그런 걸 좋아하는 건 아니겠지?
에드먼드 거기 쒸어 있는 예언서대로 일이 벌어지는 걸요. 자식과 부모간의 불화, 변사, 기근, 배신, 국론 분열, 귀족에 대한 협박, 모략, 중상, 의심, 친구의 추방, 반역, 이혼 등 여러 가지 조짐이 보여요. 도대체 세상이 어떻게 돌아가는지 몰라서요.
에드가 너 언제부터 그런 점성술 공부를 했니?
에드먼드 그보다 아버지를 가장 최근에 뵌 것이 언제예요?

에드가　지난밤에 뵈었지.

에드먼드　이야기를 나누셨나요?

에드가　그럼, 두 시간가량 함께 있었는걸.

에드먼드　혹시 아무 일도 없었나요? 아버지의 비위를 거슬리게 한 적이 없나요?

에드가　아니, 아무 일도 없었는데.

에드먼드　잘 생각해 보세요. 아버지의 비위를 거슬리게 한 일이 있었는지. 제 생각엔 당분간 아버지를 뵙지 않는 게 좋을 것 같아요. 지금 아버지가 몹시 분노해 계시거든요.

에드가　어떤 몹쓸 녀석이 나를 모략한 모양이군.

에드먼드　제가 봐도 그래요. 아버지의 노여움이 가라앉을 때까지 잠시 제 방으로 가시죠. 그럼 아버지의 말씀이 들리는 곳으로 안내해 드릴 테니까요. 자, 가시죠. 그리고 외출하실 때에는 무기를 잊지 마세요.

에드가　무기를 갖고 다니라고?

에드먼드　형님, 형님을 위해 말씀드리는 건대 지금 형님에게 호의를 가진 사람은 단 한 사람도 없어요. 그것에 대해 솔직히 말씀드릴 수 없을 정도로 무서운 일이죠. 자, 어서 가세요.

에드가　네가 그럼 소식을 전해 주겠지?

에드먼드　염려 마세요. 제가 최선을 다할 테니까요. (에드가 퇴장) 남을 잘 믿는 아버지, 그리고 고상한 성격의 형님은 천성적으로 남을 해칠 마음이 없어 의심할 줄 모르지. 그러한 성격이야말로 내가 노리는 거야. 이제 책략은 순조롭게 진행되고, 결말이 눈에 훤히 보이는구나. 혈통으로 안 되면 머리를 써서 땅을 차지해야지. 일만 잘 되면 무슨 상관이야. (에드먼드 퇴장)

제3장

알바니 공작 저택의 어느 방

고네릴과 집사 오스왈드 등장

고네릴 아버지가 광대를 나무랐다고 너를 때리셨단 말이냐?

오스왈드 예, 그렇습니다.

고네릴 기가 막히는군. 밤낮으로 나를 골탕먹이시니 집안이 온통 난장판이야. 이젠 나도 더 이상 참을 수 없어. 사냥에서 돌아오시더라도 나는 마중 나가지 않을 테니 아프다고 전하거라. 예전처럼 시중을 정성껏 들 필요도 없고. 모든 뒷감당은 내가 할 테니까 걱정 말고. (안에서 뿔나팔 소리)

오스왈드 지금 오시는 소리가 들리는데요.

고네릴 가능하면 게으름을 피우거라. 아버지가 그것을 문제삼을 수 있도록. 그게 못마땅하시면 동생한테 가겠지. 하지만 동생도 마찬가지일 거야. 한번 양도한 권력을 다시 휘두르겠다는 심사는 망령된 생각이야. 늙은이는 꼭 어린애 같다니까. 비위를 맞춰 주면 도가 지나쳐 혼내야 하니까 말야. 내 말을 명심하도록 해.

오스왈드 잘 알겠습니다.

고네릴 아버지의 기사들한테도 친절하게 대하지 마. 무슨 일이 일어나도 좋아. 아니, 일어나도록 해야겠어. 그래야 하고 싶은 말을 다

할 수 있거든. 동생에게는 곧 편지를 보내어 나와 같은 행동을 하도록 일러둬야겠어. 가서 저녁식사를 준비하거라. (두 사람 퇴장)

제4장

같은 집의 큰 방

켄트 백작, 변장을 하고서 등장

켄트 여기다 목소리까지 바꾼다면 내 목적을 충분히 달성할 수 있을 텐데. 아, 켄트여! 너를 추방한 그분을 잘 모실 수만 있다면, 네 수고를 알아주실 날이 반드시 있을 텐데.

뿔나팔 소리. 리어왕, 많은 기사들과 시종들을 거느리고 등장

리어왕 잠시도 기다릴 수 없구나. 자, 즉시 식사를 대령시켜라. (시종 한 명 퇴장) 아니, 너는 누구냐?
켄트 남자입니다요.
리어왕 내게 무슨 용건이라도 있는 거냐?
켄트 보시다시피 행색은 이렇지만 저를 믿어주시는 분께는 신명을 다해 봉사하고, 정직한 분을 사랑하며, 현명하고 말수가 적은 분과 사귑니다. 그리고 신의 심판을 두려워하며, 부득이한 경우에는 싸우기도 하는 충실한 종복입니다.
리어왕 네 몰골이 왜 그 모양이냐?
켄트 이 나라의 국왕처럼 가난해서 그렇지요.

리어왕 자네의 가난한 처지가 내 처지와 같다면, 자네는 정말 가난뱅이인가 보구나. 여긴 무슨 일로 왔는가?

켄트 섬기고 싶습니다.

리어왕 누구를 섬기고 싶단 말이냐?

켄트 당신을 섬기고 싶습니다.

리어왕 넌 나를 아느냐?

켄트 모릅니다만, 당신에게는 뭔가 모를 느낌이 있습니다.

리어왕 그것이 뭐냐?

켄트 위엄 같기도 하고.

리어왕 넌 어떤 일을 할 수 있느냐?

켄트 무엇보다 비밀을 지킬 수 있습니다. 말을 탈 수도 있으며 심부름도 잘합니다. 복잡한 얘기는 놓치는 경우가 없지 않아 있지만 단순한 얘기는 솔직하게 말할 줄도 압니다. 보통 인간이 할 수 있는 일은 무엇이든 합니다. 뭐니뭐니 해도 소인의 장점은 부지런한 점입니다.

리어왕 나이는 몇이냐?

켄트 노래를 잘하는 여자를 사랑할 만큼 젊지도 않고, 여자라면 무조건 좋아할 만큼 늙지도 않았습니다. 이제 마흔여덟 살이 좀 지났을 뿐입니다.

리어왕 나를 따라오너라. 너를 하인으로 채용하마. 저녁식사 후에도 내 마음에 들면 너를 내 곁에 두겠다. 여봐라, 식사를 가져와! 시종은 어디 갔느냐? 광대는? 가서 광대를 불러오너라. (시종 한 명 퇴장)

오스왈드 등장

리어왕 이놈아, 내 딸은 어디 있느냐?.

오스왈드 황공하옵니다만……. (능청을 부리며 퇴장한다)

리어왕 저놈이 지금 뭐라고 했지? 저 느림보를 불러와라. (기사 퇴장) 내 광대는 어디 갔느냐? 온 세상이 잠든 것 같구나. (기사 돌아온다) 그 들개 같은 놈은 어디 갔느냐?

기사 그자 말이 공작 부인께서 몸이 편치 않으시다고 합니다.

리어왕 누가 불렀는데 감히 오지 않는 거야?

기사 아주 무례한 말투로 오기 싫다고 합니다.

리어왕 오기 싫다?

기사 폐하, 자세한 사정은 모르겠습니다만 폐하를 모시는 태도가 예전과는 달리 무엄하고 불손한 듯합니다. 시종들뿐만이 아닙니다. 공작부부까지도 예전과 달리 냉담합니다.

리어왕 아니! 무엇이 어째?

기사 폐하, 소신이 잘못 생각했다면 용서해 주십시오. 폐하께서 냉대를 받으시는 걸 보고도 입을 다물고 있는 것이 어찌 신하로서 도리겠습니까?

리어왕 아니다, 나 역시 짚이는 데가 있다. 요즘 들어 나도 그러한 생각이 들긴 했지만, 설마 다른 의도가 있겠나 싶었다. 고의로 불손하게 군다고 생각지 못하고 내 자신이 옹졸해서 의심하는 줄로만 알았다. 그래서 오히려 자신을 책망해 왔지. 자, 앞으로 좀더 살펴보자. 그러나저러나 광대는 어디 갔느냐? 이틀 동안이나 보이지 않는구나.

기사 막내공주님께서 프랑스로 떠나신 후로 몹시 상심해 있습니다.
리어왕 이제 그 이야기는 그만두자꾸나. 나도 잘 아니까. 가서 내 딸 보고 할 말이 있다고 전해라. (시종 한 사람 퇴장) 자, 너는 가서 광대를 불러와라. (다른 시종 한 사람 퇴장)

오스왈드 다시 등장

리어왕 여봐라, 넌 내가 누구라고 생각하느냐?
오스왈드 주인아씨의 아버지시죠.
리어왕 주인아씨의 아버지라! 이 종놈이! 이 개 같은 놈! 노예 놈아! 개자식아!
오스왈드 황송하옵니다만 저는 개자식이 아닙니다.
리어왕 이놈이! 이놈이 누굴 노려봐! (오스왈드를 때린다)
오스왈드 때리지 말아요! (오스왈드가 국왕의 채찍을 잡고 돌린다)
켄트 (다리를 걸어 넘어뜨린다) 이 개자식아! 어디서 개수작이야?
리어왕 잘했다! 내 마음에 드는구나.
켄트 (오스왈드에게) 이 자식 꺼져 버려! 처지를 알았으면 썩 꺼져 버려! 개자식아, 내 가랑이 사이로 기어나가란 말야! 꼬리를 바짝 내리고 몸뚱이로 땅을 재고 싶으면 거기 누워 있든지 아니면 깨갱거리며 기어가! (오스왈드 기어 나간다)
리어왕 잘했다. (돈을 조금 주며) 우선 네 보수를 선불해 주겠다.

광대 등장

광대 저도 이 사람을 고용하겠습니다. 자, 이 모자를 써봐. (켄트에게 닭털모자를 준다)

리어왕 나의 귀염둥이, 기분이 어떻느냐?

광대 내 빨강모자를 쓰는 게 좋을 거야.

켄트 왜 그렇다는 거야?

광대 왜냐구? 쪼그라드는 사람의 편을 들어 바람 부는 대로 흔들리는 신세가 될 테니까 그렇지. 자, 이 빨강모자를 받아라. (리어왕 쪽을 향해) 이 사람은 두 딸을 쫓아내고 셋째딸에게는 마음에도 없는 축복을 주었단 말야. 이 사람을 따라다니려면 모자를 써야 돼. 어때요? 내게 빨강모자 두 개와 딸이 둘 있었으면 좋겠네요.

리어왕 왜?

광대 딸들에게 재산을 다 주어도 빨강모자 하나만은 남겨야 할 테니까요. 임시로 내 것을 하나 드릴게요. 아니면 딸들에게 머리를 숙이고 하나 달라고 하든지요.

리어왕 말조심해, 이놈아!

광대 충실한 개는 개집에서 쫓겨나 매질만 당하고, 아첨쟁이 암캐는 따뜻한 난롯가에 누워 냄새를 폴폴 풍기고 있지요.

리어왕 이놈이, 아픈 데만 찌르는구나!

광대 (켄트에게) 어이, 내 교훈 하나 말해 줄까?

리어왕 그래라.

광대 잘 들어보라고.

속을 다 보이지 말고, 아는 걸 다 말하지 말라.
가진 것 이상으로 꾸어 주지 말고 걷느니보다는 말을 타라.

들어도 전부 믿지 말고 내기엔 적게 걸어라.
주색을 가까이 하지 말고 집에 들어앉으면
열의 두 배인 스물보다 돈이 더 많이 모인다.

켄트 쓸데없는 소리 작작 해라, 이 바보야.
광대 그렇다면 아무런 보수를 받지 않았으니까 무료 변론한 거네요. (리어왕에게) 아저씨, 쓸데없는 소리는 해선 안 되나요?
리어왕 그렇지. 아무것도 생기지 않으니까.
광대 당신의 꼴도 그렇다는 걸 알아두세요.
리어왕 광대 놈이 입버릇 참 고약하구나!
광대 그대 아는가, 입버릇 좋은 광대와 나쁜 광대의 차이를?
리어왕 모른다. 가르쳐 다오.
광대 (노래한다)

영토를 주어 버리라고 충동질한 자가 있다면 내 곁에 당장 대령시켜라. 없으면 그대가 그 역할을 할지어다. 입버릇 좋은 광대와 나쁜 광대가 당장에 나타나리라. 얼룩 옷 입은 좋은 광대는 이쪽이요. (자기 자신을 가리킨다) 나쁜 광대는 저쪽이로세!
(리어왕을 가리킨다)

리어왕 이놈아, 내가 나쁜 광대라고?
광대 당연하죠. 모든 직함을 몽땅 딸들에게 양도하셨잖아요.
켄트 이놈은 완전한 바보는 아닌 것 같습니다.
광대 맞아요. 영주님이나 훌륭한 분들이 내가 혼자서 바보 노릇을 하는 것을 내버려두지 않잖아요. 혼자서 광대의 전매특허를 가지려고 하면, 그 양반들도 한몫 끼겠다고 야단이죠. 부인들도 마찬가지고요. 나 혼자 광대 노릇을 하게 내버려두지 않는다 이 말씀이에요. 달려들어 서로 가져가려고 찢고 난리예요. 아저씨, 달걀 하나만 줘요. 그러면 왕관 두 개를 줄게.

리어왕 무슨 왕관이 두 개란 말이냐?

광대 그야 달걀 가운데를 잘라서 노른자를 먹으면 왕관이 두 개가 되지요. 당신은 왕관을 두 토막내어 남에게 다 준 뒤 당나귀를 짊어지고 진흙길을 걸어가고 있잖아요. 그러니까 왕관을 남에게 준 것은 머리가 골통이라서 그렇죠. 내가 시답잖은 말을 한다고 하는 놈이야말로 매로 다스려야 해. (노래한다)

　　올해는 바보가 실속 없는 해
　　지혜로운 자가 멍청이가 되어
　　하는 짓이 숙맥 같구나!

리어왕 언제부터 그런 노래를 부르게 됐지?

광대 아저씨가 딸들에게 어머니 노릇을 시켰을 때부터죠. 그때 당신은 딸들에게 회초리를 주고 때려 달라고 바지를 걷어올렸죠. (노래한다)

　　그들은 별안간 기뻐서 울었고
　　나는 슬퍼서 노래했네.
　　임금님은 술래잡기하며 바보들 패거리에 끼여 있네.

아저씨, 저에게 거짓말을 가르쳐 줄 선생님을 하나 붙여줘요. 거짓말을 배우고 싶어 죽을 지경이에요.

리어왕 거짓말을 하면 매질하겠다.
광대 당신과 당신 딸들은 정말 이상한 사람들이에요. 딸들은 내가 진실을 말한다고 매질하려 하고, 당신은 내가 거짓말을 한다고 매질을 하려 하거든요. 게다가 말을 안 하면 안 한다고 매를 때리겠지? 이제 광대 짓을 하기 싫어요. 그렇다고 아저씨처럼 되는 것도 싫고. 아저씨는 지혜의 양쪽 끝을 너무 잘라버려 남은 게 하나도 없거든요. 보시라니까요? 저기 잘라낸 조각 하나가 오네요.

고네릴 등장

리어왕 무슨 일이냐? 요즘엔 계속 찌푸리고 있으니.
광대 딸이 인상을 쓰든 말든 신경 쓸 필요가 없었을 때가 행복한 시절이었죠. 지금 당신의 몰골은 숫자 영의 신세예요. (고네릴에게) 알았어요, 입 다물죠. 말은 하지 않지만 당신 얼굴이 입 다물라고 명하네요. (노래한다)

세상만사가 싫다고 빵 껍질과 빵 부스러기를 다 버린 사람도 배고프면 먹어야 해. (리어왕을 가리키며) 저 작자는 알맹이 빠진 콩깍지야.

고네릴 아버지, 아무 말이나 닥치는 대로 지껄이는 이 광대뿐만 아니라, 데리고 계신 기사들까지 틈만 나면 싸워 대니 도저히 견딜 수가 없어요. 그래서 아버지께 단속해 달라고 말씀드리려고 했죠. 하지만 가만히 보니 아버지가 오히려 선동하시는 게 아닌가 하는 생각까지 들어요. 만일 이게 사실이라면 대책을 강구해야겠어요. 어쩌면 아버지의 기분을 상하게 해드릴지도 모릅니다만, 어쩔 수 없이 이렇게 한다는 걸 알아주세요. 세상 사람들도 다 잘했다고 할 거예요.

광대 아저씨는 이 노래 아시죠? "바위종다리가 뻐꾸기를 길렀다가 결국에는 먹혀 버렸네. 그래서 우리는 어둠 속에 남게 되었네."

리어왕 너, 내 딸이냐?

고네릴 아버지, 그 머릿속에 꽉 들어찬 지혜를 활용하세요. 어울리지도 않는 광기는 그만 부리시고요.

광대 수레가 말을 끄는데 왜 당나귀인들 이상하다고 안 여기겠소? 아, 아줌마! 난 아줌마한테 반했어.

리어왕 여보게들, 내가 누구냐? 너희들이 나를 아느냐? 이 사람은 리어가 아냐. 리어가 이렇게 걷고 이렇게 말을 하더냐? 눈은 어디 있지? 지혜는 어디로 갔냐고? 내가 깨어 있나? 아냐, 그럴 리가 없어. 내가 누구인지 말해 줄 사람이 없느냐?

광대 희미한 옛 사랑의 그림자, 뭐.

리어왕 그래, 바로 그거야. 난 국왕이었으며 이성과 지혜가 있는 한 내게 딸들이 있었다는 걸 알아.

광대 그 딸들이 아저씨를 온순한 아버지로 만들 작정인가 봐요.

리어왕 귀부인, 당신의 고결한 이름은 무엇인가요?

고네릴 그렇게 놀라신 척하는 것도 아버지께서 요즘 자주 나타내는 망령기예요. 제발 제 뜻을 오해하지 마세요. 아버지께서는 100명의 기사와 시종들을 거느리고 계십니다. 그런데 그 기사들은 한결같이 난폭하고 방탕하며 뻔뻔한 자들이죠. 무슨 방도를 취해야 해요. 이 훌륭한 저택이 술집이나 창녀들의 집처럼 되었다고요. 그러니 아버지의 수행원들 수를 좀 줄여 주세요. 그러지 않으시면 제 마음대로 줄이겠어요. 그런 뒤 아버지의 처지와 신분을 잘 아는 사람으로 뽑아야 한다고요.

리어왕 악마 같은 년! 내 말에 안장을 얹고 시종들을 불러라. 썩어 문드러진 사생아 같으니라고! 더 이상 네 신세를 지지 않겠다. 내게는 또 하나의 딸이 있다고.

알바니 공작 등장

리어왕 이제 와서 후회한들 무슨 소용이겠느냐. (알바니에게) 아, 왔는가. 이게 자네의 뜻이었는가? 말해 보게나. (시종에게) 내 말을 준비하라. 배은망덕한 놈들! 돌처럼 차디찬 악마야, 네가 자식의 탈을 쓰고 있으니 바다의 괴물보다 더 끔찍하게 보이는구나!

알바니 제발 고정하십시오.

리어왕 (고네릴에게) 흉악한 년! 거짓말쟁이! 내 시종들은 지극히 드문 자질을 가진 우수한 기사들이다. 신하의 의무에 대해서는 빠짐없이 알고 있지. 그들의 작은 허물이 어찌 너에게는 그토록 추하게 보였단 말이냐! 그 작은 결함이 고문도구처럼 인간의 정을 뽑아내고 가혹한 마음만을 덧붙였구나. 오, 리어, 리어, 리어! (자신의 머리를 때린다) 어리석음을 불러들이고, 소중한 판단력을 쫓아버린 이

머리통을 때려부숴라! 가자, 시종들아. (기사들과 켄트 퇴장)

알바니 폐하, 전 죄가 없습니다. 무엇 때문에 화를 그토록 내십니까?

리어왕 그럴지도 모르지. 자연의 여신이여, 내 말을 들어라! 자연의 여신이여, 들어다오. 만약 이년의 몸에서 자식을 낳게 할 뜻을 가졌다면 멈추어다오. 이년의 배를 불모지로 만들어다오. 이년 몸 속에 있는 생식 기능을 말려 타락한 육체에서 어미의 명예가 될 아이를 낳지 않게 하라! 만약 부득이 애를 낳게 될 경우에는 미움으로 뭉쳐진 아이를 낳게 해 한평생 심통 사나운 불효의 고통을 받게 하라! 그 자식으로 인해 이마에 주름이 잡히고 하염없이 흐르는 눈물로 두 뺨에 고랑이 파여 어미로서의 모든 노고와 자애를 모멸과 비웃음으로 바꾸어다오. 그리하여 부모의 은혜를 모르는 자식을 두는 건 독사의 이빨에 물리는 것보다 더 아프다는 걸 깨닫게 하라! 자, 가자! (황망히 퇴장)

알바니 무슨 까닭으로 역정을 내시는지 모르겠군.

고네릴 애써 알 필요가 없어요. 망령이 들어 기분 내키는 대로 성질을 부리시니까요.

리어왕 다시 등장

리어왕 이게 무슨 짓이냐! 내 시종을 한꺼번에 50명씩이나 줄여? 그것도 보름도 안 되어!

알바니 그게 무슨 말이십니까?

리어왕 말해 주지. (고네릴에게) 참으로 부끄럽구나. 대장부인 내가 너 때문에 이렇게 뜨거운 눈물을 흘려야 하다니! 독기를 뿜은 안개여, 휘감아 버려라. 아비의 저주로 생긴 병이 너의 모든 감각기관을 마비시킬 것이다. 어리석고 망령된 눈아, 이런 일로 두 번 다시 눈물을 흘리는 날에는 네 눈동자를 도려내어 헛되이 흘리는 눈물과 함께 내던져 땅을 적시리라. 아, 왜 이런 꼴이 되었단 말인가! 하지만 내겐 딸이 또 하나 있어. 그 애는 친절하고 상냥해. 그러니 반드시 나를 위로해 줄 거야. 두고 봐. 그 애는 네가 한 짓을 들으면 이리 같은 네 얼굴 가죽을 벗겨 버릴 거야. 그럼 나는 원래의 내 모습으로 돌아가야지. 반드시 그렇게 해 보일 거야. (리어왕 퇴장, 켄트와 시종들이 뒤를 따른다)

고네릴 내가 왜 이러는지 알겠죠?

알바니 당신을 깊이 사랑하지만 이번에는 당신 편만 일방적으로 들 수는 없구려. (퇴장)

고네릴 제발 가만히 좀 계세요. 오스왈드, 나 좀 봐요! (광대에게) 바보라기보다는 악당에 가까운 이것아, 주인 따라 빨리 꺼져.

광대 리어 아저씨, 리어 아저씨! 기다려요. 저를 데리고 가야죠. (노래한다)

> 잡고 보니 여우가 딸이 아닌가!
> 당연히 숨통을 끊어야 하는데
> 이 모자를 팔아 목 매는 밧줄을 살 수 있다면
> 광대는 뒤따라가야지. (부산하게 사라진다)

고네릴 아버지한테는 좋은 충고가 되었을 거예요! 무장한 기사를 100명씩이나 두다니? 하긴 그렇게 거느리고 있으면 매우 안전하겠죠. 그래요, 엉뚱한 꿈을 꾸거나, 부질없는 소문을 들을 때마다 아버지는 저들을 배경 삼아 우리를 꽉 쥐고 흔들 거예요. 오스왈드, 어디 있느냐?

알바니 당신은 지나친 걱정을 하는구려.

고네릴 과신하는 것보다는 백배 안전하죠. 걱정을 하며 사는 것보다는 애당초 문제의 뿌리를 뽑아 버리는 게 좋아요. 아버지의 속셈은 제가 알아요. 아버지가 말씀하신 것을 동생에게 편지로 썼어요. 내 편지를 읽고도 동생이 아버지의 편을 든다면.

오스왈드 다시 등장

고네릴 어떻게 되었지, 오스왈드? 동생에게 보낼 편지는?

오스왈드 예, 썼습니다.

고네릴 동행할 사람을 데리고 떠나거라! 내가 특별히 근심하는 점을 동생에게 잘 전해 줘. 좀 그럴 듯한 이야기가 되도록 꾸며서 해도 괜찮다. 어서 갔다가 빨리 돌아오너라. (오스왈드 퇴장) 안 돼요, 여보. 당신의 우유부단한 태도를 원망하고 싶진 않아요. 하지만 사람들은 당신을 가리켜 부드럽다고 칭찬을 하기는커녕, 분별이 없다고 비난할 거예요.

알바니 난 당신의 통찰력이 얼마나 들어맞을지 모르겠소. 혹시 더 잘하려고 하다가 일을 망치는 건 아닌지 모르겠소.

고네릴 걱정 말아요.

알바니 좋소, 좋아요. 어디 두고 봅시다. (두 사람 퇴장)

제 5 장

같은 저택의 앞뜰

리어왕, 켄트 백작, 광대 등장

리어왕 너는 어서 콘월 공작한테 가서 이 편지를 딸애에게 전하거라. 딸애가 이 편지를 읽고 묻는 것 외에는 말하지 말고.

켄트 잠도 자지 않고 가서 이 편지를 전달하겠습니다. (퇴장)

광대 사람의 두뇌가 뒤꿈치에 붙어 있다면 맨날 터져서 피가 나겠지.

리어왕 그야 그렇겠지.

광대 하지만 아저씨의 알량한 지혜는 뒤꿈치에 없으니 안심하세요.

리어왕 하, 하, 하!

광대 또 다른 따님 역시 똑같을 거예요. 왜냐하면 두 따님은 능금처럼 똑같이 닮았거든요.

리어왕 이 녀석, 못하는 소리가 없구나.

광대 두 딸은 한통속이라서 맛이 같다고요. 사람의 코가 왜 얼굴 한가운데에 있는지 알아요?

리어왕 모른다, 이 녀석아.

광대 코로 냄새를 맡지 못할 때 눈으로 볼 수 있게 하기 위해서죠.

리어왕 (코델리아를 생각하며 독백) 내가 그 애한테 정말 잘못했어.

광대 굴이 껍데기를 어떻게 만드는지 아세요?

리어왕 몰라.

광대 나도 그건 모르지만 달팽이가 집을 머리에 이고 다니는 건 알죠.

리어왕 왜 그러는데.

광대 제 머리를 쑤셔박기 위해서예요. 제 머리를 쑤셔 둘 곳을 달팽이는 딸들에게 주지 않지요.

리어왕 이제 아버지로서 정을 끊어야 해. 한땐 다정한 아버지였는데! 말은 대령시켜 놓았느냐?

광대 당나귀 같은 시종들이 준비해 놓았을 거예요. 아참, 북두칠성이 왜 일곱 개인 줄 아세요?

리어왕 그야 여덟 개가 아니니까 그렇지.

광대 그래요, 아저씨도 훌륭한 광대가 될 수 있겠네.

리어왕 (번민하며) 강제로 내 것을 빼앗다니! 배은망덕한 년 같으니!

광대 아저씨가 광대였다면 난 때려주었을 거야. 때가 되기 전에 빨리 늙어 버렸으니까.

리어왕 그게 무슨 소리냐?

광대 현명해지기 전에 늙어 버리면 안 되잖아요.

리어왕 오, 신이시여! 저를 미치게 하소서. 아냐, 제가 정신을 잃지 않도록 도와주소서. 절대로 미치광이가 되고 싶지는 않습니다!

시종 등장

리어왕 어떻게 되었어! 말은 준비됐나?
시종 예, 준비되었습니다, 폐하.

리어왕 자, 가자.

광대 (관객에게) 지금 히히거리며 웃고 있는 처녀들아, 웃지 말라. 남자의 물건을 잘라버리기 전에는 처녀성 결단나는 것도 시간문제일 테니까. (모두 퇴장)

제 2 막

제 1 장

글로스터 백작의 저택 뜰

에드먼드와 큐런, 양쪽에서 등장

에드먼드 안녕하시오, 큐런.

큐런 안녕하십니까. 지금 당신 아버지를 뵙고 콘월 공작과 공작 부인께서 오늘 밤 이곳에 오신다는 것을 전해 드리고 오는 길이오.

에드먼드 무슨 일로 이곳까지 오시나요?

큐런 글쎄요, 하지만 소문은 들으셨겠죠? 소문이라야 수군거리는 정도에 지나지 않지만요.

에드먼드 무슨 말씀을 하시는지 모르겠습니다.

큐런 콘월 공작과 알바니 공작 사이에 전쟁이 터진단 소문 말이오.

에드먼드 금시초문인데요.

큐런 조만간 듣게 될 거요. 그럼 안녕히 계시오. (퇴장)

에드먼드 공작이 오늘 밤 이곳에 온다고? 일이 척척 돌아가는군! 아버지께서 형님을 잡으라는 지령을 내리셨지. 우선 골치 아픈 문젯거리부터 처리하자! 제발 행운이여, 나를 위해 일해 다오. (2층을 향해) 형님, 잠깐만 내려오세요. 드릴 말씀이 있어요.

에드가 등장

에드먼드 아버지가 감시하고 있으니 빨리 도망치세요. 여기 숨어 있는 게 발각됐어요. 이 칠흑 같은 어둠을 틈타 달아나세요. 혹시 콘월 공작의 험담을 한 적은 없으세요? 공작께서 부인과 함께 이곳에 오신답니다. 그분들과 한 패가 되어 알바니 공작을 험담하진 않으셨어요? 잘 생각해 보세요.

에드가 맹세코 그런 말은 한마디도 한 적이 없다.

에드먼드 아버지가 오시나 봐요. 용서하세요. 형님을 칼로 치는 척할 테니까 형님도 칼을 뽑아 방어하세요. 그러다가 달아나세요. (큰 소리로) 칼을 버리고 아버지 앞에 나오너라. 불을 밝혀라. (작은 소리로) 안녕히 가세요. (에드가 퇴장) 피를 흘리고 있다면 내가 장렬한 싸움을 했다고 생각하겠지. (자기 팔에 상처를 낸다) 주정꾼들은 이것보다 더 심한 장난을 하던데 뭘. (큰 소리로) 아버지! 아버지! 여기예요!

글로스터 백작과 횃불을 든 하인들 등장

글로스터 에드먼드, 그놈은 어디 있느냐?

에드먼드 이 깜깜한 어둠 속에서 칼을 들이대며 괴상한 주문을 뇌까리며 달의 여신에게 빌고 있었어요.

글로스터 그놈이 어디 있느냐니까?

에드먼드 이것 보세요, 제 팔을요. 피가 나고 있습니다.

글로스터 에드먼드, 그놈이 있는 곳을 말해!

에드먼드 이쪽으로 달아났어요. 끝까지 제가 말려…….

글로스터 그놈을 쫓아가서 절대로 놓치지 마라! (하인들 몇 명 퇴장) 끝까지 말렸는데도 어떻게 했다고?

에드먼드 아버지를 암살하자는 말에 제가 동의하지 않으니까 달아난 것입니다. 저는 형님에게 아버지를 암살하면 복수의 신들이 불벼락을 칠 것이라고 했죠. 부자간의 핏줄은 끊으려야 끊을 수 없을 정도로 질기다고도 했고요. 그랬더니 형님은 미리 준비했던 칼로 아무런 방비도 하지 않은 저에게 달려들어 제 팔을 푹 찔렀습니다. 그러나 제 정의로운 태도를 보고, 아니면 제 소리에 놀랐는지 형님은 줄행랑을 치고 말았습니다.

글로스터 제 놈이 뛰어야 이 나라 안에 있겠지. 내 이놈을 반드시 잡고 말 것이다. 잡히는 날이면 그날로 죽음이다. 오늘 밤 이 땅의 주인이시자 내 소중한 은인이신 공작께서 이곳으로 오신다. 그분의 이름을 빌려 포고령을 내리겠다. 그 잔인한 악당을 찾아내어 끌고 오는 자에게는 상을 주고, 숨겨주는 자는 사형에 처하겠다고 말이다.

에드먼드 형님의 그런 간악한 계획을 중지시키려고 애썼습니다만, 아무 소용이 없었습니다. 그래서 저도 화가 나서 형님한테 모든 걸 폭로하겠다고 윽박질렀지요. 그랬더니 형님은 이렇게 말하더군요. "상속도 못 받을 첩의 자식인 주제에, 내가 너와 싸운다면 누가 네 편이라도 들어줄 줄 아니? 네가 아무리 신용이 있고 덕행이 바르고 유능하다 해도 세상 사람들은커녕 아버지조차 네 말을 믿지 않을 것이다. 그렇지, 내가 아니라고 부정하는 날엔 설령 네가 내 필적을 증거로 내놓는다 하더라도 이 모든 것은 네 음모이며 간계라고 뒤집어씌울 수가 있다. 내가 죽으면 가장 이익을 보는 사람이 너인데, 네가 날 죽이려는 이유가 바로 그것이라는 것을 세상 사람들이 모를 줄 아느냐? 세상을 너무 얕보지 마." 이러면서 윽박지르더군요.

글로스터 오, 천하에 나쁜 놈 같으니! 그래, 그 편지까지 자기 것이 아니라고 부정을 했단 말이지? 그놈은 내 자식이 아니다. (안에서 우렁찬 트럼펫의 행진곡이 들려온다) 아, 공작 각하가 오시나 보다! 왜 오시는지 모르겠다. 아무튼 항구란 항구를 모두 폐쇄해야겠다. 그놈은 독 안에 든 쥐야. 공작 각하께서도 틀림없이 승인하여 주실 거야. 그리고 그놈의 사진을 방방곡곡에 붙여두어 모든 사람들에게 알려야겠다. 내 영토는 비록 서자지만 충직하고 효심이 지극한 너한테 물려주도록 해놓겠다.

콘월 공작, 리건 그리고 시종들 등장

콘월 오, 백작! 어떻게 된 일이오? 이상한 소문이 나돌던데.

리건 소문이 사실이라면, 어떤 엄벌을 내려도 부족할 거예요. 안 그래요, 백작님?

글로스터 오, 마님! 이 늙은이의 가슴은 터질 것 같습니다.

리건 아니, 바로 우리 아버지가 이름을 지어준 그 아들이 당신 생명을 노렸다는 거예요? 그 에드가가?

글로스터 오, 창피해서 더 이상 말을 할 수가 없습니다.

리건 혹시 그가 아버지를 수행하는 기사들과 한 패가 아닐까요?

글로스터 모르겠습니다. 너무나 악독해서 할 말을 잃었습니다.

에드먼드 그렇습니다. 형님은 그들과 친하게 지냈습니다.

리건 그렇다면 뭐 이상할 게 없네요. 그놈들이 그렇게 하라고 분명 부추겼을 거예요. 나도 언니한테 자세한 내용을 들었어요. 어쩌면 그놈들이 우리 집에 와서 묵을지도 모르니까 저더러 피해 있으라고 하더군요.

콘월 나도 집에 있으면 안 될 것 같아서 온 거요. 이번에 에드먼드가 아버지께 효자 노릇을 톡톡히 했다죠?

에드먼드 그저 자식으로서 도리를 한 것뿐입니다.

글로스터 이 애가 그놈의 음모를 폭로해 주었죠. 그놈을 잡으려고 하다가 이렇게 부상까지 당했답니다.

콘월 그놈을 추격하고 있소?

글로스터 예, 그러고 있습니다.

콘월 그놈이 잡히면 혼을 내어 다시는 경거망동하지 못하도록 하겠소. 내 이름을 팔아서라도 체포하기 바라오. 에드먼드, 내 유순하고 효성이 지극한 널 부하로 삼겠다. 너야말로 내가 신뢰할 수 있는 신하였어.

에드먼드 비록 부족한 점이 있더라도 있는 힘을 다해 공작님을 섬기겠습니다.

글로스터 아들놈을 대신해 감사 인사를 드립니다.

콘월 우리가 백작을 찾아온 이유를 알고 있소?

리건 글로스터 백작, 이렇게 예고도 없이 밤길을 더듬거리며 온 까닭은 급한 사태가 일어나서예요. 아무래도 백작의 조언을 들어야 할 것 같아서요. 아버지와 언니가 서로 싸운 이유를 두 분 다 서찰로 보내 왔답니다. 그런데 집을 떠나서 답신을 보내는 것이 상책일 것 같아서 이곳에 온 것입니다. 자, 두 곳으로 각각 보낼 사자를 대기시켜 놨는데, 조언을 해주시지요. 자제분 일로 심기가 불편하다는 건 알고 있습니다만, 우리를 위해서 조언을 아끼지 말고 해주세요. 그대로 따를 테니까요.

글로스터 분부대로 거행하겠습니다, 공작 부인. 두 분께서 오신 것을 진심으로 환영합니다. (나팔 소리, 일동 퇴장)

제2장

글로스터 백작의 저택 앞

켄트 백작, 오스왈드 양쪽에서 따로 등장

오스왈드 잘 잤소? 당신은 이 집에서 사시오?

켄트 그렇소.

오스왈드 어디에다 말을 맬까?

켄트 수챗구멍에 매는 게 좋겠지.

오스왈드 여보시오, 그러지 말고 가르쳐 주시오.

켄트 싫은데. 난 당신이 싫어.

오스왈드 나도 당신 따위와 상대하긴 싫어.

켄트 잘되었군. 하지만 날 상대해야 할걸.

오스왈드 왜 그런 악담을 하지? 서로 잘 알지도 못하면서.

켄트 나는 당신을 알아.

오스왈드 어떻게?

켄트 악당에다 비겁자이며 음식 찌꺼기나 처먹는 놈이지. 야비하고 주제넘게 거만하고 거지 꼴에 옷은 세 벌, 수입은 백 파운드나 되는 나쁜 놈이지. 1년 내내 더러운 털양말을 신고 다니며, 간이 콩알만하고 얻어터지면 싸울 생각은 하지 않고 소송이나 거는 놈, 첩의 자식에다, 밤낮 거울만 들여다보는 놈, 주인님을 위한답시고 뚜쟁이 노릇이나 하는 놈, 여기서 하나라도 틀렸으면 반박해 봐라, 이놈아! 울고불고 해 봐라, 내 가만히 있나 이놈아.

오스왈드 참으로 괘씸한 놈 다 봤구나. 서로 알지도 못하면서 별의별 욕을 다 퍼붓다니!

켄트 이 철면피 같은 놈아, 나를 모른다고? 폐하 앞에서 내가 너를 넘어뜨리고 두들겨 준 것이 바로 이틀 전이 아니냐? 이놈아, 칼을 뽑아라. 비록 밤이긴 해도 달이 밝으니 네놈을 박살내어 내장탕을 끓여 먹어야겠다. (칼을 빼면서) 자, 기생오라비처럼 아양이나 떠는 놈아, 칼을 빼라고!

오스왈드 비켜라! 나는 너 따위는 상대하지 않으니까.

켄트 칼을 빼라, 이 악당아. 폐하께 좋지 않은 편지나 전하는 놈! 폐하의 못된 딸의 꼭두각시 놈, 칼을 빼! 네 정강이를 두 동강 내버릴 테니까. 이놈, 덤벼라, 악당아!

오스왈드 사람 살려! 이놈이 사람을 죽이네. 사람 살려!

켄트 덤벼라, 이 노예 놈아! 어서 상대해 봐, 이 악당아! 노예치고는 매끈하게 빠졌구나. 자, 덤벼라! (오스왈드를 친다)

오스왈드 사람 살려! 아, 사람을 죽이네!

에드먼드가 긴 칼을 들고 등장

에드먼드 무슨 일이냐? 중지하라!

켄트 애송이로군. 네 소원이라면 피맛을 보여줄 테니 덤벼라.

글로스터 백작, 리건, 콘월 공작, 하인들 등장

글로스터 아니, 무슨 소동이냐?

콘월 목숨이 아깝거든 조용히 해라. 칼을 잡으면 사형이다.

리건 언니와 아버지께서 보내신 사자들이로군요.

콘월 왜 싸웠느냐? 말해 봐라.

오스왈드 저는 숨도 쉴 수 없을 지경입니다.

켄트 그야 그럴 테지. 시건방을 떨면서 덤벼들었으니 말이다. 너처럼 비겁한 악당은 자연도 자기가 만들지 않았다고 부인할 거다. 네놈은 아마 재봉사가 만들었을 거야.

콘월 뭐? 재봉사가 사람을 만들어?

켄트 석공이든 화가든 두 시간만 일을 했어도 저토록 서투른 작품을 만들어내지는 않았을 것입니다.

콘월 빨리 말해. 왜 싸웠는지?

오스왈드 저 늙은 놈의 흰 수염이 불쌍해서 살려줬더니…….

켄트 뭐라고? 쓸모 없고 천한 놈아! 공작 각하가 허락만 해주신다면, 이놈을 당장 짓이겨서 변소의 벽을 처바를 것입니다. 흰 수염 때문에 나를 살려줬다고? 천하에 빌어먹을 놈!

콘월 입 닥쳐! 괴물 같은 놈들, 감히 여기가 어디라고 싸움박질이냐?

켄트 물론 알지요. 하지만 화가 치밀 때는 눈에 보이는 게 없죠.

콘월 왜 화가 났느냐?

켄트 염치도 없는 노예 놈이 칼을 차고 있으니 기가 막힐 일 아닙니까. 성실성이라고는 약에 쓰려 해도 찾아볼 수 없는 악당 놈이 가식적으로 웃으며 쥐새끼처럼 부자간의 핏줄까지도 물어뜯지요. 끊어지려야 끊어질 수 없는 신성한 매듭까지도 넘본단 말씀이에요. 이런 놈들은 천성적으로 아첨을 하는데, 불에는 기름을 붓고,

싸늘한 마음에는 눈을 뿌린답니다. 그저 바람이 불 때마다 주인이 변할 때마다 물총새처럼 부리를 뱅뱅 돌리지요. 개처럼 영문을 모른 채 그저 따라다니는 것 밖에는 모릅니다. (오스왈드를 향해서) 간질병자 같은 표정을 지으며 페스트에 걸려 죽어 버려라? 내 말이 그렇게 우스우냐? 이 거위 같은 놈아! 내가 들판에서 네놈을 만나면 당장 우리로 몰아넣을 테다.

콘월 이놈이 미쳤나?

글로스터 어쩌다 싸우게 되었는지 낱낱이 밝혀라.

켄트 솔직히 말씀드리자면 아무리 원수지간이라 해도 이 악당과 저만큼 맞지 않는 경우도 드물 것입니다.

콘월 왜 악당이라고 하지?

켄트 이놈의 낯짝이 마음에 안 들어요.

콘월 내 얼굴도, 백작과 부인의 얼굴도 네놈 마음에 들지 않겠구나.

켄트 솔직한 게 제 성격이라 말씀드리자면, 지금 제 눈앞에 계신 분들의 어깨 위에 얹힌 얼굴보다 훌륭한 얼굴을 본 적이 있습니다.

콘월 솔직함을 칭찬받으면 금세 오만방자해져서 정직한 천성을 저버리는 놈이로구나. 이런 녀석은 아첨할 줄도 모르고, 정직하고 솔직하여 진실만을 이야기하지! 사람들한테 받아들여지면 좋은 거고, 아니더라도 솔직한 거야. 내가 알기론, 이런 부류의 악당들은 솔직합네 하면서, 머리를 조아리며 묵묵히 소임을 다하는 아첨꾼 시종 20명보다 더 교묘한 악의를 숨기고 있지.

켄트 나리께 성심을 다하여, 거짓없는 진실을 말씀드리죠. 빛나는 태양신 이마의 찬란한 불꽃처럼 위대한 나리께서 허락하신다면……

콘월 무슨 의미로 그런 말을 하느냐?

켄트 제 말투가 마음에 드시지 않는 듯하여, 공손하게 바꾸어본 것입니다. 저는 아첨꾼이 아닙니다. 솔직함을 가장하여 나리를 속인 놈이야말로 정말 악당이지요. 저는 그런 악당은 되지 않겠습니다. 그런 놈인 척하며 나리를 언짢게 할 순 있겠지요.

콘월 (오스왈드에게) 넌 저자한테 무엇을 잘못했지?

오스왈드 잘못한 거라뇨? 천만에요. 2, 3일 전에 저놈이 모신 국왕께서 뭔가 오해를 하시어 저를 때린 적이 있는데, 그때 저놈이 뒤에서 다리를 걸어 넘어뜨렸습니다. 제가 넘어지니까 저놈은 영웅이나 된 것처럼 저에게 욕설을 퍼붓고 으스댔습니다. 실은 제가 일부러 져준 것이지요. 그러고는 그것에 맛을 들였는지 칼을 빼들고 저한테 마구잡이로 달려들었습니다.

켄트 정말 그리스 군이라도 건달한테 걸리면 속수무책이지.

콘월 족쇄를 가져오너라! 이 망령이 든 늙은이에게 따끔한 맛을 좀 보여 줘야겠다.

켄트 전 뭘 배울 수 있을 정도로 젊은 나이가 아닙니다. 그러니 족쇄를 가져올 필요는 없지요. 게다가 저는 폐하의 심부름으로 이곳에 파견된 사람입니다. 폐하의 사자를 족쇄에 채운다면 폐하의 위엄과 인격을 모독하는 것일 뿐만 아니라 적의를 나타내시는 거겠지요.

켄트 족쇄를 가져와! 누가 뭐래도 저놈을 정오까지 채워놔야겠다.

리건 정오까지라뇨? 밤에도 계속 채워둬야 해요.

켄트 마님, 제가 아버님의 개라도 그런 대우는 할 수 없을 겁니다.

리건 아버지의 하인이니까 그렇지.

콘월 이놈은 당신 언니 편지에 적힌 녀석들과 한 패거리일 거야. 자, 족쇄를 가져와.

시종들이 족쇄를 들고 들어온다.

글로스터 공작님, 참으십시오. 저놈의 죄가 크긴 하지만 주인이신 국왕 폐하께서 마땅히 문책하실 것입니다. 국왕께서 자신의 사자가 이토록 모욕을 당했다는 것을 아시면 크게 화를 내실 겁니다.

콘월 그 책임은 내가 지겠소.

리건 자기 시종이 모욕을 당했다는 걸 언니가 알면 화를 낼 거예요. 저놈의 다리를 채워 놓아라. (켄트의 다리에 족쇄를 채운다)

콘월 자, 갑시다. (글로스터와 켄트만 남고 일동 퇴장)

글로스터 미안하네. 하지만 공작님의 분부니 난들 어쩌겠나. 그분의 고집은 세상 사람들이 알다시피 아무도 말릴 수 없잖은가. 하지만 내가 당신을 위해 다시 부탁을 하리다.

켄트 그만두시지요. 밤을 새우며 무리하게 왔더니 잠이 쏟아지는구려. 한숨 자고 나서 노래라도 부르지요. 세상에는 착한 사람이라도 불행을 겪을 때가 많은 법입니다. 안녕히 주무십시오.

글로스터 누가 봐도 이 일은 공작님의 잘못이야. 폐하께서 이 일을 아시면 얼마나 화를 내실까. (퇴장)

켄트 폐하, 폐하께서는 "하늘의 축복을 빼앗겨 염천에 끌려나온다"는 속담이 진실이라는 걸 깨달으실 것입니다. (편지를 꺼낸다) 세상을 비추는 하늘의 햇불이여, 네 도움으로 편지를 읽자꾸나. 재난이 닥치지 않고서는 기적이란 것도 볼 수 없지. 오, 코델리아 공주님께서 보내신 편지로구나! 내가 변장을 하고 지내는 것을 알고 계시는군. (읽는다) "때를 엿보아 나라를 구하고 누적된 병폐를 제거하려고 합니다." 정말 피곤해. 잠을 못 자 무거운 눈이여, 이 굴욕적인 잠자리를 보려고 하지 마라. 행운의 여신이여, 한 번만 미소를 보여다오! (잠든다)

제3장

숲 속

에드가 등장

에드가　나에게 내려진 포고령을 들었다. 마침 나무에 구멍이 있어 몸을 숨길 수 있었다. 항구란 항구는 모두 폐쇄되고 어디에나 파수꾼이 나를 잡으려고 물 샐 틈 없이 지키고 있다. 아, 어떻게든 살아남아야 해. 차라리 짐승과 같은 거지꼴로 변장을 해서라도 살아야 해. 얼굴에는 진흙을 검게 칠하고, 허리에는 남루한 담요 자락을 감고, 머리칼은 쑥대머리를 만들고, 또 대담하게 알몸뚱이로 하늘의 추적자인 비바람과 온갖 어려움을 견뎌내리라. 이 지방에는 좋은 게 있지. 정신병자 수용소에 있는 미친 거지들처럼 신음소리를 질러가면서 바늘과 나무꼬챙이, 못, 들장미의 잔가지 등을 무감각한 맨살 팔뚝에다 꽂아야겠다. 미친 듯이 저주도 하고 동냥을 달라고 떼를 쓰는 거야. 가엾은 거렁뱅이! 불쌍한 톰! 그런 이름이라면 몰라도 에드가로서는 이제 살아갈 수가 없지.

(퇴장)

제4장

글로스터 백작의 저택

켄트 백작이 족쇄를 찬 채 앉아 있다. 리어왕, 광대, 시종 등장

리어왕 이상한 일이군. 그들이 이렇게 갑자기 집을 떠난 것도 그렇고, 내가 심부름 보낸 자를 여태 돌려보내지 않는 것도 그렇고.

시종 제가 들은 바로는 어젯밤까지만 해도 전혀 집을 떠날 생각이 없었다 합니다.

켄트 어서 오십시오, 폐하.

리어왕 (켄트를 발견한 뒤 한참 들여다보고 나서) 아니, 넌 이런 모욕을 당하면서도 웃음이 나오느냐?

켄트 천만의 말씀입니다, 폐하.

광대 네놈은 지독한 족쇄를 차고 있구나. 말은 머리를, 개와 곰은 목을, 원숭이는 허리를, 그리고 인간은 다리를 묶어 매는구나. 다리를 함부로 놀려 걷어차기를 좋아하더니 끝내 나무양말을 신었구나.

리어왕 네 신분을 무시하고 네게 족쇄를 채운 놈이 누구냐?

켄트 폐하의 따님과 사위입니다.

리어왕 그럴 리가 없다.

켄트 사실입니다.

리어왕 아냐, 그 애들이 그랬을 리가 없어.

켄트 보시다시피 그들이 이랬습니다.

리어왕 그 애들이 감히 그럴 리가 없어. 그럴 수도 없는 일이고 또 그러려고 하지도 않았을 거야. 국왕의 사자에게 이런 짓을 저지른 다는 것은 살인보다 더 악랄한 짓이야. 자, 말하라. 네가 어째서 이러한 처벌을 받아야 했는지에 관해서 말이다.

켄트 폐하, 제가 이 저택에 도착해서 폐하의 친서를 드리려고 무릎을 꿇었습니다. 그때 채 일어나기도 전에 땀에 흠뻑 젖어서 김이 무럭무럭 나는 숨을 몰아쉬며 한 사자가 뛰어들어왔습니다. 그자는 절 제쳐놓고 고네릴 공주님의 서찰을 전하더군요. 두 분께서는 그 자리에서 그 서찰을 읽으시더니 별안간 하인들을 모두 불러모아 말을 타고 떠나셨습니다. 저에게는 틈나는 대로 답장을 할 테니 기다리라고 말씀하시면서 차디찬 눈초리로 쏘아보시더군요. 그런데 여기서 그놈의 사자를 만난 겁니다. 그놈 때문에 홀대를 받게 된 저는 그만 부아가 끓어올랐죠. 그놈은 지난번에 폐하께 오만불손하게 굴던 놈이었습니다. 갑자기 불끈 화가 치밀어 올라 칼을 뺐지요. 그랬더니 그놈이 겁에 질려 비명을 지르면서 온 집안 사람들을 깨웠습니다. 공작 내외분께서는 저의 죄가 이 정도의 창피를 받아 마땅하다는 것입니다.

광대 기러기가 저쪽으로 날아가는 걸 보니 아직도 겨울인가 보구나.

> 아비가 누더기를 걸치면 자식은 장님이 되어 모르는 척하지만
> 아비가 돈주머니를 차고 있으면 자식은 전부 효자가 되지.
> 운명의 여신은 매춘부처럼 가난한 사람에게는 문을 잠그네.

하지만, 당신은 따님들 덕택에 1년 내내 근심주머니를 얻게 되었네요.

리어왕 아냐, 그랬을 리가 없어. 아! 울화가 치밀어오르는구나. 치솟는 슬픔이여, 네 자리는 저 아래다. 내 딸은 어디 있느냐?

켄트 글로스터 백작과 함께 안에 계십니다.

리어왕 아무도 따라오지 말고 여기 있으라. (퇴장)

신사 지금 말씀하신 것 외에는 잘못한 것이 없는지요?

켄트 없습니다. 그런데 폐하의 시종들이 왜 이리 적습니까?

광대 그따위 것을 묻고 있으니 족쇄를 차도 싸다 싸.

켄트 뭐라구, 이 바보광대가!

광대 개미한테 보내서 겨울에는 일하지 않는다는 것을 배워야겠다. 코가 향한 쪽으로 곧장 가는 자들은 소경이 아닌 다음에야 눈으로 보고 가는 거다. 그리고 눈이 멀었다 해도 썩은 냄새를 맡지 못하는 자는 없지. 언덕을 오르는 큰 수레바퀴를 끌면 모가지가 부러지기 십상이지. 수레 뒤에서 끌려가는 게 좋지. 어떤 사람이 이보다 더 현명한 충고를 할까. 내 충고는 도로 보내주게. 광대의 충고니까 악당들이나 따라 하면 되니까. (노래한다)

> 이익을 찾아 겉으로만 따르는 놈은
> 폭풍우가 내리면 달아난다네.
> 그러나 나는 바보니까 남으리.
> 영특한 놈은 뺑소니쳐도 좋아.
> 달아나는 소인배는 바보가 되지만
> 광대는 절대 악당이 될 수 없다네.

켄트 광대야, 너 그 노래 어디서 배웠니?

광대 족쇄 차고 배운 것은 아니다, 이 바보야.

리어왕이 글로스터 백작과 함께 등장

리어왕 면회 사절이라고! 나한테? 몸이 아프다고? 간밤에 밤새워 여행을 해서 피곤하다고? 순전히 변명이야. 아비를 거역하고, 아비를 버리려는 징조가 아니고 뭐야. 좀더 그럴 듯한 대답을 가지고 와.
글로스터 말씀드리기 황송합니다만 폐하, 공작님의 성질은 불같아서 한번 그렇게 결정을 하면 바뀌는 적이 없습니다.
리어왕 경을 칠 놈! 염병에 걸려 뒈져버려라! 뭐, 성질이 불같다고? 여봐라, 글로스터, 내가 콘월 공작 내외를 만나야겠다.
글로스터 예, 폐하. 그렇게 말씀드렸습니다만…….
리어왕 여보게, 자네가 내 말뜻을 알고 있기나 한가?
글로스터 예, 알고 있습니다.
리어왕 국왕이 콘월과 얘기를 하려는 거야. 아비가 사랑스런 딸에게 얘기하려는 거야. 이 뜻을 전했느냐? 나는 국왕이 아닌가. 숨이 막히고 피가 끓어오르는구나! 불같은 성질이라고? 공작에게 가서 말하라. 아니, 지금 말하지 않아도 좋다. 사람은 더러 지치면 제정신이 아닐 수도 있으니까. 참아야겠다. 급한 성미 때문에 나도 이 지경이 된 것이다. 병든 자의 짜증스런 발작을 건강한 사람의 의도로 받아들이다니. (켄트를 보면서) 내 권세도 땅 위에 떨어졌구나! 무엇 때문에 너를 족쇄에 채웠단 말이냐? 이 꼴을 보니 공작 내외가 무슨 계략을 꾸미는지 알겠구나. 내 하인을 풀어주어라. 내가 할말이 있다고 전하라. 지금 당장 말이야. 만일 그렇지 않으면 그들의 침실 입구에서 북을 쳐 잠을 깨울 테니까.

글로스터 어떻게든 원만하게 잘 해결되었으면 좋겠습니다. (퇴장)

리어왕 아, 끓어오르는 가슴이여! 그러나 진정하자!

광대 아저씨, 가슴에 대고 호통을 치세요. 아저씬 칠칠맞은 부엌데기가 만두 속에 산 뱀장어를 넣고 구시렁거리는 것 같아요. 그 부엌데기가 뱀장어의 머리통을 부지깽이로 치면서 "요놈, 들어가. 버르장머리없는 것아, 들어가라니까!" 하는 것처럼 말예요. 그런데 그 부엌데기 오라비 역시 물건이라, 말이 귀엽다고 건초에다 버터를 발라줬다지 뭡니까.

콘월 공작, 리건, 하인들과 함께 글로스터 백작 다시 등장

리어왕 잘들 있었나?

콘월 안녕하십니까. (시종들이 켄트를 풀어놓는다)

리건 폐하를 뵈오니 기쁩니다.

리어왕 당연히 그래야지, 리건. 네가 기쁘지 않다고 하면, 그런 딸의 어미는 분명히 화냥년일 거야. 그렇다면 나는 무덤을 헤쳐서라도 네 어미와 이혼하겠지. (켄트에게) 아, 이제야 풀려났구나. 이 일에 대해서는 나중에 따지기로 하자. 사랑하는 리건, 네 언니는 내 딸이 아니다. 흉측한 년이다. 그년은 독수리처럼 예리하고 매정한 부리로 여기를 물어뜯었다. (자기 가슴을 가리킨다) 말로 다 설명할 수도 없다! 너는 믿어지지 않을 거야, 그 포악한 태도를. 오, 리건!

리건 제발 진정하세요. 제 생각에는 언니가 효성을 다하지 않은 게 아니라 아버지가 뭔가 오해를 하신 것 같은데요.

리어왕 그게 무슨 소리냐?

리건 언니가 조금이라도 소홀히 했다는 사실을 도저히 믿을 수가 없어요. 만일 그랬다 해도 거기에는 그만한 이유가 있었겠지요. 그러니 언니를 무조건 비난할 수는 없어요.

리어왕 난 그년을 저주해!

리건 아버지, 이제 아버지는 늙으셨어요. 기력이 쇠하셔서 아버지보다 더 나라 사정에 정통한 사람에게 나랏일을 맡기고 그 사람의 의견을 따를 필요가 있어요. 그러니 제발 언니한테 돌아가셔서 미안하다고 사과하세요.

리어왕 그년에게 사과하라고? 어디 잘 봐라. 그년이 왕가에 어울리는 년인지. '사랑하는 딸이여, 이 아비는 늙어빠져 쓸모가 없으니 (무릎을 꿇는다) 이렇게 무릎을 꿇고 부탁하니, 옷과 먹을 것과 잠자리를 주시오' 하고 애걸해야 한다고?

리건 제발 그런 실없는 장난은 그만하시고 언니한테로 돌아가세요.

리어왕 (벌떡 일어나면서) 리건, 난 절대로 안 간다. 그년은 내 시종을 반으로 줄였어. 무서운 낯짝으로 나를 노려보며 독사 같은 독설로 나한테 퍼부었어. 하늘에 저장해놓은 벌이라는 벌은 은혜도 모르는 그년의 뻔뻔스런 낯짝 위에 모두 쏟아지소서! 하늘의 질병이여, 그년한테서 태어나는 자식들의 뼈가 오그라지도록 하소서!

콘월 폐하, 어찌 그리 끔찍한 저주를 내리십니까!

리어왕 날쌘 번개여, 그년의 눈을 멀게 하소서. 강렬한 햇살을 받아 늪에서 피어나는 독기여, 그년의 젊음을 시들게 하소서.

리건 오, 하느님 맙소사! 화가 나신다면 저에게도 똑같은 저주를 퍼부으시겠군요?

리어왕 아니다, 리건. 너를 저주하는 일은 결코 없을 것이다. 너는 천성이 부드러우니까 가혹한 짓을 할 리가 없겠지. 고네릴의 눈은 사납지만 네 눈은 상냥하고 다정하지. 너의 타고난 성정으로 보아 너는 내가 즐기는 일에 대해서 불평하지 않을 거야. 내 시종들을 줄이는 일도 없고, 내 생활비를 아까워하지도 않을뿐더러 나에게 말대꾸도 하지 않을 거야. 너는 내가 오는 것을 막기 위해 문을 잠그지는 않겠지? 너는 인간의 의무와 자식의 도리, 예의범절과 감사의 마음을 더 잘 알지 않느냐. 내가 너에게 왕국의 절반을 양도해 주었다는 것을 너는 잊지 않았을 거야.

리건 아버지, 용건만 간단히 말씀하세요.

리어왕 누가 내 시종에게 족쇄를 채웠느냐? (안에서 나팔 소리)

콘월 저 나팔 소리는 뭐지?

리건 언니가 행차하는가 봅니다. 곧 오겠다고 편지에 적혀 있었어요.

오스왈드 등장

리건 (오스왈드에게) 너희 마님이 오시느냐?

리어왕 이 하인놈은 변덕스런 주인마님의 치마폭만 믿고 거드름을 피우는구나. 내 앞에서 썩 꺼져라, 이놈!

콘월 폐하, 왜 이러십니까?

리어왕 누가 내 시종에게 족쇄를 채웠느냐? 리건, 너는 아니겠지? 저기 오는 게 누구냐?

고네릴 등장

리어왕 오, 하늘이시여! 만일 당신이 이 늙은이를 불쌍히 여기신다면, 효행을 덕으로 여기신다면, 모쪼록 당신도 늙은이라면 하늘의 천사를 내려보내시어 제 편을 들어주소서. (고네릴에게) 너는 이 아비의 수염을 보고도 부끄럽지 않단 말이냐? (리건은 고네릴을 맞이하여 악수한다. 리어왕, 이 광경을 보고) 오, 리건! 너는 저년의 손을 잡느냐?

고네릴 어째서 손을 잡으면 안 되나요? 제가 잘못한 게 있나요? 망령이 난 노인이 주장하는 무례를 어찌 다 받아들일 수 있겠어요?

리어왕 아직도 네년은 오만불손하기 짝이 없구나! 하여튼 내 하인에게 족쇄를 채운 자가 누구냐?

콘월 제가 그랬습니다. 저자의 난동을 생각하면 더 지독한 형벌을 받았어야 마땅했습니다.

리어왕 자네가! 자네가 그랬다고?

리건 아버지, 진정하세요. 언니한테 가서서 시종을 반으로 줄이신 뒤에 이달 말까지 머물러 계신 다음 오세요. 보다시피 저는 현재 여행 중이라 대접해 드릴 수가 없어요.

리어왕 저년한테로 돌아가라고? 시종을 반으로 줄이라고? 그럴 바엔 차라리 들판에 나가 이리와 올빼미의 벗이 되고, 가난의 괴로움을 맛보는 게 낫겠어. 저년한테 돌아갈 바에야 지참금도 없이 막내딸을 데려간 프랑스 왕한테 가서 무릎을 꿇고 비천한 부하처럼 근근히 살아가는 것이 나아. 저년한테 돌아가라고? 그럴 바에는 (오스왈드를 가리키면서) 차라리 저 구역질나는 종놈의 노예나 말이 되라고 해라.

고네릴 좋을 대로 하세요.

리어왕 애야, 제발 나를 미치게 만들지 마라. 이제 네 신세는 더 이상 지지 않겠다. 너희들은 내 핏줄이요 내 딸이다. 혹은 내 살 속에 박힌 병균인지도 모르지. 그러나 그것도 내 것이라 부를 수밖에 없는 것 아니냐. 하지만 나는 너희들을 책망하지 않겠다. 마음을 고쳐 착한 사람이 되도록 애써라. 나는 참을 수 있다. 리건아, 나는 100명의 기사와 너의 집에 머무를 것이다.

리건 그럴 순 없어요. 저는 아버지께서 오실 줄 전혀 예상도 못했던 터라 준비를 못했어요. 언니의 말을 들으세요. 지금 아버지가 노여워하시는 것을 우리가 그대로 듣는 것은 어른을 존경하는 마음에서 그런다는 걸 알아두세요.

리어왕 그 말 진담이냐?

리건 그렇습니다. 시종이 50명이면 되지 않아요? 그 이상 무슨 필요가 있어요? 아니 그것도 많아요. 시종이 많으면 비용도 그렇고 위험도 크지요. 한 집에 두 주인 밑에서 그 많은 사람들이 어떻게 평화롭게 지낼 수 있겠어요? 불가능한 일이지요.

고네릴 동생의 하인이나 저희 집 시종들이 아버지를 돌봐드려도 되잖아요.

리건 그래요. 만약 저희 집 하인이 아버지를 소홀히 모시면 제가 단속하지요. 그러니 저희 집에 오시려면 시종은 25명만 데려오세요. 그 이상 오게 되면 방도 없고 돌봐드릴 수도 없어요.

리어왕 난 너희에게 모든 것을 주었는데······.

리건 적당한 시기에 잘 주신 거지요.

리어왕 너희들을 나의 후견인으로 삼아 일체의 권력을 맡겼다. 대신 나는 시종 100명을 거느린다는 단서를 붙였는데, 시종을 25명만 데려오라니, 어림없는 소리다. 리건아, 그 말 진심이냐?

리건 거듭 말씀드립니다만, 그 이상은 곤란해요.

리어왕 악한 자 옆에 더 흉악한 자가 있으면, 그 악한 자가 선하게 보일 수도 있다더니. 최악이 아니라는 것이 위안이 될까. (고네릴에게) 너한테로 가겠다. 너는 50명이라고 말했으니 25명의 두 배가 아니냐. 네 효심은 저년의 두 배인 셈이구나.

고네릴 잠깐만요, 아버지. 아버지의 시종이 25명이든 10명이든 2명이든 왜 필요해요? 갑절이나 더 많은 저의 시종들이 아버지의 뒤를 돌봐드리고 있는데요.

리건 한 사람도 필요 없죠.

리어왕 필요를 따지지 마라! 아무리 찢어지게 가난한 거지라도 사치를 누리는 부분은 있는 법이다. 인간이 삶에 필요한 것말고 아무것도 가질 수 없다면 짐승이나 다를 바가 없지. 너는 귀부인이지. 만약 옷이란 추위를 막는 것으로만 필요하다고 한다면 네가 지금 입고 있는 옷은 왜 필요하단 말이냐? 그러나 정말 인간에게는 필요한 것이 있다. 하늘이여, 저에게 인내를 주소서. 인내가 필요합니다! 신들이여, 여기 서 있는 불쌍한 늙은이를 보십시오. 늙고 슬픔이 많아 비참하기 이를 데 없는 불쌍한 늙은이를! 이 딸들이 아비를 배반하도록 하셨다 해도, 오 신이시여, 저를 우롱하지 마소서. 저를 노여움으로 분기탱천하게 하시옵고, 여자의 무기인 눈물이 이 늙은이의 뺨에 흐르지 않도록 하소서. 이 짐승 같은 년들아, 너희 두 년에게 기필코 복수를 하겠다. 온 세상이 깜짝 놀라도록, 아직은 모르지만 온 땅이 벌벌 떨도록 할 것이다. 네년들은 내가 울 줄 알았겠지? 천만에! 울 만한 이유는 충분하지만 나는 울지 않는다. (멀리서 폭풍우 소리 들린다) 울기 전에 이 심장이 천 갈래만 갈래 찢어질 것이다. 오, 광대야, 나는 미치고 말겠구나! (리어왕,

글로스터, 켄트, 그리고 광대 퇴장)

콘월 안으로 들어갑시다. 폭풍우가 올 것 같소.
리건 이 집은 너무 비좁아서 노인과 시종들이 머물 수가 없어요.
고네릴 자업자득이야. 스스로 안락한 생활을 버리셨으니까. 어리석은 소행이 어떤 것인지 맛 좀 보셔야 해.
리건 단 한 명이라도 시종을 둔다면 아버지를 모실 수 없어요.
고네릴 나도 마찬가지야. 글로스터 백작은 어디 계시지?
콘월 늙은이를 쫓아갔다가 돌아온 모양이군.

글로스터 백작 다시 등장

글로스터 폐하께서는 화가 머리끝까지 치미셨습니다.
콘월 어디로 가셨소?
글로스터 말을 타고 계신데 어디로 가실는지 저도 모르겠습니다.
콘월 마음대로 하시라고 내버려둡시다.
고네릴 백작, 절대로 말리지 마세요.
글로스터 아아! 밤이 옵니다. 차가운 바람이 사납게 불고 있어요. 이 근처 몇 킬로 안에는 머물 수 있는 곳이 전혀 없는데.
리건 백작님, 문을 닫으세요. 고집불통인 사람을 고치는 데에는 재앙이 필요해요. 문을 꼭 닫으세요. 아버지의 시종들은 난폭한 사람들뿐이어서 무슨 일을 저지를지 모르니까요. 우리 모두 지혜롭게 대처해야 해요.
콘월 문을 꼭 닫읍시다, 글로스터 백작. 사나운 밤이오. 리건의 말이 맞소. 자, 폭풍우를 피해 안으로 들어갑시다. (일동 퇴장)

제 3 막

제 1 장

황량한 들판

폭풍우, 번개, 천둥치는 가운데 켄트 백작과 기사가 양쪽에서 등장

켄트 거, 누구요? 이토록 사나운 날씨에.

기사 이 날씨처럼 마음이 아주 사나운 사람이오.

켄트 난 또 누구라고. 폐하께서는 어디 계시오?

기사 사나운 비바람과 맞서 싸우고 계십니다. 천지개벽이 되든지 아예 없어지도록 싸우는 거지요. "바람이여, 대지를 바다 속으로 처넣어라. 파도여, 대지를 뒤덮어라" 하시며 명령하고 계십니다. 하지만 폐하께서 그토록 백발을 부여잡고 울부짖어도 미처 날뛰는 바람은 깡그리 무시하고 몰아치고 있죠. 그저 인간이라고 하는 작은 몸뚱어리를 우주라도 되는 양 싸우고 계십니다. 오늘 같은 밤에는 아무리 미련한 곰이라 해도 굴속에서 나오지 않고, 사자나 굶주린 이리라 해도 비를 맞기 싫어할 텐데 폐하께서는 모자도 쓰시지 않은 채 뛰어다니시며 모두 끝장이라고 소리치고 계십니다.

켄트 누가 모시고 있겠지요?

기사 광대뿐입니다. 심장이 찢어지는 국왕의 아픔을 광대는 익살로

위로하려고 애쓰고 있습니다.

켄트 당신의 인품은 이미 나도 알고 있소. 그래서 부탁을 드리는데 들어주지 않겠소? 알바니 공작과 콘월 공작은 사이가 좋지 않소. 더욱이 그 두 사람 수하엔 프랑스 첩자가 있어 나라의 정보를 팔고 있소. 그들은 요즘 노왕에 대한 무자비한 학대와 고난 등을 모조리 정탐해 프랑스에 보내고 있소. 조만간 프랑스 군대가 분열된 이 나라에 처들어올 것만은 확실하오. 이미 저들은 우리의 무관심을 틈타 쓸만한 항구에 진을 치고 기선을 제압할 태세를 갖추고 있소. 그래서 부탁인데, 나를 믿고 급히 도버까지 가주실 수는 없겠소? 왕께서 두 딸들의 천륜을 벗어난 행실에 얼마나 크게 노하시고 슬퍼하시는지 가서 전하면 깊은 감사와 함께 사례를 받을 수 있을 거요. 이런 말을 전하는 나 역시 혈통과 교양을 갖춘 신사요.

기사 좀더 이야기를 듣고 싶소.

켄트 아닙니다. 내가 겉보기와는 다른 인물이라는 증거로 이 지갑을 열고 안에 든 것을 가지시오. 코델리아 공주님을 만나면 이 반지를 보여 드리시오. 그럼 내가 누구인지 아실 거요. 웬 폭풍우가 이리 심하담! 나는 폐하를 찾으러 가야겠소.

기사 악수나 합시다. 더 하실 말씀은 없소?

켄트 한마디만 더 덧붙이겠소. 하지만 이 말이 가장 중요하오. 당신은 저쪽으로, 나는 이쪽으로 가다가 누구든 먼저 폐하를 발견한 사람이 큰 소리를 질러 신호를 해줍시다. (두 사람 따로따로 퇴장)

제 2 장

들판의 다른 쪽

폭풍우 계속, 리어왕과 광대 등장

리어왕 바람아 불어라, 내 뺨이 갈기갈기 찢어지도록! 미쳐 날뛰어라! 불어라! 폭포처럼 쏟아지는 호우여, 땅에 이는 회오리바람이여, 높은 탑에 세운 바람개비가 물 속에 잠길 때까지 쏟아져라! 머리에 번뜩이는 생각처럼 재빠른 유황불이여! 참나무를 쪼개는 벼락을 알리는 번개여! 내 흰 머리를 태워라! 그리고 천지를 진동시키는 천둥이여, 두껍고 둥근 이 세상을 납작하게 짓이겨라. 자연의 틀을 깨어 은혜도 모르는 인간을 태어나게 하는 모든 종자들을 없애 버려라.

광대 아저씨, 방안에서 아첨하는 것이 들판에서 비 맞는 것보다 나아요. 그러니 아저씨, 돌아가서 딸년들의 신세를 집시다. 칠흑같이 캄캄한 이런 밤에는 현명한 사람이나 바보나 똑같이 보인다니까요.

리어왕 실컷 으르렁거려라. 불을 뿜어라. 비를 퍼부어라. 비도 바람도 천둥도 번개도 내 딸이 아니다. 나는 너희 우주를 향해 비난하지는 않겠다. 나는 결코 너희들에게 왕국을 주지도 않았고 딸이라고 부르지도 않았다. 그러니 내게 복종할 필요는 없다. 너희들

멋대로 해라. 나는 너희들의 노예며 지치고 나약한 멸시받는 늙은이에 불과하다. 세상의 바람이여, 너희가 흉악한 두 딸년의 편이 되어 이 늙은이의 백발을 날려보낼 작정이냐? 오냐, 비굴한 사신들아, 이 백발의 애처로운 노인에게 돌진하다니! 더럽구나!

광대 머리를 넣어둘 수 있는 집 한 칸이라도 있는 사람은 현명한 사람이지. (노래한다)

> 집은 없어도 음낭을 넣을 바지가 있다면
> 음낭에 이가 들끓는다오.
> 마음속에 맺힌 분노를 발가락에 매고 다닌다면
> 발가락이 아파서 뜬눈으로 밤을 지새우지.
> 아무리 예쁜 여자라도 거울 앞에서는 입을 비죽거리지.

켄트 백작 등장

리어왕 내가 참자. 내가 본을 보여야 해. 아무 말 하지 말고 무조건 참자.
켄트 거기 누구냐?
광대 넌 누구냐? 여기 왕관과 바지가 있다. 현명한 사람과 바보가 있다는 말이다.
켄트 아, 폐하! 여기 계셨군요. 아무리 밤을 좋아하는 동물이라도 이런 밤은 싫어할 것입니다. 이렇게 험한 날씨엔 짐승들조차도 굴 속에 처박혀 나오지 않을 것입니다. 제가 철든 이후로 하늘을 가득 타오르는 번갯불과 끔찍한 천둥소리, 미친 듯 몰아치는 비바람의 신음소리는 들은 적도 없습니다. 인간으로서는 도저히 감당할 수 없는 고통입니다.

리어왕 이토록 무서운 혼란을 불러일으키는 위대한 신들로 하여금 내 원수를 찾아내게 하라. 적은 어디 있느냐? 나와 함께 들판에 남아 있는 기사여, 적들은 어디 있느냐? 가슴속 깊숙이 죄악을 숨겨둔 채 아직 정의의 채찍을 받지 않은 자들이여, 거짓 증언을 한 자여, 간음을 범하고도 군자인 척하는 자여, 어디 숨어 있느냐? 네 몸이 산산조각나도록 떨어라. 죄를 교묘히 감춘 자들아, 몸을 숨긴 벽을 허물고 무서운 심판자에게 자비를 빌어라. 나는 지은 죄보다 덮어쓴 죄가 많은 억울한 사람이다.

켄트 아, 왕관도 안 쓰시고! 폐하, 바로 이 근처에 오두막이 있습니다. 비바람을 피해 잠깐만 쉬고 계십시오. 그동안 저는 그 몰인정한 집에 가보겠습니다. 돌로 지었지만 돌보다 더 냉혹한 집으로 들어가서 그들이 효도할 수 있도록 해보겠습니다.

리어왕 내가 드디어 미쳐가나 보다. (광대에게) 이 바보야, 넌 어떠냐? 추우냐? 나도 춥다. (켄트에게) 여보게, 그 쉴 곳이라는 게 어디 있느냐? 가난이라는 게 참으로 신기하구나. 비천한 것도 고귀하게 만드니. 자, 오두막으로 가자. 불쌍한 광대 녀석아, 내 마음 한 구석엔 여전히 네가 안쓰럽구나.

광대 (노래한다)

재주가 미천한 자들은 비바람이 불면
운명이려니 만족하고 살아야 하지.
날이면 날마다 비가 내린다 해도.

리어왕 맞는 말이다. 함께 오두막으로 가자. (리어왕과 켄트 퇴장)

광대 창녀의 욕정을 식히기에 아주 좋은 밤이구나. 가기 전에 예언이나 해야겠다. 사제의 말이 행동보다 앞설 때, 술장수가 누룩에 물을 섞을 때, 귀족이 재봉사의 스승이 될 때, 이교도 대신 기생서방을 죽일 때, 빚진 변호사 없고 가난한 기사 없을 때, 욕이 사람 혀끝에 오르지 않을 때, 소매치기가 군중 속에 끼지 않을 때, 뚜쟁이와 창녀들이 교회를 세울 때, 그때가 되면 커다란 혼란이 일어나겠지. 이 같은 예언은 나보다 한 시대 앞서 살다 간 멀린이 해야 하는데. (퇴장)

제3장

글로스터 백작의 성 안, 어느 방

글로스터 백작과 횃불을 든 에드먼드 등장

글로스터 아, 슬프다! 에드먼드야, 이런 몰인정한 처사는 처음 보았구나. 가여운 국왕을 위로해 드리려고 했더니, 공작 내외께서는 내 집을 사용하지 못하도록 했을 뿐만 아니라 어떤 방법으로든 국왕을 도와주기만 하면 나와 영원히 절교할 것이라고 경고하시더구나.

에드먼드 정말 잔악하고 인정머리라곤 눈곱만큼도 없는 불효자군요.

글로스터 하지만 걱정할 필요는 없다. 두 공작은 사이가 좋지 않을 뿐만 아니라 그보다 더 나쁜 일들이 지금 벌어지고 있다. 이제 그들에게도 불행이 닥칠 거다. 오늘 밤 나는 밀서를 받았다. 쉿! 입 밖에 내면 위험해. 이제 국왕께서 받으신 고통보다 더욱 큰 고통을 당하게 될 것이다. 프랑스 병사들이 이미 이 땅에 상륙해 있어. 우린 국왕 편에 서지 않으면 안 돼. 국왕을 찾아서 은밀히 구조할 테니, 너는 공작부인의 말상대나 하고 있거라. 만일 공작께서 나를 찾으면 아파서 누워 있다고 해라. 설사 목숨을 잃는 한이 있어도 나의 주인이신 왕을 구해 드려야 해. 에드먼드, 무서운 세상이다. 몸조심해라. (퇴장)

에드먼드 이런 아버지, 당신은 그만 큰 실수를 하고 말았군요. 자, 아버지의 왕에 대한 비밀스런 충성을 공작부인에게 알려야 해. 그럼 아버지의 재산이 모두 내 것이 되겠지. 이것이야말로 천재일우의 기회야. 노인이 쓰러지면 젊은이가 일어나는 법이지. (퇴장)

제4장

황량한 들판, 오두막 앞

리어왕, 켄트 백작, 광대 등장

켄트 폐하, 이곳입니다. 안으로 들어가시지요. 이런 폭풍우는 인간의 몸으로는 도저히 견뎌낼 수 없습니다. (폭풍우 소리 여전히 들린다)
리어왕 아니다. 내 걱정은 하지 마라.
켄트 제발 안으로 들어가십시오.
리어왕 넌 내 가슴을 찢어놓을 작정이냐?
켄트 차라리 제 가슴을 찢고 싶습니다. 제발 안으로 들어가십시오.
리어왕 너는 폭우에 젖는 것을 대단한 일로 생각하는구나. 하긴 너한테는 그렇겠지. 하지만 인간이란 큰 병을 앓으면 작은 병쯤은 아무것도 아니란다. 곰을 보면 누구나 피하지. 하지만 눈앞에 성난 바다가 가로놓여 있다면 곰과 사생결단을 할 수밖에 도리가 없을 것이다. 마음이 편안해야 몸의 고통도 느끼는 법 아닌가. 내 마음속에 폭풍이 이렇게 부는데 심장의 고동 소리 외에 어떤 감각이 있겠느냐. 불효막심한 것들! 입에 먹을 것을 넣어준 손을 물어뜯는 것과 다를 바 없지. 캄캄한 밤에 나를 들판으로 내쫓다니! 하지만 절대로 눈물만은 흘리지 않겠다. 오, 리건, 고네릴! 아낌없이 이 모든 걸 주었건만. 아아, 그 생각을 하니 미칠 것만 같구나. 그런 생각은 그만두자! 더 이상은 하지 말자.

켄트 폐하, 제발 들어가십시오.

리어왕 너나 들어가 쉬어라. 난 이 폭풍우로 인해 생각을 안 해도 되겠구나. (광대에게) 이 집도 없는 가난뱅이야, 안으로 들어가거라. 나는 기도를 올리고 나서 들어가겠다. (광대, 안으로 들어간다) 가난하고 헐벗은 사람들아, 이 몰인정한 폭풍우를 맞으면서도 굶주린 배를 졸라매고 누더기를 걸친 채 밤낮 없이 유랑을 했겠구나. 그동안 내가 너희들에게 너무 무심했구나! 영화를 누리는 자들아, 이 일을 교훈으로 삼아라. 남은 것이 있거든 이들에게 나눠주어라. 하느님이 공평하다는 걸 보여주어라.

에드가 (안에서) 물이 깊구나. 불쌍한 톰!

광대 (오두막에서 뛰쳐나온다) 들어가지 마세요, 아저씨. 귀신이야. 사람 살려, 사람 살려!

에드가 (안에서) 같은 처지야! 난 불쌍한 톰이라고!

켄트 호들갑을 떨지 말고 가만 있어봐. 거기 누구냐?

광대 귀신이야, 귀신. 이름이 불쌍한 톰이래.

켄트 거기서 중얼거리는 놈은 누구냐? 어서 나와라.

미치광이로 변장한 에드가가 밖으로 나온다.

에드가 썩 꺼져라! 악마가 쫓아온다! 가시돋친 산사나무 사이로 차가운 바람이 분다. 아, 춥구나! 잠자리로 들어가 몸이나 녹여라.

리어왕 자네도 두 딸에게 모든 것을 양도했는가? 그래서 이 꼴이 되었는가?

에드가 누가 이 불쌍한 톰에게 그런 걸 주겠어요? 그 더러운 악마들이 날 여기저기 끌고 다녀요. 불꽃 속으로, 물 속으로, 늪 속으로, 시궁창 속으로 이리저리 마구 끌고 다녀요. 베개 밑에 단도를 넣어두고, 의자에는 목매달아 죽이는 밧줄을 걸어놓고, 죽 그릇 옆에는 약을 놓고 거들먹거리는 말을 타고 반역자라고 소리치며 쫓아와요. 아, 톰은 추워요. 악마에게 벗어나게 해주소서. 악마에게 사로잡혀 있는 불쌍한 톰에게 적선하세요. 이번만은 그놈을 붙잡을 수 있었는데. 여기다. 아니, 저기다! (폭풍우 계속)

리어왕 뭐야! 이놈도 딸년들 때문에 이 지경이 되었나? 너도 네 몫을 남겨두지 않고 몽땅 줬느냐?

광대 아뇨, 담요 한 장은 남겨 놓았죠. 그것조차 없었으면 눈뜨고 볼 수 없었겠죠.

리어왕 머리 위를 떠도는 모든 재앙들이 네 딸년들 머리 위에 떨어지도록 빌거라!

켄트 이 사람에게는 딸이 없습니다.

리어왕 (켄트에게) 뒈져라, 이 자식아! 불효한 딸 때문이 아니라면 누가 인간을 저토록 비참하게 만들어놓는단 말이냐? 자식에게 버림받은 아비들이 저렇게 자학하는 것이 요즘 유행인가? 하긴 이런 벌을 받아도 싸지! 아비의 피를 빨아먹는 펠리컨 같은 딸들을 낳은 몸뚱이니까.

에드가 필리콕(펠리컨)은 필리콕 산에 앉았구나. (펠리컨을 부르듯) 허이, 허이, 허어이!

광대 이렇게 추운 밤에는 모두 바보가 되거나 미쳐 버릴 거야.

에드가 악마를 조심해요. 부모 말은 잘 듣고 약속은 반드시 지키세요. 맹세를 함부로 하지 말고, 남의 부인을 범하지 말고, 좋은 옷에 한눈 팔지 말아요. 톰은 추워요.

리어왕 넌 전에 무엇을 했느냐?

에드가 시종이었죠. 교만으로 가득 찬 여주인의 비위를 맞추면서요. 머리를 지지고 모자에 장갑을 붙이고 다니는 마님의 색정을 채워주느라 컴컴한 곳에서 정사도 했죠. 입에서 나오는 대로 맹세를 한 뒤 하느님 앞에서 곧장 깨뜨리기도 했고요. 잠자리에선 욕정을 채울 궁리를 하고 깨어나선 계획을 실천에 옮겼지요. 술도 몹시 좋아했고 도박도 즐겼어요. 여자에 있어서는 터키 왕 뺨치고요. 마음은 거짓되고, 귀는 여리고, 손은 잔학하고, 돼지처럼 게으르고, 여우처럼 교활하고, 사자처럼 남을 험담했지요. 창녀들의 집에는 발을 들여놓지 말고, 여자의 허리춤 사이로 손을 넣지 말고, 빚쟁이 장부에 이름을 올리지 마세요. 산사나무 덤불 사이로 찬바람이 쉴 새 없이 불어요. 이봐, 돌고래 같은 놈아! 지나가게 해다오. (폭풍우 여전하다)

리어왕 네가 알몸으로 하늘의 매서운 시련을 겪으니 차라리 무덤 속에 있는 게 낫겠다. 인간이 겨우 이런 존재밖에 안 된단 말이냐? 이 사람을 보아라. 여기 있는 우리는 모두 자신을 숨기느라 옷을 입고 있는데, 너는 태어날 때의 모습 그대로구나. 옷을 입지 않으면 인간은 모두 너처럼 두 발 달린 짐승에 불과해. 벗어버리자. 이 따위 빌려 입은 옷들은 벗어버리자. 여봐라. 이 단추를 끌러라. (자기 옷을 찢는다)

광대 제발 아저씨, 진정하세요. 오늘 밤은 수영할 만한 날씨가 못 된다고요. 이런 때에는 황량한 들판에 불이 있다 해도 음탕한 늙은이의 정열과 같아. 불똥만 있을 뿐 온몸은 차디차거든. 보세요, 불덩이 하나가 걸어오네요.

글로스터 백작이 횃불을 들고 등장

에드가 저놈은 악마 플리버티지베트로구나. 저놈은 새벽 세 시에 나와 첫닭이 울 때까지 쏘다니죠. 우리를 사팔뜨기, 언청이로 만드는 자도 저놈 짓이야. 밀짚을 썩히고 땅속의 벌레를 못 살게 구는 것도 저놈의 짓이지. (노래한다)

> 위솔드 성인이 벌판을 걷다가
> 아홉 마리 부하를 가진 가위귀신을 만났대요.
> 귀신더러 내려오라고 소리를 질렀다나 봐요.
> 못된 짓 하지 마라 했죠.
> 악귀야, 사라져라, 썩 물러가라.

켄트 폐하, 어떠십니까?
리어왕 저놈은 누구냐?
켄트 (글로스터에게) 거기 누구요? 누굴 찾고 있소?
글로스터 너는 누구냐? 이름을 대라!
에드가 불쌍한 톰이에요. 이놈은 헤엄치는 개구리, 두꺼비, 올챙이, 도마뱀, 물에 사는 도롱뇽을 먹고 산답니다. 악마가 지랄하면 야채 대신 쇠똥을 먹고, 늙은 쥐나 개천에 버린 개를 마구 삼킨답니다. 이놈은 파란 이끼 낀 연못을 통째로 마시고, 사람들에게 뭇매를 맞으며 이 마을 저 마을로 끌려 다니고 감옥에 갇히기도 하는 놈이지요. 옛날에는 그래도 웃옷이 세 벌, 속옷이 여섯 벌, 말도 타고 칼도 찼지요. 하지만 7년 동안 먹은 것은 고작 생쥐와 쥐, 작은 벌레들뿐이지요. 내게 붙어다니는 놈을 조심해요. 비켜라, 악마놈!

글로스터 폐하, 저런 놈들하고 같이 계셨습니까?

에드가 염라대왕은 신사죠. 이름은 모도로 마후라고도 하죠.

글로스터 폐하, 피를 나눈 자식들까지 얼마나 악독한지 자기들을 낳아 준 부모들까지 증오하는 세상이 되었습니다.

에드가 가여운 톰은 추워요.

글로스터 자, 제가 안내하죠. 전 폐하의 신하된 몸으로서, 따님들의 그 냉혹한 명령을 받아들일 수 없습니다. 폭풍이 휘몰아치는 이 밤을 폐하께서 고스란히 겪으시도록 하라는 따님의 엄명을 어떻게 따를 수가 있겠습니까? 이제 폐하를 불과 따뜻한 식사가 있는 곳으로 안내하겠습니다.

리어왕 잠깐 저 철학자와 얘기하고 싶다. 천둥의 원인이 무엇이냐?

켄트 폐하, 저분의 권유대로 안으로 들어가시지요.

리어왕 나는 이 테베의 학자와 얘기를 나누고 싶단 말이다. 네가 주로 연구하고 있는 것은 무엇이냐?

에드가 악마보다 먼저 곤충을 죽이는 일이지요.

리어왕 한 가지만 더 은밀히 묻고 싶다.

켄트 (글로스터에게) 한 번만 더 권해 보십시오. 폐하의 정신이 좀 이상해진 듯한 모양입니다.

글로스터 무리가 아니오. 그런 일을 당하고 제정신이라면 오히려 이

상하지. 딸들이 노왕을 죽이려고 하니 말이오. 아, 훌륭한 켄트! 가엾게도 그는 이 같은 사태를 경고하는 바람에 추방까지 당하고. 당신은 국왕께서 실성하신 것 같다고 했는데, 실은 나도 미칠 지경이라오. 내겐 아들이 하나 있었소. 아주 최근에 그놈이 글쎄 내 목숨을 노렸지 뭐요. 세상의 어떤 아비가 나처럼 자식을 사랑했겠소? 사실 지금 나는 미칠 것만 같소. 정말 끔찍한 밤이로군! 폐하, 제발…….

리어왕 아, 용서하시오. (에드가에게) 학자 선생, 함께 들어갑시다.

에드가 톰은 추워요.

글로스터 다들 움막 안으로 들어가서 몸을 녹입시다.

리어왕 자, 함께 들어가자.

켄트 이쪽입니다, 폐하.

리어왕 아니, 난 저 사람하고 함께 가겠다. 난 학자와 한시도 떨어지고 싶지 않구나.

켄트 (글로스터에게) 폐하 말씀대로 하십시오. 저 사람도 데려가도록 하십시다.

글로스터 그럼 당신이 데려가시오.

켄트 (에드가에게) 이봐, 나를 따라와.

리어왕 자, 아테네에서 온 학자 선생.

글로스터 쉿! 다들 조용히.

에드가 (노래한다) 컴컴한 성에 기사 로랜드가 다다르니 신호는 항상 포, 펌, 영국 사람 피 냄새가 진동을 하네. (모두 퇴장)

제 5 장

글로스터의 저택, 어느 방

콘월과 에드먼드 등장

콘월 이 집을 떠나기 전에 기필코 원수를 갚을 거야.

에드먼드 부자간의 천륜을 어기면서까지 공작님께 충성을 바쳤다고 세상이 얼마나 비난할까요? 그것만 생각해도 왠지 두려워집니다.

콘월 이제 생각해 보니 자네 형이 백작을 죽이려고 한 것도 성질이 포악해서 그런 것만은 아닌 것 같아. 자네 아버지에겐 아들이 살의를 일으킬 만한 충분한 약점이 있었던 거야.

에드먼드 제 운명도 참으로 기가 막히지요. 옳은 일을 하면서도 뉘우쳐야 하니까요. (편지를 꺼내면서) 이것이 저의 아버지께서 말씀하시던 그 밀서입니다. 아, 아버지가 프랑스군을 위해 일한 첩자였다니! 신이시여, 이런 반역을 아들이 고발하게 하다니, 이 무슨 얄궂은 운명입니까! 내가 편지를 밀고하는 자가 아니었다면 얼마나 좋았을까.

콘월 나와 같이 아내가 있는 곳으로 가세.

에드먼드 만일 이 내용이 사실이라면 공작님의 신상에 중대한 일이 일어날 것입니다.

콘월 사실이든 거짓이든 이제 자네는 글로스터 백작이 되었네. 자네 아버지의 행방을 찾아 즉시 체포하게.

에드먼드 (방백) 아버지가 국왕을 돕고 있는 현장이 발각되면 혐의는 더욱 짙어지겠지. (콘월에게) 충성과 효성 중 하나를 골라야 한다면 저는 충성의 길을 선택하겠습니다.

콘월 그래, 잘 선택했다. 네 부친이 너에게 베풀었던 것 이상으로 너에게 애정을 쏟겠다. (두 사람 퇴장)

제6장

성 부근에 있는 농가의 방

글로스터 백작과 켄트 백작 등장

글로스터 그래도 바깥보다 이곳이 한결 낫구려. 될 수 있는 대로 폐하를 위로해 드립시다. 난 잠깐 동태를 살피러 성에 다녀오겠소.
켄트 국왕의 모든 분별력은 분노와 함께 사라졌습니다. 친절하신 백작님께 하느님의 축복이 내리시길 바랍니다. (글로스터 퇴장)

리어왕과 에드가, 광대 등장

에드가 악마가 나를 부르고 있어. 저 양반 말을 들어보니 황제 네로가 지옥의 호수에서 낚시질을 하고 있는 모양이지? (광대에게) 너는 착한 사람이지? 악마가 붙지 않도록 조심해야 해.
광대 아저씨, 미친 사람은 도시 신사인가요, 시골 농부인가요?
리어왕 왕이지, 왕!
광대 아냐, 도시 신사가 된 아들을 가진 사람은 시골 농부야. 자기를 신사로 만들 수 없으니까 아들을 신사로 만든 거지.
리어왕 수천이나 되는 악마들이 벌겋게 단 쇠꼬챙이를 들고 그년들한테 덤벼들었으면…….

에드가 악마가 내 잔등을 깨물어요.

광대 늑대의 온순함을 믿고, 말의 건강을 믿고, 또 소년의 사랑이나 창녀의 맹세를 믿는 사람은 정말 미친놈이지.

리어왕 그년들을 즉시 법정에 소환하라. (에드가에게) 박식한 재판장님, 여기 앉으시오. (광대에게) 현명하신 분, 넌 여기에 앉고. 그런데요 암여우들아, 너희들은 여기 꼼짝 말고 앉아 있어.

에드가 저기 봐요, 저놈이 서서 노려보고 있어요. 부인, 재판을 하는데 방청인이 필요하다고요? 냇물을 건너오너라, 귀여운…….

광대 (노래한다) "배에 물이 새네요. 그대에게 가고 싶어도 갈 수 없는 사랑의 강."

에드가 흉악한 악마가 꾀꼬리 소리를 내면서 불쌍한 톰을 따라다녀요. 악마 홉댄스는 톰의 뱃속에서 싱싱한 청어를 두 마리만 달라고 아우성친답니다. 악마야, 칭얼대지 마라. 너에게 줄 음식은 없으니까.

켄트 왜 그러십니까, 폐하? 그렇게 서 계시지만 말고 자리에 누워 좀 쉬시지요.

리어왕 우선 저년들의 재판부터 해야겠다. 저년들을 탄핵할 증인을 불러라. (에드가에게) 법관복을 입으신 재판관님, 자리에 앉아 주시지요. (광대에게) 너는 배석 재판관 자격으로 그 옆에 앉아라. (켄트에게) 너는 재판위원회의 한 사람이니 거기 앉고.

에드가 공평하게 재판을 해보자. (노래한다)

즐거운 양치기야, 자느냐 깨어 있느냐?
양떼들이 밭을 망치고 있구나.

네 입으로 휘파람 한 번만 불어준다면.

양떼에겐 아무 탈도 없으련만.

야옹! 이놈의 고양이는 회색빛이군.

리어왕 우선 저년부터 소환해. 고네릴 말야. 저명하신 재판장님, 제가 감히 맹세하건대 저년은 자기 아비인 부왕을 발길질한 년입니다.

광대 앞으로 나오시오. 당신 이름이 고네릴이오?

리어왕 아니라곤 못하겠지.

광대 아, 미안하오. 난 당신을 고급의자로 생각했소.

리어왕 저 찌그러진 상판을 보면 심보가 얼마나 고약한지 알 수 있을 거요. 저년을 붙들고, 칼로 쳐라! 불을 밝혀라! 뇌물을 받았나? 법정이 부패했군! 부정한 재판관아, 저년을 풀어준 이유가 뭐요?

에드가 제발 정신을 차리세요!

켄트 아, 슬픈 일이구나! 그토록 자랑하시던 인내심은 지금 어디에다 갖다 버렸단 말인가. 자제심만은 잃지 않겠다고 하셨으면서.

에드가 (방백) 이렇게 눈물을 흘리다가는 변장한 게 탄로나겠구나.

리어왕 트레이, 블랜치, 스위치하트, 강아지들까지 일제히 나를 향해 짖고 있구나.

에드가 이 톰은 머리에 쓴 것을 벗어 던지겠소. 자, 톰이 강아지들을 쫓아드리지. 개새끼들아, 저리 가라! (노래한다)

네 입이 검든 희든 뭔가를 물면 이에서 독기가 나온다.

사냥개, 똥개, 하운드, 스패니얼, 암캐, 수캐든

꽁지 잘린 삽사리, 복슬개도 톰 때문에 짖고 야단이다.

머리 위에 쓴 것을 집어던지면 개들은 놀라서 달아난다.

아, 춥구나. 잔치에 가자. 장으로 가자. 불쌍한 톰, 네 술잔이 비었구나.

리어왕　자, 이제 리건 이년을 해부해 주시오. 이년의 심장에 무엇이 자라고 있나 봅시다. 이토록 냉혹한 마음을 만들었을 때에는 필시 창조주에게 이유가 있었을 것이다. (에드가에게) 너를 내 100명의 시종 가운데 끼워 주마. 그런데 네 차림새가 그게 뭐냐? 넌 페르시아 복장이라고 우겨대겠지만 바꾸어 입는 것이 좋겠다.

켄트　폐하, 잠깐만 누워서 쉬시지요.

리어왕　부산 떨지 마라. 커튼을 쳐라. 저녁식사는 아침에 들겠다.

광대　나는 대낮에 잠자리에 들어야지.

글로스터 백작 다시 등장

글로스터　여보시오, 국왕께선 어디 계시오?

켄트　여기 계십니다. 그러나 조용히 하십시오. 주무시니까.

글로스터　폐하를 안아 일으키시오. 국왕의 목숨을 노리는 음모가 있다는 소문이오. 들것을 준비해 놓았으니 도버까지 급히 모시시오. 그곳에 가면 보호를 받을 수 있을 거요. 만일 당신이 반 시간만 지체해도 왕의 목숨뿐만 아니라 그 주위 사람들까지 목숨을 잃을 거요. 그러니 어서 폐하를 안고 내 뒤를 따르시오.

켄트　지쳐서 곤히 주무시고 계십니다. 이렇게 한숨 주무시고 나면 광란이 진정되고 회복될 수 있을 텐데. (광대에게) 너도 폐하를 안아 일으키는 데 도와다오. 지금 우물쭈물할 때가 아니다.

글로스터 자, 갑시다. (켄트, 글로스터, 광대, 국왕을 부축하고 모두 퇴장. 에드가만 남는다)

에드가 신분이 높은 분이 저렇게 고통받고 있는 것을 보니 내 불행은 새 발의 피로구나. 세상의 즐거운 일이나 행복한 광경 뒤에는 저토록 마음의 고통을 받는 사람이 있지. 하지만 벗이 같이 슬퍼한다면 마음의 고통도 줄어들리라. 국왕 폐하께서 저토록 심한 고통을 겪는 걸 보니 내게 닥친 고통을 쉽게 견딜 수가 있겠다. 내가 아버지 때문에 고통을 받듯이 국왕께서는 따님 때문에 고통을 받고 있구나! 톰, 꺼져라! 언젠가 네 누명이 밝혀질 때까지 가자. 네 정당성이 입증될 때, 네 정체를 밝혀라. 제발 왕께서 무사히 탈출하시기를. (퇴장)

제7장

글로스터 백작의 성

콘월 공작, 리건, 고네릴, 에드먼드, 그리고 시종들 등장

콘월 (고네릴에게) 알바니 공작에게 가서 이 편지를 보이세요. 프랑스 군이 침략해 왔소. (시종들에게) 반역자 글로스터 놈을 찾아라. (시종 몇 사람 퇴장)

리건 체포하는 즉시 교수형에 처하세요.

고네릴 두 눈을 뽑아 버리는 게 좋을 것 같아요.

콘월 처벌은 나에게 맡기시오. 에드먼드, 자네는 처형을 모시고 가도록 하오. 우리는 반역자인 그대 부친을 처형할 텐데 눈뜨고 볼 수 없을 거요. 알바니 공작한테 가서 빨리 전쟁 준비를 하시라고 하오. 우리도 재빨리 전쟁 준비를 착수해 연락하겠소. 잘 가시오, 처형, 그리고 내 사랑하는 글로스터 백작.

오스왈드 등장

콘월 어떻게 되었느냐? 왕은 어디에 있지?

오스왈드 글로스터 백작이 왕을 모시고 갔습니다. 왕의 기사 서른 대여섯 명과 함께 백작이 왕을 모시고 도버를 향해 갔답니다. 그곳에서 군대가 그들을 기다리고 있다고 큰소리를 치면서 말이죠.

콘월 공작 부인이 타실 말을 준비하거라.

고네릴 안녕히 계십시오, 공작님. 리건, 너도 잘 있어.

콘월 에드먼드, 다녀오시오. (고네릴, 에드먼드, 오스왈드 퇴장) 반역자 글로스터를 당장 찾아와. 강도처럼 뒤로 묶어 끌고 오너라. (다른 시종들 퇴장) 재판도 하지 않은 채 교수형에 처하는 것이 꺼림칙하지만 홧김에 하는 걸 누가 막겠는가. 누구냐? 반역자를 끌고 왔느냐?

시종들이 글로스터 백작을 체포하여 등장

리건 배은망덕한 너구리 같은 놈!

콘월 그놈의 말라 비틀어진 팔을 꽁꽁 포박하라.

글로스터 이게 어찌된 일이십니까? 당신들은 우리 집의 손님들이신데 어찌 주인인 제게 이 같은 행패를 부리십니까?

콘월 잔말 말고 포박하라! (시종들, 그를 묶는다)

리건 단단히, 꼼짝하지 못하도록 묶어라. 이 더러운 반역자!

글로스터 잔혹한 부인이시여, 저는 반역자가 아닙니다.

콘월 의자에다 포박하라. 이 악당아, 내 오늘 본때를 보여주겠다.

(리건, 글로스터의 턱수염을 잡아 뽑는다)

글로스터 하느님, 맙소사! 수염을 뽑다니, 세상에 이보다 더한 치욕은 없습니다!

리건 수염은 흰 놈이 뱃속은 시커멓구나.

글로스터 부인은 참으로 잔인하기 이를 데 없군요. 부인이 뽑은 턱수염은 하나하나 다시 살아나 부인을 저주하게 될 거요. 나는 여러분을 환대한 이곳의 주인이오. 그 주인의 얼굴에 도둑과 다를 바 없는 손으로 이런 짓을 감행한다는 건 하늘이 용서치 않을 거요.

콘월 이봐, 최근에 프랑스에서 어떤 편지를 받았느냐?

리건 솔직히 대답해! 이미 다 알고 있으니까.

콘월 요즘 이 땅에 상륙한 반역자들과 무슨 음모를 꾸몄느냐?

리건 미치광이 왕을 누구한테 넘겼는지 실토하라고!

글로스터 추측에 불과한 편지를 받기는 받았습니다만, 그것은 어느 쪽에서 온 것이 아니라 중립적 입장에 선 제삼자로부터 온 것입니다.

콘월 간사한 놈이구나.

리건 거짓말이야!

콘월 국왕을 어디로 보냈냐고?

글로스터 도버로 보냈소.

콘월 왜? 국왕을 보내지 말라는 엄명을 받았을 텐데!

글로스터 (중얼거린다) 말뚝에 매인 곰처럼 개떼의 공격을 받을 수밖에 없구나.

리건 무엇 때문에 보냈느냐? 만일 그런 짓을 하면 목숨을 내놓아야 할 텐데…….

콘월 왜 도버로 보냈어? 그것부터 말해 봐!

글로스터 (중얼거린다) 이처럼 말뚝에 결박을 당했으니, 개떼의 습격을 받을 수밖에 없겠구나.

리건 왜 도버로 보냈는지 어서 말해 봐!

글로스터 네 잔인한 손톱이 늙은 왕의 눈알을 후벼파고 포악한 네 언니의 산돼지 같은 어금니가 왕의 신성한 옥체를 물어뜯는 것을 차마 볼 수 없었기 때문이다. 왕께서는 심한 폭풍우를 맨몸으로 맞으시면서도 오히려 비가 더 쏟아지기를 바라셨다. 그렇게 무서운 상황이라면 늑대가 너의 집 앞에서 짖어댄다 해도 문을 열었을 것이다. 다른 일은 몰라도 날개 달린 복수의 여신이 분명 너희들한테 복수하는 것을 나는 기필코 보게 될 것이다.

콘월 홍! 절대로 못 보게 해줄 것이다. (시종들에게) 여봐라, 의자를 꽉 붙들고 있어라. 이놈의 눈깔을 뽑아 내 발로 직접 짓이겨 주겠다. (글로스터의 한쪽 눈을 도려내 발로 짓이긴다)

글로스터 오래 살고 싶은 사람이 있다면 나를 좀 도와다오! 오, 신이시여! 어찌 이토록 잔인하단 말인가!

리건 한쪽 눈이 다른 쪽 눈을 비웃겠지. 그러니 다른 쪽 눈마저 뽑아 버리세요.

콘월 당신이 복수의 여신을 보고 싶겠다만…….

시종 1 공작님, 참으세요. 저는 어릴 때부터 공작님을 모셔왔습니다만, 지금 이것을 말리지 못한다면 시종으로서 도리가 아닌 것 같습니다.

리건 뭐라고? 이 개 같은 놈이!

시종 1 마님의 턱에 수염이 났다면, 내가 그 수염을 뽑았을 것입니다.

리건 뭐라고?

콘월 이 종놈이! (두 사람 칼을 빼들고 싸운다)

시종 1 자, 덤벼라. 분노의 칼을 받아라. (콘월, 손에 상처를 입는다)

리건 (다른 시종에게) 칼을 이리 좀 다오. 종놈이 감히 어디라고 대들어! (리건, 칼을 들고 시종을 등뒤에서 찌른다)

시종 1 아이쿠, 나는 죽는구나! (글로스터에게) 백작님, 남은 눈 하나로

제가 저자에게 입힌 상처를 보십시오. 으윽! (죽는다)

콘월 마저 뽑아버려 더 이상 볼 수 없게 해주마. 이 더러운 젤리! 야앗! 아직도 빛이 보이느냐? (글로스터의 남은 눈을 도려내 발로 짓이긴다)

글로스터 아, 온통 암흑 천지구나. 내 아들 에드먼드는 어디 있느냐? 에드먼드, 남은 효성에 불을 붙여 이토록 끔찍한 일에 복수하거라.

리건 닥쳐라, 반역자! 네가 그토록 찾는 아들은 너를 증오하고 있다! 널 밀고한 자가 바로 에드먼드였다. 누가 너 따위를 동정하겠느냐?

글로스터 뭐라고? 아아, 내가 어리석었구나! 에드가가 모략에 걸려든거로구나. 자비로우신 신이시여, 용서하소서. 에드가에게 행운을 허락하소서!

리건 저놈을 문 밖에 갖다 버려라. 도버까지 냄새를 맡으며 가도록. (글로스터 시종의 부축을 받으며 퇴장) 당신, 얼굴빛이 왜 그래요?

콘월 손에 상처를 입었소. 저 노예놈을 똥통에 갖다 버려라. 리건, 피가 많이 나는군. 하필 이런 때 상처를 입다니. 나를 부축 좀 해주시오. (리건에게 부축을 받으며 콘월 퇴장)

시종 2 저런 것들이 잘 산다면 나도 무슨 악행이든지 저지르리라.

시종 3 저런 여자가 오래 산다면 여자들은 모두 괴물이 될 거야.

시종 2 그 미친 베드람 거지에게 찾아가 백작님을 모시도록 부탁하자. 그놈은 떠돌아다니는 게 직업이니 어디든지 모셔다 드리겠지.

시종 3 그렇게 하자. 나는 달걀 흰자위와 삼베를 얻어 피투성이가 된 저 얼굴에 발라 드려야지. 하느님, 저분을 도와주소서! (좌우로 퇴장)

제 4 막

제 1 장

거친 들판

에드가 등장

에드가 이렇게 드러내놓고 바보 취급을 당하는 게 속으로 욕을 얻어먹으며 입에 발린 아첨을 받는 것보다 낫지. 불행의 밑바닥까지 떨어져 가장 비천한 처지에 빠지면 다시 올라갈 수도 있는 게 아닌가. 인생의 절정에서 밑바닥으로 떨어지는 일이야말로 슬픈 일이야. 그러나 최악의 사태에서 희망이 솟아나는 게 아닌가. 그렇다면 나는 기꺼이 수용하리라. 보이지 않는 바람이여, 불어라. 너로 인해 불행의 구렁텅이로 떨어졌지만 이젠 하나도 두렵지 않다. 누가 오는 걸까?

글로스터 백작이 노인의 손에 이끌려 등장

에드가 오, 아버지시구나. 초라한 옷차림에 부축을 받으시면서 오시다니. 아, 이 무슨 변고인가! 세상아, 이러한 혼란이 일어나니 오래 살고 싶지 않구나.

노인 아, 백작님! 저는 선대 때부터 80년 동안 백작님 댁에서 하인으로 일해 왔습니다.

글로스터 날 내버려두고 가게. 제발 돌아가. 자네까지 화를 당하는 걸 보고 싶지 않아.

노인 그렇지만 앞도 못 보시면서……

글로스터 마땅히 가야 할 곳도 없으니 눈도 필요 없네. 눈이 보일 때에도 나는 헛디딘 적이 많았어. 하지만 의지할 게 없으면 오히려 더 강해지지. 아, 사랑하는 내 아들 에드가야, 너는 속아넘어간 이 아비의 분노 때문에 희생되었구나! 내가 살아 생전에 너를 한 번이라도 만져볼 수만 있다면, 나는 다시 눈을 얻은 거나 다름없겠다.

노인 누구요! 거기 있는 사람이 누구요?

에드가 (방백) 아, 신이시여! 누가 '지금이 최악의 상태'라고 말할 수 있겠는가? 조금 전보다 더 최악의 상태에 놓인 것을.

노인 미친 거지 톰이로군.

에드가 (방백) 더 나빠질 수도 있으니, '이것이 최악이다'라고 말할 수 있는 한은 최악이 아니다.

노인 이놈아, 어딜 가느냐?

글로스터 그 거지인가?

노인 미치광이에다 거지입니다.

글로스터 거지 노릇을 할 수 있다면 정신이 남아 있는 모양이구나. 그렇지 않으면 거지 노릇을 할 수도 없을 테니까. 어젯밤 그런 놈을 보았는데, 그때 난 인간이 구더기와 다를 것이 없구나 생각했지. 그때 갑자기 아들놈 생각이 났어. 하지만 그때만 해도 아들과 화해할 생각이 없었지. 에드가야, 널 보고 싶어도 이젠 볼 수가 없겠구나. 신은 아이들이 파리를 장난삼아 죽이듯이 우리 인간을 죽이는구나.

에드가 (방백) 어쩌다 저렇게까지 되셨을까? 슬픔을 억누르며 바보 노릇을 해야 하다니. 나뿐만 아니라 다른 사람까지 화나게 하면서. (글로스터에게 큰 소리로) 안녕하세요, 아저씨!

글로스터 저놈이 말하는 건가?

노인 예, 그렇습니다.

글로스터 자넨 이제 돌아가 주게. 여기서부터 도버까지는 3킬로미터쯤 되니까 걱정하지 말고. 그리고 자네에게 부탁 좀 하겠네. 저 녀석이 몸에 걸칠 옷이나 좀 갖다 주게. 길을 안내해 달라고 부탁할 참이니.

노인 하지만 저 녀석은 미친 놈입니다.

글로스터 미친 놈이 장님의 길잡이가 되는 것도 이 시대의 저주 아니겠나? 내가 시키는 대로 해. 어서 집으로 돌아가.

노인 그럼 얼른 가서 제가 갖고 있는 옷 중에 가장 좋은 걸 갖고 오겠습니다. (퇴장)

글로스터 이 녀석아, 이리 와 봐.

에드가 불쌍한 톰은 추워요. (방백) 더 이상은 숨길 수가 없구나. 하지만 속여야 해. 아아, 저 눈에서 피가 흐르고 있어.

글로스터 너 도버로 가는 길을 아느냐?

에드가 층계나 좁은 통로나, 말 타고 가는 길이나, 사람들이 걸어가는 길이나 모두 알고 있습니다. 불쌍한 톰은 악마 때문에 정신이 나갔지만, 아저씨는 귀한 집 자제이니 악마에게 사로잡히지 않도록 조심하세요. 이 불쌍한 톰에게는 한꺼번에 악마가 다섯 마리나 달라붙었어요. 음탕한 오비디컷, 벙어리 왕자 홉비디댄스, 도둑질 하는 마후, 살인마 모도, 쓸고 닦는 플리버티지베트 말이에요. 맨 끝놈은 시녀들한테도 붙어다니죠. 그러니 나리도 조심하세요.

글로스터 자, 이 돈주머니를 받아라. 넌 하늘의 재앙을 묵묵히 견뎌내는 운명을 지닌 놈이구나. 내가 처참한 꼴이 되고 보니, 네가 오히려 행복해 보인다. 신이시여, 언제나 이렇게 해주십시오! 호의호식하는 자들, 하늘의 뜻을 가볍게 여기는 자들, 인간의 쓰라림을 외면하는 자들에게 하늘의 위력을 즉시 느끼도록 해주소서. 이렇게 하면 불평등의 세상은 사라질 것입니다. 넌 도버로 가는 길을 알고 있느냐?

에드가 네, 압니다요.

글로스터 거기 가면 절벽이 있다. 그 절벽까지만 나를 데려다 다오. 그러면 내 몸에 지닌 값진 물건으로 네 가난을 구제해 주겠다. 거기서부터는 안내가 필요 없다.

에드가 제 손을 잡으세요. 불쌍한 톰이 안내하겠습니다. (두 사람 퇴장)

제2장

알바니 공작의 저택 앞

고네릴과 에드먼드 등장

고네릴 백작님, 어서 오세요. 그런데 이상한 일이군요. 마음씨 좋은 우리 남편이 마중을 나오시지 않다니.

오스왈드 등장

고네릴 공작님은 어디 계시냐?
오스왈드 안에 계십니다만 아주 딴사람이 되셨습니다. 적군이 상륙했다 해도 웃으시기만 하더군요. 또 마님께서 돌아오셨다고 해도 시큰둥하게 대답하셨습니다. 글로스터 노인의 배반과 그 아들의 충성스런 봉사에 대해서 말씀드렸더니, 오히려 저를 바보 같은 놈이라고 욕을 하며 야단을 치셨습니다. 가장 싫어할 일을 공작님께서는 가장 즐기는 듯하셨습니다.
고네릴 (에드먼드에게) 그럼 당신은 들어갈 필요가 없겠군요. 남편은 간이 작아서 모욕을 당해도 복수할 생각을 못한답니다. 우리가 오는 도중에 얘기를 나누었던 것은 실현될 수 있을 듯하군요. 에드먼드님, 콘월공작한테 가서서 군대를 소집하고 지휘해 주세요. 나는 남편 대신 칼과 창을 쥐겠어요. 남편이 가사일을 하도록 하고요. (오스왈드를 가리키며) 그리고 이 시종이 우리의 연락책이 될 거예요. 만일 당신이 출세하고 싶다면, 당신 연인의 말을 들으세요. 그리고 이걸 몸에 지니세요. (반지를 건네주며 키스한다) 이 키스가 당신의 용기를 북돋워 줄 거예요. 내 말을 깊이 명심하도록 하세요.

에드먼드 당신을 위해서라면 이 목숨도 바치리다.

고네릴 아아, 나의 사랑 에드먼드! (에드먼드 퇴장) 같은 남자라도 어쩌면 저렇게 다를 수가 있단 말인가! 당신에게 몸과 마음을 다 바치고 싶은데, 우리 집 얼간이가 내 몸을 가로채고 있군요.

알바니 공작 등장

고네릴 전에는 제가 오면 최소한 아는 척은 했잖아요.

알바니 오 고네릴, 당신은 바람이 세게 부는 날 얼굴에 붙은 먼지보다 못한 사람이오. 자기를 낳아준 부모를 멸시하는 인간이 제 본분을 지킬 리가 있겠소? 자기를 길러준 줄기에서 그 가지인 제 몸을 도려내는 그러한 여자는 결국 시들어서 땔감밖에 쓸 데가 없을 거요.

고네릴 듣기 싫어요! 잠꼬대 같은 소리는 작작해요.

알바니 악한 여자에게는 지혜롭고 선한 가르침도 악하게만 들릴 거요. 더러운 것들이 더러운 맛밖에는 모르는 것처럼. 도대체 당신들은 미친 호랑이가 되어 무슨 짓을 한 거요? 인자하신 노인을, 자신을 낳아주신 아버지를 미친 사람으로 만들다니. 목이 매여 끌려다니는 곰도 길거리에서 만나면 반가워 손을 핥고 싶어할 인자하신 노인에게 무슨 행패를 부린 거요? 당신이 그분을 미치게 했소. 설령 콘월 공작이 그런 짓을 해도 말렸어야 할 당신이 오히려 장단을 맞추다니! 국왕의 가장 큰 은혜를 입은 자가 극악무도한 짓을 저지르고 말았소. 오, 신이시여! 이러한 악행을 묵과하신다면 인간들은 깊은 바다의 괴물들처럼 서로 잡아먹는 야수가 될 것입니다.

고네릴 당신은 허깨비예요! 당신이야말로 뺨은 맞기 위해서 가지고 다니고, 머리는 모욕을 당하기 위해서 달고 다니는군요. 눈이 있어도 명예와 치욕을 분간 못하는 사람이 바로 당신이죠. 악당이 악을 저지르기 전에 벌받는 것을 보고 측은하게 여기는 것은 숙맥뿐이랍니다. 당신의 북은 어디 있죠? 프랑스 왕이 깃발을 날리며 쳐들어오는데, 당신은 성인군자인 척 설교나 하고 있을 건가요?

알바니 악마야, 네 꼴을 보아라! 악마의 모습이야 원래 흉측하지만 여자의 탈을 쓰니 더 끔찍해 보이는구나.

고네릴 멍청이 바보!

알바니 여자로 둔갑해서 본래 모습을 숨기고 있는 이 악마야, 부끄러움을 알거든 네 낯짝을 드러내지 말라! 만약 격정에 못이겨 이 두 손을 움직이는 날엔 네 살과 뼈를 갈가리 찢어발기겠다만, 계집의 탈을 쓰고 있으니 목숨만은 건진 줄 알아라.

고네릴 홍, 정말 용기 한번 가상하구려!

리건의 사신 등장

알바니 무슨 일이냐?

사신 아, 콘월 공작님께서 돌아가셨습니다. 글로스터 백작님의 한쪽 눈을 도려내려다 그것을 말리는 시종의 칼에 맞아 돌아가셨습니다.

알바니 글로스터 백작의 눈을?

사신 공작님이 지나치게 일을 처리하시자 어렸을 때부터 곁에서 시중을 하던 시종이 말리다 그만 칼을 빼어들고 치명상을 입힌 겁니다. 노한 공작님과 결전을 벌이다 시종은 숨이 끊어졌지만 공작님도 깊은 상처를 입고 그만 죽음의 길을 걷게 되었습니다.

알바니 하늘도 무심치 않다는 증거구나. 요즘은 하늘도 속전속결로 해결을 하시지. 아, 불쌍한 글로스터, 한쪽 눈을 잃었다니!

사신 양쪽 다 잃으셨습니다. 이건 마님 동생분께서 보내신 편지로 즉시 답장을 주십사 하고 말씀하셨습니다.

고네릴 (방백) 생각하기에 따라선 안된 일도 아니야. 하지만 동생이 과부가 되면 나의 에드먼드를 빼앗기게 될지도 모르지. 그럼 꿈에 그리던 생각은 공중누각에 불과하겠지. 한편으론 그리 씁쓸한 소식만은 아니야. (사신에게 큰 소리로) 좀 읽고 난 뒤에 답장을 주겠소. (퇴장)

알바니 그들이 글로스터의 눈을 도려낼 때 그의 아들은 어디 있었지?

사신 마님을 모시고 이곳으로 오셨습니다.

알바니 난 보지 못했는데.

사신 예, 돌아가시는 걸 제가 보았습니다.

알바니 그럼 아들은 이 잔혹한 행태를 알고 있는가?

사신 알고 있는 정도가 아닙니다, 공작 각하. 밀고한 사람이 바로 그 아들인 걸요. 그래서 아버지에게 마음껏 형벌을 주라는 의도로 자리를 비켜주었답니다.

알바니 살아 생전 국왕에게 극진했던 글로스터여, 내가 당신의 복수를 반드시 하리다. (사신에게) 자, 자네가 알고 있는 것을 낱낱이 말해주게. (두 사람 퇴장)

제3장

도버 근처의 프랑스군 진영

켄트 백작과 신사 한 사람 등장

켄트 프랑스 왕이 왜 귀국했는지 아시오?

신사 국가의 중대 사건을 해결하지 못하고 출정했는데, 갑자기 본국에서 연락이 와서 말의 고삐를 돌리셨습니다.

켄트 왕 대신 지휘할 분이 누구시오?

신사 육군 원수이신 라파 각하이십니다.

켄트 그 편지를 보시고 왕비님께서 슬픔에 잠기시던가요?

신사 네, 왕비님께서는 그 편지를 읽으시며 하염없이 우셨습니다. 왕비님께서는 품위를 유지하려고 슬픔을 억누르셨지만 눈물이 반역자처럼 주르륵 흘러내렸습니다.

켄트 편지에 마음이 움직이셨다는 얘기로군요.

신사 심사를 그리 심하게 드러내시지는 않았습니다. 인내와 슬픔이 서로 힘겨루기를 하는 듯했습니다. 햇볕이 내리쬐는 가운데 비가 오는 것처럼 말입니다. 왕비님의 무르녹는 듯한 입술에 잔잔히 감도는 아름다운 미소는 두 눈에 어떤 손님이 왔는지 아랑곳하지 않았습니다. 마치 다이아몬드에서 진주가 뚝뚝 떨어지듯 눈에서 눈물이 뚝뚝 떨어져 내리는 모습이란! 오, 슬픔이야말로 진실로 아름다운 것으로 보였습니다.

켄트 왕비님께서 아무 말씀도 안 하셨나요?

신사 실은 한두 번 있었습니다. 비통하게 "아버님" 하고 부르짖으셨습니다. 그리고 흐느끼면서 "언니들, 언니들! 여자의 수치예요! 언니들! 켄트! 아버님! 언니들! 아, 폭풍우 속을? 한밤중에? 이 세상엔 자비심이란 없단 말인가!" 하시며 별 같은 눈에서 성스러운 눈물을 떨어뜨리면서 진정하시기 위해 안으로 들어가셨습니다.

켄트 별들아, 하늘의 별들아, 우리 인간의 성품을 너희들이 지배하지 않는다면, 어떻게 한 배에서 그렇게 다른 자식이 나오겠는가! 그 후에는 다른 말씀을 안 하셨소?

신사 예.

켄트 그건 프랑스 왕이 귀국하기 전 일이오?

신사 아뇨. 그 후의 일이오.

켄트 불쌍하고 비참한 리어왕께선 지금 이 고을에 계십니다. 이따금 정신이 드실 때에는 우리의 처지를 걱정하시지만, 코델리아 왕비님을 만나는 일은 한사코 거절하시고 계십니다.

신사 왜 그러실까요?

켄트 부끄러움이 왕의 마음을 억누르기 때문이겠죠. 당신의 현명치 못한 처사로 왕비에게 주어야 할 권리를 개만도 못한 다른 딸들에게 준 자책이 독사의 혓바닥처럼 마음을 찔러서 차마 코델리아 왕비를 볼 수가 없을 것입니다.

신사 아, 불쌍한 분!

켄트 알바니와 콘월의 군사에 대해서는 소식을 듣지 못했소?

신사 이미 출동했다고 합니다.

켄트 그럼 폐하께 안내해 드릴 테니 잠깐 곁에 있어 주시오. 나는 중요한 일이 있어서 잠시 자리를 비운답니다. 훗날 내 이름을 밝힐 때가 오면 당신이 날 알게 된 걸 후회하지 않을 것입니다. 자, 나와 같이 가십시다. (두 사람 퇴장)

제4장

같은 장소, 천막 속

북소리, 기수들과 함께 코델리아 등장. 의사와 군사들이 뒤따른다.

코델리아 바로 그분이 저의 아버님이세요. 지금 아버님은 거친 바다처럼 노래를 부르며, 머리에는 잡초로 만든 관을 쓰고 계시다고 해요. 글쎄, 우엉, 독삼, 가시덤불과 깜부기, 냉이 등 온갖 잡초를 엮어 만든 관을 쓰고 방황하고 계시다고 해요. 어서 수색대를 파견해 잡초가 우거진 들판을 구석구석 뒤져 아버님을 찾아 모시고 오세요. (장교 한 명 퇴장) 사람의 지혜를 다 짜면 아버님의 흐트러진 이성을 되찾을 수 있을까? 아버님의 병을 고치는 사람에게는 내가 가지고 있는 것을 모두 다 주겠소.

의사 방법은 있습니다. 사람의 생명을 지탱해 주는 것은 오로지 충분한 수면입니다. 폐하께서는 지금 그것이 부족합니다. 다행히 마음이 아픈 사람의 눈을 스르르 감겨주는 효과 만능의 약초는 얼마든지 있습니다.

코델리아 고마운 이 땅의 비약들이여, 이 땅에 숨겨진 모든 약초들이여! 내 눈물을 먹고 돋아나거라! 그래서 착한 우리 아버지의 병을 고치는 데 도움이 되어라. 찾아와요, 빨리 찾아와요. 아버님을 저대로 방치하면 끝내 목숨을 잃을지도 몰라요.

사자 등장

사자 왕비마마, 영국 군대가 진격해 오고 있다는 소식입니다.
코델리아 이미 알고 있소. 그들을 맞을 태세는 준비되어 있소. 오, 가여운 아버님, 이 전쟁은 오로지 아버님을 위해서 치르는 것입니다. 위대하신 프랑스 왕인 제 남편은 제가 울며 애원하자 그들을 응징하려 선전포고를 했습니다. 우리가 군사를 움직이는 것은 다른 야심이 있어서 그런 것이 아닙니다. 다만 자식으로서 아버님께 대권을 찾아드리기 위해서입니다. 오, 어서 빨리 아버님을 뵙고 싶구나. (일동 퇴장)

제5장

글로스터 백작의 성 안, 어느 방

리건과 오스왈드 등장

리건 알바니 공작의 군대도 출정했느냐?

오스왈드 예.

리건 공작께서도?

오스왈드 권유에 못 이겨 출정했습니다만 언니께서 더 적극적이시죠.

리건 집에서 에드먼드 백작과 네 주인 나리께서 서로 말씀을 나누셨느냐?

오스왈드 아뇨.

리건 언니가 무슨 일로 그에게 편지를 보냈을까?

오스왈드 저는 모릅니다.

리건 어쨌든 그는 중대한 일로 길을 떠났다. 눈을 멀게 한 글로스터를 살려둔 건 큰 실수였어. 글로스터가 가는 곳마다 민심을 교란시켜 사람들이 우리에게 반기를 들고 있다. 그래서 에드먼드는 부친의 눈먼 인생을 끝장내려고 떠난 것 같아. 또한 적의 정세를 살필 생각이겠지.

오스왈드 그렇다면 이 편지를 갖고 그분의 뒤를 쫓아야겠군요.

리건 우리 군대도 내일 출정하니 우리와 같이 행동하거라. 길이 위험하니까.

오스왈드 그럴 순 없습니다. 마님의 엄한 명을 받들어야 합니다.

리건 언니가 무슨 일로 에드먼드에게 편지를 썼을까? 너에게 직접 용건을 전하지 않았단 말이지? 내가 모르는 무슨 사연이 있나 보군. 내 사례는 충분히 할 테니 편지 내용 좀 보자.

오스왈드 마님, 그것은 좀······.

리건 언니는 형부를 사랑하지 않아. 지난번 여기에 왔을 때에도 언니가 에드먼드에게 이상한 추파를 던지면서 의미심장한 표정을 짓는 걸 보았느니라. 물론 네가 언니의 심복이라는 것은 잘 알고 있다.

오스왈드 제가요, 마님?

리건 다 알고 하는 말이야. 그러니 내 말을 명심하거라. 내 남편은 세상을 떠났다. 그리고 에드먼드님과 나는 서로 언약이 되어 있는 사이야. 따라서 그분은 언니하고 결혼하는 것보다는 나와 결혼하는 것이 훨씬 더 마음이 편할 거다. 더 이상 얘기하지 않아도 짐작할 수 있겠지. 그분을 만나게 되면 이것을 전하거라. (반지를 건넨다) 언니에게도 이런 사정을 얘기한 다음, 현명한 판단을 내리라고 전해. 잘 가거라. 눈먼 반역자가 있는 곳을 누구든 찾아내 목을 베어 온다면 출세하게 될 거다.

오스왈드 그 늙은이를 만나고 싶군요. 그러면 제가 어느 편인가를 확실히 보여드릴 수 있을 테니까요.

리건 잘 가거라. (두 사람 퇴장)

제6장

도버 근처의 들판

글로스터 백작과 농부 차림의 에드가 등장. 에드가가 글로스터 백작을 이끌고 있다.

글로스터 절벽 꼭대기에는 언제면 다다르냐?

에드가 지금 오르는 중입니다. 보세요, 정말 길이 험하잖아요?

글로스터 아니, 편평한 것 같은데.

에드가 얼마나 가파른 길인데요. 들어보세요, 파도 소리가 들리시죠?

글로스터 아니, 전혀 안 들리는데. 너 거짓말하는 거지?

에드가 거짓말이라뇨? 눈이 멀어 다른 감각마저도 둔해졌나 봐요.

글로스터 하긴 그럴지도 모르지. 그런데 네 목소리가 변한 것 같구나. 전보다 말하는 품도 훨씬 나아졌고, 조리있게 하는 것 같고.

에드가 잘못 느끼신 거예요. 변한 것이라곤 걸친 옷뿐입니다.

글로스터 아냐. 말투가 많이 달라졌어.

에드가 자, 다 왔습니다. 가만히 서 계세요. 밑을 내려다보면 눈알이 핑핑 돌 정도로 어지러울 테니까요! 절벽 중간쯤을 날아다니는 까마귀가 딱정벌레보다 작아보이는군요. 절벽에 매달려 바다풀을 따는 사람도 있고요. 정말 위험한 돈벌이네요. 에서 보니 그자의 몸집이 머리통만 해보입니다. 해변을 걷는 어부는 생쥐처럼 보이고, 저 멀리 닻을 내린 커다란 배는 쪽배처럼 보이고, 쪽배는 부표처럼 작아져 눈에 잘 보이지도 않아요. 헤아릴 수 없이 많은 조약돌에 부딪히는 파도소리는 여기서는 전혀 들려오지 않네요. 이제 그만 봐야겠어요. 저야말로 떨어지면 큰일이니까요.

글로스터 네가 서 있는 곳에 나를 데려다다오.

에드가 손을 이리 주세요. 한 발짝만 옮기면 바로 벼랑 끝입니다. 이 세상을 다 준다 해도 저는 여기서 뛰어내릴 수는 없어요.

글로스터 이 손을 놔라. 자, 너한테 내 지갑을 주겠다. 그 속에는 거지가 감당하기 힘든 만큼의 보석이 들어 있다. 요정들과 신들의 도움으로 네가 부자 되기를 바란다! 자, 내게서 멀리 떨어져 있어라. 내게 작별인사를 한 뒤 네가 떠나가는 발자국 소리를 들려다오.

에드가 그러면 영감님, 안녕히 계십쇼.

글로스터 그래, 고맙다.

에드가 (방백) 아버님의 절망을 이토록 우롱하는 것도 아버님을 구해 드리려는 마음에서야.

글로스터 (무릎을 꿇고) 위대하신 신이시여! 이제 저는 전능하신 당신 앞에서 이 벅찬 번뇌에 찬 삶을 떨쳐내려고 합니다. 비록 제가 이 고통을 더 견뎌내고 신들의 거역할 수 없는 뜻에 따른다 해도 이 몸은 언젠가는 타다 남은 양초의 심지처럼 저절로 타고 말 것입니다. 만일 에드가가 살아 있다면 그에게 축복을 내려주소서! 자, 너는 그만 잘 가거라.

에드가 저는 멀리 왔습니다. 그럼 안녕히 가십시오. (글로스터, 앞으로 고꾸라진다) 인간이 제 목숨을 간절히 끊고 싶어하면 정말 귀중한 목숨을 잃을 수도 있다. 아버님도 정말로 여기가 당신이 생각하시는 그 장소라고 믿고 계시다면 의식을 잃으셨을지도 몰라. 혹시 살아 계신가, 아니면 돌아가셨나? (목소리를 바꾸어서 옆으로 다가가) 여보세요, 노인장! 내 말 안 들리세요! 말 좀 해보세요! (방백) 진짜 이대로 돌아가시나 보다. 앗! 깨어나신다. 당신은 누구시오?

글로스터 저리 가. 나를 죽게 내버려둬.

에드가 당신은 거미줄이오, 새털이오, 공기요? 그렇지 않다면야 그 수십 미터 절벽 아래로 떨어졌으니 달걀처럼 산산조각이 나야 하는 것 아니오? 그런데 아직도 숨을 쉬고 몸도 끄떡없고 피도 나지 않고 말도 하는군요. 당신은 돛대 열 개를 이어도 모자랄 만큼 높은 곳에서 뛰어내렸는데 기적적으로 이렇게 살아 있소. 자, 말을 해보시오.

글로스터 내가 떨어진 것 맞소?

에드가 물론 떨어졌소. 저 무시무시한 절벽 꼭대기에서 굴러 떨어졌소. 날카로운 소리로 우는 종달새 소리도 너무 멀어 들리지 않는 곳에서 말이오. 아무튼 위를 한번 쳐다보오.

글로스터 아, 슬프게도 나는 눈이 없어. 불행한 자는 스스로 고통스런 목숨을 끊는 혜택조차 받을 수 없단 말인가? 자살로 폭군의 분노를 비웃어 그의 오만한 뜻을 꺾을 수 있었던 때는 큰 위안이었거늘.

에드가 당신 손을 이리 주시오. 자, 일어나세요. 다리는 괜찮소? 혼자서 걸을 수 있겠소?

글로스터 물론, 설 수도 있소. 너무 멀쩡하군.

에드가 정말 기적이오. 절벽 꼭대기까지 데려다준 자가 누구였소?

글로스터 신세가 처참한 불행한 거지였소.

에드가 여기 아래에서 올려다보니, 그놈은 코가 수천 개나 되고 이마엔 뿔이 여러 개 달려 있어 꼭 성난 바다처럼 물결치고 있었소. 그야말로 악마처럼 보였소. 매사에 공평하신 하느님께서 당신을 구한 것 같소.

글로스터 이제야 정신이 드는 것 같군. 이제부터는 고통이 아우성치다 제풀에 꺾여 사라질 때까지 참고 견디겠소. 나는 그놈이 사람인 줄 알았는데, 이따금 '악마'라고 지껄인 것 같기도 하오. 그놈이 나를 저기까지 데려다 준 거요.

에드가 이제 걱정하지 말고 마음을 차분히 가라앉히시오. 그런데 저기 누가 오고 있군.

들꽃으로 괴상하게 치장한 리어왕 등장

에드가 제정신이라면 저런 모습을 하고 있을 리가 없어.

리어왕 그래, 내가 가짜 돈을 만들었다고 해서 그놈들이 내게 손댈 수는 없어. 내가 바로 국왕이니까.

에드가 아, 저 모습을 보니 가슴이 찢어질 것 같구나!

리어왕 그 점에서는 인공보다는 자연이 낫지. 자, 선불이다. 오, 저놈의 활 솜씨는 엉망이군. 팔을 당겨보란 말야. 저런, 저 생쥐 좀 봐! 쉿, 치즈 조각 하나면 충분해. 도전을 받아라. 거인과 싸워서라도 내 솜씨를 보여주마. 갈색 창을 가진 무사들아, 나와라. 아, 새처럼 잘도 나는구나. 맞았다, 맞았어. 후훗! 암호를 말하라.

에드가 박하꽃.

리어왕 통과.

글로스터 저건 귀에 익은 목소린데.

리어왕 (글로스터를 보고) 흰 수염이 난 고네릴이구나! 저것들은 나한테 알랑거리면서 내게 수염도 나기 전에 흰 수염이 난 늙은이처럼 지혜롭다고 했지. 내가 하는 말에는 무턱대고 맞장구치면서 말야. '네', '아니오'라며 맞장구치는 건 하늘을 우러른 진심이 아니었어. 하지만 폭풍우가 몰아치던 날 나는 그년들의 정체를 알았어. 낌새를 알아차렸지. 저들은 못 믿을 인간들이야. 그들은 날 만물박사라고 했지만 새빨간 거짓말이었어. 나는 오한도 못 견뎌.

글로스터 저 말을 똑똑히 기억한다. 오, 폐하가 아니십니까?

리어왕 그래. 난 틀림없는 왕이다. 내가 눈을 내리뜨면 신하들은 벌벌 떨었어. 나는 네놈의 목숨만은 살려주겠다. 네 죄목은 뭐냐? 간통을 했느냐? 죽이지는 않겠다. 간통 정도로 죽일 수는 없지! 없고말고. 굴뚝새도 그렇고, 쉬파리도 그렇고. 그것들은 왕인 내 앞에서도 흘레를 하지. 하고 싶으면 실컷 하게 내버려둬! 글로스터의 서자 에드먼드는 정당한 부부 관계로 태어난 내 딸들보다 훨씬 낫지 않느냐. 음란한 짓을 마음껏 해라. 병사가 부족하니까. 얼굴 가득 웃음기를 띤 부인을 보아라. 두 가랑이 사이에 있는 아랫도리도 눈처럼 깨끗하다는 표정을 짓고, 정숙한 척하지만 사실은 암내 피우는 고양이나 종마들도 그 색정에 당하지 못할 것이다. 그들은 허리 위는 여자지만 허리 아래는 짐승이다. 허리까지는 신들의 힘이 미치지만 허리 아래는 악마의 소유물이다. 그곳은 지옥이요, 암흑이요, 유황이 지글지글 타고 있는 구렁텅이다. 불길이 타오르며 부글부글 끓어올라서 악취가 코를 찌르며 썩고 있지. 더러워, 더러워! 퉤퉤! 약제사, 사향 30그램만 갖고 오너라. 냄새를 지워야겠다. 속이 메스껍구나. 돈 여기 있다.

글로스터 제발 그 손에 입을 맞출 수 있는 영광을 주소서!

리어왕 우선 손부터 씻어야겠어. 송장 냄새가 나니까.

글로스터 아, 부서지는 자연의 한 조각이여! 이 거대한 세상도 닳아서 없어지겠지. 폐하, 저를 아시겠습니까?

리어왕 자네 눈동자를 기억하고 있지. 곁눈질로 나를 흘겨보아라, 눈먼 큐피드! 나는 상사병엔 걸리지 않을 테니. 이 결투장을 읽어봐, 문장을 눈여겨보아야 해.

글로스터 글자 하나하나가 태양이라 할지라도 저는 볼 수 없습니다.

에드가 (방백) 얘기로 들었다면 도저히 믿지 않았을 것이다. 그러나 가슴이 터질 듯한 사실 아닌가.

리어왕 읽어라.

글로스터 아니, 눈알도 없는 눈꺼풀만으로요?

리어왕 어헛! 정말 그렇단 말이지? 얼굴에는 눈이 없고, 지갑에는 돈이 없다는 말이구나. 눈은 눈꺼풀 속에 깊이 파묻혔고, 주머니는 빈털털이로군. 그래도 세상 돌아가는 낌새는 알 수 있겠지.

글로스터 느낌으로 압니다.

리어왕 그럼 넌 미치광이냐? 사람은 눈이 없어도 세상 돌아가는 일쯤은 볼 수 있는 법이야. 귀로 세상을 들어봐. 저기 있는 재판관이 천한 신분의 도둑놈을 야단치는 걸 귀로 들어보게나. 누가 도둑이고 누가 재판관인가? 농부의 개가 거지를 보고 짖어대는 것을 본 일이 있으렷다.

글로스터 네, 있습니다.

리어왕 그런데 거지는 개에게 쫓겨 달아났단 말이다. 거기에 권력의 위대함이 있는 거다. 하찮은 개라고 해도 권력만 있으면 사람을 복종시킬 수도 있다고. 이 썩어빠진 경찰놈아, 그 잔인한 손을 멈춰라! 왜 그 창녀에게 매질을 하느냐? 네놈의 등이나 후려치지 않고. 네놈은 저 계집이 매음했다고 때리고 있지만, 사실은 저 계집과 간음하고 싶어 안달하지 않느냐. 고리대금업자가 사기꾼을 교수형에 처한다지? 누더기를 걸치고 있으면 크나큰 악덕이 옷 틈새로 보이지만 법복이나 털가죽 외투를 입고 있으면 모든 것이 다 감춰져. 죄악에 황금의 투구를 입히면 날카로운 법률의 창도 상처는커녕 오히려 부러지고 말지. 그러나 죄악을 누더기로 싸놓으면 난장의 지푸라기도 그것을 꿰뚫을 수 있어. 이 세상에 죄지은 사람은 없어. 아무도 없어. 내가 보증하지. 내 말을 믿게. 나는 고소인의 입을 틀어막을 수 있거든. 유리 눈이라도 해 박을 수 있지. 그리하여 천박한 모사꾼처럼 보이지 않는 것도 보이는 것처럼 해봐. 이 장화를 이제 벗겨다오. 좀더 세게, 그렇지.

에드가 (방백) 광기 속에서도 지혜로움이 번뜩이는구나!

리어왕 나의 이 불행을 그대가 슬퍼해 준다면 내 눈을 주겠다. 나는 그대를 잘 알아. 이름이 글로스터지? 우린 참아야 해. 우리 모두 울면서 세상에 태어났잖아. 우리들이 처음으로 이 세상 공기를 마시면서 응애응애 하며 운다는 걸 알 거야. 자, 내 얘기 좀 들어봐.

글로스터 아아, 슬픈 일이로다!

리어왕 우리가 그토록 첫울음을 우는 것은 이 거대한 바보들의 무대에 나온 것을 깨달았기 때문이야. 이 모자 꼴은 좋군! 이 모자와 천으로 기마대 말들의 발을 싸서 소리나지 않게 하는 거야. 그리고 몰래 숨어들어 그 사위놈들을 죽이는 거지. 죽여, 죽여, 죽이라고!

여러 명의 시종들과 함께 신사 등장

신사 아, 여기 계시는군. 왕을 부축해. 폐하, 폐하의 따님인 사랑스런 공주님께서……

리어왕 도망갈 길은 없는가! 뭐라고? 포로가 됐다고? 운명의 여신한테 농락당하는 장난감이로구나. 함부로 다루지 마라. 보상금을 줄 테니까. 머리에 깊은 상처를 입은 것 같구나. 의사를 불러라.

신사 무엇이든 분부대로 하겠습니다.

리어왕 구원군이 없다고? 나 혼자뿐이라고? 이렇게 되면 아무리 용감한 대장이라 해도 쓰라린 눈물을 흘리게 되지. 따라서 두 눈은 물 뿌리는 물뿌리개에 불과해. 가을날 먼지가 일지 않도록. 나는 떳떳하게 죽을 것이다, 새신랑처럼. 이봐! 나는 유쾌하게 하고 싶은 거야. 자자, 내가 왕이라는 걸 네놈들은 알고 있겠지?

신사 폐하께서는 왕이십니다. 저희들은 명령에 복종할 따름이고요.

리어왕 그렇다면 나는 아직도 희망이 있어. 붙잡으려거든 어서 날 잡아봐. 자, 어서 붙잡아봐. (리어왕이 뛰어나가자 시종들이 뒤를 따른다)

신사 하찮은 종놈도 저렇게 되면 몹시 불쌍한 법이거늘 국왕께서 저 모양이 되셨으니 비통함이야 이루 말할 수 없구나! 그래도 폐하께는 막내따님 한 분이 계셔서 참다운 인간으로 되돌아올 수 있겠지.

에드가 아, 안녕하십니까?

신사 안녕하시오.

에드가 혹시 전쟁이 일어났다는 소문은 듣지 못하셨습니까?

신사 그건 누구나 아는 일이 아닙니까? 귀머거리가 아니면 누구나 다 그 소문을 들었을 거요.

에드가 그건 그렇고 미안하오만 적군은 어디까지 진군해 왔습니까?
신사 가까이까지 와 있소. 파죽지세로 진격해 오고 있으니, 머잖아 주력부대도 보이겠지요.
에드가 고맙습니다. (신사 퇴장. 글로스터 무릎 꿇고 기도 드린다.)
신사 왕비께서는 여기 머물러 계시지만 군대는 진격하고 있소.
글로스터 언제나 자비로운 신이시여, 저의 목숨을 거두어가소서. 당신이 계획하기 전에 스스로 죽을 마음을 갖지 못하도록 하소서!
에드가 아저씨, 훌륭한 기도를 드리는군요.
글로스터 이봐, 도대체 너는 누구냐?
에드가 저는 운명에 시달릴 대로 시달린 하찮은 몸이지요. 여러 가지 슬픔을 겪은 탓에 남의 불행에도 쉽게 동정심을 갖게 되었소. 손을 주시지요. 쉴 만한 곳으로 모셔다 드리겠습니다.
글로스터 진심으로 고맙도다. 신이시여, 온갖 은총과 축복을 이 사람에게 내려주소서!

오스왈드 등장

오스왈드 현상금이 붙은 지명수배범이구나! 운수 대통이군! 눈알 없는 네 머리통은 본래부터 내 출세를 위해 만들어졌나 보구나. 불행한 이 늙은 반역자야, 이제 결산할 때가 왔느니라. 자, 내 칼을 받아라. 네 목숨은 내 것이다.
글로스터 듣던 중 반가운 소리구나. 자, 힘껏 찔러라. (에드가, 이들 사이에 끼여든다)
오스왈드 겁대가리라곤 전혀 없는 촌놈아, 무엇 때문에 반역자를 편드는 거냐? 그자의 불행을 함께 맞고 싶진 않겠지. 자, 그자의 팔을 놓거라.

에드가 절대로 못 놓겠소.

오스왈드 이 촌놈아, 비키지 않으면 네가 죽는다.

에드가 마음씨 좋은 나리 양반, 가던 길이나 가시고, 이 가엾은 노인은 내버려두시오. 내가 공갈 협박에 죽을 놈이면, 벌써 반 달 전에 뻗었을 겁니다. 이 노인 곁에 얼씬도 하지 마시오. 그렇지 않으면 나리 대갈통이 단단한가, 이 몸뚱이가 단단한가 시험해 볼 거요. 나는 흐리멍덩한 게 가장 싫소.

오스왈드 닥쳐라, 이 노예 놈아!

에드가 죽고 싶어 환장을 하셨구려. 자, 덤빌 테면 덤벼라. 나리 앞니를 몽땅 뽑아버릴 테요. 어서 찔러 보시오. (두 사람 싸운다. 에드가가 오스왈드를 때려눕힌다)

오스왈드 이 악당아, 내가 네놈 손에 죽다니. 내 지갑을 받고 제발 내 시체를 묻어다오. 길거리에 놓여 까마귀밥이 되기는 싫다. 그리고 이 편지를 글로스터 백작인 에드먼드님에게 전해 다오. 영국 진영에 있을 테니까 꼭 찾아내. 아, 생각지도 못한 놈에게 죽다니. (죽는다)

에드가 나는 네놈을 잘 알고 있지. 악한 일에 앞장서던 놈, 네 주인의 악행에 빠짐없이 참여하던 놈이었지.

글로스터 그놈이 죽었느냐?

에드가 아저씨는 좀 쉬고 계세요. 이놈이 부탁한 편지가 우리에게 도움이 될지도 모르니까 뜯어봐야겠어요. 다만 이놈이 사형집행인의 손에 죽지 못하게 한 게 좀 억울하군요. 어디 보자. 봉투를 붙이는 밀랍이여, 나의 무례함을 용서해다오. 적군의 심중을 알기 위해 죽이는 것에 비하면 그들의 편지를 찢는 건 문제도 아니지.
(편지를 읽는다)

> 서로 맹세한 우리의 언약을 잊지 마세요. 그이를 죽일 기회는 얼마든지 많으실 거예요. 그이가 개선장군으로 돌아오는 날에는 저는 그의 포로가 되고 그의 잠자리는 저의 감옥이 되겠지요. 진절머리나는 그의 잠자리에서 저를 구출해 주세요. 수고하신 보답으로 그 잠자리를 당신께 드릴 테니까요. 당신을 남편으로 맞게 되기를 학수고대하는 당신의 애인.
>
> 고네릴

아, 여인의 색정은 끝이 없구나! 그 훌륭한 남편의 목숨을 빼앗고 그 자리에 내 동생을 앉히려고 하는 모략이구나. (오스왈드의 시체를 보면서) 자, 네놈을 모래 더미 속에 묻어 주마. 흉악한 간부 사이를 오가며 온통 더러운 심부름을 도맡아 해온 네놈을. 언젠가 시기가 되면 이 추잡한 편지를 공작에게 보여주어 깜짝 놀라게 해줘야겠다. 중간에 흉측한 계략을 알게 된 건 공작을 위해서는 정말 다행이구나.

글로스터 폐하께서는 실성하셨는데 내 하찮은 목숨은 얼마나 모질기에 이렇게 엄청나게 큰 슬픔을 뼈저리게 느끼면서도 버티고 있단 말인가! 차라리 나도 미치는 게 훨씬 낫겠구나. 그렇게 되면 슬픔에 빠지지도 않을 것이고, 숱한 괴로움에 빠지지도 않을 텐데.
(북소리 울린다)

에드가 아저씨, 손을 주세요. 멀리서 북소리가 들리는군요. 자, 가시지요. 친절한 사람들에게 모셔다 드릴게요. (일동 퇴장)

제7장

프랑스군 진영의 천막 속

코델리아, 켄트 백작, 시의, 시종 등장

코델리아 오, 착하신 켄트 백작님! 백작님의 은혜를 갚으려면 저는 얼마나 오래 살아야 할까요? 제 인생은 너무나 짧고 백작님의 은혜는 너무 깊어서 잴 수도 없군요.

켄트 그렇게 알아주시는 것만으로도 저는 이미 과분하게 받은 셈입니다. 제 모든 보고는 전혀 과장되거나 축소되지 않았습니다.

코델리아 좀더 나은 옷으로 갈아입으세요. 그 옷을 보니 제가 못 견디겠어요. 제발 벗으세요.

켄트 용서하십시오, 왕비님. 제 정체가 밝혀지면 모든 계획이 수포로 돌아갑니다. 때가 되어 제 정체를 드러내도 될 때까지 저를 모른 체 해주세요. 그것을 은혜로 생각하겠습니다.

코델리아 그럼 그렇게 하지요. (시의에게) 폐하께선 어떠세요?

시의 아직도 주무시고 계십니다.

코델리아 아아, 자비로운 신이시여, 아버님이 마음에 있는 커다란 상처를 고쳐주소서. 불효자식 때문에 불협화음을 내는 악기처럼 흐트러진 마음의 줄을 다시 죌 수 있도록 도와주소서!

시의 깨우시는 것이 어떻겠습니까? 충분히 주무신 것 같습니다.

코델리아 시의의 판단에 따라 하도록 하시오. 그런데 폐하의 옷을 갈아 입히셨소?

신사 네, 폐하께서 깊이 잠드셨을 때 새 옷으로 입혀 드렸습니다.

시의 왕비님, 폐하께서 잠에서 깨어날 때 옆에 계시기를 바랍니다. 반드시 기분이 정상으로 돌아오실 겁니다.

리어왕, 침대에 잠든 채 시종에게 운반되어 등장. 음악이 깔린다.

시의 왕비님, 가까이 오십시오. 악기를 좀더 크게 켜라.

코델리아 아, 사랑하는 아버님! 제 입술에 묘약이 묻어 있다면, 두 언니들한테서 받은 상처를 깨끗이 치료해 드릴 수 있을 텐데! (키스한다)

켄트 착하고 효성이 지극하신 왕비님!

코델리아 설사 친아버지가 아니더라도 저 흰머리를 보면 불쌍한 생각이 들지 않았을까! 어찌 이 얼굴이 그 사나운 비바람을 맞으셔야 했나요? 어찌 천지를 진동하는 그 무서운 천둥과 번개가 치는 벌판에서 그 소리를 들으셨나요? 목숨을 걸고 선 파수병처럼요? 이렇게 희고 엷은 맨머리를 투구처럼 쓰고 말예요! 자기를 물어뜯은 원수네 집 개라도 그런 밤에는 난로 곁에서 불을 쬐게 내버려두었을 거예요. 그런데 불쌍한 아버님은 돼지나 부랑자들과 함께 오두막집 곰팡내 나는 지푸라기 속에서 주무셨다니! 오, 끔찍해라! 그래도 목숨과 정신을 잃지 않으신 것이 기적입니다. 잠이 깨셨으니, 말씀해 보세요.

시의 왕비님께서 말씀하시는 것이 좋겠습니다.

코델리아 폐하, 기분이 어떠십니까?

리어왕 무덤 속에서 나를 끌어내지 마라. 너는 천국의 축복받은 영혼이지만 나는 지옥의 바퀴에 결박당해 있어. 내 눈물은 납처럼 녹아 흘러 내 얼굴을 태우고 있단다.

코델리아 폐하, 저를 알아보시겠습니까?

리어왕 네가 누구긴, 망령이지. 나는 언제 죽었냐?

코델리아 아직 정신이 안 드셨구나!

시의 잠이 덜 깨신 것입니다. 잠시 혼자 계시도록 하시죠.

리어왕 지금 여기가 어디냐? 아름다운 햇살이구나. 나는 속임수에 빠져 있어. 딴 사람이 나 같은 꼴을 겪는다면 나는 죽고 싶었을 거다. 뭐라고 말해야 할지 모르겠다. 이게 정말 내 손이냐? 어디 꼬집어보자. 아얏! 내가 어떤 상태인지 알고 싶구나.

코델리아 아, 아버님, 저를 보세요. 저한테 손을 얹고 축복해 주세요. (코델리아가 무릎을 꿇자 리어왕도 같이 꿇는다) 아니, 안 돼요. 무릎을 꿇지 마세요.

리어왕 제발 부탁이니 나를 놀리지 마시오. 나는 지극히 못난 늙은이로 벌써 여든이 넘었다오. 솔직히 말하면 나는 제정신이 아닌가 보오. 당신과 여기 있는 이 사람들을 알 것도 같은데 확실치가 않구려. 무엇보다 여기가 어딘지 모르겠소. 그리고 아무리 생각해도 이 옷을 기억할 수도 없고, 어젯밤 어디서 잤는지도 모르겠소. 제발 이런 나를 비웃지 마시오. 만일 내가 살아 있는 게 확실하다면, 당신은 내 딸 코델리아인 것 같은데.

코델리아 그렇습니다, 아버지. 코델리아예요.

리어왕 눈물을 흘리고 있느냐? 그렇구나. 눈물을 흘리고 있구나. 제발 울지 말거라. 네가 독약을 마시라면 난 기꺼이 마시마. 네가 나를 사랑하지 않는다는 거 안다. 네 언니들이 나를 학대했다는 것도 알고, 그리고 네가 나를 미워할 만한 이유가 충분하다는 것도 알고 있다.

코델리아 아뇨, 아버지를 미워할 이유 같은 건 없어요.

리어왕 여기가 프랑스냐?

켄트 폐하의 왕국에 계십니다.

리어왕 나를 속일 셈이구나.

시의 왕비마마, 이제 걱정을 놓으시지요. 보시다시피 정신착란 상태는 이제 진정되셨습니다. 하지만 지금이 가장 위험합니다. 당장 과거처럼 정상적으로 돌아간다는 것은 무리입니다. 잠시 안으로 들어가셔서 편안해질 때까지 혼자 쉬시도록 하시는 게 나을 듯합니다.

코델리아 폐하, 안으로 드시지요.

리어왕 같이 들어가자. 제발 과거를 잊고 나를 용서하려무나. 난 어리석은 늙은이야. (켄트와 신사만 남고 모두 퇴장)

신사 콘월 공작이 살해되었다는 게 사실입니까?

켄트 그런가 보오.

신사 그럼 누가 공작의 부하들을 통솔하고 있습니까?

켄트 소문에는 글로스터 백작의 서자 에드먼드라고 하오.

신사 이것도 소문인데 추방된 그의 아들 에드가와 켄트 백작이 함께 독일에 있다고 하오.

켄트 소문이란 믿을 수 없지요. 지금은 적군이 급속도로 밀려오고 있는 전시 상황이니, 감시를 소홀히 해서는 안 됩니다.

신사 피비린내나는 전쟁이 될 것 같소. 그럼 잘 가시오. (퇴장)

켄트 오늘 벌어지는 싸움의 승패에 따라서 내 생애의 목표가 달성되느냐 안 되느냐 판가름나는구나. (퇴장)

제 5 막

제 1 장

도버 근처의 영국군 진영

에드먼드, 리건, 부대장, 장교들, 그 밖에 병사들 등장

에드먼드 공작께 가서 예전대로 하실 것인지 아니면 변경이 된 것은 없는지 알아보고 오너라. 공작께서 자격지심이 강해 변덕을 부리시는 일이 종종 있으니까. (부대장 퇴장)

리건 언니의 시종에게 뭔가 문제가 생겼나 봐요.

에드먼드 아무래도 그런 것 같군요.

리건 에드먼드, 내가 당신에게 호의를 갖고 있다는 걸 아시죠? 진심을 말해 주세요. 혹시 언니를 사랑하는 것은 아닌가요?

에드먼드 공경하는 마음이죠.

리건 그런 뜻이 아니에요. 당신은 형부만 드나들 수 있는 금단의 처소에 들어가신 적이 있죠?

에드먼드 당치 않은 억측이십니다.

리건 당신과 언니가 이미 스스럼 없이 정을 나누는 사이가 아닌지 염려스러워요.

에드먼드 제 이름을 걸고 그런 일은 없습니다.

리건 그런 일이 있다면 언니라고 해도 내가 용서하지 않을 거예요.
에드먼드 그런 걱정은 마십시오. 저기 언니와 알바니 공작께서 오시는군요!

북과 군기를 앞세우고 알바니 공작, 그리고 병사들 등장

고네릴 (방백) 에드먼드와 내가 멀어질 바에야 전쟁에서 지는 게 나아.
알바니 처제, 잘 있었소? (에드먼드에게) 국왕께서는 막내딸한테로 가면서 도처에 불만을 품은 세력들과 합세했다고 하오. 나는 정의로운 싸움이 아니면 싸우지 않을 텐데, 이번 전쟁은 어디까지나 프랑스 왕이 전쟁 선포를 해와 응전하는 것뿐이오. 물론 국왕과 시종들에겐 충분히 싸울 만한 전쟁이긴 하지만 말이오.
에드먼드 훌륭하신 말씀이군요.
리건 그런 걸 따져서 뭐하겠어요.
고네릴 맞아요. 힘을 모아 적을 무찔러야죠. 불만은 접어두고요.
알바니 그럼 노련한 장군들과 작전을 짜야겠소.
에드먼드 저도 즉시 공작님의 막사로 가겠습니다.
리건 언니, 우리와 함께 가시는 거죠?
고네릴 아니.
리건 함께 가요.
고네릴 (방백) 홍, 그 이유를 모를 줄 알고? (리건에게) 그래, 가자꾸나.

그들이 밖으로 나가려 하는데 변장한 에드가 등장

에드가 공작님, 미천한 사람에게 잠시 시간을 내주십시오. 말씀드릴 게 있습니다.

알바니 곧 뒤따라 갈 테니 먼저들 가시오. (알바니와 에드가만 남고 모두 퇴장. 에드가에게) 말해 보라.

에드가 전쟁을 시작하기 전에 이 편지를 뜯어보십시오. 만일 전쟁에서 승리를 거두시면 나팔을 불어 저를 불러주십시오. 비록 몰골은 이렇지만 이 편지 속에 든 내용은 거짓이 아니라는 걸 이 칼로써 입증하겠습니다. 만일 공작님께서 전쟁에 패하시면 공작님의 운명도, 그리고 이 음모도 끝나겠지요. 행운을 빕니다!

알바니 아니다, 편지를 읽을 때까지 기다려라.

에드가 그건 안 됩니다. 때가 오거든 저를 불러 주십시오. 반드시 다시 공작님 앞에 대령하겠습니다.

알바니 그럼 잘 가거라. 네 편지를 읽어보마. (에드가 퇴장)

에드먼드 다시 등장

에드먼드 적군이 바로 코앞까지 진격해 오고 있습니다. 명령을 내려주십시오. 여기 적군의 병력과 장비에 대한 정보입니다. 하지만 사태가 시급하니 급히 서두르셔야 합니다.

알바니 알았다. 곧 출정하도록 하지. (퇴장)

에드먼드 두 자매에게 사랑을 맹세했는데, 누구를 내 것으로 만들어야 하나? 둘은 독사에 물린 사람이 독사를 경계하듯 서로 경계를 하고 있지. 둘 다 내 걸로 만들어야 하나? 하나만? 둘 다 살아 있으면 어느 쪽도 내 것으로 만들 수가 없어. 과부를 택하면 언니인 고네릴이 미친 듯 화를 낼 테고, 그렇다고 그녀를 선택하면 남편이 버젓이 살아 있지 않은가. 그럼 그자의 명성과 수완을 이용한 다음 전쟁이 끝나면 그녀에게 감쪽같이 없애라고 해야겠다. 그자는 리어와 코델리아에게 자비를 베풀려고 하지만, 전쟁이 끝나면 우리 포로가 되겠지. 두 사람이 살아서 용서를 받지는 못할 거야. 자, 지금은 시비나 가릴 게 아니라, 내 자신부터 방어해야 해.
(퇴장)

제 2 장

양 진영 사이의 들판

북과 군기를 앞세우고 리어왕, 코델리아, 병사들이 무대를 가로질러 퇴장한다. 에드가와 글로스터 백작 등장

에드가 영감님, 여기 앉아 쉬면서 정의가 이기도록 기도하세요. 제가 돌아와 기쁘게 해드릴 테니까요!
글로스터 네게 신의 은총이 내리기를 비노라. (에드가 퇴장)

진군 나팔 소리와 함께 에드가 다시 등장

에드가 영감님, 어서 달아나세요! 자, 손을 이리 주세요. 도망가서야 해요. 리어왕이 패배해서 리어왕과 코델리아 공주님이 잡혔어요. 자, 갑시다.
글로스터 더 이상 갈 수 없네. 난 여기서 죽겠네.
에드가 왜 그러세요, 인간의 생과 사는 마음대로 안 되는 것이니 참으세요. 때가 무르익어야 하죠. 자, 갑시다.
글로스터 그것도 맞는 말이군. (두 사람 퇴장)

제3장

도버 근처의 영국군 진영

개선의 북소리와 함께 에드먼드와 포로인 리어왕, 코델리아가 장교, 병사들과 함께 등장

에드먼드 장교들은 이 포로들을 끌고 가라. 상부의 지시가 있을 때까지 이들을 엄격히 감시하는 것 명심하고.

코델리아 최선을 다하고도 최악의 사태를 맞는 것은 우리가 처음이 아닙니다. 학대를 받으신 아버님을 생각하면 기운이 빠지지만 저 혼자라면 운명의 시련에 맞설 수 있답니다. 언니들을 만나보시겠어요?

리어왕 아니, 아니다! 자, 감옥으로 가자. 거기서 우리 둘이 새장 속의 새들처럼 노래를 부르며 살아가자. 네가 나를 용서하고 축복을 빌어주면 나는 무릎을 꿇고 기도를 하겠다. 그곳에서 노래하며 옛 이야기를 하고 궁중 소식을 전해 들으며 지내자꾸나. 이 세상 돌아가는 신비에 관해서 아는 척하며 지내자꾸나. 누가 세력을 얻고 누가 물러나는지 이야기하면서 신의 정탐꾼처럼 얘기하면서 지내자꾸나. 나는 그렇게 늙어가고 싶다. 비록 사면이 벽으로 둘러싸인 감옥에 있더라도 이렇게 세월을 보내다 보면, 인간의 흥망성쇠가 무상한 거품처럼 지나가겠지.

에드먼드 포로들을 끌고 나가라!

리어왕 코델리아야, 너 같은 희생양에 대해서는 신들도 스스로 향을 피워 줄 것이다. 우리를 떼어놓으려는 자는 하늘에서 횃불을 가져와 여기를 불태워야 할 거야. 눈물을 닦아라. 우리가 그자들 때문에 울어선 안 돼. 그들이 병에 걸려 썩어 문드러지기 전에는 울지 마라. 자, 가자. (리어왕과 코델리아가 호위를 받으며 퇴장)

에드먼드 부대장, 이리 가까이 오라. (쪽지를 주며) 이대로 포로를 쫓아가라. 나는 이미 너를 1계급 승진시켰다. 만일 이 쪽지에 지시된 대로 네가 실행한다면 넌 출세가도를 달릴 것이다. 사람은 시기를 쫓아 살아야 한다는 것을 잊어서는 안 돼. 인정 같은 건 칼을 찬 군인에겐 전혀 필요 없다는 걸 명심하고. 지금 어떻게 할 것인지 말하라. 명령대로 하느냐, 아니면 다른 방법으로 살든지, 둘 중의 하나만 답하라.

부대장 명령대로 따르겠습니다.

에드먼드 그럼 당장 실행에 옮겨라. 그리고 일이 끝나면 넌 탄탄대로를 걷게 될 거다. 당장 내 명령을 수행하도록.

부대장 전 짐수레나 끌고 귀리나 먹는 말 같은 존재가 아닙니다. 사람이 하는 일이라면 무엇이든 하겠습니다. (퇴장)

나팔 소리와 함께 알바니 공작, 고네릴, 리건, 장교들과 병졸들 등장

알바니 백작은 오늘 용감한 혈통임을 유감없이 보여주셨소. 물론 운도 따랐지만 말이오. 더욱이 이번 전쟁의 목적인 두 사람을 포로로 잡은 건 굉장한 수훈이오. 이제 그들에게 적당한 죄를 물어

우리가 편히 지낼 수 있도록 하시오.

에드먼드 실은 노왕을 적당한 곳에 유폐시켜 감시병을 붙여두는 것이 적당하다고 생각합니다. 나이가 드신데다 국왕이라는 칭호로 인해 백성들의 동정을 받을 수 있고, 따라서 병졸들의 창끝이 우리를 향할 수도 있기 때문입니다. 프랑스 왕비도 같은 이유로 감금시켜 놓겠습니다. 두 사람은 내일이나 또는 그 이후에 공작님께서 재판을 하신다면 언제든지 출두하게끔 조처해 놓았습니다. 지금 우리는 피를 많이 흘렸고, 친구를 잃지 않은 사람이 아무도 없습니다. 아무리 정당한 전쟁일지라도 전투가 치열하고 부상이 심하다 보면 전쟁을 일으킨 사람을 저주하게 마련이죠. 코델리아와 그 부친의 문제는 장소와 시기를 가려 논하는 것이 좋을 줄 압니다.

알바니 미안한 얘기지만, 나는 이번 전쟁에서 백작을 형제로 여기지는 않았소이다. 그저 부하라고 생각했을 뿐이오.

리건 그렇게 말씀하시지 마세요. 그 자격은 제가 드렸으니까요. 이분은 제 군사를 지휘했을 뿐만 아니라, 제 지위와 신분을 위임 받으셨습니다. 이토록 가까운 사이니 형제라 불러도 상관없을 겁니다.

고네릴 그렇게 흥분하지 마라. 네가 자격을 드리지 않아도 이분은 자기 자신의 가치로도 충분히 높은 곳에 올라갈 수 있는 분이니까.

리건 내가 권리를 줘서 최고 지휘자 반열에 서게 된 거예요.

고네릴 이분이 네 남편이라도 되면 그러한 지휘에 오를 수 있겠지.

리건 엉뚱한 농담이 진담 되는 일이 많지요.

고네릴 이것 보아라! 눈이 삔 자에게 들은 헛소리겠지.

리건 언니, 지금 몸이 아파서 응수를 못하겠어. 그렇지만 않았어도 가만 있지 않았을 텐데. (에드먼드에게) 장군, 난 당신에게 군대와 포로와 재산을 모두 바칠 테니까 자유롭게 쓰세요. 뿐만 아니라 나 자신도 당신께 바칩니다. 이 세상을 증인으로 나는 여기서 당신을 내 군주요, 남편으로 모시겠어요.

고네릴 이 사람을 네 남편으로 모신다고?

알바니 고네릴, 당신에겐 이들을 제지시킬 아무 권한이 없소.

에드먼드 알바니 공에게도 없을걸요.

알바니 사생아 녀석, 당연히 내게 권리가 있느니라.

리건 (에드먼드에게) 북을 울려서 내 권리가 당신에게 이양된 사실을 어서 알리세요.

알바니 잠깐 기다려, 에드먼드. 난 너를 반역죄로 체포하겠다. 그리고 동시에 (고네릴을 가리키며) 금빛 독사도 체포하겠다. 처제, 이놈은 내 아내와 이미 약혼한 몸이오. 그러니 그 선언은 거두어야 할 거요. 정 결혼하고 싶으면 결투를 신청하라.

고네릴 정말 웃기는 일이군.

알바니 에드먼드, 어서 나팔을 불게 하라. (도전의 표시로 장갑을 땅에 내던진다) 내가 기꺼이 너와 싸워 네 흉악한 소행을 낱낱이 증명할 테다. 내가 말한 것을 증명하기 전까지는 아무것도 먹지 않을 테다.

리건 (고통스럽게) 아아, 괴로워!

고네릴 (방백) 네년이 아프지 않다면 독약도 믿을 수 없게?

에드먼드 자, 내 대답은 이거다! (장갑을 땅에 던진다) 날 반역자라고 입을 놀린 자가 누구냐? 그놈이야말로 거짓말쟁이 사기꾼이다. 나팔을 불어서 그놈을 불러내라. 감히 나를 대적하는 자가 당신이라 해도 나는 기필코 싸워서 내 진실과 명예를 지켜 보이겠다.

알바니 이봐, 전령!

에드먼드 (군대를 향해) 어이, 병사들!

알바니 네가 믿을 사람은 너 혼자밖에 없다. 네 병사들은 모두 내 녹을 받는 자들이니 내가 해산시켰다.

리건 더 이상 견딜 수가 없어!

알바니 고통이 심한가 보군. 처제를 내 막사로 데려가라. (리건, 부축을 받으며 퇴장)

 전령 등장

알바니 (전령에게) 전령은 이리 오라. 이봐, 나팔을 불어라! 그리고 이것을 소리 높여 읽어라.

장교 나팔수, 나팔을 불어라. (나팔 소리)

전령 (읽는다)

 아군 병사로서 글로스터 백작이라 자칭하는 에드먼드의 반역죄를 폭로할 자는 세 번째 나팔 소리가 울리면 즉시 출두하라. 그는 완강히 버티고 있다.

에드먼드 불어라. (첫 번째 나팔 소리)

전령 또 한 번 불어라. (두 번째 나팔 소리)

세 번째 나팔 소리에 나팔수를 앞세우고 무장한 에드가 등장. 투구를 써서 얼굴이 보이지 않는다.

알바니 왜 저 자가 출두했는지 물어보아라.

전령 그대는 누구요? 이름은? 신분은? 왜 나팔 소리를 듣고 나왔소.

에드가 나는 이름을 잃었소. 반역자의 이빨에 물어뜯기고, 벌레에게 파먹혔기 때문이오. 하지만 내가 상대하고 싶은 자만큼 고귀한 신분이란 건 분명하오.

알바니 상대하고 싶은 자가 누구냐?

에드가 글로스터 백작이라 칭하는 에드먼드죠. 그 자가 어디 있소?

에드먼드 내가 바로 네가 찾는 그 사람이다. 용건부터 말하라.

에드가 칼을 뽑아라. 내 말이 너의 비위에 거슬렸다면 칼을 가지고 정당하다는 걸 증명해 보아라. 자, 덤벼라! 이것이야말로 내 명예와 맹세, 신분을 되찾는 길이다. 네가 아무리 힘이 세고 높은 지위에 있다 해도, 그리고 행운의 여신이 너한테 늘 미소를 보낸다 해도 너는 반역자일 뿐이다. 너는 신과 형제와 부친을 속였고, 여기 계신 공작님의 목숨까지 노렸다. 머리끝부터 발끝까지 독반점 투성이인 두꺼비 같은 놈아, 만일 네놈이 이것을 부정한다면 이 칼이 네놈의 가슴을 갈라 거짓말쟁이라는 사실을 증명해 보이겠다.

에드먼드 현명한 판단을 위해서 우선 네놈 이름을 물어야겠지만, 네놈 목소리와 태도를 보니 품위가 있어 보이는군. 따라서 굳이 기사도 규칙에 따라 서로 통성명을 하지 않은 채 네놈 도전에 응하겠다. 자, 덤벼라. 반역자의 오명을 네놈 머리에다 쏟아붓겠다. 지옥같이 가증한 거짓말을 네놈의 가슴에 올려놓고 짓뭉개버리겠다. 이 칼로 네 심장을 찔러 오명을 그곳에 영원히 새겨두겠다. 나팔을 불어라! (나팔 소리가 울리고 둘이 싸우다가 에드먼드가 쓰러진다)

알바니 죽이면 안 돼.

리어왕

고네릴 이건 음모예요. 에드먼드, 기사도 규칙에 따라 이름을 밝히지 않은 자와 싸울 필요는 없어요. 당신은 진 게 아니라 음모에 빠진 거예요.

알바니 입 닥쳐! 그렇지 않으면 이 편지로 당신의 입을 틀어막겠소. (에드가가 칼로 찌르려 하자 얼른 말린다) 잠깐만! 중지! (에드먼드에게) 이 악당아! 이 편지를 읽고 네 자신의 죄를 알라. (고네릴이 편지를 낚아채 찢으려 한다) 찢지 마. 그 편지 내용을 아는 모양이군.

고네릴 설사 알고 있다 하더라도 누가 감히 나를 규탄하겠어요?

알바니 천하에 극악무도한 계집! 이 편지를 안단 말이지?

고네릴 그걸 알면서 나한테 왜 물어요? (퇴장)

알바니 저 여자를 뒤쫓아가 진정시켜라. (장교 퇴장, 에드먼드에게) 넌 이 편지 내용을 알고 있느냐?

에드먼드 나는 당신이 비난하고 있는 것보다 훨씬 더 많은 죄를 저질렀소. 때가 되면 다 밝혀질 것이다. 모든 것은 끝났다. 어쨌거나 나를 물리친 운 좋은 넌 누구냐? 네가 귀족이라면 내 용서하리다.

에드가 좋다. 이제 서로 용서하기로 하자. 내 혈통은 너보다 못하지가 않다. 내가 너보다 우월하다면 넌 더 죄가 크겠지. 에드먼드야, 내 이름은 에드가, 네 아버지의 아들이다. 하느님이 얼마나 공정하신지 어둠침침한 곳에서 너를 만든 벌로 아버지는 양쪽 눈을 잃으셨다.

에드먼드 그렇군요. 인과응보의 바퀴가 돌고 돌아 저는 다시 밑바닥이 되었군요.

알바니 어딘지 모르게 자네의 거동에 당당하고 귀족적인 품위가 엿보였어. 자, 이리 와서 포옹해 주게. (서로 포옹한다) 그런데 자네나 자네 부친을 미워한 적이 있다면 이 가슴을 다 찢어도 할말이 없을 걸세.

에드가 그 맘 잘 알고 있습니다.

알바니 도대체 어디에 숨어 있었나? 자네 부친의 불운은 어떻게 알게 되었고?

에드가 제가 여태껏 돌봐드렸습니다. 간단히 말씀드리지요. 어찌 맨 정신으로 이러한 말을 입에 올릴 수 있겠습니까. 오, 목숨에 대한 끈질긴 애착이여! 죽음의 고통을 맛볼지라도 산다는 것은 죽는 것보다는 나은 일이니까요. 누더기 차림으로, 개조차 멸시할 그런 차림으로 하루하루를 연명했지요. 그러다가 두 눈을 잃어 피가 줄줄 흐르는 아버님을 만났습니다. 아버님을 만나 길을 인도하며 그분을 위해 동냥을 했습니다. 그리고 이곳에 오기 바로 전에 저는 비로소 아버님께 제 정체를 밝혔습니다. 이길 것이라고 확신하면서도 확실치 않아 아버님의 축복을 받고자 사실을 말씀드린 것입니다. 그런데 기쁨과 슬픔의 극단적인 충격이 이미 찢길 대로 찢어진 아버님의 가슴을 찢어놓은 것입니다. 아버님은 그만 유명을 달리하셨습니다.

에드먼드 그토록 가슴 아픈 얘기가 있었습니까? 나도 이제 선한 인간이 되겠습니다. 형님, 계속 말씀하세요.

알바니 그만 하게. 더한다면 내 가슴이 찢어질 것이네.

에드가 더욱 기가 막힌 것은 제가 울고불고 아버지를 껴안고 슬퍼하자 어떤 사람이 다가왔습니다. 그 사람은 거지 모양을 한 저를 피하던 사람인데 제가 통곡을 하자 그제야 저를 알아보곤 저를 부둥켜안고 흐느껴 우는 것이었습니다. 그러더니 아버님의 유해를 얼싸안고 리어왕과 자기 자신에 관해서 사람으로서 들어본 적이 없는 슬픈 이야기를 들려주었습니다. 그분 역시 얘기를 하는 중에 슬픔이 복받쳐 올라 목숨이 가물거리기 시작했습니다. 바로 그때 두 번째 나팔 소리가 울렸고, 난 그분을 거기에 둔 채 이리로 뛰어온 것입니다.

알바니 그런데 그 사람이 누구였나?

에드가 바로 추방된 켄트 백작이었습니다. 변장을 하고서 원수 같은 국왕 곁에 붙어다니며 노예처럼 봉사를 하고 있었던 것입니다.

시종 한 명이 피 묻은 단검을 들고 등장

시종 큰일났습니다!

에드가 무슨 소란이냐?

알바니 무슨 일인지 어서 말하라.

에드가 그 피투성이 칼은 뭐냐?

시종 가슴에 꽂힌 것을 방금 뽑아 김이 모락모락 납니다. 오, 그분이 돌아가셨습니다.

알바니 누가, 누가 돌아가셨단 말이냐? 빨리 말하라.

시종 공작님, 공작님의 부인 말씀이에요. 마님께서는 여동생을 독살했노라고 자백하셨습니다.

에드먼드 내가 두 자매와 결혼하기로 약속했으니, 이제 세 사람이 동시에 죽는구나!

에드가 저기 켄트 백작이 오십니다.

알바니 살았든 죽었든 둘의 시체를 이리 내오거라. 천벌을 받았으니 전율이 일기는 하되 동정심은 일지 않는구나.

켄트 백작 등장

알바니 오, 이분인가? 결례가 되는 줄 압니다만 인사를 차릴 여유가 없구려.

켄트 국왕이시며 주인되시는 분께 하직인사를 여쭈러 왔습니다. 여기 안 계십니까?

알바니 중대한 일을 잊고 있었군! 에드먼드, 국왕께선 어디 계시냐? 그리고 코델리아 왕비는? (이때 시종들이 고네릴과 리건의 시체를 가져온다) 켄트 백작, 저것이 보이오?

켄트 아니, 이것이 어찌된 일입니까?

에드먼드 저는 두 여자의 사랑을 받았죠. 바로 저 때문에 언니가 동생을 독살하고 자신은 자살했습니다.

알바니 사실이오. 시체를 덮어라.

에드먼드 숨이 차오르는군. 난 여태껏 못된 짓만 해왔지만, 내 본성과 어울리지 않게 착한 일 한 가지만 하고 싶소. 급히 성으로 사람을 보내시오. 리어왕과 코델리아를 죽이라는 명령을 내렸소.

알바니 뛰어라, 뛰어!

에드가 누구에게로 가야 하지? 에드먼드, 누가 직책을 맡고 있나? 사형 집행 중지를 증명하는 증거를 보내야 해.

에드먼드 그렇소. 내 칼을 증표로 대장에게 주시오.

알바니 있는 힘을 다해 뛰시오! (에드가 퇴장)

에드먼드 공의 부인과 내가 공모해 코델리아를 목 졸라 죽이라고 명령했소. 그리고 나중에 자살한 것처럼 꾸밀 생각이었소.

알바니 신들이여, 국왕과 코델리아를 지켜 주소서! (에드먼드를 가리키면서) 이 자를 잠시 데려가라. (에드먼드, 시종들에게 운반되어 퇴장)

죽은 코델리아를 팔에 안고 리어왕 등장. 에드가와 부대장 다시 등장

리어왕 울어라, 울어라! 아, 너희는 목석으로 된 인간이냐! 내가 너희들 같은 눈과 혀를 가졌다면 하늘이 무너지도록 저주를 내렸을 것이다. 이 애는 영원히 갔다! 나는 죽은 것과 산 것은 구별할 수 있어. 내 딸은 흙처럼 죽었다. 거울을 다오. 내 딸의 입김이 거울을 흐리게 한다면 그건 살아 있다는 증거다.

켄트 이것이 이 세상의 종말인가?

에드가 그렇지 않으면 그 무서운 종말의 그림자인가?

알바니 하늘이여, 무너져라. 땅이여, 꺼져라!

리어왕 (새털을 코델리아의 입술에 갖다대며 숨쉬고 있는지 아닌지 검사하려고 한다) 깃털이 움직였어! 살아 있구나! 이제 이 애가 겪었던 온갖 설움을 보상받을 수 있을 거야.

켄트 (무릎을 꿇으며) 오, 폐하!

리어왕 에이, 저리로 가!

에드가 저분은 폐하의 충신인 켄트 백작이십니다.

리어왕 천벌을 받을 놈들! 너희들은 모두 살인자며 역적들이야! 이 애를 살릴 수도 있었는데, 이제는 죽어버렸잖아! 코델리아야, 조금만 기다려라! 너, 지금 뭐라고 그랬니? 언제나 부드럽고 착하고 조용한 너를 누가 죽였단 말이냐? 네 목을 누른 놈을 내가 죽여버린 거야.

부대장 사실입니다, 왕께서 그놈을 죽였습니다.

리어왕 나도 한때는 칼을 휘둘러 놈들을 쥐잡듯 죽인 적도 있었지. 그런데 이젠 늙어빠져 아무짝에도 쓸 수가 없어. (켄트를 보고) 너는 누구냐? 눈이 잘 안 보여. 하지만 곧 알아볼 수 있을 거야.

켄트 만약 운명의 여신이 사랑하고 미워한 두 사람이 있었다고 한다면, 바로 우리 두 사람이 그럴 것입니다.

리어왕 눈이 침침하군. 자네는 켄트가 아닌가?

켄트 그렇습니다. 폐하의 신하 켄트이옵니다. 폐하의 시종 카이어스는 어디 있습니까?

리어왕 그놈은 좋은 놈이었어. 칼 솜씨도 일품이었지! 그런데 그놈은 죽어 썩어버렸어.

켄트 아닙니다, 폐하. 제가 바로 그 카이어스입니다.

리어왕 그래? 그럼 내가 알아볼 수 있을 거야.

켄트 폐하가 불우하게 되신 때부터 전 폐하를 떠나지 않고 쭉 따라다녔습니다.

리어왕 고맙구나.

켄트 제가 바로 그 사람이에요. 이제 이 세상에 즐거움이 없는 암흑과 죽음의 세계입니다. 폐하의 두 따님은 돌아가셨습니다. 절망한 나머지 목숨을 끊었습니다.

리어왕 그랬을 거다.

알바니 폐하께서는 지금 자신이 무슨 말씀을 하는지 잘 모르시오. 그러니 지금 우리의 이름을 말씀드려도 소용없겠소이다.

에드가 정말 아무 소용없겠습니다.

장교 등장

장교 각하, 에드먼드님께서 돌아가셨습니다.
알바니 그런 것은 하찮은 일에 불과해. 여러분, 제 말을 들어주십시오. 저는 엄청난 불행을 겪게 된 국왕 폐하를 힘 자라는 데까지 도와 드릴 작정이오. 나는 당장 사임하고 내 전권을 노왕께 넘겨드려 생존하시는 동안 다시 나랏일을 맡으시도록 하겠소. 그리고 (에드가와 켄트를 가리키며) 두 분께서는 원래 작위를 되찾게 될 것이며, 그 공적에 맞도록 특전을 베풀겠소. 우리 편을 든 자는 그 공로에 상응하는 포상을 받을 것이며, 모든 적의 편을 든 자에게는 그 죄에 합당한 벌을 받게 될 거요. 아, 저길 보시오. 저기를!
리어왕 오, 불쌍한 내 딸을 목 졸라 죽이다니! 생명이 없어. 없도다! 개나 말이나 쥐 같은 것도 생명이 있는데, 너는 어째서 입김조차 없느냐? 넌 다시 살아나지 못하겠지, 절대로, 절대로, 절대로! 제발 부탁하노니 이 단추를 풀어다오. 고맙다. 이 애를 봐라. 이 애 입술을 보라고! 여길 봐라, 보란 말이다. (죽는다)
에드가 폐하, 폐하, 정신을 차리십시오!
켄트 아, 가슴아, 터져 버려라. 제발 터져 버려라.
에드가 폐하, 폐하!
켄트 폐하를 가시도록 내버려둡시다! 이토록 쓰라린 세상이라는 형틀에 앉힌다면 폐하께서는 더욱 분노하실 거요.
에드가 폐하께서 돌아가셨습니다.
켄트 이렇게 견디신 것이 오히려 이상하오. 무리하게 목숨을 이어가셨던 게요.

알바니 두 분의 유해를 모시고 나가거라. 그분의 죽음을 거국적으로 애도해야겠소. (켄트와 에드가에게) 그대들, 내 마음의 두 벗은 이 나라를 통치하고 난국을 수습하는 데 힘써 주기 바라오.

켄트 저는 곧 여행을 떠날 몸입니다. 저 역시 주인께서 부르시니, 아니 따를 수가 없습니다.

알바니 이 가혹한 시대를 우리가 짊어지고 가야만 하오. 가장 나이 많으신 분께서 가장 큰 괴로움을 겪으시다니. 우리 같은 젊은이들은 이만큼 커다란 시련은 견딜 수도 없거니와 그만큼 오래 살지도 못할 것입니다. (장송곡이 울리는 가운데 일동 퇴장)

맥베스

Macbeth

등장인물

맥베스_ 스코틀랜드의 장군, 뒤에 스코틀랜드의 왕
맥베스 부인_ 맥베스 장군의 아내
뱅쿠오_ 스코틀랜드의 장군
던컨_ 스코틀랜드의 왕
맥더프_ 스코틀랜드의 영주
맥더프 부인_ 맥더프의 아내
맬컴, 도널베인_ 스코틀랜드의 왕자들
플리언스_ 뱅쿠오의 아들
헤커트_ 마법의 여신
시워드_ 노섬벌랜드의 백작. 잉글랜드 장군
시워드 2세_ 시워드의 아들
레녹스, 로스, 멘티스, 앵거스, 케이드네스_ 스코틀랜드의 귀족
시튼_ 맥베스의 휘하 장교
소년_ 맥더프의 아들
그 외_ 세 마녀, 뱅쿠오의 유령, 시녀, 시종, 장교, 사신, 잉글랜드 왕의 시의,
    문지기, 노인, 소년, 귀족들, 신사들, 장교들, 병사들, 암살자들, 사자, 유령

배경_ 스코틀랜드, 잉글랜드

줄거리

스코틀랜드의 장군 맥베스와 뱅쿠오는 반군과의 싸움에서 승리해 돌아오던 중 세 마녀를 만난다. 마녀들은 맥베스에게 장차 왕이 될 것이라는 예언을 하고, 이 예언을 들은 맥베스는 왕권을 향한 야심에 사로잡힌다.

그래서 집으로 돌아온 그는 아내와 함께 선정을 베풀고 있는 던컨 왕을 살해할 계획을 세운다. 그러나 자신의 성에 온 왕을 보며 양심 때문에 갈등을 하던 맥베스는 아내의 호통에 못 이겨 결국 살해를 실행에 옮겨 왕의 자리에 오른다. 왕이 된 맥베스는 왕으로서의 권력을 누리기는커녕 죄책감과 장래에 대한 불안감으로 폭정을 일삼아 백성들의 미움을 산다.

더욱이 함께 예언을 들었던 뱅쿠오를 그대로 살려둘 수가 없다. 왜냐하면 뱅쿠오의 자손이 왕위에 오른다는 예언을 들었기 때문이다. 그래서 맥베스는 자객을 보내 뱅쿠오와 그의 아들 플리언스를 죽이려 하지만, 뱅쿠오만 죽이고 플리언스는 놓치고 만다.

그 후 맥베스는 죽은 뱅쿠오의 환영을 보는 등 극도의 불안과 공포에 시달리다 마녀들을 찾아간다. 마녀들은 여자가 낳은 자는 결코 맥베스를 해칠 수 없으며, 버넘 숲이 던시네인 언덕에 오기 전에는 맥베스가 망하지 않는다고 예언한다.

한편 왕을 죽인 뒤 후유증으로 몽유병에 시달리던 그의 아내 맥베스 부인이 세상을 떠난다. 그리고 맬컴을 옹립한 잉글랜드 군이 진격해 들어오고 폭정에 휘둘리던 스코틀랜드 귀족들이 이에 합세한다. 그들은 버넘 숲에 있는 나뭇가지들을 꺾어 몸을 숨긴 채 던시네인 성으로 접근한다.

맥더프와 싸우게 된 맥베스는 맥더프로부터 자신은 여자에게서 태어난 것이 아니라 어미의 배를 갈라 꺼낸 자라는 말을 듣는다. 절망에 빠진 맥베스는 결국 맥더프의 손에 죽게 되고 맬컴이 왕좌에 오른다.

제 1 막

제 1 장

스코틀랜드의 황야

천둥과 번개, 세 명의 마녀 등장

마녀 1 우리 셋이 언제 다시 만날까? 번개가 칠 때, 천둥이 우르릉 울 때, 아니면 비가 억수같이 쏟아질 때?

마녀 2 이 요란한 소동이 끝나거나 싸움의 승패가 판가름났을 때가 되지 않을까?

마녀 3 그렇다면 해가 지기 전이 되겠네.

마녀 1 어디서 만나지?

마녀 2 황야에서.

마녀 3 거기서 맥베스를 만나는 거야.

마녀 1 자, 우리가 간다, 늙은 고양이야!

마녀 2 두꺼비가 부르는군.

마녀 3 곧 간다니까!

일동 아름다운 것은 추한 것, 추한 것은 아름다운 것이지. 안개 속을, 더러운 공기 속을 뚫고 날아가자. (퇴장)

제 2 장

포레스 부근의 진영

나팔 소리 들리고, 던컨 왕, 맬컴, 도널베인, 레녹스가 시종들을 거느린 채 등장하고, 다른 한편에서는 장교가 피를 흘리며 등장한다.

던컨 저 피투성이가 된 장교는 누군가? 저 모양을 보니 전쟁이 어떻게 돌아가는지 알겠구나.

맬컴 바로 저 장교가 저를 구해 주었습니다. 포로가 될 뻔한 저를 아주 용감하게 구해 주었죠. 잘 왔네, 용감한 전우여! 어서 전황을 국왕 폐하께 빠짐없이 고하게나.

장교 전투는 승패를 가늠하기 어려울 정도로 막상막하하였습니다. 마치 물에 빠진 두 사람이 그곳을 빠져나오기 위해 서로 부둥켜안았지만 빠져나오지는 못하고 함께 물을 먹는 꼴이었죠. 잔인하기 짝이 없는 역적 맥도널드는 모반을 꿈꿀 만큼 기세가 대단했습니다. 서쪽의 여러 섬에서 보병과 기병들을 끌어모아 대군을 이끌고 왔더군요. 한때는 운명의 여신도 그의 흉측한 야심에 미소를 던지는 것 같았습니다. 그러나 그것도 한순간이었지요. 명장 맥베스 장군께서 운명의 여신을 조롱하듯 빛나는 칼을 휘두르며 싸움터에 뛰어들었기 때문입니다. 장군은 순식간에 적진을 뚫고 들어가 역적을 처단해 버렸습니다. 그놈의 배꼽에서 턱까지 단칼에 가른 뒤 목을 성벽에 걸어 놓았습니다.

던컨 오, 과연 내 용감한 사촌이구나! 훌륭한 대장부야!

장교 폐하, 하오나 마른하늘에 벼락이 치듯 우리의 기쁨이 채 사라지기도 전에 갑자기 불행이 밀려들었습니다. 마침내 용기로 무장한 우리의 정의로운 군대가 패잔병들을 물리치고 났을 때였습니다. 여태껏 호시탐탐 기회를 엿보고 있던 교활한 노르웨이 왕이 새로운 무기와 군사를 이끌고 공격해 온 것입니다.

던컨 우리의 맥베스 장군과 뱅쿠오가 그 광경을 보고 당황하지 않았는가?

장교 독수리가 참새에게, 사자가 토끼에게 습격을 받았을 때처럼 두 장군께서도 약간 당황은 하셨죠. 하지만 두 장군은 금세 전열을 가다듬어 두 개의 폭탄을 장전한 대포처럼 적군에게 두 배의 공격을 퍼부었습니다. 그 참상은 피바다에서 목욕을 하고 골고다 언덕이 다시 만들어지는 것처럼 끔찍했습니다. 오, 폐하! 외람되게도 더 이상 이 상처를 견딜 수가 없군요.

던컨 그대의 보고는 그대의 상처만큼이나 깊은 감동을 주는구나. 참으로 명예로운 군인답도다. 자, 어서 가서 상처를 치료받도록 하라. (장교, 시종들의 부축을 받으며 퇴장) 거기 오는 자는 누구냐?

맬컴 로스의 영주입니다.

레녹스 몹시 급해 보이는데, 좋지 않은 말씀을 아뢰러 온 듯합니다.

로스 등장

로스 폐하의 만수무강을 비옵니다!

던컨 오, 로스 영주, 어디서 오는 길인가?

로스 파이프에서 오는 길입니다, 폐하. 노르웨이군의 깃발이 하늘을 얕보듯 휘날리며 아군의 간담을 서늘케 하는 곳에서 왔습니다. 노르웨이 왕은 몸소 대군을 끌고 쳐들어와 아군을 공격했습니다. 폐하를 배반한 코더 영주까지 그놈들에게 붙었죠. 그러나 전쟁의 여신 벨로나의 남편처럼 무적의 갑옷을 두르신 맥베스 장군이 혼신의 힘을 다해 맞서 싸운 끝에 승리를 쟁취했습니다.

던컨 참으로 다행한 일이로다!

로스 노르웨이 왕 스위노는 화친을 청해 왔습니다. 하지만 맥베스 장군은 1만 달러의 배상금을 받아내기 전까지는 세인트 콤 섬에서 움직이지 않을 것이며, 적군의 시체를 매장하는 일조차 허락하지 않을 방침이라고 통보했습니다.

던컨 코더 영주는 두 번 다시 나를 배반하지 못할 것이다. 그자를 즉각 사형에 처하고, 그 작위는 대신 맥베스에게 내려 노고를 치하하도록 하라.

로스 분부대로 거행하겠습니다.

던컨 그 역적이 잃은 것을 훌륭한 맥베스가 차지했구나. (일동 퇴장)

제3장

포레스 부근의 황야

천둥이 치자 세 마녀가 등장한다.

마녀 1 너, 어디 갔다 왔니?

마녀 2 돼지를 죽이러.

마녀 3 너는?

마녀 1 뱃사공 아내가 행주치마에 밤을 가득 담아 와드득 깨물며 쉬지 않고 먹기에 좀 달라고 했더니, '꺼져라, 마녀야!' 하며 고함치는 거야. 그래서 그년의 남편을 혼내줄 생각이야. 그년의 남편은 알레포에 가 있는 타이거 호의 선장이거든. 바다를 건너가 쥐로 둔갑해서 반드시 혼내주고야 말 거야. 꼭 앙갚음을 하고 말 거라고!

마녀 2 내가 바람을 줄게.

마녀 1 고마워.

마녀 3 나도 하나 줄게.

마녀 1 나머지 바람은 내가 모두 갖고 있으니, 가는 곳마다 해도에 그려진 항구마다 바람을 불게 해서 정박하지 못하게 할 테야. 그년의 남편을 바짝 마른 풀처럼 마르게 할 거야. 낮이건 밤이건 7일 밤낮의 아홉 번, 그 아홉 배를 잠자지 못하게 할 거야. 그래서 배에서 피로에 지쳐 말라비틀어지게 할 거라고. 그놈의 배는 침몰시킬 수 없겠지만 폭풍으로 뒤흔들어 어지럽게 할 거야. 이것 좀 봐.
마녀 2 어디 좀 보자.
마녀 1 이건 귀국 길에 난파당한 키잡이의 엄지손가락이야.

안에서 북소리가 들려온다.

마녀 3 북소리다, 북소리! 맥베스가 온다.

셋이 손을 맞잡고 원을 그리며 춤을 춘다. 점점 빨리 돌면서 노래한다.

일동 "손에 손을 잡은 우리 세 자매, 바다와 육지 위를 질풍처럼 돈다. 돌고 돌자, 돌아라, 돌아라. 마음대로 빙글빙글, 너도 세 번 나도 세 번, 또다시 세 번 돌면 모두 합해 아홉 번이 되는구나." 쉿! 마술이 걸렸다. (갑자기 노래와 춤을 멈추고 안개 속으로 숨는다)

맥베스와 뱅쿠오 등장한다. 뒤에 군대가 따르고 있지만 보이지 않는다.

맥베스 이렇게 좋은 날에 날씨는 엉망이군.
뱅쿠오 포레스까진 얼마나 남았소? (안개가 서서히 걷힌다) 저건 뭐지? 말라비틀어진 것들이 옷차림도 괴상하군. 사람 같지는 않은데, 그렇다고 짐승 같아 뵈지도 않고. 내 말이 들리느냐? 너희는 살아 있는 것들이냐? 음, 내 말귀는 알아듣는 모양이군. 다들 거칠게 튼 손을 말라붙은 입술에 갖다대는 것을 보니 여자인 모양인데, 수염이 난 걸 보면 여자라고 할 수도 없고.

맥베스 대답해 봐라. 너희들의 정체는 뭐냐?

마녀 1 맥베스 만세! 글래미스 영주께 축복을!

마녀 2 맥베스 만세! 코더 영주께 축복을!

마녀 3 맥베스 만세! 앞으로 왕이 되실 분이시여!

밴쿠오 뭘 그렇게 놀라십니까? 아주 좋은 운세시군요. (마녀에게) 내 말에 대답하라. 너희는 도대체 도깨비냐, 아니면 지금 보이는 그대로냐? 내 존경하는 친구에게 너희는 현재 작위뿐만 아니라 미래의 왕이라는 칭호를 붙였다. 그 바람에 이 친구가 망연자실해 있는데, 너희는 무슨 근거로 그러한 말을 하느냐? 게다가 나한테는 아무 말 하지 않았다. 자, 너희에게 운명의 씨앗을 볼 수 있는 능력이 있단 말이냐? 만일 그렇다면 난 너희의 호의를 바라지도 두려워하지도 않을 테니 나에게도 말해 보려무나.

마녀 1 만세!

마녀 2 만세!

마녀 3 만세!

마녀 1 맥베스보단 못하지만 위대하신 분.

마녀 2 맥베스보단 못하지만 운수대통하신 분.

마녀 3 왕이 될 자손을 낳으실 분. 맥베스 밴쿠오, 두 분 다 만세!

마녀 1 밴쿠오와 맥베스, 두 분 다 만세! (안개가 짙어지면서 마녀들 모습이 점점 보이지 않는다)

맥베스 게 섰거라! 좀더 똑똑히 말하라. 부친께서 돌아가셨으니 내가 글래미스 영주가 되는 것은 당연한 일이다. 하지만 코더 영주가 버젓이 살아 있는데, 내가 어떻게 코더 영주가 된단 말이냐? 그리고 왕이 된다는 예언은 도저히 말이 안 되는 얘기다! 도대체 어디에서 그러한 허튼 소리를 들었느냐? 어찌하여 이러한 들판에서 황당한 말로 우리를 현혹시키느냐? 어서 말하라, 명령이다! (마녀들이 안개 속으로 사라진다)

뱅쿠오 거품처럼 사라진 걸 보니 흙에도 거품이 있나 보오. 저 요물들이 어디로 사라졌을까요?

맥베스 바람 속으로 사라졌소. 마치 입김처럼 말이오. 분명 실체가 있는 것처럼 보였는데, 좀 더 잡아두었으면 좋았을걸.

뱅쿠오 도깨비가 아니었소? 우리가 제대로 보긴 본 거요? 혹시 우리의 이성이 마비된 게 아닐까요?

맥베스 장군의 자손이 왕이 된다고 했소.

뱅쿠오 장군은 스스로 왕이 된다고 했지요.

맥베스 코더 영주가 된다고도 했지요.

뱅쿠오 그렇게 말했소. 그런데 저기 누가 오고 있군요.

로스와 앵거스 등장한다.

로스 맥베스 장군, 폐하께서는 장군이 거둔 승전 소식을 듣고 크게 기뻐하셨소. 반란군을 제압하셨다는 말을 듣고 놀라워 찬탄을 금하지 못하셨소. 게다가 막강한 노르웨이 군사들을 무찌르셨다는 말엔 그저 입을 다물지 못하셨소. 끔찍한 죽음의 그림자 속에서도 기개를 잃지 않으셨다지요. 사신들이 찾아올 때마다 왕국을 수호한 장군의 위대한 공로에 찬사를 아끼지 않으셨소이다.

앵거스 폐하께서는 장군에게 깊은 사의를 전하고 장군을 어전으로 모셔오라 하셨습니다. 전공에 대한 포상은 따로 있을 것입니다.

로스 그리고 위대한 명예를 더욱 빛내기 위해 폐하께서는 친히 장군을 코더 영주에 새로 임명하셨습니다. 삼가 축하드립니다, 코더 영주님! 영예로운 그 이름은 이제 장군의 것입니다.

뱅쿠오 오, 마녀들의 예언이 들어맞는군!

맥베스 모를 일이구려. 살아 있는 자의 작위를 내게 주시다니!

앵거스 옛 코더 영주가 아직 살아 있긴 합니다만, 대역죄로 인해 그 생명이 경각에 달려 있습니다. 노르웨이 왕과 결탁을 했는지 반란군을 도왔는지 잘 모르겠으나, 분명한 것은 대역을 꾀한 죄가 드러났습니다. 본인 스스로도 죄를 자백했으니, 살아날 가망은 없지요.

맥베스 (방백) 글래미스 영주에 코더 영주라! 이제 가장 큰 것만 남아 있군. (로스와 앵거스에게) 수고들 했소. (뱅쿠오에게 작은 소리로) 장군의 자손이 왕이 된다는 말도 이젠 믿어야 할 듯하오. 내게 코더 영주라 했던 마녀들이 그렇게 예언했으니 말이오.

뱅쿠오 (맥베스에게 작은 소리로) 그걸 믿으시면 코더 영주뿐만 아니라 왕관까지 바라게 될 거요. 좀 염려가 되는구려. 악마의 사자들이 우릴 파멸로 이끌려고 일부러 그런 예언을 한 것은 아닌지 모르겠소. (로스와 앵거스에게 다가가며) 자, 잠깐 두 분께 할 말이 있소이다.

맥베스 (방백) 처음 두 가지는 맞았구나. 그럼 이제 찬란한 등극의 서막만 열리면 되는구나. (일행에게) 그대들에게 고맙소. (다시 방백) 이런 유혹이 나쁜 징조일 리가 없어. 좋을 리도 없지. 만일 그게 나쁜 징조라면, 어째서 내게 성공의 단맛을 미리 보여주었겠는가? 나는 이제 코더의 영주야. 그런데 왜 이렇게 심장이 두근거리며 무서운 환영이 떠오른단 말인가? 정녕 좋은 징조라면 이럴 리가 없잖은가? 눈앞에 전개되는 두려움은 마음의 공포와는 비할 바가 못 되구나. 그런데도 마음은 완전히 들떠서 이성을 마비시키고, 보이는 건 환상뿐이니 못 견딜 노릇이로다!

뱅쿠오 (로스와 앵거스에게) 저것 좀 보시오. 내 친구의 망연자실한 모습을.

맥베스 (방백) 만일 내가 왕이 될 운명이라면 내가 애쓰지 않아도 언젠가는 왕관을 쓸 게 아닌가.

뱅쿠오 하긴 갑작스런 영예를 얻었으니 그럴 만도 하겠지. 새로 입은 옷은 몸에 익숙해질 때까지는 어색한 법이니까. 하지만 결국 시간이 흐르면 몸에 익숙해지는 때가 오지.

맥베스 될 대로 되라지. 아무리 폭풍우가 치는 날씨라 하더라도 잔잔해질 때가 있는 법이니까.

뱅쿠오 장군, 이제 그만 가봅시다. 모두가 기다리고 있소.

맥베스 이거 미안하오. 뭔가 잊은 게 있어서 그걸 생각하느라고 잠시 넋을 빼놓고 있었나 보오. (로스와 앵거스에게) 자, 어서들 갑시다. 두 분의 수고는 절대로 잊지 않겠소. (뱅쿠오에게) 오늘 우리에게 일어난 일은 다음에 시간이 날 때 흉금을 터놓고 얘기를 합시다.

뱅쿠오 (맥베스에게) 아, 그럽시다.

맥베스 (뱅쿠오에게) 그럼 오늘은 이만 해둡시다. 자, 다들 가지요. (일동 퇴장)

제4장

포레스 궁전

나팔 소리 우렁차게 울리고, 던컨 왕과 맬컴, 도널베인, 레녹스 그리고 시종들 등장한다.

던컨 코더의 처형은 어떻게 됐나? 집행관은 돌아왔나?
맬컴 폐하, 아직 돌아오지 않았습니다. 그러나 처형을 목격한 자의 말에 따르면, 코더는 자신의 죄를 자백하고 깊이 뉘우치면서 폐하의 용서를 빌었다고 합니다. 그는 임종을 오랫동안 연구한 사람처럼 아주 훌륭하게 죽음을 맞았다고 합니다. 소중한 생명을 마치 지푸라기 버리듯이 미련없이 목숨을 버렸다고 합니다.
던컨 열 길 물속은 알아도 한 길 사람 속은 모른다더니. 내가 그를 얼마나 신임했는데…….

맥베스, 뱅쿠오, 로스 그리고 앵거스 등장한다.

던컨 오, 맥베스! 내 훌륭한 동생, 어서 오게나. 내 그대의 공로에 보답지 못하고 있어서 마음이 무겁구나. 그대가 너무 앞서서 공로를 세우니 아무리 재빠르게 포상을 해주어도 그것을 따를 수가 없구나. 그대의 공적이 좀 작았더라면 내가 포상을 하기가 훨씬 쉬웠을 텐데! 그대가 받아야 할 보상은 내가 포상을 내린 것의 몇 곱절 되도다.

맥베스 폐하, 소신이 충성을 하는 것은 당연한 의무이옵니다. 저에게 충성을 할 수 있도록 기회를 주신 것이 바로 포상이옵니다. 소신은 왕국의 신하로서 마땅히 해야 할 바를 수행한 것이며, 그것만으로도 충분히 폐하의 은총을 입은 바가 되었사옵니다. 그러니 소신의 충성을 받기만 하소서!

던컨 무엇보다 무사히 돌아와서 매우 기쁘오. 자, 이제 그대에게 새로운 이름을 내렸으니 그것이 번영하도록 나도 힘쓰겠노라. (뱅쿠오에게) 오, 뱅쿠오! 그대의 공로도 맥베스에 못지 않도다. 자, 그대를 포옹하게 해다오. 이 가슴으로 그대를 힘껏 껴안고 싶소!

뱅쿠오 폐하, 폐하의 가슴에 안기니 소인이 자라면 모든 열매는 폐하의 것이옵니다.

던컨 (눈물을 닦으면서) 오, 기쁨이 넘쳐흘러 눈물이 나는구나. 자, 여기 모인 왕자들이여, 친척들이여, 영주 등 모든 신분 높은 그대들에게 이 자리에서 내 말하노라. 장차 장남인 맬컴이 내 왕위를 계승할 것이니라. 그리고 그의 이름을 앞으로는 컴벌랜드 공이라 부를 것이다. 그러나 이 영예는 그에게만 돌아가는 게 아니라 공신들의 머리 위로 돌아가 별처럼 빛날 것이다. (맥베스에게) 이제 곧 장군의 인버네스 성으로 가세. 그대에게 또다시 폐를 끼쳐야 할 것 같네.

맥베스 폐하를 위해 쓰지 않는 휴식은 고통일 뿐입니다. 소신이 먼저 성으로 가서 폐하의 행차를 아내에게 알려 아내를 기쁘게 하겠습니다. 그럼 이만 소신은 물러가겠습니다.

던컨 훌륭하도다, 코더 영주여!

맥베스 (방백) 컴벌랜드 공이라? 어이없는 장애물이 끼여들었군. 여기서 주저앉느냐, 아니면 뛰어넘느냐가 문제로다. 오, 별들이여, 빛을 감추어라! 나의 검고 깊은 야망은 비추지 말거라. 눈이여, 내 손이 무슨 일을 하든 눈을 감아다오. 해치우고 나면 두려움으로 보고 싶어하지 않을지니! (퇴장)

던컨 (뱅쿠오에게) 맥베스에 대한 찬사는 아무리 늘어놓아도 질리지가 않구나. 자, 우리도 그를 뒤따라가자. 그가 나를 환영하기 위해 앞질러 갔으니, 과연 흠잡을 데 없는 인물이로다. (우렁찬 나팔 소리. 일동 퇴장)

제 5 장

인버네스의 맥베스 성

맥베스 부인, 편지를 읽으면서 등장

맥베스 부인 (편지를 읽는다)

    마녀들을 만난 것은 전투를 끝내고 개선하는 날이었소. 나중에 생각해 보니 마녀들은 인간의 지혜가 미치지 못하는 신비한 힘을 갖고 있는 것 같소. 내가 궁금해 더 물으려는데 이미 그들은 연기처럼 사라지고 없었소. 놀란 내가 얼이 빠져 서 있으려니, 왕의 사신이 와서 나를 '코더 영주'라고 부른 거요. 이는 마녀들이 내게 인사하고 예언했던 것과 똑같았소. 마녀들은 내게 '장차 왕이 되실 분 만세!'라고도 했소. 내가 가장 사랑하는 내 인생의 반려자인 당신에게 이 말을 해야 한다고 생각해서 이렇게 편지를 보내는 거요. 당신은 얼마나 많은 기쁨의 세월이 우리 앞에 기다리고 있는지 알아야 한다고 생각했기 때문이오. 다만 이 일이 이루어질 때까지 가슴 속 깊이 간직해 두시오. 그럼 이만!

    (방백) 당신은 글래미스 영주시고 또 코더 영주가 되었으니 그 다

음엔 그렇게 되겠지요. 다만 걱정이 되는 건 당신의 성격이에요. 지름길을 택하기엔 인간의 착한 마음씨로 가득한 당신의 심성이 문제겠지요. 당신은 큰 인물이 되실 분답게 야심이 있지만, 그것을 성취해 낼 만한 잔인함은 없어요. 무엇이든 손에 넣고 싶어하시지만 잘못될까 생각이 많으시죠. 하지만 속으로는 "얻고 싶거든 행동으로 옮겨라"고 소리치고 계시죠. 당신은 결국 그 일을 하게 될 거예요. 꺼리는 마음은 있겠지만 일단 그 일을 저지르면 후회하지 않을 것입니다. 어서 이리 오세요. 제가 당신을 위해 기꺼이 몸을 바칠 거예요. 당신의 머리에 왕관을 씌우는 데 방해되는 것이 있다면 무엇이든 제 손으로 제거할 거예요.

사신 등장

맥베스 부인 무슨 소식이 있소?
사신 폐하께서 오늘 밤 이곳으로 행차하십니다.
맥베스 부인 무슨 소리요? 폐하께선 장군과 함께 계시잖소. 그런 일이 있다면, 장군께서 미리 연락을 하셨을 텐데?
사신 죄송하오나 틀림없는 사실입니다. 영주님도 현재 이곳으로 오고 계십니다. 소인의 동료가 얼마나 급하게 왔는지 숨이 넘어가는 소리로 저에게 전했습니다.
맥베스 부인 그를 잘 돌봐주세요. 반가운 소식을 가져왔군요. (사신 퇴장) 던컨 왕이 운명의 힘에 이끌려 이곳으로 오고 있도다. 자, 오너라, 악령들이여! 내 여자다운 생각을 모두 없애고, 내 심장과 혈관 속에 잔인함이 넘치도록 하게 하라. 추호도 연민의 정이 일어나지 않도록 하라. 감정에 연연하여 목표가 흔들리거나 그 일을 실천하는 데 걸림돌이 되지 않게 해다오. 자, 오너라, 살인의 앞잡이들이여! 내 품안으로 와서 내 단 젖을 쓰디쓴 담즙으로 바꾸어다오. 눈에 보이지 않게 인간의 악행을 부추기는 자들아, 지금 어디 숨어 있느냐? 오너라, 어둠의 세계여! 지옥의 검은 연기를 뿜어 저 칼에 찔린 희생자들의 몸뚱이를 가려주려무나. 하늘이 어둠의 장막을 뚫고 나와 "멈춰라!"고 소리치지 못하도록 해다오.

맥베스 등장

맥베스 부인 글래미스 영주님! 코더 영주님! 아니, 이보다 더 위대한 호칭으로 불리실 훌륭한 분이여! 당신의 편지로 인해 전 무지한 현재를 뛰어넘어 이 순간에도 먼 미래 속을 날고 있는 듯합니다.

맥베스 오, 부인! 오늘 밤 던컨 왕이 이곳에 오오.

맥베스 부인 그러면 언제 이곳을 떠난다고 합니까?

맥베스 내일이오, 왕의 예정대로라면!

맥베스 부인 오, 결코 그가 내일의 태양을 볼 수 없기를. 영주님, 당신의 얼굴은 뭔가 수상한 내용이 담긴 한 권의 책 같군요. 세상을 속이려면 세상과 똑같은 표정을 지으세요. 눈에도 손에도 혀끝에도 환영의 표시를 하세요. 겉으로는 청초한 한 떨기 꽃처럼 보이되, 그 꽃 속에는 독사를 숨기세요. 왕을 맞이하기 위해서는 준비를 해야 해요. 오늘 밤 일은 제게 맡겨 주세요. 일이 잘되면 우리의 앞날은 막중한 권력과 위엄으로 이어지겠죠.

맥베스 그건 나중에 의논합시다.

맥베스 부인 그저 당신은 밝은 표정을 지으시면 돼요. 얼굴빛이 좋지 않으면 뭔가 공포가 있다는 표시예요. 모든 일은 저에게 맡겨 주세요. (일동 퇴장)

제6장

같은 장소, 맥베스의 성 앞

오보에 소리와 횃불. 던컨 왕과 맬컴 왕자, 도널베인, 뱅쿠오, 레녹스, 맥더프, 로스, 앵거스 그리고 시종들 등장

던컨 이 성은 아주 좋은 곳에 자리잡았군. 공기가 맑고 상쾌해서 사람의 살갗을 부드럽게 애무해 주는군.

뱅쿠오 여름의 길손인 저 제비가 이 성에 기꺼이 둥지를 트는 것을 보면, 이곳의 바람이 얼마나 향기로운지 알 수 있습니다. 추녀 끝이나 서까래 옆 벽 등 사방에 둥지를 짓고 있군요. 제비가 둥지를 트는 곳은 어디나 공기가 좋은 곳이지요.

맥베스 부인 등장

던컨 아, 저기 이 성의 안주인이 오는구먼! (맥베스 부인에게) 호의도 지나치면 때론 폐가 되지만, 호의는 늘 좋은 것이지요. 그러니 호의를 베풀 기회를 드린 우리에게 부인께서도 신의 축복을 빌며 감사하는 마음을 가져야 할 것이오.

맥베스 부인 폐하께서 저희에게 베풀어주신 은총을 생각한다면, 저희들이 하는 수고야 정말 부끄럽고 하찮은 것이지요. 예전의 일은 말할 것도 없고, 이번에 또 새롭게 명예로운 칭호를 얹어주시니, 성은이 망극하고, 폐하의 만수무강을 빌 뿐이옵니다.

던컨 코더 영주는 어디 있소? 우리가 그를 따라잡으려 했는데, 워낙 승마의 명수인데다 사랑이 박차를 가하였는지 도저히 따라잡을 수가 없었소. 고귀한 부인이시여, 이곳에서 우리가 이 밤을 지낼 수 있도록 해주시오.

맥베스 부인 폐하, 지금 보이는 모든 것은 바로 폐하로부터 저희가 빌려 쓰는 것이옵니다. 폐하의 분부시라면 언제든지 돌려드려야지요.

던컨 나를 장군에게 안내해 주시오. 장군은 나의 보배요. 앞으로도 내 뜻은 변함이 없을 것이오. 자, 그럼 부탁하오, 부인. (모두 성내로 들어간다)

제7장

같은 장소, 맥베스 성 안

오보에를 가진 자와 햇불을 가진 자가 등장한다. 급사장이 음식을 나르는 하인들을 지휘한다. 축제를 준비하는 가운데 맥베스가 심각한 얼굴로 등장

맥베스 (독백) 한 번으로 끝낼 일이라면 빠를수록 좋겠지. 만일 왕을 암살해 모든 일이 매듭되어진다면, 내세의 재앙 따위는 신경 쓸 필요가 뭐 있겠는가. 문제는 현세에서 심판을 받는다는 거야. 살인하는 법을 배운 사람은 반드시 가르쳐 준 사람에게 되갚고 마는 법이거든. 공평한 정의의 신은 독배를 준비한 자의 입술에 독이 닿게 하지. 나를 믿고 온 왕이 아닌가. 더욱이 그는 나의 친척이고 군주이고. 혹시 이 집에 자객이 있어서 습격을 하더라도 내가 막아야 하거늘 어찌 그의 가슴을 향해 비수를 들겠는가. 더구나 온후하고 인자한 왕인 던컨 왕을 시해라도 하면 무수한 사람들의 원성을 받을 거야. 던컨 왕에 대한 사람들의 연민은 폭풍도 멎게 할 눈물의 바다가 될 거야. 안 된다. 나를 몰아붙이는 건 오로지 이 야망뿐이야. 그러나 조심을 하지 않으면 나는 말도 타기 전에 나동그라지겠지.

맥베스 부인 등장

맥베스 무슨 일이오?

맥베스 부인 던컨 왕의 식사가 끝나갑니다. 왜 자리를 뜨셨나요?

맥베스 나를 찾습디까?

맥베스 부인 찾는 것이 당연하잖아요?

맥베스 그 일은 없던 걸로 합시다. 더욱이 나는 폐하로부터 포상을 받았잖소. 이제야 이처럼 새롭고 눈부신 빛깔의 옷을 입었는데 함부로 내버릴 수는 없잖소?

맥베스 부인 그럼 여태껏 당신 심장에 괴어 있던 건 술에 취한 희망이었나요? 그 마음은 영영 잠들어 버렸나요? 그래, 잠에서 깨고 보니 희망 따위는 사라지고 오싹한 한기만 남은 건가요? 당신의 사랑도 그런 것이겠군요. 어떤 야망이나 사랑도 당신을 만난다면 이런 꼴이 되고 말 거예요. 속으로는 바라지만 행동으로 옮기기는 겁을 내는 거죠. 이렇게 평생토록 겁쟁이로 사실 건가요?

맥베스 제발 그만하시오! 사내 대장부가 할 만한 일이라면 무엇이든 하겠소. 하지만 도가 지나치면 그건 사내 대장부가 아니오.

맥베스 부인 그럼 이 계획을 제게 말씀하시던 때에는 짐승이었단 말인가요? 아뇨, 당신은 그때 아주 훌륭한 사내 대장부였어요. 당신이 훌륭한 대장부가 되기 위해서는 당신 자신을 이겨내야 해요. 그때는 때와 장소가 마땅치 않았는데도 그 둘을 취하려 하시더니, 지금은 모든 게 갖추어져 있는데 여기서 물러나다뇨. 아마 당신이 전처럼 굳게 맹세했다면, 나는 내 젖을 빠는 갓난아기일지라도 젖을 빼내고 당장 그 머리통을 박살낼 수 있을 거예요.

맥베스 만일 실패한다면?

맥베스 부인 실패한다고요? 당신이 용기만 내신다면 실패란 있을 수 없어요. 던컨 왕은 오늘 여행을 해서 아주 깊이 잠에 곯아떨어질 거예요. 그가 잠들면 두 시종에게도 술을 주어 죽은 듯이 곯아떨어지게 만들고요. 죽은 듯이 자고 있는 그들에게 당신, 아니 내가 못 할 짓이 뭐가 있겠어요? 상대는 던컨 한 사람이에요. 그리고 술에 만취한 두 호위병에게 우리가 저지른 대역죄를 덮어씌우면 돼요.

맥베스 당신은 사내아이만 낳을 거요! 두려움을 모르는 억센 성격은 사내아이를 만들어내는 데는 적격일 테니까. 이러면 어떻겠소? 자고 있는 두 호위병에게 피를 묻히고 칼도 그들의 것을 사용하는 거요. 그러면 그자들의 소행으로 보일 게 아니오?

맥베스 부인 누가 그걸 의심하겠어요? 우린 왕의 죽음을 슬퍼하면서 대성통곡을 해 사람들에게 알리면 될 텐데!

맥베스 좋소, 마음을 정했소. 힘과 용기를 짜내어 이 무서운 계획을 실행에 옮겨 봅시다. 자, 제자리로 돌아갑시다. 최대한 밝은 표정을 하고 모든 사람들을 속이는 거요. 마음속의 흉악한 음모는 가면으로 감추고 말이오. (퇴장)

제 2 막

제 1 장

맥베스 성 안의 뜰

밴쿠오와 횃불을 든 아들 플리언스 등장

밴쿠오 밤이 얼마나 깊었느냐?

플리언스 달이 진 것 같은데, 시계 소리는 듣지 못했습니다.

밴쿠오 달은 자정에 진다.

플리언스 그렇다면 자정은 이미 지난 것 같습니다.

밴쿠오 애야, 이 칼 좀 들고 있거라. 하늘도 절약을 하는 모양이구나, 불을 모두 꺼버린 걸 보니. (단도 혁대를 내밀며) 이것도 갖고 있거라. 납덩이처럼 무거운 졸음이 엄습해 오지만 왠지 자고 싶지는 않구나. 잠이 들면 또다시 저주받을 망상이 스며들 터이니. (무슨 소리를 들은 그가 깜짝 놀라며 아들에게) 내 칼을 이리 다오.

맥베스와 횃불을 든 시종 등장

밴쿠오 게 누구냐?

맥베스 친구요.

뱅쿠오 맥베스, 아직 안 주무셨소? 폐하는 이미 잠자리에 드셨소. 얼마나 만족하셨는지 시종들에게까지 선물을 듬뿍 주셨다오. 그리고 이 다이아몬드는 장군의 부인께 드리는 거요. 마음에서 우러나오는 극진한 대접에 고마워하시면서 마지막까지 무척 만족하신 모양이오.

맥베스 별로 준비한 것도 없는데, 마음은 있었지만 시간이 부족해 만사가 흡족하지가 않았소. 그저 송구스러울 뿐이오.

뱅쿠오 아주 훌륭했어요. 아, 어젯밤 나는 그 마녀들의 꿈을 꾸었다오. 장군에 대한 그들의 예언은 맞는 부분이 있더군요.

맥베스 난 깜빡 잊고 있었소. 언제 틈을 내서 그것에 관해 얘기 좀 나눕시다, 장군이 시간만 낸다면.

뱅쿠오 당연히 그러리다.

맥베스 때가 왔을 때 장군이 내 편만 되어 준다면, 장군의 이름은 더욱 영예롭게 될 거요.

뱅쿠오 어설프게 영예를 얻으려다 오히려 모든 것을 잃는 일이 없다면, 그리고 내 충성스러운 마음에 아무런 거리낌이 없다면 기꺼이 상의하지요.

맥베스 그럼 편히 쉬시오.

뱅쿠오 고맙소. 장군께서도 편히 쉬시오. (뱅쿠오와 플리언스 퇴장)

맥베스 (시종에게) 마님께 가서 술상이 준비됐으면 종을 치라고 여쭈어라. 그리고 넌 그만 가서 자고. (시종 퇴장) 지금 내 눈앞에 보이는 건 단검인가? 오, 내가 잡아야겠다! 하지만 단검을 눈앞에 두고서도 잡을 수가 없구나. 고약한 일이로다. 단검은 그저 마음에 떠오르는 헛된 망상인가? 망상의 산물이란 말인가? (단검을 뺀다) 어, 단검과 똑같구나. 내가 사용하려는 것과 똑같아. 너는 내가 가려는 길로 나를 인도하려 하느냐? 바로 내가 사용하려는 무기로다. (일어선다) 내 눈이 잘못된 건가, 아니면 다른 감각이 잘못된 건가? 이번에는 단검이 피로 얼룩져 있구나. (환상이 사라진다) 아무것도 보이지 않는구나. 그래, 그럴 리가 없어. 피비린내 나는 일을 하려니까 저런 것들이 보이는 거야. 지금은 세상의 반이 죽은 듯이 고요한 한밤중, 잠은 장막 속에 감싸여 악몽과 사귀고 있구나. 마녀들은 헤커트에게 재물을 바치고, 살인마는 여자의 침실을 범한 타르킨의 걸음걸이로 목표를 향해 살금살금 가는구나. 요지부동인 대지여, 내 발길이 어디로 향하건 그 소리를 듣지 마라. 발 아래 밟히는 돌들이 소리를 질러 내 소재를 알릴까 두렵구나. 설사 말로 협박한다 해도 그는 죽지 않는다. 말은 실행의 욕망을 식히는 찬바람일 뿐이다. (종소리가 들린다) 가자, 종소리가 나를 애타게 부르는구나. 던컨이여, 저 종소리를 듣지 마라. 저 종소리는 그대를 저승으로 불러들이는 조종(弔鐘)이다. (발소리를 죽이고 계단을 오르며 퇴장한다)

제2장

같은 장소

맥베스 부인이 술잔을 들고 등장

맥베스 부인 이 술은 저들을 곯아떨어지게 하더니 날 대담하게 만드는구나. 내 맘이 이리 불붙는 걸 보니 말이야. 앗! 저 소리는? 올빼미로구나! 운명의 죽음을 알리는 야경꾼처럼 사형수에게 마지막 작별을 고하는가 보다. 문이 열려 있고, 호위병들은 코를 골며 자는구나. 술에 약을 탔으니, 저들은 그저 숨쉬는 시체일 뿐이다.

맥베스 (안에서) 누구냐? 게 무슨 일이냐?

맥베스 부인 설마 저들이 깨어난 건 아닐 테지? 마음만 먹고 실행에 옮기지 않는다면 우리 신세는 끝장이다. 들어봐! 호위병의 단검을 준비해 두었으니 그이가 못 보았을 리는 없겠지. 잠든 얼굴이 내 아버지와 닮지만 않았어도 내가 해치웠을 텐데. (부인이 계단 쪽으로 가려다 돌아서자 맥베스가 나타난다. 양손엔 피투성이가 된 채 두 자루의 단검을 쥐고 비틀거리며 나온다) 여보!

맥베스 (속삭이는 소리로) 해치웠어. 아무 소리도 나지 않았소?

맥베스 부인 올빼미와 귀뚜라미가 우는 소리만 나더군요. 당신이 소리를 내지 않았어요?

맥베스 언제?

맥베스 부인　방금 전에요.

맥베스　내가 내려올 때 말이오?

맥베스 부인　네.

맥베스　쉿! (귀를 기울인다) 옆방에서 자고 있는 사람은 누구요?

맥베스 부인　도널베인이에요.

맥베스　이 무슨 비참한 꼴인가! (피 묻은 손을 내밀어 보인다)

맥베스 부인　무슨 어리석은 소리예요? 비참한 꼴이라뇨?

맥베스　한 녀석이 "살인이야!"라고 부르짖어 두 놈 다 눈을 뜬 거요. 숨죽이고 서서 귀를 기울였는데, 녀석들은 기도를 드리더니 다시 잠들지 뭐요.

맥베스 부인　둘이 한 방에서 자고 있었으니까요.

맥베스　한 녀석이 "신이여, 자비를 베푸소서!" 하자, 다른 녀석이 "아멘!"이라고 말했지. 그들은 마치 사형집행인의 손을 보기라도 한 듯 나를 쳐다보더군. 공포스러운 그들의 목소릴 들은 나는 그들이 "신이여, 자비를 베푸소서"라고 했을때 "아멘"이란 말도 하지 못했소.

맥베스 부인　너무 깊이 생각하지 마세요.

맥베스　나는 왜 "아멘"이라고 하지 못했을까? 누구보다 신의 자비를 필요로 하는 내가 목에 그 말이 걸려 나오질 않았소.

맥베스 부인　그런 일을 저지르고 나선 깊이 생각하면 안 됩니다. 그러면 미치고 말아요.

맥베스　아아, 누군가가 외치는 소리를 들은 것 같기도 하오. "이젠 잠을 잘 수가 없다! 맥베스가 잠을 죽여 버렸다." 아, 무심한 잠이여. 근심 걱정으로 얽힌 실타래를 곱게 풀어주는 잠이여. 힘겨운 노동 뒤에 하는 목욕이여, 마음의 상처를 아물게 하는 약이여, 생명을 위한 향연의 최고의 자양분인 잠이여!

맥베스 부인 무슨 말씀이에요?

맥베스 집안을 향해 그렇게 부르짖고 있었소. "이젠 잠을 잘 수가 없다! 글래미스가 잠을 죽였다. 그러므로 코더는 영원히 잠을 잘 수가 없다. 맥베스는 이제 잘 수가 없다!"

맥베스 부인 도대체 누가 그렇게 외쳤다는 거예요? 왜 부질없는 생각으로 소중한 용기를 낭비하고 있는 거예요? 어서 손을 씻으세요. 어째서 단검을 들고 오셨나요? 어서 살해 현장에 갖다두고 오세요. 그리고 호위병에게 피를 묻히고 오세요!

맥베스 나는 가지 않겠소. 아, 내가 무슨 짓을 했는지, 소름이 끼치오. 두 번 다시 그곳으로 가지 않을 거요.

맥베스 부인 나약한 양반! 그 칼을 이리 주세요. 잠에 빠진 자와 시체는 그저 그림에 지나지 않는다고요. 도깨비 그림을 보고 놀라는 건 어린아이나 할 일이에요. 호위병의 얼굴에다 피를 발라놓아야겠어요. 그래야 두 사람이 저지른 일처럼 보일 테니까요. (부인이 퇴장하고, 안에서 노크 소리가 들린다)

맥베스 저 소리는 어디서 나는 거지? 오, 무슨 소리만 들려도 가슴이 두근거리는구나. 모든 게 이 손 때문이 아니냐! 아, 눈이 튀어나올 것 같구나. 아, 포세이돈이 바닷물을 퍼부으면 이 손에 묻은 피를 깨끗이 씻어낼 수 있을까? 그럴 리가 없다. 오히려 내 손에 물든 푸른 대양이 온통 붉게 되리라.

맥베스 부인 등장

맥베스 부인 제 손도 당신의 손과 같은 빛깔이 되었군요. 그러나 심장은 당신처럼 약해지진 않답니다. (문을 두드리는 소리) 누가 문을 두드리고 있군요. 어서 방으로 돌아가죠. 물로 씻으면 우리가 지금 한 일은 깨끗이 지워지고 말 거예요. 이 핏자국들은 흔적도 없이 사라지고 말겠죠. 그러면 쉽게 해결될 일이에요! 평소 그렇게 침착하시던 분이 지금 어찌된 일이에요. (문을 두드리는 소리가 계속 난다) 들어보세요! 문을 두드리는 소리가 그치지 않네요. 어서 잠옷으로 갈아입으세요. 만일 누군가에게 불려 나가 우리가 깨어 있다는 걸 알면 곤란할 테니까요. 오, 제발 그렇게 멍청하게 서 계시면 안 돼요.

맥베스 내가 저지른 일을 떠올리지 않으려면 멍청하게 있는 수밖에 없다오. (문 두드리는 소리) 더 크게 소리를 내어 던컨을 깨울 수만 있다면, 그렇게 할 수만 있다면! (두 사람 퇴장)

제3장

같은 장소

안에서 문 두드리는 소리가 점점 요란해지자 문지기가 등장

문지기 참, 요란도 하구나. 지옥의 문지기였다면 열쇠를 돌리느라 정신이 없었겠군. (문 두드리는 소리) 두드려라, 두드려! 지옥의 문지기께서 납시었다. 도대체 너는 누구냐? 옳아, 넌 풍년이 들자 곡식 값 떨어질까 봐 목매 죽은 농부로구나. 마침 잘 왔다! 손수건이나 잔뜩 준비해 두어라. 여기서 진땀 꽤나 흘릴 테니까. (문 두드리는 소리) 두드려라, 두드려! 악마의 이름으로 묻겠는데, 도대체 넌 누구냐? 아, 넌 이중계약으로 이득을 챙긴 사기꾼이로구나. 하느님의 이름을 팔아 장사를 한 놈이렷다! 네 혓바닥은 천당에서 안 통했나 보지! 어서 오너라, 이 지옥으로. (문 두드리는 소리) 두드려라, 두드려! 잉글랜드의 재단사로구나. 프랑스식 바지가 유행할 때에는 용케도 옷감을 속여먹더니. 자, 여기 있다. 인두를 달굴 불은 얼마든지 있다. (문 두드리는 소리) 도대체 숨을 쉴 틈이 없구나. 대체 누구냐? 하긴 여긴 지옥치고는 너무 춥구나. 지옥의 문지기는 그만두련다. 쾌락에 젖어 지옥불에 떨어진 놈은 모두 잡아두려 했더니. 자, 갑니다, 가요! (문을 연다) 제발, 이 문지기가 여기 있다는 걸 잊지 마시오.

문을 열자 맥더프와 레녹스가 등장

맥더프 간밤에 늦게 잠자리에 들었나 보구먼, 이렇게 늦잠을 자다니.

문지기 그렇습니다, 나리. 닭이 두 번째 울 때까지 술을 폈습죠. 그런데 나리, 술이라는 놈은 세 가지 자극을 주더군요.

맥더프 세 가지 자극이라니?

문지기 코가 빨개지고, 졸음이 오고, 오줌이 마렵다는 얘기지요. 성욕을 자극하기는 하지만 일은 끝내 치르지 못하지요. 성욕에 관한 한 마음만 잔뜩 부추기고는 힘을 빼는 아주 고약한 놈이지요. 성욕을 일으켰다 죽였다, 기분을 달궜다가 움츠러들게 하고, 기운을 불어넣었다가 또 빼버려서 결국엔 잠들게 하고 달아나죠.

맥더프 자네도 간밤에 술에 제압된 모양이구먼.

문지기 그렇습니다, 나리. 목덜미를 잡혀 쓰러졌지요. 하지만 저도 술에게 보복을 해줬답니다. 녀석보다는 제가 좀 강한 편이거든요. 놈이 내 다리를 붙잡고 휘청거리게 하기도 했습니다만 모조리 토해내어 제가 이겨버렸죠.

맥더프 주인께서는 일어나셨는가?

맥베스, 잠옷 차림으로 등장

맥더프 문 두드리는 소리에 깨신 모양이군요. 장군님이 오십니다.
레녹스 잘 주무셨습니까, 장군님?
맥베스 두 사람 다 편히 쉬셨소?
맥더프 폐하께서는 일어나셨습니까?

맥베스 아직 주무시고 계시오.

맥더프 어제 침소에 들기 전에 아침 일찍 깨우라는 분부가 계셨습니다. 까딱하면 늦을 뻔했어요.

맥베스 그렇소? 제가 안내하지요.

맥더프 이번에 정말 수고가 많으셨습니다. 물론 마음에서 진정 우러나서 하신 일이겠지만 말입니다. (두 사람 들어간다)

맥베스 즐거워서 하는 수고는 고통스럽지가 않은 법이지요. 이 방이오.

맥더프 특별히 명령을 받았으니 과감하게 깨워 드려야겠습니다. (혼자 들어간다)

레녹스 폐하께선 오늘 떠나신답니까?

맥베스 그렇소. 그렇게 분부하셨소.

레녹스 간밤엔 정말 무시무시한 밤이었습니다. 숙소에 있는 굴뚝이 바람에 몽땅 날아갔지 뭡니까. 그리고 사람들 얘기로는 비탄의 소리와 죽어가는 자의 신음소리가 공중에 울려 퍼졌다고 합니다. 이 험난한 세상에 혼란과 변란이 일어날 징조를 예언한 소리였다고 사람들은 말들을 했어요. 올빼미도 울고 대지가 열병에 걸린 것처럼 진동했다는 말들을 하더군요.

맥베스 꿈자리가 좀 어수선한 밤이었소.

레녹스 나이 어린 제 기억으로는 이보다 더 음산한 밤은 없었던 것 같습니다.

맥더프가 황급히 돌아온다.

맥더프 아, 무서운 일이다! 참변이야, 참변, 말할 수 없을 정도로!

맥베스·레녹스 무슨 일이오?

맥더프 하늘이 무너질 일입니다. 천벌을 받을 살인마가 거룩한 신전을 부수고 생명을 약탈해 갔습니다!

맥베스 지금 뭐라고 말했소? 생명을 약탈했다고?

레녹스 폐하의 목숨 말입니까?

맥더프 폐하의 침소에 가보시오. 차마 눈뜨고는 볼 수 없는 광경이오. 나에게 묻지 말고 가서 직접 눈으로 확인하시오. (맥베스와 레녹스 퇴장) 경종을 울려라! 살인이다! 반란이다! 뱅쿠오 장군, 도널베인 전하! 맬컴 전하! 어서 가짜 죽음 같은 잠을 떨쳐 버리고 깨어나시오! 그리하여 진짜 죽음을 직시하시오! 빨리 일어나서 세상의 종말을, 끔찍한 죽음의 광경을 보시오! 맬컴 전하! 뱅쿠오 장군! 어서 무덤에서 일어나 유령처럼 걸어 나오시오! 아아, 이 무서운 광경을 보시오. 경종을 울려라! (경종이 울린다)

맥베스 부인, 잠옷 차림으로 등장

맥베스 부인 도대체 무슨 일이오? 무슨 일로 이렇게 경종을 울려 온 성안 사람들을 깨우는 거죠? 말씀해 보세요. 어서요.

맥더프 아아, 고매하신 부인이여, 제가 어떻게 이런 말을 할 수 있겠습니까. 아마 제가 입을 열면 여자분들은 숨이 넘어갈 것입니다.

뱅쿠오, 잠옷 차림으로 등장

맥더프 뱅쿠오, 뱅쿠오! 폐하께서 살해당하셨습니다!

맥베스 부인 오, 뭐라고요? 우리 집에서!

뱅쿠오 어디서건 그건 끔찍한 일이오. 맥더프, 제발 부탁이니 잘못 말한 거라고 하시오. 거짓말이라고 말해 주시오.

맥베스, 레녹스 그리고 로스 등장

맥베스 아아, 내가 한 시간 전에만 죽었다면 차라리 행복했을 텐데. 이제 세상에 중요한 일이란 없구나. 모든 것이 부질없다. 명예도 덕망도 모두 사라졌도다. 술은 깡그리 말라버리고 남은 것은 지게미뿐이로다.

맬컴과 도널베인이 당황한 모습으로 등장

도널베인 무슨 일이오?

맥베스 아무것도 모르고 계시는군요. 왕자님의 귀중한 혈통의 원천이 말라 버렸습니다. 그 뿌리가 끊기고 말았습니다.

맥더프 부왕께서 살해당하셨습니다.

맬컴 뭐요? 누구에게?

레녹스 호위병의 짓인 듯합니다. 두 사람 다 손과 얼굴이 온통 피투성이였습니다. 그들의 단검은 온통 핏자국을 묻힌 채 잠자리에 뒹굴고 있었고요. 사람들은 모두 넋이 빠진 얼굴로 서로를 바라보고만 있었습니다. 도저히 누군가의 호위를 맡을 만한 위인들로는 보이지 않았습니다.

맥베스 아, 얼마나 분한지 그들을 죽여 버리고 말았습니다.

맥더프 어째서 그런 짓을 했소?

맥베스 차분하면서 동시에 대경실색하고 다정하면서 동시에 진노할 수 있으며, 충성심에 불타면서 동시에 무덤덤한 인간이 대체 어디 있겠소? 폐하에 대한 내 열정적인 충성심이 그만 분별력을 앞지르고 만 것입니다. 던컨 왕께서 한쪽에 쓰러져 계셨는데, 은빛 살결은 핏발이 돋아나 있었고, 깊은 상처는 파멸이 무참히 출입하는 것처럼 벌어져 있었습니다. 그리고 다른 쪽에는 살인마들이 악행의 증거인 피를 뒤집어쓰고 자신들의 무죄를 강변하려는 듯 멍한 표정을 연기하고 있었습니다. 충성심을 갖고 있는 자라면, 누군들 그 광경을 보고 어찌 참을 수가 있었겠습니까?

맥베스 부인 (실신한 듯이 비틀거리며) 누가 저를 좀 부축해 주세요. (맥베스가 달려간다)

맥더프 부인을 돌보시오.

맬컴 (도널베인에게 방백) 왜 우린 입을 다물고 있는 거지? 누구보다도 이 일을 두고 통탄하고 있어야 할 사람들이 아닌가.

도널베인 (맬컴에게 방백으로) 지금 상황에서 무슨 말을 하겠어요. 어떤 잔인한 운명이 우리들의 목줄을 노리고 있을지 모르는데 말이에요. 자, 얼른 가십시다. 지금은 눈물을 흘릴 때가 아닙니다.

맬컴 깊은 슬픔에 흔들릴 때도 아니지.

맥베스 부인의 시녀들 등장

뱅쿠오 (시녀들에게) 부인을 돌보아 드리거라. (맥베스 부인, 부축을 받으며 나간다) 어서 우리도 서둘러 옷을 제대로 입은 후에 다시 모여

이 끔찍한 사건의 진상을 규명해 봅시다. 지금은 우리가 공포와 의심으로 떨고 있지만, 하느님의 위대한 섭리를 믿고 이 대역을 범한 자의 음모를 반드시 밝혀내고 말 것입니다.

맥더프 아주 좋은 말씀이오.

일동 옳은 말씀입니다.

맥베스 빨리 옷을 갈아입고 광장에서 만납시다.

일동 그렇게 하겠습니다. (맬컴과 도널베인만 남고 모두 퇴장)

맬컴 어쩔 셈이냐? 저들과는 같이 어울릴 수가 없구나. 마음에도 없는 슬픔을 겉으로 과장되게 나타내는 일은 배반자들의 상투적인 수법 아니냐? 나는 이제 잉글랜드로 가야겠구나.

도널베인 전 아일랜드로 가겠어요. 그런 것이 서로에게 더 안전하겠죠. 우리가 여기 머문다면 다들 비수를 감춘 미소를 지을 겁니다. 혈연이 가까운 자일수록 더 위험하죠.

맬컴 살육의 화살은 이미 시위를 떠나 공중을 날고 있으니, 그 과녁에서 벗어나는 것이 안전하지. 어서 말에 오르자. 한가하게 작별 인사할 시간이 없구나. 위험한 상황에선 몰래 탈출했다고 부끄러워할 필요가 없다. (두 사람 퇴장)

제4장

맥베스의 성 밖

로스와 노인 등장

노인 저는 칠십 평생을 살아오는 동안, 참으로 이상하고 무서운 일들을 많이도 겪고 보아왔습니다. 하지만 간밤에 일어난 무서운 일에 비하면, 아무것도 아닙니다.

로스 노인장, 보세요. 하늘도 인간의 소행이 괘씸한지 저렇게 험상궂은 형상으로 피투성이가 된 지상을 노려보고 있소. 시간은 낮인데도 아직 어두운 밤이 태양을 가리고 있습니다. 밤이 판을 치는 세상인지, 아니면 낮이 부끄러워 그러는지, 생명의 빛이 지상을 부드럽게 비출 시간에 어둠이 내려앉아 있습니다그려.

노인 어젯밤의 큰 이변처럼 이 또한 자연을 거역하는 일이지요. 지난 화요일엔 하늘 높이 날던 매가 갑자기 부엉이의 습격을 받아 죽었답니다.

로스 명마로 소문난 던컨 왕의 애마가 갑자기 마구간을 부수고 뛰쳐나와 날뛰며 사람들에게 대들었지요.

노인 말끼리 서로 물어뜯었다군요.

로스 그렇습니다. 그것을 보고 나도 어이가 없었지요.

맥더프 등장

로스 맥더프께서 오시는군. 어떻게 되었습니까?

맥더프 아직 모르시오?

로스 그 끔찍한 반역행위를 저지른 자가 누구인지 판명되었습니까?

맥더프 맥베스가 죽인 그 두 놈이겠죠.

로스 아아, 저런! 무엇 때문에 그런 짓을 했을까요?

맥더프 매수되어 했겠죠. 맬컴과 도널베인 두 왕자가 도망쳤소. 그러니 두 왕자한테 혐의가 돌아가겠지.

로스 오, 천륜을 저버린 행동이군요. 야심 때문에 제 핏줄의 원천을 스스로 끊어버리다니! 그렇다면 왕위는 맥베스 장군께로 돌아가게 되었구려.

맥더프 이미 그분은 대관식을 거행하러 스쿤으로 떠나셨습니다.

로스 왕의 유해는 어디로 모셨습니까?

맥더프 선조 대대의 신성한 묘소며, 제왕의 유골을 모신 콤길로 운구되었소.

로스 스쿤으로 가실 예정입니까?

맥더프 아니오, 파이프로 갈 거요.

로스 전 스쿤으로 가겠습니다.

맥더프 그곳에서 모든 일이 잘되기를 빕니다. 안녕히 가시오! (방백) 헌옷이 새옷보다 낫다는 평이 나오면 곤란하지.

로스 안녕히 계십시오, 노인장!

노인 하느님의 축복이 두 분께 내리기를. (두 사람을 향해) 악도 선으로 원수도 친구로 여기는 사람에게도 축복이 있기를. (일동 퇴장)

제 3 막

제 1 장

포레스 궁정

밴쿠오 등장

밴쿠오 글래미스 영주, 코더 영주, 그리고 왕위까지. 모든 게 마녀들이 예언한 대로 되었구나. 그것들을 손에 넣기 위해 네가 몹쓸 짓을 했겠지. 그렇다면 맥베스, 네 머리 위에 또 하나의 예언이 찬란히 빛나고 있다는 걸 명심해라. 왕위는 네 후손에게 계승되지 않고, 바로 내 자손에게로 넘겨질 거라는 걸! 너한테 딱 맞아떨어졌듯이 내가 받은 신탁도 이루어지겠지. 쉿, 조용히 하자.

나팔 소리. 왕이 된 맥베스, 왕비가 된 맥베스 부인, 레녹스, 로스, 귀족들과 시종들 등장. 맥베스가 옥좌에 앉는다.

맥베스 주빈께서 여기 계셨구려.
맥베스 부인 이분이 계시지 않으시면, 이 잔치는 마치 바람 빠진 풍선처럼 허망했을 거예요.
맥베스 오늘 밤 궁정에서 공식 연회를 열 테니 참석해 주시오.

뱅쿠오 분부대로 따르겠습니다. 삼가 명령을 따르는 게 제 의무지요.

맥베스 오후에는 말을 타고 어딜 갈 거라면서요?

뱅쿠오 그렇습니다, 폐하!

맥베스 오늘 회의에서 당신의 고견을 들을까 했는데, 그건 내일 들어도 되오. 그래, 멀리 갈 작정이오?

뱅쿠오 지금 출발하면 적어도 만찬회 때까지는 돌아올 수 있을 겁니다. 말의 속도가 생각보다 느리다면 한두 시간 늦을지도 모르지요.

맥베스 연회에 빠지지 마시오.

뱅쿠오 여부가 있겠습니까.

맥베스 듣자 하니 나의 두 친척이 잉글랜드와 아일랜드로 각각 망명했다는군. 그런데 자신들의 잔악무도함을 뉘우치기는커녕 해괴망측한 소문만 퍼뜨리고 다니는 모양이오. 이 일과 관련해 내일 의논을 해봅시다. 그 밖에도 국가의 중요한 일이 많소. 서둘러 떠나시오. 그럼, 이따가 봅시다. 플리언스도 함께 갈 예정이오?

뱅쿠오 그렇습니다, 폐하. 저는 시간이 촉박해서 이만 가겠습니다.

맥베스 말이 모쪼록 바람처럼 빨리 달려 주길 바라겠소. 잘 다녀오시오. (뱅쿠오 퇴장) 자, 모두들 저녁 7시까지는 자유롭게 시간을 보내도 좋다. 객들을 좀더 기분 좋게 맞이하려면, 저녁까지 나 혼자 있고 싶소. 그때까지 편히 쉬시오! (맥베스와 시종 한 사람만 남고 모두 퇴장) 여봐라, 내가 명한 대로 그 자들을 대기시켜 놓았느냐?

시종 네 폐하! 궁성 문 밖에서 기다리고 있습니다.

맥베스 안으로 데려오너라. (시종 퇴장) 마음이 편치 않으니까, 왕의 자리가 그리 좋은 것만은 아니로구나. 뱅쿠오에 대한 두려움이 내 몸을 친친 감아오고 있지 않은가. 왕자다운 품격에 대담무쌍한 기백, 저돌적인 용기는 누구도 따를 자가 없지. 내가 진실로 두려워하는 건 뱅쿠오 한 명뿐이구나. 그놈 앞에서는 내가 늘 압도를 당해. 마치 안토니우스가 시저 앞에서 머리가 올라가지 않는 것처럼. 운명의 신탁을 받던 그날, 마녀들이 나를 앞날의 왕이라고 부르자, 자기에 대해서도 한마디 하라고 호통쳤어. 그러자 마녀들은 그를 가리켜 '당신의 자손이 왕이 될 것'이라고 예언을 하며 만세를 불렀지. 그들의 예언이 여태껏 맞는 걸로 보아 난 열매 맺지 못할 왕관을 썼을 뿐 남의 자손에게 상속될 왕홀을 헛되이 쥐고 있는 셈이야. 결국 뱅쿠오의 자손을 위해 내 영혼과 손에 던컨의 피를 묻힌 꼴이 된 게지. 아, 결국 내가 그들을 위해 내 평화로운 잔에 원한의 독주를 따른 셈이야. 소중한 영혼을 악마에게 넘겨준 거고. 이 무슨 사악하고 짓궂은 운명이란 말인가! 좋다, 운명이여 오너라, 내 최후의 순간까지 너와 싸워줄 테니! 누구냐?

시종이 자객 둘을 데리고 다시 등장

맥베스 (시종에게) 다시 부를 때까지 문 밖에서 대기하고 있거라. (시종 퇴장) 우리가 함께 얘기를 나눈 것이 어제였던가?

자객 1 예, 폐하!

맥베스 그래, 내가 한 말을 잘 생각해 봤느냐? 지금까지 너희들을 불행하게 만든 사람이 난 줄로 오해하고 있었겠지만, 사실은 뱅쿠오, 그 사람이었다. 이 문제와 관련해 그간 어떤 음모가 있었는지는 내가 얘기해 준 그대로이다. 어떻게 일이 추진되었으며, 누가 배신하고 누가 관여했는지 그 정도로 설명을 했으니, 아무리 미친 사람이라 해도 이렇게 말할 수 있을 것이다. 이것은 뱅쿠오의 짓이라고.

자객 1 예, 폐하의 말씀을 잘 알아들었습니다.

맥베스 그랬을 것이다. 그리고 오늘 밤 회합의 목적 또한 그에 관한 것이다. 아마 자네들도 이런 꼴을 당하고 가만히 있을 거라 생각을 하지 않는다. 그 무자비한 놈 때문에 죽음보다 더한 고초를 겪고, 가족들 모두가 알거지가 되고 말았으니, 너희들 입장에서는 그놈의 후손을 위해 기도를 올리기보다는 뭔가 앙갚음을 하고 싶어 할 것이다.

자객 1 폐하, 무슨 일이든 시켜만 주십시오.

맥베스 좋다. 개 가운데에도 여러 종류가 있다. 사냥개, 잡종개, 들개, 삽살개, 똥개, 불독 등등. 그리고 그 가운데는 빠른 놈과 느린 놈, 영리한 놈과 미련한 놈, 사냥개와 집 지키는 개 등 자세하게 구분해 각각 가격을 다르게 부르지. 인간도 이와 크게 다르지 않아. 너희는 값나가는 인간들인가? 만일 그렇다면 내 너희에게 은밀히 부탁 하나를 하겠다. 놈을 없애다오. 이 일을 잘만 수행하면 너희들은 원수도 갚을 수 있고, 나의 신임과 총애도 얻을 수 있다. 짐은 그놈이 살아 있는 동안에는 병신이고, 그놈이 죽어야만 비로소 온전해지느니라.

자객 2 폐하, 저는 세상 사람들한테 온갖 멸시를 받으며 살아왔습니다. 그래서 이 세상에 원한을 갚을 수만 있다면 물불을 가리지 않을 생각입니다.

자객 1 그동안 온갖 재난과 액운에 시달려 왔는데, 이제 목숨을 걸고 인생을 뜯어고칠 각오가 되어 있습니다.

맥베스 너희들의 적은 뱅쿠오라는 것을 명심하여라.

자객 1·2 잘 알고 있습니다.

맥베스 그는 단순한 적이 아니야. 호시탐탐 내 자리를 넘보면서 언제든 내 급소를 찌를 기회만을 찾고 있다. 물론 내가 왕권을 이용해 그를 나라 밖으로 내쫓을 수도 있지만, 그렇다면 나는 친구를 잃을 것이다. 그의 친구가 내 친구인 경우가 대부분이거든. 그래서 그를 드러내놓고 처단할 수가 없느니라. 그러니 너희들은 이 모든 일을 은밀히 진행해 주기 바란다.

자객 2 폐하, 폐하께서 명령을 내리신다면 어떤 일이든 목숨을 걸고 받들겠습니다.

자객 1 비록 우리들이 목숨을 잃는 일이 있어도 말입니다.

맥베스 너희들의 눈빛을 보니 신뢰가 가는구나. 늦어도 한 시간 전에 그놈을 기다릴 장소와 정확한 시간을 알려주겠다. 오늘 밤에 차질 없이 결행해야 하며, 궁에서 떨어진 곳에서 일을 처리해야 한다. 내가 혐의를 받아선 안 됨을 명심하거라. 장애물이나 증거물을 남겨선 안 되니, 그의 아들 플리언스도 함께 없애도록 하라. 그 아들 놈의 존재 또한 애비와 마찬가지로 내게 큰 위험이니라. 그럼 물러가서 마음을 굳게 먹고 기다리고 있거라.

자객 1·2 각오하고 있습니다.

맥베스 곧 부를 터이니 안에서 기다리거라. (자객들 퇴장) 이제 일은 끝났다. 뱅쿠오여, 오늘 밤 그대의 영혼은 차가운 저승 바닥을 헤매게 되리라. (다른 곳으로 퇴장)

제 2 장

같은 장소, 다른 방

맥베스 부인이 시종 한 명을 데리고 등장

맥베스 부인 밴쿠오가 궁전을 떠났느냐?
시종 네, 오늘 밤에 돌아오실 예정입니다.
맥베스 부인 폐하께 잠시 드릴 말씀이 있다고 전하여라.
시종 알겠습니다. (퇴장)
맥베스 부인 모든 일이 허사로다. 허망할 뿐이로구나. 뜻은 이루었으나 마음에는 만족이 없으니! 살인을 하고 이렇게 불안하게 사느니 차라리 살해당하는 편이 낫겠다.

맥베스, 생각에 잠긴 얼굴로 등장

맥베스 부인 폐하, 무슨 일인가요? 왜 날마다 쓸데없는 망상으로 괴로워하십니까? 왕은 이미 죽었습니다. 이제 그 일은 잊으세요.
맥베스 우리는 독사를 칼로 쳤지만 죽이는 데는 실패한 거요. 독사가 언제 다시 살아나 우리를 물지 걱정하고 있잖소. 이렇게 밤낮으로 불안의 외줄을 타고 악몽의 벼랑을 건널 바에야 차라리 죽은 던컨의 뒤를 따르는 것이 낫지 않겠소? 우리는 끝없는 고문에

맥베스

시달리고 있는데 그는 우리 덕에 평화롭게 쉬고 있소. 열병 같은 고통스러운 삶을 마치고 안식의 세계에서 쉬고 있잖소. 최악의 반역행위에 쓰러진 던컨에겐 칼도, 독약도, 내란도, 외침도 미치지 못하니 평화롭기만 하오!

맥베스 부인 그만하면 됐어요. 자, 폐하, 이제 얼굴을 펴고 명랑하고 즐겁게 오늘 밤 손님들을 맞으세요.

맥베스 그렇게 하리다. 당신도 뱅쿠오에게는 특히 경의를 표하도록 해요. 아직은 안심할 수 없으니, 국왕의 명예를 유지하기 위해서는 마음에도 없는 가면을 쓰고 속마음을 감추어야 한다오.

맥베스 부인 폐하, 이제 그런 생각은 버리세요.

맥베스 아, 내 마음속에는 독충이 우글대고 있소! 당신도 알 거요, 뱅쿠오와 플리언스가 아직 세상을 활보하고 있다는 걸.

맥베스 부인 그러나 그들의 목숨 역시 자연에서 빌려온 것, 언제까지나 살아 있을 순 없죠.

맥베스 그 말을 들으니 좀 위안이 되는구려. 오늘 밤 당신은 유쾌한 척하시오. 박쥐가 어둠 속에서 날아오고, 마녀들의 부름을 받은 딱정벌레가 소리를 낼 무렵 아주 끔찍하고 무시무시한 일이 일어날 테니.

맥베스 부인 어떤 일이 일어나는데요?

맥베스 당신은 그저 모른 척하고 있으시오. 그러다 일이 성사되면 찬사나 보내시오. 자, 오너라, 어두운 밤이여. 자비로운 한낮의 온유한 눈을 가려줄 너 밤의 검은 손이여. 그대의 보이지 않는 손으로 나를 위협하는 그놈의 생명 증서를 갈가리 찢어 없애다오! 점점 어두워지는구나. 까마귀가 음산한 숲 속으로 날아들고 있구

나. 바야흐로 밤의 악령들이 먹이를 찾아 꿈틀거리기 시작하는도다. 그런 이상한 얼굴을 하지 말고 침착하게 있어요. 어차피 악으로 시작된 일은 악으로 마무리를 지어야 하는 법이니까! 자, 함께 갑시다. (두 사람 퇴장)

제3장

같은 장소, 궁전에 이르는 길가의 정원

세 사람의 자객이 얘기하며 등장

자객 1 자네는 누구 명령으로 왔나?

자객 3 맥베스 왕이오!

자객 2 믿어도 될 것 같군, 우리의 임무를 소상히 꿰고 있는 걸 보니.

자객 1 자, 그럼 우리와 함께 하세. 서쪽 하늘엔 아직 볕이 남아 있군. 이제 여행객들은 숙소를 찾아 걸음을 재촉하겠지. 조만간 우리가 기다리는 표적물이 이곳을 지나게 될 거요.

자객 3 쉿! 말발굽 소리다.

뱅쿠오 (멀리서) 여봐라, 횃불을 이리 다오!

자객 2 바로 저놈이야! 예정된 손님들은 이미 궁안에 계실 거야.

자객 1 그의 말이 먼 길로 돌아 오는군.

자객 3 1킬로쯤 되는 것 같군. 다른 이들처럼 그는 언제나 여기서부터는 궁전까지 걸어가곤 한다네.

뱅쿠오와 횃불을 든 플리언스 등장

자객 1 횃불이다, 횃불이 보여!

자객 3 그놈이야.

자객 1 정신을 바짝 차려야 해.

뱅쿠오 오늘 밤에는 비가 올 것 같군.

자객 1 암, 오고 말고! (자객 1이 횃불을 끄자 다른 자객들이 뱅쿠오를 습격한다)

뱅쿠오 오, 암살자들이다! 도망가라, 플리언스. 도망, 도망가! 너만은 살아서 반드시 복수를 해야 돼. 음, 분하다! (죽는다. 플리언스 도망친다)

자객 3 누가 횃불을 끈 거야?

자객 1 왜 잘못되었나?

자객 3 한 놈밖에 못 죽였어. 아들놈이 도망쳤잖아.

자객 2 이런, 중요한 반토막을 놓치고 말았군.

자객 1 여하튼 가세. 가서 상황을 보고하세. (일동 퇴장)

제4장

궁전의 홀

연회가 준비되어 있고, 맥베스, 맥베스 부인, 로스, 레녹스, 귀족들 그리고 시종들 등장

맥베스 각자 자신의 자리를 알고 있을 테니까 앉으시오. 여기 오신 여러분 모두를 진심으로 환영하오.
귀족들 폐하, 황공하옵니다.
맥베스 나도 여러분과 함께 기꺼이 주인 역할을 하겠소. 안주인도 옥좌에 앉았으니 환영사를 부탁해 봅시다.
맥베스 부인 저를 대신해 여러분께 진심으로 환영한다고 인사해 주세요.

이때 자객 1, 문 앞에 나타난다.

맥베스 보시오, 사람들이 당신에게 깊은 감사의 뜻을 보내고 있소. 양쪽의 인원수가 똑같으니 나는 한가운데에 앉아야 할 모양이오. 마음껏 즐기시오. 곧 내가 술잔을 들고 한 바퀴 돌겠소. (문 쪽으로 간다. 작은 소리로 자객에게) 자네 얼굴에 피가 묻어 있군.
자객 1 뱅쿠오의 피입니다.

맥베스 하긴 그놈의 몸 안에 남아 있는 것보다는 네 얼굴에 묻어 있는 게 낫지. 해치웠느냐?

자객 1 물론입죠. 목덜미를 겨냥해 푹 찔렀습니다.

맥베스 좋아, 훌륭하구나. 플리언스도 그렇게 해치웠겠지? 그렇다면 너는 비길 바 없는 최상의 자객이로다.

자객 1 송구스럽게도 폐하, 플리언스는 도망쳤습니다.

맥베스 (방백) 오, 이런! 나의 노여움이 다시 도지겠구나. 그놈만 해치웠더라면 완전무결했을 텐데. 그랬다면 대리석처럼 안전하고, 바위처럼 단단하며, 공기처럼 자유로웠을 텐데. 그러나 이제 나는 마음을 어지럽히는 의심과 두려움에 갇히고 속박되어 꼼짝하지 못하는구나. 아무튼 뱅쿠오는 안심해도 될까?

자객 1 염려 마십시오. 머리를 스무 군데나 찔렀으니까요. 작은 상처 하나로도 숨이 멎었을 겁니다.

맥베스 수고했네. 아비 독사는 죽었구나. 새끼 독사가 살아 있다 해도 독을 가지려면 좀 시간이 걸릴 거야. 물러가 있거라. 내일 다시 얘기하자. (자객 1 퇴장)

맥베스 부인 폐하, 초청을 하고 접대가 너무 소홀한 것 같아요. 모처럼 초청을 한 것이니 끝까지 환대의 뜻을 나타내야 해요. 이처럼 먹기만 하는 일이라면 각자 자기 집에서 먹는 게 가장 좋지요. 손님을 초대했을 때에는 마땅히 환대를 해야만 해요. 그래야 연회가 되지요.

맥베스 옳은 소리요! 자, 여러분 마음껏 드시고 마음껏 즐깁시다!

레녹스 폐하께서도 옥좌에 앉으시지요.

맥베스 이 나라의 명문 귀족들이 모두 모였구려. 오, 그런데 뱅쿠오 장군이 빠졌군. 일부러 오지 않은 게 아니라면 혹시 재난을 당하지 않았나 걱정이오.

뱅쿠오의 유령이 나타나 맥베스의 좌석에 앉는다.

로스 약속을 하고서도 나타나지 않은 거라면 마땅히 책망을 받아야 될 일이지요. 폐하, 어서 옥좌에 앉으셔서 저희들이 신하로서의 경의를 표할 수 있도록 해주십시오.

맥베스 자리가 꽉 찬 것 같군.

레녹스 여기 폐하의 좌석이 있습니다.

맥베스 어디?

레녹스 여깁니다, 폐하. 그런데 왜 그렇게 놀라십니까?

맥베스 (뱅쿠오의 유령에게) 누가 널 이렇게 만들었느냐?

귀족들 무슨 말씀인지요, 폐하?

맥베스 내가 그랬다고 하는 거냐? 피로 물든 네 머리카락을 나에게 흔들지 마라.

로스 여러분, 일어납시다. 폐하께서 심기가 불편하신가 봅니다.

맥베스 부인 여러분, 그냥 앉아 계세요. 폐하께서는 젊으셨을 때부터 간혹 이러십니다. 제발 앉으세요. 발작은 순간적이에요. 곧 괜찮아지실 겁니다. 너무 지켜보고 있으면 오히려 발작이 오래갑니다. 그러니 못 본 척 앉아서 음식을 즐기십시오. (왕에게 방백) 이러고도 당신이 사내 대장부예요?

맥베스 (작은 소리로) 그렇소. 나야말로 용감한 대장부지. 악마를 마주하면서도 이렇게 똑바로 볼 수 있는 사내라오!

맥베스 부인 (작은 소리로) 그만 좀 해두세요! 그건 당신의 두려움이 그려낸 환영에 지나지 않아요. 또 던컨에게 당신을 인도했다는 허공에 뜬 단검이겠죠. 공포 때문에 있지도 않은 걸 보시고 놀라시다니, 할머니한테 들은 옛날 얘기를 사실 일어난 것처럼 믿는 것과 같은 거라고요. 부끄러운 줄 아세요! 왜 그런 표정을 지으세요? 지금 이건 그냥 단순한 의자예요!

맥베스 (작은 소리로) 제발 저기를 보오, 저길! 저것도 그냥 단순한 의자라고 할 참이오? (뱅쿠오 유령에게) 내가 눈 하나 깜짝할 줄 알고? 고개를 끄덕일 수 있으니, 말도 하겠구나. 우리가 묻은 것을 납골당과 무덤이 다시 되돌려 보낸다면, 우리 유골은 까마귀의 밥이 되겠구나. (유령 사라진다)

맥베스 부인 (작은 소리로) 무슨 소리예요? 제발 정신 좀 차려요!

맥베스 내가 여기 서 있는 것처럼 나는 확실히 그것을 보았소.

맥베스 부인 정말 창피해 죽겠어요!

맥베스 피는 지금껏 흘러왔고, 그 옛날 인간의 율법이 평화로운 세상을 평정하기 이전에도 흘러왔도다. 그 이후에도 살인자들은 끔찍한 참사를 저질렀지. 허나 지금껏은 뇌수가 터져 나오면 인간은 죽어 마땅했는데, 이제는 머리에 20군데나 치명상을 입고도 살아나 나를 의자에서 밀어내는구나. 그런 살인보다 더 기괴한 일이로다.

맥베스 부인 여보, 모두들 기다리고 있어요. 저들을 보라고요!

맥베스 아, 깜박 잊었었군. 여러분, 놀라지 마시오. 짐에게는 괴이한 지병이 있다오. 짐을 아는 사람들은 이 일을 대수롭지 않게 여긴다오. 자, 여러분들의 건강을 위해 건배합시다. 나도 자리에 앉겠소. 술을 주시오. 철철 넘치도록 주시오. 그리고 이 자리에 오지 못한 우리들의 친구 뱅쿠오를 위해 건배합시다. 그가 여기 있었으면 좋았을 것을! 모두들 건배를 합시다.

귀족들 (건배한다) 폐하께 우리들의 충성을 맹세하고 우리 모두의 건강을 위해 건배!

유령, 다시 나타나 그의 자리에 앉는다.

맥베스 물러가라! 꺼져라! 땅속으로 들어가라! 네놈은 이미 골수가 빠지고 피는 싸늘하게 식었다. 보이지도 않는 눈동자를 번들거리면서 나를 노려보아 어쩔 셈이냐?

맥베스 부인 여러분, 이건 늘 있는 일입니다. 별일 아니지만, 모처럼의 흥을 깨뜨려 죄송합니다.

맥베스 사람이 할 수 있는 일이라면 나는 무엇이든 할 수 있다. 털투성이 러시아 곰, 뿔 달린 들소, 하케니아의 호랑이 등 어떤 것이라도 내 기꺼이 상대해 주리라, 지금의 그 모습만 아니라면. 아니면 다시 살아나 칼을 들고 나와 겨뤄 보자. 내가 조금이라도 두려워한다면 겁쟁이라고 놀려도 좋다. 자, 이 유령아, 썩 물러가라! 소름끼치는 유령아, 어서 꺼져라! (유령, 사라진다) 그래, 그렇게 사라져 준다면, 나는 제정신으로 돌아갈 것이다. 여러분, 제자리에 앉아 주시오.

맥베스 부인 이미 폐하께서 소란을 피우는 바람에 흥을 다 깨셨어요. 회합이고 뭐고 모두 엉망이 되어 버렸습니다.

맥베스 그것이 한여름의 먹구름처럼 갑자기 나타나는데, 어찌 놀라지 않을 수가 있겠소? 나 자신도 뭐가 뭔지 모르겠소. 다른 사람들은 저런 것을 보고도 저토록 태연한데, 나만 떨고 있으니 말이오.

로스 무엇을 보셨습니까, 폐하?

맥베스 부인 제발 아무것도 묻지 마십시오. 그러면 상태가 더 악화되실 테니까요. 이만 물러들 가시는 게 좋을 듯합니다.

레녹스 안녕히 계십시오. 하루빨리 건강이 쾌유되시길 바랍니다.

맥베스 부인 여러분, 안녕히 가십시오! (귀족들과 시종들 퇴장)

맥베스 아무래도 피를 보고야 말 것 같소. 피는 피를 부른다고 하지 않소. 나무가 말을 하고 묘석이 움직인다는 말이 있잖소. 까치와 까마귀의 음성을 빌려 살인의 비밀을 밝혀낸다는 말도 있잖소. 지금 밤이 얼마나 깊었소?

맥베스 부인 밤인지 새벽인지 모르겠습니다.

맥베스 맥더프가 만찬회에 오라는 어명을 끝까지 거절한 것을 당신은 어떻게 생각하오?

맥베스 부인 사자를 분명히 보내셨나요?

맥베스 아니, 인편으로 들었소. 그러나 사람을 직접 보낼까 하오. 내가 매수해 놓은 하인이 없는 집은 한 집도 없으니까. 내일 아침 일찍 마녀들을 찾아가서 다시 얘기를 들어봐야겠소. 비록 최악의 말을 듣게 되더라도, 두려울 게 없소. 나의 안위를 위한 일이라면 모두가 대의명분에 합당한 일이오. 한번 피를 본 이상, 칼을 휘두르며 앞으로 전진하지 않을 수 없게 되었소. 뒤로 되돌아가는 것은 전진하는 것보다 더 어렵겠지. 기묘한 생각이 떠올라 따져보기 전에 빨리 실행으로 옮기고 싶소.

맥베스 부인 폐하는 지금 건강을 되살리는 잠이 필요합니다.

맥베스 잠자리에 듭시다. 이렇듯 환상을 보고 당황하는 것은 그저 풋내기나 하는 짓이지. 앞으로 좀더 단련해야겠소. 이 방면에는 나 역시 풋내기일 뿐이오. (두 사람 퇴장)

제 5 장

황야

천둥소리와 함께 마녀 셋이 등장한다. 헤커트와 만난다.

마녀 1 웬일이세요, 화가 잔뜩 난 얼굴로?

헤커트 당연하지, 이 늙은 마녀들아! 어째서 너희들 멋대로 맥베스와 왕래하는 거지? 어째서 내 허락도 없이 그놈에게 천기를 누설하느냐 말야! 세상의 모든 재앙을 다스리는 나를 무시하다니! 그 바람에 내가 마법을 발휘할 일을 다 잃지 않았느냐? 게다가 그놈은 비뚤어지고 심술궂은 고집불통이어서 다른 놈들처럼 너희를 돌보기는커녕 제 이익만 챙기고 있다.

그러니 이젠 일을 바로 잡아야겠다. 자, 이제 너희는 지옥의 아케론 동굴로 가서 아침까지 나를 기다리거라. 그럼 내일 아침, 그놈이 자기 운명을 알고 싶어서 거기로 올 거야. 너희는 모든 도구와 주문과 마법을 준비해 두어라. 나는 하늘로 날아가 오늘 밤 벌어질 무서운 일을 준비할 거다. 정오까지 나는 할 일이 많아. 다시 말해 초승달 꼬리에 맺힌 구슬이 떨어지기 전에 그것을 붙잡아 마법을 걸어 정령을 나타나게 할 것이다.

그럼 그놈은 정령에게 현혹되어 스스로 몸을 망칠 것이다. 운명을 무시하고 죽음을 조롱한 놈, 오로지 욕망에 사로잡혀 지혜와 덕망을 잃은 놈에게 참혹한 파멸의 맛을 보여주리라. (안에서 노랫소리가 들린다. 오라 오라, 헤커트여……. 차차 구름이 짙어진다) 아, 들리느냐? 나의 정령들이 구름 위에 앉아서 나를 부르고 있다. (퇴장)

마녀 1 자, 서두르자. 곧 헤커트가 돌아올 테니까. (세 마녀 퇴장)

제6장

포레스 궁정

레녹스와 귀족 한 사람 등장

레녹스 지금껏 제가 드린 말씀을 근거로 삼아 공께서도 더 생각을 해보십시오. 지금은 모든 상황이 이상하게 돌아가고 있다 이겁니다. 자비로운 던컨 왕의 죽음을 맥베스가 애도하는 것까지는 좋습니다. 왕께서는 이미 서거하셨으니까요. 그리고 뱅쿠오는 심야에 위험하게 밤길을 걷고 있다가 변을 당했으니 뭐라 할 말이 없어요. 아들 플리언스가 도망을 쳤으니 그 애가 아버지를 죽였을 수도 있으니까요. 밤늦은 시간에 돌아다니는 것은 매우 위험한 일이지요. 맬컴이컨 도널베인이건 자식이 부모를 죽였다면, 이는 하늘도 용서치 못할 커다란 죄이지요. 그런데 문제는 맥베스가 호위병들을 죽였다는 것입니다. 술에 취해 널브러져 자고 있는 두 사람을 단번에 죽여버린 거예요. 만일 이들이 그 끔찍한 일을 저지르지 않았다고 주장한다면, 어떻게 되었을까요? 이러한 이유로 맥베스가 아주 교묘하게 일을 처리하고 있다는 걸 알 수 있어요. 그러니 내 생각엔, 혹시라도 선왕의 두 아들이 잡히게 된다면, 부친을 살해한 벌이 어떤 것인지 똑똑히 알게 될 겁니다. 플리언스도 마찬가지고요. 말이 많으면 경을 치니 이제 그만둡시다. 맥더프는 소신껏 말하고는 폭군의 연회에 불참하여 미움을 받고 있소. 혹시 그가 어디 있는지 아십니까?

귀족 폭군에게 왕권을 강탈당한 던컨 왕의 장남 맬컴 왕자가 잉글랜드 왕 에드워드의 환대를 받고 잉글랜드 궁전에서 지내고 있거든요. 운명의 장난 속에서도 왕자는 그곳에서 많은 사람들의 존경을 받고 있다고 해요. 맥더프는 에드워드 왕의 도움을 받기 위해 그곳으로 출발했답니다. 거기에서 노섬벌랜드 백작과 그의 용감한 아들 시워드의 도움을 받기만 한다면, 우리는 다시 마음놓고 밤잠을 잘 수 있겠지요. 축하연이나 향연의 자리에서도 피비린내 나는 칼부림이 일어날까 두려워하지 않아도 되고요. 그럼 마음속 깊이 충성을 다해 누구나 바라는 것처럼 영예를 안을 수도 있겠지요. 그런데 이러한 소식에 맥베스가 분노해 전쟁 준비를 하고 있다고 합니다.

레녹스 맥베스는 맥더프에게 사신을 보냈나요?

귀족 물론이죠. 그러나 맥더프는 단호하게 거절했다고 합니다. 결국 맥베스가 보낸 사자는 불쾌한 얼굴로 곧 후회할 거라며 돌아왔다는 말이 들립니다.

레녹스 그런 일이 있었다면, 맥더프는 가능한 한 맥베스를 멀리하도록 주의해야겠군요. 거룩한 천사여, 잉글랜드 궁으로 날아가 맥더프보다 먼저 그의 소식을 전해다오. 이 저주받은 왕 밑에서 신음하는 이 나라에 축복이 되돌아올 수 있도록!

귀족 저도 마찬가지로 기도를 드리겠습니다. (두 사람 모두 퇴장)

제 4 막

제 1 장

동굴

동굴 중앙에 끓는 가마솥이 걸려 있고, 천둥과 함께 세 마녀가 불길 속에서 차례로 나타난다.

마녀 1 얼룩고양이가 세 번 울었다.
마녀 2 고슴도치는 세 번하고 한 번 더 울었다.
마녀 3 괴조(여자의 얼굴에 새의 몸을 가진 괴물)도 "때가 왔다, 때가 왔어" 하며 계속 울고 있다.
마녀 1 가마솥 둘레를 빙빙 돌자꾸나. 썩은 내장을 집어넣어라. (가마솥 주위를 왼쪽으로 돌기 시작한다) 차디찬 돌 밑에서 꼬박 한 달 동안 잠만 자며 독을 빚어내는 두꺼비 놈부터 마법의 솥에 넣고 끓이자꾸나.
일동 불어라, 불어나라, 고통과 수고로움이여. 불꽃이여, 타올라라. 끓어라, 가마솥아. (가마솥 안을 빗자루로 휘젓는다)
마녀 2 숲에서 잡은 뱀의 살토막도 끓여라, 삶아라. 도롱뇽의 눈알과 개구리 뒷발바닥, 박쥐의 날개와 삽살개의 헛바닥, 독사의 헛바닥과 독충의 침, 도마뱀의 다리와 올빼미의 날개들아, 무서운 재앙의 부적이 되어라. 끓어라, 넘쳐라, 지옥의 잡탕되어 펄펄 끓어라.

일동 불어라, 불어나라, 고통과 수고로움이여. 불꽃이여, 타올라라. 끓어라, 가마솥아. (가마솥 안을 휘젓는다)

마녀 3 용의 비늘과 늑대의 이빨, 마녀의 미라와 식인 상어의 식도와 내장, 한밤에 캐낸 독이 든 당근, 신을 모독하는 유대인의 간, 염소 쓸개와 월식할 때 꺾은 소방목 나뭇가지, 터키인의 코, 타타르인의 입술, 창녀가 개천에다 낳아서 목 졸라 죽인 갓난애의 손가락, 호랑이 내장을 곁들여 가마솥 국에 맛을 더하라.

일동 불어라, 불어나라, 고통과 수고의 불꽃이여, 타올라라. 끓어라, 가마솥아. (가마솥 안을 휘젓는다)

마녀 2 자, 원숭이의 피를 부어 솥을 식혀라. 그러면 마술의 효력이 더욱 커지리라.

헤커트, 또 다른 마녀 셋을 데리고 나타난다.

헤커트 오, 수고들 했다! 수고가 많았다. 여기에서 얻은 것을 골고루 나누어주마. 가마솥 주위를 돌면서 춤추고 노래하라. 요정들처럼 원을 그리며 애써 만든 요리에 마술을 걸어라. (마녀들 노래를 하자 헤커트와 다른 세 마녀 퇴장)

마녀 2 엄지손가락이 쑤시는 걸 보니 흉악한 자가 이리로 오나 보다. (문 두드리는 소리) 동굴의 문을 열면 열어주어라, 자물쇠야. (문이 열리자 맥베스가 서 있는 모습이 보인다. 맥베스가 나온다.)

맥베스 어둠 속에 숨어 흉악한 짓을 일삼는 마녀들아, 지금 무슨 짓을 꾸미고 있느냐?

일동 비밀스런 일이지요.

맥베스 너희들이 어디서 신통력을 얻었는지 모르지만, 정말 예언 능력이 있다면 말해 다오. 만일 그것을 말함으로써 세상이 엉망진창이 된다 해도 난 듣고 싶다. 모든 바람이 일제히 일어나 교회를 쓰러뜨리든, 격노한 파도에 배가 침몰하든, 보리이삭이 떨어지고 나무가 쓰러지든, 거대한 성이 무너져 파수꾼의 머리를 박살내든, 만물의 종자가 흩어져 우주가 사라지든 간에 아무 상관없도다. 제발 부탁하건대 내 물음에 대답해다오!

마녀 1 말해 보시오.

마녀 2 물어 보시오.

마녀 3 대답해 주겠소.

마녀 1 우리한테 듣겠소, 아니면 우리 언니한테 듣겠소?

맥베스 빨리 언니를 데리고 오라. 제발 만나게 해다오.

마녀 1 부어라, 불 속에 새끼를 아홉 마리나 잡아먹은 암퇘지 피를 넣어라. 교수대에서 죽은 살인자가 흘린 땀과 기름을 집어넣어라.

일동 지옥에 있는 모든 마녀들아, 어서 모습을 드러내어 제 임무를 수행하라!

천둥과 함께 환영 1이 맥베스의 것과 똑같은 투구를 쓰고 가마솥 안에서 나타난다.

맥베스 자, 나에게 말해 다오, 미지의 마력이여……

마녀 1 당신 마음속을 다 알고 있으니, 잠자코 듣기만 하시오.

환영 1 맥베스, 맥베스, 맥베스여, 맥더프를 조심하라. 파이프의 영

주를 조심하라. 이제 끝났으니 나를 보내 다오. (가마솥 안으로 사라진다)

맥베스 누군지 모르지만 고맙구나. 그대는 내 불안함의 정체를 아는구나. 하지만 하나 더 부탁하자.

마녀 1 부탁할 필요는 없소. 또 하나가 나올 테니까. 첫 번째보다 훨씬 더 신통한 것이오.

천둥소리와 함께 환영 2가 피투성이인 갓난애의 모습으로 나타난다.

환영 1 맥베스, 맥베스, 맥베스!

맥베스 귀가 셋 있으면, 귀 셋을 모두 곤두세우겠다.

환영 2 피를 무서워하지 말고 잔인하고 대담하게 마음껏 행동하라. 인간의 힘 따위는 코웃음쳐라. 여자의 뱃속에서 태어난 자로서 맥베스를 쓰러뜨릴 자는 하나도 없다. (사라진다)

맥베스 맥더프, 내가 너를 두려워할 줄 알았더냐? 그러나 운명에게서 확고한 증서를 받아두는 것도 좋겠지. 맥더프, 네 목숨은 이미 내 것이다. 이제 공포 따윈 내 사전에 없다. 벼락이 떨어져도 편안히 잠들겠다.

천둥과 함께 환영 3이 왕관을 쓴 갓난애의 모습으로 나타난다. 손에는 나뭇가지를 들고 있다.

맥베스 저건 뭔가? 얼씨구, 왕자의 모습이로구나. 저토록 조그만 애가 멋진 왕관을 쓰고 제왕처럼 나타나다니.

일동　귀만 기울일 뿐 말을 걸어선 안 돼요.

환영 3　사자처럼 용감하게 행동하라. 어느 누가 화를 내건 괴로워하건 반역을 꾀하건 결코 걱정할 필요가 없느니라. 맥베스는 결코 멸망하지 않으리라. 버넘의 숲이 던시네인 언덕으로 옮겨지기 전에는.

맥베스　그런 일은 도저히 불가능한 일! 누가 숲을 움직일 수 있겠는가. 그리고 땅에 뿌리를 내린 나무에게 누가 명령할 수 있겠는가. 참으로 기분 좋은 예언이로구나! 버넘의 숲이 움직이기까지 나 맥베스가 왕좌에서 물러나는 일이 없겠구나. 타고난 천수를 누리리라. 그러나 한 가지 더 듣고 싶은 것이 있도다. 뱅쿠오의 후손이 언제 이 나라의 왕이 되는가?

일동　이제 더 이상 묻지 마라.

맥베스　제발 알려 다오. 내 부탁을 거절한다면, 너희들은 영원히 저주를 받을 것이다. 자, 어서 말하라. (그때 피리 소리와 더불어 가마솥이 땅속으로 가라앉는다) 저 솥이 왜 가라앉느냐? 이 소리는 무엇이냐?

마녀 1　보여줘라.

마녀 2　보여줘라.

마녀 3　보여줘라.

일동　그림자처럼 나타났다가 사라져라. 그의 눈에 보여주어 슬프게 하라!

여덟 왕의 그림자가 천천히 동굴을 가로지른다. 그 중에 마지막 왕이 손에 거울을 들고 있다. 그 왕 뒤에 뱅쿠오의 유령이 따른다.

맥베스　(제일 앞에 선 왕을 보고) 넌 뱅쿠오의 유령과 똑같구나! 당장 꺼지거라! 네 왕관 때문에 내 눈이 멀겠다. (두 번째 왕을 보고) 그리고 다른 왕관을 쓴 놈, 아아, 네 머리카락과 왕관을 쓴 이마도 처음 보았던 놈과 비슷하구나. 세 번째도 닮았다. 이 몹쓸 마녀들아, 이런 것을 왜 보여주느냐? 네 번째는…… 눈알이 튀어나올 것 같구나. 아, 어디 이놈들! 어디까지 계속되느냐? 마지막 심판 때까지냐? 또 오는구나. 일곱 번째이냐? 이제 보지 않겠다. 어이쿠, 여덟 번째도 나타나는구나. 손에 거울을 들고 계속 비추고 있구나. 보주 두 개와 왕홀 세 개를 쥔 놈이 있구나. 아, 무서운 광경이로다! 그럼 사실이란 말인가. 피로 뒤범벅인 뱅쿠오가 저놈들을 가리키며 모두 자기 후손이라고 하는구나. (환영들이 사라진다) 이게 사실이냐?

마녀 1 그렇습니다, 틀림없는 사실이에요. 그런데 맥베스님, 뭘 그렇게 놀라세요. 자, 우리 모두 노래와 춤을 추어 이분을 위로해 주자. 좋은 노랫소리를 들려주고 새로운 춤을 추어 이 왕께서 고맙다는 인사를 할 수 있도록 하자꾸나. (음악. 마녀들, 춤을 추다 사라진다)

맥베스 마녀들이 다 어디로 갔지? 사라졌구나. 이 무섭고 끔찍한 순간은 달력에서 완전히 지워져라. 밖에 누구 없느냐?

레녹스 등장

레녹스 폐하, 무슨 일이십니까?
맥베스 마녀들을 못 보았느냐?
레녹스 못 보았습니다, 폐하.
맥베스 자네 앞으로 지나가지 않았단 말이지.

레녹스 네, 아무도 지나가지 않았습니다.

맥베스 오, 마녀들이 타고 다니는 바람아, 썩어버려라. 그래서 그들을 믿는 자는 모두 지옥에 떨어지거라. 어, 말발굽소리가 들렸는데, 누가 오지는 않았느냐?

레녹스 맥더프가 잉글랜드로 도망쳤다는 소식을 가지고 몇 사람이 돌아왔습니다.

맥베스 잉글랜드로 도망쳤다고?

레녹스 그렇습니다, 폐하.

맥베스 (방백) 시간아, 그대가 먼저 나를 앞질러가는구나. 아무리 계략이 좋다 해도 행동으로 옮기지 못하면 모든 게 허사로다. 이제부터 생각을 하면 즉시 실천에 옮겨야겠구나. 자, 그것을 증명하기 위해 생각을 모두 행동으로 옮기자. 그래서 맥더프의 성을 습격해 파이프를 빼앗고, 그자의 처자와 불행히도 피를 나눈 일가 친척들을 모조리 없애 버리자. 이건 절대로 잠꼬대가 아니니라. 바보의 헛소리가 되지 않도록 실천에 옮겨야겠다. 아아, 이제 환영 따위는 보이지 않는구나! 자, 가자. 그놈들이 어디 있는지 나를 그곳으로 안내하라. (퇴장)

제2장

파이프, 맥더프 성의 한 방

맥더프 부인, 맥더프의 아들, 로스 등장

맥더프 부인 제 남편이 도망을 치다뇨? 무슨 일을 하셨다는 겁니까?
로스 부인, 진정하시지요.
맥더프 부인 제 남편이 도망을 치다니, 말도 안 됩니다. 아무 잘못도 없는데, 겁을 먹고 도망을 치면 바로 반역자가 되는 거잖아요.
로스 하지만 그분이 겁을 먹었는지 아니면 지혜로운 판단에 의해서 그런 건지 아직은 모르는 일입니다.
맥더프 부인 지혜로운 판단이라고요? 아내도 자식도 집도 땅도 모든 것을 버리고 자기 혼자 도망치는 것이 지혜로운 일이라고요? 그분은 저에게 애정이 없는 거예요. 인정머리라곤 눈곱만치도 없는 사람이에요. 새 중에서 가장 작은 굴뚝새조차도 자기 새끼를 보호하기 위해서는 올빼미와도 싸우지요. 그런데 그분은 사랑은커녕 겁만 있는 사람이에요. 생각없이 그렇게 달아나다니 분별력도 없군요.
로스 부인, 제발 진정하세요. 그분은 훌륭하고 현명하게 분별력도 투철해요. 지금의 형편을 누구보다 아파하고 잘 아시는 분이에요. 자세한 것은 지금 말씀드릴 수가 없지만, 어쨌든 무서운 세상이에요. 자기도 모르는 사이에 반역자가 되니까요. 불안한 나머지 소문들을 믿게 되지만, 도대체 소문의 근원은 어디에서 시작되는지. 마치 모든 게 미쳐 날뛰는 파도와 같고, 폭풍우에 흔들리는 배처럼 어디로 가는지도 모르고 그저 가는 것뿐입니다. 자, 이제 저는 그만 물러가겠습니다. 머지않아 다시 찾아 뵙겠습니다. 폭풍도 언덕을 넘을 때가 되면 가장 심하지만, 일단 넘어서기만 하면 잠잠해지는 법입니다. 그럼 안녕히 계세요. 도련님도 건강하시고요.

맥더프 부인 이 아이는 아버지가 있어도 없는 것이나 마찬가지예요.

로스 더 이상 있으면 무슨 추태를 부릴지 모르겠습니다. 그럼 정말 가겠습니다. (급히 퇴장)

맥더프 부인 얘야, 네 아버지는 돌아가셨다. 이제 어쩌겠느냐? 우리는 앞으로 어떻게 산단 말이냐?

소년 새처럼 살죠, 엄마.

맥더프 부인 그럼 벌레와 파리를 잡아먹어야겠구나.

소년 뭐든지 잡히면 먹고 살아야죠. 새들도 그러잖아요.

맥더프 부인 가여워라, 너처럼 어리면 그물이나 끈끈이나 올가미가 무섭지 않겠지?

소년 무섭긴요? 가여운 어린 새에게 누가 그런 걸로 해코지하겠어요. 그리고 아버지는 돌아가신 게 아니에요.

맥더프 부인 아냐, 아버지는 돌아가셨어. 아버지 없이 어떻게 살지?

소년 엄마는 어떻게 사실 생각인데요? 아버지가 안 계신데.

맥더프 부인 시장에 가면 남편은 스무 명도 더 살 수 있단다.

소년 그럼 샀다가 또 파시게요?

맥더프 부인 아이구, 영리한 내 새끼. 넌 못하는 말도 없구나.

소년 엄마, 아버지는 역적인가요?

맥더프 부인 그렇단다.

소년 그런데 역적이 뭐예요?

맥더프 부인 역적이란 맹세를 하고도 거짓말을 하는 사람이지.

소년 그런 사람은 모두 역적인가요?

맥더프 부인 그런 사람은 모두 역적이야. 그래서 목을 매달아 죽이지.

소년 맹세를 하고 거짓말을 한 사람은 모두 목을 매달아 죽이나요?

맥더프 부인 응 그렇단다.

소년 누가 목을 매달아 죽이죠?

맥더프 부인 그거야, 정직한 사람들이겠지.

소년 그렇다면 맹세를 하고 거짓말을 한 사람은 모두 바보들이네요. 정직한 사람들보다는 거짓말을 하는 사람들이 많잖아요. 거짓말을 하는 사람이 정직한 사람을 죽이면 될 텐데요.

맥더프 부인 이런, 애가 못하는 말이 없구나! 어쨌거나 아버지가 안 계셔서 어떻게 할 거냐?

소년 아버지가 정말 돌아가셨다면 엄마는 울 거예요? 아, 엄마가 울지 않는 걸 보니 바로 새아버지가 생기는군요.

맥더프 부인 오, 그게 무슨 망측한 소리냐, 요것아!

사신 등장

사신 마님, 마님께선 저를 모르시겠지만, 저는 마님을 잘 알고 있습니다. 지금 마님에게 위험이 닥쳐오고 있습니다. 빨리 피하십시오. 비천한 말을 들어주신다면, 어디로든 아드님을 데리고 어서 피하십시오. 갑자기 놀라게 해드려서 죄송한데요, 지금 끔찍한 일이 닥쳐오고 있습니다. 그러니 어서 피하십시오. 더 이상 지체할 수가 없습니다. (퇴장)

맥더프 부인 어디로 피하란 말이냐? 나는 잘못을 저지른 적도 없는데. 맞아, 현실 세계는 나쁜 일이 칭찬을 받고, 좋은 일은 어리석은 수작으로 간주되는 곳이지. 아아, 이를 어쩐단 말이냐? 나쁜 일을 한 적이 없다고 여자의 입으로 변명을 해봤자 소용없는 일일 테고.

자객들 등장

맥더프 부인 그런데 저 사람들은 누구지?
자객 남편은 어디 있느냐?
맥더프 부인 너희 같은 더러운 놈들이 찾아낼 수 없는 곳에 계시다.
자객 그놈은 반역자야.
소년 거짓말이야, 이 악당놈아!
자객 뭐야, 요놈 좀 보게! 요놈이 바로 역적의 씨로구나! (칼로 찌른다)
소년 앗, 이놈이 사람을 잡네요. 엄마, 빨리 도망치세요. 어서 도망치라고요! (죽는다. 맥더프 부인이 '살인이야!'라고 외치면서 도망친다. 자객들 그 뒤를 따른다)

제3장

잉글랜드, 에드워드 왕의 궁정 앞

맬컴과 맥더프 등장

맬컴 어디 우리 사람이 없는 데로 가서 실컷 울어봅시다.

맥더프 그보다는 오히려 애국지사가 되어 조국을 위해 칼을 듭시다. 새로운 아침이 올 때마다 새로운 과부가 생기고, 새로운 자식이 태어나며, 새로운 슬픔이 생기는 것 아니오? 그 울음소리가 하늘에 닿고 스코틀랜드의 고통에 동참해 똑같은 울음을 토해내고 있습니다.

맬컴 믿을 수 있는 일이라면 큰 소리로 울부짖겠소? 알 만한 일이라면 믿어야겠지요. 또한 내가 구할 수 있는 일이라면 때가 되었을 때 구원의 손길을 내밀겠습니다. 경이 한 말이 사실인지도 모릅니다. 이름을 입에 올리기만 해도 혀가 짓무를 것 같은 폭군도 한때는 충직한 사람이라 생각해 충성을 다했지요. 경도 아마 그 자에게 충성을 바쳤을 거요. 그 자도 경에게 손을 대지는 않았지만. 나 역시 아직 어리지만, 경이 그 자의 환심을 사려면 필요할지도 모르지요. 무서운 신의 진노를 잠잠케 하려면 희생양이 필요한 거지요.

맥더프 저는 배신할 마음이 없습니다.

맥베스 519

맬컴 그러나 맥베스는 반역하고 말았소. 권력 앞에선 대꼬챙이 같은 의지나 덕 있는 인물도 변절하지요. 용서하시지요. 경의 인품은 그렇지 않으리라 생각합니다. 천사가 지옥에 떨어진다 해도 여전히 빛을 발하지요. 또한 정직하지 못한 사람들이 정직한 척한다 해도 정직한 사람들이 새삼 얼굴을 바꾸지는 않겠지요.

맥더프 저는 희망을 잃었습니다.

맬컴 나는 그 말을 솔직히 못 믿겠소. 사랑의 원천인 처자식을 그런 위험한 곳에 버리고 이곳까지 온 경이 그런 말을 하다니. 하지만 장군, 내가 경을 의심한다고 해서 경의 명예를 모욕한다고 생각지 마시기 바랍니다. 다만 내 자신을 지키고 싶어서입니다. 경은 분명 정직한 사람일 것입니다. 내가 어떻게 생각하든지요.

맥더프 아, 피를 흘려라. 가련한 조국이여! 폭군이여, 뿌리를 튼튼하게 내리거라. 정의로운 사람도 감히 두려워 대적하지 못하나니, 불의의 왕관을 계속해서 쓰고 있어라. 왕위는 네 것이니라! 부디 안녕히 계십시오, 왕자님. 비록 저 폭군의 수중에 있는 모든 영토를 받는다 해도, 아니 그 위에 풍요한 동방의 나라 전부를 얹어준다고 해도, 저는 왕자님께 의심받는 악인이 되고 싶지는 않습니다.

맬컴 너무 노하지 마시오. 경을 의심해서 이런 것이 아닙니다. 저라고 조국이 폭군 아래서 신음하는 걸 생각지 않는 것이 아닙니다. 우리나라는 울고 있습니다. 피를 흘리고 있지요. 이미 만신창이가 된 몸에 나날이 새 상처가 가해지고 있지요. 그러나 한편으로 나를 위해 의연히 일어서는 사람이 있을 거요. 실제로 잉글랜드의 국왕께서 수천 명의 지원병을 보내 주겠다고 했소. 그러나 내가 저 폭군의 머리를 짓밟고 칼끝에 매단다 하더라도, 내 불행한 조국은 그 뒤에 오를 후계자로 말미암아 전보다 더한 갖가지 고난을 겪게 될 것이오.

맥더프 후계자라니? 누구를 말씀하시는 겁니까?

맬컴 바로 나 말이오. 내 안에는 악덕이란 악덕이 모두 심어져 있어 그것이 싹이 트면 걷잡을 수가 없을 거요. 새까만 맥베스가 희게도 보이고 불행한 국민들은 내 악덕을 보고 오히려 맥베스를 그리워할 거요.

맥더프 지옥의 악마들 중에서도 맥베스를 따를 자는 없을 것입니다.

맬컴 하기야 그놈은 잔인하고 탐욕스럽고 음란하고 욕심이 많고 거짓말쟁이죠. 성질도 급하고 위선자에다 죄악이란 죄악은 모조리 지니고 있는, 썩은 냄새가 폴폴 풍기는 놈이지요. 그러나 욕정에 관해서라면, 나도 맥베스 못지 않다오. 유부녀, 남의 딸, 나이 든 여자든 어린 소녀든 가릴 것 없이 욕정을 채워도 내 욕정의 우물은 채워지지가 않소. 내 욕망은 만족을 방해하는 것들을 모조리 무찌르고 말지요. 그러니 나보다는 맥베스가 오히려 왕이 되는 게 적격이오.

맥더프 방종도 정도가 지나치면 폭군이 되어 실각하고 맙니다. 많은 폭군들이 그러했지요. 그러나 왕자님은 그리 걱정하실 필요가 없습니다. 자기 것을 스스로 누리는 데 무엇 때문에 두려움을 갖는단 말입니까? 얼마든지 사람들의 눈을 속이며 마음껏 즐길 수가 있을 것입니다. 왕이 되면 기꺼이 몸을 바칠 여자가 줄을 설 것입니다. 그 많은 여성들을 두루 편력하려면 아무리 매처럼 탐욕스럽다 해도 다할 수가 없을 것입니다.

맬컴 그뿐만이 아니오. 나는 매우 욕심이 많아서 왕이 되면 영지를 빼앗기 위해 귀족들을 죽이고 말 거요. 그리고 보석이나 저택을 가로챌 거요. 그리고 뺏으면 뺏을수록 더욱 탐욕적이 되어 선량한 사람을 목표로 트집을 잡고 마침내는 파멸의 구렁텅이로 빠트릴 거요.

맥더프 탐욕은 여름철의 욕정보다도 더 뿌리가 깊고 훨씬 독이 많습니다. 그 칼에 찔려 여러 제왕들이 목숨을 잃었지요. 하지만 걱정하지 마십시오. 스코틀랜드에는 왕자님의 욕심을 다 만족시킬 수 있을 만큼 자원이 충분하답니다. 다른 미덕이 더 중요하기에 그런 결점은 보아 넘길 수 있는 것들입니다.

맬컴 하지만 나에게는 그 외에도 제왕이 갖추어야 할 여러 가지 덕목이 없답니다. 예컨대 공정함이나 진실, 절제나 지조, 관용과 인내, 자비와 겸양, 경건과 억제, 용기와 지조 등은 눈곱만치도 없습니다. 오히려 그런 것 대신 죄악이란 죄악은 모조리 갖추고 있어서 남의 이목을 두려워하지 않고 몹쓸 짓만 한답니다. 만일 내가 왕권을 장악하게 된다면, 이 세상의 평화는 사라지고 지상의 조화는 깨져 버릴 것입니다.

맥더프 아아, 스코틀랜드여! 스코틀랜드여!

맬컴 정말 나 같은 인간도 나라를 다스릴 수 있겠소? 나는 내가 말한 대로의 인간이오.

맥더프 나라를 다스릴 만하냐고요? 당치 않은 소립니다. 왕자님은 살아 있을 자격도 없습니다. 아, 가련한 백성들이여! 피로 물든 가짜 왕에게서 언제 벗어날 수 있단 말인가! 당연히 왕위에 오르실 분은 스스로 죄인의 대열에 끼어 고귀한 혈통을 모독하고 있으니. 선왕께서는 그토록 성군이셨는데, 왕비님께서는 서 계신 시간보다도 무릎을 꿇고 기도하는 시간이 더 많았던 분이셨는데, 어찌 이런 아드님을 낳았을까. 왕자님의 악덕을 거듭해서 듣고 보니 저는 스코틀랜드와 영영 이별해야겠습니다. 아아, 가슴이여! 이제 마지막 희망도 사라졌구나!

맬컴 맥더프 경, 참으로 고맙소. 경의 열의에 찬 한마디에 내 의혹은 눈 녹듯이 사라졌습니다. 나는 경의 충성과 정의로움을 믿소. 나를 함정에 빠뜨리려고 악마 같은 맥베스가 갖가지 흉계를 꾸미는 바람에 누구도 믿을 수가 없었소. 그러나 신께서 그대와 나를 맺어주셨소! 자, 나는 이제 경의 지시에 무조건 따르겠소. 앞에서 한 모든 나에 대한 험담은 이 자리에서 취소하겠소. 그러한 말들은 내 본성과는 전혀 관계가 없소. 나는 여자를 알기는커녕 거짓 맹세를 한 적도 없으며, 내것이 아닌 것에는 탐욕을 느낀 적도 없소. 상대방이 비록 악마라 해도 약속을 어긴 일이 없소. 진실을 내 생명처럼 소중히 여기지요. 내가 거짓말을 한 것은 오늘이 처음이오. 이 진실된 나를 경과 조국을 위해 바치겠소. 경이 오기 직전에 마침 시워드가 우리를 위해 1만 명의 정예부대를 이끌고 스코틀랜드로 출정할 준비를 마쳤소. 우리 이제 대의 명분에 조금도 손색이 없는 승리를 거두러 갑시다! 왜 말이 없으시오?

맥더프 희망과 절망이 한꺼번에 몰려와서 어쩔 줄 모르겠습니다.

시의 등장

맬컴 잠깐 기다리시오. (시의에게) 왕께서 나오셨소?
시의 그렇습니다. 치료를 받고 싶어하는 불쌍한 백성들이 저렇게 무조건 기다리고 있으니 할 수 없지요. 하늘의 영험함이 내려진

손이기에 폐하의 손만 닿으면 아무리 불치의 병이라도 나으니 말입니다. (시의 퇴장)

맬컴 고맙습니다, 시의님.

맥더프 무슨 병 말씀입니까?

맬컴 소위 연주창이라는 거랍니다. 잉글랜드 왕이 병을 고치다니, 놀라운 일이지요. 나도 잉글랜드 왕이 병을 고치는 걸 여러 번 보았습니다. 어떻게 해서 그런 신통력이 생겼는지 비밀은 그분만이 알고 있겠죠. 여하튼 불치의 병에 걸려 온몸이 부풀어올라 의사들도 체념한 것을 왕께서 환자의 목에 금화 한 닢을 걸고 기도를 하면 말끔히 치유가 된답니다. 소문에 따르면, 왕께서는 이 축복받은 치료법을 후손들에게도 전수하셨다 합니다. 이처럼 왕께서 여러 기적을 행하고 있다는 것은 신의 축복을 받는 신성한 존재라는 증거죠.

로스 등장

맥더프 저기 누가 옵니다.

맬컴 우리나라 사람 같은데, 누군지 모르겠군요.

맥더프 난 또 누구라고? 어서 오시오.

맬컴 이제 알겠군. 신이시여, 우리 사이를 갈라놓는 자를 어서 제거해 주옵소서!

로스 아멘.

맥더프 조국은 어떻소?

로스 아아, 차마 말씀을 드릴 수가 없습니다. 조국이라기보다는 차라리 무덤이라고 하는 게 낫습니다. 바보나 미친 사람이 아닌 한 웃는 사람을 찾아볼 수가 없습니다. 하늘을 찢는 탄식과 신음, 아우성에도 눈 하나 깜짝하지 않지요. 너무나 흔한 감정이기 때문입니다. 아무리 비통한 슬픔의 절규를 해도 누구도 거들떠보지 않습니다. 장례의 종소리가 들려도 누가 죽었는지 묻지도 않을 뿐만 아니라, 그저 선량한 사람이 아프지도 않은데 죽어갑니다. 모자에 꽂은 꽃이 시들 겨를도 없이 숨을 거두지요.

맥더프 오, 너무나 처절하고도 끔찍한 보고로다!

맬컴 최근에는 어떠한 참사가 있었소?

로스 1분마다 기막힌 사건이 일어나는데, 한 시간 전의 얘기를 한들 무슨 소용이 있겠습니까?

맥더프 내 아내는 무사하던가?

로스 편히 계실 것입니다.

맥더프 내 아이들은?

로스 마찬가지로 편히 계시지요.

맥더프 폭군도 아직 평화를 깨뜨리지 못했나 보군.

로스 네, 내가 작별인사를 하러 갔을 땐 모두 무사했습니다.

맥더프 무슨 소린가? 자, 하나도 빠짐없이 얘기하게.

로스 마음 무거운 소식을 갖고 제가 이리로 오면서 소문을 들으니, 수많은 사람들이 궐기했다고 합니다. 지나는 길에 폭군의 군사들이 이동하는 것을 목격했고요. 왕자마마, 이제 원군을 보낼 때가 왔습니다. 전하께서 조국에 모습만 나타내시면 고통에서 벗어나기 위해 남녀노소 할 것 없이 구름처럼 모여들 것입니다.

맬컴 이제는 안심해도 좋을 거요. 우리는 진군을 시작했소. 자애로

맥베스 525

운 잉글랜드 왕께서 용감무쌍한 시워드 장군과 함께 1만 명의 군대를 내어 주셨소. 기독교 국가에서 시워드 장군만큼 용감했던 이가 없었소.

로스 아아, 저도 이와 같은 기쁜 소식을 전할 수 있었으면 얼마나 좋을까. 제가 전해야 하는 소식은 인간이 여태껏 들어보지 못한 가장 비통한 소식이랍니다.

맥더프 으흠! 무슨 말이냐? 백성들과 관계된 일이냐? 아니면 나에 관한 일이냐?

로스 마음이 정직한 사람이라면 누구나 슬퍼할 것입니다. 주로 맥더프 경 개인에 관한 일입니다.

맥더프 내 개인에 대한 일이라면 어서 말해 보라.

로스 제발 이 소식을 전하는 저를 탓하지 마십시오. 지금까지 경이 한 번도 들어본 적이 없는 끔찍한 소식일 것입니다.

맥더프 짐작이 간다만, 어서 말해 보라.

로스 성이 습격을 받아 부인도 아이들도 무참하게 살해당했습니다. 자세하게 말씀드린다면, 그분들의 시신에 또다시 경의 시체를 쌓는 일이 되겠지요.

맬컴 오, 하느님! 맥더프 경, 실컷 우십시오. 모자로 얼굴을 가리지 말고 통곡하십시오. 울지 않으면 슬픔이 가슴에 가득 괴어 찢어지고 말 테니까요.

맥더프 내 어린것까지?

로스 부인과 아이, 심지어 하인까지도 전혀 발견되지 않았습니다.

맥더프 내가 머물러 있었다면 그랬을까? 아내도 살해되었다고?

로스 그렇습니다.

맬컴 힘을 내시오. 우리가 복수라는 약을 만들어 무서운 고통의 독을 뿌리뽑아 버립시다.

맥더프 하긴 그놈에겐 자식이 없지. 내 귀여운 아이들을 모조리 죽였다고? 아, 악귀로구나! 정말로 내 사랑스런 아이들과 어미를 일시에 죽였단 말이오?

맬컴 사나이답게 참으시오.

맥더프 네, 그래야지요. 하지만 아무리 사나이라 해도 어찌 솟구치는 슬픔을 누를 수 있겠습니까. 제겐 그토록 소중한 가족들이었는데요. 오, 하느님! 어찌하여 빤히 보고 계시면서 그들의 편을 들어 주셨습니까? 죄 많은 맥더프여! 이 모든 게 바로 너 때문이로구나. 네가 잘못을 저질러서 아무 죄도 없는 그들이 당한 거야. 하느님, 이제 그들에게 안식을 주소서!

맬컴 그 슬픔을 숫돌로 삼아 칼을 가시오. 슬픔을 분노로 바꾸시오. 그리고 분노가 무디어지지 않도록 마음을 가지시오.

맥더프 아! 여자들처럼 눈이 붓도록 울고, 허풍선이처럼 떠벌릴 수 있다면 얼마나 좋을까! 오, 하느님, 저에게서 휴식과 중단이라는 단어를 거둬들이소서. 하루라도 빨리 스코틀랜드의 악마를 만나게 해주십시오. 만일 이 칼이 닿는 곳에 그놈을 끌어낼 수 없다면, 하느님, 그놈을 용서해 주소서.

맬컴 참으로 장하시오. 자, 이제 잉글랜드 왕께로 갑시다. 군대는 다 준비되어 있으니, 이젠 하직 인사만 하면 되오. 맥베스는 흔들기만 하면 떨어질 무르익은 과일이오. 하늘도 우리편이 되어 돕고 있으니 기운을 내서 전진합시다. 아무리 긴 밤이라도 새벽은 오는 법이니. *(일동 퇴장)*

제 5 막

제 1 장

던시네인, 맥베스 성

시의와 시녀 등장

시의 이틀 밤을 꼬박 지켜보았지만, 당신이 말한 증세는 아직 나타나지 않았소. 왕비님께서 그렇게 걸어다니신 것이 언제부터였소?

시녀 폐하께서 출정하신 이후부터입니다. 밤만 되면 잠결에 침대에서 일어나 잠옷을 걸치고 자물쇠가 잠긴 벽장문을 열고 종이를 꺼내 몇 자 적으신 뒤 한참을 들여다본답니다. 그리고 나서 그것을 접어 꼭꼭 봉하신 뒤에 다시 침대로 돌아오시죠. 물론 잠에서 깨어나지 않은 상태에서 이러한 행동을 하시는 거예요.

시의 정신착란 증세요. 그렇게 비몽사몽간에 걸어다니시며 깨어 있을 때처럼 행동한다는 건 정신착란의 초기 증세요! 그 밖에 무슨 말씀을 하시는 것을 들은 적은 없었소?

시녀 그건 말씀드리기가 거북한데요.

시의 나한테는 얘기해도 괜찮소. 아니, 당연히 얘기해야 하오.

시녀 안 돼요. 아무리 의사 선생님이라 해도 그것만은 말씀드릴 수가 없어요. 아무도 제 말을 믿지 않을 테니까요.

맥베스 부인, 가는 촛불을 들고 등장

시녀 저것 보세요! 언제나 저런 모습으로 나오세요. 아주 깊은 잠에 빠져 계시다니까요. 숨어서 잘 보세요.

시의 어떻게 촛불을 들고 계시지?

시녀 침대맡에 놓아두세요. 끄지 못하도록 엄포를 놓았어요.

시의 정말 눈을 뜨고 계시는군.

시녀 하지만 아무것도 보이지 않으시지요.

시의 지금 무얼 하시는 걸까? 손을 문지르고 있는 이유가 뭐지?

시녀 늘 저러세요. 손을 씻는 시늉을 15분 정도 하실 때도 계세요.

맥베스 부인 아직도 여기 흔적이 있네.

시의 쉿! 무슨 말씀을 하시는데, 잊지 않으려면 적어두어야겠군.

맥베스 부인 지워져 버려라, 이 망할 얼룩아! 저주받은 얼룩아, 지워져 버려! (종소리를 세듯이) 한 시, 두 시, 아, 이제 단행할 시간이다. 지옥은 깜깜하기도 하구나. 여보, 그게 뭐예요? 장군인 주제에 겁을 내다뇨? 우리가 겁날 게 뭐 있어요? 하지만 그 늙은이에게 이렇게 피가 많으리라고는 생각도 못했지요.

시의 (시녀에게) 저 소리를 들었소?

맥베스 부인 파이프 영주 맥더프에게는 아내가 있었지. 지금은 어디 있을까? 아, 아직도 손에서 피비린내가 나는군. 당신, 그러다 모든 일을 망치겠어요.

시의 오, 저런! 알아서는 안 될 것을 알아버렸어.

시녀 왕비님께서는 해선 안 될 말씀을 하신 거죠. 지금까지 무얼 보고 계신 걸까요?

맥베스 부인　아직도 피 냄새가 진동하는구나. 아라비아의 향수를 다 쏟는다 해도 이 손에 밴 냄새는 지워지지 않는구나. 아, 아아!

시의　저 한숨에 땅이 금방이라도 꺼져 버릴 것 같구나.

시녀　아무리 높은 지위에 오른다 해도 저런 고통을 받는다면 싫어요.

시의　아무렴, 그렇지.

시녀　선생님, 우리 왕비님을 빨리 고쳐 주세요.

시의　이 병은 내가 고칠 수가 없소. 하지만 이 병에 걸린 사람 중 안락하게 죽은 사람도 있어요.

맥베스 부인　어서 손을 씻고 잠옷으로 갈아입으세요. 그렇게 창백한 얼굴로 나를 쳐다보지 마시고요. 뱅쿠오는 오지 못할 거예요. 무덤에서 어떻게 나오겠어요.

시의　그럼, 그분까지?

맥베스 부인　자, 주무세요. 누가 문을 두드리고 있어요. 어서, 어서 손을 이리 주세요. 이미 저지른 일은 되돌릴 수 없어요. 어서 침실로 갑시다. (퇴장)

시의　이제 침실로 가서 주무시나요?

시녀　네, 곧 주무시지요.

시의　추악한 소문이 나돌고 있소. 자연을 거역하면 반드시 그 대가를 치러야 하오. 독으로 병든 마음은 귀가 없는 베개에 대고라도 말하고 싶은 게 인간이오. 왕비님께서 지금 필요로 하는 사람은 의사가 아니라 성직자요.

　신이시여, 우리들의 무력함을 용서해 주소서. 상처를 입힐 만한 물건은 다 치워 버리고 항상 지켜보시오. 그럼 잘자요. 왕비님을 보고 있자니 마음이 착잡하고 눈앞이 캄캄해지는구려. 물론 생각하는 것을 입 밖으로 내선 안 되겠지요.

시녀 안녕히 가세요. (두 사람 퇴장)

제 2 장

던시네인 부근의 촌락

북과 군기를 앞세우고 멘티스, 케이드네스, 앵거스, 레녹스, 병사들 등장

멘티스 잉글랜드군이 곧 도착할 것입니다. 지휘관은 맬컴 왕자님과 그의 숙부 시워드, 그리고 용감한 맥더프요. 사실 그들의 복수심으로 말할 것 같으면 땅속에 묻힌 선왕의 시체라도 벌떡 일어나 합세할 거요.

앵거스 버넘 숲 근처에서는 우리도 합세할 수 있을 것입니다. 지금 그쪽으로 가고 있으니까요.

케이드네스 도널베인 왕자님도 함께 있나요?

레녹스 아뇨. 제가 전투에 참가한 귀족들의 명단을 갖고 있는데, 거기엔 없었소. 시워드의 아들을 비롯한 많은 젊은이들은 있는데, 왕자님은 없었소.

멘티스 맥베스는 어떻게 하고 있을까?

케이드네스 거대한 던시네인 성을 강화하고 있소. 대부분 그를 미치광이로 보고 있지만, 더러 원한을 사지 않은 사람들은 그가 용기에서 비롯된 분노로 치를 떤다고 합디다. 하지만 확실한 것은 실추된 명분을 돌이킬 능력이 그에겐 없다는 거요.

앵거스 비밀리에 저지른 숱한 살인의 핏자국을 자신도 느끼는 모양이군요. 시시각각 일어나고 있는 군인들의 봉기는 바로 놈을 배신하는 것 아니겠소. 하인들도 마지못해 명령에 복종할 뿐 충성심이라곤 티끌만큼도 없지요. 마치 난쟁이가 거인의 의상을 훔쳐 입은 꼴이지요. 아마 그는 왕의 칭호가 자기한테 맞지 않는다는 걸 실감하고 있을 겁니다.

멘티스 하기야 자기의 머리와 오장육부가 자신을 저주하고 있는 판이니 겁에 질려 발작을 일으키는 것도 무리는 아니지.

케이드네스 자, 출발합시다. 우리들의 충성을 진정한 군주 맬컴에게 보여줍시다. 병든 조국을 치료한 명의를 받아들이기 위해 나아갑시다. 그래서 왕자님과 함께 조국을 위해 마지막 피 한 방울까지 아끼지 맙시다.

레녹스 그럽시다. 우리의 피로 군주의 꽃을 이슬로 적시고 독초를 뽑아 버립시다. 자, 그럼 버넘으로 진군합시다! (일동 진군하며 퇴장)

제3장

던시네인, 성안의 한 방

맥베스, 시의, 시종들 등장

맥베스 보고 따위는 더 이상 필요 없다. 도망갈 놈은 모조리 도망가도록 내버려두어라. 버넘 숲이 던시네인으로 옮겨오기 전에는 난 두려울 게 없다. 애송이 맬컴이 누구더냐? 여자의 뱃속에서 나온 인간이 아니냐? 인간의 운명을 훤히 꿰뚫는 정령들이 내게 말했다. "두려워 말라, 맥베스여. 여자에게서 태어난 자는 아무도 너를 대적할 자가 없노라." 배신자 영주 놈들아, 가서 잉글랜드 놈들과 놀아라. 그런다고 내가 어디 눈 하나 깜짝할 줄 아느냐?

시종 등장

맥베스 이놈, 차라리 악마의 저주라도 받아 시꺼멓게 타버려라. 도대체 그 희멀건 낯짝은 뭐냐? 얼간이 같은 놈아, 그 겁먹은 얼굴이 뭐냐고?
시종 저쪽에서 1만이 넘는…….
맥베스 거위 떼라도 몰려왔단 말이냐?
시종 병사들이 몰려오고 있습니다, 폐하.

맥베스 에잇, 네놈의 면상을 벗겨서라도 피가 돌게 해야겠다. 이 간이 좁쌀만 한 놈아, 군대는 무슨 군대냐? 멍청한 놈, 썩 꺼져 버려라. 네놈의 겁에 질린 얼굴을 보면 성한 사람도 질려 버리겠다. 어느 나라 군대라더냐?

시종 황송하오나 잉글랜드 군이옵니다.

맥베스 꼴도 보기 싫다, 냉큼 꺼지지 못해. (시종 퇴장) 여봐라, 시튼! (생각에 잠겨서) 속이 뒤집힐 것 같구나. 시튼, 게 없느냐? 드디어 내 인생을 판가름할 싸움이 왔도다. 나는 이미 누렇게 뜬 낙엽처럼 살 만큼 살았다. 더욱이 노년의 벗이 될 명예나 존경, 친구 같은 건 나와 인연이 멀다. 아니, 뿌리깊은 저주나 아첨, 공치사만이 붙어다니지. 시튼!

시튼 등장

시튼 (달려나오며) 부르셨습니까?

맥베스 새로운 소식은 없느냐?

시튼 여태껏 보고한 것이 모두 사실로 확인되었습니다.

맥베스 그럼 싸워야지. 이 살덩이가 떨어져 나갈 때까지 싸우겠다. 갑옷을 다오.

시튼 아직은 그렇게까지 하실 필요가 없습니다.

맥베스 아냐, 입어야겠어. 기병을 더 내보내서 순찰을 더 강화하고 떠는 자들은 모조리 잡아다가 목을 매달아라. 어서 내 갑옷을 다오. (시튼이 갑옷을 가지러 나간다) 시의, 환자의 상태는 어떻소?

시의 비관할 정도는 아니지만, 망상에 사로잡혀 잠을 주무시지 못할 뿐입니다.

맥베스 그것을 고치라고 했잖소! 마음속에서 슬픔의 뿌리를 캐고 기억에서 뿌리깊은 근심을 뽑아낼 수는 없는가? 뭔가 상쾌한 망각의 약을 써서 마음을 짓누르는 독소를 일시에 제거하란 말이다.

시의 그것은 환자 자신의 마음에 달린 일입니다.

시튼이 갑옷을 들고 등장. 시종이 맥베스에게 갑옷을 입힌다.

맥베스 아무 소용이 없는 의술 따위는 개에게나 주어라. 자, 어서 갑옷을 입혀라. 시튼, 지휘봉을 다오. 빨리 입혀라. 시의, 영주들이 달아나고 있소. (시종에게) 여봐라, 빨리 옷을 입히라니까! 이보게 시의, 그대 힘으로 이 나라의 독을 씻어낸 후 건강한 나라로 만들 수만 있다면, 내 그대에게 메아리가 치도록 박수 갈채를 보낼 텐데. (시종에게) 갑옷을 벗겨라. 대황이나 완화제, 또 다른 설사약이라도 써서 잉글랜드 놈들을 이 땅에서 모조리 쓸어낼 수 없나? 그 놈들의 소식은 들었겠지?

시의 예, 폐하. 폐하께서 전쟁을 준비하실 때 여러 가지 소문을 들었습니다.

맥베스 (시종에게) 갑옷을 들고 따라와! 그것이 죽음이든 파멸이든, 버넘 숲이 던시네인으로 옮겨오지 않는 한 난 두려울 것이 없다.

(퇴장, 시튼과 시종이 그의 뒤를 따른다)

시의 (방백) 내가 던시네인을 떠날 수만 있다면, 이곳에서 만금을 준다 해도 오지 않을 거야. (퇴장)

제4장

버넘 숲 근처의 촌락

북과 군기를 가진 병사들이 앞장서고, 맬컴, 시워드와 그의 아들, 맥더프, 멘티스, 케이드네스, 앵거스, 레녹스, 로스 그리고 병사들이 뒤따라 등장

맬컴 여러분, 이제 우리가 집으로 돌아갈 날도 멀지 않았소.

멘티스 그렇습니다.

시워드 저 앞에 보이는 숲이 무슨 숲이오?

멘티스 버넘 숲이라고 합니다.

맬컴 병사들은 나뭇가지를 잘라 위장하고 진군하라. 이것으로 우리의 군세를 숨기고 적의 눈을 속이도록 하라.

병사들 알겠습니다.

시워드 폭군 녀석은 무슨 속셈인지 던시네인의 성안에 들어앉아 우리가 공격해 오기만을 기다리고 있나 봅니다.

맬컴 그럴 것입니다. 지위 고하를 막론하고 모두 도망갈 궁리만 할 테니까요. 지금은 누구 하나 스스로 그를 따르는 자가 없습니다. 마지못해 그에게 묶여 복종하고 있지만 마음은 이미 떠난 자들입니다.

맥더프 모든 것은 결과가 나와 봐야 알 수 있습니다. 우리는 군인으로서 맡은 바 직분을 다하는 게 순서지요.

시워드   그렇소. 이제 우리를 적들에게 확실히 알려줄 때가 온 것입니다. 불확실한 추측은 부질없는 희망만 갖게 할 뿐입니다. 그러니 진격해서 확실한 결과를 얻읍시다. 즉시 전투에 임합시다. (행진하면서 퇴장)

제 5 장

던시네인 성 안

북과 군기를 앞세우고 맥베스, 시튼, 병사들 등장

맥베스 적이 왔다고 소리치지 말고 군기를 바깥 성벽에 매달아라. 이 성은 난공불락, 내 사전에 실패란 없다. 언제까지나 거기에서 포위하고 있으라고 해라. 적들이 굶어죽거나 병들어 죽을 때까지 이 성문은 절대로 열리지 않을 것이다. 반역자들이 나와 그들에게 가지만 않았어도 서로 얼굴을 맞대고 공격을 가해 잉글랜드 놈들을 쫓아 버릴 수 있었을 텐데. (안에서 여자들의 비명) 저 소리는 무엇이냐?

시튼 여자들의 울음소리 같습니다. (급히 퇴장)

맥베스 (독백) 나는 이제 공포의 소리를 잊었다. 한밤중에 비명을 듣고 온몸이 오싹하던 때도 있었다. 날카로운 소리를 들으면 머리카락이 쭈뼛거리며 선 적도 있었는데, 이제는 공포를 실컷 맛보았다. 어떤 무서움도 나를 놀라게 하지는 못한다.

시튼 등장한다.

맥베스 무슨 울음소리더냐?

시튼 폐하, 왕비님께서 운명하셨습니다.

맥베스 인간은 언젠가는 죽게 마련이다. 왕비도 인간이니 비껴갈 수야 없겠지. 내일, 내일, 내일, 시간이 천천히 발을 끌면서 역사의 마지막 페이지에 도착할 때까지 걸어가는구나. 과거의 세월은 어리석은 우리들이 무덤으로 들어가는 데 소모되었다.

꺼져라! 눈깜짝할 사이의 촛불이여! 인생은 비틀거리는 허황한 그림자일 뿐, 얼마 있으면 영영 잊혀지는 가련한 배우가 아니더냐. 자신이 할당받은 시간만큼 무대 위에서 서성거리지만 시간이 지나면 어디론가 사라져야 하지. 백치들이나 지껄이는 소리를 하지만 아무런 뜻도 없다.

사신 등장

맥베스 혀를 놀려 볼 작정으로 왔다면 어서 말해 봐!
사신 황공하오나 폐하, 어떻게 말씀을 드려야 할지 모르겠습니다.
맥베스 뜸들이지 말고 말해 보라니까!
사신 제가 망루에서 망을 보는데 버넘 숲이 움직이는 것 같았습니다.
맥베스 거짓말이다!
사신 거짓이 아니옵니다. 4킬로미터쯤 되는 곳에서 숲이 움직여 오고 있습니다. 만일 제 말이 거짓이라면 달게 벌을 받겠습니다.
맥베스 네놈의 말이 거짓이라면 네놈을 나무에다 매달아 굶겨 죽일 것이다. 하지만 그것이 사실이라면 나를 매달아도 괜찮다. 음, 내 결심이 흔들리는구나. 정말 마녀들의 말대로 되는 건가? "무서워 마라, 버넘 숲이 던시네인에 올 때까지는……"

그런데 실제로 그렇게 되다니. 칼을 뽑아라! 자, 공격이다! 그게 사실이라면 도망칠 수도 숨을 수도 없다. 이제 태양을 쳐다보는 일도 지겹구나. 이 세상의 질서여, 산산이 부서져라! 큰 종을 울려라! 바람아 불어라! 파멸이여 오라! 그러나 갑옷만은 걸치고 죽겠다. (일동 급히 퇴장)

제6장

던시네인 성 앞 전장

맬컴, 시워드, 맥더프, 그리고 군사들, 손에 나뭇가지를 들고 등장

맬컴 이젠 다 왔다. 모두 나뭇가지를 버리고 모습을 드러내라. 숙부님은 사촌과 함께 제1진을 지휘해 주십시오. 저는 맥더프 장군과 우리가 세웠던 작전대로 수행하겠습니다.

시워드 알겠소. 오늘 밤 폭군의 군대와 맞서면 우리 모두 목숨을 걸고 싸웁시다.

맥더프 힘차게 나팔을 불어라. 피와 죽음을 알려주는 우렁찬 나팔을 불어라. (나팔을 불며 진군하면서 퇴장)

제 7 장

전장의 다른 장소

맥베스 등장

맥베스 놈들이 나를 말뚝에 묶어 놓았구나. 도망칠 수 없을 바에야 미친 곰처럼 싸우는 수밖에 도리가 없지. 도대체 여자 몸에서 태어나지 않은 자가 누구냐? 그런 놈만 아니라면 어떤 놈이라도 오너라!

시워드의 아들인 시워드 2세 등장

시워드 2세 누구냐? 이름을 대라.
맥베스 이름을 들으면 등골이 오싹할 거다.
시워드 2세 뭐라고? 지옥 밑바닥에 웅크리고 있는 악마보다 무서운 이름을 가졌다 해도 무서워하지 않을 것이다.
맥베스 나는 맥베스다.
시워드 2세 그 어떤 악마보다도 더 가증스런 이름이구나!
맥베스 그리고 이보다 더 무서운 이름은 없겠지.
시워드 2세 닥쳐라! 이 흉악한 폭군아! 이 칼로 거짓말을 하는 네놈의 목숨을 끊어놓겠다. (둘이 싸운다. 시워드 2세 살해된다)

맥베스 네놈도 여자의 뱃속에서 나온 놈이지. 결코 내 상대가 되지는 못할 것이다. 어떤 칼, 어떤 무기를 휘두른다 해도 여자의 뱃속에서 나온 놈이라면 두려울 게 없다. (퇴장)

격렬히 싸우는 소리가 들리는 가운데 맥더프가 등장

맥더프 싸움 소리가 분명히 들렸는데? 폭군아, 얼굴을 내밀어라! 이 칼로 네놈을 죽이지 않으면 평생 내 처자의 유령한테 시달릴 것이다. 네놈의 횡포로 인해 어쩔 수 없이 나온 저 불쌍한 백성들을 죽이고 싶지는 않다. 맥베스, 너만이 내 상대로다. 네놈과 싸우지 않을 바에는 차라리 칼을 칼집에 넣어두겠다. 음, 저쪽이군. 저 소리를 들으니 강한 놈이 뛰나 보구나. 운명의 신이여, 그놈을 만나게 해주소서! 내 소원은 그것뿐이오. (퇴장, 나팔 소리 울린다)

북과 나팔 소리 들리고 맬컴과 시워드 등장

시워드 이쪽입니다, 왕자마마. 성은 쉽게 함락되었습니다. 폭군의 부하들은 두 패로 갈라졌고, 영주들도 분전하고 있습니다. 더 할 일도 없으니 이제 승리는 왕자님의 것입니다.
맬컴 적병들은 모두 마지못해 싸우는데, 그것도 상당수는 우리편이 되어 싸우더군요.
시워드 자, 성안으로 들어가시지요. (일동 성안으로 들어간다. 나팔 소리와 북소리)

제8장

전장의 다른 장소

맥베스 등장

맥베스　누가 로마의 바보들처럼 스스로 목숨을 끊겠는가. 나는 살아 있는 한 끝까지 싸울 것이다.

맥더프가 그의 뒤를 쫓아 등장

맥더프　기다려라, 지옥의 개야! 덤벼라!

맥베스　네놈만은 일부러 피해 왔다. 돌아가라! 내 심장은 네놈의 가족들을 빨아먹은 피로 이미 흘러넘친다. 더 이상 네 피를 흘리고 싶지 않다.

맥더프　말해서 무엇하겠는가? 이 칼이 대신 말해 줄 거다. 천하에 극악무도한 놈아! (둘이 싸운다. 북과 나팔 소리 울린다)

맥베스　칼이 아무리 날카롭다 해도 공기를 상처 줄 수 없듯이 너도 나를 해치지 못할 것이다. 그러니 헛수고하지 말고 다른 곳에 가서 싸워라. 내게는 여자 몸에서 태어난 인간에게 절대로 패배할 수 없는 마술이 걸려 있다.

맥더프　그까짓 마술도 이젠 끝장이다! 네놈이 극진히 모신 마녀한테 가서 이 맥더프가 어떻게 태어났는지 물어봐라. 어머님이 낳기 전에 배를 가르고 꺼냈다고 하겠지.

맥베스 그 가증스런 혀에 저주가 있을지어다. 그 말 한마디에 이 사나이의 용기가 꺾였도다. 이 협잡꾼 같은 마녀들아, 애매 모호한 말로 사람을 혼란에 빠뜨리고 약속을 지키듯이 속삭이면서, 실제로는 그 희망을 깨뜨려 버리는 이 마녀들아! 다시는 너희들을 믿지 않겠다. 맥더프, 너와 더 이상 싸우지 않겠다.

맥더프 비겁한 놈! 항복해서 세상의 웃음거리가 되어라. 네놈의 머리를 막대기에 매단 뒤 그 아래에 '희대의 폭군을 보라'고 써붙일 테니까.

맥베스 항복이라고? 천만에! 풋내기 맬컴의 발 앞에 꿇어 엎드려 땅을 핥으며 어중이떠중이의 저주와 욕을 참으라고? 비록 버넘 숲이 던시네인으로 온다 해도, 여자의 자궁에서 태어나지 않은 네놈이 왔다 해도 내 사전에는 항복이란 없다. 자, 덤벼라, 맥더프. 난 방패도 던졌다. 우리 둘 중 하나는 지옥행이다. (두 사람, 성벽 아래서 격투하다가 맥베스가 살해된다)

제9장

성 안

철수를 알리는 나팔 소리에 이어 팡파르 울린다. 맬컴, 시워드, 로스, 영주들과 병사들 등장

맬컴 여기에 보이지 않는 동지들이 무사히 돌아와 주면 좋으련만.

시워드 희생은 부득이한 일입니다. 그러나 대충 둘러보니 우리 쪽 손실은 별로 크지 않은 것 같습니다. 대승리입니다.

맬컴 맥더프 장군이 보이지 않습니다. 그리고 내 사촌도 보이지 않고요.

로스 시워드 2세께서는 군인다운 최후를 마치셨습니다. 이제 겨우 성년이 된 나이로 한치의 양보도 없이 대장부답게 전사했습니다.

시워드 그럼 죽었단 말인가?

로스 그렇습니다. 유해는 이미 거두어 왔습니다. 훌륭한 아드님을 잃으신 만큼 슬픔도 크실 줄 압니다.

시워드 상처는 정면에 입었던가?

로스 네, 이마를 크게 다쳤습니다.

시워드 아, 그렇습니까? 신이시여, 그 아이를 용사로 받아들여 주십시오. 비록 머리카락 수만큼 많은 자식이 있다 하더라도 이보다 더 나은 죽음을 기대할 수는 없소. 이제는 더 이상 슬퍼하지 않으렵니다.

맬컴 무슨 소리요? 내가 대신 그를 애도하겠소.

시워드 이것으로 충분합니다. 군인으로서 훌륭한 최후를 마쳤다는데 더 이상 무엇을 바라겠습니까? 비록 인생을 짧게 살다 갔어도 최선을 다한 것입니다. 더 이상 아무 말도 하지 마십시오! 저기 반가운 소식을 갖고 오나 봅니다.

맥더프가 맥베스의 머리를 칼끝에 꽂고 등장

맥더프 국왕 만세! 보십시오, 왕위 찬탈자의 저주받은 머리를. 이제는 폐하의 시대가 왔습니다. 태평스런 시대가 돌아온 것입니다. 지금 폐하를 둘러싼 많은 사람들이 저처럼 축하인사를 외치고 있습니다. 여러분, 우리 소리 높여 외칩시다. 스코틀랜드 왕 만세!

일동 스코틀랜드 왕 만세! (팡파르 울린다)

맬컴 모두 다 여러분의 눈부신 활약 덕분이오. 시간이 흐르기 전에 충분히 조사해 여러분 각각의 공로에 따라 포상을 하겠소. 영주들과 친족들에게는 백작의 작위를 내릴 거요. 여러분은 스코틀랜드 왕한테 최초로 작위를 받는 명예로운 귀족이 될 거요. 그리고 새로 시작되는 이 시대에 가장 먼저 해야 할 일은 외국으로 망명한 친구들을 다시 본국으로 불러들이는 일이오. 그리고 이미 죽은 이 살인마와 그에 못지 않은 마녀 같은 왕비의 앞잡이 노릇을 한 흉악범을 잡아내는 일이오. 그 밖에도 필요한 여러 일들은 하느님의 가호 아래 수단과 시간과 장소를 가려 곧 실행하겠소. 자, 여러분 모두에게 다시 한 번 감사의 뜻을 전하오. 얼마 후 스쿤에서 거행될 대관식에 한 명도 빠짐없이 참석해 주시오. (나팔 소리, 일동 행진하면서 퇴장)

셰익스피어 연보

1564년	4월 26일 출생. 영국 스트랫퍼드어폰에이번에서 아버지 존 셰익스피어와 어머니 메리 아든의 장남으로 출생.
1568년	아버지가 에이번의 시장으로 선출됨.
1577년	가세가 기울어져 학업을 포기함.
1582년	8세 연상인 앤 해서웨이와 결혼.
1583년	장녀 수잔나 출생.
1585년	쌍둥이인 아들 햄릿과 딸 주디스 출생.
1590~1592년	〈헨리 6세〉
1592~1593년	〈리처드 3세〉〈실수의 희극〉
1592년	페스트로 인해 런던의 극장이 폐쇄됨. 본격적인 활동 시작.
1593~1594년	〈타이터스·앤드로니커스〉〈말괄량이 길들이기〉
1594~1595년	〈베로나의 두 신사〉〈사랑의 헛수고〉〈로미오와 줄리엣〉
1595~1596년	〈리처드 2세〉〈한여름 밤의 꿈〉

1596~1597년	〈존왕〉〈베니스의 상인〉
1597~1598년	〈헨리 4세 1부·2부〉
1597년	스트랫퍼드어폰에이번에다 호화저택인 뉴플레이스를 사들임.
1598~1599년	〈헛소동〉〈헨리 5세〉
1599~1600년	〈줄리어스 시저〉〈뜻대로 하세요〉〈십이야(十二夜)〉
1599년	글로브 극장 신축.
1600~1601년	〈햄릿〉〈윈저의 유쾌한 아낙네〉
1601~1602년	〈트로일루스와 크레시다〉
1601년	아버지 존 사망.
1602~1603년	〈끝이 좋으면 다 좋다〉
1602년	부동산에 관심을 갖고 스트랫퍼드어폰에이번의 땅을 사들임.
1603년	3월 24일, 엘리자베스 여왕 서거. 전염병으로 글로브 극장 폐관.
1604~1605년	〈자에는 자로〉〈오셀로〉
1604년	글로브 극장 개관.
1605~1606년	〈리어왕〉〈맥베스〉
1606~1607년	〈안토니우스와 클레오파트라〉
1607~1608년	〈코리올라누스〉〈아테네의 타이몬〉
1607년	장녀 수잔나 결혼.
1608~1610년	〈페리클레스〉〈심벨린〉
1608년	어머니 메리 사망.
1610~1611년	〈겨울 이야기〉
1611~1612년	〈폭풍우〉

1612~1613년	〈헨리 8세〉
1612년	동생 길버트 사망.
1613년	동생 리처드 사망. 화재로 글로브 극장이 소실됨.
1614년	6월 글로브 극장 재개장.
1616년	4월 23일 사망. 스트랫퍼드어폰에이번의 트리니티 교회에 묻힘.